Sira

Biblioteca María Dueñas

María Dueñas

Sira

Planeta

Avda. Diagonal, 662-664, 08034 Barcelona (España)
www.planetadelibros.com

Adaptación de la cubierta: Booket / Área Editorial Grupo Planeta
Imagen de la cubierta: Ilustración basada en una fotografía de © Gaby Fling
Primera edición en Colección Booket: junio de 2012
Primera edición en esta presentación: marzo de 2025

Depósito legal: B. 3.531-2025
ISBN: 978-84-08-30031-1
Impresión y encuadernación: CPI Black Print
Impreso en España

Biografía

María Dueñas (Puertollano, Ciudad Real, 1964) es doctora en Filología Inglesa. Tras dos décadas dedicada a la vida académica, irrumpe en el mundo de la literatura en 2009 con *El tiempo entre costuras*, la novela que se convirtió en un fenómeno editorial y cuya adaptación televisiva de la mano de Antena 3 logró numerosos galardones y un espectacular éxito de audiencia. Sus obras posteriores, *Misión Olvido* (2012), *La Templanza* (2015), *Las hijas del Capitán* (2018) y *Sira* (2021), continuaron cautivando por igual a lectores y crítica. Traducida a más de treinta y cinco lenguas y con millones de ejemplares vendidos en todo el mundo, María Dueñas se ha convertido en una de las autoras más estimadas tanto en nuestro país como en América Latina.

www.mariaduenas.es

@Maria.Duenas.Oficial

@mduenasoficial

Para Ana Castro, otra mujer valiente
a la que admiro y quiero

ÍNDICE

PRIMERA PARTE

—

PALESTINA

1

Aquella máquina de escribir no reventó mi destino. Me equivoqué al pensarlo cuando aún era joven e ignorante; cuando todavía no había archivado en mi memoria palabras como violencia, amargura, desolación o rabia, y era incapaz de anticipar los desgarros que la vida me tenía previstos. No, mi destino no lo trastocó un inocente mecanismo destinado a juntar letras. Ojalá hubiese sido así, pero el porvenir me reservaba un azar distinto. Trescientos cincuenta kilos de explosivos depositados en los bajos de un hotel en Jerusalén: algo infinitamente más siniestro.

El verano de 1945 nos trasladó al Cercano Oriente; atrás dejamos una España hambrienta y sumisa, y una Europa masacrada que iniciaba su reconstrucción con doloroso esfuerzo. Un año y unos meses antes, por convencimiento mutuo y para protegerme ante indeseables contingencias en mis funciones como colaboradora de los servicios secretos británicos, Marcus y yo contrajimos matrimonio en Gibraltar un ventoso día de marzo, con la Península a un lado y el norte de África al otro, los territorios dispares y entrañablemente cercanos que tanto significaban para nosotros.

En lugar de una ceremonia al uso, nos sometimos a un mero trámite oficial tan breve como austero; el Peñón se encontraba militarizado desde los túneles hasta su pico más alto y casi desierto de población civil, evacuados todos desde el principio de la segunda gran guerra por temor a que los alemanes los acabaran invadiendo. No hubo flores ni fotografías, ni siquiera anillos en aquel despacho de The Convent, la residencia del gobernador. Marcus presentó su documentación bona fide, un pasaporte diplomático a nombre de Mark Bonnard, su verdadera identidad: lo de Logan no era más que una cobertura para tiempos turbios. Tras los «I do» de rigor, yo formulé el juramento protocolario de lealtad al monarca en mi frágil inglés, y de inmediato expidieron otro documento con mi nueva filiación. Sira Bonnard, antes Arish Agoriuq, antes Sira Quiroga, acababa de convertirse en flamante súbdita de la Gran Bretaña. Mis últimas palabras fueron apenas un murmullo: «So help me God». Quizá nadie se dio cuenta pero en el momento de pronunciarlas no pude evitar emocionarme: pese a la frialdad del procedimiento, con él ratificábamos una alianza capaz de superar adversidades y turbaciones, fronteras y distancias.

De vuelta a Madrid, el certificado de matrimonio y mi nuevo pasaporte quedaron bajo custodia de la embajada y nosotros continuamos llevando vidas aparentemente dispares, viéndonos siempre a escondidas, él manteniendo sus actividades, idas y venidas en pro de su país, y yo reportando información sonsacada a las esposas de los dirigentes nazis, encubierta bajo la apariencia de la cotizada modista que llegó a la capital como caída del cielo.

Cuando Alemania firmó su rendición y ordenó el cese de todas sus operaciones bélicas a principios de mayo del 45, yo cerré aquel taller de Núñez de Balboa que en su día me habían montado los ingleses y me instalé con Marcus en su casa. No me resultó fácil abandonar mi oficio, las labores que habían colmado mis días generándome satisfacciones y orgullo, contactos y réditos. A tenor de los aconteceres de los últimos tiempos, sin embargo, dejar de coser resultó un alivio: lo que fue mi trabajo desde la niñez se había terminado convirtiendo en una tarea ingrata a costa de tratar con una clientela de indeseables ante las que debía mostrar hipócritamente mi cordialidad más fraudulenta. Me llegó a parecer que las telas y los patrones tenían el peso de las losas, los hilos se me tornaron sogas que me estrangulaban y el mero hecho de probar mis piezas sobre cuerpos de mujeres a las que despreciaba me acabó resultando una tarea vomitiva. Dejar de engañar, olvidarme de todas ellas y no tener que encubrir nada calmó mi desazón y me devolvió el sosiego.

Era consciente, no obstante, de que aquella convivencia nuestra en el escueto piso de la calle Miguel Ángel sería breve. El desmoronamiento del Tercer Reich y la victoria de los aliados marcaban también el final de la misión en la Península de mi hasta entonces clandestino marido. Llegaba el momento de replantearnos un futuro y nuestros intereses apuntaban en direcciones dispares.

El afán de Marcus era que nos trasladáramos a Inglaterra, contribuir a devolver la prosperidad a su patria. Yo, por mi parte, también ansiaba salir del Madrid de los apagones, la propaganda gritona, el pan negro y las revanchas, donde en cada casa había algún muerto al que llorar, la gente aún dormía con el rencor debajo de la almohada y a los niños les rapaban las cabezas para que no se los comieran los piojos. No, no quería seguir en ese ambiente tremebundo, prefería que mis hijos nacieran en un sitio sin rastros de horror en las calles ni desesperanza en los rostros de las gentes. Le propuse por eso volver a Marruecos, bajo su calidez luminosa, cerca del ayer y de mi madre. Ansiaba alejarme de los escenarios de esa furtiva existencia nuestra repleta de encubrimientos y mentiras, olvidarnos de quienes fuimos y empezar a mostrarnos tal como éramos a cara descubierta, sin falsedades ni incógnitas ni miedos.

Ambos deseos, sin embargo, se hicieron humo apenas unas semanas más tarde, cuando todavía nos estábamos acostumbrando a caminar juntos por las aceras sin sentirnos siempre alerta y aún nos costaba trabajo asumir que podíamos hacer públicamente cosas tan simples como ir a un cine de la Gran Vía o bailar en Pasapoga hasta la madrugada. El requerimiento que Marcus recibió era taxativo. Lo reclamaban para un nuevo puesto en la Palestina bajo el Mandato Británico. «Incorporación inmediata, esposa bienvenida», me tradujo en voz alta. Un nuevo quehacer bajo el paraguas del Secret Intelligence Service. Él no aclaró más. Yo preferí no seguir preguntando.

A pesar del desconcierto, me esforcé para no mostrar mi decepción abiertamente. De haber conocido mi actitud y de no haber sido inglés mi marido, en la Sección Femenina se habrían sentido orgullosas: ahí estaba una española de raza cumpliendo con el modelo de cónyuge abnegada que el nuevo régimen franquista imponía, obediente y dispuesta, el ángel del hogar, la casada perfecta. Al fin y al cabo, yo no era más que una costurera que ya ni siquiera cosía, mientras que Marcus, gracias a sus eficientes desempeños, se había convertido en un valor cotizado al servicio de su Gobierno. Más allá de las obligaciones matrimoniales, sin embargo, lo cierto era que el tiempo no había hecho más que consolidar el amor volátil que había nacido entre nosotros en Tetuán, cuando yo no era más que una muchachita acobardada y él un joven agente que caminaba apoyándose en un bastón y se hacía pasar por periodista.

Los engranajes que movían al todavía grandioso Imperio británico habían dispuesto ahora, en definitiva, un traslado que no cuadraba con la intención inicial de Marcus de restablecerse en su propio país y mucho menos con mi pretensión de retornar a África. Pero como la insubordinación y el desacato no tenían cabida entre nuestros principios, organizamos ropa y pertenencias en dos baúles y unas cuantas maletas y a finales de junio emprendimos ruta hacia un nuevo lugar en el mundo, con un breve tránsito en Londres: el tiempo justo para que Marcus recibiera instrucciones, para que pudiéramos ver a su madre y para constatar con nuestros ojos la triste realidad de otra capital atribulada.

Enfrentarme a la desconocida Lady Olivia Bonnard me generaba una ansiedad desconcertante. Yo, que llevaba años bandeándome con tino entre ejemplares humanos de todo pelaje, me sentí súbitamente insegura. ¿Así debo llamarla, con el Lady por delante?, susurré a Marcus al llegar a nuestro encuentro, con la vista fija en la fachada de estuco blanco, deslucida, desconchada y aun así espléndida. Él me guiñó un ojo con un gesto que no logré interpretar. Quizá pretendía, irónico, tranquilizar mis nervios de esposa novata ante la figura siempre inquietante de una suegra. O quizá me estaba tan sólo previniendo sobre el tipo de mujer que nos esperaba en aquella residencia de The Boltons, en el área de Brompton, Kensington: una zona cuya distinción no había servido de blindaje frente a las sanguinarias acometidas de la aviación alemana.

Casa y propietaria parecían acoplarse a la perfección: castigadas y a la vez formidables, armoniosas tanto en sus esqueletos como en sus entrañas. Un tanto en decadencia ambas, pero dignas y enteras. Imponentes. Por fortuna, yo llevaba años acumulando pericia en las artes del fingimiento y había aprendido a moverme con desenvoltura en ambientes plagados de gentes distintas y extravagancias de todas las tonalidades; gracias a eso, me tragué mi nerviosismo inicial y logré mantener el aplomo durante aquel primer té en ese jardín hermoso y asalvajado. Simulando seguridad, desplegué todo mi charme, aireé mis mejores maneras y me limité a dosificar sonrisas templadas e intervenciones breves. Me comporté, en definitiva, como la más adorable de todas las posibles esposas.

En correspondencia, la actitud de ella hacia mí circuló por ratos entre los mínimos de la cortesía propia de su buena cuna, algún gesto de desdén y una etérea indiferencia. En absoluto coincidió su imagen con cómo la había yo anticipado: la supuse austera y sobria, acorde con los tiempos de dureza que el país había sufrido y seguía sufriendo. Pero se me descuadró por completo. Olivia Bonnard era de otra pasta.

Con su rostro anguloso y una larga trenza plagada de canas sobre el hombro izquierdo, envuelta en una gastada túnica de terciopelo, fumando uno tras otro los Chesterfield americanos que Marcus le había conseguido en Madrid a través del estraperlo, Lady Olivia incluso se encargó de darle a mi moral más de un pellizco. No ocultó alguna mueca altiva ante mi inglés imperfecto y en un par de ocasiones fingió que no recordaba cómo debía pronunciar mi nombre: ¿Saira? ¿Sirea? ¿Seira?; en otros momentos me dejó con una frase a medias para inclinarse a meterle en la boca un pedazo de sándwich de pepino a alguno de sus perros, los tres medio locos, uno cojo, todos viejos.

A todas luces le resultaba incómodo aceptar como nuera a una extranjera sin raigambre ni fortuna, procedente de un país cerril, atrasado y católico donde matarse entre hermanos se había convertido en una sanguinaria costumbre.

En quien sí volcó su afecto fue en Marcus, el que fuera el mayor de sus hijos, el único descendiente vivo en esa menguada familia que ya sólo contaba con ellos dos como miembros. A la muy británica manera, apenas tuvieron contacto físico: ni besos, ni abrazos ni zarandajas. Tan sólo, en algún momento, ella le revolvió el pelo con sus dedos huesudos, eso fue todo. Pero la sintonía era indudable, y destilaban complicidad, y se parecían en el color verdoso de los ojos, en las venas que les recorrían el cuello, hasta en la forma de las orejas. Encadenando temas de conversación con un inglés afilado que me costó seguir, en varios instantes de su imparable charla ella soltó algunos chispazos cargados de elegante sarcasmo que a él le hicieron reír a carcajadas, relajado como pocas veces, con sus largas piernas cruzadas sobre la hierba crecida y los ojos entrecerrados por el sol del verano en el jardín de su infancia: el agente curtido y escéptico con los cuarenta cumplidos, aniñado por unos momentos bajo el ala protectora de su madre.

La guerra ha sido dura para ella, musitó Marcus al entrar de nuevo en el auto que nos llevaría hasta Heathrow. Como si quisiera justificarla. La contemplamos a través de la ventanilla: nos veía marchar desde el escalón más alto de la entrada, estoica entre las dos sucias columnas de estuco que sostenían el porche, insólitamente majestuosa bajo su vieja túnica, con los perros tarados a los pies, un pitillo entre los labios y esa singular melena. La moral victoriana en la que se crió le impedía expresar abiertamente sus sentimientos; tan sólo agitó una mano para decirnos adiós. Aun así, yo intuí que, al despedirse de su hijo, un nudo como un puño prieto le atoraba la garganta.

Viuda de Sir Hugh Bonnard, perdió a su única hija a causa de una meningitis antes de acabar la adolescencia y al menor de los hijos varones, piloto de la RAF, en combate al principio de la Batalla de Francia. Sin haberse dedicado a otra cosa en su vida más que a las ociosidades propias de su condición y sexo, el dolor y el patriotismo contagioso del momento la llevaron a partir de entonces a sacudirse la indolencia y abrir su casa a quien la necesitase, con afán de ayudar en lo posible. Incluso malvendió algunos de sus muebles, muchos de sus bronces, joyas y cuadros, porcelanas, pieles y alfombras: el dinero que obtuvo lo dedicó a paliar las necesidades de aquellos desgraciados a los que la diosa fortuna se olvidó de tocar con su vara. Algo de eso ya me había contado Marcus en Madrid, aunque en tono meramente informativo. Ahora, en cambio, lo hacía desde las tripas mientras al paso de nuestro vehículo me iba mostrando los estragos de los bombardeos en los alrededores. La grandiosa propiedad de Bladen Lodge cercana a su casa ya no era más que un desmonte lleno de escombros, la vecina iglesia anglicana de Saint Mary The Boltons se había quedado sin órgano, sin vidrieras, sin techo. Hasta la verja de hierro que circunvalaba el parque la habían arrancado para fundirla y dedicarla a la fabricación de armamento.

La noticia del fin de la guerra había llenado a los londinenses de júbilo: más de un millón de seres abarrotaron tras el anuncio las zonas del centro, llegando en autobuses y camiones abarrotados, en carros, andando, corriendo, en metro, en bicicleta. Los aviones sobrevolaron la ciudad festivos, por el aire sonaron las sirenas de los remolcadores del río y las campanas arrebatadas de las iglesias. Las masas se amontonaron gritando hasta la afonía, cantando, riendo, aplaudiendo y agitando banderas tocados con sombreros de papel, alejados de toda solemnidad, liberados del pánico. En Piccadilly Circus, muchachos de uniforme formaron largas congas con muchachas radiantes vestidas de domingo, montones de jóvenes se metieron con los pantalones arremangados en la fuente de Trafalgar Square; el rey, la reina y el primer ministro Winston Churchill, asomados al balcón de Buckingham Palace, fueron aclamados con fervor y aplausos gozosos.

Para cuando Marcus y yo realizamos nuestra breve parada en su ciudad, sin embargo, de aquella victoriosa euforia colectiva apenas quedaba rastro. Habían pasado ya casi dos meses, y ahora todo era realidad y cruda certeza. Los casi seis años de guerra dejaban paso a una Gran Bretaña empobrecida, arrasada y exhausta. Además de los centenares de miles de soldados caídos o malamente heridos en los distintos frentes del continente, los bombardeos de la Luftwaffe alemana causaron la muerte de más de sesenta mil civiles en las islas, casi noventa mil heridos y montones, montones de gente sin hogar, sin trabajo, sin aliento. El Blitz se llevó por delante sólo en Londres más de cuarenta mil inmuebles, reduciéndolos a cascotes, hierros retorcidos, madera quemada y cenizas. Faltaba de todo, vivienda y alimentos, materiales de construcción, carbón, ropa. Las arcas del Tesoro estaban secas y las deudas contraídas acumulaban magnitudes gigantescas, todas las esquinas supuraban abatimiento.

Sentí una inmensa sensación de desahogo al subir a nuestro avión de la BOAC para perder de vista esa isla ajena a la que, sin embargo, estaba irremediablemente atada por un pasaporte y un marido. Ni siquiera miré a través de la ventanilla, tan sólo agarré de la mano a Marcus y cerré con fuerza los ojos cuando iniciamos el despegue. Con él a mi lado, estaba segura, todo sería llevadero.

Siguiendo una de las clásicas rutas del Imperio, la primera escala nos llevó hasta Malta; continuamos luego hasta El Cairo y aterrizamos por fin al día siguiente en el pequeño aeródromo de Lydda, construido una década antes sobre suelo palestino por los ingleses.

Cómo podría imaginar, mientras descendíamos las escalerillas de aquel Avro York para pisar Tierra Santa, que tan sólo tardaría un año y medio en retornar a ese Londres en ruinas.

Cómo anticipar los tramos de la vida, escabrosos y desventurados, que Olivia Bonnard y yo terminaríamos recorriendo juntas. Sin Marcus. Sin avenirnos. Sin entendernos.

2

Tan sólo cuatro pasajeros bajaron del aparato junto con nosotros; el resto continuaba su ruta hasta Karachi. A pie de pista nos esperaba un conductor árabe obsequioso y corpulento. Tardamos en llegar a Jerusalén casi dos horas; de tanto en tanto nos cruzábamos con varios vehículos militares británicos: patrullas nocturnas en un territorio que se iba armando silenciosamente. Marcus permaneció callado casi todo el trayecto; yo no insistí en hablar, ya conocía sus silencios. Pensaba, reflexionaba, se iba ubicando. Llegaba a la Palestina bajo el Mandato colonial de su propio país recién acabada la guerra, cuando aún no se sabía si retornarían, y de qué manera, las tensiones entre árabes, judíos y británicos tras la tregua de la contienda. Duración de la estancia sin delimitar, discreción máxima, prudencia extrema. Eso era lo único que yo debía saber: ni sus formas de operar, ni sus protocolos ni sus contactos o esfuerzos. No se trataba de falta de confianza: aquélla era la manera de trabajar, simplemente. Como si nos separara un cristal. En compartimentos estancos.

Nadie aventura buenos tiempos, masculló al paso del enésimo vehículo cargado de compatriotas uniformados. Razón no le faltaba. En 1917, según quedó estipulado en la Declaración Balfour, el Gobierno de su majestad se había comprometido a apoyar las aspiraciones de los judíos sionistas, que ansiaban un asentamiento definitivo para su pueblo; *a national home*, un concepto difuso y ambiguo que para unos conllevó esperanzas y, para otros, recelo. ¿Significaba eso la creación de un nuevo Estado judío independiente dentro de Palestina? ¿O quizá un lugar para la minoría judía dentro de un Estado árabe? Nadie se detuvo a precisar matices en un primer momento.

Aunque dentro del auto nos mantuvimos en silencio, en las semanas anteriores y a lo largo de los vuelos previos, Marcus me había ido facilitando una panorámica del sitio y el tiempo donde íbamos a instalarnos durante una temporada de duración incierta. Terminada la Primera Guerra Mundial y auspiciado por la Liga de Naciones, el Imperio británico había comenzado a ejercer de forma activa su Mandato colonial sobre territorio palestino, instalando allí a sus militares y civiles, a menudo familias enteras, llevando con ellos sus instituciones y formas de organizar la vida, sus maneras, su lengua, sus arrogancias y sus intereses. Paralelamente, se intensificó el asentamiento de montones de judíos procedentes de Europa central y del este, gente que huía de los pogromos, las persecuciones, la animadversión y el desprecio, hartos de que los vetaran en puestos profesionales para los que estaban de sobra capacitados, hartos de que los despreciaran y les tiraran piedras. Huyendo de todo eso, los judíos llevaban arribando a Palestina en oleadas sucesivas desde finales del siglo XIX; con el Mandato Británico, no obstante, las cifras se multiplicaron y los árabes locales —habitantes mayoritarios del territorio durante siglos— empezaron a sentirse gradualmente amenazados, iniciando su resistencia.

La población hebrea, entretanto, no paraba de crecer, trayendo con ellos dinero y comprando tierras con la férrea intención de quedarse en los confines de lo que bíblicamente se denominó Eretz Israel. Para finales de la década de los treinta, superaban ya un tercio de la población de la zona; para mediados los cuarenta, se acercaban a la mitad. Y seguían sumando. Y cuanto más sumaban, más se tensaba la convivencia. La presión estalló en 1936 a partir de las protestas árabes, y culminó en revueltas y violencia por ambas partes.

En respuesta a las demandas de los árabes, en mayo de 1939 los británicos emitieron su White Paper, un documento que dejaba patente su intención de no permitir la división de Palestina en dos Estados, fijaba cantidades para mantener la inmigración judía bajo un estricto control y les restringía drásticamente el derecho a seguir comprando propiedades. Unos meses después estallaría en Europa la segunda gran guerra.

Aunque se mantuvieron los ataques por parte de algunos pequeños grupos rebeldes, la contienda supuso un período bastante pacífico que acabó tan pronto como los aliados lograron la victoria. El fin de la guerra, lejos de traer la paz también a Palestina, amenazaba con un recrudecimiento de la hostilidad entre árabes y judíos, entre judíos y británicos, entre británicos y árabes: todos juntos y malamente revueltos. Tras la caída de Alemania, los supervivientes del Holocausto anhelaban más que nunca huir de la Europa sangrienta que había exterminado a los suyos por millones, para asentarse de forma permanente en la Tierra Prometida con el objetivo de construir esa *national home* para la cual los ingleses habían brindado su apoyo hacía casi tres décadas. Allí los esperaban amigos, familia o tan sólo otros judíos dispuestos a acogerlos.

La Administración británica, no obstante, en su obligación de mantener un equilibrio y salvaguardar los derechos de todos, se negaba a suprimir sus rígidas cuotas de entrada, algo que los refugiados judíos desafiaban sistemáticamente arribando en barcos de inmigrantes clandestinos cargados hasta los topes. Los árabes, entretanto, se sentían cada vez más traicionados por los británicos, cada vez más hostigados por los judíos y cada vez menos dispuestos a aceptar la llegada en oleadas de los supervivientes de una guerra entre potencias cristianas en la que ellos no habían intervenido. El resultado se percibía como una frustración colectiva con hostilidad por todas las partes, posiciones cada vez más radicales y nulas perspectivas de entendimiento.

Cuando llegamos a nuestro destino aquella noche, cansados y hambrientos, en el American Colony tan sólo hallamos luces quedas y un encargado muerto de sueño. Acostumbrada a los grandes hoteles de Madrid a los que a menudo acudía para cumplir con los compromisos de mi oficio, aquel lugar no me pareció a simple vista un establecimiento hotelero al uso; más bien, una mansión reconvertida, como una gran villa de piedra que por alguna razón alojaba clientes. Pero era demasiado tarde como para pararme a indagar sobre esas sutilezas. Tan sólo devoramos la bandeja de bocados fríos que nos ofrecieron y nos fuimos a dormir de inmediato, abrazados, rendidos y calladamente inquietos.

Como tantas otras veces en nuestra relación siempre azarosa, cuando me desperté a la mañana siguiente, Marcus ya no estaba. Descalza y con el pelo revuelto, me acerqué al balcón, abrí las contraventanas de madera y dejé que entrara la luz a chorros, luz limpia y transparente. Nuestra habitación se volcaba sobre un patio frondoso, a mis oídos llegó el borboteo de la fuente central y un intercambio de voces femeninas en una lengua que me resultaba familiar aun sin entenderla. Una de ellas soltó una exclamación, las otras rieron entre las buganvillas, los grandes macetones y las palmeras. Se dejaron ver a los pocos segundos: tres jóvenes empleadas vestidas de blanco con pañolones cubriéndoles la cabeza, entre los brazos cargaban montones de ropa de cama. Me recordaron a la dulce Jamila de aquellos días morunos remotos ya en el tiempo y a su vez, en mi memoria, tan cercanos siempre.

Las tres se giraron cuando otra voz rotunda las calló en seco: desde uno de los arcos laterales, una señora madura accedía al patio, alta, enérgica, ancha de hombros, con busto prominente y el pelo blanco recogido en un moño, impecable en su vestido de mañana. Entremezclando el inglés y el árabe, repartió órdenes con timbre poderoso; las chicas asintieron obedientes y cada cual retornó a sus obligaciones. Una vez sola, ella se inclinó para recoger unas cuantas hojas de jazmín caídas sobre el agua de la fuente. Al enderezar el cuerpo, me pareció que lanzaba una mirada hacia mi balcón, disimulada, discreta. Después deshizo sus pasos; aun cuando su imagen quedó fuera de mi encuadre, el eco de sus tacones siguió resonando sobre las losas.

Me había visto, sí. Había comprobado que estaba despierta. Lo supe en apenas diez minutos, cuando otra empleada tocó en la puerta de mi habitación y me entregó una nota: Mrs Bertha Spafford Vester ruega el placer de su compañía para desayunar a las nueve y media. Miré la hora, eran las nueve y diez. Veinte minutos más tarde entré en el comedor sin haber decidido aún cuál de mis identidades sería la más apropiada para presentarme, si la modista madrileña, la marroquí colaboradora de los británicos o la esposa dispuesta a acompañar a su hombre hasta el fin del mundo. Al fin y al cabo, todas eran más o menos verdaderas.

—Siempre que me resulta posible, me complace dar la bienvenida a nuestros nuevos huéspedes en persona.

Sentada frente a ella en una mesa esquinera, separadas por mantel de hilo, delicada vajilla y cubertería de plata, me di cuenta de que tenía más años de los que intuí en un principio. Se acercaba probablemente a los setenta; mayor que mi madre, pensé. Mayor incluso que Lady Olivia y por completo distinta a ambas, al menos en apariencia. Acepté café. Es turco, magnífico, dijo contundente. Acepté tostadas y mermelada amarga. La hacemos aquí, aclaró, con nuestras propias naranjas. También los huevos son nuestros, ¿cómo los prefiere, fritos o revueltos?

La seguí observando mientras daba órdenes a un camarero de rostro oscuro. Tenía los ojos azules, llevaba perlas en el cuello y las orejas. Sobre su pecho voluminoso, cerrando el escote del vestido, se incrustaba un broche bruñido con forma de serpiente.

—Somos norteamericanos, cristianos independientes; no formamos una gran comunidad, pero sí llevamos décadas activos sobre todo en causas sociales y filantrópicas —aclaró mientras sobre su pan untaba la mantequilla; intuí que se estaba refiriendo a la colonia o asociación a la que pertenecía—. Mis padres abandonaron Chicago a finales del siglo pasado; la muerte de mis cuatro hermanas mayores, ahogadas en un naufragio siendo niñas, los trastornó para siempre. A partir de ahí decidieron instalarse en Tierra Santa buscando sosiego para sus pobres almas;

yo tenía sólo dos años cuando me trajeron. Ellos ya no están vivos, mi marido tampoco, y mis seis hijos andan repartidos por el mundo. Ahora soy yo la que sigue al mando de la institución, ayudada por un grupo de cómplices voluntarioso y comprometido.

Habíamos terminado la primera taza de café, dulce y espeso; una delicia, en efecto, comparado con el sucedáneo que tomábamos aquellos días en España. Sin preguntarme, se dispuso a servirnos de nuevo.

—Mantenemos un hospital infantil y tierras productivas —prosiguió mientras el chorro de líquido oscuro caía en un borboteo sobre la porcelana—. También un taller para muchachas árabes y varios comedores de caridad.

Resultaba evidente el interés de mi anfitriona por mostrar antes de nada sus credenciales; describir los objetivos de su colonia debía de ser la carta de presentación con la que saludaba a cualquiera que se alojara bajo su techo.

—Esta casa de la carretera de Nablus en la que ahora estamos, la compramos a la poderosa familia Husseini y en ella nos instalamos en un principio para vivir todos de forma comunal hace ya décadas; después decidimos convertirla en un establecimiento hostelero cuyos beneficios reinvertimos en nuestras otras actividades humanitarias.

Hizo una pausa, masticó su tostada, bebió de nuevo.

—Además, damos la lata a las autoridades y a los privilegiados de Jerusalén en favor de quien más lo necesita y, cuando hace falta, buscamos ayuda hasta debajo de las piedras e intentamos ganarlos, si podemos, a nuestra causa.

—¿Y cuál es su causa, Mrs Vester?

—Si se refiere a si somos proárabes o projudíos, sepa, querida, que nuestra colonia jamás ha tomado partido. Sólo queremos el bien común. La política nos es del todo ajena.

A pesar de su abundancia un tanto excesiva de explicaciones, me agradó desde el principio Bertha Vester; me resultó directa y clara, con un inglés accesible para mí a pesar de su acento. A diferencia de la afilada cadencia de la madre de Marcus, se esforzó para que lograra seguir el hilo de la conversación fácilmente.

El comedor estaba casi vacío cuando acabamos el desayuno, tan sólo quedaban una joven madre con dos niños y una pareja madura leyendo la prensa. Mientras nos levantábamos, a mi cabeza volvieron soplos de memoria de otra mujer igualmente hospitalaria aunque con un estilo muy diferente: Candelaria, en Tetuán, cuando yo no era más que una joven ingenua abandonada por un sinvergüenza. Casi diez años habían pasado desde entonces, y en nada se parecía aquella modesta pensión de La Luneta a esta magnífica villa del próspero barrio de Sheij Jarrah. Tampoco el porte y las maneras de mi matutera tenían nada que ver con la distinción sin estridencias de esta regia dama. Ni siquiera yo era la misma: por mí habían pasado asuntos turbios, sentimientos, responsabilidades y gentes diversas que me abrieron los ojos a lo mejor y lo peor de la condición humana, y me enseñaron a percibir dónde se agazapa la mezquindad y desde dónde emergen la integridad y la decencia.

Estaba a punto de dar las gracias a mi anfitriona por el desayuno cuando ella se me adelantó.

—¿Le espera en su cuarto algún asunto que requiera su atención ahora mismo?

Mi gesto negativo fue elocuente.

—Tengo que ir al banco a depositar unos cheques. Estaré encantada —propuso entonces— si quiere acompañarme.

El chófer era un sudanés negro, y el auto un Ford tan americano como su dueña. Sentadas ambas en el asiento trasero, a medida que nos adentrábamos hacia el centro de Jerusalén, ella fue indicándome los lugares que nos salían al paso: la catedral anglicana de Saint George, la muralla, la Puerta de Damasco, la post office rusa, la Puerta Nueva, el Hospital Francés, la capilla de San Vicente de Paúl, una police station... Entretanto, yo lo absorbía todo con la mirada, dubitativa. ¿Qué habría de proporcionar este lugar extraño a nuestras vidas? ¿Lograríamos ser aquí medianamente felices, seríamos capaces de hacernos un hueco propio?

¿Conseguiríamos mantenernos al margen de las tensiones del sitio o acabaríamos siendo arrastrados por ellas?

Al principio de nuestro trayecto vi mayoritariamente árabes, hombres sobre todo. Unos iban vestidos a la usanza propia por entero, otros llevaban trajes de chaqueta a la europea y las cabezas cubiertas con un pañolón ceñido a la frente; después aprendería que se llamaba kufiya. Algunos se tocaban con el fez rojo propio de las clases acomodadas, el mismo que yo recordaba de mis tiempos entre costuras en Marruecos.

A medida que nos adentrábamos en la zona moderna, los árabes dejaron de ser tan visibles y los judíos ocuparon sus puestos, no los ultraortodoxos con barbas pobladas, abrigos negros, tobillos al aire y grandes sombreros, sino hombres urbanos ataviados con trajes de sastre que lo mismo les habrían servido para caminar por Ámsterdam, Berlín o Varsovia, y mujeres con vestidos floreados y los brazos al aire, chicos con camisas blancas de mangas subidas y cuellos abiertos, muchachas jóvenes con el pelo marcado con tenacillas y blusas claras de verano. Gente variopinta, en definitiva, que caminaba con aparente normalidad por las aceras, cruzaba las calles, bajaba o subía a un autobús, se detenía a saludar a alguien en una esquina o se sentaba en la terraza de un café para leer *The Palestine Post* o un diario escrito en hebreo. Entre ellos, chirriando con la aparente tranquilidad del escenario, percibí también soldados, numerosos soldados británicos con sus uniformes kaki, el pantalón por encima de la rodilla y los calcetines altos, la boina ladeada. Y policías al servicio de su majestad. También policías. Policías a montones.

Las calles se abrían ante nosotras bien asfaltadas, con aceras amplias y edificios armoniosos. La mayoría de las fachadas estaban levantadas en piedra color arena, hermosas y equilibradas por normativa del Mandato colonial que —como en todo— intervenía también en la arquitectura y el urbanismo: orden británica fue desde el principio que los edificios se construyeran con piedra de las canteras cercanas. Grandes toldos de lona clara protegían las fachadas de oficinas, cines, hoteles, comercios, agencias. En aquella, zona la mayoría de los carteles y rótulos estaban escritos en inglés, muchos en hebreo, ninguno en árabe.

El banco de mi anfitriona apareció ante nuestros ojos con su forma semicircular, arcos en el acceso y una lustrosa Union Jack en las alturas, agitando suavemente los colores del Imperio bajo el sol matinal. BARCLAYS BANK, DOMINION COLONIAL AND OVERSEAS: las mayúsculas metálicas brillaban sobre la fachada. Allí nos apeamos, yo despacio, mirando a mi alrededor, intentando absorberlo todo, incapaz de entender todavía cuáles eran las reglas del juego, cómo se movían las piezas en ese nuevo tablero.

—Recójanos a la una en el King David, por favor, Mustafa —ordenó ella al conductor, inclinándose para hacerse oír a través de la ventanilla abierta.

El King David, dijo. También ignoraba a qué se refería Bertha Vester al mencionarlo. Era la primera vez que escuchaba aquel nombre que me seguiría resonando para el resto de mis días en el alma.

Había varias decenas de clientes en el banco, británicos casi todos. Nuestros sombreros veraniegos, nuestros vestidos y guantes suponían un colorido contrapunto a la mayoría masculina que nos rodeaba. Mi anfitriona repartió saludos y las réplicas fueron siempre afectuosas. Good morning, Mrs Vester. Good morning, my dear friend. Isn't it a wonderful day? No me presentó a nadie; no era ni el sitio ni el momento. Le ofrecieron avisar al director para que la atendiera personalmente, pero no quiso. Su trámite fue rápido, apenas hubo espera; como si aquel tipo de transacción fuese algo recurrente y ella un personaje al que trataban siempre con deferencia.

Estábamos a punto de abandonar las oficinas cuando casi chocamos con un individuo que entraba impetuoso, enfrascado en prisas y papeles. Su hombro y mi hombro, de hecho, llegaron a rozarse. Era alto, corpulento, con pelo castaño abundante y un traje de algodón claro, la chaqueta algo arrugada, la corbata algo suelta.

—¡Vaya con cuidado, Soutter! —advirtió mi compañera sin darle opción siquiera a disculparse—. ¿Por qué anda siempre con tanta premura, querido? ¿Es que en el PBS no pueden pasar sin usted ni un solo minuto?

3

Un rápido barrido al grandioso lounge me fue suficiente para detectarlo. Marcus estaba sentado a una de las mesas del flanco izquierdo, compartiendo charla con otros dos hombres. Parecía relajado, pero eso no suponía una evidencia de nada: incluso durante los momentos más tensos o complejos, él raramente perdía el sosiego. En una mano sostenía un whisky con hielo, en la otra un cigarrillo. En el rostro, un gesto que no alteró al verme. Ante su reacción, yo me comporté de forma idéntica.

Aquélla había sido nuestra manera de proceder a lo largo de los años: cada vez que coincidíamos en un sitio público, ninguno mostraba la menor señal de conocer al otro. Por seguridad, por precaución, mero protocolo básico. Como si no nos hubiéramos tratado jamás, así actuábamos siempre. Como si nunca hubiésemos compartido temores y piel, inquietudes, lealtades y caricias. A buen seguro, aquí no había necesidad de ser tan cautos: ya no estábamos en el Madrid proalemán de nuestra primera posguerra, donde Franco había seguido mimando a los nazis mientras trataba a patada limpia a los británicos. Aun sin haberlo acordado, por mera inercia probablemente, aquel mediodía ambos mantuvimos nuestros códigos de siempre. Simulado despego. Calculada inadvertencia. Ni caso el uno al otro, como si fuéramos transparentes.

A diferencia del recogido encanto del American Colony, el King David Hotel resultó un sitio grandioso: el Palace o el Ritz que yo acostumbraba a frecuentar, en comparación, se me antojaron modestos. Aquello era otra categoría, un tributo a la opulencia combinando lo genuinamente propio del Cercano Oriente con un ambiente mundano. Seis alturas de edificación sobre una gran planta rectangular, construido con dinero judío de procedencia egipcia y alzado por mano de obra árabe con piedra procedente de una cantera cercana a Jericó. Decorado con mármoles blancos y verdosos, paredes ornamentadas con escenas bíblicas y enormes lámparas bizantinas colgadas con cadenas de los techos. Así era el King David.

Un atento encargado europeo cuyo origen no logré identificar nos acomodó en una de las escasas mesas vacías, junto a uno de los ventanales abiertos al jardín. A distancia de Marcus, por suerte.

—Los lugares más icónicos de Jerusalén son de naturaleza distinta, como supongo que sabe —dijo Bertha Vester abanicándose con discreción el escote—. Para visitarlos y entenderlos, sin embargo, se necesita otro recogimiento. Dentro de esta zona moderna, extramuros, probablemente éste sea el mejor lugar para arrancar su estancia.

Pidió un jugo de frutas, me sumé.

—Aquí se reúne todo el mundo a diario para hablar ad infinitum acerca de política y dinero; para informarse e intrigar sobre el mundo y el Cercano Oriente en general, y en particular sobre esta desventurada Palestina nuestra. Empresarios, turistas distinguidos, altos cargos de corporaciones, periodistas y comerciantes, traficantes, oportunistas diversos. Y, por supuesto, montones de prósperos judíos locales y árabes de abolengo: aquí los tiene a todos —anunció a la vez que recorría con la mirada el amplio espacio—. Digamos que el King David es el más cosmopolita de los lugares públicos de Palestina. Y del todo neutral. De momento.

Junto a nosotras pasaron tres militares; oficiales de alto grado, deduje por sus galones y empaque.

—Sobrevolándolos a todos, como verá, están los británicos, naturalmente —añadió respondiendo con gesto educado al saludo de uno de ellos—. Aquí han instalado sus cuarteles generales el Ejército y el Secretariat, el gobierno civil del Mandato. Se trasladaron todos justo antes de empezar la guerra en Europa, durante la sangrienta revuelta árabe, por seguridad y por conveniencia. Tienen copado casi medio hotel, el ala sur al completo. Aunque por estas estancias sólo se mueven los oficiales y altos cargos, como es natural. Las tropas tienen por otro lado sus cuarteles y sus clubes. Y los oficinistas, las mecanógrafas, las telefonistas y el personal subalterno acceden por puertas traseras y usan escaleras de servicio.

Un camarero negro y esbelto, vestido como para una opereta, nos trajo nuestras bebidas en una bandeja de cobre repujado que manejó con destreza.

—Mozos sudaneses para que les sirvan y árabes para que les limpien los suelos y les laven los platos, ¡larga vida al Imperio! —añadió Bertha Vester con un guiño de sarcasmo.

Me llevé mi vaso a los labios y, sin dejar de mirarla, bebí lentamente. Después lo deposité sobre la mesa, también despacio. Mis años de minuciosa colaboración con los servicios secretos me habían enseñado no sólo a escuchar con suma atención, sino también a provocar, con mis silencios, que los demás siguieran hablando.

—Pero la vida ahí afuera es dura, my dear. Usted misma comprobará que los ingleses y el resto de los expatriados viven aquí como si Jerusalén fuese una especie de trasatlántico. Alternan en los mismos sitios, a las mismas horas y con la misma gente, moviéndose todos al mismo ritmo, aparentemente inalterables siempre. Y entretanto, en los extrarradios y las aldeas, en los campos y los asentamientos hay carencias. Y odio, querida. Odio intenso que crece y crece.

Otra de las habilidades que desarrollé durante mis quehaceres clandestinos fue la capacidad para bifurcar mi atención sin que mis interlocutores se dieran cuenta. Por eso, mientras escuchaba a mi anfitriona atenta para no perder ni una sílaba, percibí también cómo Marcus y sus acompañantes terminaban sus aperitivos y se levantaban. Uno de los desconocidos agarró el sombrero y le tendió la mano a modo de despedida. El otro hizo una seña a uno de los camareros e indicó el lugar del interior al que se dirigían; por la hora cercana al almuerzo, supuse que se trataba del restaurante.

—Mi marido —musité entonces apuntando levemente en su dirección con la barbilla—. My husband.

Era la primera vez que pronunciaba delante de alguien ese posesivo y ese sustantivo juntos. No tenía razón alguna para hacerlo: jamás habían salido esas palabras de mi boca, ocultos como nos mantuvimos siempre, falseando realidades, encubriendo sentimientos. Acababa de romper de forma unilateral mi opacidad, la permanente discreción que me habían obligado a mantener. Pero qué más daba, si Bertha Vester nos tenía alojados juntos en su casa, compartiendo cuarto y cama, baño, armario.

Algo debió de percibir ella, no obstante, en mi tono o en mi gesto.

—A veces los matrimonios se salen de la norma —afirmó con la sabiduría intuitiva que acumulaba tras sus siete décadas.

Las dos teníamos ahora la mirada fija en Marcus al alejarse, en esa espalda sólida que me daba apoyo en las noches turbias y seguridad en los días inciertos. Marchaba junto al otro hombre, iban charlando.

—Siempre es más fácil —prosiguió ella— cuando alguien se ata a un igual, a una persona de su mismo mundo. Con todo, a veces, por razones extrañas, nos embarcamos en naves que habrán de llevarnos a través de temporales y tormentas.

Marcus y su acompañante desaparecieron tras unas enormes puertas de cedro, Bertha Vester continuó hablando.

—Sé lo que digo, amiga mía; tengo conocimiento de causa. Mi marido era de origen suizo-alemán; al principio de nuestra relación, cuando mi madre supo que nos veíamos, decidió el regreso de mi familia a Chicago temporalmente. Ni un solo día de aquellos dos años separados dejé de pensar en él, en Frederik Vester. Al final regresamos a Palestina y lo aceptó; él se integró con facilidad, fuimos una pareja feliz hasta que un ataque al corazón lo arrancó de mi lado hace tres años.

Desvió la mirada hacia el jardín, como si reflexionara unos

instantes. Tras la cristalera se percibía una hermosa rosaleda, fuentes y caminos enlosados, cipreses cortados como si les hubieran hecho la manicura.

—Pero pudimos haber sido desgraciados igualmente.

Sus ojos azules retornaron a los míos. Suspiró con fuerza, y con su suspiro se elevó el pecho y el gran broche.

Me quedé callada, contemplándome las manos sobre el mármol de la mesa, manos de hija única nacida de una madre soltera, manos cansadas de coser desde una infancia llena de estrecheces. Mi propia experiencia respecto al matrimonio era mínima y, en mi entorno más cercano, carecía de referentes con los que confirmar o refutar su juicio. Mis padres nunca llegaron a casarse; él lo hizo, por su parte, con una mujer a la que jamás conocí y, hasta donde yo sabía, no fueron demasiado felices, pero jamás indagué en los motivos o las culpas. Mi madre, Dolores, un par de años atrás había aceptado en la iglesia de Tetuán, para la salud y la enfermedad y las alegrías y las penas, a un funcionario de correos retirado, un viudo sereno que le aportó compañía, sustento económico y afecto, pero aquélla era una pareja del todo distinta a la mía, el cierre de un círculo más que el arranque de un tramo vital que aspirara a ser venturoso y duradero.

Cuando nos dirigíamos a la salida, justo antes de ser engullidas por la gran puerta giratoria, Bertha Vester me indicó un mostrador de madera brillante sobre el que reposaban publicaciones, planos, folletos turísticos y una rueda de tarjetas postales.

—Quizá quiera enviar a los suyos alguna imagen de esta tierra tan santa como compleja.

4

Envié aquellas postales, sí. Después, con el paso de los días y las semanas y los meses, mis escritos fueron cartas. Cartas a mi madre, dirigidas a sus señas tetuaníes de señora bien casada. Cartas a mi padre, a las señas de su piso de Hermosilla. A mi amigo Félix, que se había mudado a Tánger tras enterrar a su odiosa madre sin verter ni una lágrima. A Candelaria, a Rosalinda, aunque su dirección fuera siempre cambiante. Largas cartas para todos dentro de las cuales, a pesar de la multitud de letras encadenadas, nunca contaba gran cosa. Les narraba tan sólo fogonazos, pequeños detalles y anécdotas, como si mis ojos fueran los de una turista de luces escasas y frivolidad suprema. La dulzura de las sandías, el sempiterno regateo en los bazares de los zocos, la estampa impactante de aquellos judíos ultraortodoxos que se golpeaban la cabeza contra el Muro de las Lamentaciones.

Jamás mencioné el flanco más áspero, ni una sola palabra dedicada a los estallidos de violencia. Como si Jerusalén fuera un balneario y yo viviera en una luna de miel perenne. Para qué describir las complejidades y los conflictos que se enmarañaban sin esperanza de solución en ese lado del mundo. Qué sentido tenía mencionar los compromisos de Marcus y mis desvelos, sus incertidumbres, mis miedos.

El verano acabó con pronósticos ingratos: el nuevo Gobierno británico del laborista Clement Attlee se mantenía férreo en la decisión de no permitir en suelo palestino la acogida de judíos europeos a gran escala. En respuesta, los hebreos locales mostraron abiertamente su rechazo. La mayoría de la población canalizaba su notorio malestar con protestas y reclamaciones exigentes pero pacíficas; había no obstante también otras formas de mostrar el desacuerdo. Los tres grupos armados clandestinos —la Haganah, Irgun y Lehi—, que hasta el momento ejercían su violencia por separado, apartaron sus diferencias transitoriamente y se unieron en común rebelión contra el Mandato de los ingleses. Sus objetivos en esos días fueron puestos de policía, radares, refinerías de petróleo, líneas ferroviarias. Desde dónde llegarían las siguientes agresiones y hacia qué objetivos dirigirían su furia suponía para árabes y cristianos una incertidumbre permanente.

Marcus y yo continuábamos entretanto instalados en el American Colony, apartados del bullicio urbano. La marcha de otros huéspedes nos permitió mudarnos dentro de sus instalaciones a una estancia mayor, casi un apartamento. Bertha Vester y su atento servicio se seguían ocupando de nosotros, nos daban de comer, nos lavaban la ropa, ponían un auto con conductor a mi disposición cuando lo necesitaba, me invitaban a sumarme a actividades y eventos. Aun así, quizá porque carecía de funciones concretas, o tal vez por la extrañeza del entorno, a pesar de mis esfuerzos y del paso de los días me costaba trabajo hallarme en el papel de esposa expatriada y, sobre todo, inactiva.

El arranque del otoño trajo tormentas de arena y polvo del desierto; con ellas, prosiguieron los disparos y los arrestos, las revueltas callejeras, armas que pasaban de mano en mano y estallidos de artefactos caseros. Después llegaron las primeras lluvias, purificadoras, bienvenidas, sanadoras para las mentes atribuladas y los terrenos resecos. Los días se hacían más cortos, la ciudad parecía replegarse. Y en medio seguía yo, la modista que ya no cosía, la conspiradora que ya no conspiraba, la desocupada esposa de un británico con resbalosas responsabilidades que pasaba más tiempo fuera que a mi lado. Así transcurría mi existencia, intentando nadar entre dos aguas, esforzándome por hacer equilibrios como un funámbulo.

Por un lado pretendía disfrutar la experiencia de vivir en aquella Jerusalén tan significativa para tres credos. Con ese fin me había sumado a diferentes visitas a la Ciudad Vieja; mis pies recorrieron la Vía Dolorosa y las callejas escalonadas de los distintos barrios, mis ojos contemplaron el Santo Sepulcro y el Cenáculo, la Torre de David, la Cúpula de la Roca, la catedral armenia de Santiago. Aprendí a distinguir las particularidades de las distintas comunidades, podía identificarlas por sus lenguas, sus veneraciones, sus atuendos. Los sacerdotes griegos con sus barbas y sus mitras, mis compatriotas franciscanos y sus hábitos marrones amarrados con un modesto cordón de tres nudos, los judíos ortodoxos con sus abrigos negros, sus enormes sombreros y los tirabuzones cayéndoles por delante de las orejas, a ambos lados de la cara.

Junto a ellos, en movimiento por el laberinto de sus entrañas, vi también a la gente común, musulmanes y judíos y cristianos, niños, mujeres, hombres dedicados a sus pequeñas tareas cotidianas, a sus rutinas, sus ventas y sus compras de panes, aceite, higos, garbanzos, velas, pescado. Y entremezclándose entre esos habitantes de siempre, contemplé también a jóvenes colonos hebreos tostados por el sol y vestidos de kaki que se movían con paso entusiasta, a peregrinos y visitantes recién llegados desde mil puntos del globo terráqueo, cabras flacas y burros cargados de mercancías, beduinos del desierto, niñas rubias inglesas en uniforme de colegio y otro montón de gentes diversas que se juntaban y separaban constantemente, se amalgamaban y disgregaban por las calles, las plazuelas y los callejones como si fueran cristales de colores dentro de un caleidoscopio.

A pesar de intentar evitarlo, sin embargo, no lograba dejar de sentir una inquietud perenne clavada en los huesos. Marcus se marchaba temprano, a menudo volvía tenso, a veces se iba fuera dos o tres días, a Tel-Aviv o a Jaffa o sabía Dios dónde, siempre insistía en que no me preocupara por él, en que yo misma tuviera cuidado. Cuando estaba conmigo, no obstante, procuraba aliviar mis preocupaciones, quitar hierro a mis miedos. Algunas noches —las menos— nos retirábamos temprano a nuestra habitación del American Colony y me hablaba sobre sus asuntos hasta donde le era posible, a veces incluso un poco más de lo prudente, y después hacíamos el amor sin prisa y nos susurrábamos al oído promesas y proyectos. En otras ocasiones —las más—, él proponía que saliéramos. Sin duda se mostraba sincero cuando insistía en proporcionar a mis jornadas algo de entretenimiento, cenas, bailes, sitios, gentes. Pero también era cierto, y yo lo sabía, que aquella vida social nocturna y expansiva resultaba de interés para su misión: de una forma u otra, absorber información era su trabajo, y ésta podría reptar por cualquier rincón en las madrugadas.

A menudo acudíamos al Fink's Bar, un pequeño local repleto de humo y variedad en los rostros, las bebidas y las lenguas; otras noches transcurrieron en el club del Semiramis o en el sótano del Jasmine House Hotel, the press ghetto lo llamaba Marcus por ser el lugar donde se alojaban los corresponsales ingleses y americanos. Lo que más solíamos hacer, sin embargo, era ir a casas particulares, residencias privadas en las que se organizaban reuniones concurridas, cenas en los barrios árabes de Katamon o Talbiya, ocasionalmente en el judío de Rehavia, cocktails o veladas en las villas de abogados, intelectuales o empresarios conectados de alguna forma con Europa, o compatriotas de Marcus o residentes extranjeros de paso: excusas siempre para continuar debatiendo, copa o vaso en mano, sobre la cuestión palestina y su inquietante futuro.

En ocasiones, de vuelta en el American Colony a las dos o las tres o las cuatro de la mañana, mientras yo me acostaba, Marcus se quitaba la chaqueta y la corbata, se doblaba las mangas de la camisa, encendía la pequeña lámpara del escritorio y se sentaba a trabajar tenaz y concentrado, insomne. Yo solía contemplarlo desde la cama, esforzándome para que no me arrastrara el sueño. Me gustaba ver su perfil recortado por la luz amarillenta de la bombilla, sus brazos desnudos desde los codos, el pelo algo revuelto ya a esas horas. Hasta que el ruido rasposo de la pluma sobre el papel terminaba haciendo que se me cerraran los ojos, sin saber cuánto tiempo aún se quedaría él escribiendo y qué palabras usaría para trasladar a sus informes las inquietudes que procesaba su cerebro.

El principio de noviembre trajo por fin al nuevo alto comisario, Sir Alan Cunningham, uno de los destinatarios de esos documentos exhaustivos que Marcus iba acumulando en los archivadores del despacho que le fue asignado dentro del King David Hotel, junto a las oficinas de sus compatriotas del Secretariat. Se trataba de un veterano militar de gran porte al que acababan de encargar un cometido repleto de obstáculos y sinsabores. A su bienvenida en Government House acudieron funcionarios de alto rango, militares aderezados con medallas y condecoraciones, diplomáticos de todos los rincones, representantes de grandes corporaciones y ciudadanos locales prominentes. Más los líderes, cómo no, del Alto Comité Árabe y de la Agencia Judía. Más nosotros, Marcus vestido de etiqueta, yo envuelta en una de mis creaciones.

Nos recibió la guardia de honor de la Highland Light Infantry, hubo salvas y vítores al rey y al Imperio en los jardines de la residencia del Monte de los Olivos mientras la tarde caía sobre la Ciudad Vieja, haciendo brillar las cúpulas doradas y sacando tonalidades mágicas a las piedras. La carta de su nombramiento se leyó ceremoniosamente en las tres lenguas dentro del gran salón de baile. Tomó juramento el más alto cargo del Tribunal Supremo del Mandato, ataviado con pompa protocolaria y larga peluca. Sería el séptimo nombramiento titular del más alto dignatario en la Administración británica. Nadie anticipó que se trataría del último.

Mientras la banda militar desplegaba por el aire los acordes de *God Save the King*, no pude evitar el recuerdo de aquella otra recepción en la Alta Comisaría de Tetuán hacía ya ocho años, la primera y última vez que Marcus y yo acudimos a un encuentro oficial juntos, cuando Serrano Suñer quiso conocer a Beigbeder y éste lo agasajó con mimo y desvelo, incapaz de sospechar que unos años después el Cuñadísimo le acabaría dando en el trasero una tremenda patada metafórica. Todo era muy diferente ahora en Jerusalén: los británicos jugaban en una liga distinta cuando de poderío colonial se trataba. Todo acontecía con otro empaque y otra dignidad, un protocolo infinitamente más excelso que el que gastaba nuestro humilde Protectorado.

No pude contenerme, mi voz llegó al oído de Marcus en forma de susurro.

—¿Cuánto tiempo va a quedarse?

Su respuesta sólo contuvo una palabra.

—Indefinido.

Me mordí la lengua para no preguntarle: ¿Y nosotros? Ansiaba que nos marcháramos de aquella tierra convulsa. Adonde fuera. Cuanto antes.

5

Dos semanas después, la carismática Katy Antonius nos invitó a una de sus fiestas. Las mejores de Jerusalén, sin duda, me adelantó Bertha Vester. Aun así, yo no tenía el menor interés en asistir. Llevaba un par de días sin encontrarme bien, habría preferido cien veces una de nuestras noches tranquilas sin movernos del American Colony, Marcus y yo solos, cenando cualquier cosa. O sin cenar siquiera.

Se lo repetí mientras terminaba de maquillarme, rizándome las pestañas frente al espejo con el vestido de gasa granate y los zapatos de tafilete puestos; aún llevaba unas cuantas pinzas en la cabeza, marcándome las ondas del pelo. Él, a mi espalda, acabó de abrocharse los gemelos, se aproximó, me agarró de los hombros, me dio la vuelta.

—¿Y qué voy a hacer yo sin ti, solo entre toda esa gente?

Mi respuesta fue una carcajada floja, me faltaban fuerzas.

—Mentiroso —susurré.

Una a una, empezó a retirar las pinzas que sostenían mi melena.

—No miento; siempre logras meterte a quien te propones en el bolsillo —dijo despacio, rozándome con su aliento.

Quitó la primera y la lanzó al suelo, sobre las baldosas sonó un repiqueteo metálico. Varios mechones se posaron sobre mi hombro izquierdo.

—Apareces como una esposa bella y extraña colgada de mi brazo...

Quitó la segunda, se oyó otro clin, los mechones se extendieron ahora sobre el hombro derecho.

—... examinas con precisión el panorama fingiendo que estás admirando la decoración o el ambiente...

Con la retirada de la tercera pinza, sobre mi espalda cayó el resto.

—... captas a tu objetivo y lo analizas minuciosa...

La cuarta y última hizo que me cubriera el rostro una cortina de pelo; él la apartó con el índice.

—... y en media hora logras tu objetivo.

A pesar de mi malestar, no tuve más remedio que sonreír con ironía; sabía de sobra que, agazapado tras sus alabanzas, había un propósito.

—Y esta noche, mi amor, ¿a quién quieres que consiga?

—A alguna pareja de judíos. Creo que estarán los Valero.

Actuábamos así a menudo, coordinados, cómplices. Cuando él perseguía algún objetivo disfrazado de evento social amistoso, yo le echaba una mano. Antes me proporcionaba siempre un pequeño arsenal de datos.

—Origen sefardí —prosiguió en tono casi telegráfico mientras se ponía la chaqueta—. Él, médico. Descendiente de una acaudalada familia de banqueros locales, antepasados llegados desde España hace siglos.

Me volví de nuevo hacia el espejo, hundí los dedos entre el cabello que Marcus me acababa de soltar, terminé de peinarme.

—Llevan varias generaciones conviviendo amigablemente con los árabes, haciendo negocios juntos, tejiendo relaciones fluidas sin apenas altibajos. Pero en los últimos tiempos, tras las oleadas de judíos askenazíes procedentes de Europa central y del este, los sefardíes se han convertido en minoría. Me interesa, por eso, conocer a algunos de ellos. Saber de primera mano si retienen algo de influencia.

Desencapuché entonces una barra de rouge.

—¿Qué necesitas exactamente?

La pasé por mis labios, el superior antes, el inferior luego. Marcus, a mi espalda, se había metido las manos en los bolsillos del pantalón y me contemplaba apreciativo. Presioné la boca para fijar el carmín, volví a abrirla.

—¿Una invitación a cenar en su casa, por ejemplo?

El chófer del American Colony nos llevó hasta Karm al Mufti, la imponente villa de Katy Antonius en la falda del monte Scopus, relativamente cerca de nuestro alojamiento. Atravesamos un portón de forja repleto de arabescos, el jardín apareció ante nosotros iluminado con antorchas. Hasta el porche llegaba la música cuando descendimos del Ford de los Vester. Apenas entramos, un sirviente de tez oscura con vistosa túnica de terciopelo tomó nuestros abrigos, otro igualmente ataviado nos ofreció una bandeja con bebidas, un tercero nos tentó con pequeños bocados y frutos secos. Me conocía bien Marcus: el tiempo que tardé en rechazar cortésmente tanto los cocktails como los aperitivos fue justo el que necesité para elaborar una panorámica. Más o menos.

Cerca de un centenar de cuerpos fluían por el salón entre alfombras antiguas, tapicerías de Damasco y mobiliario francés art déco. Mujeres europeas con traje de noche acomodadas en otomanas y butacones con las piernas cruzadas y un pink gin en la mano, mujeres árabes cubiertas algunas con preciosos caftanes y otras a la moda mundana del presente, fumando todas unos largos cigarrillos con filtro color carmesí. Burócratas coloniales de estricto black tie, oficiales del Ejército de su majestad en uniforme de gala y árabes en amplio rango de edades, alguno ataviado con larga túnica blanca, la mayoría con trajes urbanos de tres piezas. Entremezclados con todos ellos, flanqueados por estantes repletos de libros, grandes faroles, hermosos grabados y lienzos expresionistas, circulaban diplomáticos e intelectuales de orígenes diversos, aristócratas de paso, reporteros en activo, exiliados de lujo y un puñado de personajes a los que me resultaba complicado insertar en una casilla concreta. Judíos, sin embargo, salvo algún periodista, apenas había: la creciente tensión no alentaba el contacto en encuentros festivos, y Katy Antonius era una árabe probritánica furibunda.

Desde un gramófono, las voces y las maracas extemporáneas de las Andrews Sisters sonaban en la sala al ritmo melodioso de

Rum & Coca-Cola. En el ambiente flotaba el humo del tabaco, conversaciones acaloradas y risas sueltas de tanto en tanto. Mi valoración fue rápida: se trataba de un escenario infinitamente más sugestivo que cualquiera de las muchas fiestas formales a las que solía asistir en Madrid, donde todo era recato iluminado con bombillas de bajo voltaje, quizá porque mi patria todavía se estaba curando las heridas de una guerra y en Palestina se vivía esos días la efervescencia un tanto temeraria de quien aún desconoce lo venidero.

Una mujer de escasa estatura enfundada en capas de organza se nos acercó extendiendo los brazos. Su rostro era cordial y su voz algo chillona. Superaba los cuarenta, llevaba el pelo corto, rizado y oscuro a excepción de un mechón blanco caído sobre la frente. Colgado de su cuello, un largo collar de perlas barrocas.

—Welcome, welcome, mis queridos amigos...

Apenas nos conocíamos, tan sólo habíamos coincidido en algunas ocasiones sin cruzar casi palabra. Pero nos había visto no hacía mucho en la recepción de Government House, debió de intuir que algún quehacer interesante tenía Marcus entre sus gentes y decidió absorbernos. Por la calidez de la acogida de esa noche, cualquiera podría pensar que acumulábamos décadas de amistad a las espaldas.

—Adelante, qué alegría teneros entre nosotros, queridos; formáis una pareja fabulosa —prosiguió con júbilo—. Estás cada día más atractivo, mi admirado Mark. Y tú, my dear, impactante as usual con ese traje divino, muero de envidia por no compartir modista contigo. Ven, cariño, ardemos todos en deseos por conocer tu visión de cómo ha quedado España después de que el pequeño general se hiciera con el mando...

Katy Antonius pertenecía al grupo de los árabes cristianos de Jerusalén: los que mantenían un punto de vista más templado en el conflicto, a juicio de los ingleses. No eran mayoritarios, poco más de cien mil, pero sí cultos y viajados, muchos prestigiosos profesionales, residentes casi todos en barrios distinguidos, vestidos casi siempre al modo occidental, amantes de los caballos y los partidos de tenis en el YMCA, con sus hijos matriculados en universidades británicas, o en la tolerante American University de Beirut o en el prestigioso Victoria College de Alejandría. A menudo ocupaban cargos de relieve en la Administración del Mandato y para algunos de ellos la solución del territorio palestino no pasaba por la formación de Estados independientes, sino todo lo contrario: según ellos, todo se arreglaría si se acabaran convirtiendo en una auténtica colonia británica. Nuestra anfitriona, hija de un rico editor egipcio y viuda del historiador de origen libanés George Antonius, criada en la religión griega ortodoxa y educada en un colegio londinense para distinguidas señoritas, correspondía al patrón escrupulosamente.

Con verborrea chispeante, Katy Antonius me agarró por la cintura y me adentró en la gran sala mientras Marcus se quedaba atrás, enredado en otros saludos por su cuenta. Nuestra anfitriona había decidido convertirme en la atracción de la noche, una insólita española para dar colorido a su fiesta. Yo, en cambio, habría dado un mundo por poder salir corriendo, retornar a mi cuarto y acurrucarme entre las mantas.

—Déjame que te presente a algunos amigos, pero come antes algo, cariño, qué te apetece, dime...

Intenté negarme mientras ella lanzaba una seña imperiosa a uno de los sirvientes. Ante mí apareció una bandeja repleta.

—Mira, esto es hummus, supongo que ya lo conoces.

Lo conocía, claro; todo lo que pretendía ofrecerme lo conocía de sobra, lo conocía y normalmente lo disfrutaba, en cualquier otro momento habría aceptado agradecida. Pero ahora no. Ahora no quería nada, llevaba todo el día con el cuerpo revuelto y el humo denso del salón, o tal vez el ardor que desprendía la acumulación de cuerpos, o lo que quiera que fuese, estaba intensificando mi malestar por segundos. Katy Antonius, sin embargo, hospitalaria hasta el exceso, no parecía dispuesta a soltarme.

—A esto lo llamamos fatayer, éste está relleno de queso y es una delicia; prueba, cariño, prueba...

Empecé a sentir un intenso calor, noté que me sudaban las manos, la espalda. ¿Cómo se llamaba esa pareja a la que debería acercarme? Si me centrara en ellos, tal vez lograría mantener mi angustia a raya. Los Valero, ése era el nombre, pero ¿dónde estaban? Mi malestar crecía, y mi incombustible anfitriona no callaba.

—Y esto son kibbeh, hechos con cordero. Prueba, por favor, preciosa, están recién salidos de mis propias cocinas.

No tuve más remedio que acceder. Agarré entre los dedos uno de aquellos bocados con forma de croqueta, me lo llevé a la boca lentamente, con precaución extrema, como si estuviera a punto de ingerir una ampolla de cianuro y no una masa de trigo, carne picada y especias. Mordí un pequeño pedazo, mastiqué como pude. A mi alrededor, como en un universo paralelo, seguía sonando música americana, seguían flotando las conversaciones, dentro de algún corrillo estalló de pronto una descarga de carcajadas.

Incapaz fui de tragar, a pesar del esfuerzo. Y eso no fue lo peor. Mi estómago no sólo se negaba a dar entrada a ese diminuto trozo de comida, sino que amenazaba con arrojar todo lo que llevaba dentro. Agobiada hasta el extremo, quise susurrar algo pero, a juzgar por la reacción de Katy, los sonidos no llegaron a tomar forma.

—I beg your pardon?

Lo intenté de nuevo.

—No te entiendo, querida. ¿Te encuentras bien? Estás muy pálida...

No, no me encontraba bien. Necesitaba salir de allí de inmediato.

—¿Quizá quieres ir al tocador, my dear? Está en ese pasillo, al fondo...

No logró acabar la frase; dejando en su mano el resto del kibbeh, me encaminé precipitada hacia donde me estaba indicando. Hasta que, abruptamente, algo bloqueó mis zancadas. Un cuerpo. Un cuerpo grande de hombre que en ese momento se desgajaba de un grupo en busca de otra copa, o tal vez iba a marcharse ya, o quizá se estaba escapando de una conversación que no le interesaba.

Una ráfaga difusa de memoria pasó por mi cabeza. Ese hombre, ese hombro. Ese mismo hombre, su hombro y yo ya nos habíamos visto en un trance semejante. En Barclays Bank, recordé de súbito, como en un fogonazo. Él entraba, yo salía, chocamos.

—Parecemos destinados a colisionar, le ruego que me perdone mi torpeza. Aprovecho para presentarme, soy Nicholas Soutter, del ...

Cuando terminó de pronunciar las tres letras del PBS, yo no había logrado contenerme y mi vómito le salpicó los bajos del pantalón y los zapatos.

6

Recibimos desconcertados la noticia de mi embarazo. No entraba en nuestros planes, no estaba previsto. Un hijo en camino, Dios mío. Ya no era ninguna niña, superaba los treinta, a mi edad muchas mujeres tenían formadas familias enteras. Aun así, la desazón resultaba inmensa: tan lejos de mis coordenadas, en esa Palestina turbia, con Marcus siempre activo y a menudo ausente.

Arañándome el alma, además, aún sobrevivía el recuerdo amargo de otro tiempo. Tánger, el hotel Continental, la huida de Ramiro, mi confusión al leer esa carta que por fin me abrió los ojos a la realidad de sus intereses y sus sentimientos. El autobús camino de Tetuán, la hemorragia incontenible, el comisario Vázquez y las deudas injustas que sobre mí cayeron. Había transcurrido casi una década desde aquel verano del 36, muy atrás quedaba esa joven ingenua que un día fui, y en nada se parecía tampoco Marcus a Ramiro Arribas: el padre de la criatura que se empezaba a gestar dentro de mí era un hombre íntegro, no un canalla. Con todo, no logré evitar sentir de nuevo la congoja de aquellos días terribles. La incertidumbre. El abatimiento.

Marcus, como siempre, reaccionó con eficiencia. Su mente pragmática racionalizó la situación de inmediato para verla desde el ángulo más conveniente.

—En algún momento teníamos que lanzarnos a esta aventura. Y en Jerusalén hay un excelente hospital británico —me aseguró—. No existe riesgo de insalubridad, los alimentos del American Colony son de garantía absoluta, Bertha Vester está dispuesta a alojarnos hasta el fin de los días...

Le hice callar poniendo mis dedos sobre sus labios, necesitaba otra certeza.

—Pero nos iremos antes de que nazca, ¿verdad?

Sin responder, me acogió contra su pecho y me abrazó, como si quisiera contagiarme una porción de esa solidez que él desprendía y que en mí tanto escaseaba últimamente.

—No lo sé, Sira. No lo sé todavía.

El malestar del inicio, las náuseas que me llevaron a vomitar sobre el suelo de mármol de Katy Antonius y sobre los pies de un extraño fueron desapareciendo a medida que nos adentramos en diciembre. En las casas judías se celebraba Hanukkah, la Fiesta de las Luminarias, con el encendido progresivo de la hanukkiah, los candelabros de nueve velas. La Navidad se preparaba entretanto en los hogares de los cristianos, todo el mundo intercambiaba felicitaciones sentidas con la esperanza de que esos días y el año entrante trajeran la paz que tanto necesitaba aquella tierra.

Bertha Vester dispuso un gran árbol en el salón principal del American Colony y me invitó para que me sumara a decorarlo, como si se tratara de algo ilusionante. En mi infancia de la calle de la Redondilla tan sólo colocábamos encima de la estufa un humildísimo nacimiento de barro; en los años de Tetuán nunca tuve el ánimo como para aderezos festivos, y en mi piso de adulta de Núñez de Balboa me vi obligada a distribuir año a año unos cuantos adornos con el único fin de complacer a mis clientas. Pero jamás puse un árbol. Para mí, niña humilde del Madrid castizo, joven costurera en África y tramposa modista de barrio distinguido, un pino repleto de brillos tenía escaso sentido. Aun así, accedí por educación.

Dos días después, la invitación fue para hornear dulces navideños. Acepté de nuevo, sin interés ni ganas. La tercera convocatoria proponía ir a cantar Christmas carols. Ahí decidí plantarme. No echaba de menos ni mi esforzado día a día en el taller ni mis quehaceres clandestinos, siempre tan escabrosos, pero sí añoraba sentirme activa, útil de alguna forma. Aun así, colgar cadenetas de papel y bolas de colores, hacer gingerbread cookies o entonar villancicos entre desconocidos distaba mucho de ser aquello a lo que yo aspiraba en este nuevo tramo de mi existencia.

—La entiendo, querida —dijo Bertha Vester cuando rehusé su propuesta con excusas volátiles—. En su estado, necesita reposo. En cualquier caso, saldremos de casa media hora antes de las cuatro, por si finalmente se encuentra mejor y decide sumarse.

No, no era reposo lo que necesitaba. La gestación no me estaba debilitando: tenía brío, tenía fuerza. Lo que me ocurría era algo distinto, algo para lo que me resultaba difícil encontrar palabras. Como una especie de melancolía, una sensación de inquietud permanente. O tal vez se trataba tan sólo de mis hormonas revueltas.

Comí en mi cuarto, Marcus rara vez volvía para el almuerzo. Pasadas las dos me eché sobre la cama, intenté dormir pero me lo impidieron los ladridos de un perro en los corrales traseros, o unas voces desde el patio, tal vez el goteo del grifo mal cerrado del lavabo. O quizá, simplemente, no tenía sueño. Miré la hora, tres menos veinte. Me propuse entonces leer, en los últimos tiempos solía atreverme con novelas en inglés no demasiado complejas. Pero las líneas de *Hungry Hill* de Daphne du Maurier me bailaban ante los ojos, tampoco era capaz de concentrarme. Volví a mirar la hora: tres y cinco. Me puse las manos sobre el vientre en busca de un latido o un movimiento, aunque de sobra sabía que no iba a encontrarlo: todavía resultaba orgánicamente imposible percibir a esa criatura diminuta. ¿Qué nombre le pondríamos? ¿Tendría la nariz de Marcus, mis ojos oscuros, sus rodillas huesudas, mis pies estrechos, su color de pelo? ¿Su solidez? ¿Mis miedos? Incapaz de hallar respuestas, me giré sobre el costado y volví a enfocar la vista en el despertador. Faltaban diez minutos para las tres y media.

Llegué al vestíbulo poniéndome los guantes en el momento en que Bertha Vester se disponía a salir; la acompañaban otras dos huéspedes, maduras norteamericanas como ella.

—Me alegra que haya decidido sumarse, querida. Será un concierto muy especial, ya verá como no se arrepiente.

Ni siquiera sabía con exactitud adónde íbamos, me limité a contemplar el paisaje según descendíamos hacia el sur desde Sheij Jarrah. Envueltos en una tarde desapacible, a lo largo del trayecto vi niños jugando al borde de la carretera, mujeres árabes con fardos de leña a las espaldas, un pastor con su kufiya en la cabeza empeñado en meter en vereda a un rebaño de cabras famélicas. Pasamos junto a la Puerta de Damasco, nos dirigimos luego a la hermosa calle de los Profetas, llena de consulados, escuelas extranjeras, pequeños sanatorios y villas espléndidas. Torcimos en una de sus esquinas, QUEEN MELISANDE'S WAY, leí. Nos detuvimos finalmente frente a un edificio grande, construido con la misma piedra y aspecto semejante a todo lo levantado por los británicos. Desde las alturas, la sempiterna Union Jack ondeaba con furia movida por el viento.

Habíamos llegado a Broadcasting House, otros autos lo hacían a la vez o acababan de aparcar momentos antes; de ellos salían multitud de niños meticulosamente peinados con raya al lado y decenas de señoras, sus madres. Los primeros subían precipitados la ancha escalera; las segundas, con estolas de piel al cuello, sombreros de fieltro y elegantes carteras de mano, se detenían a saludarse atentas y complacientes. Se trataba en su mayoría de compatriotas de Marcus, las familias de los altos mandos militares y de los funcionarios más notables. Alumnos de Saint George's School, alumnas del English Girls' College y las esposas más internacionales de toda Jerusalén, como él solía comentar con ironía. Las que tenían a su servicio nanny del sur de Inglaterra, doncella rusa, jardinero chipriota, cocinero bereber y conductor armenio. Tal vez debería esforzarme e intentar parecerme a ellas, pensé observándolas: adaptadas a las idas y venidas de sus maridos en los diversos puestos que ocupaban a lo ancho del Imperio, plenamente conscientes de su papel de apoyo, conocedoras perfectas de la etiqueta, el protocolo, los escalafones y los nombramientos; expertas en obras benéficas y en el arte de servir la mesa.

Para lo bueno y lo malo, sin embargo, entre todas esas impecables cónyuges yo resultaba un ente extraño. Era la esposa de uno de los suyos, pero ni hablaba ni vestía ni comía ni me movía a su manera, ni entendía sus códigos ni conocía los entresijos de la Administración colonial o las normas más rutinarias de la perfecta intendencia doméstica. Esperé por eso a que ellas ocuparan las filas delanteras del salón de actos, dispuestas a escuchar los cánticos de sus criaturas. Bertha Vester me buscó para indicarme que me sentara a su lado. Por señas le di las gracias y le señalé la puerta de salida: prefería mantenerme en la parte trasera, sola, por si necesitaba una fuga urgente. Eso le di a entender. Una mentira como otra cualquiera.

El telón al abrirse dejó a la vista un piano en un lateral, a una directora rubia y redondita batuta en mano y un coro de cuarenta o cincuenta niños menores de diez años; a partir de esa edad, solían ser enviados a Inglaterra para continuar su educación en internados. En la oscuridad de la sala, mientras sonaban las primeras notas de *Silent Night*, volví a ponerme la mano en el vientre, donde algo iría creciendo con el paso de los meses. ¿Sería yo también capaz de separarme de mi criatura en cuanto me llegara a la altura del codo, tal como hacían esas exquisitas inglesas? ¿O me convertiría en una madre abundante, posesiva, gritona, al estilo de las mujeres de mi patria y mi plaza?

La soledad en la retaguardia duró poco. De uno en uno, de dos en dos, múltiples cuerpos tardíos fueron entrando con sigilo en la sala, ocupando asientos dispersos con discreción. Quedaban tan sólo dos o tres libres cuando alguien se sentó a mi derecha. El coro terminó *O Come, All Ye Faithful*, el salón entero se fundió en un aplauso.

—Confío en que ya esté recuperada.

Me giré súbitamente y a mi lado distinguí a un hombre; a pesar de la penumbra lo reconocí de inmediato. Era el mismo al que salpiqué los pies con mi vómito. Entre la mañana en que casi chocamos en Barclays Bank y el desastroso incidente de la fiesta, lo había visto en la distancia en algunos eventos, pero nunca nos habían presentado.

Intenté sonreír a modo de saludo, pero sólo logré una mueca tensa. Varios fogonazos de aquella escena incómoda volvieron a mi cabeza; recordé que él pronunció su nombre en el momento más crítico, pero no llegué a retenerlo. Cuando Katy Antonius y otras invitadas me llevaron casi en volandas a un cuarto de baño y los sirvientes se agacharon raudos para resolver mi estropicio, él debió de quitarse de en medio; después avisaron a Marcus y nos fuimos de inmediato. Al día siguiente, o al otro o en algún momento impreciso, pensé que quizá debería averiguar quién era, localizarlo, ofrecerle mis excusas. Pero nunca lo hice. Y ahora ahí lo tenía de nuevo, a unos palmos de distancia, casi rozando mi brazo con su brazo mientras el público se sumaba entusiasta a la invitación de la directora del coro para entonar todos juntos un nuevo villancico. Fuimos los únicos que permanecimos callados.

—¿Por qué no canta? ¿No le conmueve tanta ternura navideña? —musitó.

Me pareció detectar un punto de ironía en su voz, pero preferí ser discreta.

—No conozco las letras —reconocí simplemente—. No soy inglesa.

—Yo no la soporto —confesó sin rubor—; he venido sólo unos minutos por cubrir el expediente. —Desde la fila de delante se giraron ligeramente un par de cabezas con gesto malhumorado, estuve a punto de echarme a reír. Bajó entonces él la voz hasta un tono comedido—. ¿Me permite que la invite a un té, y así podrá disculparse por haberme estropeado mis mejores zapatos?

Su nombre, el que yo no lograba recordar, era Nicholas Soutter. O Nick, como le saludaron algunos compañeros. Trabajaba en el edificio en el que nos encontrábamos para la cadena Palestina Broadcasting Service, PBS comúnmente, la emisora oficial del Mandato Británico. De todo eso me informó él mismo mientras recorríamos un par de pasillos y me cedía el paso a una estancia amplia, con dos grandes ventanales y una mesa de trabajo repleta de papeles y carpetas. En el otro extremo, bajo un gran mapamundi enmarcado, había un pequeño sofá, una mesa baja y dos butacas. Me invitó a acomodarme; una joven secretaria con falda plisada se asomó en ese instante, él pidió que nos preparara un té, ella asintió y se quitó de en medio.

—Me agrada saber que nos une un común desafecto por los villancicos —dijo sentándose frente a mí.

Estiré una pizca los labios, con un gesto neutro que podía implicar cualquier cosa. Ni yo misma sabía por qué absurda razón había decidido abandonar el recital de voces infantiles para seguir a ciegas a un desconocido hasta su despacho.

Se inclinó hacia delante para apagar su pitillo, apretándolo con fuerza contra el fondo del cenicero. Y yo lo observé. Bastante menos gélido que los altos funcionarios de la Administración del Mandato, infinitamente menos rígido que los militares. Más del molde de los corresponsales que discutían a gritos mientras consumían cajas enteras de brandy de Chipre en el sótano del Jasmine House Hotel. Y, a su vez, era también diferente.

—Tendrá que perdonar mi intromisión, pero no tuve más remedio que averiguar quién era la hermosa mujer con la que me iba chocando por todas partes. Tras saberlo, he estado varias veces a punto de telefonearle al American Colony, o de intentar llegar hasta usted a través de su marido.

Me mantuve imperturbable; mis años de colaboración con los ingleses me habían enseñado a comportarme como ellos cuando me veía envuelta de forma imprevista en una coyuntura cuya naturaleza no controlaba. Inmóvil, impávida, a la espera.

—Nos conocemos, sí; Mark Bonnard y yo hemos coincidido algunas veces y tenemos además varios amigos comunes repartidos por el mundo.

Hizo una breve pausa, como si de pronto recordara algo puntual, una anécdota, una estampa o un instante concreto.

—Un buen tipo, su marido —concluyó tendiéndome su pitillera.

La rechacé, él encendió un nuevo cigarrillo y aspiró con fuerza. Las palabras salieron de su boca envueltas en humo espeso.

—Para ser sincero, me alegro de que por fin nos conozcamos. Y sepa que aquí, en el PBS, tiene su casa. No sé si nos ha oído alguna vez, retransmitimos en onda media.

—No escucho mucho la radio —reconocí. En realidad, mentía. Desde que llegué a aquella tierra, lo cierto era que no la escuchaba nunca.

—Desde el Palestine Broadcasting Service nos dirigimos a las distintas comunidades con contenidos en inglés, árabe y hebreo. Somos familia de la BBC, pura radio pública; no tenemos anunciantes ni intereses comerciales. Esta emisora nació en el 36 con la firme determinación de no cubrir cuestiones políticas, sino para dedicarse tan sólo a educar y elevar, promover la cultura y el conocimiento. Ésas son, en fin, las órdenes que envían desde Londres: contribuir con nuestros programas a que la población árabe rural e iletrada se modernice, a que la judía profesional y urbana encuentre segmentos culturales que le resulten estimulantes y a que la inglesa no se muera de aburrimiento.

Por mera inercia tras tantos años en activo, sin dejar de prestarle atención, seguí examinándolo. Tendría una edad similar a la de Marcus y más o menos su misma altura. Ahí terminaban las similitudes. Marcus era delgado, fibroso y elástico, castaño de tez clara, ponderado de carácter, armonioso en los rasgos. Nick Soutter era en cambio corpulento, de pelo oscuro, facciones rotundas y cejas prominentes; más espontáneo, más expansivo, explosivo casi.

—Ésa es la consigna —prosiguió—, y para ello contamos con programación independiente, y abundante personal tanto árabe como judío. En confianza le digo que, aunque bien intencionada, dudo mucho que esa actitud paternalista y una programación tan tajantemente separada puedan en modo alguno incidir positivamente a la hora de templar la convivencia; más bien al revés, para mí que con eso tan sólo magnificamos las diferencias pero, en fin, eso es otra historia con la que ahora no quiero aburrirla.

No, no me aburría. Todo lo contrario.

—¿Y no se alejan nunca de las cuestiones cercanas? Del día a día, de lo que sucede dentro de esta burbuja.

—Sí, como es natural. De hecho, como programador de contenidos es uno de mis intentos: abrir perspectivas, que corra el aire. Ando por eso constantemente a la busca de nuevos colaboradores, para que charlen sobre cuestiones de interés al margen de nuestro agrio presente.

—¿Cuestiones de qué tipo?

—Qué sé yo, de todo lo que pueda resultar motivante para la audiencia. Hace poco tuvimos a un doctor hablando sobre la penicilina, semanas atrás a un profesor de historia del mundo grecorromano que andaba por aquí de visita, el mes pasado al chef del King David instruyéndonos sobre cocina francesa...

—¿Y acerca de España?

Se tomó unos segundos, esta vez serio.

—¿Qué quiere decir?

Tan elocuente debió de ser mi gesto que soltó una carcajada. Desde el fondo de la garganta.

—¿Me está proponiendo colaborar con nosotros, señora Bonnard?

—Se me acaba de ocurrir, disculpe mi atrevimiento.

—No, no, en absoluto...

—Tal vez sea un tanto osado por mi parte, pero de pronto he pensado que quizá podría resultar interesante para sus oyentes conocer algo acerca de mi patria.

Se empezaron en este instante a oír voces por el corredor, como si el repertorio de cánticos hubiera concluido y el salón se vaciase. Me puse en pie, me imitó rápidamente.

—No le entretengo más, imagino que me estarán buscando —dije tendiéndole la mano—. Piénselo con tranquilidad, sin compromiso alguno. Entendería que mi propuesta le parezca fuera de lugar, pero ya sabe dónde encontrarme si le interesa.

Intenté que mi apretón de manos fuese rotundo, como si estuviera cargado de confianza en mí misma. Tras aquella fingida firmeza, ante mi propio descaro yo ocultaba un enorme aturdimiento.

7

No era Nick Soutter un tipo dado a las demoras ni las dilaciones: lo comprobé a la mañana siguiente, cuando recibí su llamada a primera hora. A pesar de trabajar con las palabras, tampoco tendía a desperdiciarlas: por eso usó conmigo las justas y necesarias, ni una más. Ni una menos.

—Acepto. Confío en usted. Empezaremos en enero.

Con ese nuevo compromiso por delante nos adentramos en la Navidad de 1945. Frente a las puertas de la basílica de la Natividad en Belén, en Nochebuena, las masas clamaban para poder entrar mientras un apretado cordón de policías británicos les negaba el paso a cara de perro. Sólo les estaba permitido acceder a aquéllos con pases oficiales. Nosotros, por supuesto, nos encontrábamos entre esos afortunados. Y como tales, intentábamos abrirnos camino entre la multitud con enorme esfuerzo, yo con una bufanda cubriéndome hasta la nariz, agarrada férrea al brazo de Marcus y protegiéndome a la vez el vientre; él con el rostro contraído por lo tenso y estrepitoso del entorno. Gloria in excelsis, in terra pax.

Afuera quedaba una masa bullente de cristianos. Muchos protestaban, empujaban y se quejaban a gritos por el permiso que les era denegado, otros se derramaban por las calles cercanas gritando, cantando, alborozados por la festividad: todo lo contrario, en cualquiera de los casos, al recogimiento o la espiritualidad que yo imaginaba en ese ambiente. Vestidos con sus ropajes tradicionales, hasta el pequeño pueblo de Belén habían llegado coptos desde Egipto, maronitas del Líbano, anatolios de

Asia Menor, sirios, etíopes, armenios y palestinos de todo el territorio cargados con antorchas. Más miles de occidentales que formaban una caravana de vehículos que se prolongaba a lo largo de kilómetros sin lograr avanzar ni un palmo. Soplaba un viento cortante, en los alrededores habían instalado multitud de puestos y tenderetes de comida alumbrados con faroles de keroseno. La carne de los kebabs, recién hecha sobre las brasas, lanzaba al cielo olor y humo.

En el interior del templo, bajo la luz tenebrosa de un enjambre de lámparas colgantes, entre la pompa y la ceremonia del servicio religioso, entre las idas y venidas del gran patriarca latino, las coloridas casullas de los sacerdotes, los galones, los trajes de paño de Mánchester, los uniformes y las metralletas, apenas quedaba sitio para nadie más. Once again, el cuerpo consular, los altos funcionarios, los mandos del Ejército y los extranjeros de categoría ganaban por la mano a los locales. Unos años antes, según contaban, no era así: había acceso libre, tumultuoso, popular y caótico. Ya no. A tenor de la tensión creciente, ahora se imponían las máximas precauciones.

Nunca fui practicante más allá de las misas dominicales de mi infancia en la iglesia de San Andrés de mi barrio. Después, el devenir de la vida me fue agotando lo poco de creyente que algún día tuve, hasta dejarme aferrada únicamente a lo terrenal. Aun así, aquella noche, entre salmos, acordes de órgano y un mareante aroma a incienso, en esa población donde contaban que hacía casi dos mil años una mujer parió a un niño al que envolvió en harapos, me esforcé por buscar en lo más profundo de mí algún resquicio de fe para rogar por todos nosotros. Por los que antes o después nos iríamos de allí, por los que se quedarían para siempre en esa Palestina turbulenta. Por mis padres y mis amigos dondequiera que estuvieran, por mi pobre país hambriento y castigado, por la Inglaterra exhausta de mi marido. Por Marcus, por mí, por esa criatura nuestra.

La Nochevieja, por el contrario, estuvo repleta de opulencia. El King David Hotel, en cuyas alas Marcus y sus compatriotas militares y civiles tenían instalados sus cuarteles generales, nos acogió a varios centenares de privilegiados con botellas de Laurent-Perrier, ostras y otras delicias, serpentinas, confeti y música de orquesta. El acceso, una vez más, estaba estrictamente vigilado. Dentro, en cambio, todo el mundo parecía haberse olvidado por unas horas de la violencia, el terror y los desesperantes esfuerzos por alcanzar un entendimiento racional entre tres grupos de humanos que parecían condenados a un eterno desencuentro. Como si nos hubiéramos trasladado de forma momentánea a un universo paralelo, Marcus y yo bailamos a ritmo de swing y brindamos por un 1946 venturoso. Despreocupados por una noche, algo achispados quizá tras varias copas de champagne, ni el curtido agente ni la hermosa modista fuimos capaces de imaginar lo aterradoramente desgraciado que el año entrante acabaría siendo.

La mañana del 6 de enero encontré en nuestra habitación, junto a la puerta, un paquete. Marcus, siguiendo su rutina, se había marchado temprano. Jamás dejaba nada fuera de sitio: en eso, como en casi todo, era preciso y metódico hasta el extremo. Ni una camisa descolgada, ni un libro abierto o un sobre a la vista. Ni siquiera un solitario calcetín despistado alguna vez debajo de la cama, nada. Aun así, yo percibía a diario su rastro por todos los rincones: la tibieza de su cuerpo entre las sábanas, las gotas del agua de su ducha pegadas a la cortina, su brocha de afeitar húmeda en la repisa del lavabo. Aquel día, sin aviso, había dejado además algo voluminoso con una breve nota manuscrita encima. «Un regalo de los Magos de Oriente», decía. Caí entonces en la cuenta y, con un brote abrupto de nostalgia, recordé las mañanas del día de Reyes de mi niñez, los humildes regalos que solía encontrar junto a la chimenea, un paquete de peladillas, dos pares de calcetines, una muñeca de trapo cosida por mi madre con retales afanados de su trabajo. Ilusionada como si volviera a tener siete años, me lancé a retirar las tablillas, la paja y el cartón del embalaje. Dentro encontré un aparato de radio.

—Su marido no se encuentra en la oficina esta mañana, Mrs Bonnard —me dijo la voz cordial de Esther Klausner, su secretaria.

Telefonear a Marcus a su despacho del King David había sido mi primera reacción, para darle las gracias, para decirle cuánto significaba ese presente: sabía que con él me animaba a realizar aquellas colaboraciones radiofónicas sobre España, le satisfacía verme abordando por mí misma una nueva tarea, que mis días tuvieran algo de enjundia y no me limitara a ser meramente una esposa silenciosa entre las sombras.

Su ausencia en las oficinas del Secretariat no me resultó extraña, era bastante frecuente no localizarlo. En ocasiones realizaba su trabajo allí pero muy a menudo andaba por su cuenta, viéndose con gente, deslizándose por otros circuitos, atento a todo, en movimiento.

Pedí entonces a la centralita una llamada al PBS.

—Mr Soutter está ahora mismo en la sala de control —oí al otro extremo del cable—; si no le importa dejarme sus datos, le devolverá la llamada en breve.

Di mi nombre a la voz femenina, supuse que se trataba de otra secretaria joven, judía y competente, una más de las muchas que trabajaban para los británicos en multitud de puestos dentro de la maquinaria del Mandato. Media hora más tarde, sonó el teléfono. Apenas necesitamos unos segundos para acordar nuestro encuentro.

Nicholas Soutter me esperaba en el café Atara a las once. Estaba sentado junto a una de las ventanas, leyendo *The Palestine Post.* Frente a él, sobre la mesa, había un cenicero con un par de colillas, un café negro en el que flotaba una espiral de piel de limón y un cuaderno abierto, con la pluma descapuchada atravesando sus anotaciones de líneas prietas. Era hora de clientela numerosa, muchos hombres y bastantes mujeres, lo común en todos los cafés cercanos —el Vienna, el Europe, el Kapulski, el Alaska—, propiedad todos de judíos centroeuropeos inmigrados y semejantes en su estilo a los establecimientos que habían dejado atrás en sus países de origen, cuando no pudieron soportar más la marginación y los agravios, o cuando lograron escapar de los arrestos y persecuciones por los pelos, justo antes de la guerra. Relativamente cerca había también algunos cafés árabes: la gran diferencia era que, en esos últimos, las mujeres no entraban.

Se levantó al verme, plegando el diario sin miramiento. Me retiró la silla para que pudiera sentarme, hizo luego una seña a un camarero. En los minutos escasos que tardaron en servirnos, a la vez que hablaba conmigo saludó a tres o cuatro personas, cruzó frases con tres o cuatro clientes.

—Esto es como mi segunda oficina; en cuanto puedo, me escapo de Broadcasting House e instalo aquí mis cuarteles. Trabajo, organizo, me reúno con quien tenga que reunirme y de tanto en tanto, si el día está flojo de clientela, charlo con los camareros. Mire, ése es músico —dijo señalando a un hombre delgado que en ese momento hacía equilibrios con una bandeja llena de consumiciones—. Antes de la guerra tocaba la flauta travesera en la Filarmónica de Berlín. Y este otro que viene de frente es un filósofo polaco con varios libros escritos. Aquél, el de detrás del mostrador, fue propietario de una fábrica de lámparas en Praga con más de cincuenta empleados.

Ya lo sabía: ésa era la lamentable situación de muchos judíos llegados en los últimos tiempos. Gentes cultas, formadas, capacitadas, que se vieron forzadas a abandonar su mundo y ahora sobrevivían como podían, trabajando en lo que buenamente consiguieran.

—Además —prosiguió él—, así le tomo mejor el pulso a la ciudad y a su gente; no se imagina, bajo esta capa de aparente normalidad, todo lo que bulle aquí dentro.

Me lo podía imaginar a la perfección. Gran parte del lado oscuro de mi trabajo en los últimos años lo había realizado en salones de té, restaurantes y halls de hoteles, trasladando información, reportando datos con extrema precisión y eficiencia. En absoluto me extrañaría, por eso, que a plena luz del día, entre cafés, pedazos de tarta, pastas y tazas de chocolate espeso, por allí cruzaran también furtivamente todo tipo de conspiraciones y contubernios. Por respuesta, sin embargo, en mi rostro plasmé un cínico gesto de inocencia. Ante los ojos de aquel hombre, yo no era más que el apéndice de un compatriota, una esposa desoficiada y ligeramente exótica.

—Bien, vayamos a lo nuestro...

Cuatro colaboraciones de quince minutos era lo que Nick Soutter tenía previsto proponerme, en atención a mi ofrecimiento. Cuatro breves segmentos sobre España, grabados con anterioridad, que se retransmitirían en semanas sucesivas. Arte, geografía, alguna pincelada de historia, gastronomía, costumbres, tradiciones, lo que yo quisiera. En inglés, naturalmente. Con mi propia voz, con mi fuerte acento, mis pequeños resbalones de pronunciación y los errores imprevistos que surgieran sobre la marcha.

—Eso añadirá veracidad, no se preocupe si cae en deslices. Así, tal cual me está hablando a mí ahora mismo, suena adorable. La única pena es que no puedan también verla.

Si yo hubiera sido la Sira de años antes, no habría logrado evitar que el rubor me subiera hasta las orejas. Como ya no lo era, me limité a remover mi té con la cucharilla disimulando una media sonrisa: hacía mucho tiempo que un desconocido no me piropeaba tan abiertamente. O quizá ni siquiera tuvo Nick la intención de hacerlo. Lo observé de nuevo un instante después, mientras él cruzaba un shalom con un tipo de traje gris que pasaba a nuestro lado.

A su manera poco canónica, Nicholas Soutter no dejaba de resultar atractivo, con su cuello fuerte y sus hombros anchos, ese pelo castaño y abundante, las primeras canas ya entreviéndose en las sienes. Distaba mucho de ser un hombre guapo, no tenía los rasgos armoniosos y elegantes de Marcus, mucho menos la belleza seductora de Ramiro Arribas. Aun así, en las facciones rotundas de mi interlocutor, en su mentón recio, su nariz pronunciada, sus dientes grandes y esas cejas espesas sobre ojos despiertos, había un raro magnetismo, algo diferente.

—¿Y sobre cuestiones políticas? —pregunté cuando retornó

su atención a mí disculpándose por haber interrumpido nuestra charla—. ¿Habría que tocar algo de política, o prefiere dejarlo aparte?

Sus dedos tamborilearon sobre el mármol de la mesa.

—Nada me gustaría más que entrar hasta el fondo, pero me temo que no podemos. —Me miró entonces frunciendo el entrecejo—. ¿Cuál es su perspectiva respecto a la situación de su país, si no le importuna la pregunta?

No, no me importunaba la pregunta. Me sorprendía, por lo directa. Pero no me incomodaba en absoluto.

—Me desagrada en lo más hondo —contesté tan sólo. No creí necesario extenderme.

—Imagino. Como al resto del mundo, aunque algunos ahora pretendan silenciarlo.

El tamborileo de dedos se convirtió en un golpeteo rítmico con el puño izquierdo. Como si el pensamiento que estaba elaborando le pusiera algo nervioso.

—La nuestra fue también una guerra cruenta —añadí—. Y aún sufrimos las consecuencias.

—Me consta —replicó Nick—. ¿La vivió usted allí, en Madrid?

—No, por entonces estaba en Marruecos. Pero conozco de primera mano su día a día, por mi madre, por amigos y quienes sí la padecieron de cerca. Yo regresé a su término; desde entonces sí fui testigo directo de sus consecuencias.

—A través de su relación con su esposo —tanteó—, imagino que también estaría al corriente de la posición del régimen franquista con respecto a Gran Bretaña y Alemania en la gran guerra.

Mi respuesta fue diáfana.

—A través de mi relación con él, y por mi propia experiencia.

Volvió a mirarme con un brillo de curiosidad en los ojos, pero ni yo agregué más ni él siguió preguntando.

—Aunque somos operativamente independientes a la hora de elegir nuestros contenidos, en el PBS nos regimos también por ciertos criterios que emanan de fuentes oficiales y la consigna, últimamente, es no arremeter contra la España de Franco.

A nuestro lado, camino a su mesa, pasaron tres señoras inglesas envueltas en pieles y abrigos de paño, las esposas de otros tantos servidores coloniales del Imperio. Nos saludaron a ambos, les respondimos a la par. Yo las conocía de otros encuentros, habíamos coincidido en alguna cena, en Government House, quizá en algún té caritativo o en algún concierto, pero no recordaba sus nombres. Nicholas Soutter tampoco les hizo el menor caso. Quizá a ellas les extrañó vernos juntos, tal vez les ofrecimos un tema de conversación para aliñar su encuentro mañanero.

—En Londres empiezan a estar muy nerviosos con el auge del comunismo tras la guerra mundial. Así que, mientras su Generalísimo tenga a los comunistas fuera de juego, Gran Bretaña no lo atacará y le dejará que siga a su aire.

Dijo «Generalísimo» en español, con una pronunciación terrible que casi me hizo reír, aunque el asunto no tuviera ni pizca de gracia.

—En fin, no deseo entretenerla; mejor concretemos...

Ultimamos detalles, nos levantamos, nos dirigimos a la salida. Noté que él no se paraba a pagar nuestras consumiciones; era probable que tuviera cuenta abierta.

—Llámeme si se le presenta cualquier duda —dijo tendiéndome la mano. Firme, segura de nuevo.

Estábamos ya en la acera de Ben Yehuda Street, Mustafa me esperaba con el auto de Bertha Vester.

—Lo haré, Mr Soutter.

—¿Por qué no me llama Nick?

Hice un gesto que lo mismo podría significar que sí, que no o lo contrario. Una vez acomodada en mi asiento, mientras arrancábamos, lo seguí con la mirada a través del cristal de la ventanilla. Se abría camino entre otros viandantes, hombres con kipá o con sombrero de fieltro, mujeres que empujaban cochecitos, ancianos andarines, vendedores de prensa. Se perdió de mi vista en su camino hacia Zion Square, con el enésimo pitillo en la boca y el paso enérgico.

8

Desde el principio supe que no estaba dispuesta a plantarme delante de un micrófono con tan sólo un revoltijo de ideas flotándome dentro de la cabeza; era imprescindible que me preparara antes. Mi principal experiencia con la escritura se limitaba a las anotaciones de la información que captaba en mi propio taller de boca de mis clientas alemanas y a los reportes y mensajes clandestinos que después transcribía para que llegaran a los ingleses; nunca había trabajado con ideas o conceptos, siempre únicamente con las manos, los ojos, los dedos. Al contrario de lo que era previsible, sin embargo, mis habilidades como modista me alumbraron el camino. A la hora de acometer la creación de cada nueva pieza, así fuera un sofisticado traje de noche, un vestido de cocktail o una simple blusa de muselina, había siempre una serie de pasos imprescindibles a tener en cuenta. Era necesario concebir de antemano una idea clara y elegir bien el tejido, tomar rigurosamente las medidas, usar precisión extrema para el corte y coser con destreza, probar la prenda para detectar errores. Ahora, salvando las distancias, me planteaba algo parecido. Sólo que trabajaría con palabras en vez de telas. Y, en vez de clientas, tendría oyentes.

En una papelería de Mamillah Road compré tres cuadernos, una caja de lápices y un moderno instrumento al que el vendedor llamó biro, un artilugio con forma de lápiz que permitía escribir con tinta sin necesidad de pluma ni tintero. Con mi acopio de provisiones, durante varias mañanas seguidas me trasladé al imponente YMCA, el centro de esa asociación cristiana, justo enfrente del King David. Se decía que lo había construido el mismo arquitecto que el Empire State Building neoyorquino; que una generosa donación de un millón de dólares sirvió para levantarlo piedra a piedra, con sus altos arcos y sus cúpulas, su grandiosa torre, sus modernas instalaciones y su biblioteca. En realidad, de todo eso tan sólo me importaba lo último. Y entre los miles de volúmenes que albergaban los estantes, mi atención se concentró únicamente en lo que sobre España decía la *Encyclopaedia Britannica*. Yo, que apenas tenía escuela y que me crié en un hogar en el que jamás entró ni un solo libro, me volqué ahora en leer, releer, traducir y contrastar, copiar, tachar y componer listas, y de vez en cuando arrancar hojas de los cuadernos haciendo bolas compactas. Así, hasta que conseguí una masa de contenidos relativos a mi país que me pareció coherente, transitando entre la geografía y la gastronomía, los mares que nos bañaban, la música que entonábamos y los monarcas que nos habían reinado con más o menos gloria.

En la sala de lectura del American Colony, entre sus tapices, alfombras y acuarelas, sobre un pequeño escritorio de madera de olivo monté después mi segundo campamento. A lo largo de las jornadas sucesivas me dediqué a organizar todo lo que había acumulado en el YMCA para sumarlo a mis propios conocimientos y darle un tono propio, personal, no enciclopédico. Casi a diario telefoneaba a Nick Soutter; cuando no lograba localizarlo, más pronto o más tarde él me devolvía la llamada, siempre. Sus ideas eran claras, sus directrices certeras, todas mis inseguridades y dudas quedaban resueltas al instante; a veces él mismo me ofrecía alguna aportación o reaccionaba a mis propuestas con una carcajada sonora. Al final de todas nuestras conversaciones yo prometía no volverle a molestar al día siguiente.

—Ni se te ocurra —decía; para entonces ya nos habíamos apeado de formalismos en el trato—. Llámame todas las veces que quieras, Sira. Escucharte es una alegría en mitad de estos tiempos de desaliento.

Por la tarde me encerraba a escuchar los programas del PBS

en inglés, de la BBC a ratos, y absorbía maneras y estilos: cómo los locutores modulaban la voz, cómo hacían las pausas, cómo alternaban las secuencias más lentas con otras llenas de brío. Al final del día, era Marcus quien se convertía en mi audiencia. Salíamos menos esas noches, enero era un mes desapacible, la tensión continuaba en las calles, todo el mundo parecía más recluido, como expectante. Con él, en nuestras habitaciones, yo ensayaba orden de palabras, pronunciación, ritmo y cadencia. Mi inglés había mejorado notoriamente en los meses que llevábamos en Jerusalén; cómo no iba a hacerlo, sin tener a nadie ajeno con quien hablar en mi lengua. Aun así, en ocasiones las vocales me seguían resbalando, las consonantes se ponían unas a otras la zancadilla y metía a veces la pata en los agujeros del vocabulario; menos mal que mi paciente marido se brindaba a escucharme y corregirme como haría un maestro vocacional con una alumna que llevara siete cursos saltándose las clases. Hasta se reía de mí cuando emulaba lo que sería ponerme ante un micrófono, usando a modo de aparato un cepillo del pelo. Todo lo contrario, Sira —me decía cuando yo le preguntaba si estaba muy harto de hacer de Pigmalión—. Oírte es como un bálsamo en medio de estos días inciertos.

Ni a Nick ni a Marcus les faltaba razón al mostrarse desmoralizados ante el ambiente general de aquellos momentos. Más allá de la calidez del American Colony y de nuestros cuartos, del sosiego de la biblioteca del YMCA y de otros entornos privados o exclusivos, el año había empezado sin perspectiva de cambios inminentes y el nerviosismo se palpaba por todas las esquinas. Las bandas extremistas judías proseguían con sus acciones sangrientas. En unas ocasiones actuaban los miembros de Irgun a las órdenes de un tal Menahem Begin. En otras atacaban los de Lehi, esos que se proclamaban Luchadores por la Libertad de Israel y a los que, en inglés y en alusión a su fundador, se los conocía comúnmente como la Stern Gang, la banda de Stern. A veces se trataba de acciones de la Haganah, el ejército no oficial del Yishuv apoyado por la Agencia Judía. En cualquier caso, con independencia de quién perpetrara cada uno de los desmanes, la cruda realidad era que todos ellos estaban unidos esos días bajo la bandera del Movimiento de Resistencia Hebrea, movilizados ante un objetivo firme y concreto: arremeter contra los británicos, su personal y sus instalaciones. Establecer el Estado de Israel como nación independiente era su objetivo. Y para eso, los ingleses les estaban estorbando.

En cualquier momento del día o la noche nos sobresaltaba una ráfaga de tiros o el estallido de una granada. Los ataques contra edificios oficiales se repetían también con incesante frecuencia, cada pocos días se sabía de un nuevo sabotaje, otra emboscada, otra ofensiva o el enésimo robo de munición y armas.

Pese a todo, la vida cotidiana continuaba con una normalidad aparente: la gente acudía a sus trabajos, las tiendas permanecían abiertas, las películas americanas llegaban a los cines y en las cocinas bullían los pucheros. Quedé finalmente con Nick Soutter el 18 de enero para hacer una prueba de voz y ultimar detalles; la grabación definitiva la realizaríamos al día siguiente. Sola frente a mi armario como todas las mañanas, descolgué de su percha un sobrio traje azul marino de dos piezas. Al intentar abrocharme la chaqueta, por primera vez noté que mi cintura no era la de siempre. Me turbó saber que mi cuerpo estaba cambiando, expandiéndose, cediendo sitio a la criatura que crecía dentro.

Un auto del PBS me recogió en el American Colony y me dejó frente a Broadcasting House pocos minutos antes de las diez. Bajé aferrándome a mis notas, esforzándome por mantener bajo control el nerviosismo. En los últimos años, durante mis colaboraciones con el SOE, el Special Operations Executive, en Madrid y en Lisboa, me vi envuelta en coyunturas altamente delicadas y manejé información comprometida, me impliqué en trances de riesgo. Ahora, en cambio, ante mí se abría una tarea exenta de complejidades, una aventura inocua. Aun así, no podía evitar que una sensación de inquietud me zigzagueara por dentro como una culebra.

Me anuncié en el mostrador de recepción, Nick Soutter salió a recibirme en apenas dos minutos, tan vibrante y resolutivo que mi desazón se desvaneció de inmediato. A lo largo de pasillos, corredores, oficinas y estudios, me mostró dependencias y secciones; ocasionalmente, me presentó a algunos de sus responsables. Azmi Nashashibi, supervisor de programas en árabe y miembro de una de las más poderosas familias de Jerusalén, se inclinó ante mí con aire de casanova y me besó la mano. Edwin Samuel, el director supremo, un judío inglés de abolengo y coherente al cien por cien con su triple faceta, me dedicó un saludo formal que sonó sincero. Ruth Belkine, productora de programas, una judía rusa bajita y madura con años de experiencia a las espaldas, prometió estar presente en el ensayo, y a mi lado en el estudio al día siguiente. Me agradó detectar una nutrida presencia de mujeres tras los mostradores y las mesas: era la primera vez que veía un entorno de trabajo donde hubiera tantas empleadas. No dejaban de conformar una minoría, y quizá sus competencias no eran del nivel más alto, pero sentí una punzada de sana envidia al verlas trabajar dinámicas, implicadas, eficientes.

—Sumamos una plantilla de más de un centenar entre productores, guionistas, locutores, actores, personal de administración y técnicos, más la orquesta, más los colaboradores esporádicos como tú, que son también numerosos —fue contándome Nick—. Emitimos en onda media en tres lenguas, tenemos empleados de tres religiones, algunos dependemos de la Administración colonial y otros no, y a diario recibimos de los oyentes cientos de cartas alabando, criticando, proponiendo ideas o expresando quejas. Hacemos constantemente juegos malabares para evitar fricciones y tener a todo el mundo satisfecho.

Llegamos por fin al estudio donde estaba previsto que grabara mis charlas. Ruth Belkine me dio instrucciones acerca de cómo debería plantarme ante el micrófono, la respiración, la postura, la distancia; me enseñó también a entender las señales que ellos me mandarían usando tan sólo las manos. Arranqué entonces la prueba. Con Ruth, Nick y un técnico árabe delante, empecé a leer en una lengua ajena mi texto sobre la vieja piel de toro, ese país mío del otro lado del Mediterráneo. Cuando quince minutos después alcé la vista de mis papeles, sonó un aplauso. Eran tan sólo las palmadas de seis manos, una ovación minúscula, pero las recibí como si me hubieran concedido un galardón fastuoso.

La grabación definitiva quedó entonces concretada para el día siguiente.

—¿A las diez otra vez, igual que hoy? —pregunté.

—A las diez —confirmó Nick.

Ruth consultó entonces una planilla y corrigió a su jefe.

—No, mejor lo adelantamos, por si hubiera cualquier contratiempo.

—¿A las nueve? —propuse.

—Quizá convendría un poco antes —concluyó—. Ocho y media sería perfecto.

Marcus y yo desayunamos juntos a la mañana siguiente, él huevos fritos, salchichas y café abundante; yo tan sólo una taza de té y apenas tres mordiscos de una tostada. Juntos salimos también del American Colony, dos autos nos esperaban en la puerta. Me agradó profundamente ese momento, me conmovió casi. De haber estado en otra esquina del mundo, aquella escena habría sido para mí el ideal de nuestra vida en pareja: salir de casa y emprender nuestra jornada teniendo cada uno un quehacer motivador en el horizonte. Marcus me besó fugaz, me deseó lo mejor, insistió en que tuviera cuidado. Yo era consciente de que él habría preferido que me quedara en el hotel, escribiendo postales, leyendo novelas, escuchando la radio o viendo crecer los jazmineros de Bertha Vester. Respetuoso siempre con mis decisiones, se lo guardó para sí y me susurró al oído: buena suerte.

Los dos vehículos arrancaron al unísono. El de Marcus avanzó delante; el mío, un Morris del PBS, lo siguió de cerca. Descendimos hasta la Puerta de Damasco, allí nos separamos. Mi conductor se desvió hacia la derecha y entró en la calle de los Profetas, el de Marcus siguió rumbo a Julian's Way. Miré el reloj, eran las ocho y veinte. Hacía frío, amanecía, se anticipaba un día de sol invernal, cortante y luminoso. Cobijada en el asiento trasero, con el cuello del abrigo alzado, el sombrero y los guantes de piel puestos, continué dando vueltas a mis guiones, sus contenidos, mi pronunciación, esas eses complejas que me resbalaban entre los dientes. Apenas había tránsito, pocos viandantes y escasos coches, adelantamos a un carro cargado de leña tirado por un burro viejo, un árabe más viejo todavía caminaba al lado arrastrando los pies, con su chilaba andrajosa y su kufiya negra en la cabeza.

A la altura del imponente Hospital Italiano torcimos hacia Saint Paul's Road, luego hacia Queen Melisande's Way, al fondo se alzaba Broadcasting House con sus dos plantas de piedra, las mimosas sin flor frente a la entrada, la gran escalera. Se veían algunas luces encendidas dentro, aunque en el exterior apenas había presencias, todavía era temprano. El auto avanzaba sin prisa, yo seguía cobijada en mi abrigo y mis cálidos guantes, sumida mentalmente en los apuntes sobre mi patria.

Fue entonces, llegando a la puerta, cuando algo inesperado cruzó veloz frente a nosotros. Una sombra, una presencia rauda, resbalosa, humana. El chófer frenó en seco y me gritó algo que no logré entender, mi cuerpo se abalanzó con brusquedad hacia delante por efecto de la inercia, de manera instantánea me crucé los brazos sobre el vientre.

La explosión sonó brutal, el coche se sacudió como movido por la mano de un gigante furioso y los oídos se me quedaron atronados. Todo alrededor se llenó de humo polvoriento; de inmediato se oyeron ráfagas de metralleta, gritos broncos y carreras, el conductor se giró hacia atrás y me agarró sin miramientos por la cabeza, arrancándome el sombrero y obligándome a tumbarme a la vez que bramaba en árabe e intentaba retroceder para alejarnos.

Hecha un ovillo sobre el asiento trasero, todo el tiempo restante permanecí con los ojos abiertos, muda, paralizada y a la vez extrañamente serena mientras mantenía los brazos entrelazados como tenazas sobre mi torso y las piernas dobladas encima. Los tiros, los gritos desgarrados alrededor en hebreo, en inglés y en árabe, las carreras, los motores de otros autos que llegaron precipitados, sus neumáticos derrapando sobre la gravilla, las sirenas que entonces empezaron a sonar desde la lejanía haciéndose cada vez más intensas: todo, todo me fue indiferente. Mi frialdad era tenaz, mi quietud sólo tenía un propósito. Lo único que me obsesionaba era que mis brazos no se movieran de su sitio, que siguieran cobijando a mi criatura, dándole calor, aliento.

9

A trompicones, sin dejar de escupir bramidos y blasfemias, el conductor logró al final salir del infernal tramo de calle frente a Broadcasting House y retornar a Saint Paul's Road, donde se acumulaban los curiosos inquietos, los autos detenidos y los furgones de policía intentando abrirse paso a golpe de sirena. Con la garganta seca, le pedí que me llevase al King David; apenas frenó delante de su fachada, me abalancé hacia la puerta giratoria. El coche iba cubierto por una espesa capa de polvo, yo llevaba la melena revuelta y al salir se me rasgó una media. Estaba a punto de entrar cuando, precipitado y con el pánico pintado en el rostro, Marcus salió por la hoja opuesta. Acudía en mi busca, la noticia se había difundido rauda. Me aferró contra su cuerpo, me preguntó si estaba bien una, dos, tres, cuatro veces, me acarició la espalda y la nuca mientras yo hundía el rostro en su pecho, propuso que fuéramos de inmediato al hospital para que me examinara un médico.

—No, no, no... —repetí sin despegarme de él.

Mi voz sonó estrangulada; él insistió, yo me seguí negando.

—Vamos a entrar —susurré únicamente—. Sólo necesito silencio y beber agua.

Nos acomodamos en una esquina del lobby hasta que el ruido atronador fue saliendo de mis oídos. De forma primaria, por puro instinto orgánico, sabía que mi hijo seguía aferrado a mis entrañas.

A media mañana Marcus me acompañó de vuelta al American Colony, habló también con Nick Soutter y le puso al tanto;

por la tarde él vino a verme. Traía una botella de borgoña, cansancio en el rostro y el traje arrugado. A modo de saludo extendió los brazos con gesto de impotencia y musitó un bronco lo siento. No tenía ninguna culpa de aquella atrocidad, pero en cierta forma se sentía responsable por el hecho de haberme citado esa mañana justo a la maldita hora del atentado. Conmovida, le di un abrazo que no rechazó, aunque seguro que le resultó extraño.

Nos dirigimos a la sala de lectura, al rincón donde días antes yo me sentaba a preparar mis charlas radiofónicas. No le dije nada al respecto de aquellas horas mías frente al escritorio de olivo; no había ninguna necesidad de que supiera cuánto había significado para mí esa parva tarea, cuánto me había agradado el sentirme de nuevo activa, aunque fuera en un empeño tan chiquito. Qué más daba ya todo eso.

—Lo más caballeroso por mi parte habría sido traerte unas flores o unos chocolates, pero no he tenido tiempo —dijo según dejaba el vino sobre una de las mesas laterales—. Esto es lo único que encontré a mano, se lo he robado a un compañero.

Se acomodó frente a mí, junto a la chimenea, en un butacón de cuero. El fuego estaba encendido, el entorno resultaba envolvente entre las tapicerías, las pesadas cortinas y las alfombras persas. El estado de ánimo de ambos, sin embargo, era gélido.

—Tu marido me ha dicho que estás embarazada, no tenía ni idea —masculló con cierta incomodidad—. Me alegra mucho saber que no..., que no haya...

Lo corté con un gesto. No sabía si Nick Soutter tenía hijos, no sabía si alguna vez había pasado por la experiencia de generar una vida que se acabó truncando. Y, sobre todo, no tenía ningún interés en hablar con él sobre algo tan íntimo. Todavía llevaba el susto metido en los huesos, nuestra criatura venía de camino en el peor de los momentos, en tiempos convulsos, en una tierra áspera y ajena. Aun así, me resultaba terrorífica la idea de perderlo.

Uno de los camareros, Assim, llegó en ese instante con una bandeja entre las manos y nos sirvió el té en silencio. Para cuando retomamos nuestra conversación, Nick se limitó a comentar brevemente el impacto del atentado en el personal del PBS y el edificio.

—La Stern Gang ha reivindicado la autoría; por fortuna no ha habido víctimas.

El joven que había colocado el artefacto explosivo había logrado huir, pero tenían sospechas de su identidad.

—Aun así, han logrado en parte su objetivo al reventar la subestación eléctrica. —Se llenó de aire la boca, lo expulsó con fuerza—. No es la primera vez que sucede algo parecido —añadió—. El año pasado atentaron contra el centro de transmisiones de Ramallah; en otra ocasión previa, antes de la guerra, tres bombas sucesivas estallaron durante el horario infantil. Una destrozó la sala de control, otra hundió un pasillo. La tercera mató a la joven locutora de la Children's Hour y al técnico.

Eludiendo ahondar más en el lado luctuoso, Nick viró poco a poco la conversación hacia otros territorios menos agrios: la radio y su universo, su anterior destino en El Cairo, las idas y venidas, los cambios de rumbo.

—Supongo que tampoco será fácil la vida de una extranjera atada al servicio del Imperio —dijo entonces.

—Jamás imaginé que mi destino sería éste.

Sin pretenderlo, mi tono sonó crudamente sincero, quizá incluso con un toque de amargura. Con él implicaba cuánto me costaba lidiar con mi inoperancia, con las ausencias de Marcus y mi vida entre las paredes de un hotel, en esa tierra violenta.

—No todas las mujeres están dispuestas a acompañar a sus maridos hasta estos puestos —replicó con la vista fijada en la alfombra—. La mía, por ejemplo, se negó en redondo.

Se pasó entonces las manos por el pelo, hacia atrás desde las sienes, hundiendo los dedos hasta el cuero cabelludo, como si con ello reactivara el pensamiento. Había sido un mal día, probablemente por eso sus propios demonios aprovecharon para asomarse un instante. Su voz sonó en un tono algo más bajo, bronca, seca.

—Y ahora pagamos las consecuencias.

Intenté imaginar cómo sería la esposa de Nick Soutter, qué había sido de su devenir, dónde se encontraba mientras él seguía en Jerusalén, acompañándome. Justo entonces entró Marcus.

Ambos se saludaron con afecto, solidarios ante la desventura. Propusimos a Nick que se quedase a cenar con nosotros, pero rechazó la invitación aludiendo a lo impresentable de su aspecto, incluso mencionó algún difuso compromiso. Sobraban las excusas, en cualquier caso. Llevaba encima una jornada tremebunda y prefería irse por su cuenta. A tomar unas copas al Fink's Bar, a buen seguro. A olvidar el horror y a calentarse el alma, sin su mujer, antes de volver a la fría soledad de su apartamento.

En prevención de otros potenciales ataques, en los tejados de Broadcasting House asentaron a partir de entonces un destacamento de la Legión Árabe integrado en las fuerzas británicas, armados todos sus hombres hasta los dientes. El perímetro de las instalaciones fue bordeado con alambre de púas, las visitas de personal ajeno a la casa se redujeron al mínimo y a los miembros de la plantilla les asignaron horarios y pases especiales.

Mientras las autoridades tomaban todas esas medidas, y mientras los terroristas alteraban el rumbo en pos de nuevos objetivos, yo me quedé tres días encerrada en el American Colony, sin salir de nuestras habitaciones, sin hablar apenas con nadie, tan sólo con Marcus a su vuelta cada noche, aunque poco, por cierto. Tres días enteros pasé así, prácticamente aislada, y a lo largo de ellos no dejé de dar vueltas a un pensamiento que se acabó tornando en algo casi obsesivo: marcharme. Irme de Palestina, velar por esa vida que se formaba dentro de mí, alejarla de fatalidades y riesgos. Esa agresividad entre árabes, judíos y británicos nada tenía que ver conmigo, yo ya había sufrido la propia guerra de mi país, ya había colaborado de forma voluntaria con los ingleses en la suya, mi cupo estaba cubierto. Lamentaba el drama de los judíos sin patria, el de los árabes amenazados por el sionismo voraz y el de los compatriotas de mi marido despreciados tanto por unos como por otros, pero ni mi bebé ni yo teníamos nada que hacer dentro de ese sanguinario enjambre.

Enclaustrada en nuestras habitaciones, tumbada sobre la cama mirando al techo, asomándome al balcón volcado al patio, sentada en una de las butacas con la vista perdida o mirándome sin verme en el espejo, hora tras hora tras hora fui amasando, descartando, sumando y desechando planes, hasta quedarme con uno: volver a Tetuán, la ciudad blanca donde la vida era lenta y asequible, sin los rigores de la capital, ni sus amarguras ni sus estrecheces. Hasta donde yo sabía, no sobraban allí las viviendas por entonces; el fin de nuestra Guerra Civil había hecho que muchos abandonaran la Península devastada y se trasladaran hasta el Marruecos español en busca de un futuro. Pero tal vez mi madre pudiera acogerme un tiempo en el piso que compartía con su marido en la calle Mohamed Torres. O tal vez Candelaria tuviera en su pensión una habitación libre, quizá aquel mismo cuartucho del fondo donde me había alojado hacía una década, el de las goteras y los trastos, el colchón de lana burda y el armario sin puerta con las perchas de alambre. No importaba. Saldría adelante, ya daría con la forma. Más recios aún fueron aquellos días, y logré superarlos.

A esos y otros propósitos fui dando vueltas eternas en mi cabeza: qué haría cuando naciera mi hijo, si abriría o no un taller nuevo, si encontraría algún trabajo diferente para poder mantenernos. Con Marcus, sin embargo, no compartí ninguno de esos pensamientos. Que él viniera conmigo quedaba de antemano descartado: no podía pedirle que se plegara a mis miedos, sus prioridades estaban claras. Sus obligaciones eran tan taxativas como férreo su sentido del deber y el compromiso con su patria en aquellas horas bajas. No, no iba a enredarlo con mis angustias, bastante tenía él con sus propios problemas, en sus cometidos, cualesquiera que fueran.

Por eso, cada tarde a su regreso yo me esforzaba por impostar a la Sira de siempre: bien vestida, maquillada, enamorada, encantadora y atenta. Ni siquiera le preguntaba por su trabajo, prefería evitarle la molestia de tener que mentirme. Así, como si nada, hablando de banalidades, compartimos las cenas de aquellos días, los pichones rellenos de Alí el cocinero, las carnes asadas, el pescado que llegaba desde el lago Tiberíades, incluso la botella de borgoña que me trajo Nick Soutter. Todo lo disfrutamos sentados el uno frente al otro, masticando con aparente normalidad. En ningún momento, sin embargo, enlazamos nuestros dedos sobre el mantel o nos rozamos los tobillos por debajo de la mesa. Los dos éramos conscientes de que entre nosotros se estaba abriendo una especie de brecha.

Tres días duraron mis mentiras y mis encierros. Al cuarto me puse en marcha tan pronto como Marcus salió por la puerta. Ya estaba despierta cuando él se desató de mi cuerpo y se levantó sin necesidad de despertador, como siempre. Pero permanecí en la cama tumbada de costado, simulando un sueño que en realidad se me había escapado antes del alba. Con los ojos cerrados aunque despierta, lo sentí moverse con su habitual sigilo. Apenas se oyeron los sonidos de los muelles del somier, los goznes, los picaportes; fue como siempre rápido en el baño, ni siquiera las suelas de sus zapatos hicieron ruido. Antes de irse, se inclinó hacia mí y me acarició el cuello.

Me estremecí por dentro, pero seguí fingiendo. Contenerme me costó un mundo, hube de agarrotar los puños, clavarme las uñas en las palmas y apretar los dientes para no lanzarme hacia él y suplicarle que abandonara sus responsabilidades, se agarrara de mi mano y viniera conmigo a buscar una esquina luminosa en algún otro lugar del planeta.

10

Antes de salir, vacié uno de los cajones de la cómoda y busqué en el fondo. Guardábamos allí dinero, dentro de un sobre que a su vez se encontraba en el interior de una carpeta. Había libras esterlinas, unos cuantos cientos. Y dólares, en un fajo de billetes de cincuenta. Más dos mil pesetas de las nuevas, las que se emitieron después de la guerra. No sabía cuánto iba a necesitar; me lo llevé todo. Por si acaso.

Pedí a Mustafa, el conductor del hotel, que me llevara de nuevo a Jerusalén, a las calles transitadas y al bullicio de la gente. A lo largo del trayecto me mantuve con la aprensión agarrada a las tripas: detrás de cada promontorio y dentro de cada furgón intuí una amenaza; en cada joven que nos cruzamos imaginé a un terrorista. Pero no, nada se materializó en la distancia que separaba el American Colony de mi destino.

Un trabajador estaba colocando en el exterior unos grandes pizarrones con anuncios: la agencia Thomas Cook & Son arrancaba una jornada más en su establecimiento junto a la Puerta de Jaffa. Casi treinta años habían pasado desde que el general Allenby tomó Jerusalén en nombre de su graciosa majestad y, desmontando su caballo en señal de respeto, atravesó a pie aquella magnífica entrada de la muralla dejando así marcado el inicio del Mandato. Todos los habitantes de Jerusalén, tanto árabes como judíos, recibieron en aquellos días la llegada de los británicos a Palestina con complacencia: a los primeros los habían liberado del dominio turco y creían ver despejado el camino hacia su independencia; a los segundos les prometían esperanza para consolidar por fin una patria. Ahora, unos y otros ansiaban que los ingleses se largaran por donde habían venido para poder ellos mismos encauzar el futuro de esa tierra. Incluso con una sangrienta guerra de por medio, si hiciera falta.

En esa mañana de invierno, no obstante, en los alrededores de ese acceso a la Ciudad Vieja tan sólo se percibía gente común y corriente. Campesinos montando sus tenderetes de verduras, frutas, pollos vivos y huevos, un anciano encorvado que barría la puerta de su comercio, vendedores ambulantes de souvenirs religiosos, repartidores de keroseno, niños de tres religiones camino de sus escuelas.

Delante de mí había ya tres clientes madrugadores: un señor con borsalino y un par de jóvenes americanos armados con aparatos en estuches y bolsones de lona. Supuse que serían arqueólogos, geólogos, topógrafos o seres de alguna de esas raras especies. Tras el mostrador, bajo el rótulo de WORLD TICKET OFFICE, dos empleados se dispusieron a atenderlos mientras yo me sentaba en uno de los bancos laterales, a la espera. Con mi bolso sobre las rodillas y las manos encima protegiendo el dinero, me dediqué a contemplar las paredes repletas de carteles y mapas. Se anunciaban visitas a Galilea, al río Jordán, al monte Sinaí, al desierto de Judea. Se ofrecían intérpretes y servicios de guías, arrieros de mulas, alquiler de tiendas de campaña y bicicletas.

Al establecimiento fueron accediendo otras personas: un árabe orondo con fez rojo y traje occidental, un par de monjas benedictinas, un tipo que se limitó a contemplar los carteles a través de los gruesos cristales de sus gafas. Al cabo de unos minutos entró una mujer apresurada y sola. Nada más apreciar lo nutrido de la clientela, plantó una mueca de fastidio en el rostro.

Le calculé más o menos mi edad; imaginé que era inglesa, como tantas otras. Por su aspecto, sin embargo, no me pareció la esposa de un militar o un funcionario del Secretariat: ninguna de ellas solía vestir de mañana con chaqueta de corte masculino, pantalones de franela y zapatos recios, resultando además atractiva a su manera. Se sentó a mi lado y musitó un seco good morning, se sacó entonces de un bolsillo lateral un pequeño cuaderno cerrado con un elástico que a su vez sujetaba un lápiz. Cruzó las piernas y empezó a escribir apoyándose sobre el muslo izquierdo. Sin alterar mi postura, la miré de reojo.

Tenía la nariz afilada y el cabello claro, rizado y recogido en la nuca en un moño medio suelto; un tirabuzón le cayó sobre el rostro, se lo retiró sin miramiento detrás de la oreja. Intenté descifrar lo que escribía, pero no fui capaz: su letra picuda avanzaba como dejando las palabras a medias. Había llenado media página cuando alzó la mirada. Los empleados seguían atendiendo a los primeros clientes, nada había avanzado todavía. Contrariada, hizo bailar unos segundos el lapicero entre los dedos; después pretendió proseguir con las anotaciones, pero su fastidio la llevó a clavarlo sobre el papel con fiereza. Tanta que partió la punta.

Protestó entre dientes y empezó a tantearse los bolsillos en busca de algo con lo que seguir escribiendo, pero no dio con nada. Sin razón alguna, casi inconscientemente, abrí mi cartera, esquivé el sobre de los billetes y dirigí los dedos hasta el fondo. Allí estaba el biro, el moderno cilindro con depósito de tinta que me habían vendido en la papelería de Mamillah Road cuando mis ingenuas ilusiones radiofónicas aún permanecían intactas.

Lo saqué. Se lo tendí. Ella volvió la cabeza y me miró, sin agarrar todavía el instrumento.

—Usted no es inglesa, ¿verdad?

—No, pero sí mi marido.

—Ah —soltó. Entonces sí cogió el biro, musitó un parco thank you y continuó escribiendo. Cinco o seis líneas después, se detuvo y me contempló de nuevo—. ¿De dónde? —Sonó áspera, casi exigente.

—Madrid, España —dije.

—Ah —murmuró otra vez. Esta vez, su interjección mostró un poso de sorpresa—. ¿Cuánto llevan en Palestina?

Respondí sin titubeos, llevaba el tiempo contado con precisión de minutero.

—Casi ocho meses.

—¿Y tiene idea de cómo siguen por allí las cosas?

Unos días antes habíamos recibido el envío semanal de prensa española que dejamos encargado antes de irnos, nos llegaba a través de un amigo de Marcus de la embajada. Estaba por eso más o menos al tanto de lo que ocurría en mi país; no gran cosa, ciertamente.

Me callé trivialidades que ella no iba a entender. Los triunfos de Manolete, el éxito de *Garbancito de La Mancha*, la moda de la canción *Mi vaca lechera* o el recital de los presos políticos de Carabanchel con las coplas de Juanito Valderrama. Tampoco le comenté que los afortunados del Madrid fetén almorzaban en el exclusivo y recién abierto Jockey, mientras la mayoría de la población seguía sometida al racionamiento de productos tan elementales como las legumbres, el azúcar y el aceite. Ni que, gracias a la novedosa producción del desinfectante DDT, parecía que algo se iban reduciendo las chinches y los piojos.

Lo medianamente interesante se lo resumí en unas frases escuetas.

—Se han retirado todos los embajadores extranjeros.

—¿Y eso quién se lo cuenta? —preguntó inquisitiva.

—*ABC, Ya, La Vanguardia...*

—Prensa cercana al régimen de Franco, supongo.

—¿Acaso tenemos otra?

Asintió con la barbilla, seria, sin compartir mi sarcasmo. Justo en ese momento el tipo del sombrero acabó sus gestiones y un empleado con bigotazo alzó la mano para que me acercara: había llegado mi turno. Me levanté, aunque habría preferido no hacerlo. No me agradaba la idea de que esa extraña inquisitiva se quedara a mi espalda, quizá escuchando. No sabía quién era, igual una misionera laica, o la esposa del empleado de alguna compañía extranjera o una simple turista de paso; probablemente jamás volvería a verla. Aun así. Lo que yo había ido a hacer a esa agencia de pasajes era algo privado. Que llegara a los oídos de aquella mujer no me hacía la menor gracia.

Viajes a España, eso fue por lo que pregunté intentando elevar la voz tan sólo lo imprescindible.

—¿Viajes a España? —repitió el empleado con tono extrañado—. ¿A España, Europa?

Eso era lo que quería, exactamente. Opciones para irme a España, que me dijera cuál era la mejor forma. Una vez que tuviera claro cómo llegar hasta allí, ya iría yo a Tetuán por mi cuenta.

El empleado frunció el entrecejo y se rascó el cogote pensando; estaba claro que el mío no era uno de los destinos más comunes. Consultó entonces un mapa.

—¿Gibraltar le serviría?

Asentí de nuevo. Gibraltar me serviría a la perfección. Mi recuerdo voló al día de nuestra boda en el Peñón, la austeridad del trámite, el crudo viento de levante soplando sobre el Estrecho, la casi inexistente luna de miel en el hotel The Rock, tan efímera que tan sólo duró una tarde, una noche y la mañana siguiente. Mientras la uña del empleado se deslizaba por un largo listado de compañías y lugares, algo se me removió por dentro. En Gibraltar había empezado mi matrimonio con Marcus y quizá allí también concluyera: no tenía la menor idea de cómo aceptaría él mi marcha, si la asumiría comprensivo o si la consideraría un abandono desleal y traicionero.

El tipo del bigote consultó una segunda guía, después una tercera.

—Jerusalén–Cairo en tren o quizá avión, después Cairo–Alejandría–Famagusta, Chipre–La Valetta, Malta, y por último Gibraltar en barco: ésa es la mejor opción. Próxima salida, 5 de marzo. 65 libras esterlinas. ¿Desea que le tramite ya el pasaje, o prefiere que se lo anote?

Hice unas rápidas cuentas. Era sólo cuestión de días. Y llevaba conmigo el dinero. El tipo se me quedó mirando, estático, a la espera. Giré el cuello y miré hacia atrás: habían entrado en la agencia más clientes. Confirmé también que a la anónima mujer del lápiz sin punta ya la estaban atendiendo.

—¿Entonces, señora?

No fui capaz. Me falló la decisión. O el coraje. Lo miré sin responder. Percibí que tenía algunas canas en el bigote.

—¿Se lo anoto mejor, y se lo piensa?

Me limité a doblar la cuartilla en la que apuntó la información, musité un flojo thank you very much y me di la vuelta. Me encaminé turbada a la salida, apretando el paso enfadada conmigo misma. Por mi cobardía. Por mi falta de entereza.

Acababa de acomodarme en el asiento trasero del coche, me disponía a cerrar la puerta cuando una mano se plantó en lo alto frenándome.

—No le he devuelto su biro —dijo mientras me lo tendía.

Ahí estaba de nuevo la extraña impertinente.

Lo agarré, musité gracias.

—Disculpe mi indiscreción, pero he creído oír que tiene previsto marcharse a su país. ¿Será eso pronto?

Me mordí la lengua para no preguntarle ¿y a usted qué le importa? No me dio opción, siguió hablando.

—Verá, hay algo que querría proponerle, si aún se queda un tiempo.

La miré sin disimular mi desagrado.

—Todavía no lo tengo decidido —respondí con aspereza.

Mi escasa empatía le importó un pimiento; infatigable, volvió a la carga.

—¿Ha trabajado usted alguna vez?

No entendí la pregunta. O mejor dicho: la entendí literalmente, pero me pareció tan intrusiva que vacilé unos instantes.

—For a living, ¿quiere decir? ¿Para ganarme la vida?

Asintió. Seguía mirándome a los ojos, directa. Los suyos tenían un raro tono azul oscuro, casi metálico.

—He trabajado, sí. Muchos años.

Me arrepentí de inmediato. No le había dado ningún dato concreto, no mencioné mi profesión de modista, mucho menos mis colaboraciones clandestinas. Con todo, me reprendí por no haberme mordido la lengua.

Ajena a mis elucubraciones, ella metió la mano en un bolsillo de la chaqueta. No encontró lo que buscaba y lo intentó en otro, sacó finalmente una tarjeta algo sobada.

—Soy Frances Nash, reportera canadiense —dijo ofreciéndomela. Después empezó a atarse una bufanda gris al cuello, con un nudo prieto—. Me gustaría poder hablar con usted. Ahora ando con prisa, pero si me deja un aviso en este número, iré a verla al lugar que me indique, a la hora que más le convenga.

Sin esperar una respuesta, se giró hacia un jeep sin capota aparcado a unos metros. No había conductor alguno en aquel vehículo desprotegido, ella misma se puso al volante. Antes de que nuestro robusto Ford emprendiera el camino de vuelta, la desconocida arrancó con un acelerón y enfiló hacia Jaffa Road envuelta en polvo.

11

Regresé al American Colony furiosa conmigo misma por mi falta de arrojo, por no haberme atrevido a comprar ese pasaje que garantizaba mi seguridad y la de la vida que llevaba en mi vientre. Cuando Marcus llegó horas más tarde, relativamente temprano esa noche, escondí mi irritación tras la excusa de unas inexistentes molestias.

—Mantenerte encerrada el día entero no creo que ayude.

Ni le repliqué ni le contradije, pero saber que con el silencio le faltaba a la verdad no hizo más que aumentar mi propio enojo. Para ocultarlo, evité mirarlo de frente y empecé a ordenar ropa en un estante del armario.

—¿Qué tal si salimos a cenar? —propuso.

Se había sentado en una butaca junto al balcón, con las piernas cruzadas y el tono sereno, observándome mientras yo seguía dándole la espalda. De haberme detenido unos segundos para prestarle una chispa de atención, habría advertido en su actitud una leve sombra de suspicacia. Pero seguí a lo mío, en apariencia ensimismada en la absurda tarea de apilar pañuelos.

—¿Al Hesse's? ¿A La Régence? —insistió—. Me han comentado que han contratado a un nuevo chef, parece que se lo han robado al Shepheard's de El Cairo. ¿Lo probamos?

Me volví por fin, poniéndome en un soplo mi disfraz de buena esposa. Sonreí a medias, me acerqué, le acaricié una mejilla sin rozarlo casi; la palabra traidora me sonó implacable dentro de la cabeza.

Un encargado solícito nos condujo a nuestra mesa apenas

una hora más tarde. Para llegar al night club del King David hubimos de recorrer antes las calles medio vacías de Jerusalén, atravesar el acceso férreamente vigilado del hotel y bajar dos tramos de escaleras. Si en los pisos altos montones de militares y civiles se volcaban durante las jornadas de trabajo en los quehaceres oficiales del Mandato, y si en la planta principal, repartidos por el Arab Lounge, el hall o el gran restaurante, tanto locales como foráneos debatían constantemente sobre política, terrorismo y negocios, allí abajo, en el sótano del grandioso edificio, el club La Régence ofrecía por las noches un ambiente distendido, olvidando por unas horas la actividad de los pisos superiores y sus truculencias.

La iluminación era tenue, las paredes enteladas y el techo bastante bajo. Un pianista desgranaba música melódica; en una esquina había una pequeña pista de baile aún vacía, no eran ni las nueve. El local, no obstante, estaba repleto. Al fondo, junto a la lustrosa barra de madera, en sus taburetes y mesas bajas, entre licores y cocktails se congregaban compatriotas de Marcus, empresarios, diplomáticos y conspiradores de paso, comerciantes prósperos y reporteros, turistas adinerados de visita a Tierra Santa y anfitriones árabes y judíos agasajando a sus invitados. Yo reconocí un puñado de rostros; Marcus, más de una docena. Pero no nos detuvimos con nadie. Soltamos saludos al aire, simplemente.

Nos sentamos algo alejados del bullicio, junto a una de las anchas columnas; ni nos paramos a pensar que se trataba de uno de los puntales arquitectónicos que sostenían aquella ala del edificio. El maître nos entregó las cartas, escritas en francés y encuadernadas en piel granate.

—¿Recuerdas aquella primera cena nuestra, en el hotel Nacional?

Me extrañó la pregunta, no era él dado a la nostalgia.

—Claro —musité. De inmediato bajé la mirada hacia el menú evitando enfrentarme a sus ojos.

No, no había olvidado ni un instante de aquella noche en

que él llegó a Tetuán bajo la supuesta identidad de un reportero con el cuerpo quebrado, apoyándose en un bastón de bambú y con el rostro lleno de heridas. Yo acababa de abrir mi negocio a medias con Candelaria y me hacía pasar por una modista de impecable criterio; tras esa fachada no había más que una joven acobardada y sola, obligada a permanecer en un lugar extraño. Marcus traía la promesa de la evacuación de mi madre desde Madrid a cambio de la larga entrevista con el alto comisario Beigbeder que le ofrecía mi amiga Rosalinda Fox; apenas nos sirvieron, ella se vio obligada a marcharse.

—Tú pediste lenguado —dijo.

No tuve más remedio que sonreír con un punto de melancolía, sin despegar los labios. Lenguado, sí. Y él, pollo con guarnición. Y dos o tres copas de vino. Y repitió las natillas de postre. Su temple sereno lo toleraba todo; mis nervios, en cambio, me mantuvieron bloqueada la boca del estómago.

Cerró el menú tras un fugaz vistazo, lo dejó sobre el mantel.

—Apenas lo probaste —añadió.

Entró en mi vida camuflado: no pretendía publicar su charla con Beigbeder en ningún medio, quería tan sólo tantearlo, hablar con él; se trataba de un agente al servicio de la inteligencia de su país, aunque yo aún tardaría un tiempo en saberlo. Con todo, desde el principio su presencia se convirtió en un firme agarre para mis días inciertos.

—Después te acompañé a tu casa.

Se empeñó en hacerlo, sí; sería la primera de muchas veces. A mi casa de Sidi Mandri en Tetuán, a la de Núñez de Balboa en Madrid. Y si mil mudanzas hubiera hecho yo antes de vivir juntos, a mil portales me habría acompañado noche a noche.

En lugar de uno de los castizos empleados del Nacional, ahora en La Régence fue un camarero sudanés quien nos trajo nuestros platos. Courgettes à la turque para mí, Marcus prefirió una carne poco hecha. Mientras masticaba sin apetito mi calabacín relleno, volví a fijarme en su rostro iluminado por la llama de una vela. El joven Marcus Logan de hacía nueve años era y no era el mismo Mark Bonnard que esa noche tenía enfrente. A modo de testimonio de aquellas viejas heridas, aún le quedaban un par de cicatrices en el lado izquierdo de la cara, cerca de la oreja. Prueba del paso de los años, en las comisuras de la boca se le formaban ahora algunos pliegues y, entremezcladas con su pelo castaño claro, le habían aparecido las primeras canas. Su cuerpo fibroso y elástico, sin embargo, apenas se había alterado. Y su solidez se mantenía intacta. Jamás me había fallado; yo, en cambio, sin compartir con él ni una palabra, desleal, ingrata y enteramente a sus espaldas, llevaba días haciendo componendas para abandonarlo.

—Ahora has dejado de necesitar que vaya contigo a ningún sitio —dijo entonces.

Lo miré atónita: ya no flotábamos en la melancolía de otro tiempo. De pronto, con brusquedad, habíamos descendido a nuestro agrio presente. Quise decir algo, pero él alzó la mano y me frenó pidiéndome tiempo antes de que yo despegara los labios.

—No te he seguido a ningún sitio, Sira, vaya eso por delante. No te vigilo ni te controlo; simplemente, me llegó esta mañana un dato suelto acerca de tu presencia en una agencia de pasajes y até cabos. —Alzó los hombros, como expresando resignación ante lo irrebatible de su actitud—. Es lo que hago a diario con asuntos que me importan bastante menos que tú. Ya conoces mi trabajo.

Asentí, callada. Todo lo que pudiera querer preguntarle estaba de sobra. Poco importaba ahora quién le dijo que me había visto; cualquiera podría haberlo hecho, inocente o insidiosamente, con el candor más absoluto o con la insana intención de entrometerse.

—Llevas días fingiendo normalidad, pero es evidente que, detrás de esa apariencia, ocultas otros sentimientos. Sé que todo lo que está ocurriendo en Jerusalén es duro e inesperado, tanta agresividad, esta crudeza. A menudo me recrimino haberte hecho venir conmigo; en mi descargo, te digo tan sólo que al término de la guerra nadie anticipaba que la subversión judía iba a reactivarse de una manera así de radical y violenta. Por eso no te reprocho que quieras marcharte. Y tampoco me siento traicionado, no te culpes.

En algún momento dejé los cubiertos sobre el plato. Me invadía una sensación de flojera inmensa, como si me hubieran sacado de pronto toda la sangre del cuerpo. No había previsto que esto fuera así, mi intención era plantearle mi decisión de una manera argumentada y convincente, no que él se enterara de antemano sabía Dios por medio de qué cauces.

—El miedo es libre —prosiguió—. Y más en tu estado. Es natural que no aguantes, resulta comprensible; ocurre a menudo a otras esposas en circunstancias similares, cuando se ven obligadas a seguir a sus maridos a destinos complicados. No eres la primera ni serás la última, quédate tranquila. Algunas están acostumbradas, o quizá conocían de antemano lo que entrañaba contraer matrimonio con un militar o un servidor público en cualquiera de sus ámbitos.

Ya no sonaba el pianista, ahora era una voz femenina la que amenizaba el ambiente. Pero nosotros permanecíamos en una especie de isla propia, un islote árido y despoblado en mitad de un temporal, al margen de la música, los camareros, los clientes.

—Tu caso, sin embargo, es distinto. Tú eres una extranjera entre extranjeros, tu situación es doblemente compleja porque ni siquiera puedes sentirte arropada por otros compatriotas. No tienes amigos, no tienes trabajo, te son ajenos los códigos y el sistema, los referentes; ni siquiera puedes hablar tu propia lengua con nadie. Y además, llevas una vida dentro. Que quieras huir, poneros los dos a salvo, es razonable. Responsable, incluso.

Asentí de nuevo, tragué saliva.

—Pero yo no puedo irme, Sira. Por mucho que lo desee, no puedo acompañarte, y no quiero que con eso pienses que me desentiendo. No sé cuánto tiempo nos resta a los británicos en esta tierra en la que ya nadie nos quiere, pero tenemos un mandato que cumplir, una obligación conferida por la Liga de Naciones que nos impide dar un paso atrás de manera unilateral. Y mientras mi país me necesite, yo tengo que quedarme.

Alguien pasó junto a nosotros y nos saludó con aparente cordialidad, pero las palabras no me llegaron a los oídos. El camarero se acercó a retirar las migas del mantel con su cepillo de plata. Al contemplar nuestros rostros, dio un discreto paso atrás y se quitó de en medio.

Probablemente los animadores de La Régence continuaban con su despliegue de temas ligeros, probablemente desde todos los rincones fluían las conversaciones, alguna carcajada, el entrechocar de platos. En mi mente, sin embargo, no quedó registrado ningún fondo sonoro. Tan sólo la voz de Marcus. Y, alrededor, un abismal silencio.

—Lo único que quiero pedirte es que, al marcharte, no te desvanezcas.

Quise protestar, decirle que eso jamás se me ocurriría. Pero las frases se me quedaron atoradas en algún recodo, sin salir de mi garganta.

—Que no saques de mi vida a nuestro hijo, o a nuestra hija, cuando vuelvas con tu gente.

Tomó de nuevo el tenedor y el cuchillo, volvió la vista a su carne. Ya había descargado todo lo que tenía que decirme. Antes de que el metal rozara su filet mignon, sin embargo, por fin logré reaccionar: estiré mis brazos por encima del mantel y le agarré las muñecas.

—Mi única gente eres tú, Marcus.

En el instante en que mis dedos se aferraron al tejido de su chaqueta y noté sus huesos, en ese preciso momento supe que no iba a irme. Por duros que fueran los tiempos y amargas las circunstancias, por recios que soplaran los vientos, todo lo que nos tuviera previsto el destino íbamos a pasarlo juntos.

Me equivoqué al pensar que me había faltado valentía para comprar el pasaje de barco. Era al contrario, a la inversa exactamente. No, la valentía no estaba en tomar la decisión firme de desaparecer para huir de los problemas. La ausencia de cobardía radicaba en resistir junto a quien me necesitaba: a su lado sin fisuras, compartiendo, dando aliento. No, no iba a irme, ni iba a separar a mi criatura de su padre. Mi lugar estaba al lado de Marcus, y no porque lo estipulara mi obligación conyugal, sino por amor, por responsabilidad y compromiso.

La cena se prolongó hasta la madrugada, al fin destapamos ambos abiertamente nuestras preocupaciones e incertidumbres y las colocamos como las cartas de una baraja, boca arriba encima de la mesa. Salimos de La Régence entrelazados por las cinturas cuando la vocalista cantaba *You are my sunshine*, mientras recorríamos el pasillo hacia la calle, Marcus musitó en mi oído: You make me happy when skies are grey....

Qué incautos éramos, qué insensatos. No teníamos la menor idea de que estábamos abandonando la yugular del King David, exactamente el centro del horror.

12

Siguiendo las indicaciones, encontré las instalaciones de la Public Information Office en King George V Street, dentro de un edificio moderno y funcional. Aguardé a que la joven tras el mostrador terminara de hablar por teléfono, me llamó la atención su pericia para mantener sostenido el auricular entre el hombro, la mandíbula y la oreja.

—Busco a Frances Nash —anuncié cuando colgó.

Saqué la tarjeta que aquella extraña me había entregado el día anterior frente a la agencia de pasajes, antes de ponerse al volante de su jeep. Repetí el nombre, se la intenté mostrar.

—Ella misma me dijo que podría encontrarla aquí.

El teléfono empezó a sonar de nuevo, la recepcionista se dirigió a mí tapando la boca del auricular con la mano.

—No sé si la señora Nash estará dentro o no; si lo desea, pase a la sala común y búsquela.

Dudé. En realidad, el intento de encontrarla no era más que una especie de prueba de fuego. Había decidido quedarme en Jerusalén con todas las consecuencias. Y, para afianzar mi resolución, intuí que lo primero que debía hacer era empezar a perder el miedo a moverme. Todo el mundo continuaba con su vida, acudía a trabajar, subía a los autobuses, compraba pan y aceitunas, visitaba a sus amigos, hacía el amor, iba al cine. Yo había recibido un susto aterrador frente a la entrada de Broadcasting House y con ello terminaba mi aventura radiofónica, cierto. Pero aquello no podía frenarme. Sin ningún sitio concreto al que ir, sin nadie con quien reunirme y sin perspectiva de actividad alguna, decidí retomar el contacto con la desconocida que me había abordado junto a la Puerta de Jaffa. No tenía la menor idea de qué podría querer de mí, pero al menos era un enganche con el mundo exterior. O una mera excusa para que los cimientos de mi decisión no se tambalearan.

Me dirigí hacia donde me indicó la recepcionista, hasta llegar a una estancia amplia y diáfana en la que había un par de docenas de escritorios, unos cuantos con gente sentada, otros tantos vacíos. Algunos de los ocupantes parecían trabajar, tecleando concienzudos o volcados igualmente en el teléfono. Otros charlaban, de dos en dos, de tres en tres. Entre ellos distinguí un par de mujeres, pero de inmediato comprobé que ninguna era la que me interesaba.

Nadie desatendió su quehacer para preguntarme qué deseaba, supuse que la entrada y salida de desconocidos era habitual. Opté por dirigirme a la mesa más cercana, la ocupaban un hombre y una mujer; él sentado en una silla giratoria con la chaqueta colgada del respaldo, ella apoyada con un glúteo sobre uno de los laterales. Hablaban, o mejor sería decir que hablaba ella y él se limitaba a escuchar.

—Discúlpenme. Estoy buscando a Frances Nash.

Me miraron sin demasiado interés. Ella barrió la sala con los ojos.

—No parece encontrarse aquí.

El hombre, entretanto, me examinó con curiosidad.

—Perdón, ¿no es usted la esposa de Mark Bonnard?

Se puso en pie, se acercó.

—Douglas Gallagher, del *Daily Mail.* Hemos coincidido en algunos encuentros...

En efecto, en algún sitio me había presentado Marcus a ese hombre de ojos agudos y aspecto desaliñado. En casa de alguien en Rehavia o Katamon, quizá en el bar del Yasmina.

—Conversamos sobre mi trabajo en España durante su guerra, ¿recuerda? —dijo tendiéndome una mano—. Yo trabajaba en aquellos días para el *Daily Express...*

Caí entonces en la cuenta y lo ubiqué: tiempo atrás, aquel tipo y yo compartimos un rato de charla en casa del abogado árabe Henry Qatan. Me contó que fue unos de los últimos reporteros en salir de Barcelona y el único periodista extranjero que cubrió la entrada de los nacionales en Madrid, hablamos aquella noche hasta que logré sacármelo de encima. Su conversación era sin duda interesante, pero en algún momento plantó su mano sobre mi muslo y allí la dejó, como olvidada; me quité de en medio en cuanto pude. Ahora seguía igual de mal afeitado, y mantenía intacta la memoria.

—Por supuesto —repliqué con mi más falsa cordialidad—. Encantada de volver a verlo.

—No se encuentra aquí ahora mismo Fran Nash; verá, esto es sólo una sala de libre acceso, los corresponsales entramos y salimos sin calendarios ni horarios fijos. Es probable que nadie sepa si su amiga pasará por aquí a alguna hora —añadió—. Ni siquiera si vendrá a lo largo de todo el día.

El reportero quedó en silencio unos instantes, quizá estaba recordando el tacto de la seda de mi vestido sobre mi pierna.

—Pero si quiere esperarla, puedo acompañarla al bar —propuso. Miró la hora, hizo un gesto de complacencia—. Son casi las doce, buen momento para el primer trago del día.

Me libré de él con excusas de prisas y compromisos inexistentes, bajé a pie los dos pisos que me separaban de la calle, tan sólo me restaban los últimos escalones para llegar al gran vestíbulo cuando la vi acceder al edificio, su silueta perfilada en el vano de la doble puerta abierta de par en par. Un par de mechones rizados se le habían escapado del recogido y le caían de nuevo sobre la frente, volvía a llevar puesta ropa de corte masculino a la que ella, probablemente sin intentarlo, confería un aire de rara elegancia. Sobre el torso le cruzaba la correa de un bolsón de cuero en bandolera.

Un gesto de satisfacción, de triunfo casi, se le dibujó en la cara al verme. Se acercó con zancadas ágiles, esperó a que yo descendiese los últimos escalones.

—Acabo de perder una apuesta conmigo misma, pero no se imagina cuánto me alegro.

El aperitivo tempranero que no acepté a Gallagher lo acabé compartiendo con Frances Nash en el snack bar que la propia Public Information Office había abierto en un local anexo. No sabía qué quería de mí. Desconocía todo de ella. Aun así, me dejé arrastrar y me dispuse a escucharla.

—Desde que terminó la guerra, el nuevo director no sabe cómo hacer para ganarse a los corresponsales para la causa británica —dijo mientras nos acomodábamos en unas butacas tapizadas de terciopelo. Había sólo dos o tres mesas ocupadas, era temprano—. Una de sus grandes ideas —añadió— ha sido montar el press centre de arriba y este estupendo local.

Señaló alrededor con un gesto liviano que no conseguí descifrar, lo mismo podría indicar sarcasmo que aprecio. Un camarero colocaba vasos limpios en los estantes detrás de la barra, a través de los ventanales se percibía el continuo transitar de viandantes y vehículos. El sitio era grato, con su moqueta de arabescos y sus recios cortinones, pero yo seguía sin entender la conexión con la agencia de prensa de la parte superior. Y puesto que ella hablaba con contagiosa espontaneidad, me decidí a preguntar abiertamente:

—¿Me está diciendo que pretenden comprar a los periodistas extranjeros a base de whisky, ginebra y cerveza?

Soltó una carcajada, tras los labios sin pintar descubrí que tenía unos dientes grandes, con apariencia de sanos y fuertes. Estaba de bastante mejor humor que durante nuestra espera en la agencia de pasajes.

—No quiero decir que procuren comprarnos exactamente, pero sí que desde luego ansían atraernos hacia aquí para alejarnos de la influencia de la Jewish Agency y su hábil gabinete de prensa. —Hizo una pausa para agradecer al camarero las copas de gin and bitters que acababan de servirnos. Yo apenas me mojé los labios; ella, en cambio, saboreó su primer trago con deleite—. Durante la guerra —continuó mientras la depositaba sobre el cristal de la mesa— a ningún medio extranjero le importaba demasiado lo que ocurría en Palestina; en cambio, ahora que en el mundo hay un nuevo orden y aquí crece la tensión, cada vez somos más los corresponsales extranjeros; alguien me dijo el otro día que rondamos los ochenta.

Yo conocía a algunos de ellos a través de Marcus, a los británicos mayormente, como el tal Gallagher de un rato atrás. Americanos también: a unos cuantos, de vista.

—Y en la Agencia Judía —prosiguió ella a la vez que ponía el brazo sobre el respaldo del sillón— son listos como el hambre, y entendieron desde un principio cómo había que desenvolverse con la prensa en esta nueva etapa tan esencial para su pueblo. Así que, mientras los ingleses seguían trabajando como en los tiempos de la contienda mundial, limitándose a la burocracia de los pases y las autorizaciones, los partes, los boletines y los encuentros soporíferos con los militares y las autoridades del Mandato, el departamento de prensa judío reaccionó con rapidez y se apresuró a volcarse con cualquier periodista extranjero que asomara por aquí la cabeza.

Volvió a beber, yo no. Me limité a escucharla. Salvando mil distancias, me recordaba a la Rosalinda Fox que conocí en los tiempos de Marruecos: segura de sí misma, con las opiniones contundentes, desinhibida y abierta. No se parecían en nada: Frances Nash carecía de la delicadeza de mi amiga, sus facciones angulosas eran menos armónicas, su pelo menos cuidado y su estilo en general distaba de lo exquisito, con las uñas cortas, sin rastro de maquillaje y sin ningún tipo de adorno o complemento. Aun así, tuve la sensación de que algo las unía y por unos instantes sospeché con ingenuidad que quizá dentro de las venas de las súbditas de su graciosa majestad corría una sangre distinta a la nuestra: no recordaba haber conocido a ninguna compatriota española tan osada, expeditiva y resuelta. Aunque quizá todo se debía, concluí, a que a ellas nunca les había amordazado nadie el pensamiento.

—Todo se nos proporciona a todos desde el press bureau

de la Jewish Agency, lo que haga falta —continuó—. En cuanto ocurre cualquier acontecimiento, un ataque, un accidente, cualquier cosa, aún no se ha apagado el ruido ni se ha asentado el polvo cuando ellos ya han emitido una nota de prensa; con su propia y parcial versión de los hechos, por supuesto, pero con información detallada y completa. En cuanto uno de los líderes judíos hace una declaración o da un discurso, las copias en inglés están disponibles de inmediato. Si algún medio solicita una entrevista con alguno de sus mandatarios, atienden la petición en cuestión de pocos días, de horas a veces. Que deseamos visitar un kibutz o un asentamiento: allí nos llevan, con coche, conductor e intérprete en el paquete. Incluso ponen a disposición de todos sus propias oficinas, con cable, líneas de teléfono y cualquier medio que necesitemos. Son conscientes, en definitiva, de cómo resultar eficaces, ejecutivos y rápidos en las relaciones externas, y eso, claro, se agradece.

Un par de tipos pasaron a nuestro lado, supuse que serían colegas. Hey Fran, dijeron; ella les devolvió el saludo con una mano airosa. Yo seguía sin saber a santo de qué me narraba todo aquello, pero no me importaba escucharla. En absoluto. Hablaba con aplomo y naturalidad, la entendía sin problemas y no tenía nada mejor que hacer en ese primer mediodía del resto de mi vida.

—¿Por dónde iba? —preguntó tras dar otro sorbo a su cocktail. Era una pregunta meramente retórica; al contrario de mi absoluta ignorancia, ella sabía de sobra adónde quería llegar con su charla—. Ah, bien. Como decía, el nuevo director de la oficina de prensa británica, Dick Stubbs, en cuanto llegó en otoño para ocupar su cargo, se dio cuenta de la obsoleta inoperancia de sus servicios y decidió revitalizarlos por entero. Los británicos viven en esta Tierra Santa el peor de sus momentos, y no les interesa que las noticias que desde aquí salen al mundo vayan volcadas a favor de la causa hebrea y resulten en consecuencia críticas con el Mandato. Bastante tienen con que sean numerosos los corresponsales de religión judía o abiertamente prosionistas enviados desde fuera.

No pude contenerme, la interrumpí sin demasiada delicadeza.

—¿Y usted...?

—Llámame Fran, ¿vale?

—De acuerdo. Y tú, Fran, ¿hacia dónde te inclinas?

—Yo personalmente creo que cada parte, árabes y judíos, tienen su cuota de razón en todas y cada una de sus reivindicaciones. Como también la tienen, por supuesto, los ingleses. Pero mi labor no es ésa, señora Bonnard.

—Llámame Sira.

—Bien, Sira. Mi labor no es dilucidar quién tiene más o menos peso en la balanza de los argumentos, sino contar las cosas tal como están ocurriendo, sin tergiversaciones, ni manipulaciones ni simpatías hacia un lado o el otro. Pero lo cierto, y recapitulando, es que en líneas generales, en la prensa mundial los judíos están recibiendo una atención mucho más favorable que los árabes y los ingleses gracias, en parte, al buen hacer de su oficina de prensa, y eso es lo que está intentando corregir el nuevo director de esta casa. A tal fin, ahora todo son aquí facilidades para los reporteros, para que no dependamos sólo de los generosos ofrecimientos de la Jewish Agency. Por eso han habilitado hace unos meses la sala de libre acceso que habrás visto arriba, han ampliado su plantilla y la han instruido para realizar todas las gestiones necesarias con mayor diligencia. A partir de ahí han establecido una relación más fluida con nosotros, los corresponsales, en todos los sentidos, incluso proporcionándonos autorizaciones para acompañar a los militares en algunas misiones o en las tareas de intercepción de los barcos cargados de judíos que siguen llegando a las costas.

—Más este bar —apostillé.

—Más este bar —confirmó. Y remató su copa.

Permanecimos en silencio unos instantes, hasta que ella decidió dejarse por fin de explicaciones y entrar a saco en el asunto.

—Télam. ¿Te suena?

Cambiaba ella súbito de tono y tema, yo negué con la cabeza.

—Telenoticiosa Americana —dijo en mi lengua, con un acento pésimo—. ¿Conoces Argentina?

Volví a indicar que no.

—Pero el español que allí hablan es similar al tuyo, imagino.

Recordé la voz de Carlos Gardel, a Celia Gámez cantando tangos antes del *Ya hemos pasao.* Hasta ahí alcanzaba mi escaso conocimiento de esa nación lejana. Y sí, las letras me resultaban enteramente comprensibles.

Era casi la hora del almuerzo y el local se había ido llenando, grupos pequeños y menos pequeños; alguna mujer entre ellos, no demasiadas. Si todos los presentes eran periodistas, la nueva política de la agencia de prensa británica estaba resultando certera sin duda. Nosotras permanecíamos en nuestra mesa, Frances había pedido unos sandwiches, yo no me negué cuando propuso que almorzáramos juntas.

Tras el primer bocado, abandonó las pesquisas geográficas.

—Pretendo colaborar con ellos y necesito a alguien que traduzca mis textos del inglés al español. Con precisión y, sobre todo, de forma inmediata.

Estuve a punto de echarme a reír. Así que era eso. Tras sus prolegómenos para ubicarme en el mundo en el que ella se movía, por fin había ido al grano. Necesitaba una traductora, ésa era su urgencia. En mis presuposiciones al buen tuntún, había empezado a sospechar que quizá se había enterado de mi aptitud para la costura, o tal vez estaba al tanto mis contribuciones al SOE a través de patrones y falsas puntadas.

—Yo no soy traductora —dije simplemente.

—Pero podrías intentarlo. Verás, yo no trabajo para ningún periódico en concreto: lo hago como free-lance para una corporación de mi país, la Southam Company, que es propietaria de varios diarios. No soy su corresponsal exactamente, pero me asenté aquí en Palestina cuando terminó la guerra, les ofrecí mis servicios, y se han quedado casi con todas las piezas que he escrito desde entonces. —Se encogió de hombros, como si fuera a decir una obviedad—. Formamos parte de la Commonwealth, ya sabes, y las cuestiones de los británicos siempre nos resultan de interés. Además, Canadá tenía ya más de cien mil judíos antes del auge del nazismo y, tras el Holocausto, han emigrado desde Europa decenas de miles más, así que existe una creciente sensibilidad hacia todo lo que ocurre en esta Eretz Israel en la que ellos ansían construir un Estado.

Hizo una pausa y preguntó ¿me sigues? Contesté que sí.

—Bien, pues con esas colaboraciones voy funcionando, y debo confesar que no me va mal: tengo mi autonomía, no sigo directrices ni consignas, pagan dignamente y me muevo como quiero. La parte negativa, sin embargo, es que trabajar como freelance supone en cierta forma andar siempre sobre una cuerda floja. Y por eso, por si esa cuerda se rompe, o cualquier día yo resbalo o el viento sopla en una dirección adversa, creo que me conviene tener algún otro asidero al que poder agarrarme.

Alzó las cejas, como preguntando otra vez ¿me sigues? Mi gesto expresó ahora menos convencimiento.

—Resumiendo: necesito más trabajo, eso es en breve lo que te quiero decir. Abrir vías nuevas, conseguir otras colaboraciones. Y ahí es donde entra Télam.

Volvieron a interrumpirnos con saludos, unos llegaban, otros se iban marchando. Good to see you, Fran; see you soon, Nash, se oyó repetidamente. Ella despachó a todo el mundo con breves ademanes. Estaba claro que prefería seguir centrada en lo nuestro.

—A través de un amigo diplomático —continuó— he sabido que acaba de nacer una agencia de noticias en la Argentina con el nombre de Télam. —Me miró, pareció caer de pronto en quién era yo en realidad: una extraña alejada de su mundo—. Antes de seguir, dime, ¿tú conoces cómo funciona una agencia de noticias?

Tras mi prolongada relación con los británicos, estaba al tanto de sobra. Pero preferí que mi respuesta fuese una afirmación discreta.

—No recuerdo ninguna de tu país —dijo.

—Existe la agencia EFE.

La había ideado Serrano Suñer en Burgos hacia el final de nuestra guerra, cuando él mangoneaba a su antojo en la creación del nuevo Estado franquista, y lo mismo proponía o repudiaba ministros como hizo con Beigbeder, que se afanaba por mantener un férreo control informativo desde su poderoso Ministerio de Gobernación. Yo lo sabía porque Marcus, en Madrid, solía quejarse a menudo de la forma tan descarada con que alteraban las noticias del exterior al traducirlas, censurándolas, ignorándolas o maquillándolas a su antojo antes de darles salida. La estrella del Cuñadísimo se terminó apagando de manera fulminante, pero la agencia se mantenía en pie, operativa y ágil para cumplir con sus intereses.

—EFE, eso es —confirmó—. Y además creo que es estatal, así que me sirve de ejemplo perfecto para hablarte de Télam, que también es sobre todo propiedad del Estado. En cualquier caso, se trata de una agencia que puede empezar a crecer con fuerza: Argentina sigue siendo un país rico en comparación con los europeos, tiene las arcas repletas porque durante la guerra mundial mantuvo la neutralidad y se dedicó a exportar a Gran Bretaña millones de toneladas de carne y cereales. Hasta ahora, para las noticias internacionales se han nutrido de los servicios de Associated Press y de United Press International, las grandes agencias estadounidenses. Pero quieren cortar con la dependencia de esos gigantes, y cuentan con dinero para poderlo hacer. Y dentro de ese plan, están interesados en una corresponsalía en Jerusalén, no sé si porque su proyecto expansivo es simplemente así de ambicioso, o porque también tienen cientos de miles de judíos en el país y quieren estar al tanto de qué está sucediendo con los empeños sionistas, los barcos de refugiados y todas las tensiones que aquí vivimos.

Aproveché el nuevo bocado que daba a su sándwich para procesar con rapidez todo lo que narraba: si el mundo del periodismo me resultaba ajeno, más aún lo era Argentina, esa nación de América del Sur a la que mis compatriotas llevaban décadas emigrando para salir del hambre. De las complejidades de Palestina estaba en cambio bien al tanto, por desgracia.

—Mi problema —explicó sin tragar aún del todo— es que necesito estar segura de que seré capaz de mandar mis crónicas en español directamente. Y he de encontrar el modo cuanto antes, para que no envíen hasta aquí a nadie de fuera, ni ninguno de mis colegas se me adelante. Me consta de antemano que para bastantes de ellos este contrato sería una insignificancia; no veo pugnando por el puesto, por ejemplo, al exquisito Geoffrey Hoare de *The Times*, que se mueve en un Wolseley con su aire a lo Fred Astaire como si fuera un ministro, ni al estirado corresponsal de *The New York Times*, Clifton Daniels. Pero muchos otros tienen, como yo, ataduras más débiles, y también pueden en esto ver una oportunidad nada despreciable. El problema inicial, sin embargo, es para todos el mismo.

—Que ninguno de vosotros habla español.

—Ni palabra. Supongo que muchos podrían contar con un traductor o una traductora en la sede de su agencia en Londres o Nueva York, o tal vez alguien que lograran contratar fuera por su cuenta; opciones habría, pero todas ellas ralentizarían el proceso y con ello se perdería la inmediatez de las noticias.

Me esforcé por pensar en alguien capaz de prestarle ese servicio, para rebatirla. El cónsul de España no, desde luego. Quizá el vicecónsul, que era joven y animoso, pero no, tampoco. Desconocía que hubiera representantes diplomáticos o residentes de otros países hispanohablantes. Quizá algún judío sefardí que mantuviese el ladino, aunque seguramente le costaría adaptarse al español del siglo XX. Y estaban también los miembros de algunas órdenes religiosas, pero dudé de igual modo de su disponibilidad.

Ajena a mis elucubraciones, ella planteó su idea con contundencia.

—Tú eres la única, Sira. Lo que te propongo es que trabajemos mano a mano y nos convirtamos en socias. Yo elaboraría la noticia a partir del mismo material que tengo para mi empresa canadiense, no me exigiría demasiado trabajo. Tú la traducirías rápidamente al español, yo me encargaría de que llegara a Télam; cuando me pagasen, repartiríamos el cobro.

Casi una década atrás, en el otoño del 36, asentada en Tetuán con el ánimo a la altura del betún y cargada de deudas, Candelaria la matutera me propuso que nos hermanásemos para abrir un taller de costura. Me detalló el plan entre las paredes de su pensión una tarde de lluvia: para invertir en nuestro negocio contaba con vender un montón de pistolas de las que yo me terminé encargando. Unos años más tarde, en septiembre del 40, Rosalinda Powell Fox me pidió que colaborara con los servicios secretos de su país. Me citó en el almacén del Dean's Bar de Tánger, con Billie Holiday sonando en un gramófono, entre cajones apilados y sacos de café. Me planteó colaborar con los aliados en pos del bien común de nuestras patrias.

Ahora me encontraba en pleno mediodía en la zona moderna de Jerusalén, en un snack bar recién abierto por los ingleses en un iluso intento por equilibrar un orden perturbado y esquivo. Frente a mí tenía a una periodista canadiense de la que no sabía nada. No me hablaba ella de vender pistolas ni de transmitir mensajes clandestinos; su propuesta, no obstante, volvió a impactarme. Temiendo que quizá había sido directa en exceso, en vez de esperar mi réplica, Frances Nash hizo un requiebro y me abordó desde otro flanco.

—Me dijiste que habías trabajado antes. ¿Puedo preguntarte en qué?

Mi respuesta fue transparente sólo a medias.

—Fui modista. Tuve mi propio negocio.

—¿Funcionó bien?

—Funcionó muy bien —reconocí—. Pero se trataba de algo coyuntural. Cerré al terminar la guerra.

—¿Y no lo añoras?

No reconocí ni que sí ni que no, ella me volvió a mirar con agudeza, como si intentara penetrar en mi cerebro para saber qué pensamientos resbalaban allí dentro.

—Podríamos probar, ver si funciona. Perdona mi indiscreción, pero ayer comprobé que no acabaste comprando ningún pasaje. Supongo que no vas a marcharte de inmediato.

Le perdoné la indiscreción, sí. O se la pasé por alto.

—Ayer no tuve un buen día.

—Tampoco yo —reconoció—. Y te pido disculpas. Fui brusca porque estaba nerviosa, me corría una prisa tremenda comprar un pasaje, total para nada porque... —Dibujó en su cara un gesto de hartazgo—. Mi marido..., mi exmarido tiene la virtud de sacarme de mis casillas y... En fin, centrémonos. Dime, ¿por qué se te hace tan difícil aceptar mi propuesta?

Podría haber argumentado varias razones, todas ellas solventes. Pero me limité a una.

—Estoy esperando un hijo.

Me miró con incredulidad.

—Y eso ¿qué te va a impedir? Un embarazo es algo fabuloso, amiga mía. Aporta fuerza, proporciona lucidez, ilumina el alma...

Ni por lo más remoto habría sospechado que esa singular mujer pudiera ser madre; ella pareció anticipar mi sospecha y se dispuso a sacarme de mi error. Agarró su bolsón de cuero, rebuscó dentro, encontró una cartera. Se inclinó hacia mí y la abrió, me la puso delante de los ojos.

—Mis niñas —anunció con un punto de orgullo. Dos rubias llenas de rizos sonreían en el retrato sin rastro de timidez—. Tienen trece y once años, están internas en El Cairo, con las monjas francesas del colegio de La Mère de Dieu. Su padre, mi...

Se interrumpió, alguien acababa de entrar en su ángulo de vista.

—Hey Nick!

Lo saludó con más cordialidad que a los colegas anteriores, le lanzó un gesto para que se acercara a la mesa. A medida que se aproximaba, a medida que comprobaba que era yo quien acompañaba a Frances Nash, en el recio rostro de Nick Soutter, por una fracción de segundo, percibí una sombra de desconcierto.

Llegó hasta nosotras, se quedó en pie junto a nuestras butacas. Se dirigió primero a mí, me preguntó cómo me encontraba, dijo en tono neutro que se alegraba de verme. Después se volvió hacia la periodista.

—Eres perversa, Nash.

Ella respondió con una carcajada.

—Tenías toda la razón, Soutter. Sira Bonnard es una mujer formidable; ya está al tanto de mi propuesta. Sólo necesito que me diga que sí, estoy a la espera.

Él abrió la boca para protestar, incluso apuntó hacia ella los dos dedos con los que sostenía el pitillo, reprochándole algo sin palabras. Llevaba como siempre la corbata algo floja, carpetas bajo el brazo y prisa en las maneras. Al cabo se contuvo y no dijo nada.

Quien no se calló fue Frances.

—Nuestro común amigo, querida, es en el fondo el responsable de todo esto. Él fue quien me habló de ti. De una hermosa española que en un principio iba a colaborar con él en la radio, aunque luego todo se acabó truncando drásticamente. Alabó tus capacidades naturales, tu magnetismo, lo dejaste impresionado, y créeme que no es un tipo al que se le seduzca con facilidad. Que me encontrara yo ayer contigo en la agencia de Thomas Cook fue una de esas gloriosas casualidades que muy de tanto en tanto caen del cielo.

Aquella confesión no hizo a Nick Soutter la menor gracia, ni siquiera disimuló el gesto adusto. Alguien lo reclamó entonces desde la barra, aprovechó para despedirse rápido; nos quedamos ambas mirando su espalda ancha, su paso firme.

—Paradójicamente, lo que nos une son las separaciones —concluyó Fran Nash recostándose en el respaldo de su butaca—. Pero no pienses que Nick Soutter y yo mantenemos una relación, qué va. Somos viejos amigos de los tiempos de El Cairo, y ambos estamos pasando ahora por el trance de ver cómo nuestros respectivos matrimonios han saltado por los aires. No es grato para ninguno así que, de tanto en tanto, charlamos largamente al calor de una botella de whisky, y sacamos a pasear a nuestros demonios.

13

Transcurrió una semana hasta que recibí por fin la llamada telefónica. No estaba segura de que fuera a llegar; algunos días la esperaba con ganas, otros pensaba que ojalá nunca se produjese.

—Ready?

Tragué saliva.

—Lista.

—Perfecto. Empezamos mañana.

Me senté frente al escritorio, puse encima las palmas de las manos. Fran Nash acababa de confirmarme que por fin había recibido la autorización formal para transmitir sus crónicas como corresponsal de Télam en Jerusalén. O nuestras crónicas, mejor dicho.

Todo estaba previsto; habíamos hecho pruebas y comprobado que podríamos complementarnos sin mayores problemas. A fin de estar preparada, yo había tomado prestado un diccionario Webster's de la biblioteca de Bertha Vester y contaba con otro bilingüe que llevaba acompañando a Marcus desde que llegara a España al principio de nuestra contienda: aunque estuviera manoseado hasta el extremo, haría un buen servicio.

Si a Marcus le extrañó, o le disgustó o le generó alguna inquietud la propuesta de la periodista canadiense, no me lo dejó ver en ningún momento. ¿Tú estás segura? —preguntó tan sólo—. Pues adelante.

La primera crónica en la que me volqué tenía que ver, cómo no, con la creciente insurgencia judía, y se refería en concreto a una ofensiva de Irgun contra un cuartel de la policía británica que dejó cuatro muertos y varios heridos. No era un texto hermoso ni extenso; se trataba simplemente de un puñado de líneas que narraban de forma sucinta un hecho. No se daban explicaciones, no se perfilaba el trasfondo y apenas se ofrecían claves para enmarcarlo en un contexto. Información concreta y escueta sin más, sin sombra de aditamento. Tardé apenas media hora en concluir el trabajo, tan sólo hube de buscar un par de vocablos en el diccionario para confirmar que mi intuición estaba en lo cierto. Después lo repasé todo al menos siete veces, cambié algo por un sinónimo, taché dos o tres cosas, alteré el orden de una frase. Cuando creí estar segura, lo rescribí íntegro, doblé el papel en tres, lo metí en un sobre y llamé desde el balcón al joven árabe que aguardaba en el patio, con su bicicleta apoyada sobre la fuente.

En media hora, ella lo tendría sobre su mesa. En cuarenta minutos lo estaría emitiendo por cable y mis palabras cruzarían mares y desiertos, cordilleras y un océano hasta llegar a Buenos Aires, al número 140 de la calle 25 de Mayo. Allí, en una tercera planta, dentro de una oficina de personal escaso y muebles nuevos, muy cerca del Banco Nación y a tiro de piedra de la Casa de Gobierno, alguien recibiría el cable procedente de la lejana Jerusalén y distribuiría su contenido por medios del país entero. No anticipamos que quedaría eclipsado por la intensa cobertura de las elecciones generales que en esos días tenían lugar en el país, las que darían su primera victoria al general Juan Domingo Perón. Aun así, allí estaría la noticia, lista para aquellos interesados en nuestros aconteceres.

La nota iba firmada por Frances Quiroga. Ése era el nombre que habíamos decidido usar: le nom de plume, dijo mi compañera. Con Quiroga garantizábamos a la corresponsalía una voz en español y, de paso, yo recuperaba el apellido que había perdido en mi nueva vida de casada y en mi anterior vida de embustera. Frances, por su parte, sonaba equívoco, algo masculino, con lo cual probablemente dejaría a los directivos de Télam más tranquilos si no sospechaban que detrás de esas crónicas había un alma de mujer. Y así yo —concluyó ella— evito exponerme más de la cuenta.

Apareció en el American Colony esa tarde temprano, sin aviso previo. Para que celebremos nuestro estreno, anunció. Después preguntó por el bar.

—No hay —confirmé.

Nuestro hotel había empezado a arrancar como parte de un proyecto cristiano, casi misionero; el tiempo lo había transformado en un cómodo hospedaje pero, en algunas materias, Bertha Vester se negaba a alterar su esencia.

—Nos vamos entonces. Ponte un abrigo, venga.

Recorrimos el camino hacia la ciudad dando tumbos en su viejo jeep, ese que alguna división de algún ejército probablemente dio por inservible tras el fin de la guerra. Hacía un frío cortante, fui todo el trayecto agarrándome el vientre, acobardada, culpándome por mi imprudencia. Quizá a ella no le importaba dejar a sus hijas sin madre si volcaba en alguna cuneta, pero salvaguardar a mi criatura era mi preocupación más extrema.

—¡No seas timorata, Quiroga! —gritó mientras esquivaba un bache.

Después sorteó a unos niños que nos dijeron adiós, después a un puñado de ovejas. Se adentró en la parte moderna, aparcó al final en la Zion Square, frente a uno de los ventanales del café Europe.

—La mejor sachertorte de Jerusalén la sirven aquí; el repostero fue propietario de una gran pastelería en Viena. Por la cara que tienes, creo que agradecerás que cambiemos nuestro brindis por una buena dosis de azúcar.

—¿Puedo hacerte una pregunta?

Nos habíamos sentado, nos habían servido. Se dirigió a mí a la vez que yo me llevaba el tenedor camino de la boca.

—¿De verdad nunca has trabajado antes traduciendo, o escribiendo o...?

El bizcocho de chocolate me rozó el paladar con un sabor que se suponía delicioso, pero yo no lo llegué a apreciar apenas.

Por encima del sentido del gusto se me superpuso la duda de hasta qué punto debería serle sincera.

—Aunque mi español es muy limitado, creo que puedo valorar por encima tu trabajo. Me llama la atención tu... —Paró un instante, como buscando la manera más precisa de expresarse—. Tu concisión en el uso de las palabras y las estructuras; tu minuciosidad para manejarte. —Después concluyó—: No pareces una novata.

¿Cuántos datos relevantes capté de boca de mis clientas alemanas en Madrid? ¿Cuántos comentarios apresurados trasvasé después a mis libretas? ¿Cuántas madrugadas pasé recomponiendo aquellos apuntes en frases sobrias y concisas, dejándolos en su pura esencia? Cientos, miles de mensajes que después transformé en kilómetros de puntos y rayas, jamás me paré a contarlos. Así día a día, noche a noche: casi cinco años de mi vida faenando con una dedicación silenciosa.

—Quizá sea por las anotaciones de mi trabajo como modista —sugerí con falsa inocencia.

El SOE se había disuelto en cuanto las potencias del Eje fueron derrotadas; yo cesé entonces mis labores como colaboradora encubierta. A excepción de Marcus, jamás volví a hablar con nadie de ello. Y seguía sin intención de hacerlo.

Me miró con suspicacia Fran Nash, algo no acababa de encajarle.

—Tu marido trabaja para el servicio de inteligencia, ¿verdad?

Lo hacía, por supuesto; lo había hecho siempre. Antes, en España, para el MI6. Ahora para la Defence Security Office, la rama local del MI5. Al servicio de su majestad y a las órdenes directas de Sir Gyles Isham. Seguro que ella podría averiguarlo con relativa facilidad. De mi boca, no obstante, nadie jamás iba a saberlo.

—Eso tendrás que preguntárselo a él. Está deseando conocerte, por cierto.

Se rió.

—Te manejas bien con las evasivas, Quiroga, para ser una

simple costurera como dices. En fin, todos guardamos algún esqueleto dentro del armario. Lo malo es que a veces abren la puerta.

—¿Y qué esqueletos tienes tú, si me permites mi indiscreción, compañera?

Volvió a reír, aunque acabó con un poso de melancolía en las comisuras.

—Al menos una docena.

Miró a través del ventanal, había caído la tarde, la gente salía de las oficinas y de los establecimientos de Zion Square, tan ajetreada siempre. Ahí estaba el guardia británico dirigiendo el tráfico. En las aceras de los laterales, muchachas, hombres, muchachos, mujeres que hacían las últimas compras y se encaminaban a las paradas de los autobuses, o hacían cola frente a la entrada del cine, o caminaban en distintas direcciones rumbo a sus casas, a sus barrios al oeste, al sur, al norte, áreas habitadas por judíos de diversas procedencias y separadas entre sí por grandes descampados llenos de cardos, piedras y tierra seca.

—Acabo de cumplir treinta y cuatro años —reconoció al volverse—. He tardado más de una década en poner mi propia firma en mis escritos, pero llevo vinculada a este mundo desde los veintiuno, cuando comencé a trabajar como correctora de pruebas en *The Globe and Mail* de Toronto y tuve la absurda ocurrencia de enamorarme de un periodista casado que me sacaba diecisiete años y además era mi jefe. —Hizo una mueca de amarga ironía—. Supongo que ya sabes lo ciego e imbécil que es el amor a veces. Junto a él crucé el Atlántico cuando le ofrecieron la corresponsalía para el Cercano Oriente. Nos instalamos en El Cairo, alquilamos una casa preciosa, nos hicimos socios del Gezira Club y nos adentramos en la intensa vida social de la capital egipcia, bastante más animada que la de Jerusalén, por cierto. Y, además, trajimos al mundo a dos hijas, a pesar de que él había empezado a desplegar su otra cara desde el principio. Allí vivimos los días más turbios y menos turbios de la gran guerra, desde allí también él se fue moviendo, Bucarest, Trípoli, Beirut, Atenas, yendo y viniendo constantemente, alternando su trabajo con oscuras depresiones, amantes y borracheras; perdí la cuenta de los cientos de crónicas que yo misma redacté y envié con su firma mientras él se negaba a salir de la cama o se pasaba días enteros en el jardín, dormitando en una hamaca, sumido en resacas o en el más simple abatimiento.

Había hablado del tirón, con desnuda franqueza. Yo me limitaba a contemplar sus ojos como metálicos, su rostro lleno de aristas.

—Aguanté lo que pude pero, por mi salud mental, sabía que todo debía tener un fin y yo misma marqué el plazo: la caída de Alemania conllevaría el adiós a mi matrimonio. Fui organizándome, preparando a las niñas; son listas, fabulosas, perfectamente conscientes de la situación a pesar de su edad. Aceptaron sin trauma alguno quedarse internas un tiempo con las monjitas católicas, Dios las bendiga, mientras su madre salía al mundo y volvía a llenarse los pulmones de aire.

Paró unos segundos, como si el recuerdo súbito de sus hijas no permitiera tocar el tema de paso y requiriera un pensamiento un poco más prolongado.

—Intento ir a verlas una vez al mes —dijo luego—. Me reciben siempre como si llegara Santa Claus, jamás he oído de sus bocas una queja o un reproche. Estoy convencida de que esto ha sido lo mejor para las tres, infinitamente más llevadero que vivir con una madre frustrada y resentida que se va poco a poco consumiendo. El día en que las dejé en el colegio, para que el corazón no se me partiera, di en mi casa una gran fiesta de despedida; a la mañana siguiente cogí el tren. Ahora vivo en un pequeño estudio dentro del Austrian Hospice. No tengo apenas muebles, ni la menor comodidad ni servicio doméstico; aun así, con excepción de las niñas y un puñado de amigos, apenas echo de menos nada de mi otra vida. Me siento bien, libre, viva. Lo que sí mantengo es al padre de mis hijas enfurecido conmigo por haberlo abandonado; el muy idiota no sabe que, con su insidia, me estimula para seguir adelante y esforzarme por hacerlo mejor cada día.

Admirable Frances Nash, pensé. Admirable en su valentía, en su pasmosa ausencia de miedos. O eso creía yo, hasta que me atreví a preguntárselo abiertamente.

—Pero ¿de verdad no te asusta todo lo que está ocurriendo?

—Me aterra —reconoció—. Por el día a día, y por lo que puede venir luego. Pero hay que aprender a convivir con el espanto, amiga mía. En caso contrario, nos hundimos.

14

Prosiguió lo que restaba de aquel invierno del 46 mientras yo gestaba la vida que llevaba dentro, escuchaba mi radio y traducía noticias que hablaban de desacuerdos, atrocidades y escasas opciones para el optimismo. A veces, en función de su trabajo, me reunía con Fran Nash y charlábamos durante horas; en otras ocasiones, ella se sumergía en sus responsabilidades, o iba a ver a sus hijas, o viajaba a los kibutz hebreos, o a las aldeas de los árabes, o a Tel-Aviv o a donde fuese, y yo tardaba semanas en verla. Los muecines continuaban llamando al rezo desde las mezquitas, las campanas de las iglesias cristianas convocaban a sus fieles a diario y, procedente del cercano barrio ultraortodoxo de Mea Shearim, al anochecer de cada viernes yo oía el anuncio del inicio del sabbat.

De forma paralela al paso de los días y sus rutinas, las medidas de seguridad en Jerusalén se fueron volviendo cada vez más estrictas. El comité conjunto anglo-americano, que había sido establecido meses atrás para estudiar el problema de aquellos refugiados que clamaban por un permiso de entrada, hizo pública su conclusión finalmente: cien mil judíos deberían ser admitidos de inmediato en Palestina.

Ante Gran Bretaña se planteó una diabólica disyuntiva: en caso de obedecer las directrices del comité y aceptar la llegada masiva de refugiados, contentarían a los hebreos y a los Estados Unidos, pero ganarían la animadversión de los árabes locales y los de los países vecinos, cuyo territorio atravesaba el canal de Suez y donde se encontraban los codiciados pozos de petróleo.

Si se negaban, en cambio, a admitir a todos aquellos judíos, complacerían a los árabes, pero quebrantarían el criterio de los norteamericanos, con quienes aún tenían cuantiosos préstamos contraídos y de los que dependía en gran manera la reconstrucción económica del Reino Unido. Y entretanto, con más horas de sol y las temperaturas en alza, en el horizonte del Mediterráneo aparecían constantemente nuevos barcos cargados hasta los topes de supervivientes de las cámaras de gas en busca de un futuro. Algunos lograban desembarcos clandestinos, muchos otros quedaban a merced de los vientos, hacinados a bordo de embarcaciones destartaladas, sumidos en la vulnerabilidad y la incertidumbre.

La balanza se inclinó al final hacia la segunda de las opciones: el primer ministro laborista Clement Attlee anunció que Gran Bretaña seguiría sin aceptar la llegada masiva de refugiados. Ante tal rechazo, de inmediato en Palestina se radicalizaron las arremetidas terroristas de los insurgentes hebreos contra los británicos. Asaltos, sabotajes, secuestros, atracos, atentados directos a instituciones y a objetivos concretos, con nombre y apellidos. Robos de armas, munición y todo aquello susceptible de causar daño: gelignita, dinamita, TNT, latas de gasolina.

Como respuesta, la policía y el Ejército de su majestad se volcaron sin tregua en sus afanes para dar con los culpables: los buscaban concienzudamente en las ciudades y los asentamientos, había por todas partes checkpoints volantes y registros en los kibutz, en los poblados, en viviendas anónimas de los suburbios y los arrabales, en los pasajes y callejones, por los tejados, los sótanos, los almacenes, las trastiendas. Contaban con datos cuantiosos: nombres, orígenes, edades. Checos, polacos, rusos, austríacos, iraquíes, alemanes de diecinueve, veinte, veintidós, veinticinco años. Sus retratos se colgaban en las paredes de las comisarías, se ofrecían recompensas por información acerca de su paradero: doscientas, trescientas, quinientas libras. Pero nadie abría la boca. Nadie colaboraba, todos los judíos rehusaban involucrarse, se negaban a denunciar a los suyos, manteniéndose férreos en su solidaridad y manifestando así su desacuerdo con la política de no aceptación de su gente y el empeño en devolverlos a los campos de refugiados de Europa.

Cada amanecer, montones de jóvenes hebreos, chicos, chicas, niños incluso, salían a las calles para lanzar octavillas y pegar pasquines en los postes de la luz y las farolas, para escribir con tiza sobre las fachadas frases en contra de los malnacidos súbditos de la Pérfida Albión. A menudo se dirigían a los árabes también, en su lengua, lanzándoles la promesa de que serían bien aceptados dentro del futuro Estado hebreo por el que no paraban de luchar.

Las autoridades británicas empezaron a proteger sus instalaciones en Jerusalén con barricadas de sacos terreros y concertinas. Soldados a pie con uniforme kaki, tommy guns y boina vigilaban con celo las calles, soldados en jeeps, tanques y vehículos acorazados patrullaban a todas horas, las sirenas sonaban con siniestra elocuencia. Dos toques seguidos avisaban de la amenaza inminente de alguna acción terrorista. El tráfico cesaba entonces de modo instantáneo, todo el mundo intentaba ponerse a cubierto. Un toque prolongado anunciaba más tarde que había pasado el peligro, y la vida reanudaba de nuevo el movimiento.

Ante los escasos resultados para dar con los culpables, se decretaron toques de queda en los barrios judíos: pretendían de esa manera facilitar los registros en busca de armas y combatientes. Las protestas de la población eran constantes: castigaban a una mayoría inocente por las barbaridades que causaban un puñado de extremistas. Aun así, a la hora impuesta, a las seis de la tarde normalmente, el Yishuv, toda la población judía, quedaba confinada en sus hogares dejando las calles desiertas y cerrados sus negocios; ni a sus propios jardines, ni a sus propias ventanas siquiera se les permitía asomarse. Hombres, mujeres, niños, ancianos, daba igual si se tratara de empleados, empresarios, comerciantes o desoficiados: a todos afectaba la orden. Era precisamente el PBS, la radio pública del Mandato, la que desde sus micrófonos anunciaba con formalidad oficial esos toques de queda, recordándolos a intervalos regulares. En paralelo, la policía recorría esas zonas repitiendo insistentemente la estricta prohibición de salir, en inglés y en hebreo, con altavoces.

Alguna vez fui testigo de cómo montones de madres corrían hacia sus casas agotando la última media hora, arrastrando a sus hijos, angustiadas por si no lograban llegar y eran detenidas, algo que solía hacerse sin consideración ni miramientos. Más de setenta mil judíos quedaban día tras día bajo aquellas severas restricciones, confinados en sus domicilios, amontonados lo mismo en pequeños pisos que en villas acomodadas o en humildes casas bajas hechas con bloques de cemento, silenciosos y obedientes dentro de sus viviendas, con las persianas bajadas y los portones cerrados, leyendo la prensa escrita en la lengua de los profetas, oyendo la radio con el volumen al mínimo si tenían la suerte de poseer un aparato, humillados, asustados, hablando en la oscuridad entre susurros. Las patrullas armadas de la policía entraban entonces en acción, con linternas, reflectores y perros. Llamaran a la puerta que llamaran, fuera la hora que fuese, los de dentro tenían la obligación de abrir. Y de dejarlos entrar libremente.

El toque de queda se levantaba a primera hora de la mañana, en cuanto la radio y los megáfonos anunciaban su fin: las persianas se subían entonces, las tiendas y los talleres volvían a abrirse, la vida de los judíos se ponía de nuevo en pie, y comenzaban una nueva y laboriosa jornada de actividades cotidianas entreveradas con resistencia. El afán combativo de los sionistas era incombustible, todo resultaba soportable con la mirada puesta en la creación de su propio Estado.

A medida que la primavera se fue instalando en Palestina, mientras los montes cercanos se llenaban de amapolas y el aire empezaba a calentarse con el khamsim proveniente del desierto, yo seguí traduciendo las noticias que salían rumbo a Argentina, cada vez con más frecuencia según aumentaban los disturbios. Cosía también ropa para mi criatura, ahora que ya tenía una forma rotunda; prendas minúsculas hechas con pequeñas puntadas sobre algodón y batista, arrullos y sábanas. Y tampoco paraba nuestra vida social: parecía como si los británicos y el resto de los extranjeros pretendieran apaciguar su nerviosismo y exhortar los fantasmas del miedo llevando en paralelo una ajetreada agenda de encuentros, reuniones, soirées y cenas. En establecimientos públicos y residencias privadas, entre licores, cigarrillos y platos de mezze, todo el mundo hablaba y discutía, sugería, interpretaba, comentaba, rebatía y auguraba.

Las pasiones humanas se mantenían asimismo activas, descaradamente públicas en ocasiones, como si la tensión hubiera llevado a los gélidos ingleses a perder el pudor y el recato. Se comentaba que la esposa de un alto cargo del Secretariat vivía un atrevido affaire con un atractivo árabe miembro de la poderosa familia de los Nusseibeh. Que el director de la British Electric Company se negaba a romper su idilio extramatrimonial con su secretaria judía. Que el teniente general Sir Evelyn Barker, mando supremo de las Fuerzas Británicas en Palestina y Transjordania, andaba perdidamente enamorado de la gran Katy Antonius, y cada noche bailaban juntos cheek to cheek, y cada mañana él le escribía a ella una apasionada carta de amor en papel con membrete del Ejército.

Frivolidades aparte, lo cierto era que la amenaza terrorista pendía sobre las cabezas de todos aquellos con los que convivíamos. Y Marcus, aunque conmigo pretendía ser y estar como siempre y se esforzaba por ocultarme sus preocupaciones, evidenciaba sin quererlo que todo se precipitaba hacia un pozo negro. Comía poco y fumaba muchísimo esos días, se le marcaban los pómulos y aquellos pequeños pliegues en las comisuras de la boca que indicaban el inicio de su madurez se habían vuelto casi surcos. Ya nunca iba sin pistola, cada día salía y volvía a una hora distinta, por un camino distinto, en un auto diferente. Dormía mal, se levantaba de madrugada y, para no molestarme, se deslizaba sigiloso a la estancia contigua al dormitorio. Pero mi sueño era también frágil en esos días en que empezaba a hacer calor y mi vientre tenía ya una pesada consistencia, y me costaba encontrar una postura y tenía necesidad de ir al cuarto de baño en mitad de la noche.

A través de la rendija de debajo de la puerta, cada madrugada yo veía la luz que él tenía prendida al otro lado, mientras escribía, mientras reflexionaba a lo largo de su insomnio con el balcón abierto. Me desconsolaba saber que yo no podía ayudarlo en nada; me invadía entonces una profunda sensación de angustia y me aferraba mi tripa, y así, aun en la oscuridad, apretaba los ojos con fuerza y rogaba al Yavé de los unos y al Alá de los otros y al Dios de los cristianos que hiciera algo por traer a esa tierra la paz y la cordura. Por desgracia, todos hicieron oídos sordos.

La madrugada del 16 al 17 de junio en nuestro apartamento sonó el teléfono. Marcus se vistió a la carrera, me tranquilizó a duras penas, se fue precipitado. La Haganah, aparato militar de la Jewish Agency, acababa de volar todos los puentes que conectaban Palestina con los países vecinos; los puentes que a menudo cruzaban los vehículos del Ejército británico fueron dinamitados simultáneamente en un acto simbólico, un simple recordatorio a las autoridades del Mandato y al Gobierno de Attlee del poder de la insurrección hebrea.

Con la tensión y los ánimos al límite, el alto comisario Cunningham, aquel cuya protocolaria llegada presenciamos meses atrás, pidió desde Government House autorización a Londres para efectuar una contundente operación de contrataque. Tras unas jornadas de sigilosos preparativos, el sábado 29 tuvo lugar en Palestina lo que los británicos bautizaron como Operación Agatha, el Black Sabbat en la memoria judía.

A las 4.15, antes del amanecer, las fuerzas británicas se dirigieron a sus objetivos; el PBS no cesó de repetir el mismo anuncio oficial a lo largo de toda la mañana. El fin prioritario en un principio era tomar las instalaciones de la Agencia Judía, pero no fue ésa la única meta. A lo largo de aquel sábado y durante los días siguientes, miles de soldados y policías arrestaron por toda Palestina a miles de judíos sospechosos de mantener alguna vinculación con el terrorismo; en paralelo, se incautaron armas y multitud de documentos. El alto comisario habló a través de la radio, después me enteraría de que fue Nick Soutter quien hubo de encargarse de esa retransmisión. Las detenciones no estaban dirigidas a la comunidad judía al completo —insistió Cunningham—, sino exclusivamente a los participantes en las campañas de violencia y a los responsables de instigarlas.

La acción se prolongó hasta el día 11 de julio; a partir de ahí, las tropas británicas volvieron a sus cuarteles dejando al Yishuv, la población hebrea, dolido y perplejo. A la mañana siguiente, las calles se volvieron a llenar de niños que arrojaban puñados de clavos a las calzadas para pinchar las ruedas de los vehículos policiales; de jóvenes con los rostros cubiertos por pañuelos, dispuestos a pegar carteles por todas las superficies visibles. Nazi-British. Fascist Hooligans. Exterminators. A la policía la llamaban The British Gestapo; al Ejército, The British SS. Había también referencias al versículo del Éxodo: vida por vida, ojo por ojo, diente por diente... Otros panfletos anunciaban que la resistencia sionista tan sólo acababa de empezar.

En el aire cálido y polvoriento del principio del verano quedó flotando una siniestra duda: cuánto tiempo tardarían en llegar las represalias contra los ingleses.

15

Alrededor de una semana más tarde, cuando se había apagado mínimamente el ruido de la Operación Agatha, acudimos a despedir a un compañero de Marcus; un tipo veterano que se retiraba del servicio activo, y cuyo nombre se me apagó entre las brumas de la memoria. Era noche de sábado; organizaban el encuentro un compañero y su esposa en su residencia de Talbiya. Seríamos unos veinte invitados, quizá dos docenas, más hombres que mujeres como siempre, británicos todos excepto yo; ya estaba acostumbrada a mi rareza. Algunos eran maduros y otros menos; algunos emparejados, otros sueltos. Ellos llevaban dinner jackets blancas, nosotras hombros al aire, yo hube de volver a ensanchar las costuras de un vestido esa misma tarde para que me cupiera.

Nos recibieron con halagos y parabienes ante mi estado, unos y otras insistieron en que lucía radiante en la recta final de mi embarazo, la mirada admirativa de alguno de los señores hacia mi escote no dejó duda de la veracidad del aprecio. Tomamos unos aperitivos en el jardín, entre palmeras, higueras y cipreses; por unos instantes pensé que en algún futuro me gustaría vivir en un lugar así con Marcus y nuestro bebé y los hijos que luego vinieran, en una casa igual de hermosa pero en otro lugar del mundo, lejos de allí, donde no se oyeran tiros sueltos mientras nos servían los cocktails, ni ráfagas de metralla entremezcladas con las bandejas de canapés. Nos sentamos luego a la mesa, todo irradiaba normalidad aparente: el servicio, las viandas, el comedido tono de voz de los invitados, la elegancia sin estridencias. A mí, en cambio, me seguía asombrando el estoicismo de aquella gente.

En un principio las conversaciones se abrieron en abanico, pero tardaron poco en centrarse en un tema único: el de siempre últimamente, el papel de Gran Bretaña en Palestina y las posibles salidas a una crisis que mostraba un corazón impenetrable, y cada vez más escamas en su corteza. Ante la partida del compatriota al que dedicaban la cena, lo único que yo sentí fue envidia, envidia pura y sincera.

Para el domingo habíamos pensado ir a la piscina del hotel Semiramis; Marcus podría relajarse en el agua, yo descansaría bajo la sombra de un toldo de lona blanca bebiendo jugos de fruta o té con hielo. En el último momento algo le surgió, sin embargo; no precisó exactamente qué, pero hubo de irse. Con egoísmo, me alegré por mí. Me costaba entrar y salir del coche, me dolía la pelvis, la zona de los riñones, el arranque de la espalda. A esas alturas, ya todo se me hacía insoportable.

Regresó al American Colony a media tarde, pero no para descansar: en menos de media hora recibió a alguien, después se les sumaron otros dos hombres. A diferencia de otras veces, prefirió no reunirse con esos colegas o contactos o lo que fueran en la biblioteca, sino en nuestro apartamento, de una forma más privada. No necesité ninguna indicación; discretamente opté por quitarme de en medio.

Con mis andares torpes, agarrándome a la barandilla de la escalera, bajé al piso principal, recorrí el vestíbulo central hasta la gran sala y me instalé debajo de uno de los ventiladores. Llevaba una novela de Graham Greene en una mano y mi bolsa de labor en la otra. Durante un largo rato no abrí, sin embargo, ninguna de las dos cosas. Permanecí sentada en un sillón, con los ojos cerrados y el rostro hacia el techo, los muslos separados y los brazos caídos, recibiendo el aire fresco que movían con ritmo cansino las aspas de madera. No había nadie en la sala, por fortuna: mi postura era ordinaria, indecorosa casi. Con ironía un punto amarga, me pregunté si en algún momento del futuro recuperaría mi cintura, mis tobillos, mis airosos cruces de piernas.

El parto se aproximaba. Última semana de agosto, había previsto en la última revisión el doctor que me atendía en el Government Hospital, un escocés adusto con el que nunca logré la menor corriente de empatía: en todas mis visitas me trató con fría distancia. Pese a sus cálculos, yo no estaba convencida de que mi cuerpo aguantara tanto, con esa barriga grande y baja, dura como una gran bola de piedra.

Aquellos con los que Marcus se reunió se acabaron marchando finalmente al anochecer, tan discretos como habían llegado. Cuando él se asomó a la biblioteca, buscándome, sin chaqueta, con la camisa arrugada y las mangas subidas, en su rostro percibí una fatiga inmensa. Le propuse cenar en el patio, murmuró excusas, le acabé convenciendo.

A lo largo de la cena simulé desoír mis molestias y me centré en un único objetivo: que lográramos mantener unos momentos gratos, medianamente placenteros, como si fuéramos una pareja común en un entorno corriente. El patio nos propiciaba la tramposa sensación de estar en un pequeño paraíso: arrullados por los chorros de la fuente, alumbrados por faroles que lanzaban sombras danzantes sobre las piedras doradas de las paredes, envueltos por el aroma de naranjos y jazmineros. La presión de mi tripa sobre la pelvis era inaguantable y mi pobre espalda me pedía a gritos que la tumbase, pero mi voluntad ganó la partida y me mantuve animosa. Hasta los silbidos de los tiros parecieron darnos una tregua y nos permitieron charlar con tranquilidad sobre las menudencias de nuestra familia incipiente. ¿Sería nuestra criatura un niño rubio de rasgos anglosajones, o una niñita a la española, liviana y morena? ¿Lo bautizaríamos con el nombre de Mark o quizá optaríamos por Gonzalo, como su abuelo materno? ¿Le pondríamos Olivia, como su extravagante abuela londinense; María, como aquella que parió a un niño divino dos mil años atrás en esa misma tierra, o tal vez sería Sira como yo, cuyo nombre había salido del santoral agarrado por los pelos?

—Tomaremos la decisión cuando le veamos la cara —concluyó Marcus.

Y alzó su copa de vino a modo de brindis y plantó por fin una media sonrisa cansada, y a pesar de que en ese mismo momento sentí un pinchazo afilado en la parte más baja del vientre, apreté las muelas y logré soportar el dolor sin que se me notara apenas.

Tardamos poco en subir a nuestra habitación; cada escalón me costó un mundo. Nos acostamos con el balcón abierto a la noche, Marcus abrazado a mi espalda, inconscientes los dos de lo que aquel acto suponía, ignorantes ambos de su trascendencia.

—No te vayas... —musité.

Acababa de amanecer, la luz tenue se filtraba a través de las contraventanas. Yo seguía acostada, me levantaba tarde esos días para que no se me hicieran tan largos. Él estaba a mi lado de pie, preparado para marcharse como si arrancara una jornada cualquiera. Le tiré de la chaqueta, hice que se agachase y extendí mi brazo desnudo hasta su nuca, le hundí los dedos entre el pelo. Se acercó, me besó en los labios, me retiró un mechón de la cara. Después levantó la sábana y puso la mano sobre mi vientre.

—Vendré a almorzar contigo —me susurró al oído.

Volví a quedarme dormida, con sus palabras flotando entre las brumas del sueño tempranero.

16

En torno a las diez me levanté despacio y abrí las contraventanas para que el día entrara en el dormitorio. Con los ojos aún entrecerrados, me puse las manos sobre las caderas y arqueé la espalda. El calor era ya fuerte, hasta mis oídos llegaron los gruñidos, chillidos y rebuznos de los animales desde los corrales traseros. Como todas las mañanas, empecé a prepararme un baño. Mientras el agua salía a chorros de los grifos abiertos, descalza sobre las baldosas frías alcé los brazos para recogerme en alto la melena. De perfil, contemplé mi cuerpo voluminoso y desnudo frente al espejo.

A esa misma hora, en algún cuarto interior de algún barrio judío periférico, ocho jóvenes se quitaban su ropa de diario. Las camisas claras de manga corta y los pantalones kakis quedaban tirados encima de los jergones o arrumbados sobre los respaldos de las sillas. En el lugar de esas prendas cotidianas, se ponían monos azules, monos como los que por lo general llevaban los repartidores árabes para sus faenas.

A un par de kilómetros de distancia, en el King David Hotel, dentro de las zonas que aún seguían abiertas al público y a los clientes, cada miembro del personal se encargaba de sus funciones con diligencia. Max Hamburger, el exquisito director suizo, supervisaba en un estadillo las entradas y salidas de huéspedes, atento a apellidos, relevancias y cargos. Dos plantas más arriba, la gobernanta asignaba toallas, sábanas y fundas de almohada a las habitaciones. En las cocinas del sótano, media docena de cocineros, una veintena de pinches y un escuadrón de mozos trabajaban imparables en los preparativos del almuerzo.

Dentro del mismo edificio, en las zonas reconvertidas en las oficinas para el Secretariat y el cuartel general del Ejército británico, la actividad era frenética como cualquier otro lunes. Sonaban órdenes y réplicas, conversaciones, teclas y carros de máquinas de escribir, timbres de teléfonos. El trasiego de funcionarios coloniales, militares y empleados era constante por los pasillos, las oficinas y las salas de reuniones; unos entraban y otros salían, otros informaban o eran informados, otros leían documentos o los elaboraban. La afluencia de gente ajena se percibía también constante: ciudadanos comunes que llegaban a realizar gestiones y se sentaban a la espera.

Dentro de su despacho, Marcus acababa de pedir una llamada a Beirut para hablar con su superior, Sir Gyles Isham, desplazado allí desde hacía unos días. Extremadamente flaco, con su traje de lino claro y el gesto contraído, fumaba el noveno cigarrillo del día para abreviar la espera.

En torno a las diez y media yo seguía dentro de la bañera, con la nuca apoyada sobre el borde para no mojarme el pelo. Mi tripa sobresalía del agua como media sandía, media luna, media esfera de alabastro, dura y tensa.

A esa misma hora, los jóvenes judíos ataviados con monos empezaron a cargar dentro de un furgón siete grandes lecheras de estaño. Cada una medía casi un metro de altura y dos palmos de diámetro; la base y el cuerpo eran cilíndricos, después se estrechaban formando el cuello, y en la boca volvían a ensancharse. Todas tenían dos asas consistentes, a fin de facilitar su transporte, y tapaderas con cierres para evitar derrames. La capacidad individual era de treinta litros, con un peso habitual de unos treinta y cinco kilos cuando estaban llenas. Junto a las lecheras, en la parte trasera del furgón los jóvenes metieron también unos cuantos sacos de arpillera, de esos que comúnmente se usaban para guardar los garbanzos, los pistachos, los piñones, las lentejas. El cargamento de ese día era distinto: artilugios incomestibles, metálicos.

En las cocinas del King David, el maître Naim Nissam, un judío iraquí que antes había servido a la familia real en Bagdad, confirmaba que todo marchaba como era debido: probaba salsas y aliños, inspeccionaba los panes, los quesos, los postres dulces. Dos, tres, cuatro, cinco plantas más arriba, los mozos sudaneses hacían las camas en las suites y habitaciones. Metida en su cubículo detrás del mostrador de recepción, una joven telefonista anotaba las primeras reservas para las cenas.

Dentro de las dependencias del Secretariat, en el ala sur, las empleadas habían detenido momentáneamente sus quehaceres para disfrutar del tea break de media mañana. Veinteañeras árabes, judías, algunas británicas, unas cuantas armenias, un puñado de griegas. Competentes y animosas, todas se vestían, maquillaban y peinaban a la moda de Occidente. Entre tazas de té y galletas de mantequilla, durante la pausa charlaban vivaces sobre sus jefes, barnices de uñas y galanes de cine.

En su despacho de esa misma zona, Marcus por fin había conseguido su conferencia con Beirut y hablaba con su jefe directo y ahora ausente. Separados por más de cuatrocientos kilómetros de distancia, intercambiaban pareceres sin ponerse de acuerdo.

Alrededor de las once, recién salida de la bañera y envuelta en una gran toalla blanca, a duras penas logré contener las ganas de echarme en la cama de nuevo. Me resistí, encendí la radio. El PBS retransmitía uno de sus programas en hebreo, moví el dial, sintonicé Radio Cairo, sonaba música egipcia, pegadiza y cadenciosa; la dejé puesta.

A esa misma hora, el furgón cargado con los falsos árabes, los sacos diabólicos y las lecheras de estaño enfilaba Julian's Way, se aproximaba al King David y giraba para adentrarse en el callejón que llegaba hasta las puertas de servicio del hotel, las que usaban los repartidores para descargar sus mercancías normalmente. A pesar de la estricta vigilancia de los accesos principales, allí no había nadie para darles el alto.

En la distinguida barbería del King David cortaban en ese momento el pelo a un árabe próspero y repasaban el bigote a un coronel británico. En el lobby, un par de mozos ayudaba a llevar el equipaje a una pareja hasta la puerta. En el comedor de empleados del sótano, los camareros y los pinches estaban a punto de sentarse a la mesa. En el jardín, el viejo jardinero Shlomo regaba los rosales.

Tras el descanso, las secretarias habían vuelto a sus puestos dentro del ala sur. El calor no parecía minar sus capacidades: unas tecleaban resolutivas, otras tomaban memorandos al dictado. Algunas atendían llamadas y unas cuantas archivaban informes o pasaban a sus superiores documentos pendientes de firma.

Sin salir de su despacho, Marcus acababa de cortar la comunicación con Sir Gyles Isham. Se puso en pie, se acercó a la ventana. Parecía contemplar la cercana torre del YMCA con las manos metidas en los bolsillos. Sus pensamientos, no obstante, se deslizaban por otros derroteros. Aunque el ventilador de baquelita funcionaba a su máxima potencia, él sudaba.

En torno a las once y media abrí las puertas del armario, saqué ropa interior, una falda azul con elástico en la cintura, una blusa de algodón blanca, fresca y sin mangas. Encima de la mesa estaba la bandeja del desayuno que me subían todas las mañanas, aún no lo había probado. El té se había quedado frío y las tostadas secas; sobre la fruta cortada se habían posado un par de moscas. Algo raro y desagradable me llevaba recorriendo el cuerpo y el alma desde que me levanté. Algo así como una sensación siniestra.

Me vestí, cambié de nuevo la emisora al PBS. La franja cultural en inglés hablaba ahora de escritoras victorianas; últimamente repetían a menudo ese tipo de programas que guardaban grabados desde hacía tiempo. Ya no admitían en la radio pública colaboradores externos, se arreglaban con la plantilla propia: yo fui la última invitada, a principios de año, y al cabo no logré retransmitir nada. Me senté a escuchar sin demasiada concentración; no tenía la cabeza para hijas de vicarios, cumbres borrascosas, páramos y campiñas. Por alguna razón imprecisa, sin embargo, preferí dejar que las ondas entraran en mi cabeza y no abandonar mi cuarto.

A esa misma hora, junto al acceso de servicio al King David, a los ocho jóvenes judíos del furgón se les unieron unos cuantos camaradas. Hasta pocos minutos antes, éstos habían permanecido encubiertos, camuflados con habilidad entre el panorama callejero: al ir vestidos y tocados al modo de los árabes, no despertaron sospechas entre la abundante policía y la seguridad militar cercana. Todos empezaron a actuar según lo previsto, sin necesidad de instrucciones. Los movimientos estaban pautados a conciencia: de dos en dos, fueron sacando las lecheras del vehículo, arrastrándolas hasta la puerta. El hecho de que en su interior no contuvieran leche, sino explosivos, las hacía bastante más pesadas. Otros compañeros, entretanto, abrieron los sacos de esparto y repartieron sus contenidos. Tommy guns. Subfusiles automáticos Sten. Unas cuantas pistolas.

Los de las armas corrieron hasta las cocinas y al comedor de servicio. Detrás de las puertas batientes se escucharon de pronto órdenes, gritos, forcejeos, estrépito de platos rotos y cacharros al caer al suelo, un par de tiros. Los encargados de las lecheras proseguían concienzudos su tarea. Una a una, las siguieron arrastrando por un corredor hasta trasladarlas a La Régence, el club donde Marcus y yo habíamos cenado meses atrás, el mismo lugar donde tomé la decisión de tragarme mis miedos, no abandonar Jerusalén y seguir a su lado. La mesa que ocupamos aquella noche saltó al aire de una patada: allí, junto a uno de los pilares, colocaron dos de las lecheras repletas de TNT y gelignita. Las demás las distribuyeron por el resto de la sala, justo debajo de las oficinas del Secretariat, pegadas a las columnas que sostenían la estructura del ala sur al completo. En cada una de ellas acoplaron un detonador. En cuanto acabaron, apagaron las luces y salieron a la carrera. Eran las doce y cuarto.

En la centralita del consulado de Francia, vecino al King David, se recibió minutos después una llamada. Desde una farmacia cercana una voz joven, femenina y nerviosa, lanzó un mensaje.

En nombre del Movimiento de Resistencia Hebrea, anunciaba que estaba a punto de explotar una bomba en el interior del hotel. El subalterno subió a la carrera al despacho del cónsul general; a pesar de que las amenazas eran algo recurrente, éste optó por dar crédito al aviso y ordenó ejecutar el protocolo preventivo: abrieron todas las ventanas, corrieron todas las cortinas y evacuaron de inmediato al personal. Eran las doce y veintisiete.

En la centralita del diario *The Palestine Post* se recibió a los pocos minutos otra llamada. Desde la trastienda de un almacén cercano, la misma voz dio el mismo aviso. La operadora intentó trasladar el mensaje al cuartel de la policía pero hasta pasado un rato nadie contestó. Eran las doce y treinta y dos minutos.

Dentro de las cocinas del King David, una vez que huyeron los terroristas dejando libres a los empleados, todo se transformó en caos e histeria. En mitad del tumulto, entre el alborotado cruce de lenguas, opiniones y versiones, uno de los pinches mencionó haber visto a unos árabes arrastrando lecheras por el pasillo. Nadie pareció escucharlo.

Algunos de los mozos subieron al lobby e intentaron correr la voz. Pero la información era confusa, y ya estaba todo el mundo más que habituado a las falsas alarmas. Conclusión: oídos sordos. Los camareros sudaneses continuaron sirviendo cuencos de olivas y cocktails de mesa en mesa, imperturbables con sus turbantes, sus manos enguantadas y sus bandejas de bronce. Servidores coloniales, militares condecorados, ciudadanos adinerados, visitantes y turistas: ninguno de los asiduos parecía dispuesto a perderse el aperitivo por una enésima amenaza.

Marcus, en pie todavía, pensó en pedir una nueva llamada para avisarme de que finalmente no vendría a almorzar conmigo. Desconcentrado y receloso, no lograba sacarse de la cabeza el presentimiento de que algo, aquel lunes, no estaba encajando en su molde.

Yo, por mi parte, intentaba entretenerme con la radio aún de fondo, ojeando por encima un número atrasado de *Tatler*. Estaba pasando una página cuando sonó la explosión, tan rotunda que hizo temblar los cristales. Mi rostro se contrajo en un rictus aterrado, me llevé una mano al corazón y otra al vientre.

Yo aún no lo sabía, pero toda la esquina sur del King David Hotel acababa de saltar por los aires. Los trescientos cincuenta kilos de trinitrotolueno se convirtieron en doscientos cincuenta mil litros de gas que llegaron a calentar el aire a más de tres mil grados.

Las lecheras se deshicieron. Los pilares que sostenían la estructura del edificio se desintegraron. El hierro de los forjados se fundió como la cera. Las plantas superiores se sacudieron como si tuvieran vida propia. Los muros primero se hincharon, luego se estremecieron, después convulsionaron hacia dentro y finalmente, con un rugido atronador, se convirtieron en pedazos, láminas de fuego y nubes de humo negro.

Los seis pisos levantados con piedra de cantera y cemento armado se vinieron abajo. En su desplome arrastraron muebles, radiadores, aparatos, tuberías, enseres. Y montones de seres humanos.

17

Las primeras contracciones llegaron tras la explosión: directas a los riñones, penetrantes como navajas. Todavía no habían cesado del todo cuando logré agarrar el auricular del teléfono. Con la garganta súbitamente seca, pedí que me pusieran con el Secretariat, pero no hubo forma de conectar: su centralita no daba señal alguna. Aspiré aire por la nariz, con ansia, mientras el terror me recorría los huesos. Marcus. Marcus. Dónde estaba Marcus.

Había oído que un parto se anunciaba de una manera más progresiva y menos rotunda. Lo que estaba ocurriendo ahora en mi cuerpo, sin embargo, apuntaba a otra variante. Y aquella explosión. Aquella explosión. Estaba acostumbrada a escuchar estallidos de granada, ráfagas de metralla y estampidos de todos los tamaños; viví incluso uno muy de cerca en Broadcasting House hacía unos meses. Aquel impacto, sin embargo, había sido otra cosa distinta, una aberración monstruosa.

Las siguientes contracciones me hicieron recorrer el dormitorio de punta a punta, de extremo a extremo y vuelta, incapaz de sosegarme y quedarme quieta. Cuando se apaciguaron, alcé de nuevo el auricular, pregunté al recepcionista por Bertha Vester. Salió hace una hora, Mustafa la llevaba a la óptica en el Ford, fue la respuesta.

Intenté mantener la calma, respirar con ritmo regular, tal como me habían recomendado. Pero el miedo no me lo permitía, la angustia tampoco. Con las manos sobre la parte baja de la espalda, me acerqué al balcón. Una densa humareda se alzaba sobre algún punto de Jerusalén, gris y oscura, negra casi; un contraste espeluznante sobre el cielo luminoso del verano. Desde la lejanía empecé a oír sirenas, una primero, luego varias, el humo denso seguía brotando. Las terceras contracciones me obligaron a agarrarme a la barandilla de hierro. Así, de pie, aferrada a la forja, con la mirada fija en la lejanía, noté una humedad caliente chorreándome por la cara interior de los muslos. Por las rodillas, las pantorrillas, los tobillos, hasta el suelo.

Espantada, con el corazón bombeándome frenético, dejé que todo aquel líquido saliera de mí, imposible pararlo; imprimiendo huellas mojadas sobre las baldosas, a duras penas logré dirigirme de nuevo al teléfono. Pedí una vez más que me pusieran con el Secretariat, sin resultado. Luego reclamé la centralita del King David. Nada tampoco. Marcus —volví a musitar—. Dónde estás, Marcus. Intenté entonces contactar con la oficina de prensa, en busca de Frances Nash, pero la señal indicaba que la línea estaba ocupada. Tranquila, Sira —me repetí—; pensemos despacio. Marcus no, Bertha no, Frances tampoco, reconté intentando no perder del todo sosiego. Tal vez —pensé— podría llamar al Government Hospital directamente. Lo hice, sin éxito.

Mi pavor se incrementaba a medida que todo el mundo parecía estar incomunicado. Se me ocurrió entonces que quizá podría llevarme hasta el hospital Said, el empleado que se encargaba de recados y repartos con la furgoneta de la casa: quizá podría meterme en ese vehículo que lo mismo trasladaba berenjenas y sacos de alpiste que gallinas o borregos. Tampoco se encuentra, señora, fue la respuesta. Las sirenas, mientras, seguían sonando.

Las contracciones alternaban momentos sin dolor con otros insoportables, la falda mojada se me pegaba a las piernas, el calor era espantoso, yo seguía sudando. El parto estaba en camino claramente, no tenía a nadie a quien acudir y sentía la tétrica convicción de que Marcus tampoco iba a poder estar a mi lado. Me asomé al balcón de nuevo, pisando las aguas que mi propio cuerpo había expulsado. Tras el patio, al fondo del jardín vi a las empleadas de la limpieza y a otros trabajadores mirando impactados en la misma dirección que yo, hacia el humo que trepaba desde el centro de Jerusalén, cuajado y siniestro. Intenté gritar, llamar la atención de alguna de las chicas; las conocía a todas, Amina, Lamya, Malak, Sharifa, todas me tocaban la tripa constantemente, hacían bromas afectuosas sobre mi volumen. Quizá porque ellas también chillaban alteradas, o porque mi voz se quedó corta o porque la distancia era excesiva, no me oyeron. Ninguna atendió a mis gritos, ni se giraron siquiera.

Dios mío, Dios mío, Dios mío, repetí en una especie de balbuceo, mientras dejaba otra vez el balcón y entraba. Dios mío, Dios mío, Dios mío... Hasta que me paré en seco en mitad de la habitación, en pie con las piernas entreabiertas. Una voz familiar acababa de llegarme a los oídos. Miré alrededor confusa, mis ojos se posaron entonces en la radio. De ahí salía. Nick Soutter hablaba. Me acerqué al aparato, lo miré fijamente. Con tono sobrio y solemne, el director de informativos del PBS daba cuenta de la devastadora acción terrorista cometida contra el corazón de las más altas instituciones británicas en Palestina. Acababan de destruir por completo la sede del Secretariat, toda la esquina sur del King David Hotel, dijo. Las víctimas eran numerosas, aún se desconocían las identidades.

Mi aullido debió de sonar tan feroz, tan desgarrado, que dos de las muchachas árabes tocaron en breve arrebatadas mi puerta y entraron sin esperar a que les diera permiso.

—Nicholas Soutter, PBS —aullé nada más verlas—. Llamad a Nicholas Soutter, al Public Broadcasting Service. —Señalé la radio, me dirigí torpemente hacia ella y golpeé con todas mis fuerzas la carcasa de madera, a palmetazos—. Llamad a Nicholas Soutter, por Cristo bendito; llamadle de mi parte.

Transcurrió un tiempo impreciso, media hora, quizá una hora entera. Las contracciones proseguían cada seis o siete minutos. Un locutor que ya no era Nick continuó anunciando medidas de emergencia: inminente toque de queda, prohibición de acercarse a Julian's Way, cortes de calles y accesos, cierre urgente de establecimientos. Lamya me agarraba una mano, Sharifa me daba aire con la revista, las dos me decían en árabe cosas que yo no entendía; en cuanto volvían las contracciones me soltaba de un tirón, me ponía en pie y deambulaba por la habitación como una loca dentro de una jaula.

Nick Soutter no llegó, pero sí lo hicieron dos mujeres en su nombre: Ruth Belkine, la madura productora del PBS, y una joven que se asustó al verme como si yo fuera un monstruo de tres cabezas. Vamos, vamos, vamos, ordenó la primera tomando las riendas de inmediato. Me ayudaron a bajar la escalera, a recorrer la planta baja, salir y meterme en el auto mientras yo preguntaba a gritos por la explosión, por el King David, por mi marido. La desconocida se puso al volante, Ruth se sentó a mi lado en el asiento trasero. Respira, respira, in and out, in and out, in and out, insistía sin perder los nervios. Lamya y Sharifa se quedaron fuera, rodeadas de sus otras compañeras, sus rostros morenos tensos, retorciéndose los dedos.

Tan pronto como abandonamos el American Colony, me di cuenta de que tomábamos un camino contrario al debido: hacia el monte Scopus y no rumbo al centro.

—Llévenme al Government Hospital —rogué. Quizá lo grité incluso.

—No —dijo Ruth—; vamos al Hadassah.

—Government Hospital —exigí con un chillido.

Allí, en el hospital inglés, estaban mi ficha médica y el doctor antipático.

Sin obedecerme, la desconocida siguió conduciendo en silencio, no alteró el rumbo. Se detuvo finalmente frente al complejo médico judío, cuando las siguientes contracciones me impidieron seguir protestando. Días después me enteraría de que decidieron no llevarme al Government Hospital porque, al pasar por delante en su tránsito hacia el American Colony, las dos mujeres vieron lo que vieron: montones de ambulancias, furgones policiales y coches particulares que llegaban cargados de heridos, mutilados, quemados, muertos.

Todo lo que vino después se acabó fundiendo en mi memoria como una secuencia resbalosa. Me arrancaron la ropa empapada, me pusieron una especie de camisón abierto, me tumbaron en una camilla. Alrededor sólo había mujeres: comadronas, enfermeras de uniforme impoluto que intentaban calmarme mientras me abrían las piernas, mujeres que aconsejaban que me serenara al tiempo que introducían sus dedos en mi vagina. Quizá no eran muchas, dos o tres o cuatro apenas, pero sus siluetas se multiplicaban en mi cabeza. No comprendía por qué me habían llevado a ese sitio, el dolor era descomunal y el pavor monstruoso. Desconocía si Marcus estaba vivo o muerto, necesitaba saberlo. Averigüen cómo está mi marido, les rogaba cada vez que las contracciones me daban una pequeña tregua. Mezclaba el inglés con el español, el sudor se me fundía con las lágrimas, las súplicas y los gritos con el llanto. Pregunten por Mark Bonnard en el King David; pregunten por Marcus Logan.

Empujaron la camilla a lo largo de un corredor de azulejos blancos, atravesaron puertas blancas, me metieron en otra sala más blanca todavía. Las contracciones eran ahora prácticamente seguidas, me dejaron justo debajo de una extraña lámpara redonda, enorme, metálica. La encendieron, la luz era tan intensa que me cegó por unos momentos. Una de las mujeres, una matrona, supuse, se me acercó a la cabecera y habló con autoridad, pero yo no entendí nada.

Ordenó entonces algo y una enfermera acercó su mano a mi nariz, entre los dedos llevaba un artilugio enganchado a una pequeña bombona. Intuí que pretendían sedarme y la aparté de un manotazo; me agarraron los brazos, me seguí resistiendo moviendo la cabeza de un lado a otro, sudaba por todos los poros, notaba mechones de pelo pegados la cara.

No lo lograron, finalmente. En cuestión de unos segundos, sentí una enorme necesidad de apretar y rugir, de rugir y apretar al mismo tiempo. La criatura que llevaba dentro se estaba preparando para salir, andaba pidiendo paso. La matrona se hundió entre mis piernas, la sentí manipularme, creí que iba a partirme en dos, empezaba a notar un cansancio inmenso. Me insistieron para que apretara más todavía, lo hice con todas mis fuerzas, una, dos, cien veces, en algunas me perdí y me costó encontrar el camino de vuelta.

Mi hijo entró en el mundo tibio, resbaladizo y con los ojos abiertos. Grité para que me lo entregaran, la matrona dudó un instante, accedió al cabo. Lo apoyé contra mí, estaba morado, viscoso, caliente. Lo toqué, lo olí, le besé la cabeza, contuve la angustia para no transmitirle mis premoniciones. Lo miré, me miró con sus ojos rasgados, reconociéndome. Me arranqué el camisón a tirones, le ofrecí mi pecho.

Sobre el suelo del paritorio quedaron charcos de sangre y toallas teñidas de un rojo denso, el sol inclemente se filtraba entre las lamas de las persianas, el instrumental metálico parecía el de un carnicero.

Lo llamé Víctor, porque su pequeña vida llegó como una victoria en mitad del sufrimiento.

SEGUNDA PARTE

—

GRAN BRETAÑA

18

Llegamos a Londres a principios de febrero, en mitad de un invierno tremebundo.

Desmoralizados frente a la falta de soluciones para atajar el terror, las autoridades del Mandato en Palestina decidieron imponer la ley marcial y ordenaron la inmediata repatriación de todos los familiares y personal civil no imprescindible. Yo intenté negarme, logré incluso que me recibiera el alto comisario Cunningham. Alegué mi origen español, mi falta de conexión formal con los ingleses desde la muerte de Marcus. Sola estaba desde entonces, aferrada a su memoria y entregada a mi hijo.

No hubo manera. A efectos oficiales, era una súbdita británica, viuda de un cargo británico, madre de una criatura británica. En consecuencia, debía ser urgentemente evacuada junto con el resto: el decreto era tajante y no admitía demoras ni excepciones. En cuestión de veinticuatro horas nos asignarían un medio de transporte. En cuarenta y ocho emprenderíamos la salida.

Sólo nos permitieron llevar lo imprescindible, un bulto por persona como máximo. Muchos abandonaban de forma súbita décadas de arraigo, un cónyuge, amigos y fieles sirvientes, árboles que plantaron, paredes que pintaron, olores, sabores y sonidos que no recuperarían nunca. Otros, como yo, dejábamos atrás amores sepultados bajo una austera losa. Tras el espanto del King David, Bertha Vester me ofreció la alternativa de un entierro íntimo en el pequeño camposanto privado que su colonia mantenía en la falda del monte Scopus. Estuve a punto de aceptar; qué más me daba dónde descansaran los restos destrozados que no me permitieron ver, si Marcus ya no seguía vivo. Logré al cabo imponer un poso de lucidez en mitad de mi desgarro y opté por lo que creí más acorde con las circunstancias: él había muerto sirviendo a su país, y su lugar estaba entre los suyos, en el cementerio anglicano del monte Sion, rodeado de compatriotas.

De otra manera y con otro destino, ahora era yo la que se despedía de esa Tierra Santa brutal y perversa. Aquel apremiante plan de retorno de los civiles británicos fue denominado Operation Polly; a muchas familias les fue asignado al principio el traslado en ferrocarril hasta El Cairo y posteriores travesías en barco con destino a puertos ingleses. Fueron los primeros en salir pero, a la larga, resultaron los menos favorecidos porque la confusa organización y una mar adversa obligaron a que se retrasase el embarque y hubieron de esperar en Egipto, alojados en barracones militares. A otros los emplazaron en aviones Halifax de la Royal Air Force, y al resto nos repartieron en vuelos civiles, algunos directos a Londres, otros a aeropuertos relativamente cercanos. A nosotros nos correspondió aterrizar en París; de allí a Calais nos llevarían en autobuses, después cruzaríamos en ferry el Canal y, una vez en Dover, tren hasta Londres.

Nuestro avión se llenó por completo de madres jóvenes y maduras, de niños y niñas a montones, eufóricos al subir por primera vez a un pájaro de hierro. Junto a ellos, en número también abundante, había bebés que lloraban porque la presión les taponaba los oídos o porque, con su pequeña intuición, presentían que algo en sus vidas se estaba trasmutando para siempre. Ése fue el caso de Víctor: en mi regazo, fila 9, asiento de ventanilla, pasó desconsolado el vuelo entero, como si estuviera enfadado con el mundo a sus seis meses y medio, incapaz de comprender nada. Lo estaba arrancando de su hogar en el Austrian Hospice de la Ciudad Vieja, de su cuna de madera de olivo, del canto de los muecines en las mezquitas y los tañidos de las campanas que a diario lo arrullaban. Lo estaba separando de la calidez y el árabe suave de nuestra querida Sharifa, la entrañable muchacha que se había venido con nosotros desde el American Colony cuando nos mudamos. De los gestos explosivos de Fran Nash, nuestra vecina en el piso de arriba; de Nick Soutter cuando lo alzaba hasta el techo y él reía a carcajadas; de los amigos periodistas que venían al edificio cuando cerraban los bares. De todo eso se despedía para siempre mi hijo, sin saberlo. Y de su padre enterrado.

Victoria Station bullía de familiares dispuestos a recoger a los viajeros; ante los rencuentros, por todas partes se oían gritos, rabietas de niños, exclamaciones, saludos efusivos, algún sollozo emocionado. A por nosotros acudió Olivia, la madre de Marcus. Desde que le comuniqué la muerte de su hijo y el nacimiento de Víctor, había intentado por todos los medios posibles que dejáramos Jerusalén y nos trasladásemos a Inglaterra. Pero me negué siempre. Por el bebé tan chiquito y por el recuerdo de Marcus, por mí misma y mi desconsuelo, no quise abandonar ese escenario que habíamos compartido: ya le había perdido el miedo.

Tardamos en reconocernos entre el gentío; ninguna presentaba la misma estampa que ambas conservábamos en la memoria desde que nos conocimos aquella luminosa tarde de verano. Ella lucía ahora un largo abrigo de pieles y un vistoso sombrero de grueso fieltro; su trenza, tan distintiva, no estaba al aire. Yo, por mi parte, hacía meses que había dejado toda sofisticación de lado. Puesto que mi vida social había quedado reducida casi a cero, gracias a Fran Nash descubrí que los pantalones eran infinitamente más cómodos que las faldas; cambié también las medias de seda por calcetines, me apeé de los zapatos de tacón y me hice asidua a los bajos atados con cordones. Los viejos sweaters de Marcus, vacíos de su presencia, pasaron a formar parte de mi guardarropa, incluso desmonté sus chaquetas de tweed y las rearmé para adaptarlas a mi cuerpo, como si así pudiera sentirlo aún cerca. Ya ni recordaba la última vez que me maquillé y ahora llevaba siempre el pelo recogido con pasadores en la nuca: apenas nada quedaba en mi aspecto de aquella extranjera glamurosa con la que en mi primera visita a Londres pretendí de forma ilusa ganarme su aprobación de suegra.

En mitad del andén abarrotado, vacilamos unos instantes

cuando creímos tenernos por fin frente a frente, ella con su porte espléndido, yo con mi niño en brazos. Pero sí, no había duda. Ante mí tenía a la madre del que fue el hombre de mi vida, la mujer de la que él heredó esos rasgos y gestos que tanto añoraba. Fui yo quien propició el deshielo: me aproximé, musité su nombre sin tratamiento alguno y le ofrecí un abrazo. Al despegarnos, su mirada se posó en Víctor y su medio año de vida plena. Tenía mucho de Marcus: los ojos verdosos, la piel y el pelo claros. Ella tragó saliva al verlo, se mordió el labio, extendió hacia su mejilla una mano enguantada. Cansado, extrañado, su nieto giró brusco el cuello y se cobijó contra mi hombro, rehuyéndola.

—Ya habrá tiempo —musitó ella mientras retiraba la mano—. Ya habrá tiempo; lo importante es que, gracias a Dios, por fin estáis en casa.

Nevaba cuando abandonamos la estación, hacía ya horas que había caído la noche. La entrada estaba repleta de taxis y automóviles privados preparados para trasladar a las muchas familias que llegábamos desde la lejana Palestina tras tres agotadores días de viaje. Hacía un frío helador, tapé la cara de Víctor con la solapa de mi abrigo y lo apreté contra mí. Olivia empezó a abrirse paso con desenvoltura entre el estruendo de motores encendidos y humos de tubos de escape, nosotros la seguimos. Detrás, un mozo cargaba con nuestra maleta y un neceser; eso era lo único que llevábamos.

Nos acercamos a un opulento Bentley, el chófer se apresuró a abrirnos las portezuelas. Quise pagar al mozo que nos había ayudado, pero Olivia me frenó y se hizo cargo. Fue ella también quien llevó el mando de la conversación a lo largo del trayecto; yo me limité a escucharla y a replicar sucintamente de tanto en tanto. Apenas percibí tráfico una vez que nos alejamos del enjambre frente a Victoria Station, muy pocos viandantes recorrían las calles oscuras y nevadas en esa noche de perros. Cuando llegamos, Víctor se había dormido.

La fachada de la casa de The Boltons me pareció menos imponente de lo que la recordaba, quizá por la falta de luz: tan sólo un escueto farol lanzaba sombras amarillentas sobre el pórtico. La puerta principal se abrió de inmediato y de ella salió una empleada entrada en años que me resultó remotamente familiar de mi anterior visita. Bajé del auto con el niño en brazos, intentando no despertarlo. Olivia me hizo una señal imperiosa para que fuera entrando, la obedecí, saludé con un gesto a la sirvienta mientras ella me mantenía abierta la pequeña cancela de hierro. Empezaba a subir los escalones del porche cuando me di cuenta de que Víctor había perdido un zapato. Me volví para pedir que por favor lo buscaran y entonces vi algo que me resultó chocante: a la vez que su empleada se disponía a descargar mi equipaje, la madre de Marcus pagaba al conductor unos billetes. Era evidente que aquél no era el chófer de la casa. Volví a girarme con disimulo, ninguno de los tres se dio cuenta.

El vestíbulo se abrió ante mí en penumbra. Avancé unos pasos, tomé aire y lo expulsé con fuerza; de la boca me salió una nube de vaho espeso.

—Aquí estamos —musité.

No tenía la menor idea de cómo iba a ser nuestra estancia en esa casa tan distinta a todos los lugares por donde había transcurrido mi vida hasta entonces. En medio de esa incertidumbre, sin embargo, una única idea se mantenía firme en mi cabeza: nos marcharíamos cuanto antes.

Pasamos la hora siguiente instalándonos a media luz.

—¿Prefieres que pongamos al niño en una habitación separada?

Debí de mirarla como si estuviera trastornada porque captó mi negativa sin palabras. Nos acomodó en un dormitorio con dos grandes ventanas protegidas de la noche heladora con recios cortinones. Era amplio y aparentemente hermoso, pero el desgaste le rezumaba por todos los flancos: una puerta del enorme armario no cerraba, las huellas de cuadros desaparecidos poblaban las paredes, el papel chinesco se veía despegado en algunos tramos. Aun así, tenía una chimenea con un buen fuego que sin duda habían preparado para nuestra llegada, y pusimos la cuna junto a la que iba a ser mi cama, y al acostar por fin a mi hijo noté una honda sensación de alivio mezclado con abatimiento.

Seguramente debería haber hecho un esfuerzo para bajar con Olivia a la planta principal y propiciar un rato de conversación, mostrando así un mínimo de gratitud por su hospitalidad y sus esfuerzos. Pero no me sentía con ánimo: ni para rememorar el larguísimo viaje, ni para describirle la descarnada Jerusalén que habíamos dejado atrás, y mucho menos para que agitáramos juntas la memoria de Marcus. Así que acepté su ofrecimiento para que la sirvienta me subiera a la habitación un biberón de leche caliente para Víctor y para mí cualquier bocado, di a ambas las buenas noches y me encerré en mi cuarto.

Amanecí cuando el hambre de Víctor se manifestó con gritos y amagos de llanto. Lo había metido a media noche en mi cama para darle calor cuando se apagó el fuego. El dormitorio permanecía a oscuras y helado; me armé de valor, salté de la cama, descorrí las cortinas de un tirón, eché un vistazo al exterior y volví veloz a meterme entre las mantas. Arrancaba mi primer día en Londres con la ciudad nevada. Intenté jugar con mi hijo unos instantes, pretendía distraerlo, pero se negó en redondo. Hora de ponerse en marcha.

Veinte minutos más tarde, con el niño en brazos, bajé la escalera en busca de un desayuno para ambos. Apenas alcancé el último peldaño, la sirvienta salió a nuestro encuentro para guiarnos. Milady les aguarda en el comedor, anunció con un acento que se me hizo extraño. Superaba los sesenta, su cuerpo era tosco y el rostro poco agraciado. Llevaba un uniforme negro descolorido por algunas zonas; sobre él, un delantal y una cofia de un blanco cuestionable, y una gruesa chaqueta de punto. Al seguirla, me di cuenta de que andaba con las piernas descompensadas.

La gran Lady Olivia Bonnard leía *The Times* sentada en una de las cabeceras de la mesa. Ahora sí se parecía más a la suegra extraordinaria que conocí hacía un año y medio: iba envuelta en unos vistosos chales de lana superpuestos y volvía a tener su larga melena recogida en una trenza que le caía sobre el hombro para descender hasta debajo del pecho. Volvió a sorprenderme su aspecto: entre las señoras inglesas de su edad que conocí en Palestina, jamás vi ninguna como ella; todas eran infinitamente más sobrias y convencionales en sus atuendos, su estilo, su pelo. Junto a sus pies se ovillaba uno de sus perros. Supuse que los otros dos habían muerto de viejos.

Mi sitio estaba preparado en un lateral, a su derecha. Y para Víctor habían dispuesto una silla infantil de madera oscura, alta y antigua. Imaginé que la había rescatado de alguna buhardilla polvorienta; me conmovió imaginar que quizá era la misma que usó Marcus de pequeño. Olivia, sin embargo, se encargó de deshacer de inmediato mi falso presentimiento.

—Oh, no, my dear. Nada de los niños queda ya; la conseguí la semana pasada, junto con un cochecito de paseo, en el bazar de la iglesia.

El fuego estaba encendido, pero la hora temprana y las dimensiones de la estancia no habían permitido todavía que el comedor se templara. De inmediato me arrepentí por no habernos abrigado más; tampoco habíamos logrado bañarnos. Al intentarlo, descubrí que de los grifos del cuarto de baño anexo al dormitorio no salía más que agua gélida.

Como si me leyera el pensamiento, anunció mientras cerraba el diario:

—Tenemos encima un duro invierno, querida. Empezó a nevar en la última semana de enero, y los meteorólogos aseguran que no tiene visos de parar, de momento.

La mesa estaba dispuesta con exquisitez, vajilla de porcelana decorada con delicadas flores, cubertería de plata, servilletas de hilo. Tardé poco en descubrir, sin embargo, que tanto empaque resultaba del todo excesivo para la frugalidad alimentaria: de un aparador cercano, nos servimos un montoncito de huevo revuelto, una esquelética salchicha y un puñado diminuto de champiñones. Nada de bollería. Ni asomo de fruta. Algo de pan, escasa mantequilla y mermelada sabiamente extendida sobre un recipiente de cristal como para dar idea de abundancia.

—La guerra terminó, pero el país aún no ha remontado —aclaró mi distinguida suegra—. Hay restricciones en todo y para todos: gas, carbón, electricidad, incluso a los periódicos, fíjate, no les está permitido publicar en cada edición más de cuatro páginas. Y se limita la asignación de comida, por supuesto. Tendremos que ir lo antes posible, por cierto, a solicitar que os incluyan en los cupones de racionamiento.

Dejé unos instantes de silencio en el aire mientras masticaba. Contesté tras tragar.

—Igual no hace falta.

Ella alzó las cejas, entre sorprendida y curiosa. Yo despejé su perplejidad de inmediato.

—No pretendemos quedarnos, Olivia.

Frunció el ceño levísimamente.

—Y si no es indiscreción preguntarte, ¿adónde pretendes ir, darling?

—A Marruecos.

Las etapas del viaje desde Jerusalén me habían servido para reflexionar y tomar decisiones. A Palestina ya no podríamos volver, debía decidirme sobre el lugar en el que empezar una nueva vida. Y entre retornar a Madrid y hacerlo a África, quizá porque nuestra agotadora travesía había coincidido con la crudeza del invierno, la balanza se inclinó hacia el sur, para que mi hijo se criara bajo su sol bondadoso.

—Marruecos —musitó con lentitud. Frunció los labios y asintió con la cabeza, como si mi idea fuese de una brillantez suprema. Su gesto, obviamente, desprendía sarcasmo.

—Marruecos, sí —insistí con firmeza—. Allí vive mi madre y tengo amigos.

—Y ¿cuánto tiempo tienes previsto que se prolongue tal visita?

—No será una visita. He decidido que vamos a instalarnos allí. De forma permanente.

Se llevó la taza de té a la boca. Me dio la impresión de que, al rozar su borde con los labios, le temblaban las manos.

—Aquí también tienes ataduras, Sira —dijo sobria tras devolverla al plato.

Miró a Víctor, que en ese instante chupaba un trozo de pan con deleite. Ajeno a nosotras, seguía en su pequeño trono y observaba con curiosidad al perro añoso.

—Este niño es el único descendiente de una familia que lleva generaciones sirviendo a Inglaterra y a la Corona con respeto, responsabilidad y entereza. Él heredará en su día esta casa y honrará el apellido Bonnard, y para ello deberá educarse convenientemente. Dudo que una paupérrima colonia africana bajo dominio español sea el mejor sitio para hacerlo.

No tenía intención de discutir. Ni ánimo ni fuerza. Así que lo dejé estar, con la excusa de acercar otro trozo de pan a mi hijo. Apenas lo agarró con su pequeña mano, se lo lanzó al perro y soltó una sonora carcajada al darle en la cabeza. Ambas sonreímos, fingiendo que la tensión se relajaba. De momento, al menos.

19

Ni los nacidos antes de que enviudara la reina Victoria recordaban un invierno tan brutal. A lo largo de cinco semanas consecutivas, ni una sola madrugada subimos de cero grados. El gas salía con una presión bajísima, los repartos de carbón eran escuetos y a diario se producían cortes de electricidad que se prolongaban durante horas. En los hogares y en los edificios públicos se volvió durante muchas noches al uso de candelabros y palmatorias; aun en el interior de las viviendas nos pasábamos el día entero con los guantes puestos, dos pares de calcetines y varias capas de ropa. Los animales morían helados en las granjas; las frutas y verduras frescas se convirtieron en productos casi de lujo; los repartos se hicieron complejos cuando no imposibles y las raciones de comida suministradas con los cupones de racionamiento se tornaron incluso más menguadas que durante la guerra. Se cerraron fábricas, negocios, oficinas y escuelas; apenas funcionaban el transporte público y los trenes; el Ejército trabajaba a destajo para retirar la nieve de las calles, carreteras y vías del ferrocarril, hasta se recurrió para echar una mano a prisioneros de guerra alemanes. Medio país quedó paralizado, se perdieron empleos por cientos de miles.

Ante la imposibilidad de viajar con ese tiempo espantoso, nuestra estancia en Londres no tuvo más remedio que prolongarse, quedándonos enclaustrados en esa cápsula de The Boltons que con mano implacable comandaba mi suegra. Reclutó a una joven niñera de rizos castaños llamada Phillippa y la instaló en la casa; en principio, yo no la necesitaba pero, por no privar de un techo a esa pobre chica bajita y tímida, preferí no rechazarla. Sin protestas ni quejas, me fui acoplando a las rutinas de Olivia Bonnard: desayuno en el comedor a las ocho y media, café aguado en el lounge a las once, un frugal luncheon a la una, té a las cuatro, supper a las siete y media. El primer domingo tras mi llegada propuso que la acompañara a la parroquia cercana, Saint Mary The Boltons, y aquello se convirtió en costumbre, aun con la nieve por encima del tobillo y abrigados como esquimales. Me presentó al vicario y a su mujer, a vecinos y allegados; ante todos mostró a Víctor con orgullo y expresó abiertamente la alegría de tenernos en casa.

Los martes acudían sus amigas para jugar al bridge. A menudo recibía además otras visitas, no sabría decir si espontáneas o acordadas. Y todos los jueves, sin excepción, aparecía una gente variopinta, ocho, diez, más de una docena alguna vez, para charlar mientras fumaban y bebían lo que entre todos aportaran: whisky o sherry, tinto francés, ginebra o brandy.

Las reuniones se prolongaban en función de lo que duraran las botellas; por lo general, se centraban en asuntos mundanos, chismorreos de altos vuelos y minuciosos análisis políticos en los que solían despellejar sin miramientos al primer ministro Attlee y a su gabinete izquierdista, malignos ejecutores —según ellos— de la reciente nacionalización de las minas de carbón, las centrales eléctricas, los ferrocarriles y el Banco de Inglaterra.

En otros tiempos menos hostiles, sospeché, aquellos encuentros tan repletos de charla profusa como escasos de vituallas posiblemente fueron cenas copiosas servidas por tres criados; quizá entonces al honorable Hugh Bonnard aún no lo había fulminado un infarto antes de cumplir los cincuenta y cuatro, y los tres hijos de la familia con Marcus a la cabeza pululaban por las estancias sanos, esbeltos y prometedores. Ahora, en cambio, sólo quedaba la madre envuelta en sus extravagantes chales de lana, el comedor no se abría para los invitados porque nada había que ofrecerles y la única sirvienta se acostaba a eso de las ocho sin más cometidos ni obligaciones, dejando por todo preparativo un puñado de ceniceros y la luz tenue de unas cuantas velas.

En el transcurso de esos días de frío salvaje en los que apenas abandonamos el encierro, entre aquellas paredes de mansión distinguida que ahora pedían a gritos una mano de pintura, un fontanero para arreglar las tuberías o un nuevo empapelado, entre toda esa gente que salía y entraba, nos movíamos mi hijo y yo como dos fantasmas silenciosos, estando casi sin estar, presentes pero ajenos. La relación suegra–nuera se mantuvo entretanto correcta, sin grandes efusiones pero sin demasiados tropiezos: todo lo fluido que podía ser el trato entre dos desconocidas procedentes de universos radicalmente distintos.

Desde un principio tuve claro que yo generaba en Olivia Bonnard una absoluta indiferencia; su único interés radicaba en mi vínculo matrimonial con su hijo y en mi papel como hembra reproductora de su nieto. Jamás me preguntó por mi origen, o mi familia o mi país, por mi vida anterior o por cómo había sido mi relación con Marcus. Ante ella yo me alzaba, sin sombra de duda, como lo más opuesto a la esposa que habría deseado para su primogénito: una extranjera carente de raigambre social y sin patrimonio propio, procedente de una nación atrasada y oscura. Inteligente como era, no obstante, y por la cuenta que le traía, intentaba no mostrar su desprecio hacia mí abiertamente. Sí, en cambio, sentía un afecto profundo por Víctor; un cariño sin besuqueos ni arrumacos que yo, en mi esencia de madre, percibía como sincero.

Uno de mis afanes a lo largo de aquella montonera de horas muertas fue recorrer la gran casa de arriba abajo, desde los sótanos donde se encontraban los lavaderos, la despensa vacía, el office y la gran cocina, hasta las buhardillas donde en su día se alojaba el servicio doméstico, ahora inexistente a excepción de la niñera Phillippa y la vieja Gertrude. Perseguía en mi búsqueda algún rastro de Marcus en su niñez y juventud, cualquier cosa que me acercara a él, pero lo único que encontré fueron un par de raquetas de tenis con la madera combada y sin cuerdas. A lo largo de la guerra, Olivia había acogido bajo su techo a parientes lejanos, amigos y conocidos, incluso a algunos desconocidos brindó sus aposentos; se desprendió asimismo de muebles, ornamentos y enseres, y no tuvo más remedio que desentenderse de trivialidades en favor de una funcionalidad casi cuartelera. Hasta la gran biblioteca de su marido acabó vendiendo. De los que allí habitaron en el pasado, ya sólo quedaba el recuerdo.

Casi cada semana recibía en el correo noticias de Fran Nash desde Jerusalén, largas cartas que yo devoraba encerrada en mi cuarto, repitiendo párrafos a mi hijo en voz alta, como si él fuera capaz de procesarlos con sus pequeñas entendederas. En una de ellas me contaba que había logrado que un joven franciscano andaluz me sustituyera en mis tareas como traductora para Télam; en otra que mi apartamento del Austrian Hospice lo habían alquilado una pareja de periodistas norteamericanos. Comentaba también novedades sobre conocidos, pinceladas acerca de sus hijas, películas que había visto, ráfagas irónicas y anécdotas. Para no incomodarme, apenas entraba en detalles sobre la violencia de la resistencia hebrea.

Con menos frecuencia pero también regulares, me llegaban cartas de Bertha Vester escritas en elegante papel color marfil con el emblema del American Colony; a pesar de haber abandonado su hotel para reordenar mi nueva vida, continuamos manteniendo un grato contacto. Recibí también correspondencia de algunos conocidos del círculo de Fran que habían acabado casi convirtiéndose en amigos tras la muerte de Marcus y mi mudanza a la Ciudad Vieja. Y, por supuesto, me escribía a menudo Nick Soutter con su letra contundente, narrando las vicisitudes de un PBS en el que el personal judío, al mando del director Edwin Samuel, había abandonado en bloque el edificio de la radio pública del Mandato y se había marchado por su cuenta. Al final siempre cerraba con un par de líneas dedicadas a Víctor; lo llamaba old chap, old chum, de tú a tú, como amigos. Medio en broma medio en serio, le pedía que me cuidase.

Leía y releía todas aquellas cartas como si fueran lo único que me conectara con mi ayer. Al rebobinar la memoria, Jerusalén era casi todo lo que recordaba, como si mi existencia entera hubiera empezado en ese territorio. Madrid, Tetuán, Tánger, mis años de juventud y mis quehaceres como modista parecían haber quedado tan atrás que a veces tenía la sensación de que no me pertenecían a mí, sino a una extraña. El tiempo que compartí en Palestina con Marcus primero y los meses posteriores conviviendo con su ausencia constituían mi realidad más verdadera. Mis amigos más queridos pertenecían ahora a esos momentos: los que me acompañaron en las noches de dolor y desvelo tras su muerte, los que me tendieron una mano para que no me hundiera del todo en las aguas turbias del sufrimiento. Ésos eran a los que, en ese Londres glacial y en esa casa inhóspita, tanto echaba de menos. Y con ellos en el pensamiento pasaban mis jornadas, a la espera de que acabaran las inclemencias para embarcarnos con rumbo al sol y largarnos de una vez por todas de ese entorno helador y ajeno.

Estaba precisamente releyendo una carta de Fran recién recibida esa misma mañana, mientras Víctor dormía su siesta, cuando Gertrude tocó la puerta de mi dormitorio. El resto de la casa resultaba tan incómoda por su temperatura que allí pasaba encerrada largas horas; sus dimensiones generosas me permitieron instalar una esquina a modo de pequeña cocina, con un infiernillo para calentar los biberones y una tetera. Gertrude me había proporcionado además una pequeña estufa de parafina, por las noches nos traía botellas de agua hirviendo para calentar las sábanas y de vez en cuando nos conseguía un par de plátanos o un paquete de galletas. En el fondo, yo pensaba que tal generosidad no era tanto para que yo me sintiera a gusto como para fastidiar a su señora; mantenían una singular relación que basculaba entre el afecto y la tirria, entre la veneración y la hostilidad constantemente.

—Milady pregunta si puede bajar, señora —anunció con ese acento extraño al que ya me estaba acostumbrando.

Tenía un ojo más cerrado que el otro, a menudo me preguntaba si sería tuerta. Aun así, con esa mirada esquiva, sus muchas décadas y la cojera a rastras, en sus quehaceres era una bala. Lavaba y planchaba los pañales de Víctor en cuestión de horas, se ocupaba de mi cuarto y mi ropa aunque yo me negara, y lograba que los parcos alimentos que entraban en su cocina —filetes de hígado, huevos pequeños y coles insípidas, latas de sopa y hasta carne de ballena— se convirtieran en algo medianamente grato gracias a su destreza.

Entre el aislamiento doméstico, la escasez de equipaje con que había llegado y los esfuerzos para combatir las bajas temperaturas, mi aspecto era un tanto desaliñado: un pantalón de franela, un grueso sweater de lana de Shetland con cuello vuelto, más una vieja chaqueta de Marcus encima. Debajo, sin que se vieran, llevaba varias prendas interiores superpuestas. Las manos las protegía con unos mitones tejidos que me quité de inmediato. Tenía la melena recogida en una cola de caballo sujeta con un pañuelo. En el rostro, ni gota de maquillaje; en los labios, ni rastro de ese lipstick cuyo uso, para mantener la moral alta, las autoridades británicas fomentaron durante los días de guerra.

Los encontré sentados en sendas butacas frente a la chimenea, tomando uno de esos cafés aguados de color grisáceo tan poco apetecibles que solían hacerse esos días en ausencia de buenos granos. Tanto Olivia como el desconocido mantenían las miradas concentradas sobre unos grandes rollos de papel extendidos sobre la mesa. Alzaron la cabeza cuando me oyeron llegar, él se puso en pie con cortesía. Era de mediana edad, delgado y bien vestido, con gafas y entradas profundas; al saludarlo comprobé que no se había quitado la bufanda. Olivia me lo presentó como un arquitecto, Baker o Barker o algo así era el apellido, no logré retenerlo.

—Tenemos entre manos, my dear, un reto complicado, y nos gustaría contar con tu opinión. Dividir en dos, en cuatro o en seis, ¿qué crees tú que sería lo más conveniente?

No sabía para qué necesitaban mi parecer en algo que a mí ni me incumbía ni me interesaba, pero me senté junto a ellos y fingí implicarme. Los planos correspondían a la residencia de The Boltons en la que estábamos y proponían distribuciones distintas. Una alternativa era reconvertirla en dos viviendas paralelas. Otra, en cuatro pisos independientes. La tercera, en seis apartamentos.

—Esta casa resulta excesiva y convendría hacer algo con ella —me aclaró Olivia—. Lleva décadas sin una puesta al día, y renovarla por completo resultaría un gasto inasumible.

—Se están realizando actuaciones de este tipo por todo Londres —apuntó el arquitecto—. La escasez de vivienda es un grave problema tras la cantidad de construcciones que se llevaron por delante los bombardeos alemanes.

Me mostraron cómo quedarían las posibles distribuciones; aun en la más menguada de las opciones, la de las seis unidades separadas, resultarían sin duda unos hogares no grandiosos pero sí aceptables más que de sobra. Si hubiera tenido que usar una medida comparativa, cada uno de ellos tendría bastantes más metros cuadrados que la humilde vivienda de alquiler en la calle de la Redondilla en la que había pasado mi infancia.

—Numerosos amigos y conocidos, gente como nosotros, están haciendo lo mismo. Hemos de adaptarnos a los nuevos tiempos, debemos...

—Los resultados son excelentes, pueden instalar calefacción central...

—Una cocina moderna...

—Grifería inoxidable...

Levanté la vista de los planos; algo me rechinó en el cerebro al escucharles coordinarse en sus juicios con una coreografía perfecta. Ambos tenían razón, no obstante. Por un lado, en la casa familiar sobraban estancias vacías; por otro, en su decadencia se percibía la falta de liquidez financiera. Lo que tenía para subsistir Olivia Bonnard, a todas luces, era bien poco.

Nunca habían pertenecido a la aristocracia ni poseyeron abundancia de inmuebles o haciendas. Que al padre de Marcus se dirigieran en su día con el tratamiento de Sir y ella quedara colgada del consecuente Lady —con derecho o sin él, who knows— no implicaba que descendieran de familias nobiliarias;

se trataba de una mera forma de cortesía que había venido conferida por el nombramiento de Hugh Bonnard como juez de la High Court of Justice. Descendientes ambos cónyuges de largas y reputadas estirpes dedicadas a la abogacía y al servicio público desde diversas vertientes, pertenecían a una clase acomodada, respetable y cultivada que durante generaciones había educado a sus hijos en Harrow School y en los colleges de Oxbridge, y casado a sus hijas con miembros de familias similares: una upper middle class que había vivido con sobrada holgura mientras los vientos soplaron favorables, y que hubo de amarrarse prieto el cinturón cuando llegaron las tormentas. La etiqueta y las buenas maneras eran marca de la casa y de la clase, lo mismo que su forma de hablar distintiva y sus numerosas rutinas y convenciones. Pero dinero sonante, a esas alturas, no había apenas.

Conservaba aún Olivia, o eso creía yo, la propiedad de su magnífica residencia, una villa victoriana con fachada de estuco, cuatro plantas y localización impecable en The Boltons, entre South Kensington, Chelsea y Earls Court, a casi igual distancia de Kensington Gardens que del Támesis, frente a unos jardines comunales que yo aún no había tenido tiempo de disfrutar por culpa de la maldita nieve. Aun así, a pesar de que la idea de la restructuración doméstica resultara del todo lógica, esa tarde, frente a los planos, me invadió la sospecha de que algo se me estaba escapando.

Mientras yo intentaba dar con aquella cosa escurridiza, el arquitecto continuó con sus argumentaciones describiendo las ventajas de cada una de las alternativas. Hasta que, a modo de recapitulación, señaló un punto concreto del plano con la punta de su portaminas de plata y alzó los ojos hacia mí directamente.

—Aunque si yo pudiera elegir, como es su caso, sin duda me quedaría con la opción de cuatro domicilios y elegiría para mí uno de los de la planta primera, con vistas a los jardines.

Estuve a punto de soltar una carcajada. Así que era eso. De pronto estaba claro. Dando por inútiles otras vías para convencerme, mi sibilina suegra pretendía evitar nuestra marcha poniéndome delante de los ojos la tentación de una futura vivienda. Independiente de la suya, pero de su propiedad. Separada de ella, pero anexa. Como una prolongación. Como una especie de apéndice.

20

Habíamos entrado ya en marzo cuando las temperaturas comenzaron a amansarse, las nevadas y escarchas se aplacaron, y por fin pude aventurarme por las calles de Londres. Tras varias semanas de encierro se me acumulaban las cosas pendientes. Una era buscar algo de ropa para Víctor, que no paraba de crecer y había llegado con lo justo. Otra, intentar comprar provisiones a fin de compensar el gasto que generaba nuestra estancia: repetidamente me había ofrecido a Olivia para aportar dinero a la intendencia doméstica pero, movida por un tozudo orgullo de matriarca magnánima, se negó en redondo.

Hacerme con un mapa era otra de mis urgencias. Y, por último, dar con algún sitio donde comprar los pasajes para nuestra marcha. Además, y sobrevolando a todo eso, ansiaba airearme y no sólo en el sentido orgánico: para eso salía al jardín trasero de la casa con mi hijo bien abrigado en brazos. La primera vez que lo hice, algo se me clavó dentro como un punzón afilado: allí mismo, un año y medio antes, había estado Marcus con nosotras, relajado con las piernas estiradas sobre el césped y el rostro alzado al sol del verano, atractivo en su traje de lino, satisfecho porque su madre y su esposa por fin habían logrado conocerse. Ninguno de los tres, aquella radiante tarde de julio, fuimos capaces de imaginar que el vuelo con rumbo a Palestina que emprenderíamos esa misma noche supondría para él un viaje sin billete de vuelta.

Por allí, por ese jardín hermoso, descuidado y ahora mortecino a causa de los rigores del invierno, daba yo breves paseos con mi niño, ida y vuelta hasta el muro de ladrillo del fondo, ida y vuelta varias veces para que el oxígeno nos entrara a los dos por los poros de la piel, la nariz, los ojos y las orejas.

Anuncié mi intención de salir la primera mañana en que entró un amago de sol blanquecino por las ventanas. Aún manteníamos la liturgia del arranque del día frente a la gran mesa de nogal del comedor, con el desayuno de té y escasa sustancia. Me preguntaba a menudo por qué se aferraba Olivia a ese ritual un tanto grandilocuente mientras no había más que telarañas en su despensa; supuse que era su manera de no sucumbir ante el desaliento.

Alzó la mirada de *The Times*, curiosa, por encima de sus lentes de cerca.

—¿Vas a algún sitio en concreto?

—He de hacer unas compras.

Pasó una página, leyó unas líneas, paró de nuevo.

—¿Quieres que te acompañe?

—No es necesario, gracias.

Siguió leyendo con las gafas en la punta de la nariz; llevaba otro de sus opulentos chales tricotados y la trenza sobre el hombro, como siempre.

—¿Quieres que te preste mi abrigo de piel de zorro?

Estuve a punto de echarme a reír. A los labios me asomaron dos palabras: ni muerta. Pero logré contenerlas y tan sólo repetí:

—No es necesario, Olivia, gracias.

Sin duda era ella consciente de la parquedad de mi guardarropa, limitado a lo poco que había cabido en una única maleta: mis prendas más asiduas, las del niño y algunas cosas de Marcus. Fran Nash se ofreció a enviarme nuestros baúles con lo que me vi obligada a dejar; le dije que no hacía falta. Todo me ataba demasiado a un tiempo que había quedado atrás, mejor no rememorarlo. Tan sólo eché en falta mi radio, pero me hice a su ausencia.

Fue así como arranqué mi primer contacto con Londres: sola, admirada, curiosa. La zona donde se encontraba The Boltons era sin duda privilegiada, pero aún se percibían en ella las magulladuras de la guerra: socavones embarrados en el pavimento, bordillos de acera reventados y montones de nieve sucia mezclada con escombros. En mi recorrido por calles residenciales sin apenas transeúntes y con muy escaso tráfico, percibí numerosas fachadas de casas elegantes castigadas por los reveses; algunas tenían las ventanas tapadas con tablones para suplir la ausencia de cristales y casi todas la pintura descascarillada, como a parches; imaginé que muchas de ellas terminarían también convertidas en apartamentos. Caminando sin un rumbo concreto, empujada tan sólo por la energía de mis piernas, no tardé en llegar a una arteria donde el panorama se percibía diferente: más coches, más gente, autobuses, movimiento. FULHAM ROAD, leí en un cartel.

Un par de horas más tarde estaba de vuelta con mis escasas provisiones. No sin esfuerzo, entrando a establecimientos y preguntando, saliendo y probando en otros, había conseguido algo de lana para tejerle a Víctor sweaters, gorros y calcetines, tela de gasa para pañales, dos tetinas de caucho y un biberón. Cosas imprescindibles, en definitiva: mejor no sobrecargarme para cuando emprendiéramos el viaje a Marruecos. Hacerme con algo de comida me costó bastante más. Por todas partes me pedían los puntos y cupones de racionamiento que yo no tenía; finalmente Olivia los había conseguido, pero era Gertrude quien los administraba. Al cabo logré hacerme tan sólo con una botella de sherry y, a precio desorbitado, con un par de latas de carne procesada.

Por todas partes vi colas: gente pálida, con aspecto abatido a menudo, formando silenciosas filas frente a las carnicerías, las panaderías, las fruterías y los almacenes. Lo único que logré con suma facilidad fue mi mapa, un plano de Londres de segunda mano con el que tenía previsto intentar localizar a Rosalinda Powell Fox, mi antigua amiga. Nada sabía de ella, se había escurrido de mi alcance hacía tiempo, y eso me extrañaba enormemente. El fin de la guerra mundial la había sorprendido en Lisboa, con su club El Galgo aún operativo y residiendo en su gran piso de la avenida da Liberdade en el que yo me reuní con ella años antes, durante mis oscuras peripecias portuguesas. Poco después de instalarnos Marcus y yo en Palestina, ella había vuelto a Inglaterra y, a petición de su marido, intentaron una reconciliación instalándose en una casa de campo en Surrey. Pero aquello duró apenas unos meses; cuando fue consciente de que prolongar ese desgraciado matrimonio resultaba una fuente de sufrimiento, abandonó a Peter Fox y se mudó a Londres. Fue entonces cuando me escribió su última carta: me hablaba de que estaba en trámites para abrir un nuevo club, al que pretendía bautizar con el pintoresco nombre de The Patio. En el remite figuraba una dirección: 9 Tilney Street. Hasta allí pretendía yo guiar mis pasos con la ayuda de ese mapa antes de marcharme de Inglaterra: en busca de la amiga volátil cuyo rastro se me había escapado entre los dedos.

Así quedaron resueltas esa mañana casi todas mis tareas. Únicamente me faltó encontrar la agencia de pasajes; decidí centrarme en ello al día siguiente. A mi vuelta a The Boltons me recibieron como si hubiera cruzado un océano. Víctor se me echó en los brazos con un grito de júbilo, Gertrude intentó identificar los contenidos de mi bolsa con el ojo bueno y Olivia me contempló largamente. La joven Phillippa, tan discreta siempre, permaneció en la retaguardia con las manos juntas.

—Parece que el mundo se ha puesto de nuevo en marcha —fue el saludo de mi suegra.

Intentó conferir a la frase un tono irónico, marca de la casa. Pero a mí me pareció identificar algo más colgado entre las palabras y el soniquete. Un cierto desagrado. Un punto de descontento.

—Tienes correo —anunció acto seguido, alzando las cejas y dirigiendo una mirada oblicua hacia la bandeja de plata sobre la que se depositaban a diario las cartas—. De Jerusalén, creo.

Supuse que me la enviaba Fran Nash o Nick Soutter, o quizá alguno de los periodistas amigos de ambos y míos en parte, tal vez Bertha Vester o Katy Antonius, que también me escribían en ocasiones. Pero no. Se trataba de un sobre con membrete oficial del Mandato.

Ofrecí el niño a Phillippa para que lo sostuviera. Cuando las manos me quedaron libres, rasgué el sobre de forma precipitada; de inmediato me arrepentí de no habérmelo subido a mi cuarto a fin de abrirlo serena y discretamente con mi abrecartas. Pero no fui capaz de contener el arrebato: todo lo relacionado con las cuestiones oficiales de los británicos en Palestina aún me alteraba el temple.

Algo debió de intuir Olivia porque no se movió de mi lado. El envío contenía un par de hojas mecanografiadas cuyo lenguaje burocrático apenas entendí. Se mencionaban servicios, retribuciones, departamentos, direcciones de oficinas en Londres. Pero su esencia se me escapaba.

—Creo que es algo sobre Marcus —musité tendiéndoselas.

La seguí mientras ella se dirigía a su escritorio escudriñando los papeles con ojos entrecerrados. Cuando por fin dio con las gafas, se sentó y leyó para sí, despacio.

—En efecto —confirmó al terminar. Luego dobló los pliegues de la carta con sus dedos largos y nudosos—. Están recalculando la pensión definitiva que os quedará tras su muerte; adelantan que puede haber reajustes, quizá compensaciones. Piden que vayas a unas oficinas en Westminster para que te expliquen...

No la dejé terminar; me negué moviendo a un lado y otro la cabeza. Todo me retrotrajo de pronto a las semanas posteriores al ataque al King David, a aquellos trámites farragosos, incomprensibles muchas veces, a los que hube de someterme recién dada a luz, sangrando aún copiosamente, con las lágrimas todavía chorreándome por el rostro y los pechos doloridos, plenos de leche.

No, no quería pasar por aquel purgatorio de nuevo. Sabía, no obstante, que la cuestión no podía ser desatendida: de la pensión de Marcus deberíamos vivir mi hijo y yo, no teníamos de momento más medios. Consciente de mi inseguridad, Olivia la zanjó con resolución.

—¿Quieres que me encargue yo, en tu nombre?

—Please —murmuré agradecida.

—Déjalo en mis manos; no habrá problema. Ah, y por cierto...

Supuse que pretendía cambiar de rumbo la conversación para sacarme del mal rato. Pero no, no era así. En realidad, sí tenía que decirme algo concreto.

—Han telefoneado preguntando por ti.

La miré entre dubitativa e incrédula.

—De la BBC. Han recibido a tu nombre un paquete, también desde Palestina, por valija interna. No pueden enviarlo aquí, desconozco la razón. Pretenden que vayas en persona a recogerlo.

Al contrario que la noticia anterior, ésta me levantó el ánimo. El remitente sólo podía ser Nick Soutter, quizá mandaba algunas de mis cosas a petición de Fran Nash, o algo para Víctor, con quien se había encariñado tanto. Daba igual; el caso era que no se trataba de un ingrato trámite administrativo como el de la carta, sino de algo que llegaba de un amigo, y con eso era suficiente.

—¿Dónde se encuentra?

—Dónde se encuentra ¿qué?

—La BBC.

—¿Broadcasting House? En Marylebone, creo. Al final de Regent Street, cerca de Park Crescent. Frente a The Langham Hotel, si la memoria no me falla. Pero podrías insistir para que te lo enviaran a casa, ¿quieres que llame y...?

No la dejé terminar.

—Iré mañana.

21

Esa noche, a la luz tenue de un quinqué, logré localizar en mi mapa la última dirección de Rosalinda Fox. Arrodillada en la alfombra raída a los pies de la cama, volcada sobre el plano desplegado, solté un grito de satisfacción al aire. Ahí estaba Tinley Street, en Mayfair, contenida en una cuadrícula de callecitas a un costado de Hyde Park. Ésa era mi referencia: muy cerca del parque, decía ella en su última carta. No aclaró si se trataba de una propiedad de su familia, o pagaba un alquiler en una propiedad ajena o se alojaba como invitada de alguien. Planté una marca en el mapa, una cruz. Para mi satisfacción, comprobé además que se encontraba en el camino entre The Boltons y la BBC.

Lo primero que hice al despertar fue asomarme a la ventana para asegurarme de que la nieve no había vuelto. A través del cristal vi el mismo cielo ceniciento de la mañana anterior, pero de él no caía nada: la señal de que podía ponerme en marcha. Aún sin excesos, me arreglé con un mínimo de esmero; no iba a asistir a ningún evento especial, pero me dirigía a sitios concretos, a hacer cosas concretas dentro de una ciudad por fin transitable, y eso ya marcaba una diferencia con el enclaustramiento que acumulaba.

Dentro de mi escueto vestuario, opté por lo más presentable: un pantalón de cheviot, un jersey claro y un abrigo color borgoña, el único de mi refinado ayer que había cabido en la maleta. Me maquillé además levemente, puse orden en mi melena y me anudé alrededor del cuello una bufanda de lana egipcia.

Olivia me recibió en la mesa de desayuno con un gesto entre

lo apreciativo y lo suspicaz. Bien podría haber recurrido a ella para que me ayudara con mis gestiones; al fin y al cabo, se trataba tan sólo de cuestiones nimias. Intentar localizar a una amiga y recoger un envío imprevisto. Pero preferí funcionar por libre, aunque me perdiera y me confundiera y tardara en encontrar mi destino. Ya iba a encargarse ella del ingrato asunto de la pensión de Marcus, con eso era suficiente. Del resto de mis quehaceres prefería no hacerla partícipe. Necesitaba un mínimo de intimidad, salir por un momento de su esfera.

Era consciente de que ella realizaba a diario un esfuerzo por contenerse, y se mordía a menudo la lengua para no ofrecerme sus pareceres y directrices. Aun así, se notaba abiertamente que no aprobaba mucho de lo que yo hacía. No le agradaba que no dejara a Víctor la mayor parte del día en manos de Phillippa y que lo cargara en mi cadera y me moviera con él así de cuarto en cuarto. No le agradaba que le hablara en español. No le gustaba que le dejara chupar chuscos de pan. No le parecía correcto que le permitiera gatear a su antojo sobre la alfombra frente a la chimenea. No aprobaba que no me cambiase de ropa para cenar. No aceptaba que tratara a Gertrude con mediana familiaridad. No le complacía que sus amigos hombres, cuando llegaban a casa, me miraran con aprobación de reojo. Y, por encima de todo, seguía sin asumir que quisiera llevarme a su nieto de Inglaterra.

—¿No piensas ponerte sombrero?

Recordé las sombrereras que habían quedado en mi apartamento del Austrian Hospice conteniendo aquellas hermosas creaciones de mis días de modista refinada. A pesar de su tono fingidamente inocuo, la pregunta estaba fuera de lugar: ella sabía de sobra que, más allá de una boina de lana, no había podido traer ningún sombrero.

—Pragmatismo de posguerra, supongo —musitó volviendo la mirada al periódico.

Sonreí con falso candor.

—Exacto.

Podría haber buscado un taxi, pero preferí ir a pie. Me sobraba tiempo y Víctor no tendría problemas durante mi ausencia; con su buen carácter, se llevaba bien con Phillippa y hacía migas tanto con Gertrude como con mi suegra. Además, cuanto más tarde regresara yo, más espacio le daría a ella para volcarse en él a su capricho, hablándole en su lengua, dejando que su viejo perro lo lamiera, quizá fantaseando con el distinguido internado para chicos de buena cuna al que ella anhelaba que él asistiera.

Salí con el mapa doblado en un bolsillo del abrigo, aunque apenas me hizo falta. El camino era largo pero sin complejidades; admirando el entorno, recorrí la Old Brompton Road, enlacé después con Brompton Road. Llegué al Oratorio católico, vi a la izquierda el majestuoso edificio del Victoria & Albert Museum; pasé más adelante frente a los almacenes Harrods, que me moría por conocer. Pero no era el momento; me limité a contemplar sus escaparates opulentos y continué andando. Estaba ya en el exclusivo barrio de Knightsbridge; en breve llegué a Hyde Park Corner, donde el imponente arco de Wellington me indicó que debía subir Park Lane. Mi referencia era The Dorchester: me guié por aquel dato porque en la última de sus cartas Rosalinda mencionaba que solía frecuentarlo. Qué marvellously convenient resulta, decía, vivir justo al lado de uno de los más exclusivos hoteles de Londres.

Ése era el ambiente que a ella le chiflaba para tomar el té o un cocktail: por aquel establecimiento, sin yo saberlo, había pasado durante la guerra lo más pinturero del conflicto. El presidente americano Eisenhower junto con su secretaria–chófer–amante durante el Desembarco de Normandía. El ministro de Exteriores británico Lord Halifax, que ocupaba ocho habitaciones con su esposa mientras, en paralelo, encontraba tiempo para serle infiel en una suite con la espléndida Baba Metcalfe, que a su vez mantenía un idilio con el embajador de Mussolini. Todos aquellos egregios huéspedes, no obstante, me importaban bastante poco. Lo único que yo pretendía era dar con una amiga esquiva, aquella mujer que había marcado en gran manera mi devenir.

Tentada por sus comentarios, decidí asomarme al lujoso vestíbulo; apenas había dado unos pasos cuando un nudo me apretó la boca del estómago. En poco se parecía aquel lobby al del King David de Jerusalén. Ni sombra de decoración orientalista, ni rastro de clientes con vestimentas exóticas o camareros sudaneses; sólo rostros occidentales de piel clara y empleados ataviados con sobrios uniformes. Y aun así, algo similar flotaba en el aire de ese elegante espacio donde la gente fluía o negociaba, conspiraba o departía: hombres de negocios tratando con sus iguales, triunfantes turistas americanos, grupos de señoras elegantes que charlaban sosteniendo boquillas de marfil entre los dedos, quizá algunos discretos agentes de inteligencia atentos ya a la inminente Guerra Fría. Y aquí o allá, saliendo de un ascensor, compartiendo un desayuno tardío o consultando algo en el mostrador del concierge, vi también varias parejas atractivas, airosas, mundanas, enamoradas sin duda; parejas como alguna vez fuimos Marcus y yo cuando la fortuna aún no había previsto clavarnos su puñalada más sangrienta.

Plantada en mitad del lobby, insignificante como un grano de arena del desierto palestino, lancé una larga mirada alrededor mientras intentaba tragarme el desasosiego. Ni allí había rastro de Rosalinda ni a mí se me había perdido nada en ese sitio; mejor irme cuanto antes.

A la espalda del hotel, en efecto, encontré Tilney Street: corta y estrecha, tal como mostraba el mapa. El número 9 lo ocupaba un pequeño edificio victoriano de ladrillo con tres alturas. No se trataba de una propiedad llamativa pero sí distinguida, a juzgar por su localización y buen mantenimiento. Llamé y abrió una sirvienta con el rostro acalorado; supuse que estaba realizando alguna tarea que requería vigor cuando la interrumpió el timbre. Mrs Rosalinda Fox? Mrs Rosalind Powell Fox? Mr Peter Fox? A todas mis preguntas dijo no moviendo la cabeza.

Una presencia femenina surgió entonces desde dentro, con

voz de mando. Me presenté a la señora de la casa, me expliqué mientras ella me contemplaba con cierta suspicacia. Cuando venció sus cautelas, me hizo pasar a un salón decorado con exceso de drapeados, porcelanas y ornamentos.

—No llegué a conocer a su amiga la señora Fox —aclaró ofreciéndome asiento —. Cuando nosotros volvimos, ella ya no estaba. Como tantos londinenses, pasamos la guerra en el campo, en Sussex, en la casa de mis padres. Los bombardeos, los niños, ya sabe, esas cosas.

Se explayó con detalles innecesarios, temí que me entretuviera más de la cuenta. Se apellidaba Tembler o Tembley o Tembluy, no lo capté del todo. Iba profusamente arreglada y llevaba el cabello rojizo recogido con unas elaboradas ondas en las sienes. Con mi sobrio pantalón de franela, mi jersey de lana clara y mi boina, debí de parecerle una insulsa pacata o una misionera.

—Mi esposo tramitó en su momento el alquiler con Mrs Fox para un año entero, pero ella decidió irse antes, no nos dio razón alguna. Y tampoco dejó una dirección a la que enviarle su correspondencia.

Le costó algo de trabajo levantarse, hundida como había quedado entre la abundancia de mullidos cojines. El pragmatismo de posguerra que mencionaba mi suegra, desde luego, no iba con su estilo. Se dirigió a un escritorio, abrió un cajón del lado izquierdo y sacó un paquete de cartas.

—¿Le importaría hacerse cargo de ellas?

Vacilé unos instantes, pero Mrs Tembler o Tembley o Tembluy no parecía dispuesta a aceptar un no por respuesta: con su corto brazo tendido, no retiró las nueve o diez misivas de delante de mi cara hasta que acepté el ofrecimiento.

Al salir las repasé brevemente. Dos eran mías, una enviada desde el American Colony y otra desde el Austrian Hospice. Cuatro correspondían a personas diversas que yo desconocía, todas procedentes de direcciones inglesas. El remitente de las tres restantes era Juan Luis Beigbeder, con sobres sin membrete oficial y matasellos de Madrid sobre las estampillas de Franco. Imaginé que habían pasado por las manos de la implacable censura cuando comprobé que, por su borde superior, los tres sobres estaban limpiamente abiertos.

Volví a contemplar la casa antes de remprender mi camino. ¿Dónde te has metido, Rosalinda?, musité dirigiéndome ilusamente a la fachada. No había nadie más a quien recurrir para saberlo, ni en Londres ni en ningún sitio.

Callejeando fascinada por lo más elegante del barrio de Mayfair, llegué hasta la magnífica Regent Street, con sus montones de edificios formidables y arcadas de comercios, montones de autobuses rojos de dos pisos echando humo negro, grandes almacenes, restaurantes y teashops, montones de gente con aspecto urbano, contemporáneo, diligente. En esta parte del West End, casi milagrosamente libre de las cicatrices de los bombardeos, la ciudad se iba desplegando ante mí infinitamente más próspera, opulenta y hermosa que mi pobre Madrid. Ambas habían sido castigadas con dureza a lo largo de sus respectivas guerras, pero el impacto no era el mismo porque habían partido de líneas de salida muy distintas. Londres llevaba siglos siendo la capital del imperio más grande que jamás había visto la humanidad, epicentro legendario del poder económico, político, cultural, tecnológico del mundo. El Madrid que yo dejé atrás, sin embargo, era otra cosa. Popular, desastrado y compacto, con sus muchos pordioseros, sus tiendas modestas, su gente de luto y su escaso empaque. Un poblachón manchego, decían algunos con mala baba. Aun así, sola y desubicada como me encontraba yo en mitad de esa urbe extraña, súbitamente sentí una leve punzada de nostalgia.

Crucé después Oxford Circus y en breve alcancé la BBC, un edificio art déco revestido en piedra con seis, siete, quizá ocho pisos sobre fachada semicircular; con la escultura de un tipo barbudo y un niño desnudo sobre la entrada y una espigada antena en el tejado. A primera vista, su arquitectura me recordó al Barclays Bank de Jerusalén, pero con unas dimensiones multiplicadas.

Todo era actividad dentro, con empleados, repartidores y visitantes en movimiento. Me acerqué a un mostrador: ante la vaguedad de la información que aporté, no fueron capaces de ayudarme. Pero me dirigieron a otra estancia, y de allí a otro corredor, y de allí a una nueva oficina, y de allí vuelta a otro departamento donde por último lograron darme respuesta.

—Oh, claro, el paquete desde Palestina —dijo con voz cantarina una joven de gafas con dientes de conejo—; ya estamos sobre aviso. Espere en el pasillo, si no le importa.

Fueron muchas las mujeres que vi a lo largo de mis idas y venidas por las entrañas del edificio. En numerosas ocasiones parecían ocupar puestos administrativos, pero había otras en posiciones distintas: la escasez de hombres durante la guerra había propiciado, al igual que en otros sectores, que la contratación de personal femenino llegara a ser abundante. Por todo el país, las mujeres se transformaron en trabajadoras de fábricas, personal auxiliar, conductoras de autobuses y ambulancias. Dentro de la BBC, a las secretarias, telefonistas y locutoras de siempre se les sumaron montones de ingenieras de sonido, operadoras de transmisiones y otros puestos técnicos.

Contemplé a algunas de ellas ir y venir mientras esperaba sentada en un banco contra la pared. Hasta que la chica simpática asomó la cabeza, como para comprobar que yo seguía en mi sitio. Tras verificarlo se giró y dijo algo a alguien a su espalda. En apenas un par de segundos, ese alguien salió a buscarme.

Era rubia, delgada, vestida con un severo dos piezas azul marino que no ocultaba su buena planta. Tendría mi edad; quizá algo más que algo menos.

—¿Señora Bonnard?

Tras su timbre educado percibí una leve aspereza. Y en su mirada, una curiosidad profunda.

—Un mozo ha llevado su paquete hasta la puerta principal, allí podrá recogerlo.

Sus ojos me recorrieron de arriba abajo con un descaro un tanto arrogante. Nada quedó sin pasar por su escrutinio: mi rostro, mi pelo, mi ropa, mis zapatos.

—Tengo entendido que ha llegado de Jerusalén hace poco.

Nos manteníamos a un par de metros de distancia; yo me había puesto de pie, ella no se había aproximado más que lo justo.

—Así es.

Tardó en replicarme, como si también estuviera evaluando mi acento.

—Disculpe mi curiosidad; yo no tendría que estar aquí, llevo otro departamento que nada tiene que ver con los envíos desde las colonias.

A la vez que hablaba hizo un breve gesto, como indicando algún piso superior en el edificio: el lugar donde se asentaban sus responsabilidades, cualesquiera que fuesen. En reciprocidad a su desconcertante actitud, yo también la tasé con mis ojos entrenados de otros tiempos. Atractiva sin duda, con aspecto diligente. Llevaba el pelo por encima de los hombros, con ondas en las puntas. Tenía los ojos claros y los huesos de la cara estrechos.

—Pero hubo un error —añadió—, y al reconocer al remitente del paquete recibido desde Palestina, me avisaron asumiendo que yo era la destinataria. De inmediato, sin embargo, me di cuenta de que no iba dirigido a mí, sino a otra mujer. Y no he podido resistir la tentación de conocerla.

Seguía sin acercarse cuando se identificó al fin.

—Soy Cora Soutter. Esposa de Nicholas Soutter, aún no sé por cuánto tiempo.

22

Al salir del edificio, un aire cortante me azotó la cara y me revolvió el pelo. Empezaba a llover; intenté encontrar un taxi, pero todos circulaban ocupados. En las cercanías, los viandantes caminaban con paso acelerado, sosteniendo paraguas y sujetándose los sombreros a las cabezas.

Apretado contra mi cuerpo iba el paquete que acababa de recoger. No era voluminoso en exceso, pero tampoco cómodo para caminar con él debajo del brazo, y menos con ese tiempo. Y yo no tenía la menor idea de cómo funcionaban las líneas de autobús ni el metro. La ciudad magnífica que había creído percibir antes se me antojó de pronto crudamente inhóspita.

Volví a entrar a las instalaciones de la BBC, me senté en un banco del vestíbulo y me sacudí las gotas de los hombros, las mangas y el pelo. A mi lado dejé la caja, el agua había emborronado el nombre del remitente. Tras mi encuentro con su mujer, la ilusión que sentí al intuir que lo enviaba Nick Soutter se había transmutado en desconcierto.

Miré a mi alrededor, contemplé a la gente que cruzaba el hall, iba y venía, salía y entraba. Cada cual a lo suyo, nadie echó ni un simple vistazo a la extraña que yo era, dubitativa, con mi paquete al costado. Intuía su contenido, sólo necesitaba ratificarlo. Y aunque de sobra sabía que ése no era el sitio ni el momento, no logré resistirme. Del bolso saqué las pequeñas tijeras que me acompañaban siempre, sus puntas me sirvieron para retirar precintos. Tal como preveía, lo primero que encontré fue una nota de Nick que dejé sin abrir de momento. Seguí cortando cuerda y embalaje hasta que las lágrimas se me asomaron a los ojos tan pronto como rocé una superficie con las yemas de los dedos.

Ahí estaba mi radio; mi wireless, como decían los ingleses. La Murphy A46 que Marcus encargó a los Reyes de Oriente, la que tantas horas de compañía me proporcionó durante sus ausencias. En la habitación del American Colony estuvo durante meses, atenta a nuestras idas y venidas, vigilando nuestro sueño. Después, cuando los terroristas de Irgun reventaron el King David, cuando mi hijo llegó sin padre al mundo y nos mudamos ambos al apartamento del Austrian Hospice porque a mí se me hizo insoportable la idea de permanecer en el mismo sitio en que Marcus y yo convivimos, la radio fue conmigo. Al obligarnos a abandonar Jerusalén con tanta precipitación, no hubo forma de guardarla en mi maleta a pesar de los intentos. Fue el único bien material que lamenté abandonar, quedó a recaudo de mis amigos: a ellos les dejé a cargo de deshacerse de mis pertenencias, mis escasos muebles, mi ropa de antes, los sombreros cuya ausencia tanto incordiaba a mi suegra. Tan sólo les rogué que preservaran mi radio. Que vendieran o donaran o quemaran lo demás me era indiferente.

En un intento por desprenderme de la melancolía, alcé la vista y fijé la atención en la pared opuesta. De ella colgaba un mural a modo de directorio, indicando oficinas y secciones de la casa en grandes letras de molde. Me dediqué a leerlo, no porque me interesara particularmente, sino para sacarme el abatimiento de la cabeza. Hasta donde yo sabía, la relación de Nick Soutter y su mujer llevaba un largo tiempo hecha añicos, con tensos trámites de divorcio. Ahora, mientras él se molestaba en enviarme la más querida de mis propiedades, su esposa me había convocado para tasarme, sin disimular su insolencia.

Seguí repasando el directorio, un absurdo mecanismo de defensa para combatir la nostalgia. Hasta que me detuve de pronto. Overseas Services, leí. Y debajo, entre distintos apartados que apuntaban a otras geografías, uno atrajo mi atención de forma magnética: Spanish Service. Sin pararme a pensarlo siquiera, me puse en pie y agarré de nuevo mi paquete, más voluminoso ahora que estaba abierto, con el papel y el cartón rasgados, la paja y los precintos del embalaje sueltos. En el mostrador de recepción me dieron instrucciones: dos pisos más arriba, a la derecha.

Lo que encontré hacia mitad del pasillo fue una puerta cerrada. Miré la hora, casi la una: quienquiera que ocupase aquel despacho quizá se encontraba en mitad de su almuerzo en algún otro sitio. Estaba a punto de darme la vuelta cuando oí unas voces. Continué avanzando, me paré frente a la puerta siguiente, estaba abierta. Un letrero anunciaba mi destino inesperado: Latin American Service.

Dos hombres mantenían abstraídos una conversación, soltando palabras y sonidos que me rozaron el oído como caricias. Uno hablaba en español ultramarino; el otro, castellano de tierra adentro. Casi me conmovió escucharlos: llevaba un año y medio fuera de mi mundo, alejada de mi lengua y de cualquier rastro humano remotamente próximo a mi esencia. Pero me recompuse, no era el momento para esas sutilezas sentimentales, había tomado una decisión y quizá aquellos desconocidos pudieran resultarme útiles.

—Disculpen, señores.

Su conversación cesó de inmediato, ambas cabezas se giraron y sus miradas se clavaron en mí con gesto de extrañeza. El que se sentaba detrás del escritorio tenía las mejillas carnosas y el pelo oscuro peinado hacia atrás, parecía más corpulento. El otro, enfrente, más liviano y flaco, domaba los rizos castaños con abundante fijador y gastaba un pequeño bigote. Andarían en torno a los cuarenta; la mesa que los separaba estaba cubierta de revistas, boletines y periódicos.

—No hay nadie en la oficina contigua... —dije.

—Deben de haber salido a comer, pero también nosotros somos La Voz de Londres.

La Voz de Londres, claro: a ella solía hacer mi padre alusión constantemente. La escuchaba por las noches en su salón de

Hermosilla, con su batín y una copa de brandy. «Estación de Londres de la BBC emitiendo para España»: así empezaba la retransmisión que al día siguiente comentaría con sus amigos durante el aperitivo en La Gran Peña.

—Nosotros emitimos para América Latina y ellos para España, pero somos como hermanos. Así que si en algo podemos servirla...

Tragué saliva mientras ellos permanecían a la espera.

—Venía a ofrecerme como colaboradora —logré decir.

Me contemplaron unos segundos, habló después el de cadencia suave con matices de otras tierras.

—Le agradecemos su interés, señorita, pero en estos momentos tenemos cubierto nuestro plantel.

—Yo puedo ofrecerles algo distinto.

Carraspeó algo incómodo.

—Lo siento, de verdad. Verá, acá no...

Lo interrumpí.

—He vuelto hace poco de Jerusalén, lo que allí está ocurriendo preocupa al mundo.

Con un golpe de barbilla, señalé los periódicos que tenían enfrente. En efecto, las tensiones en Tierra Santa aparecían en las portadas de toda la prensa.

—Yo se lo puedo contar en primera persona a su audiencia.

Sin darles opción a seguir refutándome, me aventuré a entrar y seguí hablando.

Con una mezcla de verdades a medias, les puse al tanto de mi vinculación con el Public Broadcasting Service; qué importaba que mi desempeño no llegara a realizarse en su momento, al menos fui aceptada y lo intenté. Di nombres y datos concretos del PBS y del conflicto, remarqué que yo era la única residente española en la zona durante los últimos tiempos, aparte de un par de diplomáticos y un puñado de religiosos. Si había logrado persuadir a Nick Soutter para hablar en Palestina sobre España, tal vez consiguiera convencer a aquellos desconocidos para hacerlo a la inversa.

—Allí permanecí, hasta que me repatriaron con la Operation Polly.

La noticia de la repatriación de las familias y el personal civil no esencial británico no era ningún secreto. Que entre todos aquellos implicados estuviera alguien como yo, sí se salía de la norma.

—Mi marido es..., era..., mi marido era inglés —aclaré—. Tuve que venirme con mi hijo, no nos dieron otra alternativa.

George Camacho resultó llamarse el director del servicio, colombiano. Y Ángel Ara el otro, el español, su segundo. En el instante en que los interrumpí andaban conversando sobre una próxima grabación de *El Quijote*, sería la primera en difundirse a través de las ondas. Pero las hazañas del hombre de La Mancha pasaron a un segundo plano de momento.

Nick Soutter había dejado pasar una noche antes de confirmar que me aceptaba en el PBS. Aquellos dos expatriados optaron por ser igual de cautos.

—Lo que nos plantea resulta sin duda atractivo, pero...

—Pueden pensárselo —corté tajante—. No necesito la respuesta ahora mismo.

—Bien, en ese caso...

—¿Le parece si le telefoneo mañana? ¿A esta misma hora, por ejemplo?

Aún titubeando, asintió.

—En el hipotético caso de resultar aceptada, tenga en cuenta que se trataría de una colaboración meramente coyuntural, con nulas oportunidades de permanencia en la casa.

—Estoy sólo de paso por Londres, algo así es lo que pretendo.

—Debería, además, adaptarse a un formato establecido, bastante estricto.

—Me hago cargo.

—Y necesitaríamos solicitar una autorización formal a instancias superiores.

—Lo entiendo a la perfección.

Agotadas las prevenciones, sacó una tarjeta de una caja de piel y me la tendió.

—Llámeme entonces —concluyó Camacho a la vez que extendía el brazo—. Valoraremos su ofrecimiento, veremos...

Cuando salí por segunda vez a la calle había dejado de llover, pero el cielo continuaba plomizo y soplaba el mismo aire fuerte. Seguía cargando mi radio, el papel del envoltorio revoloteó y amagó con ser arrancado por el viento.

23

Olivia me trajo noticias respecto a las gestiones que se había ofrecido a realizar en mi nombre.

—Están revisando los expedientes de bajas ocasionadas en el King David, tienen que establecer con precisión las pensiones definitivas que quedarán a sus familias. Habrá que esperar evaluaciones, informes, quizá incluso dictámenes jurídicos; se demorarán un tiempo.

—¿Cuánto?

—Difícil de precisar.

Dio una profunda calada a su pitillo, luego añadió:

—Varias semanas como mínimo. Quizá meses.

—¿Y es necesario que yo permanezca aquí hasta que acaben esos trámites?

—Eso parece. Tendrás que aceptar y firmar en persona las resoluciones.

—¿Y no podría dejarlo todo preparado antes de abandonar Londres? Quizá mediante un poder notarial o algún tipo de documento oficial que..., que..., que me...

Trastabillé, me atasqué. Además de tratarse de un asunto amargo, desconocía la terminología del inglés administrativo, sus vericuetos y fórmulas.

—Lo dudo.

—¿Y no podría gestionarlo yo de alguna manera desde...?

Alzó las cejas con esa ironía tan suya, un tanto displicente.

—¿Desde Marruecos? —preguntó con exagerada extrañeza, como si me hubiera ofrecido a comunicarme a gritos desde un campo de chumberas africanas.

—Gestionarlo desde el consulado británico en Tánger, eso pretendía decir; desde una misión diplomática en toda regla.

La contundencia de mi respuesta le cortó el sarcasmo.

—Has de encargarte de todo y ha de ser desde aquí, darling —dijo apagando el cigarrillo con impaciencia—. Si dudas de mi palabra, puedes intentar convencerlos tú misma.

Nos sostuvimos la mirada unos segundos tensos.

—No dudo —musité—. Todo lo contrario. Disculpa.

Tras la cena, con mi propia radio recuperada sintonicé el Servicio Latinoamericano de la BBC. Música variada, noticias diversas de Londres y Europa, mezcla de acentos, el anuncio de aquella futura dramatización de *El Quijote*. Incluso sonó un tango que me transportó a los días en que la inexistente Frances Quiroga enviaba sus crónicas a la agencia Télam de Buenos Aires; me pregunté si Fran Nash seguiría firmándolas con el mismo nombre, ahora que era un monje franciscano quien había asumido mis traducciones.

Cuando cesó la programación, con mi hijo dormido y el cuarto en penumbra, me decidí por fin a abrir la carta de Nick Soutter. Llevaba el día entero posponiéndolo, quizá porque aún mantenía fresca la imagen de su mujer frente a mí en el pasillo, áspera y altiva, rubia e insolente.

Habíamos hablado mucho Nick Soutter y yo durante mi duelo, a veces en compañía de Fran Nash, a veces los dos solos. Ellos con sus respectivas separaciones y yo con mi viudez desgarradora compartimos largas horas en el Austrian Hospice desnudando nuestras almas mientras Jerusalén se tornaba cada día más sangrienta. Estaba por eso al tanto del matrimonio sinuoso de Nick y de la existencia de sus dos hijos, a los que sólo veía cada seis meses; quizá por ello, para combatir su añoranza, volcó en mi pequeño Víctor un afecto tan intenso. Sabía yo también que había conocido a su mujer en Bombay, cuando ambos trabajaban para All India Radio, al servicio del Imperio; sabía también que habían vuelto juntos a Londres, casados ya y con los niños nacidos, justo antes del inicio de la guerra. A su puesto en Radio Cairo, en cambio, llegó algo más tarde él solo, durante la contienda, lo mismo que a su siguiente destino en el PBS. Lo que ocurrió entre la pareja durante ese período en que retornaron a la patria común no me lo concretó nunca, pero entonces consumaron su distanciamiento. Hubo después algún intento de reconciliación con nulo éxito, el divorcio parecía ahora inminente. De lo que no me habló nunca Nick en detalle, en cambio, fue de ella. Que era temperamental, dijo alguna vez. Que no tenía un talante fácil. Pero jamás arremetió con saña.

A diferencia de sus anteriores cartas, afectuosas y cercanas, en ésta no comentaba nada particularmente interesante ni personal ni novedoso; se trataba tan sólo de una escueta cuartilla para acompañar el envío de mi radio. Quizá, de forma previsora, se había anticipado a que el paquete acabara en manos de su impulsiva esposa. En cualquier caso, todo eso ahora importaba poco. Nuestra amistad había quedado encapsulada en otro tiempo, extrañarla no tenía sentido porque esos días de confianza y confidencias eran ya pasado, probablemente ni a él ni a Fran Nash volvería a verlos nunca. A partir de mi marcha, mi camino hacia delante habría de ir tan sólo de la mano de mi hijo, lo único permanente. Por eso, en vez de hundirme en la añoranza de los tiempos distantes y los seres ausentes, me obligué a centrarme en el ahora. Y la realidad era que mi presente estaba estancado, varado en esa residencia ajena de The Boltons, a la espera de unos amargos trámites burocráticos que me obligarían a retrasar nuestra marcha y a mantenerme atada a Londres.

Al mediodía siguiente saqué de mi bolso la tarjeta de George Camacho, el director del Servicio Latinoamericano. Mientras Olivia y Gertrude se peleaban a brazo partido por enésima vez con la caldera atascada, yo me dirigí al teléfono. La mera idea de permanecer durante otra larga temporada amarrada a mi suegra, juntando las noches con los días bajo su techo sin absolutamente nada que hacer, se me antojaba tan poco atractiva como una larga condena. Así que decidí no perder más tiempo: si estaba obligada a quedarme, mejor no desperdiciar aquella oportunidad que el azar me había puesto delante.

Esperé a que le pasaran la llamada con la sensación de tener un nudo en las tripas; su respuesta casi me hizo gritar.

—Nos interesa —confirmó—. Venga a verme cuanto antes, por favor.

Volví a Broadcasting House a primera hora de la tarde. Desde que atravesé sus puertas no dejé de fijarme en los rostros y los cuerpos con que me fui cruzando; en ningún momento, por fortuna, volví a ver a Cora Soutter.

George Camacho me recibió con un traje de raya diplomática: estaba solo esta vez, me ofreció asiento, té, café, un dulce, agua, galletas. Miré éstas de reojo; con gusto habría cogido un buen puñado y me las habría echado al bolsillo, pero mantuve las formas y sólo acepté lo primero. Nos acomodamos uno frente a otro y por un instante me volvió el recuerdo de aquel otro hombre de radio que también me había acogido en su despacho, en otra tierra y en otro tiempo. Pero mientras Nick Soutter era expansivo, rotundo en voz y maneras, fumador compulsivo y poco ceremonioso, mi anfitrión colombiano desplegó ante mí unas formas sumamente atentas, un tono de voz sosegado y ningún indicio de interés por el tabaco.

—Permítame antes de nada ponerla en antecedentes, para que tenga una idea de nuestro alcance. Desde el Servicio Latinoamericano nos dirigimos en onda corta a todos los países hispanohablantes de América Central y del Sur; tenemos además programación propia para Brasil en portugués. Llevamos funcionando desde el año 38, yo mismo tuve el honor de leer el boletín inaugural delante de todos nuestros embajadores y, aun a riesgo de sonar petulante, le aseguro que hemos tenido una magnífica acogida desde el principio. A lo largo de toda la guerra mundial nos convertimos en la fuente de información con más alto grado de confianza para millones de oyentes en el continente americano, del Atlántico al Pacífico, desde la Patagonia hasta México.

Ansiaba que fuera al grano, pero me agradó escuchar aquellos prolegómenos en su español fluido y melódico. Lo que contaba era sin duda interesante, pero lo habría escuchado con el mismo disfrute si hubiese rezado cincuenta padrenuestros. Eran sus sonidos los que me cautivaban, las palabras familiares, las frases encadenadas atando nombres y verbos cercanos; que su acento fuera distinto al mío aportaba un punto de atractivo añadido. Me sorprendió no haber sido consciente hasta ese instante de cuánto, cuantísimo añoraba oír mi lengua.

Ajeno a mis sensaciones, él prosiguió con su parlamento.

—Al tratarse de un asunto que aúna actualidad con política internacional y con relevancia cultural e histórica, hemos considerado su ofrecimiento con gran seriedad. Y como le he adelantado por teléfono, la respuesta es sí. Nos interesaría que preparara algunas piezas informativas, contaría con nuestra guía en todo momento.

Asentí en silencio, intentando que no entreviera mi satisfacción.

—Tres intervenciones resultarán un número excelente, le pagaremos cinco guineas por cada una de ellas. Trabajará directamente con Ángel Ara en Bush House; ya conoció ayer a Ara, ahora le daré las indicaciones de dónde encontrarlo, él la acompañará a lo largo de todos los estadios del proyecto. Y en cuanto a contenido, nos interesan por supuesto nociones ilustrativas acerca del conflicto, pero también sus aconteceres, sus propias vivencias...

Nick Soutter, en su día, me había propuesto también tres segmentos: debía de ser ése el patrón usado por la casa y sus apéndices a lo ancho del Imperio. Sólo que mi amigo, en aquel encuentro nuestro en el café Atara de Jerusalén, me pidió que hablase acerca de mi pobre país de una manera neutra y aséptica. Ahora, en cambio, Camacho me planteaba otra cosa radicalmente distinta. Mis propias vivencias, había dicho. Estuve a punto de soltar una áspera carcajada. Pretendía que me centrase en mis propias, desgraciadas, tremebundas, sanguinarias vivencias.

Lo frené, mejor ahorrarle el esfuerzo.

—Si he de hablar de mí misma y mis experiencias, lamento decirle que nos va a resultar imposible alcanzar un acuerdo.

Se me quedó mirando, con su siguiente frase encarrilada y la boca medio abierta. La volvió a cerrar, carraspeó, se arregló el nudo de la corbata.

—Bien —dijo pausadamente—, en tal caso...

Volví a interrumpirlo.

—Pero si me concede dejar los detalles de mi propia vida al margen, podemos empezar de inmediato.

24

Aquel imprevisto encargo de la BBC me sacó física y mentalmente del micromundo en el que convivía con Olivia. Su empuje, sin embargo, no cesaba. Y sus planes tampoco.

Hasta la cena en la residencia de los Hodson en Belgravia iba a llevarnos el mismo silencioso conductor que nos había recogido en Victoria Station; ella me dio su explicación personal mientras nos dirigíamos al auto.

—Bernard, nuestro chófer de siempre, se mudó a Swansea con sus hijas al principio de la guerra; decidí entonces donar el Bentley al Royal Hospital, todo es más sencillo de esta manera.

Con tono artificiosamente neutro, como si se tratara de una trivialidad cualquiera, siempre tenía la explicación perfecta para justificar ante mí sus estrecheces. Si carecía de jardinero, se suponía que era porque ella misma adoraba encargarse de sus flores; si carecía de cocinera, era porque Gertrude la suplía de una manera magnífica; si la calefacción resultaba apenas tibia por falta de carbón, era porque nada había mejor que un buen fuego para calentar los huesos. Jamás osé contradecirla. Una vez más, callé simplemente.

Me había hablado de aquella invitación una semana antes; ya entonces se me quedó atrapada entre los intestinos, cargante y fastidiosa como una comida indigesta. No me negué a aceptarla, sin embargo; fingí incluso un modesto interés, dispuesta a hacer el esfuerzo. Al fin y al cabo, se trataba de entrar en contacto con el viejo mundo de Marcus y pensé que rechazar mi participación en él sería, en cierta forma, una deslealtad hacia su memoria.

Había llegado el día y no tuve opción a la hora de elegir mi ropa: entre el escueto vestuario que traje de Jerusalén, tan sólo contaba con un evening dress, quizá el más austero de todo mi antiguo guardarropa. Vestida, maquillada y peinada sin excesos, me miré en el espejo antes de salir. Era la primera vez que me arreglaba así desde la muerte de Marcus; aquel vestido lo usé por última vez en una recepción de Government House, al principio de mi embarazo. Por unos ilusos instantes, me pareció que iba a ver su imagen reflejada a mi espalda, su perfil afilado en un ángulo mientras se ajustaba el lazo de su bow tie o se ponía los gemelos. Apreté los ojos con fuerza para que no se me corriera la máscara de pestañas y respiré hondo. No, en ese dormitorio grande y destartalado no había nadie más que yo misma preparándome para el encuentro con una gente extraña.

Olivia me examinó de arriba abajo cuando bajé la escalera envuelta en sobrio crêpe color tabaco. No esperaba de ella halago alguno, y no lo tuve, por supuesto. En lugar de su aprobación explícita, me lanzó una de sus delicadezas.

—Unos buenos brillantes, my dear, resultarían el complemento perfecto.

Nunca llevaba joyas. Había poseído algunas magníficas durante una breve etapa de mi vida. Pertenecieron a mi abuela paterna, la gran doña Carlota a la que jamás conocí; la misma que cortó de un tajo la relación entre mis padres antes de que yo naciera, cuando él, Gonzalo Alvarado, era el prometedor cachorro de una familia pudiente y reputada, y mi madre, Dolores Quiroga, una insignificante costurera. Pero esas piezas salieron pronto de mi vida: se las apropió Ramiro Arribas, aquel canalla que me trastocó el devenir para siempre. Desde entonces, jamás sentí el menor interés por ellas.

Tras un breve trayecto a lo largo de calles casi vacías, descendimos del auto frente a una hilera de elegantes residencias enlucidas en estuco blanco, con pórticos y gran balcón a lo largo de la fachada. La invitación procedía de una familia enlazada con los Bonnard por amistad de décadas. Uno de los hijos había sido compañero de colegio de Marcus; convertido con los años en alto cargo de la Administración colonial en Kenya, pasaba ahora unos días en Londres y había propuesto vernos.

Un mayordomo añoso nos anunció con voz metálica; tras la doble puerta, el salón desplegó ante nosotras su cálida opulencia. Grata iluminación, muebles de maderas pulidas, cortinas, tapicerías y alfombras espesas. Repartidos por la estancia, percibí un grupo de distinguidos humanos: unos en pie junto a la chimenea, otros distribuidos entre sofás y butacas, una hermosa mujer sentada sobre el brazo de un sillón, con sus piernas esbeltas cruzadas entre pliegues de gasa. Las conversaciones sonaban amenas y esponjosas. El mismo mayordomo empezó a recorrer la estancia: con una mano enguantada sostenía una bandeja de aperitivos, la otra la llevaba a la espalda. El recuerdo de mi añorada Rosalinda Fox aleteó por unos segundos dentro de la cabeza. Así es como vive la buena sociedad de este país, my dear —me habría dicho con un irónico guiño—, cuando sus cuentas bancarias, sus joyeros y sus cajas de caudales no están repletas de telarañas.

Los anfitriones nos saludaron con afecto sincero: no mentía Olivia cuando mencionó la prolongada amistad entre las dos familias. Él era un anciano de esqueleto encorvado y bastante más bajo que su esposa; ella resultó una corpulenta señora de ojos claros y busto prominente. El matrimonio Hodson y Olivia eran los únicos nacidos antes del arranque del siglo; el resto de los presentes andaban repartidos entre los treinta y bastantes y los cuarenta y pocos, elegantes ellos en sus dinner jackets, refinadas ellas dentro de vestidos de noche elegidos con mayor o menor acierto. Well-born, well-bred: bien nacidos todos, saltaba a la vista; bien criados, bien alimentados, servidos, hablados, instruidos, viajados, leídos; pertenecientes en bloque a una misma clase y modo de vida, con sus parámetros y sus varas de medir, sus convenciones, pautas y maneras.

Entre las copas de sherry, las ginebras y los whiskies, me convertí en el centro de atención sin pretenderlo: todos ansiaban conocer a la esposa, la viuda de su viejo amigo dear dearest Mark Bonnard. Los saludos se columpiaron con airoso equilibrio entre el perfecto cumplido y las más sentidas condolencias. Y entreverado con lo uno y lo otro, como tantísimas veces, percibí también actitudes de curiosidad ante mi disonante extranjería, como si se esforzaran por averiguar qué demonios había encontrado su querido amigo en una mujer como yo para llegar incluso a cometer la extravagancia de contraer matrimonio y tener un hijo con ella.

El mayordomo anunció que podíamos acceder al comedor; con un recuento rápido, confirmé que los comensales sumábamos exactamente una docena. Además de los anfitriones, había otras tres parejas. Una la componían Fiona, la hija de la casa, locuaz y algo estridente, vestida en seda lavanda con collar de zafiros al cuello, y su marido, un tal Evan. Había otras dos más: la hermosa Alexia y el callado Adrian; la agitada Harriett y Bruce, su esposo. Y dos solteros, o al menos desparejados: de hecho, los más cercanos a Marcus durante la juventud porque en más de una ocasión me había hablado de ambos: Raymond era un desenvuelto financiero de la City; Dominic, el hijo de los Hodson y promotor de ese encuentro.

Entre ellos dos precisamente hallé mi sitio. La cena arrancó con salmón fumé y conversación con mis vecinos de mesa. Aun sin dispendios, las parquedades y los sinsabores de la recia posguerra eran menos agudos en esa residencia de Belgravia que en casa de mi suegra. Raymond charló con profusión sobre las coyunturas por las que pasaba el mercado de valores; Dominic, menos conversador, comentó que llevaba en Londres sólo unos días y tenía previsto regresar a Nairobi cuando concluyera unas cuantas gestiones. Otras conversaciones igual de inocuas circulaban al mismo tiempo por la mesa: la reciente crecida del Támesis, el nombramiento de Mountbatten como virrey de la India, las quejas sobre el Gobierno laborista y sus subidas de impuestos.

La cena siguió con fluidez, las voces mantenían el volumen adecuado, nos sirvieron a continuación pato con una salsa de frutos rojos. Por encima de la delicada cristalería y las velas, yo iba advirtiendo cómo el mayordomo llenaba la copa de Fiona, la hija de los anfitriones, a un ritmo superior al del resto.

Terminó de rematarla por cuarta o quinta vez cuando su exclamación rompió el sosiego.

—¡Propongo un brindis!

Su marido soltó una absurda carcajada y su madre, desde la cabecera, le lanzó una mirada cortante. Acababa de saltarse la etiqueta a la torera: los brindis debía proponerlos el anfitrión y estaban reservados para el final de la cena. De reojo percibí que su hermano, a mi izquierda, apretaba los dedos sobre los cubiertos, incómodo a todas luces. El patriarca, desde la cabecera opuesta, prosiguió comiendo tal que un pajarito, como si no la hubiese oído. El resto de las voces quedaron suspendidas en el aire, los rostros vacilantes entre el sobresalto y el regocijo.

—¡Propongo un brindis por la memoria de nuestro queridísimo amigo Mark Bonnard!

Con más o menos empeño, todos terminamos obedeciéndola. Pero no parecía Fiona dispuesta a conformarse con eso.

—¡Propongo además que lo recordemos! ¡Dominic! ¡Raymond! ¡Bruce! ¡Adrian! ¡Contad alguna anécdota de vuestro tiempo con Mark en Harrow!

Comedidamente primero, crecientemente animados luego, los aludidos rememoraron momentos de infancia y juventud, trastadas, hazañas y sucesos. Entre unos y otros, Fiona seguía vaciando su copa.

En las reacciones de los invitados hubo sonrisas, asentimiento, alguna exclamación, alguna carcajada. Todas aquellas historias divertidas de los old Harrovians, profesores y compañeros, celebraciones, deportes, vacaciones en casas de campo y apellidos compuestos, sin embargo, iban pasando por mis oídos como quien oye caer la lluvia sobre el asfalto. Yo había conocido a Marcus en Tetuán cuando él rondaba los treinta, y nuestra vida conjunta había sido tan precipitada, tan clandestina, tan abrupta, compleja e incierta, que nos concentró siempre en lo inmediato, sin apenas permitirnos despegarnos del presente. Aquellas semblanzas que se suponía que hablaban de él a mí se me hacían las de un extraño, alguien distante.

Fijé la mirada en Olivia, alejada de mí en la mesa. Enfundada en su soberbio vestido bordado en cristal totalmente fuera de moda, con sus facciones huesudas y su gran cabellera blanca, lucía espléndida a la luz de las velas.

—Supongo que el Marcus Logan que usted conoció distaba una enormidad de éste.

Me giré súbita hacia Dominic. Marcus Logan, creí oír. Había dicho Marcus Logan.

—No se extrañe de que conozca ese otro nombre —añadió—. La vida nos hizo distanciarnos durante algunos años pero, en cierto momento, recuperamos el contacto.

Tenía una voz cálida Dominic, era apacible y atento. Ahí terminaba su atractivo; por lo demás, era un hombre feo en el sentido más estricto del término. Ojos saltones y aguados, sin apenas pestañas y con prematuras bolsas; cabello ralo peinado con más esfuerzo que resultado, nariz carnosa, piel rojiza y grandes orejas, todo repartido en una cabeza demasiado pequeña y redonda en exceso.

Nos habían servido ya el postre y habían llenado las copas de oporto, Fiona continuaba absorbiendo vino como una esponja. Su tez iba, en paralelo, adquiriendo una tonalidad encendida mientras su voz ganaba velocidad y potencia.

—¡Y ahora! ¡Y ahora, atención, atención todos!

Cesaron de nuevo las conversaciones, volvimos a mirarla.

—¡Ahora! ¡Ahora hablemos de Mark y sus amores!

Noté que Dominic, a mi izquierda, se disponía a frenarla.

—¡Cállate, Dominic! —aulló ella anticipándose—. ¡No seas aguafiestas!

Todos los ojos permanecían fijos en su rostro arrebatado, expectantes, inquietos.

—Esta noche hemos conocido a la misteriosa extranjera que le acabó robando el corazón a nuestro chico más guapo, pero cuéntanos, Alexia Burke-Landon, de soltera Alexia Durbin...

Se dirigía a la mujer que ella tenía enfrente, en mi mismo flanco de la mesa y fuera de mi campo visual. Me había fijado en ella al llegar: con un vestido de gasa color mantequilla, melena caoba y rasgos delicados, era sin duda la más hermosa de las presentes.

—Cuéntanos, cuéntanos, querida, ¿cómo te sentiste cuando Mark te confesó que había depositado sus afectos en otra mujer y rompió vuestro compromiso?

Un silencio espeso reptó sobre el mantel, escurriéndose entre los candelabros de plata y las ciruelas en almíbar. Lo siguiente que se oyó fue una silla al caer al suelo. Alexia Burke-Landon acababa de levantarse para salir del comedor a pasos precipitados.

Fue Dominic quien tomó de inmediato las riendas.

—Café en el salón —anunció dejando con un golpe sonoro su servilleta sobre la mesa.

Mientras todos empezaban a levantarse en silencio, aliviados al dar por finalizada la vergonzosa escena, él se volvió hacia mí y murmuró sobrio y sincero:

—Lo siento.

25

La oficina en la que me recibió Ángel Ara era muy distinta a la del director colombiano, tanto en tamaño como en prestancia. Todo estaba allí un poco patas arriba: montones de libros, libretos, discos, cuadernos. Aun así, logró despejar dos butacas, me ofreció una de ellas y se sentó enfrente.

—Le ruego que disculpe el desbarajuste. Al principio de la guerra, para alejarnos de los bombardeos, a gran parte del Servicio Latinoamericano nos trasladaron junto a otras secciones al campo, a Wood Norton Hall, la gran mansión del duque de Orleans en Evesham, al noroeste de Londres. Ahora nos están reunificando con el resto de los servicios extranjeros. Aquí, en Bush House, están ya instalados casi todos los Overseas Services de la BBC; lo que empezó llamándose Imperial Service y cambió de nombre cuando el número de lenguas de emisión excedió los confines del Imperio.

Estábamos, en efecto, en Bush House, un edificio de Aldwych, justo enfrente del arranque de Kingsway, menos castigado que Broadcasting House a simple vista. Dos enormes columnas daban acceso a un gran vestíbulo de mármol; ahí terminaba su esplendor, no obstante. El interior era un laberinto funcional de pasillos, oficinas y estudios.

—Me alegra enormemente que se sume a nosotros, se lo prometo, querida —añadió—. Andamos muy faltos de colaboraciones de mujeres en nuestra lengua; hay algunas locutoras, pero pocas que se acerquen al micrófono con voz propia.

—Serán sólo tres intervenciones —le recordé.

—No importa, no importa... Bien, antes de nada, déjeme saber para que tome nota, ¿pretende usar algún nom de plume o se lanzará abiertamente al ruedo?

Un nom de plume. Aquello me recordó a Fran Nash y nuestro híbrido para Télam, Frances Quiroga.

—Piénselo —insistió—. Aquí casi todos tenemos uno.

—¿Puedo saber el suyo?

Sonrió ante mi espontáneo requerimiento. Era flaco, no muy alto, con el rostro puntiagudo y gestos nerviosos. Sin duda, debía de haber intentado domar su pelo rizado antes de salir de su casa; seguro que se había puesto una buena dosis de pomada al asearse para mantenerlo en orden. A mitad de mañana, sin embargo, el esfuerzo se le empezaba a descomponer dándole un aspecto un tanto juvenil.

—Mi seudónimo no puede ser más elemental y orgánico: Juan Español.

Lo contemplé sin palabras, a la espera de algo más.

—¿Qué pretende saber, amiga mía, con esos ojazos impenetrables con los que me mira? ¿La razón de mi tapadera?

Fui yo quien sonrió ahora. No intentaba flirtear conmigo, a pesar del piropo. Se trataba, simplemente, de un tipo cordial.

—Si no es mucha indiscreción...

—Sepa entonces que, detrás de tan común nombre, sólo hay un abogado de alma republicana al cual una patética guerra barrió fuera del mapa de su patria, como a tantos otros. Ahora me gano la vida como programador de contenidos del Servicio Latinoamericano de esta santa casa, y lo de santa no lo tome, por favor, como una ponderación sardónica: gracias a sus arcas llenamos la barriga muchos compatriotas que arribamos a esta isla con una mano detrás y otra delante. Tras años como colaborador intermitente, ahora puedo decir con sumo orgullo que cuento con un dignísimo contrato estable, razón por la cual a muchos amigos españoles con menos suerte y sobrante ingenio les ha dado por llamarme burlescamente el Príncipe de las Ondas.

Acompañando sus últimas frases, se oyó un traqueteo por el

pasillo, cada vez más cerca. Una voz cantarina sonó entonces desde la puerta abierta; giramos las cabezas a la vez. Lo que vi fue una joven detrás de un carrito metálico con ruedas, cargado con grandes teteras de estaño.

—¿Le apetece una taza de té?

Decliné la invitación, él despidió a la chica en su inglés un tanto ortopédico. Se reinició el traqueteo, supuse que la función de la empleada era ofrecer su servicio ambulante a todos los empleados.

—Qué hartura de té, por Dios bendito... —murmuró con sarcasmo.

Estaba a punto de echarme a reír cuando separó la espalda de la butaca y se aproximó a mí como si fuera a hacerme una sigilosa confidencia.

—¿No se tomaría usted ahora mismo un cafelito con leche de los nuestros, de los de antes de la guerra? El café recién tostado y recién colado, bien negro. La leche caliente y espesa, un par de azucarillos... Y, para acompañarlo, una buena magdalena. O no, mejor no. Mejor un par de rosquillas fritas en aceite.

Lanzó otra vez la mano al aire, como si su nostálgico pensamiento fuera una mosca y pretendiera deshacerse de ella.

—Bien, como le decía, a lo largo de este proceso, voy a convertirme en su sombra. A partir de ahora...

Una curiosidad me rondaba desde antes de que el carrito del té nos interrumpiera; preferí buscarle respuesta antes de seguir avanzando.

—¿Y por qué trabaja Juan Español en el Servicio Latinoamericano, y no en las emisiones destinadas a su propio país?

—¿Y de dónde sale usted, señora mía, que parece que no se ha enterado de la censura que sufrimos los desafectos al régimen de nuestro caudillo?

Su pregunta podría haber resultado cortante, insolente incluso, de no haberla pronunciado con exagerado gesto de asombro para rematarla después con una carcajada. Aunque no se parecieran ni en físico ni en maneras, por un instante me recordó a mi viejo amigo de Tetuán, Félix Aranda: ingenioso y rápido de cerebro y lengua, instruido igual que él, desafiante con un punto de socarronería perfectamente disculpable.

—Imagino que conoce las funciones que persigue esta santa, insisto, santa corporación radiofónica, ¿verdad?

Sacó cuatro dedos y los hizo bailar.

—Informar con veracidad, estimular nuevos intereses en la audiencia, culturizar y entretener, ésos son teóricamente sus pilares básicos.

Añadió entonces el pulgar y me mostró la mano abierta.

—Aunque en los servicios extranjeros tenemos otra poderosa razón para existir. Y ésa no es otra más que...

Terminé la frase por él.

—La propaganda.

Asintió satisfecho, como si yo fuera una alumna brillante.

—Para eso se crearon todos estos servicios extranjeros justo en los años anteriores a la guerra, para captar adeptos a la causa británica. Y no pudieron encontrar un canal más perfecto que la radio: traspasa fronteras, salta por encima de los frentes de batalla, las retaguardias y las trincheras, penetra en la intimidad de los hogares y en los cerebros de los humanos... En fin, una bicoca.

—Estoy al tanto de eso en los países europeos, pero ¿y el Servicio Latinoamericano?

—Bueno, tanto Alemania como Italia tenían ya organizadas unas hábiles redes de propaganda radiofónica en todo el continente desde mediada la década de los treinta. Los nazis, como sabrá, eran unos fanáticos de la radio; la usaban como un arma poderosísima tanto para adoctrinar y enardecer los ánimos dentro de sus fronteras como para intoxicar a los de fuera. Y los italianos, aun sin el mismo vigor radiofónico, también contaban con sus propios atractivos a fin de ganar simpatizantes para la causa fascista. Hasta que llegó la BBC emitiendo en español, con todo su saber hacer y su solvencia, y se convirtió en la voz más respetable durante la contienda, sobre todo entre las clases cultas y acomodadas. A partir de entonces, el Servicio Latinoamericano se ha hecho icónico: el año pasado, nuestro director, Camacho, realizó una tournée para ofrecer charlas de agradecimiento por varios países, y en todas partes fue aclamado como si se tratara de un general victorioso; los principales diarios nacionales sacaron su visita en portada, parecía tal que hubiera ganado él mismo la Batalla de Normandía a pulso.

Soltó otra carcajada, natural y contagiosa. Era, en verdad, un tipo ameno Ángel Ara. Incluso le agradecía que fuera tan verborreico: cuanto más se explayara él, menos tendría que mentir yo acerca de mí misma.

—Aunque se trate oficialmente de una corporación autónoma, la BBC se creó, ya lo sabe, bajo el auspicio inmediato, eficaz y cauteloso del Foreign Office, el Ministry of Information y sus servicios de inteligencia. Y como estos ingleses no dan puntada sin hilo, los resultados, desde un principio, han sido fabulosos: ya tienen en el bote de sus afectos a decenas de miles de oyentes al otro lado del charco.

Miró entonces la hora, frunció el ceño.

—Todavía es temprano para el almuerzo según nuestros estómagos ibéricos, pero me temo que hemos de plegarnos a las maneras de estos lugareños. ¿Me permite que la invite a comer en nuestra formidable cantina?

Acepté sin saber si el adjetivo formidable era otra de sus ironías. A lo largo de la enrevesada caminata por un laberinto de galerías y pasillos, Ara prosiguió hablando sin filtros, agudo y contundente.

—En el Servicio para España, no obstante, se trabaja con las manos infinitamente más atadas que en las emisiones para América Latina. Ahí no se trata de sembrar para recoger luego: en España, la BBC ha tenido siempre un objetivo político perentorio, urgente. Durante la guerra mundial, lo imprescindible era afianzar la neutralidad de Franco a toda costa, para que no se decantara por Alemania.

Habíamos llegado a un ascensor, estábamos a la espera.

—¿Y ahora? —pregunté.

Mi curiosidad era sincera. Llevaba casi dos años fuera de mi país; me había marchado en un momento clave, con las dos naciones amigas del Régimen, Italia y Alemania, derrotadas. A partir de entonces, sólo sabía de nuestra política interna por lo poco que me contaba mi padre en sus cartas y por lo que leía en la escasa prensa que nos llegaba a Jerusalén cuando Marcus aún vivía, con retraso y convenientemente censurada.

Se abrieron las puertas del ascensor; iba repleto de gente de diversos tamaños y razas, estaturas y estilos. Todos dieron un pequeño paso hacia atrás o a un lado para dejarnos espacio.

Mantuvimos el silencio mientras el aparato descendía, emplastados con el resto.

—El Foreign Office ha cambiado su política —prosiguió Ara al salir—, y eso nos ha partido el corazón a los exiliados. Todos confiábamos en que los vencedores de la guerra mundial harían caer a Franco después de la contienda, pero no ha sido así. Al final, se limitaron a emitir una nota oficial en la que condenaban el Régimen, pero decidían no intervenir en los asuntos internos. El pueblo español tiene que labrarse su propio destino, sentenciaron. O como diría un castizo, que cada palo aguante su vela.

Una especie de melancolía se cruzó entre nosotros mientras continuábamos caminando por las profundidades del edificio. Ambos pensábamos lo mismo. Pobre país nuestro, tan solo. Pobre España.

—Aun así, Gran Bretaña mantiene una posición ambigua y está empeñada en no ofender lo más mínimo a Franco. Por eso, el Foreign Office exige a la BBC que en sus servicios no haya personal políticamente comprometido. De ahí que cuando alguien con un bagaje antifranquista significado participa como colaborador o invitado, lo haga siempre bajo seudónimo. Y a los que no estamos demasiado dispuestos a cerrar la boca, prefieren tenernos en el Servicio Latinoamericano.

Se detuvo, me cedió el paso, me guiñó un ojo.

—Así somos menos problemáticos.

Accedimos a una sala enorme, subterránea, repleta de humo, murmullo de conversaciones y ruido de cubiertos al chocar contra los platos. Muchísimos hombres, algunas mujeres. Pieles de todos los tonos entre el blanco cerúleo y los brillos más negros. Cabellos rubios, rizados, pelirrojos, encrespados, castaños, lacios, morenos. Alturas elevadas, intermedias, recortadas; idiomas indescifrables saliendo de las bocas al mismo ritmo que las cucharas, los tenedores o los cigarrillos entraban en ellas. Muchos estaban ya sentados, otros esperaban en pie, formando cola para agarrar una bandeja que más adelante les llenarían unas empleadas con gorros blancos y grandes cucharones.

—Bienvenida a la cantina de Bush House, querida; el sitio más cosmopolita de toda Inglaterra. Urdu, ruso, swahili, noruego, malayo, farsi, griego, polaco, birmano: sume hasta treinta y tantas lenguas, pida la que quiera y tenga por seguro que algún redactor, traductor o locutor alzará la mano.

Bajó entonces el tono y se me acercó al oído, como para transmitirme una artificiosa confidencia.

—No sería de extrañar que hubiera más de un espía entre ellos.

26

El fuego estaba encendido y Víctor jugaba sobre la alfombra lanzándole al perro unos bloques de madera que le había comprado en Woolworths, ese establecimiento que descubrí en Chelsea al regresar de mi encuentro con Ara. Después me enteraría de que había montones de tiendas idénticas replicadas por todo Londres, por toda Gran Bretaña, por todos los Estados Unidos de América; la cadena, de hecho, constituía un gigantesco emporio. En aquella primera visita hice acopio de un puñado de cosas funcionales: pequeños juguetes, dos pijamas de algodón, calcetines, un plato y un vaso de baquelita resistente para que mi hijo comiera, bebiera y tirase al suelo sin temor a destrozar el menaje de Olivia.

La tarde transcurría sosegada, aún había luz natural y a través de las grandes ventanas percibía cómo los días se iban alargando poco a poco. Una partida de bridge en casa de alguna de sus amigas mantenía a mi suegra fuera; tan pronto como salió por la puerta, le di unas horas libres a Phillippa. Sentada en un sofá, con el cuaderno en las manos y un lápiz entre los dientes, mi mente andaba recuperando detalles de Jerusalén, intentando hilar contenidos para mis intervenciones en la radio. En eso había quedado con Ángel Ara: yo iría acumulando posibles ideas, las comentaría con él y juntos les daríamos forma y orden.

Había oído unos momentos antes que llamaban a la puerta, supuse que abriría Gertrude. Así fue, y ahí la tenía ahora, con su ojo raro y su brazo tieso, tendiéndome un sobre. Para mi extrañeza, Dominic Hodson era el remitente. Me pedía primero disculpas por la embarazosa velada en casa de sus padres; me proponía después un encuentro, sugería tomar el té en Fortnum & Mason. Necesito hablar con usted, indicaba. Ni me gustaría, ni me agradaría, ni sería un placer, no. Necesito, del verbo necesitar, expresamente.

Por alguna razón volátil, no comenté aquella invitación con Olivia. El regreso desde casa de los Hodson tras la cena había resultado incómodo y tenso, y yo no tenía el menor interés en que volviéramos a rememorarlo. Ella había insistido, sin embargo.

—Harías bien en disculpar a Fiona —dijo tan pronto como entramos en el coche—. Solía ser una chica encantadora, quizá tan sólo...

La corté.

—Te habría agradecido que me hubieras ahorrado este desagradable encuentro —repliqué seca.

Su respuesta fue esquiva.

—No tenía la menor idea, querida, de que Alexia hubiera vuelto a Londres, y además, lo de ella y Mark sucedió hace tantísimo tiempo, y ahora está magníficamente casada con el pequeño de los Burke-Landon, tienen dos niñas según me dijo su madre la última vez que la vi, creo recordar que coincidimos en un concierto en el Royal Albert Hall...

Dejé a mi suegra que siguiera con su plática repleta de lugares, apellidos y adverbios punzantes mientras mi memoria volvía a revivir la bochornosa pregunta de aquella mujer bebida y provocadora, el ruido de la silla al caer, la gasa del vestido amarillo atravesando la puerta del comedor casi a la carrera. Ni la tal Alexia ni su marido se quedaron al café, el recuerdo del compromiso anulado se mantuvo resonando dentro de mí como un eco insidioso. Ahora, cuando la memoria de esa agria cena empezaba a desvanecerse, yo había resuelto aceptar la invitación de mi vecino de mesa sin decirle ni pío a Olivia. Ya decidiría si se lo comentaba o no tras el encuentro.

A la mañana siguiente salí precipitada en busca de algo de

ropa: entre mis sweaters y pantalones de diario, y mi único vestido de noche, carecía de prendas intermedias. Me había cautivado días atrás una tienda encontrada al azar entre las calles de Kensington. DIGBY MORTON. READY-TO-WEAR, se leía en la fachada, grabado sobre una placa de bronce. El escaparate era tan elemental como refinado; un ambiente de sobria sutileza me recibió tras la puerta. La empleada me mostró varios modelos terminados de forma impecable; aquello era una absoluta novedad para mí, acostumbrada a elaborar bajo petición personal de las clientas cada una de mis piezas. Me probé varios trajes de chaqueta de corte soberbio, exquisitamente fashionable, dijo la dependienta. Me maravillaron sus líneas puras y estilizadas, simples, limpias, carentes de la más mínima ostentación o extravagancia, vivo reflejo de la austeridad que atravesaba el país en todas sus vertientes. Los precios, en cambio, distaban mucho de la contención económica y el racionamiento. Decidí quedarme con dos, añadí un par de zapatos de tacón esbelto y un sombrero conciso como un pastillero.

A las cuatro y media entré al salón de té de Fortnum & Mason con mi tailleur de tweed azul plomo. Llevaba el pelo recogido en un moño bajo y sombra oscura en los ojos: elegancia sobria para reunirme con un extraño de intenciones inciertas. Dominic Hodson me esperaba en una mesa lateral, se puso en pie nada más verme. Vestía un traje anodino y corbata de estampado discreto, mantenía los mismos ojos acuosos y la misma escasa apostura que percibí en él durante la cena.

Estrechamos las manos; el camarero que me acompañaba retiró una silla para que me sentase. El salón, decorado en tonos pastel, estaba repleto de mesas idénticas: alrededor de ellas, parejas, tríos, cuartetos compuestos por algunos hombres y mayoría de mujeres que parloteaban después de hacer sus compras, entre tés de aromas exóticos y delicadas meriendas. En ese ambiente sofisticado, igual que en las facturas del modisto Digby Morton, todos parecían frívolamente ajenos a los cupones, las colas y las penurias.

—No sé si conocía este lugar y si resultará de su gusto —comentó él con cortedad—. Es un establecimiento clásico muy célebre entre las señoras de siempre. Lo elegí pensando en que usted se sintiera cómoda aunque, si le soy sincero, es la primera vez que vengo.

Me agradó la franqueza de su saludo, el detalle de que se ofreciera a salir de su propio entorno, cualquiera que fuese, y se brindara a que nos reuniéramos en un sitio que se suponía de mi conveniencia.

—Antes de nada, permítame reiterarle mis más profundas disculpas por el bochornoso comportamiento de mi hermana Fiona. Su indiscreción fue en verdad desconsiderada hacia la señora Burke-Landon y, de manera simétrica, hacia usted misma.

Asentí sin responder, como dando por aceptadas sus excusas. Y él asintió en respuesta, como dando por aceptada mi réplica.

—Aunque su actitud no tiene justificación alguna —continuó—, permítame informarle, en su descargo, de que mi hermana está pasando por unos momentos delicados en su propio matrimonio. De puertas afuera mantienen las formas, pero ella bebe demasiado y parece estar desarrollando cierta..., digamos una cierta acidez, incluso cierta agresividad verbal hacia otras mujeres quizá más..., más agraciadas o más estables o... En fin, le ruego que perdone mi falta de elocuencia; soy soltero y no me desenvuelvo demasiado bien en estos asuntos.

Me enterneció de nuevo su sinceridad sin filtros: el bragado funcionario colonial curtido en escenarios y afanes africanos se adentraba pisando charcos entre las turbulencias del alma femenina, frente una desconocida y rodeado de multitud de señoras que charlaban sobre cortinas y cojines, tendencias para la primavera o los ridículamente tortuosos quebraderos de cabeza del servicio doméstico.

Pedimos nuestros tés: el suyo negro y fuerte; yo opté por Darjeeling, un pequeño tributo a mi escurridiza amiga Rosalinda.

—Sepa que mi malestar es doblemente profundo porque,

además, fui yo quien propuso esa velada. Tenía la intención de conocerla en persona y pensé que un contexto así resultaría más distendido. Dejé a mi madre expresamente encargada de que organizara una pequeña cena según mis directrices pero, a la postre y sin yo saberlo, intervino mi hermana añadiendo algunos invitados.

No fui capaz de contenerme.

—Invitados como Alexia Burke-Landon, por ejemplo.

Afirmó con la barbilla, despacio. A continuación midió sus palabras con cuidado extremo.

—Ignoro si estaba usted al tanto de la cercanía que existió entre ella y su esposo cuando ambos eran solteros.

—No demasiado —admití.

Estaba segura de que había habido otras mujeres antes que yo en la vida de Marcus. Pero nunca conocí a ninguna, y jamás supe que llegara a establecer un compromiso firme con alguna de ellas.

—Aun a riesgo de pecar de indiscreto, permítame transmitirle mis sospechas de que, dentro de aquella relación, la balanza del interés se inclinó siempre más por el lado de Alexia.

Sonreí, y en la comisura de la boca se me quedó colgando un rictus de tristeza. Sutil forma de decirme que igual Marcus no la quiso demasiado; un elegante intento para mitigar mis potenciales celos retrospectivos.

—Asuntos sentimentales aparte —añadió entonces—, imagino que le habrá resultado extraño que la convoque de esta manera.

Extrañísimo, estuve a punto de reconocer. Pero preferí dejarle que prosiguiera.

—También a mí, he de confesar, me resultó bastante insólito el desencadenante de que hoy, usted y yo, estemos aquí juntos. —Carraspeó, como armándose de valor—. Verá, lo que tengo que comunicarle es que su esposo, mi viejo amigo Mark Bonnard, Marcus para usted, decidió en su día hacerme albacea de su testamento.

Tensé la espalda desconcertada, fruncí el gesto. ¿Qué? ¿Qué estaba diciendo?

—Ésa es la razón por la que he venido a Londres estos días: para verla y acometer los trámites pertinentes.

Seguía siendo incapaz de verbalizar mi aturdimiento. Un camarero apareció entonces, traía una bandeja de tres alturas con sandwiches estilizados como dedos, piezas de bollería y frágiles pasteles. No tardó el empleado más de unos segundos en disponerlo todo y servirnos con hábil ceremonia, pero a mí esa pausa se me hizo oscura e inmensa como una noche de invierno.

Dominic retomó la palabra en cuanto quedamos solos de nuevo.

—A principios del año pasado, después de un largo tiempo sin contacto, recibí una carta de su marido desde Jerusalén. En ella me ponía al tanto de que había contraído matrimonio con usted en Gibraltar con anterioridad, y me informaba de que estaban a la espera del nacimiento de su primer hijo. Ante la situación de creciente violencia que sacudía Palestina, y en previsión de... —Hizo una pausa, la nuez se le hinchó en el cuello—. En previsión de posibles coyunturas adversas, como acabó tristemente aconteciendo, él había decidido dejar ordenados sus asuntos legales y financieros. Y, para ello, tomó la decisión de nombrarme a mí albacea, a pesar de los años que llevábamos sin vernos.

Bajó la mirada a su taza, la concentró en el té oscuro sin probar todavía.

—Superado mi asombro inicial, he de confesar que me resultó un honor saber que Mark depositaba en mí su confianza. —Alzó entonces los ojos, feos como los de un pez pero hondamente sinceros—. Así que aquí me tiene, asumiendo honrado el firme compromiso de velar por sus intereses y los del pequeño Víctor.

Se llevó por fin la taza a los labios; lo imité, intentando tragar a la vez el líquido caliente y el desconcierto. No sabía de qué me estaba hablando Dominic Hodson. Yo misma me había encargado de cancelar nuestras cuentas en la oficina de Barclays Bank de Jerusalén; todo nuestro dinero se encontraba ahora en un sobre dentro del armario de mi dormitorio. Estaba también a la espera de que acabaran de determinar la pensión oficial que nos quedaría como servidor del Imperio que fue, de eso se había encargado Olivia. Más allá de aquello, aparte algunos rasgos de mi hijo y su color pajizo de pelo, no creí que hubiera para nosotros ninguna otra herencia.

—Pero... —titubeé—. Pero ¿no podría haberme yo...?

Terminó por mí la frase.

—¿Haberse encargado de todo usted misma? Él no quería preocuparla, trataba tan sólo de protegerla. En primer lugar, a pesar de que quizá usted también lo intuyera, no quería transmitirle expresamente la sensación de que su vida corría peligro. Y, en paralelo, en el indeseable escenario de que aconteciera tal desgracia, pretendía evitarle complejidades administrativas en un país con cuyo funcionamiento e instituciones no está familiarizada; usted se habría visto envuelta en engorrosos trámites legales, habría necesitado de algún profesional para asesorarla...

Lo interrumpí.

—Su madre podría haberme ayudado.

Estiró la mano hacia la triple bandeja, tomó entre los dedos un sándwich de huevo duro y mayonesa. Antes de metérselo en la boca dijo:

—Me temo, querida, que Lady Olivia Bonnard, más que la solución, quizá suponga una parte sustancial del problema.

27

Recibí una llamada de Ángel Ara a la mañana siguiente. Me vino bien: me sacó de mis elucubraciones y me obligó a plantar los pies sobre la realidad de nuevo. Dejé así de dar vueltas al episodio de Fortnum & Mason, a Dominic Hodson y al testamento de Marcus, tan inaudito.

En mi papel de albacea —de executor, me había dicho él en su lengua—, he asumido poner orden en las cuestiones de su marido, y ya me encuentro en ello. Por favor, no imagine que se trata de organizar un ingente patrimonio ni nada por el estilo; simplemente le ruego que me conceda unos días para revisar unos cuantos trámites administrativos. Me pondré en contacto con usted en cuanto todo esté listo. Yo asentí. Cómo no hacerlo.

La voz de mi compatriota sonó jovial y acelerada al otro lado del teléfono.

—Bien, mi querida amiga, ¿cómo avanzan esas notas palestinas? ¿Cuándo cree que podremos reunirnos? ¿Mañana? ¿Pasado mañana? ¿Al otro?

Era un tipo infatigable Ara. Dinámico y perseverante como él solo.

—Estoy en ello —le aseguré—. Pero si me da un par de días más, se lo agradecería enormemente.

—Hecho entonces; dentro de dos días. ¿Le parece que nos veamos de nuevo en Bush House? ¿A las diez de la mañana, por ejemplo?

—Allí estaré.

—Listo. Revisaremos su trabajo y encontraremos seguro la manera de adaptarlo a nuestro formato.

En eso quedamos; estaba a punto de cortar la comunicación cuando le oí gritar al otro lado del hilo.

—¡Por cierto! ¿Le gusta el arte? Un muy estimado amigo, compatriota nuestro, inaugura mañana una exposición, ¿querría pasarse?

Sin esperar respuesta, con un imperioso ¡apunte, apunte!, Ara me dictó unas cuantas indicaciones al vuelo.

Un taxi me dejó en Bond Street, frente a la Lefevre Gallery; en las inmediaciones distinguí otras galerías de arte, tiendas de antigüedades y casas de subastas. Dudé unos instantes frente a la entrada, no llevaba invitación ni nada que me identificara como la conocida de un amigo del pintor protagonista. Aun así, entré con paso firme, distante y erguida, como solía hacer cada vez que la inseguridad o la duda me enseñaban los dientes.

La sala era espaciosa, diáfana, con columnas centrales y amplias paredes blancas. Sobre ellas, distribuidos con simetría, colgaban enmarcados numerosos dibujos, meros contornos en negro sin detalles interiores, formas humanas sobrias a la vez que expresivas, modernas.

Entre el público abundante, no me resultó difícil encontrar a Ara, con sus rizos y su bigote. Estaba en un corrillo que charlaba animado en español, a un volumen bastante más alto de lo común en aquella flemática Inglaterra.

—Pero, querida, viene usted deslumbrante con ese modelo del color del vino de nuestras cepas...

Me plantó un par de besos en las mejillas, cortesía pura raza; tardé en reaccionar, tan acostumbrada como estaba ya a dar simplemente la mano o al aséptico cruce de saludos con una leve inclinación de la cabeza.

—Venga, venga conmigo, agárrese a mi brazo que voy a darle un garbeo y a mostrarle who's who entre los nuestros.

No me resistí; en sus palabras y propuestas nunca había el más mínimo flirteo, tan sólo cordialidad sincera. Así, enhebrados, empezamos a recorrer la amplia sala circulando entre obras artísticas, columnas y asistentes.

—Mire —me anunció con una discreción no demasiado contenida—, ese de la corbata azul es Martínez Nadal, el célebre Antonio Torres de La Voz de Londres, muy conocido en España por sus programas durante la guerra, ¿le suena? Ahora trabaja para *The Observer*, es un tipo bien listo y no se achanta ante nada; a la mismísima BBC le hizo un corte de manga cuando le pidieron que intentara mostrarse un poco menos rojo de cara a los oyentes. La joven que le está atusando el pañuelo de la chaqueta, aunque por la edad podría parecer su hija, es de hecho su esposa, Jacinta Castillejo, bailarina, hija del gran don José Castillejo, ¿le suena Castillejo? Fue uno de los catedráticos depurados tras la victoria de Franco, todo un intelectual que acabó aquí en Inglaterra dando unas míseras clases y viviendo como un asceta en la Universidad de Liverpool; hasta les arreglaba las suelas de los zapatos a sus hijos sentado en un taburete de zapatero remendón mientras disertaba sobre cuestiones de trascendencia filosófica con sus alumnos.

Continuamos circulando por la sala mientras iba llegando más gente. Cada vez más alto, sonaban bienvenidas y parabienes.

—Mire, esa hermosa mujer es Nieves Matthews, la hija de Salvador de Madariaga, toda una experta en arte. El padre debe de andar por aquí también, o igual aún no ha llegado; no sé si le suena, fue ministro y diplomático, y sigue siendo un pensador de quitarse el sombrero. De tanto en tanto colabora también con la BBC, pero para nuestro servicio transoceánico; en las emisiones para España ni en pintura lo quieren.

»Mire, ese de la barriga prominente es Deric Pearson, el propietario de Atlantic-Pacific Press, la agencia de noticias que difunde boletines informativos por toda Latinoamérica. Su negocio ha salvado del malvivir a montones de españoles dándoles trabajo como redactores; por allí estuvo de director Chaves Nogales, el magnífico periodista sevillano que murió aquí hace unos años, ¿le suena?

»Mire, esa señora alta tan elegante es Natalia de Cossío, la esposa de Alberto Jiménez Fraud, el que fuera director de la Residencia de Estudiantes. Él es uno de los que más ha progresado entre los académicos, tiene un puesto de profesor en Oxford.

»Mire, ese de la nariz grande es Salazar Chapela; parece muy serio pero es un malagueño bien gracioso. Está a punto de sacar en Buenos Aires una novela en la que por lo visto salimos todos nosotros, nos tiene un poco alarmados, a saber lo que cuenta.

»Mire, ése es Luis Portillo, ocupó una cátedra de Derecho Civil en la Universidad de Salamanca. Ahora hace traducciones y colaboraciones de prensa, pero el pobre ha tenido que vérselas para sobrevivir hasta pelando patatas y cavando zanjas en un aeródromo.

»Mire, ese del bigotito fino con aspecto de dandy melancólico es Luis Cernuda, el poeta. Lleva aquí casi una década, pero no se adapta a Inglaterra ni a tiros; le han ofrecido un puesto en una universidad norteamericana, no tardará en marcharse.

»Mire, ese señor alto, el calvo de las gafas, es don Pablo de Azcárate: fue embajador de la República durante la guerra y ahora parece que vuelve a Ginebra con un cargazo en las Naciones Unidas. Es toda una eminencia, impone un respeto tremendo; aquí nos cuadramos todos cada vez que lo vemos.

»Mire, ese señor moreno peinado hacia atrás es Arturo Barea, colabora con nosotros y tiene una audiencia enorme por toda América, bajo el seudónimo de Juan de Castilla. También escribe libros, dicen que excelentes, pero de momento sólo ha publicado en inglés, así que pocos han podido leerlo. No se prodiga mucho entre nosotros porque vive en el campo con su mujer, Ilse, la señora que está de espaldas.

»Mire, ese joven que cojea es Pepito Estruch, un loco del teatro de lo más salado; el pobre se pasó seis meses en un campo de concentración en Francia. Después, ya en Inglaterra, se volcó con los niños que habían enviado hasta aquí tras el bombardeo de Guernica; hubo muchos desgraciaditos a los que nadie reclamó para que volvieran al terminar nuestra guerra.

»Mire, ese que habla español con acento es Tomás Harris, marchante de arte y experto en nuestros grandes maestros. Cuentan que su padre, un anticuario inglés, fue todo un figura expoliando en España iglesias y monasterios.

»Mire, ese cura es el padre Onaindía, un nacionalista vasco que revoluciona los micrófonos con el seudónimo de James Masterton.

Continuamos saludando a unos y otros, sin detenernos apenas para admirar la muestra. A todos los conocía Ara y todos parecían conocerlo. Alguien se nos acercó, el grupo se fue ensanchando, él siguió presentándome y yo recibiendo gestos y palabras cálidas. Alguno de los asistentes propuso entonces ir a cenar a Martínez, fueron pocos los que se sumaron.

—Martínez es el restaurante español más reputado de Londres —me aclaró mi nuevo colega en un aparte, casi al oído—. Hasta Franco almorzó allí cuando vino a principios del 36, antes de su insurrección, para asistir al funeral del rey Jorge V. Pese a ese nefasto detalle —añadió con un guiño sardónico—, a todos nos encanta frecuentarlo.

Barrió la sala con los ojos moviendo raudo el cuello a izquierda y derecha. Bajó luego la voz, hasta un tono de confidencia.

—Cuando escuche a cualquiera argumentar una excusa para no ir a Martínez, sepa que no es por falta de ganas, sino porque las cuentas no salen.

Frotó el pulgar con el dedo índice varias veces, en un gesto elocuente. En ese ilustre grupo sobraba sapiencia, cultura, cerebro, talento. Pero faltaba dinero, lamentablemente. Antes de nuestra contienda, todos habían gozado en mayor o menor medida de una buena posición económica, cargos representativos, patrimonio, predicamento. Ahora, más de una década después de abandonar su patria, varados en un país ajeno, se iban rindiendo poco a poco a la evidencia de que la opción del regreso se demoraba y su destierro adquiría la perspectiva de lo duradero.

Me presentó Ara por fin al autor de todas aquellas obras. Gregorio Prieto, un manchego vivaz, guapo y profusamente amanerado, que recibía por todas partes felicitaciones y enhorabuenas.

En mitad de ese bullicio, arrullada por las voces en mi lengua, en el ánimo noté una especie de tibio bienestar, algo que tenía olvidado desde hacía un larguísimo tiempo. Toda aquella gente me resultaba ajena, lo mismo que sus quehaceres: la política, la poesía, el arte o el mundo académico eran ámbitos que yo jamás había rozado ni de lejos. Aun así, era como si el simple hecho de encontrarme entre compatriotas hubiera transmitido a mis huesos una especie de sosiego.

Se trató de un sentimiento fugaz, no obstante. Como casi todo últimamente en mi vida, aquella entelequia tardó apenas un suspiro en descomponerse.

Abriéndose paso entre la concurrencia cada vez más numerosa, distinguí a George Camacho, el director del Servicio Latinoamericano; mi mentor, por así decirlo. Se había percatado de mi presencia, me lanzó una mirada transversal y alzó las cejas enfático. Capté su mensaje: aguarde.

Logró entonces aproximarse al pintor para felicitarlo, también él colaboraba al parecer en sus micrófonos. No se entretuvo demasiado: tan pronto como despachó un abrazo y unas cuantas frases, dejó al artista de nuevo entre el resto de los admiradores y salió del círculo.

Se dirigió entonces a Ara y a mí, en la periferia.

—¿Me regalarían su atención un instante?

Mantenía el tono de voz melodioso de su origen; su semblante, en cambio, mostraba un rictus serio. Nos condujo a un rincón, junto al guardarropa. Volvió la cabeza para asegurarse de que nadie, más allá de nosotros, iba a oírlo.

—Verá, señora Bonnard, parece que nos enfrentamos a un inesperado contratiempo.

El bullicio de la sala quedó de pronto amortiguado en mis oídos, como si fuera tan sólo un mar de fondo.

—Desde el departamento de contrataciones de la BBC han echado atrás nuestra propuesta para que usted colabore con nosotros. Hemos recibido un no rotundo. Sin explicación ni miramientos.

28

Ara se empeñó en acompañarme hasta la calle, a George Camacho lo reclamó alguien dentro de la sala; seguro que pretendían rogarle una participación en su servicio, el pan de tantos entre los presentes.

Lloviznaba cuando salimos, los escaparates de los establecimientos estaban ya apagados, apenas había viandantes ni tráfico. A la luz parca de una farola, vi que mi compatriota mantenía el ceño agarrotado.

—Esto..., esto es algo..., es algo... —Se paró en seco, como si su mente necesitara poner orden—. ¿Tiene prisa? Me gustaría que habláramos, conozco un pub cerca.

Entró a recoger sus cosas, regresó rápido, alzándose el cuello de la gabardina.

A diferencia de las calles semivacías, en el Coach & Horses no faltaba parroquia. El local estaba repleto de humo, voces y efluvios de humanidad, en una de las esquinas encontramos un hueco. El panelado de las paredes y el mobiliario eran de madera oscura; puse las manos sobre la superficie de la mesa y las retiré de inmediato, estaba pringosa. Ara se sacó el pañuelo del bolsillo superior de la chaqueta, intentó limpiarla sin demasiada suerte.

—No se apoye, ahora vuelvo. ¿Qué quiere tomar?

—Lo mismo que usted.

—Perfecto.

Se acercó a la barra. Unos cuantos tipos solitarios se esparcían a lo largo de ella, sentados en taburetes. Vi cómo lo atendía una matrona de pechos enormes, con pelo canoso y ensortijado.

Al volver, entre las manos traía dos pintas de mild ale y un vaso de agua. Metió parte del pañuelo dentro; con él húmedo, empezó a limpiar la mesa.

—Milady me ha ofrecido una de sus towels, pero he creído más salubre recurrir a mis propios medios.

La cerveza tenía el color del cobre oscuro y estaba tibia, dulzona, densa. A Ara se le quedaron restos de espuma en el bigote.

—Verá, mi querida amiga —dijo tras ese primer trago—. A veces se nos han presentado ciertos casos de contrataciones un poco complicadas por la naturaleza y el bagaje de los speakers.

Le corté firme.

—Da igual. De verdad, da igual, se lo prometo.

Mentía, como es natural. No, no daba igual; mi indiferencia era falsa. Y no por lo que significaran esas charlas para mí, una absoluta advenediza que se había postulado para ellas con descaro y alguna mentira, sino por ese rechazo tan radical, tan arbitrario. Aún seguía preguntándome en qué podrían haberse basado. ¿En mis desempeños en Madrid? ¿En que era la esposa de Marcus?

Su voz cortó mis dudas.

—¿Me permite hacerle una pregunta quizá algo indiscreta?

Accedí con un gesto, él carraspeó.

—¿Existe alguna razón política que legitime esa censura de la BBC hacia su persona?

Bebí otro trago, sin ganas. Nunca me había gustado la cerveza.

—Si por razón política se refiere a mi vinculación con algún partido o entidad que tenga que ver con España y nuestra guerra, la respuesta es un no tajante. Pero mire, señor Ara...

—Déjelo en Ara a secas.

—Mire, Ara —repetí. Hice una pausa intentando decidir por dónde empezar mi relato—. Verá, hay muchas cosas que usted no sabe de mí. En realidad, casi no sabe nada, más allá de que compartimos país de origen, que tuve un marido inglés y que viví en Jerusalén durante un tiempo.

Ahora fue él quien asintió. A lo largo de nuestros encuentros, con su abrumadora simpatía y su excelso don de gentes, él había monopolizado la conversación siempre. Quizá por fin caía en la cuenta.

—Pero yo le voy a poner al tanto —continué—, por si le apetece transmitir estos detalles a quien corresponda, en las alturas de la BBC o donde estime conveniente.

Volvió a asentir, ninguno de los dos tocamos las cervezas.

—Durante cinco años de mi vida, a lo largo de la duración íntegra de la guerra mundial, yo colaboré muy estrechamente con el servicio de inteligencia británico. No voy a desvelarle la naturaleza de mis funciones, ni en qué lugar ni de qué manera las llevé a cabo, pero créame que, dentro de la labor que me fue encomendada, respondí con creces.

Desprovistos del brillo que adquirían con la verborrea, los ojos de mi compatriota me miraban intrigados y atentos.

—Acabada la contienda, mi marido, fiel servidor de los intereses de su nación, fue destinado a Jerusalén, y allí nos trasladamos, para cumplir de nuevo con los designios de su patria. Y ¿sabe qué pasó? Pasó que lo mataron. Mientras él se partía el alma para que Gran Bretaña lograra salir medianamente airosa de la ratonera en la que ella misma se había metido en Palestina, un buen día, trabajando en su despacho, una monstruosa carga de explosivos colocados por terroristas hebreos acabó con su vida. Lo destrozaron, lo descuartizaron entero. Yo estaba embarazada, la explosión me aceleró el parto, mi hijo nació a la vez que recogían pedazos de su padre esparcidos entre los escombros.

Ahora sí bebí medio vaso de un trago, para ayudarme a tragar esa bola de amargura que se me había quedado atascada en la garganta. Él murmuró un ronco lo siento. Planté entonces las palmas de las manos sobre la mesa, ajena a la capa de mugre. Incliné el torso hacia delante, para que mis palabras le llegaran desde más cerca.

—Desconozco las razones por las que en su corporación me

desaprueban, pero sepa que desde este país, cuando les he interesado, me han utilizado hábilmente. Y lo que sus instituciones me deben, por mí y por mi marido, no es una reprobación injustificada, sino un mínimo de consideración y agradecimiento.

Fue él quien se llevó el vaso a la boca, despacio.

—¿Sabe lo que somos para ellos, Sira?

En sus palabras había un poso de melancolía, una súbita tristeza.

—Peones. Meros peones en su tablero. Usted, yo, todos los que trabajamos en los servicios extranjeros, todos aquellos a los que vio usted el otro día en Bush House, todos los hombres y mujeres con los que se cruzó en el comedor, en el ascensor y en los pasillos, seres humanos procedentes de los confines más cercanos y remotos de la tierra, todos somos lo mismo: simples peones destinados a hacer el juego útil. Actuamos por y para los propósitos del Gobierno británico, nos plegamos a sus intereses y sus empeños propagandísticos, a sus criterios y directrices. Así fue en tiempos de guerra y así, en aras de la democracia mundial, seguimos ahora que la paz se atisba permanente. Nuestra individualidad dentro de su sistema es tan insignificante, sin embargo, que no somos más que pequeñas piezas manejables, sacrificables y pasajeras.

El bullicio del pub seguía siendo intenso. Casi todas las mesas se mantenían ocupadas, un grupo arrancó una partida de dardos. Tras el mostrador, la oronda patrona secaba vasos con una de sus toallas sospechosas.

—Y a pesar de todo eso, nosotros entramos en el juego libre y voluntariamente; agradecidos, incluso orgullosos. —Dio otro trago, a punto de terminar su cerveza—. Son unos imperialistas arrogantes pero, aun así, para casi toda esa gente expulsada de su patria que usted ha visto hace un rato en la sala de exposiciones, la BBC ha sido una bendición del cielo. En primer lugar, porque les proporciona una actividad remunerada, y con esas tres guineas y media, o cuatro, o cinco como mucho que les pagan por cada contribución, alivian una parte del alquiler o se permiten comprar carbón y alimentos; de esta forma algunos incluso han podido sustituir el pico y la pala de cavar por la pluma y la palabra. Pero no sólo; aparte de lo crematístico, les interesa ese papel de speakers radiofónicos porque así se les permite usar de una manera productiva su intelecto, sus conocimientos, su talento o simplemente su pobre ego magullado. Desprovistos de sus cátedras y puestos de responsabilidad, despojados de sus quehaceres profesionales o su público, frente a los micrófonos vuelven a sentirse, volvemos a sentirnos, por un momento útiles. Y eso, mi querida amiga, en estos tiempos inciertos, es un empujón para la moral y la autoestima que a veces nutre más que un buen filete.

Remató entonces su bebida, agarró el pañuelo húmedo con las puntas de los dedos, lo dobló meticulosamente y lo devolvió al bolsillo.

Entendía sus argumentos, eran sólidos y convincentes. Sólo que a mí no me servían. Yo no era una intelectual en el exilio ni una refugiada política.

—En cualquier caso, intentaremos indagar, no se preocupe. Pediremos que nos den una razón justificada para ese rechazo incomprensible. Eso es, al menos, lo que usted merece.

Insistió en acompañarme en un taxi hasta The Boltons. Si le extrañó que residiera en aquel barrio opulento, se lo guardó para sí.

La calle estaba desierta cuando descendí del auto, tan sólo se oían lejanos los ladridos de unos perros. Le di las buenas noches desde la acera. Me disponía a atravesar la pequeña cancela cuando me di cuenta de que había luz en la ventana del cuarto de Olivia. Luz y una silueta.

29

Las rutinas domésticas se mantenían con precisión de minutero. A las ocho y media, como todas las santas mañanas, volvimos a sentarnos a la mesa. Ya no hacía el frío atroz de los días de mi llegada, y mi suegra se había ido desprendiendo de algunos de sus mantones y chales de lana. Ahora lucía tan sólo una larga chaqueta de punto con un hermoso echarpe de cashmire encima. Más su trenza del color de la ceniza sobre el hombro, que ya casi le alcanzaba la cintura.

—¿Disfrutaste de una grata velada, querida?

—Magnífica. Estuve en la exposición de un pintor español.

Hizo un gesto de fingida complacencia mientras rompía la cáscara del huevo hervido.

—¿Y te manejaste bien para ir y volver tú sola en taxi?

Ella era consciente de que no había regresado sola; desde su ventana me había visto, sin duda, despedirme de Ara. Simulé concentrarme en la llegada de Phillippa con Víctor en brazos antes de responder:

—Perfectamente.

Senté al niño en mi regazo, le metí en la boca mi propia cucharita llena de huevo pasado por agua. Sabía que ella desaprobaba ese contacto tan próximo con mi hijo, piel con piel, saliva con saliva. Mentiría si afirmara que yo no disfrutaba en secreto contraviniéndola.

—He visto que le has comprado alguna cosa en Woolworths, ese almacén popular tan...

No conocía el significado de la palabra que vino a continuación, pero me abstuve de preguntarlo.

—Jamás he entrado en una de esas tiendas —reconoció tras un sorbo de té.

En su tono creí notar un desprecio evidente.

—Hay mucha mercancía —repliqué tan sólo—. Y buenos precios.

—Oh, no lo dudo. Simplemente no es el tipo de establecimiento al que estoy acostumbrada.

Proseguí compartiendo mi huevo con Víctor, riéndome con sus gestos al verlo asqueado con la clara y feliz al saborear la yema.

—La heredera creo que será más o menos de tu edad, y va ya por el tercero o quizá el cuarto de sus maridos. Vivió un tiempo aquí en Londres, pero leí que acabó vendiendo su mansión de Regent's Park al Gobierno de los Estados Unidos por un dólar.

Quedó en silencio, como esperando una réplica por mi parte.

—No sé a quién te refieres, Olivia.

Movió la cabeza con ese ademán tan suyo, como si se viera obligada a tolerar mi ignorancia realizando un generoso esfuerzo.

—Barbara Hutton, my dear. La millonaria neoyorquina. La nieta del propietario de la cadena de almacenes Woolworths, una socialité que pasa por aristócrata, aunque su abuelo no era más que un rudo granjero reconvertido en modesto comerciante que inventó la fórmula de vender a diez centavos toda la mercancía de su tienda. Ella, Barbara...

Una presencia imprevista vino a librarme de aquella cháchara.

—¿Sí, Gertrude?

—La llaman por teléfono, señora.

Con el niño aún en brazos, me disculpé ante mi suegra y salí al vestíbulo. Al otro lado del hilo, la voz de Ara sonó atropellada.

—Me he pasado la noche dando vueltas a lo suyo, amiga mía.

Acabamos de pedir explicaciones formales a la oficina del director de los servicios extranjeros para que nos justifiquen la razón de su veto; no obstante, por si acaso logramos que la situación se revierta, creo que no deberíamos detener el proceso.

—¿Pretende que trabajemos como si nada? —pregunté dubitativa.

—Eso es. Le propongo que termine de esbozar esos contenidos sobre Palestina, que nos reunamos usted y yo según lo previsto para darles el mejor de los formatos, y que empecemos las grabaciones sin demora.

Quedé unos segundos callada.

—¿Y si al final la respuesta sigue siendo negativa?

—En ese caso, daremos por perdidos los discos con su voz, pero podremos ofrecer el texto a la Atlantic-Pacific Press, la agencia que distribuye crónicas escritas por toda Latinoamérica. Lo aceptarán, seguro.

Volví al silencio, intentando procesar la propuesta. Víctor se revolvía para soltarse; me agaché y lo dejé en el suelo.

—¿Oiga? ¿Sira?

—Sigo aquí.

—Dígame, ¿qué le parece?

—¿Está seguro, Ara?

—Positivamente.

—Pues allá vamos.

Me encerré a trabajar esa misma mañana, mientras Phillippa se llevaba a pasear a Víctor, y Gertrude y Olivia se disponían a intentar sacar al jardín de su decadencia tras el atroz invierno. A través de la ventana vi llegar a un par de hombres entrados en años, contratados probablemente para echar una mano en la faena: un individuo patoso y fondón, y otro canijo y algo contrahecho. Ambos se cubrían con mugrientas gorras de paño, superaban los sesenta y apretaban burdos cigarrillos entre los dientes. A todas luces carecían de la energía necesaria para bregar contra los efectos adversos de la naturaleza, pero allí se quedaron, soportando con estoicidad las órdenes de mi suegra. Componían una imagen pintoresca los cuatro: Olivia con su peculiar estilo, ataviada además con unas botas Wellington llenas de barro; Gertrude con un viejo chaquetón militar sobre el uniforme, y los dos pobres diablos ansiosos por ganar unos chelines como fuera.

En realidad, pensé, aquello no era más que una estampa de ese mundo escaso de hombres en activo que había emergido después de la Segunda Guerra Mundial. Tanto entre los británicos como en otros ejércitos, casi una generación entera de jóvenes varones había perdido la vida cumpliendo con valentía como soldados, aviadores o marinos. Mujeres, niños y viejos quedaban a montones, pero eran padres y madres añosos como Olivia que habían sobrevivido contra natura a sus hijos, muchachas sin novios como Phillippa, jóvenes esposas viudas como yo misma o criaturas como mi pequeño Víctor, que no tuvieron tiempo de conocer a sus progenitores.

Sacudí la cabeza como si pretendiera quitarme de encima las emociones que me conmovían de tanto en tanto; prefería que la ausencia de Marcus no me atormentara de nuevo. Jerusalén, me ordené agarrando el lápiz. Jerusalén como si fuera vista desde unos ojos asépticos, en eso debía centrarme. Sin desgarros ni pasiones particulares. Sin ira ni furia ni resentimiento.

Sólo paré cuando sonó de nuevo el teléfono.

—¿Señora Bonnard? ¿Sira Bonnard?

Se trataba de Dominic Hodson, el amigo de Marcus. No había vuelto a saber de él desde la tarde en Fortnum & Mason.

—Me encuentro cerca de The Boltons y me gustaría verla. ¿Sería tan amable de concederme media hora?

Volví a asomarme a la ventana antes de ponerme el abrigo. Ahí seguían los cuatro desmañados jardineros, vi que ahora habían encendido una fogata. Los hombres estaban echando a ella brazadas de ramas y paletadas de hojas secas, Gertrude continuaba arrancando maleza mientras Olivia amontonaba broza con un rastrillo; en las manos se había puesto unos guantes de cuero sucios e inmensos. Sentí una punzada de culpa por no echarles una mano, pero ése no era el momento.

Quedé con Dominic en vernos frente a Saint Mary, la iglesia a la que seguíamos acudiendo los domingos. Lucía un sol tímido, él ya me estaba esperando. Arrancamos a caminar de inmediato siguiendo sin rumbo uno de los senderos, la temperatura era agradable. Entre los árboles y los parterres, aun de forma incipiente, se presentía el inicio de la primavera.

—Es un sitio muy hermoso The Boltons —dijo. Por decir algo, supuse.

En efecto, era un lugar hermoso, con sus grandes casas y su sosiego. Dos calles con forma curva y un gran jardín ovalado en el centro, en eso básicamente consistía. A esa hora cercana al mediodía, tan sólo se veían en el entorno niños jugando, niñeras a su cargo y algún paseante suelto.

—Un siglo atrás, esto no era más que campo, ¿sabe? Ahora es un cotizado enclave urbano, y lo será más todavía en el futuro, cuando todo se estabilice y el mercado inmobiliario recobre el pulso.

Confirmé que lo entendía con un gesto de la cabeza, aunque aquellas apreciaciones me trajeran sin cuidado.

—Se supone que el uso de estos jardines es exclusivo para los propietarios de las residencias —continuó—, antes incluso había una verja en todo el perímetro. Como en muchos otros sitios, la arrancaron al principio de la guerra para destinar el hierro a la manufactura de armamento. Otro más de los war efforts.

Ya sabía eso, me lo contó Marcus en su día, pero hice otro verdadero effort para mantenerme callada, escuchando sus alabanzas y sus datos históricos. Hasta que no logré contenerme.

—Lamento resultar impulsiva, pero dígame, por favor, Dominic, ¿qué hay de nuevo respecto al testamento?

Estaba a punto de responder cuando en un quiebro del sendero vimos aparecer a Phillippa empujando el cochecito de Víctor.

—Mi hijo —musité.

Me recibió con la alegría de siempre, carcajadas y los brazos en alto, para que lo sacara. Se lo mostré a Dominic incapaz de ocultar mi orgullo.

—Es un amigo de papá, salúdalo —le pedí en mi lengua.

No lo hizo, pero se lo quedó mirando con sus ojos verdes, curioso y serio. Phillippa, discreta, se alejó unos metros. Dominic lo observó durante unos segundos, después le puso la mano sobre el gorro de lana, despacio, con torpeza. Claramente, no estaba acostumbrado a tratar con infantes.

—Este niño y usted misma —anunció entonces en tono sobrio— son los herederos del patrimonio de los Bonnard. Los únicos herederos.

Fruncí las cejas, él prosiguió hablando despacio, esmerándose para que no quedara ni una sola sílaba que yo no entendiera.

—Para mi sorpresa, entre los asuntos de Mark he encontrado algunas cuestiones vinculadas con el testamento de su padre, el juez Bonnard. —Hizo una pausa, como preparándose para lo siguiente—. Al parecer, debido a una serie de lamentables circunstancias acontecidas hace décadas, su madre política carece del más mínimo porcentaje de propiedad sobre la residencia que ocupa. Por no tener, no tiene ni derecho al usufructo siquiera.

Desvió la mirada hacia la casa; desde los jardines en los que nos encontrábamos, a través de las ramas de los árboles aún sin hojas, se podía ver entera. Ahí estaba, blanca y sucia, con sus columnas ajadas y su estuco desconchado, deslucida pero hermosa.

—Esta residencia de The Boltons y sus contenidos eran enteramente propiedad de su esposo, querida. Por expresarlo en términos elementales, a lo largo de los años su suegra se ha encontrado disfrutando de todo ello por cortesía de su propio hijo, en calidad de mera huésped.

No logré reaccionar; Víctor alargó entonces el brazo hacia Dominic y le agarró el ala del sombrero. Él, impasible, continuó hablando.

—Ahora que Mark, Marcus, ya no está entre nosotros, la situación toma otro rumbo. —Hizo una nueva pausa, tragó saliva—. Confío en que no llegue a darse el caso pero, legalmente y sin necesidad de justificación alguna, a partir de ahora usted podría echar a Olivia Bonnard a la calle en cuanto estimase conveniente.

30

Intenté sentar de nuevo al niño en el cochecito y devolvérselo a Phillippa para que se lo llevara a casa. Necesitaba hablar con Dominic concentrada y atenta. Todo lo que acababa de comunicarme era tan insospechado, tan difícil de procesar y tan carente de lógica que requería explicaciones pormenorizadas. Pero Víctor se negó y agarró una sonora rabieta. Entre Phillippa y yo procuramos calmarlo sin éxito; en algún momento Dominic consultó el reloj con discreción.

—Me temo que habrá de disculparme, pero me esperan para un almuerzo en mi club dentro de media hora. Si le parece apropiado, y aunque esa labor exceda mis funciones como albacea, me gustaría reunir alguna información más precisa con el fin de proporcionarle detalles adicionales. Para todo ello, le ruego que me conceda algo más de tiempo.

Accedí, cómo no, mientras Víctor seguía llorando y pataleaba como un potrillo, empeñado en abandonar el cochecito como fuera. No tuve más remedio que claudicar.

—De acuerdo —dije alzándolo en brazos de nuevo—. Pero, por favor, no se demore, porque todo esto resulta tan..., tan...

Me fue difícil dar con la palabra: ni en inglés ni en español encontré un adjetivo que pudiera etiquetar la conmoción que me invadía.

—La entiendo a la perfección; créame que comparto su desconcierto.

Regresamos a casa. Víctor fue apaciguando el llanto, comió su puré de verduras, lo acosté a dormir la siesta. Para entonces, era ya hora de que Olivia y yo nos sentáramos a la mesa como todos los días, para compartir juntas otro de nuestros escuetos almuerzos: col hervida, media patata cocida, quizá un triste pedazo de lengua de vaca. La oí entrar protestando airada por la incompetencia de los sanchopanzas, abroncando a Gertrude. La perspectiva de lo que vendría a continuación se me hizo de pronto inabordable; mientras ella aún permanecía en el piso de abajo, a la carrera garabateé un pretexto, dejé la nota en la entrada y salí sigilosa.

No tenía ningún sitio concreto al que ir, simplemente me faltaban fuerzas para plantarme frente a ella. Olivia Bonnard, mi suegra: la formidable, exuberante, dominante, grandilocuente Lady Olivia Bonnard, alma y médula de The Boltons, por alguna inusitada razón residía en aquella mansión como un fantasma volátil, desposeída de esos derechos de gran señora que a diario desplegaba imperiosa.

Continué caminando por South Kensington, amasando mentalmente las palabras de Dominic Hodson, esa revelación de que los legítimos propietarios de la residencia éramos un niño nacido en el Cercano Oriente que aún no había cumplido su primer año y una extranjera desarraigada y confusa.

Harta de hacerme preguntas sin dar con soluciones, opté por sentarme en un banco frente al museo de Historia Natural, saqué mi cuaderno e intenté centrarme en mis apuntes para esa grabación radiofónica de porvenir incierto. Quizá, al cabo, todo aquello terminara en la basura sin llegar antes a ningún lado: ni a los micrófonos de la BBC ni a las crónicas de esa agencia de prensa que Ara había mencionado. Pero al menos, de momento, me permitía abstraerme, sacar de mí a los demonios y enfocar mi atención en algo concreto con la ilusa intención de que las turbaciones del presente me dieran una tregua.

Cuando regresé a The Boltons, por suerte Olivia no estaba. Gertrude me comunicó que la señora tenía previsto cenar fuera; una corriente de alivio me recorrió el cuerpo. Cuando a Víctor le venció el sueño, sin la presencia vibrante de mi suegra, la casa quedó apagada y silenciosa más temprano de la cuenta. Gertrude y Phillippa se retiraron a sus cuartos y yo al mío, aproveché para seguir trabajando en mis apuntes. Eran cerca de las diez cuando lejano, en el piso de abajo, sonó el teléfono.

Estuve tentada a no moverme, convencida de que no era para mí, a quién se le ocurriría llamar a esas horas. Pero siguió sonando. Hasta que me decidí a bajar la escalera a oscuras, con un grueso chal sobre los hombros, maldiciendo al culpable de aquella insistencia inoportuna.

—Disculpe, por favor, mi atrevimiento al llamarla tan tarde; lo hago desde una cabina en plena calle, he preferido no esperar a mañana.

Era George Camacho, el director colombiano.

—Verá, mi estimada amiga, acabo de asistir a un encuentro con colegas de la BBC y, de forma sorprendente, alguien ha resuelto nuestras dudas.

Lo oía lejano, en la línea sonaban interferencias.

—La cuestión de su contrato está tomando un viraje de lo más inaudito; hasta donde he sabido, usted no ha sido rechazada por ningún argumento político vinculado a la situación española. De hecho, hasta esta tarde ni siquiera había constancia de que su expediente hubiera pasado por los supervisores del Foreign Office.

—¿Entonces? —pregunté atónita.

—Al parecer, alguien con cierto cargo de responsabilidad ejecutiva, a título personal y unilateral, tomó la decisión de reprobarla. Así de sencillo.

Me apreté el auricular a la oreja.

—¿Le resulta familiar el nombre de Cora Soutter?

31

Me dormí esa noche dando vueltas a la absurda capacidad que tenemos los humanos para complicarnos la vida innecesariamente.

Todas mis suposiciones acabaron resultando equivocadas; había sido una ingenua. Nadie me vetaba en la BBC por sospechas de corte político. Tampoco por mis colaboraciones clandestinas con el SOE en España durante la guerra, menos aún por ser la esposa de un agente muerto en el desempeño de sus funciones. No, no me estaba enfrentando a una censura del sacrosanto servicio de inteligencia. Me encontraba, simplemente, sometida a las represalias de una mujer celosa. Celosa sin razones ni fundamento. O eso creía yo, al menos.

Aun así, y a pesar de la aparente frivolidad del asunto, lejos de tomármelo a la ligera, a lo largo de las horas mi indignación fue en aumento. Intenté decidir qué hacer tras levantarme, consciente de mi triste situación entre las paredes del cuarto de baño: no tenía a nadie con quien compartir mi perplejidad, nadie a quién consultar mis dudas o de quién recibir consejo. Ni familia, ni amores ni amigos. La mujer cuya imagen me devolvía el espejo era la única capaz de ayudarme a tomar decisiones: yo misma, la de siempre y, a la vez, otra distinta.

El rostro que vi reflejado ya no tenía la redondez y tersura de la ingenua muchacha que cruzó el Estrecho once años atrás, aferrada al amor de un sinvergüenza; tampoco quedaba rastro de la luz que irradiaba durante el embarazo cuando aún seguía a mi lado Marcus. La mujer cuya imagen flotaba sobre el espejo apuntaba ahora hacia la madurez con unos rasgos más afilados y angulosos, los pómulos marcados, las cejas altas sobre una mirada llena de incógnitas. Sólo en ella estaba la respuesta.

Seguí reflexionando mientras me aseaba, mientras hundía el rostro en la cuna de mi hijo para darle los buenos días. ¿Convendría dejar que las cosas se enderezaran en la BBC por su canal oficial, a través de George Camacho y su gente? ¿O debería plantar cara yo misma a la mujer de Nick Soutter?

Había recibido cartas de Nick a lo largo de todo el tiempo que llevaba en Inglaterra; aún echaba de menos nuestra amistad terriblemente. Añoraba su seguridad, su lucidez y su carisma, su criterio. De haber sido otra la coyuntura, nuestras prolongadas charlas nocturnas frente a la estufa de mi apartamento en el Austrian Hospice de Jerusalén sin duda habrían servido para alumbrar las tinieblas de mi desconcierto. Escuchándome él, escuchándolo yo, compartiendo pareceres, contrastando perspectivas, juntos habríamos podido sopesar con cordura y equilibrio los conflictos que me asediaban. Pero esas conversaciones habían quedado en el ayer; ahora nos separaban cinco mil kilómetros. Y por algún tipo de sinrazón, mi oponente era su propia esposa.

La mañana empezó a transcurrir calmada y lenta: retornaron los dos infelices a desbrozar el jardín, a través de los cristales oí de nuevo las despóticas exigencias de mi suegra. A las nueve y media llegué a la conclusión de que no iba a enfrentarme a Cora Soutter. A las diez, cuando Phillippa sacó a pasear a Víctor, decidí que sí, que necesitaba al menos oír sus argumentos. A las diez y media me convencí de lo contrario. A las once, harta de debatir conmigo misma, me pregunté qué habrían hecho las mujeres que supusieron algo en mi vida, las amigas que con su coraje y audacia se convirtieron para mí en referentes. Rosalinda Fox, Fran Nash, incluso Candelaria la matutera, con su bravura de pueblo. ¿Se habrían quedado ellas achantadas, mudas, quietas? ¿O habrían sacado las uñas, aunque fuera para hacer valer su dignidad y no dejarse pisotear despóticamente?

Reflexionando aún, volví a mirarme al espejo, agarré una barra de lipstick granate y me repasé los labios con firmeza. Tras cepillarme el pelo, salí de mi cuarto dando un portazo.

Preferí no preguntar por ella cuando llegué a Broadcasting House: en uno de los laterales de la puerta principal me dispuse a esperarla, simplemente. Se acercaba el mediodía y a partir de entonces muchos empleados empezaban a detener sus quehaceres y salían a almorzar en algún establecimiento de los alrededores. Desconocía la categoría profesional exacta de Cora Soutter, pero estaba convencida de que no se trataba de una telefonista o una mera mecanógrafa, sino de alguien con mayor solvencia. Su bagaje mundano, su estilo cuando se plantó ante mí el día en que acudí a recoger mi radio y la seguridad que emanó de su voz y movimientos me hicieron suponer igualmente que no abandonaría el edificio con un grupo de parlanchinas compañeras. Tardé poco en comprobarlo: en menos de media hora, estaba fuera.

Iba sola y llevaba esta vez un traje sastre color berenjena, tenía buena silueta vista de espaldas, el cabello rubio cortado a la altura de los hombros, las piernas esbeltas. Caminaba con paso firme: cubrió un trecho de acera y después cruzó entre los vehículos; al mirar a uno y otro lado, se le movieron las puntas de la melena. La fui siguiendo a una distancia discreta. En ningún momento pareció vacilar ni aminorar el ritmo, como si hubiera repetido ese trayecto montones de veces. Torció a la izquierda y entró decidida en un local pequeño; yo me detuve a unos metros. Contemplé la fachada, con paneles de madera verde oscura y cortinas cubriendo la pequeña cristalera. CHEZ LOUIS, leí en el rótulo sobre la puerta. Dejé transcurrir un par de minutos y entré tras ella.

El establecimiento, profundo y estrecho, estaba casi lleno. Localizarla me llevó unos instantes; la vi al fin, se había sentado al fondo frente a un hombre, en una pequeña mesa pegada a la pared. Volvía a tenerla de espaldas; su amigo, o lo que fuese, alargó en ese momento un brazo sobre el mantel y le acarició la mano derecha.

El maître me ofreció una de las escasas mesas libres; la rechacé y le señalé otra, más alejada de la calle y más próxima a la pareja. Aceptó encogiéndose de hombros, me entregó la carta y se alejó con su larguísimo delantal a atender a otros clientes. Acomodada en mi sitio, seguía viendo los hombros y la nuca de ella, pero no su rostro; al hombre, en cambio, lo tenía casi enfrente. Entre los cuarenta y los cincuenta, con traje de raya sutil y corbata de trazos geométricos. Destilaba seguridad, peinaba hacia atrás y tenía un atractivo mediano, ni mucho ni poco.

Pedí una soupe à l'oignon. El camarero me ofreció una copa de vino y estuve a punto de rechazarla, pero me dije why not? Me había equivocado al juzgar a simple vista el negocio: a pesar de la angostura del local y de su fachada discreta, el aspecto de la clientela y los precios de la carta me indicaron que se trataba de un restaurante francés de cierta categoría. Y la complicidad entre la mujer de Nick y su acompañante me llevó a intuir que aquel discreto almuerzo à deux se repetía con cierta frecuencia.

Tras tanto tiempo sometida a la parquedad culinaria de casa de mi suegra, la sopa sustanciosa y los sorbos de burdeos me entonaron el alma, pero me esforcé para no dejarme ablandar por las delicadezas. Estaba allí para lo que estaba, no debía perder el norte. Me dispuse por eso a tentar con descaro al acompañante de Cora Soutter; él no tardó en darse cuenta. En un principio optó por disimular, como si presintiera que se estaba equivocando al creerse objeto de la atención de aquella osada morena que almorzaba sola. Cuando le dediqué una sonrisa descarada, por fin logró convencerse y aprovechó, cada vez que ella bajaba el rostro hacia su plato, para cruzar sus ojos con mis ojos. Hasta que Cora empezó a intuir algo extraño. Giró entonces la cabeza a fin de averiguar el objetivo de los constantes desvíos en la mirada de su acompañante.

El rostro se le contrajo al reconocerme. A modo de réplica, alcé sutilmente mi copa. Aquí estoy, vine a decirle, esperándote. Sin que yo lograra oírla, ella estiró el cuello y comentó con él algo sin duda poco grato. Terminaron de comer deprisa, sin apenas cruzar palabra, a todas luces incómodos. No pidieron postre ni café, ni siquiera esperaron la cuenta: él se limitó a dejar junto a la servilleta unos billetes.

Esperé a que se levantaran para imitarlos. Sólo entonces, antes de que empezaran a andar para dirigirse a la salida, con apenas cuatro pasos me planté junto a su mesa.

—Lleva usted una corbata preciosa, amigo mío —dije con desenvoltura—, perdone que la haya estado mirando con tanta insistencia. No es usted quien me interesa, sin embargo. —Me volví hacia ella—. Un placer verla de nuevo, señora Soutter.

No se negó cuando le rogué que volviera a sentarse; yo hice lo mismo en la silla que él acababa de dejar vacía, enfrente. Dubitativo, el tipo buscó en su amiga o amante alguna indicación. A modo de despedida, ella musitó tan sólo: hablamos luego.

—He preferido que nos viéramos en un sitio neutral. Mejor que en su lugar de trabajo, ¿no le parece?

Me mantuvo la mirada, de timorata tenía poco. Sus ojos eran muy claros, hermosos, quizá un poco demasiado juntos. Y las cejas depiladas, para mi gusto más de la cuenta. Sin cruzar palabra aún, sacó una pitillera de piel de serpiente. Me ofreció un cigarrillo; dije no, gracias. Un camarero solícito le acercó un encendedor, ella aspiró una calada profunda. Yo permanecí callada, paciente, a la espera. Sobraban las preguntas.

—No me agrada su cercanía a Nick —reconoció tras expulsar el humo con lentitud—. No me gusta, simplemente. No me agrada que le mande paquetes desde Jerusalén, no me complace que se preocupe por usted e intente contentarla.

—¿Y por eso obstaculiza mi trabajo?

—No deseo que él repita nuestra historia.

Dio una segunda calada, las palabras salieron ahora envueltas en volutas.

—No soporto que reviva nuestra historia con otra mujer.

Alcé las comisuras de los labios, con un gesto entre la incredulidad y el sarcasmo. El maître se acercó entonces, nos ofreció un café; aceptamos ambas.

—Hasta donde yo sé —dije—, usted y él llevan vidas independientes.

—Así es. Y no tardaremos en obtener el divorcio, espero.

Acompañó la última palabra con un golpe de uña al cigarrillo para sacudirle la ceniza. Tenía la manicura en un tono coral intenso. En ese brevísimo movimiento, me pareció entrever una dosis de fiereza.

—Confío en que sea para el bien de ambos —repliqué serena—. Y, aunque no tendría por qué confesárselo, prefiero hacerlo: sepa que yo no mantengo ninguna relación sentimental con el que, aun por breve tiempo, sigue siendo su esposo.

Se encogió de hombros.

—Puede. Para ser sincera, eso es lo de menos.

—Entonces, ¿por qué se porta así conmigo?

Dio un sorbo a su café como pensándose la respuesta.

—Quizá no hayan llegado a afianzar la relación —reconoció al separar los labios del borde de la taza—. Pero sí me ha sustituido en sus sentimientos.

La contemplé expectante.

—Me lo confesó él mismo. Estuvo aquí la pasada Navidad, no sé si lo recuerda.

En efecto, Nick no había pasado en Jerusalén aquella última Navidad: aunque detestara los villancicos, vino a ver a sus hijos a Inglaterra. Para mí fueron unos días terribles, sin Marcus, con mi niño y mi pena. Estuve, menos mal, arropada por Fran Nash y sus hijas, arrolladoras en simpatía, llegadas desde El Cairo a pasar las vacaciones escolares. La violencia sanguinaria nos dio una tregua; incluso asistimos a la misa de Nochebuena en la capilla del complejo de Notre-Dame. Pero cierto, él no estuvo, pasó casi dos semanas fuera. Y yo lo eché terriblemente de menos.

—Nick se ha enamorado de usted, querida —dijo apagando el cigarrillo.

Sólo había consumido la mitad; lo apretó con fuerza hasta

desgajar el papel sin fumar, las hebras de tabaco quedaron en el fondo del cenicero.

—Se ha enamorado como un idiota. Y aunque ya no quede ni un resquicio de lo que hubo entre nosotros, ese sentimiento suyo me retuerce las tripas y me hiere en lo más hondo.

32

No me extrañó encontrar a Dominic en conversación con Olivia cuando volví a The Boltons. A esas alturas, ya todo me cuadraba dentro de lo verosímil.

El saludo de ella sonó anormalmente cálido.

—¡Por fin estás aquí, querida!

Habían terminado de tomar el té, pero Gertrude aún no había recogido el servicio. Frente a ellos tenían las tazas vacías, la tetera fría, platos con migas y restos de un plum cake.

—Divino el tailleur que llevas, my dear; pareces otra.

El rostro de Dominic reflejó un claro desahogo cuando se levantó a saludarme. Sin duda le alivió mi llegada; imaginé que mi suegra lo había absorbido en exceso y a él, tan cumplidor, le resultó difícil escabullirse.

Frente a su asiento, sobre la mesa vi una carpeta de cuero. Un pellizco se me agarró en las vísceras: supuse que contenía los documentos relativos al testamento de Marcus y sus consecuencias.

Un carraspeo precedió a sus palabras.

—Ha sido un placer compartir este agradable rato con usted, mi estimada Lady Olivia. Ahora me gustaría poder hablar a solas con la esposa de Mark, si no le importa.

Me había acomodado entre ambos, en el centro justo del sofá que separaba sus sillones. Los dos viraron hacia mí las cabezas cuando me oyeron decir:

—Prefiero que se quede.

Ella se reclinó complacida, como si acabara de proponerle

un plan de lo más apetecible. Dominic me lanzó un gesto interrogante, yo me reafirmé con un leve ademán.

—Si así lo desea, por mí no hay ningún inconveniente. —Acercó entonces los dedos al cierre de la carpeta—. Bien, por ponerla en antecedentes —adelantó dirigiéndose a Olivia—, lo que aquí vamos a tratar son las últimas voluntades de su hijo. Él me nombró albacea de su testamento y he tenido el honor de cumplir con su encargo haciendo uso de mis facultades y de acuerdo con sus intereses.

Hablaba con el tono burocrático del alto funcionario colonial que era, con el espinazo recto, separado del respaldo. A su rostro poco agraciado asomaba un rictus serio, mantenía las rodillas juntas, las manos simétricas a los lados de los papeles.

—Aunque nos hallemos en el ámbito doméstico —prosiguió ceremonioso—, este encuentro puede ser formalmente considerado como una audiencia de sucesión en toda regla.

Miré a mi suegra de reojo, su semblante había cambiado de forma drástica. Las numerosas arrugas que por lo general se le esparcían por la cara parecían habérsele concentrado alrededor de la boca fruncida y el entrecejo.

—But Dominic...

La contemplamos en silencio, esperando a que prosiguiera. Pero no dijo más. Por si acaso, él enfatizó los términos.

—Es la voluntad de Mark y así he de proceder, legal y moralmente. Honrando sus designios. Y su memoria.

—Llegados a este punto... —murmuró ella en tono seco.

Sonaron entonces dos palmetazos sobre la tapicería de su sillón al dejar caer las manos con fuerza. Alzó luego los hombros y el pecho, como si se estuviera llenando los pulmones de aire. Se esforzó por elevar la voz e imponerle un timbre de entereza.

—Aunque no anticipé que fueras tú quien se acabase encargando, querido, imaginaba que todo esto llegaría en algún momento. En cualquier caso, y en previsión de lo que vas a decirnos —concluyó—, quizá deba adelantarme y ahorrarte así que te enredes en unas explicaciones a todas luces incómodas.

Dejó vagar la mirada por la sala unos instantes, sin posarla en ningún sitio, sobrevolando el empapelado raído y las cortinas trasnochadas. Sus pensamientos estaban retrotrayéndose hacia unos tiempos que distaban décadas de nuestro presente.

—A veces —avanzó en tono sombrío— tomamos decisiones equivocadas sin prever que sus consecuencias nos perseguirán toda la vida, como largas sombras negras.

Se levantó entonces haciendo palanca con los brazos, se dirigió hacia la cómoda donde, a modo de bar, sobre una bandeja reposaban las licoreras y botellas que sus amigos solían traer a las reuniones de los jueves. Alzó varias y las examinó de cerca, todas estaban casi vacías. Al cabo dio con una de Plymouth Gin algo más llena. Se giró hacia nosotros y la mostró, como ofreciéndonos compartir una copa. Dominic y yo lo rechazamos, ella se sirvió una cantidad generosa.

De vuelta a su sillón, dio un trago lento. Acto seguido, y en unos breves minutos de relato, comprimió un pedazo de su vida que alteró el devenir de la familia para siempre. Tres niños pequeños y un marido demasiado ocupado y escasamente afectuoso. Tiempos de la primera gran guerra, un atractivo empresario norteamericano que llegó solo a Inglaterra para encargarse de un negocio vinculado a la industria del armamento, una pasión arrolladora y una historia de engaños, turbulencias y adulterio. Enterado de la infidelidad, el juez Bonnard, herido en lo más hondo, puso en marcha toda la maquinaria legal a su alcance para apartarla de los hijos y privarla de patrimonio y derechos; ella aceptó a cambio de su libertad, pero al final llegó el arrepentimiento. Tras una ausencia prolongada, retornó al hogar; para entonces, oficialmente, el matrimonio había quedado disuelto. El orden cotidiano se recompuso más o menos, pero ni se revirtieron los términos legales de la separación, ni su marido llegó a alterar nunca las restrictivas decisiones testamentarias que realizó en su ausencia.

No habló con melancolía, no era dada Olivia a mostrar abiertamente sus emociones; a veces yo incluso dudaba de que las sintiera. Tampoco me había mencionado nunca Marcus aquel episodio, siempre supuse que sus padres formaron una pareja convencional y estable. Otro cajón del pasado de mi marido que él nunca había abierto.

—Así fue como la propiedad de esta casa y el resto del patrimonio pasaron directamente del padre a los hijos —confirmó tras otro trago de ginebra—. Y todo a Mark, al morir sin descendencia mis dos pequeños...

No eran pequeños cuando se fueron de este mundo, eso sí lo sabía. La única hija, Ann, sufrió una meningitis letal a los catorce; el hijo mediano, Hugh, se alistó en la fuerza aérea y falleció en combate poco antes de que Marcus y yo nos rencontráramos en Lisboa. Con todo, así habían quedado en la memoria de ella, como sus dos pequeños.

El timbre formal de Dominic nos devolvió al asunto y al momento.

—En tal caso, los términos están claros y no ha lugar para mayores indagaciones. Por decisión de su hijo Mark, no obstante, he de anunciarle que, entre sus designios, se recoge una cláusula de provisión de bienes a su nombre.

Las dos lo miramos con curiosidad.

—Mark dejó establecido que su madre debería disponer de una cantidad para vivir con dignidad a cargo del caudal relicto —aclaró alzando uno de los documentos—. No se tratará de una suma fija anticipada, sino de un aporte anual vitalicio que habremos de decidir entre la viuda del testador y yo mismo.

Por Dios bendito. Por Dios bendito. A pesar del lenguaje de Dominic, tan formalista, distinguí el fondo del asunto: en mis manos quedaba la provisión de medios para la subsistencia de Olivia. No supe si reír o llorar. ¿Por qué me había hecho eso Marcus? ¿Por qué razón hacía recaer sobre mí una responsabilidad semejante? Tal vez desconfiaba de su propia madre. Tal vez, a pesar de no haberme confesado algunas porciones de su pasado, confiaba en mí en exceso.

La reacción de Olivia fue de asombro. Primero parpadeó

perpleja. Después, con los labios apretados, marcó una sonrisa de complacencia.

—Splendid... —musitó alzando su vaso. Como si lanzara un brindis a su hijo, allá donde estuviese.

Las piezas del puzzle empezaban a encajar en mi cabeza. Algunas, sin embargo, no llegaban a ajustarse. Ella se sorprendía al saber que recibiría periódicamente una cantidad de dinero, lo cual significaba que no esperaba contar con nada. ¿A santo de qué, entonces, sus movimientos previos?

Puestos a desenmascarar verdades, opté por plantear mi duda con claridad.

—Olivia, tengo una pregunta. Si ya preveías este desenlace, ¿por qué razón trajiste a un arquitecto?

Soltó una carcajada ronca.

—¡Oh, eso...!

—¿Quizá para persuadirme —insistí— antes de que me enterara de la situación por mi cuenta?

—Bueno, si tú te hubieses mostrado receptiva, ya habría visto yo la manera de haber planteado luego la cuestión de la propiedad formal del inmueble. Para entonces, con un poco de suerte, habría logrado para mí misma un pedacito, un apartamento del que te resultaría difícil evacuarme. Pero te juzgué mal. Erré de pleno.

Hizo una pausa, como si repescara de su memoria aquel encuentro. Luego sonrió con ácida ironía.

—Aquello no te interesó en absoluto. Te creí muchísimo más banal y caprichosa de lo que has resultado ser, my dear. He de reconocer que me has sorprendido enormemente.

Iba a protestar, a justificarme, pero ella se me adelantó.

—Hace dos veranos, la tarde en que te conocí, me pareciste una persona del todo distinta. Superficial, insustancial, dependiente de Mark hasta el extremo. Qué demonios le había pasado a mi hijo, tan sagaz e inteligente, para terminar casándose con una..., con una especie de exótica muñeca.

De la boca de Dominic salió un ronroneo reprobatorio.

—Sólo intentaba agradarte —murmuré.

El recuerdo de esa tarde se mantenía vívido en mi memoria. Yo había llegado cohibida a un país extranjero, esforzándome para hablar en una lengua que sólo dominaba a medias, ansiosa por causar una buena impresión, esperando que Marcus se sintiera orgulloso. Lo que encontré, en lugar de una atenta suegra, fue un ser de personalidad abrumadora que actuó ante mí con sumo desdén, sin darme opción a abrir casi la boca.

—En cualquier caso —concluí intentando no perder la calma—, todo eso es pasado. Y ahora que empiezan a estar claras las últimas voluntades de tu hijo, supongo que no tendrás que soportarme durante mucho más tiempo. En cuanto te aclaren del todo el asunto de la pensión que todavía...

Dominic sonó contundente.

—¿Perdón?

Ignorándolo, Olivia se levantó para servirse otra copa. En el rostro de él quedó un gesto de curiosidad inquieta.

—¿A qué se refiere con ese asunto de la pensión?

Le hablé de la carta recibida, de mi desazón frente a esa compleja burocracia y su ofrecimiento para encargarse. Mientras yo desgranaba el asunto, ella se mantenía de espaldas, sirviéndose los restos de alguna otra botella. Amagué con preguntarle, pero Dominic me frenó alzando la palma de la mano.

—¿Lady Olivia?

Sonó firme, pero ella no se volvió.

—¿Olivia?

Ni caso.

—¿Olivia?

Cuando en el tono tirante de Dominic intuyó que no había más remedio que dar la cara, se giró resignada, poco a poco.

—Esa notificación oficial que menciona su nuera y de la que se supone que usted se estaba encargando... —insistió él—. ¿Podría explicarme de qué se trata?

Aún de pie, se escudó en un nuevo sorbo para mantener el silencio. Ahí estaba, esquiva, altiva, fingiendo desgana e indiferencia, ataviada una vez más con uno de sus largos atuendos, con su melena del color de la ceniza y su porte regio.

—Porque, hasta donde yo sé —prosiguió Dominic sin alterar su tono grave—, en los asuntos oficiales de su hijo no queda nada pendiente de trámite. Y le aseguro que he revisado hasta el último detalle con absoluto rigor, tal como era mi competencia.

Nos quedamos observándola, esperando una respuesta.

—¿Olivia? —repitió Dominic, oscuramente serio.

Acorralada, acabó lanzando una mano al aire, como quitando importancia. Como si todo aquello —el testamento, la memoria de su hijo, nuestra presencia— le generara de pronto un profundo aburrimiento.

—¿De qué se trataba? —insistió él—. ¿Era una cuestión importante?

Consciente de que Dominic no iba a rendirse, al fin marcó ella una lenta negativa con la cabeza.

—¿Se trataba entonces, tan sólo, de alguna gestión menor? ¿Una diligencia administrativa sin importancia?

Asintió ahora moviendo la cabeza de arriba abajo, despacio una vez más, sin despegar los labios.

Ahí fue cuando lo vi claro. Clarísimo. Qué tonta había sido. Qué ingenua y ridículamente candorosa.

Me levanté, me acerqué hasta quedar frente a su rostro repleto de arrugas, su facha extravagante, su altanería, su insolencia. Las preguntas surgieron en catarata, mi indignación era extrema.

—¿Pretendes decirme que no te has tenido que encargar de ningún trámite en mi nombre? ¿Que no estamos a la espera de que se solvente nada importante relativo a la pensión de Marcus? ¿Que nos has retenido en Londres durante todo este tiempo sin razón alguna, tan sólo para que yo no indagara si me correspondía llevarme algo y no reclamara ninguna herencia? ¿Intentas decirme que me has estado engañando y no nos has permitido irnos por tu..., por tu..., por tus interesadas maquinaciones simplemente?

33

Quizá el atentado contra el King David había mermado mi capacidad para captar las cosas con nitidez. Tanto, que ni me di cuenta de que mi suegra me estaba manipulando de aquella forma tan descarada, ni alcancé a percibir los verdaderos sentimientos de Nick Soutter, quizá los míos tampoco. A golpe de reveses, sin embargo, los ojos por fin se me iban abriendo.

La muerte de Marcus me había afectado en lo más profundo: me desgarró, destrozó mi vida entera. Pero, por mí misma y por mi hijo, no podía permitir que esa desgracia anulara prolongadamente mi capacidad para percibir la realidad, con sus pliegues y contradicciones, sus brutalidades y sutilezas. Debía cambiar de actitud, aunque me costara; debía cambiar de forma radical mi conducta, ahora me había dado cuenta. Fin de la resistencia pasiva y de dejarme arrastrar, se acabó la espera sumisa: había llegado el momento de tomar decisiones, clausurar capítulos y emprender mi propio camino. Para ello, lo primero que debía hacer era dar por finalizado, de una vez por todas, el asunto de la BBC. Lo segundo, sin demora, buscar pasajes para marcharnos de Londres de inmediato.

La noche previa, tras encararme a Olivia, le había planteado a Dominic la petición de que él se encargara de todo. Que liquidara lo que Marcus nos hubiera dejado a mí y a mi hijo, que garantizara a Olivia mi intención de no sacarla de la que había sido su casa. Que le entregara la cantidad que considerase oportuna y que depositara lo restante en una cuenta bancaria durante un tiempo, hasta que yo supiese dónde iba a asentarme. No tenía la menor intención de quedarme en Inglaterra, gracias. Ya había tenido suficiente.

Lo primero que hice al día siguiente fue llamar a Ángel Ara.

—Tengo mis notas listas y estoy preparada; si el asunto de la autorización está aclarado, podemos empezar cuanto antes. No puedo demorarme; en breve me marcharé de Londres.

—Parece que me ha leído el pensamiento, querida, ahora mismo iba a telefonearle. Arrancaremos mañana a las nueve.

Llegué con cinco minutos de antelación y él ya estaba a la espera. Le comenté mis ideas, acogió con entusiasmo todas mis notas.

—Son unas imágenes fabulosas de la actual Jerusalén, los oyentes van a quedar fascinados. Estampas magníficas, reales, frescas, punzantes, ilustrativas...

Le dejé que se explayara, sin que su catarata de adjetivos me generara demasiada complacencia. Me había limitado a plasmar cómo era la ciudad en el año y medio que allí estuve, sin paños calientes ni artificios. No había entrado en asuntos dolorosamente íntimos como la muerte de Marcus, ni había aportado detalles personales de ningún tipo, pero tampoco había ahorrado menciones a la crudeza de los ataques, a los conflictos cotidianos, las controversias, las razones de unos y otros, la angustia y las penalidades.

Trabajamos sin descanso, primero dando forma a mis apuntes, él sentado frente a la máquina de escribir, yo sugiriendo, alterando sobre la marcha, corrigiendo; armando, en definitiva, el texto que después se convertiría en voz grabada. Concretábamos los últimos coletazos en la oficina anexa al estudio cuando unos nudillos llamaron a la puerta. Nos giramos ambos, tras el cristal vimos a George Camacho. Entró y saludó una vez más con su afable cortesía; acto seguido, para mi estupor, pidió a Ara que nos dejase a solas unos momentos.

No se fue por las ramas.

—Traigo un recado para usted. Altamente confidencial, le ruego discreción máxima.

Una especie de sudor frío me brotó por todo el cuerpo.

—He de confesarle que todo este asunto está tomando un viraje de lo más anómalo pero, en el curso de la indagación para aclarar la cuestión de su permiso para colaborar con nosotros, al parecer han salido a la luz algunos aspectos..., algunos detalles insólitos.

Su tono era como siempre modulado; aun así, sonaba serio.

—Al conocer su presencia en Londres, hay ciertas personas interesadas en hablar con usted, señora Bonnard. Me tomo la libertad de rogarle que, por favor, las atienda.

Aquello me turbó. Me traía ecos de días pretéritos, cuando mis quehaceres transcurrían entre mensajes clandestinos, encuentros furtivos y secretismo.

Concluyó su recado.

—Si tiene a bien acceder, un automóvil la está esperando en la puerta.

No había ventanas en esa dependencia contigua al estudio de grabación, ningún resquicio por el que dejar vagar la mirada mientras intentaba asimilar aquello dentro de mi cabeza. Tuve por eso que concentrarme en mis propias manos, contemplándolas mientras sopesaba mis intuiciones.

Pasaron unos instantes prolongados, él aguardó paciente.

—Verá, mi estimado amigo —dije despegando por fin los ojos de mis dedos—. Creo que voy a escuchar a esos señores, tal como me pide. Pero lo haremos de la manera que yo estime conveniente, sin órdenes ni exigencias. No voy a subirme en ningún coche ahora mismo. Tampoco voy a reunirme con nadie en el lugar que me ordenen.

George Camacho me contemplaba estupefacto. Me levanté hasta quedar a su altura.

—A quienes le envían les va a comunicar de mi parte, si no le supone demasiada molestia, que tendrán ocasión de verme esta tarde a las tres en The Dorchester. O no, perdón. Digamos mejor a las tres y media.

El nombre del hotel me había venido a la memoria al vuelo: había sido mi referencia cuando acudí en busca de Rosalinda para no encontrar su rastro. A mi desplante frente a Camacho añadí una sonrisa tan falsa como luminosa; también hube de rescatarla del fondo de mis recuerdos, hacía mucho tiempo que no las usaba.

Se marchó desconcertado, incapaz de entenderme. Ara volvió enseguida; traía un par de sandwiches insípidos, nuestro almuerzo. Ni le expliqué ni me preguntó, proseguimos como si nada. A las tres menos diez habíamos concluido. Conseguí un taxi y a las tres y veinte estaba en la puerta de The Dorchester. Tenía ya las piernas casi fuera del auto cuando retrocedí y pedí al conductor que circulara de nuevo.

—¿Adónde la llevo ma'am?

—Demos una vuelta sin prisa —respondí—. Muéstreme lo que quiera.

Por la ventanilla contemplé Buckingham Palace, el legendario Big Ben, el Támesis ancho y oscuro, las Casas del Parlamento. A las cuatro menos veinte enfilamos de nuevo Park Lane y por fin descendí del taxi frente a la entrada del hotel. Solía ser una persona puntual, pero preferí llegar tarde a caso hecho. Si aquello acababa siendo lo que sospechaba, esta vez iba a ser yo quien pautara los tiempos.

Me esperaban sentados en una zona discreta, los dos se pusieron en pie nada más verme avanzar por el elegante lobby de The Dorchester. Iban trajeados, bien peinados y afeitados. Uno de ellos era un treintañero rubio; el otro, más maduro, peinaba canas distinguidas, llevaba gafas y una hermosa corbata de seda. No conocía a ninguno de ellos, pero sí a unos cuantos de su mismo estilo, así que me resultaron familiares en cierta forma. Los saludé con aparente seguridad, me senté desenvuelta con uno de mis antiguos cruces de piernas. Tenían delante sendas tazas de café, yo no quise tomar nada cuando me lo ofrecieron.

Las mesas cercanas no estaban ocupadas; aunque no hubiera sido así, el espacio era tan generoso que apenas había riesgo de que la conversación llegara a más oídos que los nuestros. Tras los saludos iniciales, me brindaron sus condolencias por la muerte de Marcus y me reiteraron cuánto lamentaban el deplorable incidente de mi rechazo en la BBC.

—Una jefa de sección cometió un error imprudente —dijo el mayor—, aunque ya está todo resuelto. Lo positivo del asunto para nosotros es que, gracias a ese error, el director del Servicio Latinoamericano buscó explicaciones presuponiendo que se trataba de un veto de orden político, y las instancias implicadas fueron encadenándose hasta llegar a nuestro conocimiento. Así es como acabamos dando con usted; hemos de confesar que rencontrarla ubicada en Londres ha resultado una absoluta sorpresa.

El más joven sacó con discreción unas cuartillas de un portapapeles y se las pasó a su superior. Éste bajó hasta la punta de la nariz sus lentes de montura dorada y procedió en tono articulado y quedo.

—Por refrescarnos todos un poco la memoria, según consta en nuestros archivos, usted, la súbdita británica Sira Bonnard, anteriormente ciudadana española Sira Quiroga, prestó sus servicios entre los años 1940 y 1945 para el Special Operations Executive bajo la cobertura de la supuesta modista marroquí Arish Agoriuq, con el nombre clave Sidi y base de operaciones en España, trasladándose de forma ocasional a Portugal y desempeñando en todo momento su cometido con absoluta competencia, rigor, dedicación y entereza.

Corroboré sin despegar los labios. Intervino entonces el otro.

—Con el objetivo de ratificar todos estos extremos y contar con una apreciación de corte más personal, hemos de informarle de que nos hemos tomado la libertad de consultar al oficial que la reclutó en su momento.

Un levísimo apunte de sonrisa me surgió en las comisuras de la boca mientras musitaba un apellido.

—Hillgarth.

La terraza de la American Legation en Tánger volvió a mi memoria: allí lo había conocido y allí comenzó mi adiestramiento. Con su eficaz aplomo, él me proporcionó órdenes y directrices, instrucciones para comunicarme manejando el código morse, normas para la transmisión de mensajes, pautas para los envíos y recepciones. Me puso asimismo al tanto de la nómina de esposas de nazis que habrían de convertirse en mis clientas, me sugirió cómo comportarme para no levantar sospechas, a quién acercarme y a quién rechazar, por qué sitios moverme y cuáles evitar a toda costa.

Para sacarme del torrente de recuerdos, el rubio volvió a tomar la palabra.

—Exacto. El capitán Alan Hillgarth, agregado naval de nuestra embajada en Madrid durante la guerra, ha realizado una valoración acerca de usted positiva y entusiasta en extremo. No sé si tiene constancia de que, tras la victoria, decidió retirarse tanto de la Armada como de nuestras funciones. Ahora vive en Irlanda, desde donde ha atendido gratamente nuestra indagación y desde donde le envía sus saludos más afectuosos. Nos ha pedido además una dirección postal a la que poder escribirle personalmente.

El mayor se dispuso a intervenir; me evitó así la incomodidad de reconocerles que no tenía domicilio fijo, ni perspectivas de hallarlo de momento. Las mesas contiguas y menos contiguas se habían ido llenando; el murmullo de las conversaciones, aunque afelpado, resultaba más intenso. Los camareros empezaban a empujar carritos y a servir el té, las cucharillas chocaban contra las tazas, se multiplicaban las voces.

—¿Está segura de que no desea tomar nada?

Segurísima. Sometida como estaba a los rigores de The Boltons, de no haberme sentido tan tensa habría agradecido un afternoon tea completo, como en Fortnum & Mason, con sus sandwiches, sus scones y sus pasteles; podría incluso haber envuelto con disimulo unos cuantos en mi pañuelo y llevárselos a Víctor, los habría acogido con deleite. Pero me limité a reiterar mi negativa ante su ofrecimiento. Lo único que quería era que fuesen al grano sin más demora. Ellos, no obstante, continuaban cediéndose uno a otro la palabra en una especie de protocolo anticipatorio.

—Como sabe, señora Bonnard, todo ha cambiado de manera radical en estos dos últimos años. El orden mundial es otro y hemos de adaptarnos a situaciones que nada tienen que ver con la dinámica del conflicto bélico. No tenemos ya frente a nosotros empeños tan preocupantes como en tiempos de guerra, pero sí afrontamos otros escenarios que precisan ser contemplados de forma meticulosa.

Lo sabía. De sobra. De sobra sabía que ni los lugares ni los conflictos eran los mismos. Cómo no iba a saberlo, si perdí a Marcus en uno de esos infiernos. Pero mantuve la boca cerrada, a la espera de que concluyesen.

Entre los dos prosiguieron con su coreografía verbal.

—Es por ello que, para una de nuestras nuevas misiones, necesitamos un perfil muy concreto.

—Una persona juiciosa y a la vez mundana, que conozca las claves del terreno en el que ha de moverse, que domine la lengua y sea capaz de actuar con discreción, agudeza y mano izquierda.

—Las tareas para las que requerimos a tal persona son inminentes.

—El problema es que no hemos logrado dar hasta ahora con nadie que encaje con nuestras exigencias.

Un, dos, tres, cinco segundos de silencio. El de las sienes grises rompió el hielo.

—Hasta que ha aparecido usted, súbitamente.

34

Noté una especie de mareo; como si en vez de rechazar sus ofrecimientos para tomar algo, me hubiera bebido tres o cuatro martinis. Ahí estaba. Ahí estaba, entrando en mi vida otra vez. El servicio de inteligencia británico, dispuesto a lanzarme de nuevo su anzuelo.

—Así las cosas, señora Bonnard, nuestra intención es proponerle una nueva misión en España.

A la espera de alguna reacción, los cuatro ojos de los dos extraños se me quedaron pegados como imanes. Yo ni siquiera pestañeé. Me mantuve impasible, con las piernas cruzadas, la boca cerrada y la espalda recta. Bajo el suave paño de mi chaqueta, sin embargo, el pulso arrebatado no me daba tregua.

Tras el reparto de turnos a lo largo de los prolegómenos, el mayor de los dos y superior en rango no parecía ahora dispuesto a soltar las riendas.

—Permítanos adelantarle que se trataría de una operación muy precisa y limitada en el tiempo, en torno a tres semanas. Aunque hemos de anticiparle que resultarían intensas. El riesgo estaría controlado y exento de la menor controversia política que pudiera comprometerla. De hecho, su cobertura sería tan sólida que incluso quedaría formalmente aprobada por las autoridades.

Por fin logré juntar unas cuantas sílabas, sonaron roncas y quedas.

—¿En qué consistiría?

Inflexibles en sus procedimientos, no me respondieron; aún faltaban detalles en los antecedentes.

—¿Tiene usted algún vínculo personal con Argentina?

¿Argentina? ¿Qué demonios tenía que ver Argentina con las preocupaciones de esos individuos del servicio secreto? En un cajón de mi armario en The Boltons guardaba un carné de prensa de Télam que Fran Nash me había entregado al irme. Desde Buenos Aires le enviaron dos unidades y un sello de caucho para que los cumplimentara con su fotografía y así quedara certificada su conexión con aquella nueva agencia. Pero ella decidió expedir uno a mi nombre, sin razón concreta. Quién sabe, Sira, dijo; un carné de prensa puede abrirte a veces alguna que otra puerta.

Nada de esto compartí con aquel dúo, tan sólo contesté:

—Ninguno, que yo sepa.

—¿Y está usted en modo alguno al tanto de la actualidad de ese país y sus líderes?

De algo estaba al tanto, sí, aunque fuese por encima. Durante los últimos meses en Jerusalén, Fran se las había arreglado para recibir de tanto en tanto alguna copia de los periódicos en los que aparecían las crónicas que yo había traducido. Seguramente lo hizo tan sólo para animarme, ella era incapaz de entender ni una sola palabra de español. Pero, carente de nada más que leer en mi lengua una vez que dejó de llegar la prensa de Madrid tras la muerte de Marcus, solía echarles a menudo un vistazo. Me fui así familiarizando con ciertos nombres y coyunturas, aconteceres y cargos.

Opté, no obstante, por ser cauta.

—Muy poco.

—Si tiene a bien dedicarnos unos momentos más, podemos ponerla de una manera sucinta en antecedentes.

Musité mi conformidad, aunque no se me oyó apenas. El superior se quitó entonces sus gafas de fina montura, como si le molestaran para seguir hablando.

—Verá. Durante prolongadas décadas, las relaciones entre Gran Bretaña y Argentina discurrieron de forma muy fructífera, en particular en lo que al plano comercial se refiere. Desde finales del siglo pasado, nosotros fuimos los receptores de la mayor parte de sus exportaciones, carne sobre todo; con vacas de Las Pampas se alimentaron generaciones enteras de británicos. Y a la inversa, a lo largo del tiempo hicimos enormes inversiones en el país: ferrocarriles, industrias frigoríficas, préstamos al Estado, empresas de servicios públicos, aseguradoras y bancos... Gracias a todo ello, los vínculos con sus clases más influyentes han sido extremadamente fluidos y cordiales, y contamos también con una nutrida colonia de británicos residentes. Tanto ha sido así que algunos de sus pasados gobernantes han llegado a decir que Argentina era, en términos económicos, casi parte del Imperio británico.

Hablaba en tono bajo y monocorde, aunque claro en extremo. Hizo una pausa mientras doblaba las patillas de las lentes, sopesando sus palabras. Su compañero y yo permanecimos a la espera.

—En estos últimos tiempos, no obstante, la situación ha cambiado drásticamente. Gran Bretaña, como sabe, ha quedado desolada en el aspecto financiero tras la guerra, mientras Argentina tiene una economía boyante y es uno de nuestros mayores acreedores por las compras de todos esos años. En su momento, congelamos los pagos de esas deudas y los fondos argentinos depositados en Londres, sabiendo que en algún momento habría que sentarse a negociar. Las elecciones del pasado año dieron la victoria al general Perón, que ya dirigía la política del anterior gobierno, lo que convalidó la orientación nacionalista del país. Las negociaciones han seguido de manera bastante dura desde entonces. Las expropiaciones y compras por parte del Estado de ferrocarriles y empresas de gas y electricidad suponen el fin de una era para nuestros intereses en Argentina, y la nacionalización del sistema financiero ha sido un golpe bastante duro para nuestros bancos y compañías de seguros; hay también cambios en el comercio exterior y en otros ámbitos. Todo eso, en fin, significa una inmensa pérdida para los capitales británicos, una merma importante para nuestros negocios y, en general, un debilitamiento de nuestra influencia, allí y en gran parte de América Latina.

Volvió a ponerse las gafas, con el índice recorrió el tabique nasal hasta ajustarlas en su sitio. A modo de remate, musitó:

—Sic transit gloria mundi.

Asumí la información con mil cautelas. Sin duda, todo lo expuesto sería cierto en términos generales. También sabía, no obstante, que los británicos eran negociantes curtidos, avezados comerciantes y emprendedores industriosos que llevaban siglos moviéndose por el mundo con buenas dosis de voracidad y prepotencia, imponiendo sus reglas y sacando siempre jugosos rendimientos. Pero no comenté nada de eso, por supuesto.

—Esta coyuntura, en fin —continuó—, por decirlo con sutileza, nos perjudica y nos desconcierta. Sin embargo, nos negamos a tirar la toalla; preferimos ser moderadamente optimistas y pensar que quizá las relaciones puedan encauzarse siquiera en parte. Y, para eso, puede que aún nos quede una baza.

Alcé las cejas, con un minúsculo gesto interrogante.

—En medio de los afanes del Gobierno peronista por reducir al mínimo nuestra presencia en la economía del país, emerge con fuerza creciente un personaje acerca del que nos surgen múltiples preguntas.

Volvió a acercarse un camarero a la mesa; el más joven lo despachó con un gesto.

—Me refiero a la señora Eva Duarte —pronunció bajando la voz—. Madame Perón, la esposa del presidente.

Había leído sobre ella, sí. Y había visto su imagen borrosa en la prensa. Una mujer ni hermosa ni lo contrario, bastante más joven que su cónyuge, algo excesiva en sus atuendos.

—Sabemos que ella está adquiriendo un progresivo protagonismo en cuestiones políticas, algo que incluso en su propio entorno a pocos agrada y a muchos molesta. En paralelo se va implicando en múltiples cuestiones de gobierno, tiene al parecer una potente ascendencia sobre su marido y cuenta con una cada vez más grata aceptación entre algunos sectores de la sociedad, en particular en las clases populares. Aun así, tenemos la impresión de que nos faltan datos de primera mano, información más solvente y directa, sobre ella.

Paró unos instantes, como si estuviera dando forma a lo que a continuación iba a decirme.

—Aunque resulte un tanto lamentable asumirlo, a veces nos generan dudas los informes diplomáticos que se reciben. Tenemos la sensación de que nuestros funcionarios no se mueven bien entre los nuevos círculos de poder argentinos y, según con quiénes traten, dan señales contradictorias. Además, tal como le comentaba, contamos con grandes amigos en Argentina, familias con las que se han compartido prósperos negocios y actividades desde hace largas décadas. Tristemente, sin embargo, muchos de ellos, los que antes teníamos por más fiables, ahora no nos resultan útiles como informantes porque en su mayoría pertenecen a los grupos opositores de las élites, un sector social muy crítico y alejado de este peronismo que pregona favorecer a las clases trabajadoras y pretende acabar con la oligarquía o al menos recortarle privilegios. Con ellos, por tanto, no podemos contar para este asunto candente.

Entendía todo lo que me estaba explicando aquel señor con su timbre profesoral, conocía el significado de cada uno de los sustantivos, los adjetivos, los verbos. Seguía sin tener la menor idea, no obstante, de cómo pretendían que encajara yo dentro de todo ese bodegón con música de tango.

Como si me leyera el pensamiento, añadió:

—Bien, con estos prolegómenos creo que es suficiente. Centrémonos pues en la cuestión que nos incumbe.

Ahora sí. En un intento por transmitirme a mí misma serenidad, apreté los puños con fuerza.

—Madame Perón tiene previsto realizar una visita a Europa en breve. Atiende a una invitación oficial que el general Franco extendió en principio al propio general Perón a título personal, en agradecimiento por la generosa ayuda económica que el régimen argentino está ofreciendo a su país, tan necesitado después de su propia guerra. La aceptación de Perón no llegó a producirse: acercarse en exceso al régimen franquista tras la derrota de sus amigos del Eje es un asunto delicado para cualquier Gobierno. Sin embargo, en lugar de rechazar la propuesta, el presidente de la República Argentina ha tenido la idea de enviar a su esposa para que lo represente.

Hizo una seña apenas perceptible con la mandíbula; el más joven lo entendió de inmediato. Del portapapeles extrajo, dobladas, varias portadas de diarios. Las extendió y me las entregó para que pudiera leer los titulares.

—Algunos destinos del viaje ya son de dominio público. Comenzará en España, donde quedará marcado el tono general del tour, y desde allí se dirigirá a Italia, donde será recibida por el papa. Se habla también de posibles visitas a Francia, Portugal y Suiza. Sotto voce, además, hay una posible etapa que aún nadie nombra.

Doblé de nuevo las páginas, intenté devolvérselas, pero las rechazó con un gesto.

—El Ministerio de Relaciones Exteriores argentino ha tanteado con los representantes de nuestra embajada la opción de que la señora de Perón sea recibida por nuestro monarca como un elegante broche de su periplo en el Viejo Mundo, incluso han propuesto fechas para alrededor de mediados del mes de julio.

Se detuvo un instante, volvió de nuevo la cabeza a su izquierda y susurró algo brevísimo; el otro hizo de inmediato una seña a un camarero cercano. Agua, pidió. La hora del té había terminado hacía rato y el lobby volvía a estar en calma, a la espera de llenarse de nuevo para los cocktails previos a las cenas.

—Ante tal contingencia, permítame confesarle que nos asola una notable incertidumbre en el terreno económico, pero no sólo. A esto se suma una no menor preocupación por la cuestión política puesto que, aun tratándose de un presidente elegido de manera democrática, nuestro actual Gobierno laborista lo considera muy cercano a los regímenes fascistas que tanto esfuerzo nos costó derrotar en la guerra. Una verdadera paradoja, si se considera que Perón ganó las elecciones como candidato del Partido Laborista argentino y pregonando su obrerismo.

Le empezaba a fallar la voz, me di cuenta de que hablar tanto tiempo le estaba fatigando. Tras su seguridad y su fachada impecable, seguramente tenía más años de los que aparentaba. Aun así, no se dio tregua.

—Según el estado actual de nuestras relaciones, que el rey Jorge VI y la reina se avengan a recibir a la señora de Perón con los correspondientes honores de esposa del jefe de Estado argentino podría ser percibido como una bajada de pantalones por nuestra parte, si me permite la frivolidad metafórica. Aun así, hemos de reconocer que la visita podría suponer buenos réditos.

El tono se le iba aflautando, enrojeció y le noté unas minúsculas gotas de sudor en la frente.

—Incluso dentro de nuestra precaria situación económica, seguimos teniendo cosas que nos interesa venderles: aviones de guerra, pedidos millonarios para la Armada, maquinaria diversa. Y, por supuesto, seguimos necesitando de ellos la carne para alimentar a nuestro sufrido pueblo. Por todas estas razones, estimamos que, siendo convenientemente orquestada, la visita de Madame Perón tal vez podría ayudar a destensar tiranteces, limar asperezas y reconducir los vínculos entre las dos naciones. Podría, en definitiva, convertirse para nosotros en una interesante oportunidad estratégica.

Llegó el camarero con un vaso de agua sobre bandeja de plata, el rubio indicó que la dejara delante de su jefe.

—Así las cosas —dijo mientras agarraba el cristal con delicadeza—, y a fin de contar con datos concretos que nos ayuden a tomar la decisión más procedente, antes de remitir un informe al Parlamento tenemos la urgente necesidad de contar con alguien que sea testigo privilegiado del tour, alguien presente durante los días que dure el viaje por España. Unos ojos que la observen, unos oídos que la oigan y un cerebro que absorba y retenga información, la evalúe, la filtre y nos la transmita.

Dio un sorbo al agua. Anticipando lo que vendría en breve,

me entraron de pronto unas ganas locas de arrancarle el vaso de las manos y bebérmelo entero.

—Nos interesaría asimismo tantear a su séquito. Son numerosas las personas que van a acompañarla cumpliendo funciones diversas. En caso de aceptar nuestra propuesta, la pondríamos al tanto de todas ellas oportunamente. En una u otra medida, anticipamos que la mayoría pueden resultar valiosas para conseguir información de un tipo u otro acerca de cómo es Madame Perón, cómo actúa, cómo se comporta, cómo habla, cómo reacciona, qué opina si es que opina y, lo principal, cómo piensa si es que piensa acerca de Gran Bretaña y su eventual viaje.

Carraspeó, volvió a beber. Mientras lo hacía, con un ademán autorizó a su subordinado para que prosiguiera.

—Se trataría de una misión vinculada al Foreign Office y, por supuesto, usted contaría con el adecuado emolumento y cobertura diplomática si algo tomara un cauce desafortunado.

—¿Podrían ser más explícitos, por favor?

—La visita de Madame Perón a España será cubierta por numerosos medios de prensa tanto nacionales como extranjeros —concluyó el superior con la garganta aclarada—. Ahí es donde encajaría usted.

Echó el torso hacia delante, despegándolo del respaldo de la butaca. Sus ojos quedaron en línea con mis ojos, su nariz con mi nariz. A través de los cristales de sus lentes, me miró con agudeza.

—Pretendemos infiltrarla en el pool de corresponsales internacionales. Bajo la cobertura de la BBC, en calidad de supuesta reportera.

35

Cuando años atrás Rosalinda Fox me citó en el Dean's Bar de Tánger para proponerme colaborar con los servicios secretos británicos, pensé que aquello era una descomunal insensatez, un disparate sin pies ni cabeza. Recluidas en el oscuro almacén del negocio, entre sacos de café y cajones de botellas, me planteó la posibilidad de insertarme en una trama de informadores clandestinos para conseguir datos sobre la colonia nazi asentada en Madrid; tendría para ello que cambiar de ciudad y país, falsear mi ayer, alterar mi nombre. Me negué con contundencia en un principio, creí que aquello rebasaba mis capacidades, bien poco podría aportar yo a una empresa tan temeraria como grandiosa. Entre la propia Rosalinda y mi madre, sin embargo, cada una con sus propios argumentos, me obligaron a ver las cosas desde ángulos distintos. Me ofrecieron razones y evidencias, me hablaron de lealtad, compromiso y sentido del deber. Acabaron por convencerme y asumí la labor para aportar mi grano de arena.

A diferencia de aquellos días, en ese Londres extraño al que me habían arrastrado los vientos desgraciados de la vida, no tenía a nadie que me proporcionara confianza. Nadie ahora podía escuchar mis dudas e incertidumbres, ni arrojar una luz entre las sombras que habían quedado flotando en mi cerebro tras el encuentro con los miembros del servicio de inteligencia en el lobby de The Dorchester. Ni Rosalinda ni mi madre. Ni Marcus, ni Fran Nash ni Nick Soutter. Nadie a quien lanzar un grito de socorro en mitad de la tormenta.

Era consciente, no obstante, de que esa ausencia de afectos no debía paralizarme. Todo lo contrario. Ahora más que nunca, sola como estaba y con la responsabilidad de un hijo a mi cargo, había llegado el momento de hacer de la necesidad virtud: sacar el escaso arrojo que me quedaba dentro y convertirlo en algo productivo, enderezar mi ánimo y dar de nuevo un paso al frente. Despegarme de Olivia sería un alivio, pero a medida que se acercaba mi partida, iba dándome cuenta de que escapar de ella para cobijarme bajo el ala de mi madre tampoco era la más favorable de las perspectivas. Por eso, tras considerar con serenidad aquella desconcertante propuesta, decidí finalmente dar un sí.

Sí, aceptaba infiltrarme entre aquellos periodistas que durante tres semanas vagarían por España persiguiendo la sombra de una antigua actriz de radioteatro transformada en primera dama del único país del mundo que tendía una mano a mi pobre patria hambrienta. Sí, accedía a hacerme pasar de nuevo por quien no era, cubriéndome una vez más con mentiras descaradas y falsas identidades. ¿Qué beneficio lograría con ello para mí misma, además de lo que obtuviera para los afanosos ingleses? Al margen de una compensación económica, aún no lo sabía. Sólo tenía claro que, de entrada, me iba a servir para reconstruirme y sentir que era capaz de acometer algo productivo. Que seguía siendo útil y válida.

Realizamos por fin las grabaciones sobre Palestina un par de días más tarde. Durante los ensayos y preparativos, absorbí con atención extrema todo lo que me rodeaba: técnicos, equipos, métodos y formas, ademanes, posturas y procedimientos. Hasta que logré ponerme delante de un micrófono, un artilugio con las letras BBC en acero bruñido. Para tranquilidad de todos, mis palabras sonaron claras y serenas, sin rastro de nerviosismo, sin sombra de inseguridad o titubeos. Así quedó mi voz registrada, en alternancia con la de Ángel Ara, grabada en los surcos de tres discos cuya retransmisión a través de onda corta cruzaría luego el Atlántico y llegaría a los oyentes de más de una decena de naciones. Así quedó el testimonio de lo que ocurría en Palestina narrado por alguien que había sufrido y amado, llorado y parido en aquella tortuosa Tierra Santa, al borde de sus días más sangrientos.

Concluimos la tarea radiofónica ya sin ningún tipo de restricciones formales; todo fluyó con facilidad absoluta. Alguna vez tuve la tentación de preguntar por Cora Soutter, pero me tragué la curiosidad y nunca supe si aquella decisión visceral de vetarme le había generado consecuencias adversas por parte de algún estamento. A su confesión acerca de Nick preferí no darle hondura ni vueltas. Me turbaba demasiado, me hacía cuestionarme sentimientos que ahora ya carecían de sentido. Preferí por eso dejar aquel testimonio simplemente encapsulado en algún rincón, no sabía si de mi corazón o mi cerebro.

En cuanto terminamos la grabación para el Servicio Latinoamericano de la BBC y a medida que la primavera se iba asentando sobre Londres, comenzaron los preparativos para el desempeño de mis próximas funciones. A The Boltons, sin remite, empezó a llegar cada mañana un sobre de papel grueso con los periódicos argentinos de mayor tirada, todos atrasados, por supuesto, y todos con un tratamiento dispar respecto al personaje en cuestión. De inmediato percibí que diarios como *La Prensa, La Nación* y, cuando llegaba, *La Vanguardia* se mostraban ostensiblemente críticos, este último incluso contenía viñetas satíricas y despiadadas caricaturas en sus portadas. Otros como *Democracia,* en cambio, ensalzaban con efusión el régimen peronista y a la mujer cuya presencia yo iba a cubrir en España. Aunque los planchaban antes de hacérmelos llegar, me di cuenta asimismo de que las páginas estaban manoseadas, a veces incluso con alguna hoja rajada o una pieza recortada con tijeras. En ocasiones percibí manchas de tinta o grasa, incluso círculos impresos que testimoniaban que alguien había dejado encima, con descuido, una taza de café, una copa de vino. Todo ello demostraba que se trataba de prensa ya leída y destinada al desecho, ejemplares que quizá alguien se encargaba de sustraer de la embajada argentina antes de que cayeran en los cubos de la basura, en la lumbre de las cocinas o —ante la escasez de productos de higiene— quizá en algún resquicio más privado.

Para cada uno de mis movimientos pusieron a mi disposición un auto con chófer. El objetivo básico de las siguientes jornadas fue instruirme para que lograra desenvolverme entre periodistas con una credibilidad al menos mediana. No se trataba de que aprendiera las entrañas del oficio, éramos conscientes de que no iba a transmutarme de la noche a la mañana en una avezada corresponsal extranjera. Pero había montones de pequeños agujeros que sí podría llenar, cuestiones periféricas, transversales o accesorias que me ayudarían a manejarme sin levantar sospechas.

Una de las primeras iniciativas fue un curso acelerado de mecanografía en unas oscuras oficinas de Whitehall. A cargo de mi aprendizaje, pegada a mi espalda en todo momento, estuvo una secretaria madura de moñete tenso, flaca y áspera. Mientras me enfrentaba a los misterios de la velocidad del carro y el empuje de las teclas, volvieron a mi memoria ecos tristes de otros tiempos. En un establecimiento de venta de máquinas de escribir conocí al desgraciado de Ramiro Arribas cuando mi novio de entonces, el bueno de Ignacio, decidió que yo debía convertirme en funcionaria. Y de Argentina en concreto, casualmente, se suponía que iba a venir la concesión para abrir una cadena de aquellos novedosos centros, aquella red de academias Pitman en las que habríamos de invertir el dinero que me había entregado mi padre cuando decidió conocerme al cabo de los años. La severa Miss Crossman, con sus estrictas maneras de institutriz victoriana, ató corto el vuelo de mis recuerdos exigiendo atención plena a mi tarea; así logré, por fortuna, mantener la melancolía a raya.

Para no resultar ignorante del todo entre fotógrafos, en un estudio de Fitzrovia me adiestraron sobre el funcionamiento y la nomenclatura elemental de distintas cámaras, tipos de rollos y lentes, cómo usar el obturador, el temporizador, el disparador, cómo cambiar la película. En otro estudio de Broadcasting

House me enseñaron a manejar un magnetófono de bobina abierta, por si en algún momento viniera al caso. Una y otra vez, maniobré los controles, tanteé los cabezales e inserté y saqué los rollos de cinta magnética hasta lograr repetirlo todo con facilidad mecánica.

Hube de familiarizarme asimismo con los nombres y responsabilidades de algunos miembros del equipo de confianza que acompañaría a la esposa del presidente argentino: su mano derecha femenina, su hermano y secretario del general, el naviero que sufragaría el viaje más allá de las fronteras españolas, los edecanes militares, el sacerdote, las modistas, el peluquero y confidente. Aún no tenían el listado completo, debería estar al tanto y localizarlos en cuanto llegaran.

Recibí igualmente sesiones informativas acerca de los principales periódicos, revistas y agencias del globo —Reuters, France-Presse, Continental, Associated Press, United Press, incluso acerca de EFE memoricé datos—. Tuvimos que trabajar con pinceladas genéricas, porque también en esto carecían de datos exactos acerca de los medios que iban a participar en el tour de la primera dama. Anticipaban, no obstante, que serían unos cuantos: tanto la España soberbiamente autárquica como el personaje que la visitaría generaban entre la prensa internacional una morbosidad enorme.

Me organizaron también encuentros con gente que estimaron relevante. En el Press Club, cercano a Fleet Street, me reuní con un corresponsal del *Evening Standard* que había cubierto las elecciones presidenciales del año anterior en Buenos Aires. En el Argentine Club de Hamilton Place, un gentlemen's club en toda regla donde me permitieron la licencia de acceder a un pequeño comedor privado, almorcé con el principal accionista de una de las compañías ferroviarias anglo-argentinas, un venerable anciano de opulento apellido que terminó medio beodo, derramando lágrimas de nostalgia por su empresa perdida mientras intentaba besarme al ritmo de *Cuartito azul*. En una cena en grupo, me sentaron al lado de un cargo del consulado general, un tipo aburridísimo del que no logré sacar nada más que descripciones sobre la belleza de los bosques de Bariloche. Y así, con mayor o menor rédito, mantuve otras tantas reuniones en las que nadie pronunció jamás mi verdadero nombre, ni dimos ni una sola pista cierta acerca de mí misma, mi pasado, mi porvenir o mis intenciones. Como una presencia escurridiza, frente a todos escuché con atención extrema, lancé alguna pregunta ocasional, almacené en la memoria abundantes apuntes y me marché sin hacer ruido ni dejar rastro.

En medio de todo ese ir y venir imparable de mis últimos días en Londres, encontré un hueco para decirle adiós a Dominic Hodson. No llegamos a hacernos amigos; había sido atento, cumplidor y generoso en su desempeño, pero impenetrable. Sugirió invitarme a un almuerzo de despedida, lo rechacé con un par de embustes. Como contraoferta, y aprovechando que había vuelto a tener un encuentro en The Dorchester, le propuse otro paseo, sólo que esta vez sería en Hyde Park en vez de The Boltons. Tras media hora de caminata bajo los árboles ya repletos de primavera, adelantó su mano para despedirnos. Sinceramente agradecida por sus esfuerzos para velar por la voluntad de Marcus, por nuestro hijo y por mí misma, no pude contenerme y le di un abrazo. Casi se ruborizó, tartamudeó un poco.

—Mi amigo Mark tuvo suerte con usted —musitó sin mirarme a los ojos. Hasta que alzó los suyos, redondos, descoloridos y sin pestañas como los de un besugo—. ¿Sabe? Yo también lo quise mucho.

Sin añadir más, se tocó el ala del sombrero, se dio la vuelta y emprendió su camino en dirección a Marble Arch. Lo quise mucho, había reconocido, con ese escueto verbo, to love, tan escurridizo. Confusa y conmovida, me quedé contemplando cómo se alejaba, cómo la espalda de su gabardina se achicaba en la distancia, avanzando por la ancha acera. Dominic quiso mucho a Marcus, y seguía soltero, y se movía con torpeza entre mujeres, y el roce femenino le resultaba incómodo. Lo quiso mucho, pero

Marcus se apartó durante años de su lado y jamás me habló de él. Quizá por eso.

Al borde ya de mi marcha, por fin logré algo de tiempo para organizar todo aquello que escapaba de las directrices del servicio de inteligencia. Ir a la peluquería, por ejemplo. Comprar ropa para mi hijo, para las casi veinte libras que ya pesaba y los días de calor moderado que nos esperaban en el Madrid de primeros de junio.

—¿Su hijo? ¿Perdón?

Eso me había dicho Kavannagh frunciendo su distinguido ceño. Sir Nigel Kavannagh, ése era el nombre del señor de gafas de oro y canas de plata que me había propuesto colaborar de nuevo con su gente. Mi planteamiento fue firme.

—O voy con mi hijo y su niñera, o no me muevo.

Phillippa había accedido a acompañarnos, para la estancia de ambos en Madrid ya lo tenía todo organizado; le garanticé por eso a Kavannagh que su presencia no afectaría a mi trabajo ni por lo más remoto. Los mantendría en un plano al margen mientras frente al mundo me mostraría como una enviada de la BBC medio española medio inglesa, cien por cien volcada en mis funciones, autónoma y competente. Aun sin agradarle lo más mínimo, el atildado alto cargo no tuvo más remedio que aceptar mi envite.

Sería incorrecto decir que renové mi vestuario, porque en realidad apenas tenía prendas que cambiar por otras nuevas; la maleta que había traído de Jerusalén sólo contenía ropa de invierno. A fin de abastecerme, volví a la tienda de Digby Morton en Kensington. Tuve la buena fortuna de que el mismo modisto estuviera allí, elegimos las prendas mano a mano. Se tragó que yo era la esposa de un diplomático portugués, no le di explicación alguna acerca de mi pasado entre costuras. Con su criterio y el mío ensamblados, cargué un guardarropa magnífico por el que pagué una indecente cantidad de dinero. Confesé el pecado ante mi conciencia y me di la absolución de inmediato: iba a cobrar un salario lustroso por mi misión en España y estaba a la espera de la imprevista liquidez por el patrimonio de Marcus. El propio diseñador me acompañó hasta el coche.

—Tiene usted un gusto soberbio, my dear —dijo—. Vuelva cuando quiera, siempre será bienvenida.

Habíamos ya arrancado cuando le lancé una pregunta al aire.

—¿El mejor establecimiento para artículos de escritura? Smythson, en Bond Street, sin duda alguna.

Allá fui para hacer acopio de cuadernos forrados en piel, papel de correspondencia y sobres, blocs de notas y un maletín de aspecto profesional y a la vez elegante en extremo. En mi memoria retenía las imágenes de algunas mujeres periodistas que había conocido en Jerusalén a través de Fran Nash en los meses ya sin Marcus, mujeres trabajadoras, carismáticas y diligentes como Clare Hollingworth, de *The Observer*, Ruth Gruber, de *The New York Post*, y otras tantas. De todas robaría gestos y maneras, expresiones y ademanes, formas de mirar el mundo.

Saltándome a la torera la norma impuesta por Kavannagh de evitar todo contacto antes de mi partida con españoles o hispanos, cené la última noche con Ángel Ara y George Camacho en Martínez; quise invitarlos como gesto de gratitud por creer en mí y defenderme. Desconocían la naturaleza exacta de mis quehaceres y yo les solté una milonga que vinculaba el interés de Kavannagh con el pasado de mi marido. Dudo que me creyeran, pero la cena resultó muy grata en aquel restaurante decorado con azulejos de Talavera, faroles de forja y la cabeza de un Miura colgada en una pared, a pesar de estar a un paso de Piccadilly Circus.

Ya en la puerta, mientras Camacho paraba un taxi, entregué a Ara un sobre con un grueso fajo de libras esterlinas y le susurré un mensaje al oído.

—Haga llegar esto a los niños que sacaron de España entre bombas, ésos a los que nadie reclamó tras la guerra.

Habíamos pasado cuatro meses en Londres: llegamos entre las nieves y los hielos del invierno más cruento que se recordaría en décadas, y nos íbamos cuando la primavera había cubierto la ciudad haciendo su crudeza más soportable. Olivia salió a despedirnos; a pesar de su habitual desapego, apretó a Víctor contra su pecho con fuerza. Con mis constantes salidas y entradas, no habíamos tenido oportunidad de coincidir demasiado a lo largo de las últimas semanas y, cuando no tuvimos más remedio que hacerlo, ambas nos mantuvimos serenas, diplomáticamente cordiales pero guardando en todo momento las distancias. Qué pasaría con la casa, aún estaba por ver; que decidieran entre Dominic y ella, yo ahora tenía otras premuras.

Entramos al aeropuerto con nuestro voluminoso equipaje en un carro empujado por dos mozos, allí nos encontramos con Dean Haines, el rubio subordinado de Kavannagh al que conocí en The Dorchester y con quien después me había reunido en varias ocasiones. Extremando la discreción, me entregó un sobre. Dentro había tres impecables pasaportes con sus correspondientes nombres falsos; un carné de prensa y un duplicado del mismo. Otro sobre de menor tamaño contenía billetes de cinco, diez, cien y mil pesetas.

En el fondo encontré una pequeña caja de tarjetas. En todas ellas figuraba la dirección de Broadcasting House y un número de teléfono que no conectaría lógicamente con la radio sino con ellos, por si alguien realizara indagaciones, para que fueran los primeros en estar al tanto. En el centro exacto de cada cuadrícula de cartulina, en elegantes letras de molde, aparecía impreso el nuevo nombre que yo misma había elegido para rebautizarme.

LIVIA NASH
BBC
REPORTER

A mi suegra le robaba cinco letras, a mi amiga el apellido. Con toda probabilidad, ninguna de las dos llegaría nunca a enterarse.

TERCERA PARTE

—

ESPAÑA

36

Me mantuve despierta hasta la madrugada. Todos los flancos abiertos se agitaban dentro de mi cabeza, peleando a brazo partido unos con otros para que les dedicara una atención preferente. ¿Lograría desempeñar mi trabajo? ¿Encontraría algún obstáculo que me dejara en evidencia? ¿Estaría bien Víctor en casa de su abuelo, separado de mí?

Sola, tumbada en aquella cama extraña, el sueño se empeñaba en rehuirme y vi dar vueltas al minutero de mi despertador de viaje hasta marcar la una de la mañana, las dos, las tres, las cuatro casi. En algún momento oí voces procedentes del piso inferior, pasos en la escalera, una puerta cercana que se abrió cuando alguien hizo girar la llave. Después, sólo silencio.

Habíamos llegado esa misma tarde a Madrid con un día de antelación sobre el programa. Tras bajar del avión y entrar en la terminal, Phillippa se quedó en la retaguardia con el niño mientras yo salía imponiendo a mis andares el aire desenvuelto de la reportera radiofónica en la que se suponía que acababa de transmutarme.

Me habían avisado de que iba a esperarme un chófer; lo localicé de inmediato, pero fingí pasarlo por alto para lanzar sobre la sala de espera un barrido visual completo. Quedé aliviada cuando lo vi, a la espera, paciente en un lateral; hube de hacer un esfuerzo para no correr a abrazarlo. Ahí estaba mi padre, Gonzalo Alvarado, un poco más viejo, algo más delgado dentro de su traje de tres piezas. Él también me vio, por supuesto. Pero tal como habíamos convenido en nuestra conferencia telefónica, nos ignoramos mutuamente. A su lado, vestida con modesta sobriedad, aguardaba una señora. Se trataba de Miguela, la madura empleada extremeña que había sustituido a la vieja Servanda para llevar su casa. Ellos dos iban a encargarse de trasladar a Phillippa y a mi hijo hasta su domicilio de Hermosilla, donde se alojarían mientras yo interpretaba mi papel de reportera tramposa.

Entré en Madrid sin cruzar ni una palabra con el conductor, cobijada en la soledad del asiento trasero. Docenas de estampas del pasado reciente, con Marcus dentro de todas ellas, empezaron a acosarme a medida que me rencontraba con rincones, anuncios, carteles y fachadas. Las lágrimas amenazaron alguna vez con asomarse; por suerte llevaba puestas unas grandes gafas de sol para protegerme tanto de la luz de principios de junio como de los brotes de melancolía inoportuna. De aquella ciudad habíamos salido juntos Marcus y yo hacía dos años, exultantes tras la victoria en la gran guerra, orgullosos por haber cumplido e ilusionados ante el arranque de futuro en el que podríamos mostrarnos juntos de forma abierta, sin subterfugios ni embustes. Ahora yo regresaba con un niño que tenía sus ojos y el color de su piel, mientras sus restos despedazados permanecían bajo una losa de mármol en la falda de un monte palestino. Esforzándome para no caer en el desaliento, me dediqué a contemplar calles y gentes a la busca de cambios, guiños, algún rastro de esperanza en ese pobre país mío, tan castigado.

Lo primero que percibí fue que los alemanes y sus estridentes manifestaciones habían desaparecido como si se los hubiera tragado la tierra. A medida que avanzábamos por el paseo de la Castellana —avenida del Generalísimo era su nombre ahora—, ya no vi las banderas rojas, blancas y negras que antes asomaban por todas las esquinas con sus cruces gamadas.

En las dependencias de la que fuera la embajada alemana, muy cercana a la plaza de Colón, no entraban y salían montones de funcionarios y representantes diplomáticos. Dentro, discretamente, el Consejo de Control Aliado acometía ahora la operación Safehaven con el propósito de destruir cualquier vestigio nazi. Para ello estaban llevando a cabo un minucioso proceso de identificación y expropiación de decenas de inmuebles oficiales, tasando todo tipo de entidades e instituciones, bloqueando centenares de empresas e inmovilizando capitales y activos, incluido el célebre oro nazi procedente del expolio en distintos sitios de Europa.

A medida que el auto avanzaba, seguí percibiendo el ocaso del Tercer Reich de una manera palmaria entre mansiones, villas y palacetes. Atrás quedaba, como un cascarón vacío, el Banco Alemán Trasatlántico. Un poco más adelante, en el número 18, la sede de la Gestapo aparecía clausurada a cal y canto, con gruesas cadenas entrecruzando las aldabas de los portones. En la acera de enfrente, las antaño elegantes oficinas de Sofindus mantenían apestilladas las contraventanas, mientras la ampliación de la Deutsche Schule en la esquina con Zurbarán blindaba sus rejas de acceso con un recio candado. En la imponente construcción que antes había alojado el Instituto Alemán de Cultura, haciendo chaflán con el paseo del Cisne —rebautizado en honor de Eduardo Dato—, se percibía el jardín delantero crecido y desgreñado. Junto a la glorieta de Castelar, el óxido estaba empezando a clavarle los dientes a la verja de hierro de la Oficina de Prensa Alemana.

Aunque no lograra verlos en mi recorrido, imaginé que el deterioro acosaría de igual forma al resto de los edificios, siempre opulentos y bien ubicados, en los que había transcurrido el día a día de los nazis en España; a algunos acudí como invitada a eventos y recepciones. La residencia del embajador en Hermanos Bécquer o el animado club social junto a la iglesia de San Fermín de los Navarros. La sede del partido nazi justo enfrente, en la esquina con Zurbano. La Oficina de Turismo en la calle de Alcalá. La Cámara de Comercio Alemana en Claudio Coello. La agencia de prensa Transocean en el número ciento y pico de Serrano. Todas esas propiedades y muchas otras repartidas por España entera estaban ya controladas por los aliados y en negociación con el Gobierno de Franco; ambas partes mantenían un tenso tira y afloja para ver quién lograba llevarse la mejor tajada.

El coche continuó su trayecto hasta el Club de Prensa, un lugar que yo desconocía y en el que habían establecido mi alojamiento. Pasamos también por delante de la residencia de Sir Samuel Hoare, el antiguo embajador británico; me pregunté desde cuál de sus ventanas abiertas de par en par habría visto pasar el cortejo fúnebre de su homólogo Hans Adolf von Moltke, muerto en Madrid a los tres meses de asumir su cargo como cabeza de la legación alemana. Desde el interior de su casa pero a la vista, ataviado de riguroso chaqué, Sir Sam se había quitado la chistera al paso de la caja mortuoria y había agachado solemne la cabeza en señal de duelo: etiqueta diplomática impecable con el enemigo, aun en plena guerra.

Un poco más adelante, cerca ya de los Altos del Hipódromo, el auto giró a la derecha, enfilamos la estrecha calle del Pinar y nos detuvimos frente al número 5, en la puerta de un edificio a caballo entre gran chalé y palacete. El chófer anunció: hemos llegado, señora. Tras apearme, algo se me retorció dentro cuando contemplé la entrada. Conocía ese sitio, había estado allí al menos un par de veces. Y no, por entonces aquello no era la sede de nada parecido a un club de prensa. Ni por lo más remoto.

Apenas entré, me di cuenta de que aún olía a pintura fresca. En el salón del ala derecha, donde mi antigua clienta Helga Henke expuso un día sus mediocres pinturas florales, vi que se distribuían ahora varios grupos de butacas alrededor de un gran aparato de radio. En el hueco de la escalera, donde antes colgaban en cordial armonía un retrato de Hitler y otro de Franco, lucía un gran óleo con una escena de caza. A recibirme salió una señora madura vestida con austera corrección, un formato entre institutriz y ama de llaves. Se presentó por su apellido, Cortés; me dio la bienvenida y se dispuso a mostrarme las zonas comunes: la biblioteca y sala de lectura, los cubículos telefónicos, el comedor con ventanas al jardín trasero y una estancia contigua con una pequeña barra de bar y un surtido de botellas de licores.

Todo estaba reubicado, pero las estancias eran exactamente las mismas que cuando Serrano Suñer, en su bravío fervor proalemán de la temprana posguerra, decidió alquilar este inmueble al barón del Sacro Lirio para crear en él la flamante Asociación Hispano-Germana. Para ponerla en marcha encargaron muebles y enseres, montaron una nutrida biblioteca con libros en alemán o sobre Alemania, y ampliaron el área de cocina instalando modernos electrodomésticos regalados por empresas germanas; incluso alguna entidad donó una vajilla completa con la esvástica y el yugo y las flechas, mano a mano. A lo largo de la contienda mundial se celebraron aquí conferencias y conciertos repletos de patriotismo, exposiciones y charlas a mayor gloria del Tercer Reich y sus armoniosas relaciones con España.

Ahora, dos años después del descalabro nazi, de todos aquellos ponentes, artistas e invitados ya no quedaban ni las sombras. Tras lavar la cara a las instalaciones y extirpar con cuidado todo lo que oliese a nazismo en vísperas de la primera visita oficial de una personalidad foránea a la España de Franco, habían reconvertido sobre la marcha aquella institución cultural en un refinado club para acoger a periodistas extranjeros. A la memoria me volvió el Press Centre que los ingleses del Mandato habían instalado en Jerusalén para comodidad de los reporteros internacionales, el bar donde tomé el primer aperitivo con Fran Nash, cuando supe que ella y Nick Soutter eran amigos. Tener contentos a los profesionales de la prensa parecía ser un empeño tenaz que traspasaba fronteras.

La adusta señora Cortés terminó de mostrarme las instalaciones de la planta principal, yo aún no había percibido rastro de ningún otro residente. Extendió entonces la mano hacia la escalera.

—Permítame que la acompañe a su dormitorio; se alojarán aquí únicamente las señoras periodistas. Los señores han sido emplazados en hoteles, aunque éste será para todos el centro de encuentro.

Alguien se había encargado de subir mi equipaje; cuando entré a mi habitación, ya estaba dispuesto contra la pared del fondo. El mobiliario era contemporáneo, moderno casi. Buró con su silla, butaca tapizada junto a la ventana, armario empotrado, pequeño cuarto de baño y cama de cuerpo y medio con un crucifijo sobre el cabecero. Encima de la mesilla de noche encontré un bouquet de flores blancas y una tarjeta. Diego Tovar, director de la Oficina de Información Diplomática, transmitía a Livia Nash, reportera de la BBC, su bienvenida a España. Al lado, un programa para el día siguiente. Se nos convocaba a las diez de la mañana en el salón de reuniones a fin de proporcionarnos la información correspondiente a la jornada de arranque.

La voz de la gobernanta sonó a mi espalda.

—La cena se servirá a partir de las ocho y media.

Sin más, cerró la puerta con sigilo y me dejó sola en mi cuarto. Miré la hora, las siete y veinte. Dudé unos instantes, el alma me pedía correr escaleras abajo, encerrarme en un cubículo telefónico y llamar a mi padre. Quería saber cómo había llegado mi hijo, qué tal estaba reaccionando ante mi ausencia. Pero me contuve: no, desde ese Club de Prensa no iba a hacer ninguna llamada. Para sacarme la preocupación de la cabeza, me dispuse a deshacer mi equipaje.

Cuando bajé al comedor una hora y cuarto más tarde, vi tan sólo dos mesas ocupadas. Frente a una de ellas estaba sentada una señora de cuerpo compacto entrada en años, llevaba el pelo corto y gafas de lentes gruesas colgadas del cuello con una cadena de plata. Leía una revista mientras sostenía el tenedor con la otra mano; apenas alzó la cabeza cuando saludé al aire. Claramente, no tenía el menor interés en conocerme; mucho menos en invitarme a acompañarla. En otra mesa, de espaldas a la entrada y mirando al jardín, había una segunda mujer a la que no logré ver la cara. Parecía delgada, supuse que joven por el tono natural de su cabello castaño, no demasiado bien arreglado. También hizo caso omiso a mi saludo, como si no me hubiera oído. Habida cuenta de la común indiferencia, opté por instalarme sola en una esquina.

Me sirvió un camarero silencioso con chaquetilla blanca cerrada al cuello. Estaba terminando los entremeses cuando la joven se levantó y dio las buenas noches en inglés americano, sin mirarnos siquiera. Good night, sweet pie, contestó la de las gafas con cadena, en la misma lengua, con el mismo acento y sin despegar los ojos de su lectura. Acababan de traerme la merluza rebozada con mahonesa cuando ella misma se despidió, igual de escueta.

Comparados con la austeridad de casa de mi suegra, aquellos platos deberían haberme sabido a gloria bendita. Sin embargo, los dejé a medias. Jamás imaginé que fuese a añorar The Boltons, Londres, incluso a Olivia. Y sin embargo, eché de menos su cercanía, la confianza y la solidez que emanaban ella y sus compatriotas; el país entero luchando todos a una por su reconstrucción, austeros, valientes y admirablemente estoicos; afrontando como un solo hombre las penalidades y soportando con esfuerzo común los sacrificios. España en cambio, mi pobre patria, abordaba su reconstrucción dividida por una siniestra grieta.

Tras rechazar las natillas del postre, salí al jardín y me senté en uno de los sillones de forja blanca; sólo se oían grillos y chicharras en esa zona alejada del centro de Madrid y su bullicio. La oscuridad aún no era cerrada del todo, olía a jazmín, la temperatura era una delicia: todos los ingredientes para una noche perfecta. Ahí estaba yo, sin embargo, sumida en una soledad honda como un barranco, separada de mi hijo, ignorada por aquellas altivas americanas, cuestionándome por enésima vez la razón de haber dado el sí a otro disparatado compromiso.

Recluida en mi habitación, para alejar los fantasmas saqué una de las carpetas que en su momento me había entregado Kavannagh y me dispuse a repasar un contenido que ya conocía casi de memoria. Además de la primera dama argentina, protagonista del viaje, me habían insistido en que tanteara en todo lo posible a sus acompañantes; a mi criterio quedaba discriminar los miembros útiles de los accesorios, separar el grano de la paja.

Lillian Lagomarsino de Guardo, leí de nuevo. Treinta y cinco años. Hermana de uno de los principales empresarios argentinos y secretario de Industria, Rolando Lagomarsino, y esposa de Ricardo Guardo, el presidente de la Cámara de Diputados. Madre de cuatro hijos, acompañante personal, asesora en cuestiones de protocolo y etiqueta. Juan Duarte, hermano, treinta y tres años, soltero, secretario privado del presidente, antiguo vendedor a comisión de jabones, amante del entretenimiento. Alberto Dodero, sesenta y un años, dos veces casado y separado ambas, potentado empresario del sector naviero, mundano y desprendido, coordinador de la comitiva y financiador de gran parte del viaje. Julio Alcaraz, casado, cincuenta y tantos, peluquero. Asunta Fernández, edad y estado civil irrelevantes, modista de confianza empleada en la casa de alta costura Henriette. Juanita Palmou, edad y estado civil irrelevantes, modista de confianza empleada en la casa Paula Naletoff.

Había más nombres y cargos: edecanes militares, un médico, un fotógrafo, incluso un sacerdote y tres periodistas que me convendría evitar. Uno era el guionista de radioteatros Francisco Muñoz Azpiri, enviado para redactar los discursos; otro, un joven fotógrafo, Emilio Abras, que debía registrar todas las imágenes posibles de la primera dama, y finalmente un tal Valentín Thiebaut, cronista del diario *Democracia* que contaba además con el visto bueno de la Secretaría de Informaciones de la Presidencia. Por su profesión, quizá podrían dificultar mi labor; mejor dejarlos al margen. Los que más me interesaban eran los anteriores: una señora de la buena sociedad, un hermano calavera, un rico maduro con ganas de jarana, un peluquero y dos modistas eficientes como yo misma había sido. A todos ellos debería intentar abordar de una u otra forma. Cómo lo haría y con qué resultados era todavía una incógnita.

Sumida en el insomnio, volví a mirar el despertador. Las agujas de puntas fluorescentes marcaban las cuatro menos cinco. Apreté los párpados y di la enésima vuelta en la cama.

37

Llegué con el tiempo justo para tomar un café antes de la convocatoria. Al contrario que la noche anterior, el comedor estaba concurrido, y en su mayoría eran hombres; por el aire flotaban voces, cruces de saludos, humo denso de tabaco. Fingiendo seguridad, me dirigí a la única mesa que quedaba libre. Apenas me habían servido cuando el comedor empezó a vaciarse, pero no me apuré demasiado. Prefería esperar, observar, comprobar cómo se desenvolvían mis futuros compañeros. Fui por eso de las últimas en entrar al salón contiguo. En la cabecera, ya había alguien dispuesto a tomar la palabra.

Llevaba uno de mis cuadernos forrados en piel y el biro que compré en Jerusalén. Me había puesto un traje sastre de lana fría con manga al codo, ni demasiado formal ni informal en exceso. El silencio recorrió el salón, comprobé que seríamos alrededor de la veintena, me alivió confirmar que el cuaderno era una constante en las manos de todos. Desde mi silla en la retaguardia, vi llegar por separado a las dos americanas de la noche anterior, que se sentaron delante de mí; vislumbré además otra cabeza femenina, seguramente la que había oído instalarse a última hora de la noche. El resto eran varones.

Un treintañero estirado dio los buenos días y pidió a los presentes que nos identificásemos, ofreciendo primero nuestro nombre y después el del medio que nos enviaba. Percibí que algunos lo hacían con rotundidad voluntariosa y otros con un deje de desgana; supuse que se trataba en ese caso de corresponsales residentes en Madrid que ya estarían más que hartos de tener que dar su santo y seña constantemente. Un par de ellos dijo trabajar para diarios argentinos, *La Tribuna* y *Democracia*. El resto se repartía entre *The New York Herald Tribune*, *Christian Science Monitor*, *Magazine World Report*, *The New York Times*, *Diário da Manhã* de Lisboa y *Time Magazine*. Más la revista alemana *Der Spiegel*. Más las agencias Associated Press, United Press y Reuters, todas con oficina en Madrid. La americana madura con hechuras de tapón resultó ser Anne Allen, del *Lady's Home Journal*. La joven que había cenado de espaldas dijo llamarse Rita Hume y colaborar con la agencia International News Service. No había representación italiana ni francesa de momento porque el viaje de Madame Perón continuaría por esos países y allí sería cubierto in situ, pero los organizadores obviaron comentar ese detalle para no quitar brillo a la gloriosa estancia en España.

Mientras aquellos profesionales auténticos seguían dando cuenta de sus credenciales, yo me preparé intentando mantener a raya mis nervios. Carraspeé sin que se me notara, tragué saliva varias veces, mantuve las rodillas apretadas y me aferré a mi biro como si fuera una tabla de salvamento. Hasta que me llegó el turno.

—Livia Nash, Servicio Latinoamericano de la BBC de Londres.

Ya estaba. Ya lo había dicho. Varias cabezas se volvieron hacia mí; no se trataba de un medio común para muchos.

Terminadas las presentaciones, un señor delgadísimo con el cabello pulcramente peinado hacia atrás dio un paso al frente. Tendría en torno a los cuarenta y llevaba un impecable traje gris perla. El que había ejercido de presentador se desplazó a un lado, dispuesto a escucharlo con deferencia.

—En nombre de la Oficina de Información Diplomática y en el mío propio como su director, es mi intención darles la bienvenida, mis estimadas señoras y señores...

Se trataba de Diego Tovar: el mismo que firmaba las flores

que había encontrado la tarde anterior en mi cuarto. Prosiguieron los inevitables minutos protocolarios ensalzando la generosidad y el ímprobo esfuerzo de las autoridades españolas y argentinas para organizar aquella visita, así como el profundo agradecimiento a los medios que íbamos a volcarnos en la cobertura con más o menos empeño. Acto seguido, repitió el mismo mensaje en un inglés más que decente.

—Aunque tenemos previsto informarles de todos los pormenores en una nota detallada, permítanme anticiparles el desarrollo del viaje de la primera dama argentina hasta el momento.

Miré de refilón a izquierda y derecha, confirmé que todos habían abierto sus blocs. Los imité de inmediato.

—En lo que respecta al medio de transporte, les comunico que la señora María Eva Duarte de Perón y su séquito vuelan en un flamante cuatrimotor DC-4 de la compañía Iberia adquirido por orden del Generalísimo ex profeso para este viaje y especialmente acondicionado para brindar el mayor confort a nuestra insigne huésped. Cuenta en su cabina de pasajeros con dos dormitorios decorados en estilo morisco, sala de estar, comedor para ocho comensales, cocina y áreas auxiliares. Los acompaña a través de los aires otro aparato de la Flota Aérea Mercante Argentina, con el personal de asistencia y los equipajes.

Hablaba Tovar con desenvoltura, nada que ver con el tono gritón y exasperado de muchos otros altos cargos. Apenas miró los papeles que llevaba en la mano, continuó alternando con fluidez las dos lenguas. Casi todos a mi alrededor tomaban notas, volví a imitarlos.

—El despegue desde el aeródromo Presidente Rivadavia de la localidad de Castelar, en la provincia de Buenos Aires, tuvo lugar este viernes día 6 de junio en torno a las cuatro y media de la tarde, con presencia del presidente general don Juan Domingo Perón, su Gobierno en pleno, numerosas autoridades y una enorme cantidad de público. Tras horas de vuelo vespertino y nocturno sobre tierras sudamericanas, la aeronave realizó una escala en la base aérea de Parnamirim, próxima a la ciudad brasileña de Natal, al nordeste de dicho país.

Las plumas y los lápices fluían veloces sobre el papel; yo era incapaz de seguirlos al mismo ritmo, confié en que la nota detallada que habían prometido entregarnos no fuera un brindis al sol. Tovar, entretanto, proseguía con su crónica.

—Una vez realizado el repostaje de combustible, se inició el cruce del océano Atlántico. Permítanme comentarles, a modo de anécdota, que los viajeros procedieron a brindar con champaña al cruzar el ecuador, para celebrar el bautismo de aquellos que se estrenaban en tan simbólico instante. Tras casi doce horas de vuelo transoceánico, el avión tomó tierra en el aeródromo de Villa Cisneros, costa atlántica del Sahara español, a las once y quince minutos de la noche de ayer sábado. Después de ser agasajada con una cena de gala en el Casino de Oficiales y descansar en la residencia del gobernador, la señora de Perón y sus acompañantes han remprendido el viaje esta misma mañana con destino al aeropuerto de Las Palmas de Gran Canaria, donde se espera que aterricen...

Hizo una pausa, dobló el codo izquierdo con un gesto elegante y consultó la hora.

—... dentro de unos veinticinco minutos, aproximadamente. Tras una visita al Cabildo Insular y escuchar la santa misa, está previsto que a las dos de la tarde la comitiva embarque por último rumbo a Madrid, con llegada estimada a las ocho y treinta.

Terminó Diego Tovar descendiendo a lo práctico; todo un signo de grata complicidad que lo hiciera y no dejara lo siguiente en manos de un subalterno. Nos informó acerca de nuestro traslado hasta el aeródromo, extendió una invitación a almorzar a todo el que lo deseara en aquel mismo Club de Prensa e incidió en que su oficina quedaba a nuestro entero servicio para cualquier contingencia. Coleaban los últimos detalles cuando yo también miré la hora con discreción. Eran las once y diez, acababa de anunciarnos que un autobús nos recogería allí mismo a las cinco en punto. Calculé el tiempo que tenía para escabullirme hasta casa de mi padre y estar de vuelta a la hora indicada.

Apenas concluyó la intervención, unos cuantos se levantaron y salieron con prisa; los dos argentinos se adelantaron para saludar a Tovar formalmente mientras otros se quedaban hablando entre ellos o rezagados en sus sillas, volcados en sus notas. Sin decir ni mu a nadie, abandoné el salón y me deslicé escaleras arriba hasta mi dormitorio. Aguardé un rato; cuando los ruidos y las voces se fueron debilitando y anticipé que el acceso quedaba despejado, salí a la calle.

El arranque de la calle del Pinar estaba bastante cerca de Hermosilla, podría haber ido andando. No contaba, sin embargo, con encontrarme en la puerta con el director de la Oficina de Información Diplomática. Repartía las últimas instrucciones antes de subir al coche, bajo la sombra de las acacias. Nada más verme, despachó a sus subordinados y pidió al conductor que aguardase.

—Señora Nash —dijo acercándose—. Qué honor saludarla por fin en persona. Quise hacerlo antes, pero me han entretenido los corresponsales argentinos y después me ha resultado imposible encontrarla.

Tomó entre sus dedos la mano que le tendí, la besó con galantería mientras yo me maldecía por no haber esperado un poco más, hasta tener la seguridad completa de que podría ausentarme discretamente.

—Sepa que es un verdadero privilegio tenerla con nosotros, mi estimada amiga. Por favor, no dude en solicitar cualquier cosa que necesite para el desempeño de su trabajo.

Hice un sutil gesto a modo de agradecimiento, lo único que quería era marcharme.

—Voy ahora mismo con una prisa enorme, aún quedan numerosos detalles por ultimar para la tarde y debo pasar antes por el ministerio. Pero puedo llevarla en mi coche al lugar que desee. ¿Hacia dónde se dirige, si no es indiscreción que le pregunte?

Dudé, no había previsto una mentira, volví a culparme por no ser más precavida.

—Voy a..., a..., voy a buscar una iglesia para oír misa, no se moleste.

Acababa de escuchar eso de su propia boca al respecto de Madame Perón, fue lo primero que me vino a la cabeza; él asintió complacido, aprobando mi propósito. Era un hombre guapo Diego Tovar, de rasgos afilados, maneras distinguidas y ojos muy claros, casi juvenil en sus facciones a pesar de peinar unas leves canas.

—Me temo que le va a resultar difícil encontrar lo que busca en esta zona, pero puedo dejarla si le parece en el Cristo de Ayala. Es una parroquia magnífica, llegará de sobra para la eucaristía de las doce.

Recordé que Ayala era paralela a Hermosilla y acepté sin dudarlo. Visto por el lado positivo, además, me vendría bien ese primer contacto cercano con el encargado de mimar a los medios extranjeros: tal vez, en algún momento, podría servirme de algo.

En cuestión de minutos me dejó frente a la iglesia reiterando sus disculpas por no poder dedicarme más tiempo. Estaban ya entrando numerosos feligreses, elegantemente ataviados en consonancia con el día grande y la zona distinguida del barrio de Salamanca. Casi todas las señoras llevaban velos de fino encaje sobre las ondas de peluquería, a ningún señor le faltaba sombrero ni traje sastre de verano: una misa dominical de doce en aquella España nacionalcatólica era el mayor evento social de la semana. Los seguí con aparente fervor, me senté en uno de los últimos bancos. En cuanto el sacerdote entonó su In nomine Patris, et Filii, et Spiritus Sancti, emprendí el vuelo.

Me recibieron todos con alegría en Hermosilla; por fin pude confirmar que Víctor había encajado bien mi ausencia, abrazar a mi padre, cerciorarme de que Phillippa había instalado el pequeño campamento de enseres infantiles y que Miguela se manejaba sin problemas con los nuevos huéspedes. Las horas pasaron en un suspiro, deseé tener más tiempo para sacar a pasear a mi hijo por El Retiro, para charlar con Gonzalo. Pero no pudo ser; había que volver sin tardanza. Miguela tuvo la ocurrencia de traer el gato de la portera como distracción para Víctor mientras yo me escabullía. Subí a un taxi a la carrera y llegué a Pinar 5 cuando algunos reporteros esperaban ya en la puerta.

El autobús con destino a Barajas partió puntual; me acomodé sola en uno de los asientos del centro del vehículo y, sin quitarme las gafas de sol, miré por la ventanilla mientras arrancábamos.

Las penurias patrias en aquellos días, a mediados del 47, eran algo más leves que en los primeros años tras la Guerra Civil, pero aún existía carencia de casi todo en los pueblos, las ciudades y los campos. Ni había con qué subsistir, ni forma de conseguirlo; además de su propio destrozo interno, la Asamblea General de las Naciones Unidas había decidido dar un portazo en la cara al Régimen de Franco impuesto por la fuerza militar, tan en sintonía con las potencias del Eje.

Así las cosas, tan sólo un mandatario internacional tendió la mano al país muerto de hambre y falto de amigos. El general Perón, con su régimen justicialista y su próspera economía, ofreció a la paupérrima Madre Patria trigo, carne y huevos, cueros, créditos financieros y un poco de esperanza. No era generosidad del todo altruista, ojo: existían ciertas afinidades ideológicas entre ambos regímenes y además interesaba fortalecer lazos entre países distanciados de los dos bloques en que ya se estaba dividiendo el mundo. El apoyo económico, en definitiva, aportaba pan al pueblo, y para Franco suponía un balón de oxígeno. Y él decidió agradecerlo echando la casa por la ventana. Tampoco el Generalísimo daba puntada sin hilo: de paso, pretendía lavar su imagen y abrir una rendija al mundo gracias al interés de la prensa extranjera.

El Ayuntamiento de Madrid había publicado en los días previos varios bandos para convocar al pueblo, rogando que engalanaran los balcones e invitando a los vecinos a echarse a las calles en masa.

A medida que el autobús avanzaba, comprobé que mis paisanos habían sido cumplidores. Montones de gente llenaban las calles y las plazas, incluso los arcenes de la carretera hacia el aeropuerto, a pesar de la solana.

38

Contemplé el aterrizaje desde la tribuna de prensa, rodeada por mis supuestos colegas extranjeros más un buen montón de periodistas nacionales llegados desde distintas provincias. A ellos no los pastoreaba la exquisita Oficina de Información Diplomática de Diego Tovar, sino la Dirección General de Prensa, un ente censor bastante menos simpático, vigilante de que el tono y el fondo de la información fueran siempre en armonía con las consignas del Régimen.

Los invitados ocupaban las amplias terrazas voladas y el interior de la terminal; los espontáneos se distribuían más alejados, alrededor del perímetro e incluso por los secarrales cercanos; todo el mundo gritaba y agitaba fervoroso banderas españolas y argentinas, mezclando blancos y celestes, rojos y gualdas. Habían engalanado las instalaciones con colgaduras y alfombras, banderones y frondosas guirnaldas florales. Frente a la torreta principal instalaron un estrado tapizado en granate con tres opulentos sillones; a modo de fondo, un gigantesco estandarte con el escudo del jefe del Estado. El Gobierno en pleno y varios centenares de autoridades militares y civiles se expandían a sus flancos, convocados como testigos de la impactante llegada.

Los altavoces iban informando acerca del recorrido de la aeronave, a qué velocidad se movía, cuánto faltaba para poder verla. La muchedumbre bullente rugió como un solo hombre en el instante en que aparecieron en el horizonte las dos escuadrillas de aviones del Ejército del Aire que la escoltaban. En ese justo momento, Franco y su mujer descendieron a la pista desde el estrado. El artefacto plateado de Iberia surgió entonces en el cielo de la tarde, dio una airosa vuelta a modo de saludo y aterrizó limpiamente. La ovación de los asistentes fue tan ensordecedora que casi tuve que taparme los oídos.

Con el aparato detenido, la expectación pareció enmudecer de pronto mientras los operarios acoplaban una escalera. La puerta empezó a abrirse poco a poco; en primer lugar salieron dos azafatas que se hicieron de inmediato a un lado; a continuación apareció ella. Los aplausos y vítores, los gritos eufóricos y las sacudidas de pañuelos y banderines se tornaron en una locura.

Ahí estaba, vestida con traje sastre azul, la excelentísima señora doña María Eva Duarte de Perón: ningún medio nacional osaría alterarle el larguísimo nombre. Rubia, joven, menuda, peinada con pomposidad y tocada con un sombrero del mismo tono. En la solapa llevaba una flor y en la boca una sonrisa que no desfalleció en ningún instante. Agitó primero la mano derecha a modo de saludo, procedió entonces a descender del avión escoltada por el ministro de Asuntos Exteriores.

El Caudillo y doña Carmen la esperaban al pie de la escalerilla; él gozoso y exultante dentro de su uniforme verde oliva, ella ataviada con una enorme pamela negra y guantes blancos de verano. Los vítores y aplausos proseguían ardientes mientras Franco la iba presentando a las autoridades. Uno a uno besaron su mano; ella a su vez hizo lo mismo con la del obispo. Pasaron a continuación revista a las tropas de la Primera Región Aérea, en el aire sonaron salvas de artillería, alguien le entregó un gigantesco ramo de flores. Una vez en el estrado, la banda militar ejecutó con brío ambos himnos nacionales.

Todos observábamos atentos el show desde la tribuna de prensa. My goodness, musitó a mi lado la joven reportera de International News Service, impactada ante el despliegue. Un poco más allá, otro de los americanos, el socarrón corpulento de United Press, hizo un comentario jocoso y entre los compañeros más próximos a él surgió una carcajada. El argentino del diario *Democracia* me preguntó qué había dicho y yo me encogí de hombros, como si lo ignorara. Pero sí, lo había entendido, y por eso precisamente reí por dentro y decidí que mejor me lo callaba.

No había cesado el clamor del público cuando nos urgieron para volver a los autobuses, separados los periodistas foráneos de los nacionales. Entretanto, los dignatarios se disponían a atravesar la terminal para subir a sus vehículos. El de Franco era un imponente Mercedes Pullman Limousine, idéntico al que solían usar Himmler y los jerarcas de las SS; aún no había tenido tiempo de sustituirlo por los modelos británicos y estadounidenses que usaría con el paso de los años, en función de los trastoques en sus amistades. En éste se acomodaron él mismo y su excelsa invitada, flanqueados por una escolta de motoristas de casco blanco. En los autos siguientes iban su esposa y el ministro de Exteriores; en los posteriores, lo más granado del séquito argentino y las autoridades patrias. Por fin nosotros, cerrando la comitiva, y detrás, montones de niños y muchachos vociferantes, entusiasmados y a la carrera hasta que la velocidad de los motores se impuso a la de sus piernas.

A medida que avanzábamos por la periferia fue aumentando la presencia de gente apelotonada. Más adelante, junto a El Retiro, esperaba en formación una compañía de Infantería; enfrente, a caballo, la Guardia Mora. Empezaba a caer la tarde cuando la comitiva llegó a la Puerta de Alcalá, allí los aguardaban el alcalde y el Ayuntamiento en pleno, más otro enorme plantel de cargos, más personalidades y gentío. Sobrevolaron la zona cuarenta aviones de caza, los vítores y gritos fueron también estruendosos, se agitaron una vez más banderas y pañuelos por millares, de los balcones colgaban estandartes, banderolas y mantones de Manila.

Franco y la primera dama argentina descendieron del Mercedes y pasaron revista a las tropas entre marchas militares y constantes aclamaciones; el alcalde le entregó a ella otro monumental ramo de flores. Tras unos minutos, subieron a un vehículo distinto, esta vez descubierto, y arrancaron de nuevo. Las fuentes de Cibeles y Neptuno y otras tantas plazas y glorietas se habían engalanado con juegos de luces de colores; corría el rumor de que para instalarlas habían hecho falta ocho días y trescientas mil pesetas, nueve ingenieros, una docena de peritos y dos centenares de obreros; el resultado era un espectacular alarde de potencia lumínica en una España donde casi todo el mundo, de puertas adentro, usaba bombillas pelonas de voltaje famélico y sufría cortes de luz cada dos por tres.

Con lentitud, para permitir saludar y ser saludados, la caravana recorrió entre masas humanas la calle de Alcalá, la Gran Vía —a la que entonces llamaban avenida de José Antonio—, la plaza de España y de ahí a la Ciudad Universitaria, donde la ristra de vehículos se disgregó, por último. Franco, su invitada y el cortejo más cercano se dirigirían desde allí hasta el Palacio de El Pardo, la residencia del Generalísimo donde iba a hospedarse también la recién llegada. El resto, cada cual a su esquina, a Dios gracias.

Me alivió inmensamente saber que se daba así por concluida la jornada; todo había sido tan convulso y frenético, tan estrepitoso, aparatoso y excesivo que mi pobre cabeza necesitaba un poco de sosiego. El día resultó larguísimo, pasamos un calor terrible bajo el sol en la tribuna, por las ventanillas abiertas del autobús había entrado polvo y mugre a montones, aún llevaba clavados en los tímpanos los gritos fervorosos, el ruido de los motores de los aviones y las motocicletas, las salvas de honor, los tambores y trompetas de las bandas militares. Había dormido además poco y mal la noche anterior, me encontraba en definitiva exhausta y agradecía en el alma aquella retirada, ansiando que el autobús me dejara en Pinar 5, quitarme el traje lleno de arrugas, darme una ducha fría, meterme en la cama. No contaba, ingenua de mí, con que aquel anhelado reposo iba a saltar por los aires en cuanto llegara.

El sobre me lo entregó la reservada señora Cortés, lo abrí sentada en la butaca de mi habitación mientras me quitaba los zapatos. Al leerlo, de mi boca saltó una exclamación de fastidio. Diego Tovar, director de la Oficina de Información Diplomática, pretendía invitarme a cenar esa noche. Me recogería a las diez y eran exactamente... Miré la hora y solté un lamento. Las diez menos veinte.

En sus ojos percibí una mirada de sumo aprecio al verme bajar la escalera; la alteró con rapidez, consciente de su cargo e intenciones. Nuestro encuentro atendía a cuestiones profesionales, no a un interés particular y, mucho menos, a un cortejo. Aun así, se trataba de una salida nocturna y yo opté por arreglarme de acuerdo con la etiqueta apropiada para cualquier evento after six en un entorno mundano. En el escaso tiempo que tuve, me di una ducha fugaz, me maquillé con relativo esmero y me puse un hermoso vestido estampado, desmangado y escotado de los que había comprado a Digby Morton en Londres. Para no llegar con retraso, me dejé suelta la melena.

—No sabe cuánto agradezco que haya aceptado mi invitación, confío en que no esté demasiado agotada.

Mentí bellacamente, le aseguré que a mí también me agradaba sobremanera ese encuentro, sin la menor mención a mi cansancio o a su deshora. Él también se había cambiado: traía un atuendo semiformal de pantalón oscuro y chaqueta clara, reconocí la mano de un buen sastre en sus piezas y un innegable atractivo en su persona. Aun así, habría preferido quinientas veces no tener que ir con él a ningún sitio.

—¿Qué le apetece más, aire libre o un restaurante cerrado? He pedido que nos reserven en dos sitios, por si acaso.

Preferí, por supuesto, la opción primera. En cuanto salimos, vi que había prescindido del coche oficial y traído el suyo propio, un Mercury de dos plazas con la capota bajada. No era, desde luego, el vehículo de un hombre de familia; tampoco parecía acorde con la austeridad de la nación para la que trabajaba.

—No sé en realidad cuánto conoce usted de España, ni siquiera sé si debo llamarla señora o señorita Nash —dijo sosteniéndome la puerta.

Me costó un mundo, pero logré arrancarme las palabras de la garganta.

—Puede llamarme tan sólo Livia.

Él no había estado con nosotros en la tribuna de prensa del aeropuerto; se había ubicado en otra de autoridades, pero se acercó a saludarnos cordial antes del aterrizaje llevando consigo un par de mozos de chaquetilla cargados con refrescos y bandejas de bocados de Viena Capellanes. No había vuelto a verlo desde entonces, parecía ahora tremendamente satisfecho con la marcha del evento. Su misión no era la organización; de eso se ocupaba una comisión concreta. Pero sí formaba parte imprescindible de la periferia, con el objetivo de intentar que la prensa internacional lo cubriera todo con acierto y sin saña. Era muy probable que tratara de tantear a todos los reporteros de una u otra forma, igual que ahora pretendía hacer conmigo. Sin duda me veía más manejable que a los tipos bragados de otros medios y agencias.

Abandonamos Madrid, enfilamos la cuesta de las Perdices, el tráfico era escaso. Tardó poco en girar a la izquierda, hacia un cogollo de luces. Villa Romana, leí en un cartel de letras fluorescentes. Había varias docenas de autos aparcados a la entrada del recinto; tras sostenerme de nuevo la puerta y tenderme una mano para ayudarme a salir, entregó las llaves a un mozo. Dentro nos recibió un gran jardín con pérgolas y vegetación frondosa, restaurante en la terraza y pista de baile, creí distinguir una piscina al fondo. Sonaba una orquesta con música ligera; a pesar de tratarse de un lunes, la clientela era abundante.

—¿Conocía el sitio?

—No sabía ni que existiera, hace ya unos años que no piso España.

Nos ubicaron y pedimos, aguardamos charlando.

—Pero sí había estado antes en Madrid, ¿verdad?

—Muchas veces, sí; tengo aquí... —titubeé—, tengo alguna familia, aunque no suelo verla a menudo.

Quedó callado clavándome la mirada.

—Mire que estoy acostumbrado a tratar con extranjeros —dijo con inesperada confianza—. Viajo constantemente y he tenido varios destinos fuera de España. Aun así, no logro ubicar su acento.

Cómo iba a hacerlo, si todo en mí era una farsa. Para proteger mi cobertura, opté por hablar un español correcto pero, de vez en cuando, introducía términos en inglés, o impostaba una cadencia artificiosa, o articulaba palabras con una pronunciación que me sacaba de la manga.

—Soy originaria de Tánger, con familia de distintas procedencias.

Diplomático como era en todos los sentidos, no preguntó más. Sin embargo, con su silencio dejó discretamente aposentado su interés encima de la mesa. Para redondear mi mentira, yo añadí otro apunte.

—En el Servicio Latinoamericano trabajo con gentes de entornos muy diversos. Quizá por eso mi manera de hablar no le resulte demasiado ortodoxa.

—¿Nash es entonces su apellido paterno?

Estuve a punto de echarme a reír. Además de la geografía de mi linaje, le interesaba conocer también si mi apellido venía por matrimonio o por nacimiento. Yo había esquivado antes su pregunta acerca de mi tratamiento como señora o señorita, pero él no tiraba la toalla. Ante su curiosidad, opté por blindarme.

—Nash es el apellido que tomé de alguien que ahora mismo está lejos de mi vida.

En realidad, no mentí demasiado, a pesar de mi respuesta equívoca. Sólo que ese alguien era una amiga, y no un marido.

Galanterías aparte, el director de la Oficina de Información Diplomática estaba seriamente interesado en la BBC y el servicio en el que se suponía que yo cumplía mi desempeño.

—Permítame que le sea sincero, ahora que hemos empezado a conocernos. Verá, mi estimada Livia, en esta nueva etapa de nuestro país preocupa una enormidad el contacto con las naciones de la América hispana. Antes... En fin, durante la guerra mundial había otras cuestiones más inmediatas; ahora mismo, sin las inquietudes bélicas de por medio y con nuevos interlocutores, somos conscientes de dónde radica en verdad nuestra esencia.

Estaba al tanto. Por los informes que Kavannagh me había hecho llegar en Londres, y por lo que tuve ocasión de hablar esa misma tarde con mi padre, sabía que ése era uno de los nuevos afanes del Régimen. Desde el fin de la Guerra Civil, había un gran interés por reivindicar el concepto de hispanidad y desempolvar la grandeza del viejo imperio. Ahora, tras la patada de las Naciones Unidas y con la mano tendida de Argentina, las mentes pensantes del franquismo veían el momento óptimo para intentar recuperar a los viejos países amigos del otro lado del charco. No lo tenían fácil, en cualquier caso: varios Gobiernos eran radicalmente contrarios, y la presencia en aquellas tierras de montones de exiliados republicanos les complicaban esas simpatías tan ansiadas.

Sin llegar a preguntarme abiertamente, quedó patente que a Diego Tovar le agradaría conocer el formato que acabaría teniendo mi tarea, su difusión, tono y alcance. Y aunque se cuidó de proponérmelo con todas sus palabras, dejó claro cuánto valoraría que, junto con las idas y venidas de doña Eva, yo tuviera la delicadeza de no hablar mal de España. Aunque fuese una descarada intrusa, en ese momento adquirí plena consciencia de que serían mis impresiones personales, mi criterio y mi mirada lo que acabaría llegando a decenas de miles de oyentes a través del Atlántico. La diferencia estaría en el filtro que usase.

Terminamos el postre; contra pronóstico, había sido una cena grata. Villa Romana resultó un lugar agradable, con su verdor y su música bajo el cielo de junio. Lejos de decaer, en torno a la medianoche el ambiente se había ido animando. Toda la clientela parecía estar pasando un rato magnífico, bien vestidos, bien peinados y calzados, bebiendo combinados y espumosos, comiendo tournedó, salpicón de marisco y turbante de rape. Aquélla, y no otra, era sin duda la España sobre la que Tovar quería que yo informase.

En ese momento llegó un grupo nutrido, serían diez o doce. Reían y charlaban en tono alto, los camareros empezaron a juntar dos mesas para que pudieran acomodarse.

—Argentinos —aclaró Tovar haciendo un leve gesto con su cigarrillo—. Madrid se ha llenado de ellos.

—¿Vienen con Madame Perón?

—No exactamente; ella trae su propio cortejo. No tenemos muy claro quiénes son todos esos espontáneos, no siguen un patrón fijo y no ha dado tiempo a averiguarlo. Aun así, es seguro que llegan dispuestos a cobijarse bajo su ala. Suponemos que se tratará de meros oportunistas, individuos que pretenden conseguir algún tipo de beneficio personal o empresarial al albur de la visita de la primera dama.

Terminó el pitillo, lo apagó en el cenicero triangular de Cinzano. La orquesta acababa de arrancar los primeros compases de *Solamente una vez*. Pensé que iba a sugerir que nos fuésemos cuando se dirigió a mí de nuevo.

—¿Sería demasiado osado por mi parte pedirle que bailemos?

Me retorcí los dedos por debajo de la falda del mantel, pero me armé de valor y musité:

—Claro.

Nos dirigimos a la pista, repleta de parejas. No había vuelto a bailar desde la recta final de mi embarazo; el recuerdo de Marcus embistió con fuerza, pero me esforcé por no hundirme en él mientras acercaba mi cuerpo al de aquel extraño. Resultó ser un bailarín excelente Diego Tovar, airoso y desenvuelto, nada agobiante. Completamos la primera pieza, después vinieron otros dos boleros. El cantante rogó entonces atención, se hizo el silencio, todo el mundo volvió la mirada hacia el estrado. Carraspeó, alzó la voz y, con deleite, comunicó que a continuación iban a interpretar un tango, en homenaje a la recién llegada esposa del general Perón y en honor a los clientes argentinos que esa noche nos acompañaban.

—¿Nos vamos? —susurré mientras sonaba el aplauso entusiasta de la concurrencia.

Avanzamos hacia nuestra mesa mientras el pianista iniciaba las primeras notas de *La cumparsita.* Algunos de los argentinos recién llegados se dirigían a la pista, en sentido inverso al nuestro. Todos sonreían, ostensiblemente encantados con el tributo a su patria. El resto de los danzantes se hizo a un lado, sin parar de aplaudir, abriéndoles paso.

Contemplé a los dos primeros bailarines: un tipo de cuello recio con una morena delgada. Tras ellos, un individuo calvo y una rubia oxigenada con el pelo recogido en un arreglo de caracoles. Cuando la tercera pareja salió a la pista y los ojos de él se cruzaron con mis ojos, sentí como si un puño de hierro me hubiera quebrado el alma.

Alto, guapo, exultante, peinado con brillantina, llevando de la mano a una treintañera teñida de caoba. Ahí estaba Ramiro Arribas, el hijo de mala madre que me truncó la vida.

39

El bando municipal convocaba a todos los vecinos de Madrid a llenar la plaza de Oriente aquel lunes. A los estudiantes les cancelaron las clases y a los funcionarios les dieron el día de permiso; las empresas y negocios particulares recibieron la orden de dejar a sus empleados libertad para salir a media mañana.

Nuestro autobús nos recogería en Pinar 5 a las diez y media. En previsión de la catarata de actividades, opté por levantarme temprano; alrededor de las ocho ya estaba dentro del ascensor del edificio de mi padre, con la intención de ver al menos unos minutos a mi hijo antes de enfrentarme a mis obligaciones. La casa empezaba a ponerse en marcha, Víctor aún dormía. Phillippa me ofreció un reporte exhaustivo y me garantizó que el niño seguía encantado, se había hecho inseparable del gato de la portera y no parecía acusar mi ausencia en exceso. Miguela nos sirvió un café a mi padre y a mí, él aún en pijama y batín, yo ya vestida de azul petróleo para la jornada. Lejos de todo protocolo y a pesar de tener un piso espléndido, mi prisa motivó que nos sentásemos en la cocina; por un instante me pregunté qué habría pensado Olivia de habernos visto.

Comenté retazos de la cena con el director de la Oficina de Información Diplomática, él arrojó luz sobre algunas de mis sombras.

—Este Diego Tovar del que me hablas, por el cargo que ocupa, debe de ser uno de los propagandistas de Acción Católica.

Después de la caída del nazismo y del fascismo italiano, me contó tras dar un sorbo a su taza, la Falange estaba perdiendo parte de influencia en algunos puestos relevantes, sobre todo en aquellos entornos vinculados a las relaciones externas. Entre las diversas familias que pululaban a su alrededor, el Caudillo había optado ahora por un contrapeso a base de líderes propagandistas: miembros de un movimiento hondamente cristiano e igual de anticomunista, pero no tan radicales.

—Pese a esas permutas —añadió—, no creas que la cosa ha cambiado en extremo. Se pretende ahora dar una visión menos dura del Régimen, se ha eliminado el saludo fascista y se supone que tenemos una Ley de Sucesión en marcha. Pero corre una chanza entre el pueblo, cercano siempre a la ironía para no hundirse: todo es básicamente lo mismo, sólo que antes, al entrar en un despacho o en cualquier entidad oficial, era común alzar el brazo y gritar un ardoroso ¡Arriba España! Ahora, con susurrar Ave María Purísima, se dan por contentos.

Reí con flojera apurando el café, hora de marcharme.

—Martín Artajo, el ministro de Asuntos Exteriores, es ahora mismo el más relevante entre ellos —concluyó mi padre levantándose para acompañarme hasta la puerta—. Es de suponer que dentro de su ministerio haya nombrado a gente de su cuerda. A tu nuevo amigo, por ejemplo.

Con aquella palabra aprendida, propagandistas, emprendí el camino de vuelta. Sentía un punto de tristeza por haber visto a Víctor tan sólo dormido, y mucha tranquilidad a la vez al saber que estaba bien cuidado y a gusto. Por encima de todo eso, sobrevolando a los católicos metidos en política y el sueño de mi hijo, mantenía dentro de mí algo que me turbaba, me trastornaba y me conmovía en lo más profundo: Ramiro Arribas. El hombre que se dirigía en la madrugada, apuesto y seguro de sí mismo, a bailar un tango bajo las estrellas de la cuesta de las Perdices.

El instante brevísimo en que nuestras miradas se rozaron fue suficiente para reconocernos. Habían pasado casi once años desde que me dejó aquella carta demoledora en nuestra habitación del hotel Continental de Tánger, antes de darse a la fuga como un miserable. Atrás quedé yo, abandonada, embarazada, sin dinero y sin las joyas de mi herencia, cargada de miedos y deudas. Ninguno teníamos idea de cómo había rehecho cada cual su vida. Yo jamás intenté averiguar su paradero, y que él me hubiera seguido a mí el rastro habría resultado harto complejo tras mis cambios de identidad y territorio. Con todo, sin opción a duda, ambos supimos al instante quiénes éramos. Conmocionada, me aferré al brazo de Diego Tovar para abandonar aquel sitio cuanto antes; Ramiro se quedó parado, mirándome mientras su vistosa acompañante le tiraba de la manga intentando arrastrarlo al centro de la pista. Con su presencia aún dentro de mi memoria, tras la visita tempranera a Hermosilla llegué a Pinar 5 de nuevo.

El autobús nos dejó en el patio de la Armería del Palacio Real; me habría gustado haber tenido algo de tiempo, veinte minutos me habrían bastado, para asomarme a mi barrio, mi plaza y mi calle, los territorios de mi infancia y juventud, a tan escasa distancia. Pero no pudo ser, no debía desprenderme del grupo. En pelotón subimos la imponente escalinata de mármol flanqueada por alabarderos, todo alrededor se desplegaba con majestuosidad: la envergadura de las estancias, los tapices, alfombras, lámparas. La crudeza de la guerra había dejado maltrecho el edificio, dos años de reformas lograron curar sus heridas sin que ahora se notaran demasiado las cicatrices. Después de que la familia real partiera precipitada hacia el exilio, sólo Azaña como presidente de la República lo habitó temporalmente. Franco, austero en sus gustos, había optado por instalarse en el Palacio de El Pardo, más alejado y modesto. Al Palacio Real sólo acudía para actos de pompa y boato. Como éste.

Nos instalaron a la prensa en un salón próximo al previsto para el acto formal, rodeados por muebles con pátina de pan de oro, frescos pastoriles y paredes enteladas en seda verdosa. Del otro lado de los balcones provenía un ruido bronco y sostenido, como un bravío mar de fondo. Algunos, curiosos, nos acercamos y retiramos discretamente las cortinas. La visión al asomarnos fue impactante: miles, decenas de miles, quizá cientos de miles de personas se agolpaban en la gran plaza de Oriente y sus zonas próximas, montones y montones de cuerpos apelotonados que portaban de nuevo montones y montones de pancartas y banderas. No había en el cielo ni una nube y el calor empezaba a apretar con fuerza; imaginé cómo habría de sentirse esa masa compacta, sin apenas sombras para protegerse.

En algún momento apareció Diego Tovar, impecable como siempre. Saludó a unos y otros con simpatía, besó las manos femeninas y estrechó las de los hombres. A algunos les estampó cálidas palmadas en la espalda, incluso bromeó con los periodistas norteamericanos más correosos hasta soltar juntos una carcajada. Su habilidad para las relaciones públicas era innegable; me pregunté cuánto beneficio le acabaría sacando. Me dejó para el último lugar en su cadena de cortesías, no como desaire sino a modo de deferencia, para poder dedicarme algo más de tiempo. Me preguntó cómo me encontraba, si había descansado; tras el abrupto encuentro con Ramiro la noche anterior en Villa Romana, había alegado un hondo cansancio durante el camino de vuelta para disimular mi desconcierto.

En breve empezamos a percibir carreras y órdenes. Ya llegaban, ya estaban allí el Caudillo y su invitada. Nos hicieron pasar al gran Salón del Trono y nos situaron con discreción en uno de los laterales. Las cortinas estaban echadas, blindando la estancia del luminoso mediodía; docenas de velas en candelabros y apliques con tenues bombillas iluminaban la estancia dándole un aspecto un tanto lúgubre. Quizá por esa ausencia de claridad, creí que mi visión me estaba jugando una mala pasada cuando vi entrar a Madame Perón junto a Franco uniformado. Pero no. A medida que se acercaban al centro del salón, fui consciente de que no me equivocaba. Aquel 9 de junio en que se superaban los treinta grados, encima de su vestido de tafetán, la esposa del presidente argentino lucía un fastuoso abrigo de martas cibelinas que para mí habría querido en mis primeras semanas en Londres, cuando los termómetros se empeñaron en mantenerse bajo cero. Refractaria a la simplicidad, la ilustre dama acompañaba el singular atuendo con una especie de casquete del que colgaban, hasta quedarle por debajo del hombro, unos penachos con vistosas plumas.

Procedieron entonces a un larguísimo besamanos, con ambos dignatarios situados en el centro de la estancia. Por delante pasó toda una corte de autoridades civiles de frac, militares de gran gala y señoras con amplias pamelas. Hubo algunos despistes y errores, codazos y hasta empujones; quite usted de ahí que ése es mi sitio, susurró más de uno, todos se esforzaban por estar lo más cerca posible de los protagonistas, en algún momento tuvieron que intervenir los funcionarios para recomponer el orden. Una vez concluyó la tediosa secuencia de saludos, con el Gran Collar de la Orden del Libertador General San Martín cayendo desde sus hombros y la banda correspondiente atravesándole el vientre voluminoso, el Caudillo de España por la gracia de Dios se colocó las gafas en la punta de la nariz, sacó su vocecita y procedió a leer un campanudo discurso repleto de alusiones a la fe, la concordia, el afecto entre los pueblos y la gran familia hispana.

Llegó acto seguido el momento de prenderle en el pecho a doña María Eva Duarte de Perón la Gran Cruz de Isabel la Católica, en formato de vistoso broche. El valor simbólico de la condecoración se suponía excelso y el valor material tampoco debía de ser escaso: oro macizo, rubíes llenando los brazos, perlas en las puntas y numerosos brillantes. En el centro, sobre esmalte, las dos columnas de Hércules enlazadas por una cinta, con la inscripción Plus Ultra. Muy pocos ostentaban tan alto honor, aquello era un gesto de altura.

Tras un cerrado aplauso, la esposa del presidente argentino se preparó para responder con otro discurso igual de ampuloso, en el que encadenó el espíritu de la reina católica con más alusiones a la fe, la divina providencia y el amor entre los pueblos. Comprobé que leía con soltura; aunque en la prensa española se habían omitido radicalmente las alusiones a su pasado, por los informes de Kavannagh yo estaba al tanto de que durante años Eva Perón había sido actriz, o aspirante al menos. Nunca alcanzó el éxito, pero el hecho de haberse subido a escenarios y, sobre todo, de haber interpretado radioteatros la ayudaba a moverse con desparpajo frente a las audiencias, las cámaras y los micrófonos.

El corresponsal de *The New York Herald Tribune*, en un español macarrónico pero comprensible, había preguntado durante el trayecto en autobús a Valentín Thiebaut, el enviado del diario argentino *Democracia*, si era cierto que al redactor de discursos lo habían subido al avión en el último minuto por orden del mismísimo presidente, temeroso de la habilidad oratoria de la primera dama. A esas alturas, todos sabíamos que *Democracia* era el periódico argentino más afín al peronismo, alguien llegó a comentar incluso que era propiedad personal de la Señora.

Mientras ella seguía desmenuzando las frases rimbombantes que le habían escrito y sonaban los fogonazos de los flashes de los fotógrafos, yo me dediqué a cumplir con mis planes. El primer objetivo que me planteé fue buscar entre los presentes a los miembros de su séquito a los que debería intentar acercarme. Los localicé en primera fila, a un lado, rodeados de generales, prelados y altos gerifaltes. Ninguno presentaba nada particularmente distintivo, todo en ellos era correcto pero, en cierta manera, los percibí diferentes, como menos rígidos y agarrotados que los nuestros. La señora vestida de malva con un discreto tocado de flores en la cabeza supuse que sería Lillian Lagomarsino, la acompañante y consejera. Al señor maduro de torso ancho lo identifiqué como Alberto Dodero, el magnate naviero encargado de coordinar y sufragar la parte no oficial del viaje. Y el más joven, el de cabello peinado al agua y fino bigote, anticipé que era el hermano, el picaflor que pocos años atrás vendía jabones y ahora era pieza crucial en el engranaje de la presidencia. Juancito lo llamaban.

Terminó el discurso y sonó una ovación cerrada, los subalternos procedieron raudos a abrir por fin los balcones y una especie de rugido atronador brotó desde la plaza. Salieron Franco, doña

Eva y detrás los ministros y cargos más sustanciales; había micrófonos de Radio Nacional de España preparados. La multitud parecía enloquecida, agitando eufórica banderolas y pañuelos, gorras, pancartas, sombreros. Una consigna comenzó a sonar con cadencia palpitante, cada vez más robusta.

—¿Qué dicen? —me preguntaron mis compañeros.

Estábamos apelotonados, agucé el oído, resultaba difícil distinguir las palabras exactas en aquella vibración que recordaba a recios tambores. Hasta que lo tuve claro, me volví y lo repetí, luego lo traduje. Franco, Perón, un solo corazón: eso era lo que coreaba la masa. Extasiados, con complacientes sonrisas plantadas en los rostros, el Caudillo y su huésped aguardaron unos largos momentos mientras el pueblo seguía desgañitándose. Franco, Perón, un solo corazón. Franco, Perón, un solo corazón. Hasta que por fin ella tomó la palabra.

Fue breve pero sumamente eficaz, habló con vehemencia y garra. A pelo, sin papeles ahora, hizo alusión a los descamisados, los desfavorecidos y los obreros, a los derechos de los trabajadores, la reconquista social y la justicia de los pueblos. A algunos de los dirigentes franquistas que ocupaban la retaguardia del balcón principal les corrieron gotas de sudor por las sienes, más de uno creyó escuchar ecos de una Pasionaria con acento porteño.

Los cientos de miles de madrileños, indiferentes a la canícula, seguían aplaudiendo y vitoreando con ardor. Probablemente las palabras concretas de la primera dama les importaban bien poco; habrían aplaudido de igual modo a cualquier cosa que de su boca saliera. Aquello era un jolgorio, un circo gratuito, un día de fiesta, y les habían dicho que esa señora traería a España pan y carne a montones, y eso en verdad era lo que les importaba. Franco, a pesar de los reclamos un tanto subversivos de la invitada, contemplaba pletórico la respuesta pública a su llamamiento. Eso era justo lo que él quería: aclamación popular masiva, mostrar la visión de un pueblo unido en torno a su líder. Que se enterase bien enterado el mundo de cómo España lo vitoreaba.

Estaban despidiéndose ya, agitando los adioses con las manos y a punto de regresar al Salón del Trono, cuando una cadencia musical empezó a brotar desde la explanada.

—¿Qué cantan? —volvieron a preguntarme mis supuestos compañeros de oficio.

Tardé unos segundos en captarlo, hasta que caí en la cuenta: entonaban el *Cara al Sol*, con brío y con ganas. La gigantesca multitud, espontánea e imparable, brazo derecho en alto, vociferaba ahora el himno falangista, ajenos por completo a la imagen renovada que los nuevos fichajes de Acción Católica pretendían mostrar más allá de nuestras fronteras. Por agradar o por mostrarse agradecida o por mero contagio automático, doña Eva Duarte pareció unirse a la masa y dio la sensación de marcar por un instante el viejo saludo fascista. Un murmullo de ronco desagrado se esparció entre los periodistas extranjeros a mi espalda. Miré alrededor: percibí al ministro de Exteriores con el rostro transmutado, a Diego Tovar conteniendo las ganas de echarse las manos a la cabeza y a otros cuantos altos propagandistas mascullando quejas o plantando gestos de irritación en el rostro. Las masas, entretanto, seguían coreando con entusiasmo febril en la plaza: formaré junto a mis compañeeeros, que hacen guardia junto a los luceeeros... Dentro del palacio, unos cuantos anticipaban ya la noticia en la prensa internacional del día siguiente. Nada ha cambiado en España a pesar de las aparentes nuevas tornas, dirían los periódicos norteamericanos, ingleses, franceses. La camisa nueva que tú bordaste en rojo ayer seguía estando viva y presente. El temible Eje Roma–Berlín del fascismo había desaparecido tras el fin de la guerra mundial; ahora, apuntarían diversos cronistas, parecía tenderse otro con ideología similar entre Madrid y Buenos Aires. Y Eva Perón, escribirían algunos, había venido a rubricarlo.

El acto se dio por terminado, se formaron corrillos, sonaban despedidas e intercambios de pareceres, pero nadie osaba irse hasta que el Caudillo y la esposa del presidente Perón no salieran por la puerta. Observé con atención el panorama y valoré la oportunidad hasta decidir que sí, que era el momento. Vamos a por él, musité mientras me pasaba con discreción las palmas por las caderas para dejarme la falda limpiamente ajustada al cuerpo. Planté una tremenda sonrisa y me dirigí con paso airoso hacia mi presa.

—Livia Nash, del Servicio Latinoamericano de la BBC —saludé tendiéndole la mano—. Es todo un honor conocerlo, señor Dodero.

40

El naviero me citó en la terraza de Riscal; yo habría preferido un lugar más recogido, un despacho en la embajada argentina o algún rincón discreto en el lobby de su hotel, por ejemplo. Tras el encuentro con Ramiro, mi intención era evitar los establecimientos públicos a toda costa. Sobre todo, los más concurridos y célebres.

Ajeno a mis preocupaciones, Alberto Dodero mandó un coche a recogerme a Pinar 5, un Cadillac negro y suntuoso que hacía volver cabezas al circular por las calles. Me esperaba tomando un whisky con hielo mientras departía con un par de tipos que se volatilizaron tan pronto como él les hizo una seña. Alrededor, como era de esperar, pululaba todo un descarado despliegue de curiosos y mirones; contaban que la capital entera andaba con el radar puesto para detectar la presencia de la dignataria argentina o miembros de su séquito. Me besó la mano con galanura, me sostuvo la silla y halagó mi prestancia. Comentó que jamás había sido entrevistado por una mujer tan hermosa, yo acepté sus viriles cortesías con una sonrisa neutra, no me quedaba otra.

—En realidad, no se tratará de una entrevista al uso, señor Dodero —aclaré mientras ponía sobre mis rodillas la servilleta—. Más bien será una conversación distendida, si le parece. Estamos preparando un gran reportaje radiofónico que cubrirá la visita a España de la esposa del presidente Perón, será retransmitido por nuestro Servicio.

—Se escucha mucho la BBC en el Uruguay y la Argentina —dijo alzando su vaso con gesto apreciativo—. Será un placer conversar con usted, mi querida... ¿señorita o señora, cómo debo tratarla?

Volví a utilizar la misma estrategia que con Diego Tovar.

—Puede llamarme Livia, simplemente.

Superaba los sesenta y era el armador más poderoso del Río de la Plata y uno de los más importantes de Sudamérica. Estaba al frente de un grupo de empresas familiares que poseían centenares de embarcaciones, desde grandes cargueros y trasatlánticos hasta remolcadores y lanchas fluviales. La guerra, lejos de empobrecerlo, lo había beneficiado por el precio de los fletes. Y tras el fin de los combates, en los últimos años venía adquiriendo a precio de saldo unidades que habían servido en la armada estadounidense, reacondicionadas para pasar del transporte de tropas y armamento al de pasajeros y mercancías. Rico, sonoramente rico era mi acompañante de esa noche, sin disimulos ni complejos.

Pidió por los dos sin molestarse en mirar la carta; paella, dijo simplemente; alguien debía de habérsela recomendado. Hice bien al callarme que en España lo común era tomarla para el almuerzo de mediodía y no para cenar casi a las once de la noche; en Riscal parecía ser el plato estrella.

—Bien, señor Dodero, empecemos...

—Por favor, llámeme Alberto —dijo. Tenía aplomo a espuertas, bolsas de piel bajo los ojos y el cabello negro zaino, teñido sin duda porque no dejaba entrever ni una cana—. Si usted pretende que la llame Livia, yo no tendré más remedio que ser simplemente Alberto.

—Empecemos entonces, Alberto, por los preparativos de este viaje, ¿cómo fue...?

Apenas necesité preguntar nada más porque, de ahí en adelante, todo lo habló él. Sólo se detuvo para alabar la paella que nos trajeron, colorida como un rabioso cuadro moderno; una paella para dos repleta de cigalas, cuartos de limones y tiras de pimiento rojo que bien habría servido para más de media docena de comensales.

Con esa tendencia que a menudo tienen los hombres de ego bien plantado, Alberto Dodero agarró la palabra y se explayó en un yo, mí, me, conmigo imparable que nos llevó casi hasta el postre. Nacido en Uruguay, hijo de inmigrantes italianos, tenía el mar en la sangre: hijo, nieto y bisnieto de marinos genoveses, con su tesón y su audacia dio joven el salto a Buenos Aires y, junto con sus hermanos, logró levantar un imperio que conectaba los puertos del Río de la Plata con el resto del planeta. Había estado dos veces casado y su devenir sentimental seguía el patrón canónico del maduro con dinero en busca de la juventud eterna: la primera esposa fue una señora de su edad que le dio descendencia, la segunda una vistosa vedette con casi treinta años menos. Amante del lujo y el savoir-vivre más mundano, contaba con propiedades y amistades repartidas por geografías diversas. Entre las primeras se encontraban la fastuosa Villa Betalba de Montevideo, el hotel Cataratas del Iguazú y una mansión de verano en la Côte d'Azur, sobrevolando el Mediterráneo. Entre las segundas, un tal Ari Onassis y el matrimonio Perón, por supuesto.

El informe de Kavannagh sugería, y mis colegas periodistas lo apuntaron igualmente, que Dodero era el proveedor particular de joyas para la primera dama: opulentas piezas de las casas Walser Wald y Ricciardi de Buenos Aires, que en breve pasarían a ser sustituidas por las francesas Cartier y Van Cleef & Arpels. Con ellas obsequiaba a la señora de Perón, y ella las aceptaba y las lucía en público con sumo agrado; no parecía existir el menor conflicto entre los intereses empresariales del naviero y aquel suntuoso despliegue de generosidad para con la esposa del presidente. Se comentaba que ella sentía debilidad por el oro, mientras que la esposa de Franco se decantaba por las perlas: distintos gustos y apetencias.

—Y, según tengo entendido —logré preguntar una de las veces que se acercó a la boca su copa de vino—, cuando abandonen España usted se encargará de sufragar el resto de su viaje por Europa, ¿cierto?

Tampoco mostraba Dodero el más mínimo empacho en hablar de esa cuestión abiertamente.

—Supone un grandioso honor para mí que el general Perón haya aceptado mi financiación para esas etapas; así no incurrimos en un gasto innecesario para la patria, y yo lo pago de mi bolsillo con sumo agrado. Por desgracia, no todos los países europeos son tan generosos como éste.

Soltó una carcajada sonora, sosteniendo entre los dedos la cabeza de una cigala. Todo el mundo alrededor lo miró por enésima vez: cualquier otro día, cada cliente, cada grupo, cada pareja de la terraza habría seguido a lo suyo, concentrados en sus platos y sus propias conversaciones, indiferentes al bullir del resto de las mesas. Aquella noche, sin embargo, había corrido el rumor entre la clientela de que aquel señor sesentón de pelo azabache era un potentado argentino que por lo visto acompañaba a doña Eva.

—Y respecto a las posteriores etapas del tour, ¿podría decirme qué planes tienen?

Ahí era adonde yo quería llegar, a su futuro inmediato más que a su trayectoria pasada, por meritoria y apabullante que fuese. Pero nos interrumpieron un par de espontáneos: se acercaron con el único fin de estrechar la mano del magnate, quizá para tener algo que comentar ufanos a la mañana siguiente. ¡Bienvenido a España, señor! ¡Transmita nuestro agradecimiento al presidente Perón! ¡Viva Argentina, gran nación hermana!

Apenas se marcharon, el naviero siguió comentando acerca de la futura visita de la troupe presidencial al Santo Padre. Mencionó después Francia, quizá Suiza, tal vez Portugal. Tuve la intuición de que, de momento, fuera de las fronteras españolas, Roma era el único destino garantizado. Más allá de los Pirineos, quizá la presencia de la esposa de Perón se les atragantaba.

Lo escuché hasta que el maître nos interrumpió con sus sugerencias para el postre. En cuanto se marchó con la comanda de un soufflé flambeado, me apresuré para clavar cual rejón mi pregunta más concreta.

—¿Y Gran Bretaña? ¿Cómo van los planes para ir a Londres, Alberto?

De nuevo derivó la conversación hacia sí mismo: sus propios negocios con socios británicos, sus numerosos viajes para cerrar allí operaciones, los hidroaviones en desuso que acababa de comprar a los ingleses con el objetivo de iniciarse en la navegación aerocomercial, una nueva y arriesgada aventura.

—Pero ¿Madame Perón —insistí— tiene un verdadero interés en ese destino o más bien cree que...?

Me contempló con intensidad mientras acercaba su encendedor de oro macizo a la punta de un Dunhill. Sonó un chasquido, saltó la llama y lamenté de inmediato mi vehemencia. Quizá le había resultado demasiado incisiva, pero la cena estaba llegando a su fin y yo necesitaba alguna respuesta, algo en firme antes de dar por perdido el encuentro. Debía tener cuidado, no obstante, y evitar mostrarme agobiante. No tuve más remedio que sacarme de la manga una mentira para salir del paso.

—Porque, si finalmente viajaran a Inglaterra, tal vez podríamos tener el honor de que la Señora hablase a través de nuestros micrófonos.

Sonrió entonces complacido, soltando despacio el humo por la nariz, sin dejar de mirarme.

—Me gustan las mujeres decididas...

No tuvo oportunidad de explayarse: en ese preciso instante, un nuevo espontáneo se acercó a nuestra mesa. Apareció por mi espalda; de mí hasta entonces sólo había visto los hombros desnudos, el cabello moreno en un recogido y el dorso de mi modelo estampado.

—Mi admirado señor Dodero, pero qué inmensa alegría encontrarlo acá en España. Román Altares, para servirle —añadió tendiéndole la mano; su acento sonaba más argentino que el del propio naviero—. Les ruego que disculpen esta interrupción usted y su hermosa acompañante...

Se volvió entonces hacia mí y un brote de sudor me recorrió la espalda. A él la sonrisa se le quedó como tallada en piedra. El mayor de mis temores acababa de tomar forma. Vistiendo un elegante terno de verano, peinado con fijador, atractivo y encantador de serpientes, ahí estaba Ramiro Arribas. De nuevo.

Reaccionó rápido, separó sus ojos de mí y volvió a concentrarse en Dodero. Soltó una ristra de nombres, lugares y momentos; un profuso name-dropping, como decían los ingleses. Mi acompañante frunció levemente el ceño, como tratando de ubicarlo sin demasiado interés. Tras unos segundos, sin convencimiento alguno masculló:

—Ya, ya recuerdo.

Incapaz de mantenerme serena, me levanté de la mesa.

—Si me disculpan unos instantes...

Me dirigí al tocador, con sumo gusto habría gritado, blasfemado, metido el rostro debajo del grifo. Pero no, no debía perder el control. No debía permitir que la presencia, la mera existencia de aquel desgraciado volviera a alterarme. Apreté los dientes con fuerza, respiré hondo.

Ramiro Arribas había transmutado su nombre por Román Altares, distinto al original pero relativamente parecido. Ahora no hablaba un castellano como el mío, sino un fluido español porteño. No parecían irle mal las cosas, a juzgar por su aspecto y el hecho de conocer, al menos tangencialmente, a Alberto Dodero. Pero ¿qué demonios hacía en Madrid, si había dado a entender que su residencia habitual estaba en Buenos Aires? ¿Y qué pretendía conseguir del armador, más allá de saludarlo? Recordé las palabras de Diego Tovar en Villa Romana: la capital se había llenado de argentinos inclasificables, oportunistas con toda seguridad. Y Ramiro encajaba en ese perfil como si lo hubieran sacado de un molde.

Me lavé las manos, me miré al espejo. Allí ya no estaba la jovencita incauta a la que aquel miserable había manipulado a su antojo, aquella veinteañera a la que engañó y abandonó sin sombra de remordimiento. Frente a mí tenía el reflejo de la que yo era ahora, una mujer cuajada, con cicatrices en el alma, mundo a las espaldas y una minúscula familia a su cargo. Hazlo por tu hijo, musité. Pero me corregí de inmediato. Hazlo por tus hijos, me ordené. Por mi pequeño Víctor y por el niño que no llegó a nacer, ese que él engendró en mi vientre y después aniquiló con su abandono, la criatura que se deshizo entre coágulos de sangre mientras yo huía de Tánger en un autobús, sola y aterrorizada tras su marcha. Por aquel bebé malogrado, por mi niño vivo y por mí misma, no podía consentir que Ramiro pusiera mi entereza patas arriba.

Volví a la mesa caminando con impostada soltura, vi que el muy cretino aún seguía hablando pletórico mientras Dodero jugaba con su encendedor entre los dedos; no parecía estar haciéndole demasiado caso. Sacó su sonrisa espléndida al verme llegar, incluso quiso decir algo el muy zorro, algún cumplido para caer en gracia al magnate. No le di opción. Ignorándolo, sin sentarme, propuse:

—¿Podríamos irnos, Alberto?

Se levantó el naviero, dejó la servilleta hecha un gurruño sobre la mesa. El maître se arrimó presto, con apenas tres palabras concretaron algo. Que le mandasen la cuenta al Palace, supuse; los señores de su tipo a menudo no se molestaban en sacar en público la billetera. Se despidió de Ramiro lanzándole con la barbilla un gesto desabrido. Otro moscón más, debió de pensar. Otro arribista que se acercaba con descaro al sol que más calienta.

Dejé que Dodero me condujese a la salida con la mano plantada en mi cintura, atrás quedó el soufflé sin tocar y la clientela en pleno cuchicheando, con la mirada fija en nosotros. Por un instante me intrigó saber qué pensaría Ramiro de mí, qué sensaciones bullían dentro de su cabeza.

Esa misma noche se estaba celebrando un acto en la plaza Mayor, un larguísimo homenaje de las provincias de España en honor de la egregia invitada. Bailes populares, cánticos, desfiles y regalos, un tostón multitudinario que se prolongaría hasta las tantas. Al día siguiente, los periódicos halagarían de nuevo el donaire de la primera dama, sus afectuosos gestos para con el pueblo y el imponente abrigo de zorro blanco que usaba en el umbral del verano. Para no dejarla sola en su extravagancia, la esposa del Caudillo y otras ilustres damas habían rescatado a todo correr sus propias pieles del fondo de los roperos y también las lucirían en la velada, muertas de calor para no ser menos que la argentina; sólo faltaría. Hacia el tramo final de ese evento acudiría Dodero tras dejarme en Pinar 5; por el camino logré reponerme y volví a transmitir un fingido charme.

—Ha sido una cena muy grata, Alberto; sus apreciaciones sin duda enriquecerán mi reportaje.

Sonrió complacido, ajeno a mi hipocresía. No, no había sido en absoluto una cena memorable: no me había aportado datos de relevancia y se había pasado la noche hablando de sí mismo, sin abordar apenas lo que yo necesitaba. Y la funesta llegada de Ramiro impidió prolongar la charla al menos durante el postre y el café, cuando quizá habría logrado rascar algo. Así las cosas, con nuestro encuentro a punto de acabar y nulos resultados, tan sólo quedaba un tiro en la recámara: aprovechar al millonario al menos para abrirme el paso hacia otro frente.

—A riesgo de abusar de su confianza, hay algo que querría...

—Lo que guste, preciosa —zanjó tajante—. Cualquier cosa que esté en mi mano.

—Para proseguir con mi trabajo y reflejar con rigor a Madame Perón y su entorno, me resultaría de suma utilidad poder hablar con sus modistas. Según tengo entendido, se encuentran también alojadas en El Pardo. Quizá, si...

No era Alberto Dodero hombre de titubeos.

—Delo por hecho.

41

El plan de actividades que plantearon en un principio giraba en torno a iconos clave para la esencia española: el monasterio de El Escorial, Ávila y su muralla medieval, las heroicas ruinas del Alcázar de Toledo y gloriosos entornos de ese tipo. El programa, sin embargo, hubo de rehacerse varias veces. Por exigencia de la propia invitada, no tuvieron más remedio que incluir unas cuantas visitas de corte más prosaico. El arte, la historia y el pretérito poderío imperial de España le importaban un pimiento a Eva Perón; lo que ella quería, por encima de todo, era ver trabajadores y conocer las prestaciones que les ofrecía el Estado. Si se los ponían delante, perfecto. En caso contrario, advirtió, ya se encargaría ella de buscarlos.

Deprisa y corriendo, montaron un itinerario paralelo para satisfacer aquella inusitada exigencia. Con la esposa del Generalísimo por compañía, la llevaron a un hogar para niños del Auxilio Social y a inaugurar un consultorio del Seguro de Enfermedad, a una escuela de capacitación profesional para obreros y a una colonia de casas dependientes del Instituto Nacional de la Vivienda. Incluso permitieron que en Toledo se le acercaran a estrecharle la mano un grupo de albañiles. En todas partes tuvo ella algo que decir; cada vez que la escuchaban proclamar la necesidad de seguir luchando por la justicia social costara lo que costara y cayera quien cayera, a doña Carmen y a las autoridades que la acompañaban se les ponían los pelos como escarpias.

Yo mientras tanto continuaba haciendo juegos malabares entre aquellos eventos, las escapadas para ver a mi hijo y las apreciaciones que iba preparando para transmitir a Kavannagh. Tras las primeras jornadas, me di cuenta además de que cada vez eran menos numerosos los periodistas extranjeros. Para contrariedad de la Oficina de Información Diplomática de Diego Tovar, tras el acto de la plaza de Oriente la prensa internacional había vuelto a criticar con saña a los regímenes de los generales Perón y Franco relatando el despliegue de corte seudofascista del que habían sido testigos en el Palacio Real, incidiendo en la represión y la miseria del país, y en los gastos estratosféricos que estaba generando aquel homenaje. A fin de neutralizar ataques, las intervenciones de la invitada reforzaron sus referencias a la armonía, la alegría y la concordia. Gira Arco Iris fue el empalagoso nombre que empezaron a usar para colorear el viaje.

Corrió el rumor de que, de vez en cuando, la señora de Perón se saltaba el protocolo, se escapaba a visitar barrios pobres y repartía billetes a manos llenas. Nunca fui testigo de aquello y, con el apretadísimo programa que le tenían organizado, verdaderamente no habría sabido decir en qué momento logró hacerlo. Se comentó también, y al parecer fue cierto, que intercedió para que Franco indultara a una comunista sentenciada a muerte por haber atacado unos meses atrás la embajada argentina con explosivos, causando mucho ruido y ninguna víctima; Juana Doña era su nombre. A cambio de no fusilarla frente a la tapia del cementerio de Carabanchel, como sí hicieron con sus compañeros, Su Excelencia le conmutó la pena capital por treinta magnánimos años de cárcel.

Las noches seguían igual de repletas de actos, a los que Eva Perón empezó a llegar invariablemente tarde a medida que avanzaba la semana. Hubo también una gala en el Palacio de El Pardo con actuaciones de artistas que comenzaban a despuntar en sus carreras: entre ellos brillaron una tal Carmen Sevilla y la pareja que formaban Manolo Caracol y una morena racial que atendía al nombre de Lola Flores. Se organizó asimismo otra cena protocolaria en la Casa de Cisneros y una representación de *Fuenteovejuna* en el Teatro Español. Lo siguiente era un grandioso evento al aire libre en el parque de El Retiro, la más concurrida de todas las soirées madrileñas.

A pesar de mis intentos, no logré escaparme. Diego Tovar, que había detectado mi ausencia en algunas veladas anteriores, propuso recogerme en persona en Pinar 5. Muchos de los corresponsales internacionales de prensa diaria habían enviado ya sus crónicas acerca de los primeros pasos de la visita mientras yo, supuestamente, continuaba acumulando información para mi reportaje. Como director de la Oficina de Información Diplomática, quizá calculó que todavía estaba a tiempo de ganarme a su causa.

La gala estaba prevista para las diez y media de la noche, y desde antes de las diez ya estaban a la espera más de mil invitados, las autoridades, el Gobierno en pleno y el plantel de concejales. El coche de Franco y la señora de Perón, sin embargo, no llegó hasta las doce y veinte de la madrugada. Todo el mundo se hizo de cruces al extenderse la voz de que la primera dama había tenido al Generalísimo y a doña Carmen de plantón durante casi dos horas en El Pardo, ellos listos con sus galones y sus collares mientras la argentina se acicalaba. De puntualidad castrense y acostumbrado a mandar con puño recio, Franco debía de sentirse indignado ante tales desplantes, pero se tragó el sapo y apareció sonriente del brazo de su huésped, sin mostrar evidencia alguna de desagrado. Vaya una cosa por la otra, debió de pensar el hombre: esa misma mañana había atracado en el puerto de Barcelona el *Río Santa Cruz*, el primero de los barcos de la flota mercante argentina que hacía su entrada desde el fin de la guerra mundial. Cargaba en sus bodegas mil toneladas de trigo, casi doscientas de alubias y otras tantas de azúcar. Sería el principio de un trasiego comercial constante. Sólo por eso estaba Franco dispuesto a soportar los retrasos que hicieran falta.

Todo aquel o aquella que pintara algo en Madrid estaba esa noche en El Retiro, aguardando con impaciencia el arranque de la velada. Se comentaba que hubo verdaderos tejemanejes para lograr una invitación, algunos incluso vendieron las suyas por cantidades jugosas o las permutaron a cambio de favores. Empresarios, jerarcas, artistas, estraperlistas, prohombres y sus legítimas, y puñados de trepas colados por la patilla: por allí se veía el catálogo completo, todos ataviados de tiros largos. Mientras se demoraba la llegada, entre el verdor del parque flotaban los comentarios y chismorreos acerca de doña María Eva Duarte de Perón, como seguía llamándola la prensa unánimemente. Que había sido artista de varietés y llevaba el pelo oxigenado en exceso, cotorreaban las señoras. Que poseía un atractivo magnético capaz de dominar a un macho bragado como el general Perón, comentaban los señores con un punto de envidia.

Fue también invitada al acto la más alta sociedad, como es natural: aristócratas con título y ricos con renombre lustroso y solera centenaria. Era sabido, empezando por el propio Franco, que tan distinguida minoría destacaba en esos días por poner una vela a Dios y otra al diablo. De puertas adentro mantenían su alma monárquica, ansiaban la restauración de la Corona en la persona de don Juan de Borbón y consideraban al Generalísimo un cazurro cuartelero sin altura ni clase. De puertas afuera, sin embargo, se habían instalado con absoluto confort en el Régimen y afianzado sus privilegios.

Selectos y mundanos, muchos tenían alguna conexión con Argentina y por eso conocían de primera mano las tensiones que allá existían entre la oligarquía y la primera dama. La paquetería porteña la atacaba con inquina acusándola de vulgar, advenediza y rencorosa. Ella, por su parte, arremetía a degüello contra esa opulenta élite, tan lejana de sus orígenes humildes y sus afanes en el mundo del espectáculo. Se habían convertido en célebres sus desprecios contra aquellos que poseían inmensas estancias ganaderas, tenían institutriz inglesa para sus niños, hacían sus compras en Harrods y viajaban a Europa todos los años; decía que los más ricos incluso se llevaban con ellos una vaca en el barco. Estirpes que se apellidaban Álzaga, Anchorena, Unzué, Larreta, Martínez de Hoz, Blaquier, Uriburu o Lezica; que residían en palacetes afrancesados, se desplazaban en suntuosos Bentleys, jugaban al golf y al polo en el club de campo de Tortugas, bailaban en el Roof Garden del Alvear y tenían palco en el hipódromo. Familias cuyas vacaciones, fiestas y casamientos aparecían fotografiados en la revista *El Hogar*, clanes cuyos señores eran miembros del Jockey Club mientras ellas tomaban el té en la París o la del Gas y hacían sus caridades en la selectísima Sociedad de Damas de Beneficencia.

Poco tenía que ver esa exuberancia porteña con las clases altas españolas del momento, arañadas por la guerra española y mundial, la mayoría con tanto abolengo, tierras y títulos como escasa liquidez en el bolsillo y las cuentas de los bancos. Pero eran de un cuño similar, ricos de cuna en definitiva, y por ello aguardaban a la invitada con una actitud condescendiente, un punto despectiva casi.

Entre los árboles del parque de El Retiro habían levantado un enorme escenario central; alrededor, multitud de sillas, mesas y manteles, camareros y guirnaldas de luces. En cuanto Franco y la esposa del presidente Perón hicieron su entrada, arrancaron los himnos y tras ellos, el espectáculo y el servicio de cena en paralelo; todo el mundo tenía ya un hambre canina.

Servían el café cuando me dirigí con discreción en busca de Alberto Dodero. Afectuoso y galante, me presentó a otras dos piezas claves del séquito de Eva Perón que yo ya había identificado en el acto del Palacio Real y acerca de las cuales sentía una enorme curiosidad: la acompañante y el hermano.

Ella, Lillian Lagomarsino, refinada, adinerada y conservadora por sus orígenes, había abrazado junto a su marido la fe peronista y se había visto convertida a la fuerza en fiel escudera de la Señora para ese viaje. La acompañaba paciente a todas partes, la asesoraba en cuestiones de etiqueta, la instruía en maneras sociales y ejercía de templado contrapeso frente al carácter a menudo borrascoso de la primera dama. En cuanto crucé con ella un par de frases, tuve claro que no iba a servirme para mis propósitos: disciplinada y discreta en extremo, se habría cerrado en banda ante mis preguntas.

El otro ejemplar era Juan Duarte, Juancito. Un par de minutos de cercanía me sirvieron igualmente para descartar de mi punto de mira al exvendedor de jabones. Allí estaba con su smoking color vainilla, su bigotito, su cigarrito y su copa de brandy encajada en la mano, mirando el derrière de las señoras más jóvenes, indiferente a todo, aburrido como una ostra. Ni sabía adónde los llevarían las etapas siguientes del tour, ni le importaba. Lo único que de momento figuraba en sus planes era marcharse de allí cuanto antes, a seguir disfrutando de la noche. Los días previos había conocido en el Villa Rosa de Chamartín a una tal Mimí, en Pasapoga a una tal Monique, en Chicote a una tal Lupe; las tres lo estaban esperando, aún tenía que decidir por cuál de ellas optaría o si se llevaba al trío en paquete a su habitación del Palace.

A la luz de los nulos réditos que podría obtener de ambos, centré mi atención una vez más en el magnate. Le halagué la corbata, le acepté un Dunhill y unos cuantos piropos, le reí un par de gracias y dejé que pasara su mano por mis hombros con la excusa de librarme de un bicho caído desde alguna rama. En cuanto calculé que había transcurrido un tiempo prudente para no sonar descarada en exceso, me lancé de nuevo.

—Y de las modistas, my dear Alberto, ¿sabemos algo?

—Las modistas, cierto...

El asunto no le interesaba en absoluto, claro. Pero se había comprometido. Y ahí estaba yo para recordárselo: enfrente, insistente, sonriente, a la espera.

—¿Le gustan los toros, querida?

—No demasiado.

—Mañana tenemos una corrida, a las cinco si no me falla la memoria. Ellas no asistirán, eso es seguro. Quizá podría ser buen momento para acudir a verlas.

Se me acercó entonces un poco más, como para hablarme discretamente sin que pudieran oírlo la acompañante leal y el hermano. Olía a tabaco y a exceso de loción de afeitar untuosa, la supuse francesa y cara.

—Mejor que quede entre usted y yo, pero no sé si a Evita le arrebataría la idea. Yo en cambio sí que creo que será una buena publicidad para ella y para el viaje. Le enviaré mi auto a las cuatro y media.

No me pudo decir más, nos interrumpió un grupo de señores. Como tantos otros, querían saludar al amigo del general Perón, sonreírle, adularlo, estrecharle la mano con varonil afecto. En cuanto vi que Ralph Forte, el periodista de United Press, se disponía a marcharse, me acoplé a él y abandoné el sarao sin que se notara demasiado.

Logré también escabullirme unas horas al día siguiente y pude almorzar en Hermosilla. Víctor me recibió con la alegría de siempre, echándome alborozado los brazos al cuello. Para mi desconsuelo, cada vez que lo hacía, el incómodo recuerdo de Ramiro volvía a mi mente y un punto de amargura por su hijo perdido se me clavaba en algún sitio profundo.

Mi padre escuchó atónito mis confidencias.

—¿De verdad pretendes meterte en El Pardo, sin un permiso oficial, para hablar con unas modistas?

Así iba a ser, por extraño que le pareciese. El Cadillac del armador no me recogió a las cuatro y media tal como concertamos, sino a las seis menos cuarto. El conductor, escurrido bajo una gorra de plato grande en exceso, saludó con su acento porteño. Armando, recordé que se llamaba.

—Disculpe la señora por el retraso, pero la comitiva recién salió hacia la plaza.

Estuve a punto de echarme a reír; Eva Perón gastaba un cuajo de acero. Tras tener a Franco y a le tout Madrid esperando durante dos horas la noche anterior, ahora volvía a hacer lo mismo, tentando la paciencia de los toreros y del dignatario.

—¿Hay algún recado para mí de don Alberto? —pregunté conteniéndome. Estaba claro que me dirigía al Palacio de El Pardo, pero no tenía la menor idea de qué debía hacer una vez allí, a quién debería dirigirme, si alguien estaría al tanto de mi llegada.

—Nada, señora.

Al término de la Guerra Civil, Franco había elegido como residencia oficial aquel antiguo palacio rodeado por monte bajo, un sitio que durante siglos había servido como estancia de caza y recreo a monarcas de los Austrias y los Borbones. A escasos kilómetros de Madrid, la construcción se alzaba severa y a la vez majestuosa, con tejados de planchas de pizarra y una gran reja forjada como primer acceso. Para mi sorpresa, el chófer de Dodero sólo tuvo que saludar para que le dieran vía libre de inmediato: como si en el asiento trasero, en vez de a una falsa reportera, trasladara por lo menos a un ministro. Una vez en el recinto, tras atravesar los jardines, accedimos a la edificación a través de un amplio arco de piedra. Nos detuvimos frente a una antigua entrada de caballerías; Armando salió presto a abrirme la portezuela.

A esa misma hora, de otro auto igual de opulento, doña María Eva Duarte de Perón descendía saludando con la mano frente a la plaza de toros de Las Ventas. En su exterior, el gentío acalorado tras hora y media de espera volvió a aclamarla con fervor, dando brincos para atisbar su mantilla negra, comentando que en la oreja llevaba tres claveles reventones color grana. La acompañaba Franco vestido de calle, doña Carmen y su hija con la cabeza cubierta por una madroñera, disimulando todos el fastidio por el nuevo retraso, sonriendo con falsedad al respetable, como si no pasara nada.

La tarde empezaría con un desfile goyesco a ritmo de pasodobles. Gitanillo de Triana, Pepe Luis Vázquez y el argentino de nacimiento Raúl Acha, Rovira, serían los matadores. La plaza lucía engalanada con blasones y mantones floreados; las barreras, los tendidos y las gradas, repletos hasta los topes. Nadie tenía el menor interés en recordar que hacía apenas unos años, durante la visita de Himmler a España, eran esvásticas grandes como sábanas cameras las que adornaban el coso, mientras la banda acometía el himno alemán y los presentes alzaban el brazo, todos a una.

—La invitada viene a las dependencias de la señora de Perón —anunció Armando a los dos soldados que custodiaban la entrada. Sonó seguro, como si hubiera pasado por el mismo trámite montones de veces.

Ambos se cuadraron para permitirme el acceso. Ni preguntaron nada más, ni pidieron que me identificara.

Los tacones de mis zapatos empezaron a resonar sobre las losas de un gran patio, pero a mi encuentro no acudió nadie. Dudé unos instantes, incluso giré la cabeza para preguntar al chófer si sabía adónde debía dirigirme, pero él ya estaba de vuelta frente al volante. Despacio, seguí avanzando.

Se comentaba que la presencia de la huésped y su séquito había desquiciado durante días el sosiego de aquella excelsa casa. Antes de su llegada tuvieron que remozar estancias, se alicataron de arriba abajo algunos viejos cuartos de baño, cambiaron colchones y mudaron de sitio montones de muebles y enseres. Hubo que añadir conexiones eléctricas, puntos de luz y enchufes; tendieron nuevas líneas telefónicas y pasaron cables a través de los tejados y las ventanas. Una vez instalada doña Eva, los coches iban y venían alborotados a todas horas, trayendo y llevando gentes, recados, encargos y obsequios.

La centralita echaba humo, de día y de noche se pedían montones de conferencias con Buenos Aires para que la Señora hablara con su marido o con los ministros del gabinete.

Las modistas, el peinador y la acompañante se alojaban allí, el resto no. Aun así, Dodero y Juancito entraban y salían de El Pardo a su antojo, lo mismo que los edecanes militares, asistentes varios, el fotógrafo oficial, el redactor de discursos, el padre Hernán Benítez y el personal de la embajada. Se pedía cualquier cosa a las cocinas a cualquier hora; sonaban órdenes, carreras y portazos constantes, y hubieron de hacer ajustes organizativos por todos lados. Era la primera vez que alguien ajeno a la familia se alojaba dentro del palacio, y aquella tropa de argentinos vivaces hizo saltar por los aires el modoso confort burgués en que vivían los Franco. Decían que doña Carmen echaba espuma por la boca mientras juraba por lo más sagrado que jamás volvería a meter entre sus paredes a gente extraña.

A pesar de compartir residencia, se rumoreaba también que la huésped prefería verse con sus anfitriones tan sólo lo justo. Con distancia de por medio, en sus dependencias actuaba a su manera, con su habitual forma de ser y hablar, gritando y despotricando cada vez que le daba la gana. Allí, entre los suyos, en su espacio privado, a la esposa del Caudillo la seguía apodando la Gorda, aunque fuera flaca como una escoba. De Franco aún decía que tenía hechuras de almacenero y a la hija Carmencita la rebautizó como la Nena Mirona a raíz del afán de la joven por observarla fascinada.

Esa tarde, sin embargo, a aquella hora taurina el ambiente estaba inusualmente calmado. Avancé unos cuantos metros; seguía sin aparecer nadie. Hacía calor, la salida demorada hacia Las Ventas había sido sin duda tensa e ingrata. Pero por fin se habían marchado y todo el servicio sabía que la corrida duraría varias horas. Y para la noche había otra cena de gala organizada por el alcalde, por lo cual el cuerpo de la casa no estaba pendiente de preparativo alguno. Sumando aquellos datos, imaginé que el personal andaba disfrutando de un momentáneo respiro, un rato de sosiego en mitad de la tormenta, quizá dormitando en sus cuartos, haciendo crucigramas o escuchando un serial en la radio.

Continué despacio, con la garganta seca y el estómago prieto. Estaba adentrándome en la residencia oficial del jefe del Estado español, uno de los próceres más controvertidos del planeta, reputado por no tener la más mínima clemencia con aquellos que lo contrariaban. En mi bolso llevaba un pasaporte británico con nombre inventado y una credencial de la BBC, una corporación extranjera para la que, en realidad, yo no trabajaba. Nadie me había invitado ni autorizado a acceder a ese edificio, más allá de un ricachón argentino acostumbrado a hacer y deshacer a su antojo, movido tan sólo por la osadía que da el dinero. Y mi misión era buscar a dos anónimas modistas; dos simples trabajadoras, ni siquiera se trataba de ilustres huéspedes.

Si hubiese habido un siniestro premio en juego, yo habría llevado todas las papeletas.

42

Entré a un corredor en penumbra. Por todo ruido, oí un pesado tictac, tictac, tictac. Una docena de metros más adelante, encima de una cómoda panzona, encontré su procedencia: un soberbio reloj sobre peana de mármol. Marcaba las seis y veinte.

De las paredes colgaban reposteros y blasones, óleos y grandes tapices. Abrí una puerta girando lentamente el picaporte. Dentro hallé una estancia palaciega con mesas bajas y butacas, gran araña de techo y frescos en las paredes; supuse que se trataba de una sala de espera para gentes principales. Cerré con cuidado y seguí avanzando: mis pisadas no hacían ahora ruido, una gruesa alfombra recorría el pasillo. Agarré el siguiente picaporte haciéndolo girar despacio. Chirrió y contuve el aliento; encontré una sala aún mayor con una enorme mesa cubierta por faldones de damasco que igual podría servir para dar de comer a treinta comensales que para alojar nutridas reuniones. Continué, sin percibir rastro de presencia humana. Tres puertas más adelante, tuve que llevarme la mano a la boca para contener un grito. Acababa de asomarme a lo que supuse que sería el despacho de Franco.

Deshice mis pasos precipitada con la intención de volver al patio; me estaba metiendo en la boca del lobo, tenía que salir de allí como fuera. Pero oí voces a distancia, voces de hombres, no sabría decir si estaban en movimiento o parados. Turbada, opté por adentrarme de nuevo en el corredor y continué andando rápido, rápido, volviendo la cabeza y mirando hacia atrás de tanto en tanto. Hice quiebros y desvíos, me interné en otros pasillos largos como días sin pan, ya no me detuve a abrir ninguna puerta. Encontré finalmente una escalera e imaginé que me conduciría a zonas más privadas, menos a mano para visitantes. Subí de puntillas, sin detenerme. Todo estaba otra vez en silencio, tan sólo seguía oyéndose los tictacs constantes, como si hubiera cientos de relojes repartidos por el palacio. Sin reflexionar, me dejé guiar por mi intuición más primaria: si acababa de estar en la parte de recibimientos protocolarios, quizá sería lógico pensar que Madame Perón y su séquito se encontraban alojados en la zona diametralmente opuesta. Tras recorrer largos trechos, empecé a notar un denso olor a flores. Presentí entonces, con alivio, que no me había equivocado.

Encima de todas las cómodas, consolas y repisas aparecieron enormes centros, ramos y composiciones florales compitiendo entre ellos en colorido y jactancia. La mayoría mostraba cintas atravesadas, identificando a sus remitentes. La Organización Sindical Española, la Audiencia Provincial, el Gremio de Impresores, la Hermandad de Ferroviarios... Y así, docenas de muestras de afecto a la primera dama argentina, emanando un aroma dulzón casi mareante.

El mobiliario y los efectos decorativos seguían siendo suntuosos, pero algo se me antojó distinto. Tardé poco en identificarlo: las paredes y techos lucían recién pintados, en un blanco mucho más luminoso que el mortecino tono del resto. Flores a mansalva, pintura fresca y extremo opuesto del palacio: todo eran indicios de que ahora sí, por fin estaba donde tenía que estar. Aunque nadie me esperara.

Empecé a llamar a las puertas con los nudillos, pero ninguna voz respondió tras ellas. Repetí con más brío, esperé. Tampoco. De perdidos al río, debí de pensar entonces. Igual que había hecho en el piso inferior, una a una fui abriéndolas. La primera, doble y amplia, daba paso a un salón de estar, excesivamente recargado como para resultar cómodo. La segunda, a un comedor íntimo con mesa redonda para ocho personas; imaginé que allí desayunaba o almorzaba Eva Duarte cuando quería huir de la aburrida compañía de los Franco. En ninguna de esas dos primeras estancias encontré nada personal más allá de otro montón de obsequios florales.

En la tercera pieza, sin embargo, todo era distinto. Picaporte en mano, contemplé el interior unos instantes, impactada. Habían convertido aquel salón en una especie de guardarropa, tocador, peluquería y camerino. Sin ser consciente apenas, sin prever inconvenientes ni anticipar consecuencias, me adentré con paso lento. Allí tampoco había nadie.

De las barras de las cortinas colgaban más de una docena de vestidos de noche, mantos y echarpes. Sedas, rasos, lamés y terciopelos derramaban sus ondas y pliegues desde las alturas y quedaban flotando en el aire, como si se tratara del vestuario de una ópera. Examiné por encima los modelos; unos breves segundos me bastaron para detectar dos estilos altamente dispares. Algunos eran sobrios y elegantes, dignos de una verdadera dignataria en visita oficial por Europa. Otros, recargados y estridentes, parecían más propios de producciones escénicas que de una primera dama.

Sobre el brocado de las tapicerías de los sofás habían extendido abrigos y estolas de piel: zorros lustrosos, visones raseados, una larga capa de armiño, martas cibelinas. Un enorme armario con puertas abiertas mostraba los conjuntos de día en orden milimétrico. A la izquierda quedaban los trajes sastre con tonos lisos y grandes hombreras: rectos y sobrios como soldados, reminiscencias de la moda en tiempos de la guerra casi recién terminada. A la derecha, los vestidos de mañana, todo un abanico de estampados veraniegos, floreados y lunares.

Deslumbrada por el despliegue, me acerqué a un escritorio que hacía las veces de boudoir; sobre él descansaban tarros de cremas, polveras, labiales, pomos de talco. Aunque siempre la había contemplado a distancia, daba la sensación de que Eva Perón tenía una piel excelente y apenas usaba maquillaje, tan sólo se pintaba los labios con carmín vistoso. Tomé una barra de rouge entre los dedos, reconocí la casa. La destapé, hice girar la base hasta que salió un cilindro de tono mandarina nacarado.

Otra mesa, cuya función original quizá fuera servir finas meriendas, había sido cubierta con una toalla blanca. Dispuestos sobre ella, los útiles de peluquería se alineaban impecables. Cepillos y peines con distintas utilidades. Tenacillas, bigudíes, redecillas, rulos de todos los tamaños. Sostenidos en peanas de alambre trenzado, encontré varios postizos con formas de moños y rodetes. Había también botes de esmalte de uñas y unos cuantos frascos de perfume.

En un lateral del salón, dos cómodas estilo Imperio servían de campamento para los sombreros. Cada uno ocupaba su propio soporte: bonetes, casquetes y elaboradas diademas, tocados con tul o plumas, grandes pamelas veraniegas de rafia, sinamay y crin plisada; a duras penas contuve la tentación de probarme alguna. Sobre el suelo aparecía dispuesta una larga fila de zapatos seguramente hechos a medida, calculé más de una veintena. A un lado quedaban los de día, más sobrios, en pitón, lagarto o cuero tintado. Después iban los de noche, forrados con brillos y azabaches.

De una consola esquinera habían retirado un par de candelabros para instalar un pequeño baúl de piel teñida en azul. Probé a abrirlo, sin éxito. Supuse que se trataba del joyero, y que alguien guardaba con celo su llave.

Estando todavía en Londres, los informes de Kavannagh apenas me habían puesto al tanto de la procedencia de la primera dama. Humble origins, mencionaban tan sólo. Orígenes humildes, escuetamente. Cinderella from the Pampas, la llamaría la prestigiosa revista norteamericana *Time*. Allí, en ese salón transmutado, la referencia a una cenicienta adquiría toda su fuerza y sentido. Nadie, nunca, habría podido sospechar que semejante despliegue correspondía a una mujer que aún no había cumplido los treinta, una hija nacida ilegítima y criada entre escasceces en un pueblo polvoriento; una mujer de aspecto corriente, sin grandes talentos ni educación apenas. Persiguiendo el sueño juvenil de convertirse en artista, metió sus cuatro trapos en una vieja maleta de cartón prensado, se puso una blusa cien veces relavada, su pollera —o falda— de percal barato y un par de ajados zapatos heredados de su hermana. Con ese modesto avío más su audacia infatigable, se subió en un tren rumbo a la capital. Tenía entonces quince años y el pelo oscuro, ni contactos ni dinero. Logró, aun así, abrirse paso en el mundo de los radioteatros, hasta que su relación sentimental con Perón alteró el rumbo de sus intereses y la llevó a convertirse en una de las mujeres más poderosas del planeta.

Unos la tachaban de arribista despótica, otros de santa benefactora. Unos la repelían y otros la adoraban. Me faltaba información para alinearme con cualquiera de las dos posiciones, pero en aquel momento, frente a aquella puesta en escena, fui consciente, plenamente consciente, de que Eva Perón era indomable y no tenía miedo a nada.

—¿La puedo ayudar en algo?

Estuve a punto de lanzar un grito. A mi espalda, con acento argentino, acababa de oír la voz de un hombre. Mi presencia, sin duda, lo había sorprendido. Sorprendido y contrariado, a juzgar por su tono. Una flamante moqueta se extendía por las dependencias rehabilitadas para la huésped, por eso no oí sus pasos. Apreté con fuerza los párpados, quise que la tierra me tragara. Hasta que en mi mente se prendió un chispazo y exclamé:

—¡Don Julio!

La ficha completa brotó súbita en mi cabeza. Julio Alcaraz, peluquero particular de Madame Perón. Maduro, serio en su profesión, padre de familia. Se habían conocido cuando ella aspiraba al estrellato artístico; nunca lo logró, pero por el camino forjó algunas amistades. Aquel peinador de actrices era una de las más sólidas. De sus manos salían los elaborados recogidos estilo Pompadour que adornaban la cabeza de la Señora.

Me acerqué a él con pasos rápidos, no se había movido de la puerta. Cincuentón y canoso, percibí, no demasiado alto. Iba vestido con pantalón claro y camisa abierta al pecho, sobre el hombro izquierdo llevaba una toalla. Más que ofrecerle mi mano, agarré la suya y casi lo obligué a estrechármela.

—Es una alegría para mí conocerlo. Estoy aquí por indicación del señor Dodero, él en persona ha autorizado que me encuentre con usted y sus compañeras.

Se mantuvo callado, inmóvil, con el gesto severo aún plantado en el rostro. Quién demonios es esta intrusa que invade nuestro santuario, debía de pensar. Yo tampoco contaba con encontrarme con él, pero ahora era consciente de que debía ganármelo.

—Don Alberto ha insistido en que también lo conozca; es magnífico el trabajo que están ustedes realizando para encumbrar la prestancia de Madame Perón y que este tour sea un éxito.

Dodero. Don Alberto. Don Alberto Dodero. Ahí presentí que quizá estaba la clave para que mi presencia no generara suspicacias: debía insistir en que llegaba hasta ellos respaldada por el magnate, aunque él aparentemente se hubiera olvidado o desentendido de darles el aviso. Pero el peluquero seguía sin mostrarse receptivo. Del bolsillo de su camisa, como seña de identidad, vi que emergía el extremo de un peine.

Ante su falta de reacción, mi cerebro se movió deprisa. La simpatía, desde luego, no parecía ser una buena arma. Opté entonces por otra estrategia, recordando el viejo lema de que no hay mejor defensa que un buen ataque.

—Me alegra una enormidad que por fin acudan a nuestra cita, porque llevo ya un buen rato esperándolos.

Entonces sí alteró el gesto, cuestionando mis palabras con un frunce de cejas.

—¿No han recibido el recado de don Alberto?

La seria ahora era yo. En mi voz sonó un apunte de molesta incredulidad y en la cara planté un fingido ademán de reproche.

—Estos mensajeros son un absoluto desastre —farfullé con supuesta indignación—. Tendrían que haberlos avisado de mi llegada, nuestra reunión estaba prevista para las seis en punto, me ha extrañado muchísimo no encontrarlos aquí a esa hora.

Por fin reaccionó él, alzando los hombros, incómodo.

—No sabíamos que...

Intenté que mi regocijo no se transparentara. Ya lo había conseguido. Ya estaba. Aun así, apreté un poquito más. Por si acaso.

—Puede que no sea culpa de ustedes, pero su retraso me ha hecho sentir tremendamente incómoda, y no sé si esto generará alguna consecuencia...

Lamenté sonar así de impertinente, pero no encontré otra forma de llevarlo a mi terreno. Eva Perón era célebre por su carácter temperamental y sus reacciones impetuosas; estaba claro que el peluquero Alcaraz no tenía el menor interés en generar en ella arrebato alguno.

—Ahora mismo las llamo... —masculló seco.

Salió y yo lo seguí, ya sin rastro de apuro. Se dirigió a una puerta del fondo del pasillo, me quedé unos metros detrás, a la espera. En cuanto la abrió, en primer plano vi tres enormes baúles, más al fondo una alta pila de sombrereras. Y más al fondo aún, intuí los pies de una cama, quizá la del propio Alcaraz, siempre al lado de doña Eva para peinarla y despeinarla según necesitara.

Lo vi abrir una ventana, hacer gestos hacia el exterior agitando el brazo derecho con brío. Nadie pareció responder; siguió intentándolo, moviendo ahora ambos brazos como aspas de molino. Tampoco. Al final, no tuvo más remedio que llevarse los dedos a la boca para soltar, sobre los regios jardines de Su Excelencia, un rotundo silbido.

43

Las modistas llegaron unos minutos después, azoradas y confusas. Les alarmó el gesto apremiante de don Julio al llamarlas desde la ventana; la señal de que algo no marchaba tal como debiera.

Asunta Fernández, de la casa Henriette, superaba los cuarenta y traía el cabello recogido en un pañuelo de seda. Juanita Palmou, de la maison Paula Naletoff, se le acercaba en edad y sostenía en la mano unas gafas de sol y una pamela de fibra clara. La primera era alta y flaca, la segunda mostraba formas redondas y la piel acalorada. Había supuesto que serían dos jóvenes, dos tiernas asistentes destinadas a planchar prendas y abrochar cierres a las que podría meterme con facilidad en el bolsillo; me sorprendió encontrar a un par de oficialas en sazón, como lo fue mi madre cuando ejercía en el taller de doña Manuela. Sólo que ellas procedían de Buenos Aires, donde fluía muchísimo más glamour y dinero que en el Madrid pobretón de antes de la guerra. Como modista, yo me había saltado esa etapa intermedia: pasé de ser una joven costurera con potencial a convertirme en propietaria de mis propios negocios, primero en Tetuán y después en el barrio de Salamanca. Pero eso ellas no tenían por qué saberlo.

Las saludé sin la frívola insolencia que había usado para neutralizar la desconfianza del peluquero. Aun así, me aseguré de seguir activando los resortes necesarios para llevarlas a mi terreno.

—Estoy aquí por mediación de don Alberto Dodero —insistí—; lamento enormemente que nadie las haya avisado de mi llegada.

Esperé alguna reacción, pero las dos mantuvieron un silencio pétreo, a todas luces incómodas. Había sido un día atareado y complejo para ellas, como todos desde su llegada. No, desde su llegada no; quizá habría que remontarse más atrás todavía. Había sido un día atareado y complejo como todos desde que, en sus respectivas maisons de couture, se había recibido la orden de que deberían designar a dos de sus encargadas para responsabilizarse del vestuario de la primera dama durante su viaje a Europa. No era ella clienta fija de ninguna de esas casas de moda, tan sólo le prestaban sus servicios de una forma ocasional desde el año anterior, después de que el general Perón alcanzara la presidencia. Y, por cierto, aquellos negocios casi nunca la atendían con agrado. Reputados ateliers y puntos de venta, tanto Henriette como Paula Naletoff llevaban largos años vistiendo a las señoras de la aristocracia porteña, las que tenían gusto, clase, apellido, criterio y dinero a montones. Las mismas contra las que la esposa del presidente mantenía una guerra sin cuartel. O al revés, tanto daba.

Aquel requerimiento había caído en ambos negocios como pedrada contra un cristal: ante el temor de molestar o incluso perder a su exclusiva clientela, no tenían el menor interés en ver su nombre abiertamente asociado a la esposa del presidente. Pero negarse resultaba una temeridad. Nadie negaba nada a Eva Perón. Y quien osara conocería las consecuencias. Terminaron accediendo, claro, y le confeccionaron en exclusiva varios atuendos. Y propusieron a Asunta Fernández y Juanita Palmou como acompañantes: dos empleadas de confianza, prudentes y ponderadas, que cumplieron con total profesionalidad el encargo.

En la jornada de mi visita, las actividades previstas les habían requerido preparativos para cuatro cambios: mañana interior, mañana exterior, tarde taurina y cena de gala. Quizá por eso, cuando acabaron su quehacer y la comitiva oficial voló rumbo a Las Ventas, ellas decidieron concederse una pequeña licencia y se les antojó una visita a la piscina del palacio. Ahora, a juzgar por su actitud, parecían convencidas de que tal idea había sido una torpeza. Nadie les había dado permiso, porque no había nadie a quien pedírselo: su única voz de mando era la Señora y, de forma ocasional, don Alberto Dodero. En su ausencia, se autorizaron a sí mismas y ahora, mudas delante de mí, lamentaban por dentro su desacierto.

—Me envía la BBC de Londres para cubrir el tour de Madame Perón por España. Estoy preparando un reportaje que va a abordar distintos aspectos y, entre ellos, la estética de doña Eva juega un papel importante. El señor Dodero me ha autorizado para hablar con ustedes. Es también decisión personal de don Alberto no molestar a la Señora con comentarios acerca de este encuentro.

Soné convincente. Sin dobleces ni zalamerías, exponiéndoles la verdad. Una verdad que a su vez llevaba dentro una tremenda mentira sobre quién era yo, obviamente. Algo parecieron relajarse, pero ni se movieron ni soltaron palabra.

—Sepan también —añadí— que no mantengo ningún vínculo con las autoridades oficiales españolas ni con este palacio. Soy tan sólo, al igual que ustedes, una profesional que desempeña su oficio.

—Y, en concreto, ¿qué es lo que desea de nosotras?

Habló por fin la alta, la del pañuelo. Tenía aspecto de no derrochar su tiempo en tonterías; me volvió a recordar vagamente a mi madre años antes, digna y seria, en su sitio siempre. Por los informes de Kavannagh conocía su identidad, pero me reservé ese extremo.

—¿Usted es la señora Palmou o la señora Fernández?

—Asunta Fernández, jefa de taller en la casa Henriette de Buenos Aires, para servirla.

Hablada con acento mixto, levemente argentino sobre base castellana; supuse que quizá era una emigrante, como tantos que habían marchado a aquellas prósperas tierras. Tampoco se me pasó por alto la mirada que lanzó al peluquero. Intuitivamente, me hice una idea de la función de cada uno de ellos en el trío. Julio Alcaraz era el mayor en edad y también el que más confianza tenía con la Señora. Por eso, antes de acceder a mi petición, ella pretendía consultarle; más que por respeto jerárquico, por temor a que se fuera de la lengua mientras arreglaba la melena de doña Eva. De las dos modistas, Asunta Fernández era la que llevaba la voz cantante. Y de Juanita, de aspecto menos severo, debió de surgir la loca iniciativa de pasar un rato en la piscina esa tarde. Había sido una idea absurda, en eso parecían estar ahora los tres de acuerdo. Pero llevaban casi una semana encerrados, trabajando bajo la presión de la Señora e ignorados por el resto, apartados y aislados, realizando a menudo tareas subalternas muy ajenas a sus cargos, porque Madame Perón viajaba sin mucama ni ayudantes personales, y en El Pardo no le habían ofrecido una doncella. Nadie se molestó en sacarlos de allí unas horas para dar un paseo por Madrid o tomar una triste horchata; nadie se acordaba siquiera de que seguían existiendo. Ellos, que en Buenos Aires llevaban vidas independientes, entraban, salían, decidían, tenían sus buenos sueldos y sus propios departamentos, se veían ahora durmiendo en cuartos de servicio; él rodeado de baúles vacíos, ellas compartiendo una estrecha habitación con sendas camas pelonas.

El peluquero dio al final su plácet con una breve inclinación de cabeza. Procedieron entonces las modistas a describirme las creaciones más relevantes para según qué eventos, primero contenidas y rígidas, después algo más sueltas. Dudé entre sacar o no mi cuaderno para ir tomando notas, o fingir que lo hacía al menos. Decidí al cabo mantenerlo guardado; intuí que así se sentirían más cómodas.

Desde un principio me quedó claro que, salvo alguna excepción, no había por lo general una planificación fija de calendario: ellas proponían modelos en función del programa del día y la Señora, sobre la marcha, tomaba decisiones. Algunas de las prendas que me mostraron las conocía por haber asistido a los actos en que Madame Perón las había lucido, otras eran nuevas para mí. Agradecieron mis comentarios ocasionales, coincidimos en varios pareceres. Nos entendimos, en breve: cómo no hacerlo, si hablábamos el mismo lenguaje. Crêpe mongol, seda charmeuse, chiffón, satén opaco.

A medida que avanzábamos, me reafirmé en la idea de que había dos categorías dispares dentro de las creaciones que fuimos viendo. De las maisons de ambas modistas y de alguna otra selecta firma procedían los modelos más haute couture, los de mayor sobriedad y elegancia. De otras manos muy distintas —un tal Jamandreu, mencionaron— salieron otros ejemplares un tanto excesivos en sus brillos refulgentes, excesos de frunces y drapeados; incluso plumas de marabú llevaba alguno.

Nuestro vocabulario común hizo que las costureras ganaran poco a poco confianza; cuando don Julio se quitó un rato de en medio, soltaron alguna confidencia medio velada. Que entre ellas y doña Lillian intentaban convencer al peluquero para que peinara a la Señora con un estilo menos peliculero y grandilocuente, sin esos bucles abundantes ni esos alzados, postizos, tupés enrollados y bananas. Que ellas y doña Lillian intentaban aconsejarla para que optara por los atuendos más armónicos y menos exagerados. Y que, al final, siempre, sin excepción, doña Eva hacía lo que le daba la real gana.

—Algo así como usted es lo que ella debería llevar —apuntó Juanita tasando mi tailleur con ojos certeros.

Con ademán aprobatorio, Asunta movió la cabeza arriba y abajo. Estrenaba yo un vestido en crêpe granulado, muy alejado ya del rígido patronaje que impuso la gran guerra y a la vez sin caer en futilidades. Con hombreras más livianas, la cintura más marcada y un mayor aire en la falda. No era una creación mía pero, viniendo de ellas, agradecí el halago.

—¿Y éste?

Entre los dedos sujeté el ruedo de un larguísimo vestido de encaje azul cielo, plagado de lentejuelas. Las dos volvieron la cabeza hacia la puerta para comprobar que el peluquero seguía fuera.

—Es un modelo un tanto especial de Ana de Pombo. La Señora lo tiene reservado por si finalmente van a Londres —anunció sobria Asunta—. Por si...

Juanita la interrumpió.

—Por si finalmente la reciben los reyes.

Me puse alerta. Eso era justo lo que yo necesitaba saber. Y no había tenido que preguntarlo siquiera.

—Pero... —tanteé— esa etapa del viaje está aún en el aire, ¿no?

Se miraron entre ellas, como para ponerse de acuerdo.

—Ese asunto —reconoció Asunta— lleva a doña Eva por la calle de la amargura, si le somos sinceras.

Ahí era donde tenía que llegar. Afilé mi atención, agucé mis sentidos. Para disimular mi interés, fingí seguir observando el vestido, concentrada ahora en la capa compañera. Lucía un remate de plumas de avestruz y, una vez puesta, arrastraría al menos un metro por el suelo. El llamativo conjunto resultaba desmesurado, carnavalesco casi.

—Y ¿de qué depende que vaya o no vaya a Inglaterra? —pregunté con suma discreción, mientras dejaba que la tela se deslizara entre mis dedos.

Asunta suspiró, como si el tema le generase un cierto hartazgo.

—Aunque no lo ha dicho en público, espera una invitación formal del Palacio de Buckingham. Pretende que la alojen en él y que, al igual que están haciendo en España, le den tratamiento de jefe de Estado. Están viendo las fechas. Oí comentar que podría ser antes del 20 de julio, después de Italia y Francia.

Volví a alzar los pliegues de la estrambótica capa con la que aspiraba a recorrer los salones, escaleras y pasillos de Buckingham Palace. Así que era eso. Regio protocolo exigía Evita. Tête à tête con los monarcas.

—Y dice la Señora que, o los reyes acceden, o por allí no asoma.

No pude evitar una triste sonrisa. A mucho aspiraba la audaz Eva Duarte de Perón, con esa capa pretendidamente majestuosa que parecía sacada de un dramón de Hollywood. Quizá nadie de su entorno le había hablado de la austeridad y la dureza de los tiempos en Gran Bretaña, de cómo la principal obsesión del Gobierno y el pueblo era la subsistencia. O quizá sí lo sabía, y no le importaba.

—Londres es una de sus dos principales preocupaciones —remachó Juanita—. Lo repite acá todo el rato y pregunta constantemente si ya se ha recibido allá la invitación cada vez que telefonea a la Argentina, cuando habla con el presidente y los ministros.

—En España sabe que ya ha triunfado y para ella esto es una etapa superada —aclaró su compañera—. Ahora lo que interesa es Londres y el Santo Padre.

Alcé las cejas, curiosa. A esas alturas, apenas tenía que molestarme en preguntar. Por suerte para mí, los largos días de aislamiento sin cruzar palabra con nadie, mi aparente cercanía y un ligero hartazgo habían soltado la lengua de las modistas.

—Mire, éste es el vestido que llevará al Vaticano.

Me mostraron un extravagante ropón negro que colgaba de la barra de las cortinas con capa, capucha y enorme ruedo. Tuve la impresión de que cabrían tres Evas dentro.

—Es un diseño de Madame Gres para la casa de Bernarda Meneses, va a lucirlo con la Gran Cruz de Isabel la Católica en el pecho durante la audiencia con el papa Pacelli, a ver si consigue que la haga marquesa —aclaró Asunta. Conservaba el rostro serio como una estaca, pero en su tono creí percibir un ligerísimo tono de sorna. Después añadió—: Que el Santo Padre la nombre marquesa pontificia, eso es lo que quiere.

—Y después, si lo consigue, para que el tour completo sea un éxito redondo —apuntó Juanita—, lo único que faltaría es entrar en Buckingham Palace por la puerta grande.

—Y... ¿no se contentaría con una invitación menos regia? —tanteé.

Entre ambas estaban recolocando la capa celeste, sincronizadas y sin mirarme, usando sus cuatro diestras manos. Un par de lentejuelas cayeron al suelo, Asunta se agachó a recogerlas. Desde allí, en cuclillas, alzó el rostro hacia mí.

—O la acepta la Corona, o nada.

44

Apenas llegué a Pinar 5, me dispuse a transcribir todo lo que las modistas habían comentado al respecto de Madame Perón y Gran Bretaña. Sentada frente al escritorio con la ventana abierta al jardín, redacté primero unos apuntes rápidos que más tarde quemaría con una cerilla sobre las aguas del retrete. Destapé luego la máquina de escribir que traje conmigo de Londres, rememoré las artes mecanográficas de la estricta tutora que me asignaron. Habían pasado tan sólo unas semanas desde que me sometieron a aquel aprendizaje acelerado; después vino el salto a Madrid, dejando atrás a Olivia y The Boltons, la BBC de Ara y Camacho, Kavannagh y su gente. Todo había sucedido en un pasado muy próximo pero, a veces, tenía la sensación de que habían transcurrido largos meses. Para mi sorpresa, sin embargo, lejos de sentir alivio por haber abandonado aquel Londres tan ajeno, desde mi España desastrada y encogida, con el paso de los días era consciente de que cada vez valoraba más Inglaterra y a los ingleses. Aunque mi estancia entre ellos fue breve, me proporcionaron grandes lecciones de pragmatismo, dignidad y entereza.

Pero no era momento para nostalgias, tenía que concentrarme. Arranqué entonces a teclear con rapidez mientras el sol empezaba a bajar en una de las tardes más largas del año; usé el estilo esquemático de mis trabajos en los viejos tiempos del taller de Núñez de Balboa y las clientas nazis. Detallé el interés y las exigencias de la esposa del presidente Perón, su insistencia en la invitación de los monarcas. Creí también oportunas las referencias a su interés por obtener un marquesado del Santo Padre tras haber sido agasajada en Madrid con la Gran Cruz de Isabel la Católica: quizá deberían irse preparando los ingleses, por si ellos mismos hubieran de ofrecerle alguna otra distinción importante. En cuanto acabé, extraje el papel del carro, lo doblé, lo ensobré y lo guardé en el falso fondo de mi maleta, junto a otros breves informes redactados en los días previos. Habían previsto que me reuniera con mi contacto a la mañana siguiente, última jornada en Madrid del viaje. Aún desconocía quién era ese enlace, también el lugar y el momento.

Abrí después el armario de par en par y mi guardarropa, aunque sobrado de estilo y buen gusto, me pareció de pronto tremendamente parco. Me decidí deprisa: contaba con el tiempo justo y yo no tenía un peluquero particular ni unas hábiles modistas que me ayudaran a adecentarme. La cena de esa noche en el Ritz la ofrecía Madame Perón como gratitud por su hospitalidad al Generalísimo antes de arrancar la tournée que nos llevaría a distintos rincones de la Península.

La Oficina de Información Diplomática envió varios chóferes a recogernos; esta vez no vino Diego Tovar en mi busca, pero lo encontré al llegar a la plaza de la Lealtad, con su frac impecable y la mano tendida, dispuesto a ayudarme a descender del auto. Siempre certero en sus formas, de sobra sabía que no era ése el momento oportuno para lanzarme halagos. Su mirada apreciativa, sin embargo, resultó elocuente.

Aguardando a la primera dama argentina, una masa humana se había vuelto a acumular en las proximidades del hotel. Entre que doña Eva se retrasaba y no se retrasaba, los curiosos se dedicaban al barato entretenimiento de observar a los invitados. Vecinos de otros barrios que habían venido dando un paseo al caer la tarde, telefonistas, estudiantes, aspirantes al mundo del espectáculo, dependientas, manicuras y aprendices, chiquillería, buscavidas y montones de sirvientas de las distinguidas casas cercanas: todo eso y más cabía en la masa que jaleaba, halagaba y aplaudía indiscriminadamente a quien fuera entrando.

—¡La del vestido azul, la del vestido azul! —gritaron a mi paso—. ¡Guapa! ¡Guapaaa!

Tal despliegue popular no pareció hacerle la menor gracia a mi acompañante. Pero en esos días en los que casi todo estaba prohibido o censurado, las autoridades habían emitido orden tajante de no poner freno alguno a las manifestaciones de fervor espontáneo. Y Diego Tovar, vestido de etiqueta y conmigo del brazo, no tuvo más remedio que envainarse su exquisitez diplomática y tragarse el sapo.

El gentío se hacía cada vez más denso según nos acercábamos a las grandes puertas de hierro negro. Se percibía no obstante cierto control: una cosa era dejar que la turba diera rienda suelta al vocerío, y otra que se les colara dentro. De que eso no ocurriera se encargaba un grupo de hombres plantados con aplomo cerca de la puerta. Sin gritar ni aplaudir, con el semblante serio y la mirada fría, su función radicaba en que la cosa no se desmadrase más de la cuenta.

Próximo ya a la entrada, surgió un fotógrafo. Estaba a punto de disparar para plasmarnos cuando, en mitad del entusiasmo colectivo, lo empujaron sin pretenderlo; él trastabilló cámara en mano y, en su traspié, pisó el borde de la amplia falda de mi traje. Fue entonces mi estabilidad la que quedó comprometida. Con el paso bruscamente frenado, no tuve más remedio que soltarme de Diego Tovar y por unos instantes, desde la altura de mis zapatos, temí estar a punto de caerme. Transcurrieron unos segundos angustiosos que se me hicieron eternos, con el equilibrio en vilo. Hasta que alguien a mi espalda, sin que yo pudiera verlo, me sostuvo con firmeza por la cintura y evitó que me viniera abajo. Una corriente de alivio me recorrió el cuerpo al recuperar la verticalidad; me recompuse con discreción y, aún turbada, me giré para dar a mi salvador las gracias.

—No hay de qué.

Su voz sonó más honda de lo que yo recordaba. Su rostro se me antojó más afilado. Llevaba un traje algo arrugado de calidad mediana, las entradas en la frente apuntaban hacia la calvicie en un futuro no muy lejano. Por lo demás, era el mismo. Ignacio Montes, mi novio de juventud, acababa de evitar mi derrumbe en público con sus propias manos. Las mismas que me acariciaron en otro tiempo, las que me recibían cada tarde a la puerta del taller cuando yo terminaba mi faena y me regalaban cucuruchos de castañas asadas en los inviernos y ramitos de jazmín comprados por dos reales en los veranos. Las manos que estuvieron a punto de lucir una alianza matrimonial que nos habría atado de por vida, si no se hubiera cruzado entre nosotros un canalla que ahora se hacía pasar por argentino en su vuelta a Madrid, deslizándose con acordes de descaro y tango.

No nos dirigimos ni una palabra más. Mudos entre el gentío, nos sostuvimos simplemente la mirada. Hasta que, a modo de despedida, Ignacio alzó dos dedos en ademán de tocarse el ala de un sombrero que no llevaba. No tuve más remedio que desprenderme de sus ojos y seguir avanzando agarrada de nuevo al brazo de un hombre que no era él, volví a oír piropos, fogonazos de flashes, griterío, aplausos. A mi espalda dejaba un pedazo de mi ayer haciendo su trabajo, supervisando a sus subordinados para que nada esa noche se saliera de madre. Agarrado a algún sitio, me quedó un pellizco de honda nostalgia.

Bajo su ala protectora, ajeno a mi rencuentro con el pasado, Diego me condujo al vestíbulo.

—Me he tomado la libertad de pedir que te sienten en mi mesa. Hay alguien a quien creo que te interesaría conocer para tu reportaje.

Normalmente me asignaban un sitio con mis supuestos compañeros de la prensa, cada vez más menguados los internacionales e inalterablemente presentes los de la patria. Él en cambio, como director de la Oficina de Información Diplomática, solía ocupar un lugar más destacado. Asentí distraída, con la cercanía de mi buen Ignacio aún presente.

Empezaban a dolernos los pies de tanto aguantar sin sentarnos cuando, con el habitual retraso, comenzaron los nervios y agitaciones que anunciaban la llegada de Su Excelencia y la primera dama. Por fortuna, como los argentinos eran esa noche los anfitriones, al término de los ineludibles himnos nacionales no hubo mayor boato oficial y pudimos empezar la cena en breve. Para esa noche de despedida, observé a distancia que Madame Perón se había pasado por el arco de triunfo el asesoramiento de sus discretas modistas: a su antojo y albedrío, se había vestido y peinado como para una gala de la Metro-Goldwyn-Mayer y no para una cena protocolaria en el Madrid pacato del 47. Vestido de corte sirena en tornasol de plata, con un larguísimo mantón a juego prendido desde el pelo. Enormes pendientes, imponente collar, sortijas, pulseras, banda y broche. Don Julio se había superado a sí mismo con el fijador y el peine, y el tupé rubio enroscado se le alzaba un palmo por encima de la cabeza. El Generalísimo no iba de uniforme sino de frac y llevaba colgado el Toisón de Oro; en el resto de los presentes brillaban las joyas de familia y las distinciones, las bandas, insignias y medallas al mérito. Rodeada de tanto despliegue honorífico, capté un cuchicheo al vuelo: a Franco no le había hecho ni pizca de gracia que, en su último día en Madrid, su invitada no luciera la Gran Cruz de Isabel la Católica que él mismo le había impuesto.

Todos excepto yo parecían conocerse en aquella larga mesa que acogía a más de una veintena de comensales. La persona que Diego Tovar supuso que habría de interesarme resultó ser un señor grueso de rostro orondo y pelo rizado domado hacia atrás con grandes dosis de pomada. No era la primera vez que lo veía: su presencia solía ser constante en los eventos. Se trataba de Agustín de Foxá, segundo secretario de la embajada de España en Buenos Aires. Agustín de Foxá, conde de lo mismo, como él solía presentarse.

El gran comedor del Ritz rezumaba boato en esa noche de despedida, repleto de plantas exuberantes y lámparas esplendorosas, todo un despliegue en la capital oscura de posguerra, donde apenas había luces en las calles y la gente robaba las bombillas de las farolas y los cables del tendido urbano para extraerles el hilo de cobre y venderlo después en el Rastro. Pese al respeto que suponía la presencia del jefe del Estado y su huésped, los ánimos estaban exultantes: muchos respiraban aliviados porque, a partir del día siguiente, pasaban la responsabilidad de la visita a otras ciudades. Vaya con Dios buena mujer —pensarían sin duda—. Tanta paz lleve como descanso deja. Fin de los preparativos y los dispositivos, las exigencias, las urgencias, las histerias y los nervios para que todo resultara perfecto, para deslumbrar a la esposa del presidente argentino, glorificar la imagen del Caudillo e intentar lanzar al mundo el mensaje de que el Régimen conservaba una salud estupenda.

Con Diego Tovar a mi diestra y un aburrido alto cargo de algún ministerio a la siniestra, arrancó el banquete. Tal vecino de mesa, al conocer mi vinculación con la BBC, se marcó un largo soliloquio sobre la caza en Inglaterra; yo fingí escucharlo con cierto interés mientras mis ojos y oídos en realidad permanecían atentos a lo que fluía por el resto de la mesa. Foxá era, sin duda, el que más hablaba: con verbo ágil y jocoso, acababa de empezar a describir un reciente viaje por toda Sudamérica. Lima es una Sevilla con terremotos —decía mientras daba cuenta a dos carrillos de los entremeses—. El lago Titicaca, un Mediterráneo levantado como una copa. Desde el aire, de noche, Río de Janeiro se ve maravilloso, increíble, superior a Constantinopla. Todos alrededor le aplaudían los comentarios; entre sentencia y sentencia, él despachaba con voracidad el vino y las viandas.

—España para la Argentina es un cero pelotero —proclamó luego, con una copa de blanco alzada cual bandera—. Los ricos y los cultos del Río de la Plata o bien adoran el snobismo anglosajón, o tienen a Francia y a lo francés por referente. Hacia España, sin embargo, no sienten más que indiferencia, como si no existiéramos. De todo lo que nosotros supusimos en esas tierras durante siglos, ni se acuerdan; para ellos ya no somos más que un país de emigrantes, de gallegos brutos es de lo único que tenemos fama. Tozudos, tacaños y medio idiotas, en el mismo saco va el andaluz que el leonés o el valenciano; gallegos somos todos, capaces tan sólo de convertirnos en porteros, camareros, almaceneros o albañiles con un pañuelo de cuatro nudos en la cabeza. ¿Saben cómo reciben, literalmente, los ministros de Perón al embajador Areilza la mayoría de las veces? Ya viene el gallego muerto de hambre, dicen, a ver qué se le antoja.

Así proseguía Foxá, cautivando al respetable sin aflojar su discurso. Cuando nos sirvieron el salmón del Bidasoa, ya se había ganado la atención de la mesa al completo cual prima donna; a los que estaban más alejados y no les llegaba su voz, les iban transmitiendo sus vecinos con sumo regocijo las palabras y pareceres del tercer conde de Foxá y marqués de Armendáriz, camisa vieja de Falange, diplomático de carrera, articulista periodístico, escritor y poeta. Incluso desde algunas mesas cercanas aguzaban las orejas, pendientes de sus descacharrantes salidas. Con raras excepciones como yo misma, todos los presentes en el comedor habían leído sin duda su novela *Madrid, de Corte a checa*. Narraba en ella las vicisitudes de los nacionales durante la guerra en el Madrid republicano, el sufrimiento del bando del que todos los allí presentes habían formado parte, por supuesto.

—¡Cómo no voy a ser de derechas —gritó ufano— si soy gordo, soy conde y fumo puros!

Sólo en dos personas su verbo incisivo no parecía generar interés alguno. Uno era mi vecino, que seguía con su matraca sobre faisanes y perdices, jabalíes y ciervos. La otra estaba sentada en diagonal a mí, también a ella la había visto antes, aunque sólo de lejos en otros actos y visitas del programa: una joven tremendamente atractiva que destacaba por su estatura y un estilo bastante más mundano que el del resto de las castas señoras que formaban la comitiva de doña Carmen Polo. Mientras Foxá arrancaba una nueva oleada de risas gracias a alguna de sus irreverencias, la contemplé con disimulo. Impasible, mantenía la mirada en el plato y lo arañaba con la pala del pescado, distraída, concentrada en sí misma, ni siquiera estaba comiendo. Llevaba un vestido color guinda sin mangas, tenía el cuello largo, el pelo castaño oscuro, las facciones preciosas y los párpados bajados con un poso de tristeza.

Nos retiraron los platos, llegó el chateaubriand con patatas duquesa y el diplomático glotón aprovechó para cambiar de tercio. A medida que iba despedazando la carne y daba generosos sorbos al tinto, la propia Eva Perón pasó ahora a ser el centro de su parlamento. Hablaba con conocimiento de causa: llevaba medio año destinado en la embajada española en Buenos Aires y conocía de primera mano los engranajes del sistema peronista. Con su barroca ironía, procedió entonces a describir la manera en que la primera dama administraba sus afanes de justicia social.

A lo largo de horas, según contó, dentro de las dependencias de la Secretaría de Trabajo y Previsión lo mismo recibía a muertos de hambre, desheredados y ancianas, que a embajadores y obispos. Desde allí, la esposa del presidente Perón ejercía su poder como en un permanente domingo de piñata, haciendo equilibrios, según decía Foxá, entre un veleidoso tira y afloja, la santidad de la Virgen de Lourdes y la generosidad más espléndida. De su voluntad salían bicicletas, pensiones para las viudas y dentaduras postizas, colchones y ajuares de novia, arreglos de tejados, operaciones quirúrgicas, piernas ortopédicas y miles de latas de leche en polvo.

Saltando de una anécdota a otra, jaleado por los comentarios y carcajadas de los distinguidos comensales, aún tuvo ocasión Foxá de dar fin a su carne y pedir a un camarero que volviera a llenar el plato mientras remataba de nuevo la copa. Mi vecino de la izquierda volvió a regalarme un enésimo apunte sobre la caza del zorro con perros, yo apenas le hice caso. La joven hermosa e inexpresiva, por su parte, seguía ajena a todo: como si aquella cháchara que los demás encontraban tan divertida, a ella la aburriera mortalmente.

—¿Verdad, Mery? Di tú si no es cierto lo que estoy contando.

Había alzado el diplomático la voz y, para mi sorpresa, todas las miradas se dirigieron de pronto a ella. Por respuesta, se encogió de hombros sin mirarlo siquiera, como si aquella pregunta y aquel hombre le resbalaran por completo. Su pasividad pareció importar poco a Foxá; sin molestarse ante la falta de reacción, siguió a lo suyo, recuperando la atención de los presentes.

En nuestra fracción de mesa, sin embargo, quedó flotando una sensación incómoda. Diego Tovar intentó aliviarla.

—Mery, ¿te encuentras bien?

Ella mantuvo su silencio mientras en el opulento comedor del Ritz rebotaban las voces, el chocar de platos y cubiertos y el descorche de las primeras botellas de champaña español, como decía el menú impreso.

Diego insistió.

—¿Mery?

Levantó ella por fin los ojos, grandes y oscuros, cargados de melancolía entre largas pestañas. Sonrió mecánica, musitó luego:

—Perfectamente, darling, gracias.

Para entonces ya teníamos encima un enjambre de camareros retirándonos los platos y sirviéndonos el postre y el espumoso en las copas de boca ancha. La lengua desbocada de Foxá había dejado de lado a Eva Perón para saltar al próximo adiós a los ruedos de Manolete. Entre tanta comida, bebida y ardor verborreico, su rostro rollizo se había congestionado hasta enrojecer; para quitarse el sudor, se estaba restregando en ese momento un pañuelo engurruñado por la papada grandiosa. Sobre el piqué blanco del chaleco le había caído un manchurrón de salsa.

Indiferente, la tal Mery se puso en pie despacio, alzando su porte magnífico.

—No me dirás que es su esposa... —susurré a Diego ocultando mi incredulidad detrás de la servilleta.

Asintió discreto. Para mi sorpresa, ella se dirigió entonces a mí y me rogó que la acompañara al tocador en un inglés excelente.

45

—Resultan interesantes los comentarios de su esposo.

Eso dije. Por romper el hielo.

Juntas habíamos abandonado el gran comedor y recorrido el vestíbulo. Juntas nos habíamos empolvado la nariz y el escote frente al espejo, retocado el carmín de los labios simultáneamente. Pero hasta ese instante, no habíamos cruzado más palabra.

—Mi marido es un imbécil.

Habló sin dramatismo, como si se hubiera referido al día de la semana o a una cita con el oculista. Se sentó luego en una banqueta tapizada, cruzó las piernas bajo la gasa roja de su traje y encendió un pitillo: no parecía tener prisa por volver a la mesa. La pareja que formaba con Foxá era tan contradictoria que me seguía resultando inconcebible. Ella joven, exquisita en sus formas, bella y serena. Él exuberante hasta el extremo, un comilón voraz sin duda inteligente, pero feo, bocón y aparatoso.

El interés que había escatimado a su marido lo volcó ahora en mí.

—Entonces ¿reside en Londres?

No supe en qué momento se quedó con ese dato, no parecía haberme prestado atención en toda la noche.

—Yo también viví allí durante unos cuantos años, antes de tener la desgracia de mudarme a España.

Dio una profunda chupada al cigarrillo, dejó en la boquilla un cerco de rouge.

—No soporto este país, ni a su gente.

Me mantuve frente al espejo mientras simulaba recomponerme un mechón de pelo dentro del recogido de la nuca.

—¿Y Buenos Aires? —pregunté al cabo de unos instantes—. ¿Le agrada?

—Al menos es la capital de un país joven y próspero, ¿sabe que hasta tienen Harrods? —dijo con una mueca irónica. Volvió a la seriedad de inmediato—. Al menos allí puedo nadar, jugar al tenis y moverme sola sin que me tachen de pecadora. O de loca.

Sus comentarios seguían sonando desapasionados, un punto frívolos. Aun así, fui consciente de que tenía frente a mí una fuente de información potencialmente útil. Si era capaz de decirme a la brava que su marido era un imbécil, quizá podría hablarme de algunas otras cosas de forma abierta.

—¿Y conoce de cerca a Madame Perón? ¿Ha tenido también esa oportunidad en algún momento?

Me contempló mientras daba otra calada, sin desprender su mirada de la tafetta azul que me envolvía.

—¿En verdad está preparando usted un reportaje sobre ella? No tiene aspecto de periodista, no creo que pudiera permitirse un evening dress semejante con su sueldo.

Acerqué una mano a su pitillera sin pedir permiso, me llevé uno de sus cigarrillos a la boca. Si ella no mostraba retraimiento, yo tampoco.

—A full-time reporter de la British Broadcasting Corporation —garanticé con descaro tras expulsar el humo—. De pura cepa.

Descruzó las piernas y volvió a cruzarlas en sentido inverso. En el fondo, le daba lo mismo lo que yo fuese.

—Todo lo que ha dicho sobre Eva Perón el bocazas de Agustín es cierto. A ella le agrada mostrarse ostentosamente generosa en público, dar muestras desbordadas de su compromiso con los desgraciados y mangonear a su capricho a aquellos que tienen posibles para que se sumen a ese desprendimiento.

En su español arrastraba una rara mezcla de acentos.

—Es un ser inclasificable Evita —añadió—. Para unos, descarada, resentida, arbitraria, impertinente y despótica, sin mesura ni cultura ni clase. Para otros, en cambio, se trata de un hada madrina que lucha a brazo partido por la dignidad y el bienestar de los trabajadores, las mujeres, los niños y todos esos miserables de los que nadie jamás se ocupó nunca.

Ya. De esa doble percepción ya tenía noticia, hasta ahí llegaba mi conocimiento. Pero quería que alguien fuera más allá: que me proporcionara una opinión más ponderada, un punto intermedio entre aquellos que la adoraban como si fuera María Santísima y los que pretendían mandarla a los infiernos.

—¿Sabe lo que para mí resulta en verdad admirable? —prosiguió.

Se puso en pie, dio la última chupada al pitillo y entrecerró los ojos para que no le entrara el humo.

—Que es una mujer libre.

Asentí despacio, creía entenderla.

—A los quince años, Eva Duarte decidió por sí misma cuál sería su futuro y partió en su busca. A los veintipocos, eligió al hombre al que quería unirse y lo hizo suyo. Una vez conseguido, no se conformó con vivir bajo el ala del varón más poderoso de uno de los países más prósperos de la Tierra. A su lado, pero nunca sometida, trazó su camino individual y despegó su propio vuelo.

La hermosa Mery empujó entonces la puerta de una de las cabinas, alzó la tapa del inodoro y lanzó con puntería la colilla.

—Nada la intimida —añadió saliendo del cubículo—. No se achica ante nadie. Ahí la tiene, sentada junto al tirano de Franco, vestida como le da la real gana y absolutamente segura de sí misma. Jamás conocí a ninguna mujer tan libre, tan dueña de sus opiniones, sus decisiones y sus actos.

Dio un paso hacia mí.

—¿Puede usted decir lo mismo de su vida, my dear?

No contesté. Y en mi silencio quedó implícito lo evidente.

—Yo tampoco.

Nos miramos por última vez en el espejo y agarramos los bolsos dispuestas a retornar al sitio donde debíamos estar, cumplidoras, obedientes.

—Cuéntelo en la BBC, que se entere el mundo —concluyó mientras nuestros tacones repicaban sobre el mármol del lobby. Del comedor salían voces elevadas, estaban sirviendo ya el café y los licores—. Diga a través de sus micrófonos que Evita es única y pasará a la historia. Cuando de usted, de mí y de las bobadas de mi marido no haya quien se acuerde, cuando la gloria de Franco se haya convertido en humo y todos los que ahora le adulan no sean más que sombras, la memoria de Eva Perón seguirá perviviendo.

46

Circulábamos casi solos por el paseo de la Castellana, el aire de la madrugada nos azotaba el rostro. Atrás habíamos dejado ya la plaza de la Lealtad y a Neptuno con su tridente, saludamos a la diosa Cibeles mientras Diego Tovar me ponía al tanto de los pasos venideros del programa.

—Los vuelos a Granada despegarán mañana a las cinco y media de la tarde; la señora de Perón irá en un avión con su séquito y en el siguiente viajaremos los acompañantes oficiales y la prensa. Tan pronto aterricemos, arrancarán los actos.

Nos cruzamos tan sólo con dos o tres autos solitarios en sentido contrario al nuestro. A la altura de la plaza de Colón, un par de operarios regaban la calzada con enormes mangueras, Diego hubo de dar un volantazo para que no nos mojasen. Continuamos avanzando por el ancho paseo entre vegetación, edificios públicos y añosos palacetes; cerré los ojos unos instantes mientras el frescor de la noche se me metía en los poros de la piel y las raíces del pelo.

—Quería pedirte disculpas, Livia; quizá no ha resultado buena idea sentarte en nuestra mesa —reconoció cambiando por completo de tercio—. Foxá no estaba hoy en su mejor momento.

Volví a rememorar a la extraña pareja. Habían salido del Ritz a la vez que nosotros. Ella caminaba delante, erguida, alta y hermosa enfundada en sus gasas. Él iba unos pasos detrás, sudoroso y borracho, moviéndose con zancadas cargantes, la pechera sucia, el lazo de la corbata del frac medio deshecho.

Entre los runrunes del motor, Diego me narró la trayectoria de Mery Larrañaga de Foxá con unas pinceladas escuetas. Hija de un peruano ejecutivo de la compañía Shell y de española de abolengo, trasladada por imperativo familiar en plena juventud de Londres a Sevilla, y empujada poco después a un casamiento con un señor que le doblaba la edad y hacía muchísima gracia a todo el mundo. A todo el mundo, excepto a ella. Pero era aristócrata, rico y célebre. Y diplomático. Quizá eso fuera lo único que le agradó mínimamente: la posibilidad de que se la llevara lejos de esa España pobretona y polvorienta.

—Todos los amigos fuimos conscientes de que la relación era un despropósito desde que asistimos a la boda en Sevilla. No soy ningún entendido en asuntos matrimoniales, carezco de experiencia, pero allí, en la iglesia del Hospicio de los Venerables y durante el aperitivo que después sirvieron en sus patios, vi claro que aquella pareja no tenía ni pies ni cabeza. —Se detuvo unos instantes, como si pretendiera recuperar retazos de memoria—. Ella no le dirigió ni una sola mirada a lo largo de las horas. Él acabó beodo como una cuba.

Hizo un gesto entre la melancolía y el sarcasmo, yo contemplé unos segundos su perfil mientras seguía aferrado al volante. El aire lo había despeinado, el flequillo castaño le flotaba alborotado sobre la frente, dándole un aspecto casi juvenil a pesar de rondar los cuarenta. Era atractivo, Diego Tovar de las Torres. Buena planta, buenos apellidos, buena carrera. Buen partido, en definitiva. Me pregunté por qué razón seguía soltero.

—Pero Agustín la adora —prosiguió, como exculpándolo.

—Ella no lo soporta. Piensa que es un imbécil.

Sonrió con un rictus de amargura.

—Es un bon vivant desmesurado e indolente, no se calla ni debajo del agua y resulta una calamidad en las cuestiones que exigen disciplina y trabajo metódico. Pero es un tipo de ingenio brillante que quiere a su esposa. La quiere mal, pero la quiere. Profundamente.

Adelantamos el carro de un trapero tirado por dos mulas. Iba repleto de trastos, coronado por un frágil equilibrio de cartones y paquetones de papeles. Llegó entonces la confidencia.

—Ella ha decidido compensar su infelicidad siéndole infiel. Ni se molesta en disimularlo, lo hace a la vista de cualquiera, lo sabe todo el mundo.

La recordé fumando sobre la banqueta con las piernas cruzadas, la nuca apoyada contra los azulejos. Me pregunté si también había mantenido alguna de esas relaciones con mi acompañante.

—Y él, ¿cómo reacciona?

Soltó Diego una carcajada.

—Con estoicismo admirable. Afirma sin rubor que prefiere un diamante compartido que una mierda para él solo.

Reímos ambos en medio de la noche, apenas había ya luces en ese último tramo de la Castellana, cerca del hipódromo, los descampados y los desmontes.

—Después, para consolarse, atiza con ingenio mordaz a sus rivales y les dedica poemas.

Giró a la derecha, nos adentramos en la calle del Pinar, oscura y desértica. Detuvo el auto ante la puerta del Centro de Prensa; en cualquier otra ocasión, habría salido de inmediato, dirigiéndose ágil a abrir mi portezuela. Esta vez no se movió.

—Son extrañas las relaciones entre hombres y mujeres —musitó haciendo girar la llave del motor hasta pararlo. Se trataba de una afirmación banal, pero le impuso un tono, un algo, que la llenó de sinceridad.

—¿Por qué nunca te has casado, Diego?

Lamenté de inmediato mi pregunta. Aunque mantuviésemos una relación fluida, aunque él acabara de comentar conmigo las confidencias matrimoniales de un amigo, nuestra relación era meramente profesional, y de ahí no debería moverse. Pero me brotó la duda, quizá porque era muy tarde y estaba ya agotada de tanto pretender ser quien no era, o quizá porque se me hacían cada vez menos comprensibles las complejidades del alma humana.

No pareció molestarle mi curiosidad. Ni siquiera sorprenderle.

—Estuve a punto, pero estalló la guerra, ella tuvo que marcharse porque era hija de diplomático y... En fin, no hubo opción a un rencuentro. Después vinieron mis destinos fuera de España, estuve en Brasil, en Chile y en Filipinas, y más tarde, al volver a Madrid...

Se calló de pronto y soltó una risa amarga entre dientes.

—Mentira, Livia. Todo lo que acabo de decirte es mentira. Son las excusas que me pongo a mí mismo. La única verdad es que, después de aquella vez, no he vuelto a plantearme el matrimonio porque no he encontrado a nadie que me haya seducido lo suficiente.

Seguíamos aparcados frente al Club de Prensa, sólo se veían destellos tenues en los portones de las villas vecinas, el cielo punteado de estrellas y, en la distancia, un par de farolas amarillentas. Por todo ruido, grillos y chicharras, algún ladrido suelto.

—No he encontrado a nadie... —repitió—, de momento.

En ese instante supe que tenía que irme. Tenía que bajarme de inmediato de ese coche. Pero él me frenó. Su mano cubrió mi mano. Su voz sonó segura, en un susurro ronco.

—Espera.

Lo demás fluyó solo: sus dedos en mi nuca, su boca en mi boca. No pude rechazarlo, me invadió de pronto una especie de flojera. Como si el mundo se desvaneciera alrededor. Como si mi cuerpo se desintegrase y yo no fuese más que un montón de espuma.

Subí la escalera de puntillas, intentando poner orden en mi cabeza. Al entrar en mi dormitorio encontré un sobre deslizado por debajo de la puerta. Con términos inocuos, bajo la apariencia de un inocente encuentro, me citaban a desayunar en Embassy a las diez. Algo me crujió por dentro. Embassy. Cuánto tiempo.

Dormí mal esa noche, soñé mucho y extraño. La mano de Ignacio en mi espalda y yo a punto de caer a un precipicio, el rostro abotargado de Foxá riendo a carcajadas, su mujer sentada sobre la tapa de un inodoro mientras fumaba un pitillo interminable, el beso de Diego Tovar convirtiéndose en un largo silbido. Desperté temprano y, con la mente aún confusa, preparé mi equipaje.

Lo último que hice fue extraer los informes ocultos del fondo de mi maleta; con ellos emprendí el camino a Embassy. Decidí ir andando, aún no hacía calor, así podría ir pensando al ritmo del movimiento de mis piernas. No me habían concretado quién me estaría esperando, si sería alguien desconocido o un rencuentro. Aquello no me inquietaba, en cualquier caso: me acostumbré en el pasado, procedimos así montones de veces. Me recordé a mí misma entonces, más joven y más frágil, más vulnerable y afanosa en mi propio glamour, a la altura de las demandas de mis clientas. Caminaba ahora con un pantalón claro y liviano; apenas ninguna fémina en la muy púdica España franquista osaba llevarlos, pero yo podía permitírmelo, camuflada como iba de extranjera. Por acompañamiento, chaqueta de lino, las grandes gafas de sol y el pelo en un recogido con un pañuelo de seda. Habían transcurrido poco más de dos años desde mis últimas operaciones en ese mismo Madrid; el mundo había alcanzado un nuevo orden desde entonces. Tanto en el fondo como en la forma, yo también era otra.

No suponían tajadas suculentas de información lo que iba a transmitir al servicio secreto británico pero, de momento, cumplía con mis obligaciones con obediencia. Detallaba lo que había hablado con unos y otros, lo que mis propios ojos habían visto, y mis impresiones generales acerca de la primera dama argentina y el desarrollo del viaje. Por delante me esperaba el resto del tour por la Península; a su término y a mi vuelta a Londres, haría entrega de una nueva remesa de informes. Con ello cerraría ese capítulo inesperado de mi vida y retomaría las riendas del presente. Un presente sin definir aún, que abriría paso a un futuro borroso sobre el que prefería no pensar de momento.

La entrada de Embassy hacía chaflán entre la Castellana y la calle Ayala. En uno de los flancos, un limpiabotas departía con un vendedor de cupones; en el otro, una vieja envuelta en una toca de lana negra pedía limosna extendiendo su mano mugrienta. Un joven empleado de uniforme me abrió la puerta acristalada del salón de té; sin quitarme aún las gafas oscuras, percibí que ya había clientela. Unos cuantos extranjeros tempraneros, de los pocos que quedaban por Madrid esos días. Algunos españoles que ya habían cumplido con la misa dominical de primera hora y querían llevar a casa una bandeja de bollería para el desayuno de los suyos o una tarta de limón para el postre. Señoras bien vestidas frente a sus tazas de chocolate, señores que se sentaban a tomar un café con leche mientras leían el *ABC* o *El Alcázar*, algún que otro señorito que aún no se había acostado, de retorno de sus francachelas.

Apenas unos años antes, cuando los alemanes aún se paseaban por Madrid amenazantes y presuntuosos, los escasos metros cuadrados de ese local habían sido el epicentro de intrigas, tensiones, conspiraciones y traslado de refugiados. En medio de todo aquello actué yo pasando mensajes codificados al capitán Alan Hillgarth o a alguno de sus hombres, compartiendo inocentes aperitivos con mis clientas y trasladando avisos clandestinos a enlaces diversos. En algunas ocasiones había coincidido también allí con Marcus, aunque siempre fingimos no conocernos.

A mi nariz llegó de inmediato el olor a delicia absoluta, a bateas de bollos suizos recién sacados del horno, pastas, plum cakes y croissants hechos con harina blanca y mantequilla fresca. No, en ese distinguido negocio no necesitaban ansiosamente el trigo que prometía enviar la dadivosa Argentina de Perón para aliviar el hambre de tantos; su propietaria, la admirable Margaret Taylor, conseguía con habilidad remesas de productos básicos traídos desde puntos diversos gracias a sus contactos. Y así, mientras la gran mayoría de los españoles comunes y corrientes arrancaba el domingo con un vaso de leche aguada, un café tramposo a base de achicoria o un simple chusco de pan duro, mientras millones de familias apenas tenían qué llevarse a la boca, en Embassy no había cabida para la palabra penuria.

Apenas me retiré las gafas de sol, lo vi desde la entrada y el corazón me dio un vuelco. Acababa de comprobar que me habían enviado a alguien conocido. Mientras leía un ejemplar atrasado de *The Times* fumando su pipa, junto al mostrador me esperaba Tom Burns, el antiguo agregado de prensa de la embajada británica. Nunca nos fue posible mantener un trato cercano, pero yo sabía que Marcus había trabajado junto a él hombro con hombro en la lucha contra la amenaza nazi; sabía que él conocía la existencia de nuestro discreto matrimonio, y sabía también que se estimaron mutuamente. El simple recuerdo de todo ello hizo que una ráfaga de melancolía me azotara con fuerza. Logré contenerme y disimulé como pude, rescatando las artes embusteras que usé en otras contingencias entre esas mismas paredes. Con fingida frialdad, para evitar las ganas de echarme a llorar o darle un abrazo, le tendí una mano lánguida.

—Encantado de volver a verte, querida.

Querida, dijo. Ni Livia, ni Arish, ni Sira mucho menos. Ya no había alemanes por allí, se suponía que tampoco confidentes o chivatos. Aun así, convenía mantener la prudencia.

Nos sentamos a una mesa discreta junto a una columna, ambos pedimos té. Una vez se alejó el camarero, Tom Burns me transmitió sus condolencias por la muerte de Marcus mientras a mí se me formaba un nudo en la garganta. Le dedicó unas palabras elogiosas, pero tuvo el tacto de frenar justo a tiempo para que yo no me desmoronase. Ya no trabajaba él para la legación británica; como Sir Samuel Hoare y como tantos de entonces, había vuelto a Londres. De hecho, casi nadie permanecía en la embajada en esos días en que, tras la decisión de Naciones Unidas de vetar a España, la mayoría de los embajadores habían sido retirados del Madrid de Franco y las misiones diplomáticas andaban con flojo rendimiento. Pero la esposa de Tom Burns era española, hija del doctor Marañón, y por eso la pareja regresaba con frecuencia. Y en esas ocasiones, en memoria de otros tiempos, sus viejos amigos del Secret Service le pedían algún favor de tanto en tanto. Como verse conmigo esa mañana, por ejemplo.

Charlamos sobre trivialidades, ninguno mencionó nada relativo a la rendición de Alemania, el legado de los nazis en España o el sangriento atentado contra el King David. Comentamos tan sólo el calor que ya amenazaba, su profesión de editor en Inglaterra, el Martínez de Londres o el frío tremebundo que hizo ese invierno. Nadie notó cómo, en mitad del encuentro, yo sacaba del bolso mis informes mientras fingía buscar un pañuelo. Nadie se percató tampoco de cómo los introducía entre las páginas del *The Times* que él había dejado a propósito sobre el mantel impoluto, junto al azucarero. Cumplido el trámite, nos despedimos sin más demora. Lo seguí con la mirada mientras pagaba en la caja del mostrador, mientras salía con el periódico bajo el brazo y su pipa en la boca. A través de la cristalera lo vi rebuscar en el bolsillo e inclinarse a dar una limosna a la vieja enlutada de la mano inmunda.

Aguanté un par de minutos tras su marcha, frente a mi té ya frío, sintiendo una soledad inmensa. Tom Burns, de la misma edad de Marcus y similar compromiso, retornaba a su vida, a su familia, a la ilusión de construir un futuro y mirar hacia delante. Por esas loterías siniestras del destino, sin embargo, su amigo Marcus Logan, Mark Bonnard, ya no seguía en el mundo de los vivos.

Logré recomponerme, me levanté despacio. Querría haber comprado una bandeja de dulces para llevar a Hermosilla, alguna chuchería con que provocar la alegría de Víctor, unos bombones para agradecer a Phillippa y Miguela sus desvelos con mi hijo. Pero me faltaron las fuerzas. Empecé a andar Castellana arriba, buscando la sombra de las acacias. Tras las gafas oscuras, sin poder ni querer evitarlo, se me escurrieron unas cuantas lágrimas.

47

—La esperan en el jardín. Un señor, un viejo amigo. No ha dicho su nombre.

Apreté los puños. Llevaba días presintiendo que llegaría ese instante. Desconocía el momento y el sitio exacto, pero estaba plenamente convencida de que, antes o después, habría de afrontarlo.

Sentí la tentación de volver a la calle y escapar corriendo. O subir a mi cuarto, atrancar la puerta, bajar la persiana y quedarme allí escondida hasta que se fuese. No quería que volviera a mi vida. No quería hablar con él, no quería verlo. No quería recordar siquiera que Ramiro Arribas seguía existiendo.

—Gracias, señora Cortés —dije en cambio con voz queda—. ¿Sería tan amable de pedirme un coche para dentro de media hora?

Aguardaba sentado bajo el toldo de la terraza, en uno de los sillones de forja. Las piernas cruzadas, la postura ufana de quien es capaz de sentirse cómodo en cualquier sitio. Le habían servido algo con hielo, tenía el vaso a medias. Quizá estaba menos delgado, pero aún resultaba un hombre sumamente atractivo con su camisa blanca y su chaqueta mil rayas de verano. Al igual que yo, llevaba unas gafas de sol oscuras que se quitó cuando se puso en pie para saludarme. Yo en cambio las dejé en su sitio, como una protección frente a él, como un escudo o un cobijo.

Por amor a ese hombre había yo desbaratado mi vida entera. Provocó en mí una pasión obcecada, indómita, sorda, ciega; dejé por él mi mundo, rompí con mi novio Ignacio, me distancié física y anímicamente de mi madre, abandoné mi barrio y mi futuro, mis puntales y mi patria. Me aferré a su mano y me puse una venda en los ojos, achiqué mi voluntad y permití que me arrastrara. Confié en él, me dejé deslumbrar por sus propósitos, no cuestioné sus actos y decisiones, no me planté frente a ninguno de sus insensatos sueños. Me ofrecí entera y sin fisuras, con mi cuerpo, mi mente y mi patrimonio recién heredado. Y él, al cabo, me falló en todo.

—Saber cómo estás, Sira, eso es antes de nada lo que quiero —dijo en respuesta a la pregunta desabrida que le lancé—. Aunque quizá debería preguntar cómo estáis, en plural.

Hablaba ahora sin el acento argentino que le oí en Riscal, volvió a la entonación de antes.

—Estoy bien, ya lo ves —repliqué adusta—. Y si con ese plural pretendes preguntarme por el hijo que llevaba dentro de mí cuando me abandonaste, no existe. Se malogró el embarazo y no nació nunca.

Parpadeé tras las gafas de sol sin que él lo notara, conteniéndome. Nunca había hablado en voz alta de aquel bebé que no llegó a ver la luz. Pensé mucho en él a lo largo de los años, muchísimo, aún lo seguía haciendo. Pero desde aquellos días remotos de mi huida de Tánger y mi llegada a Tetuán; desde que la sangre comenzó a chorrear entre mis muslos en el autobús de La Valenciana y el inspector Vázquez me ingresó en el hospital civil para que me recuperara de la pérdida, jamás volví a nombrarlo delante de nadie.

Nos manteníamos ambos de pie, a salvo del sol del cercano mediodía bajo las rayas blancas y negras del toldo. En el jardín no había nadie más, de momento.

—Por favor, Sira, vamos a sentarnos. Concédeme tan sólo cinco minutos, diez máximo.

Dudé, acabé accediendo. No era el Club de Prensa el lugar más idóneo para que yo montara una escena. Por mi propio beneficio, me convenía contener mis reacciones, aunque me costara un inmenso esfuerzo.

—Quiero que sepas antes de nada lo mucho que me arrepiento de cómo me porté en Tánger —prosiguió cuando nos acomodamos—. Hay cosas que preferí no decirte entonces, pero cometí errores, me vi obligado, presionado...

Alcé una mano enérgica para frenarlo. A esas alturas, sobraban las explicaciones. Aun así, añadió con supuesta seriedad:

—Lo último que quise fue herirte.

Hijo de perra, dije para mis adentros. Pero aquello pertenecía al pasado, no era momento de enzarzarme con reproches. Sólo ansiaba que terminara pronto, que me dejase en paz y que se fuese.

—Me alegra, por eso, saber que la vida te ha cuidado —añadió recostándose sobre el cojín del respaldo—. Ver que te has convertido en una mujer... —Hizo un gesto, como abarcándome entera—. Una mujer soberbia.

Se nos acercó un camarero, era el mismo que me sirvió la cena la primera noche, dije que no quería nada. Me negaba a compartir con Ramiro ni un simple vaso de agua.

—Siempre tuve claro que eras especial, única —prosiguió en cuanto el empleado nos dio la espalda—. Me he preguntado muchas veces qué fue de ti, cómo te habrías...

No lo dejé terminar.

—De Tánger me marché a Londres mientras en España seguía la guerra. Me ofrecieron un trabajo, me asenté, progresé y me ha ido bien, gracias.

La mentira me salió sobre la marcha, necesitaba poner un muro de contención, aunque fuera con embustes. Me resistía a que él supiera qué había sido de mí en verdad; no tenía derecho a invadir mi pasado igual que ahora pretendía hacer con mi presente. Tetuán, Marcus, Madrid y mis actividades clandestinas, Jerusalén y Víctor. De todo eso debía mantenerse Ramiro al margen. Absolutamente.

—Decir que te ha ido bien es poco. Te ha ido muy muy bien —insistió enfático—. No hay más que verte. Sigues preciosa, pero además ahora tienes un aire de sofisticación y desenvoltura, un estilo y un...

Reaccionó rápido ante mi expresión de desagrado y cortó los piropos a mi aspecto, pero prosiguió cumplimentando otras facetas.

—Y me maravilla, sobre todo, ver cómo de bien te relacionas.

—Son cuestiones de trabajo —zanjé.

—Bueno, estar al servicio de la BBC de Londres no es un trabajo cualquiera...

Era evidente: había estado indagando. Cómo y a través de quién me resultaba imposible saberlo; imposible era también anticipar cuánto sabía de mí y hasta dónde habían llegado sus pesquisas. Protegida aún por el parapeto de mis gafas oscuras, lo observé con detenimiento. Tenía canas en las sienes, no pocas, pero sí bien llevadas; eso ya lo sabía desde que me lo crucé en Villa Romana la primera noche. Su ropa era impecable y su afeitado, de barbería. Bajo el puño impoluto de la camisa, de una manga de la chaqueta emergía un reloj de calidad con correa de serpiente, no logré distinguir la casa. Había ganado quizá algún kilo pero, por lo demás, no había cambiado apenas. Seguía guapo en su madurez, el muy desgraciado. Guapo y peligroso.

—Mi profesión no es asunto tuyo —dije cortante.

Hizo un gesto de disculpa.

—No lo es, tienes razón. Aunque si te soy sincero, sí resulta de mi interés el mundo en que te mueves...

Despegó entonces la espalda del cojín, se inclinó en mi dirección.

—Sé que estás ocupada y no quiero hacerte perder el tiempo, por eso voy a ir al grano. Necesito un favor, Sira —anunció en tono serio—. Uno, uno sólo, un favor únicamente y después no te molestaré más; volveré a desaparecer de tu vida para siempre.

Se llevó la mano derecha al corazón como para ratificar su cumplimiento; estuve a punto de decirle que se la metiese en salva sea la parte y se dejara de sandeces. No, yo no iba a hacer ningún favor a ese miserable. Fuera lo que fuera, no. Jamás, nada, nunca. Pero antes de negarme, él plantó sus cartas encima de la mesa.

—Dodero. Necesito una cita personal, privada y recomendada por ti, con Alberto Dodero. —Hizo una breve pausa, después añadió, como si hiciera falta aclaración—: El armador argentino. Tu amigo.

Contuve una amarga carcajada. Ahí estaba, sin defraudar, superándose incluso, el sinvergüenza de siempre. Me vio primero bailar con Diego Tovar en Villa Romana, después compartir una paella en la terraza de Riscal con Dodero; quizá, sin haberme dado yo misma cuenta, había sido también testigo de mis entradas o salidas en otros eventos. A saber qué tajada pretendía sacar de todo eso.

—He venido con un grupo de empresarios desde Buenos Aires, durante los últimos años me he estado dedicando en la Argentina a inversiones y proyectos; soy un...

Si aquellos supuestos quehaceres suyos tuvieran algún poso de verdad, sin duda habría sido gracias al dinero y las joyas que mi padre me había entregado en su día y que yo, con gran ingenuidad, dejé en su custodia. Esos fajos de billetes y esas valiosas alhajas que él se llevó al huir de Tánger dejándome embarazada en el hotel Continental, sin un céntimo y con una abultada factura pendiente.

—Soy un hombre de negocios serio, Sira; tengo socios y empresas. Y poder ampliar el alcance de éstas hasta las de Dodero sería una oportunidad única que me haría crecer exponencialmente. No deseo aburrirte con detalles, tan sólo pretendo que sepas...

Ajena a sus palabras, yo seguía rescatando recuerdos. Habían pasado once años desde que me llenara la cabeza de pájaros con otra fantasía emprendedora, aquellas academias Pitman: íbamos a implantarlas juntos en el Marruecos colonial, sería un éxito apabullante, nos haríamos ricos en tres patadas. Más de una década después, ahí seguía Ramiro Arribas o Román Altares o como se hiciera llamar ahora, igual de descarado, fantasioso y seguro de sí mismo. Había cambiado la magnitud de su ambición; antes se contentaba con las máquinas de escribir y los métodos de mecanografía, ahora pretendía tratar con uno de los armadores más poderosos de Sudamérica. Por lo demás, sus aspiraciones de triunfo fácil e inmediato parecían idénticas.

Continuaba hablando sobre sus ventajosas operaciones cuando me puse en pie, ya había tenido suficiente.

—He de irme, me esperan.

Calló súbitamente, se quedó en silencio unos instantes, como pensando.

—Sira, Sira...

Hice como que no lo oía, giré el cuello. En el otro extremo del jardín, vi que el camarero estaba a punto de retirarse tras servir un refresco al corresponsal portugués.

—¡Secundino! —llamé alzando la voz.

Solícito, se acercó a nuestra mesa.

—El señor se marcha. Le ruego que lo acompañe a la puerta.

A su lado se plantó con porte erguido, marcial casi.

Aun a disgusto, Ramiro acabó por levantarse, no le quedó otra. Yo rodeé la mesa hasta quedar frente a frente, apenas a centímetros de distancia. Alcé mi rostro y lo acerqué al suyo, a esa cara armoniosa y varonil que adoré en los días de pasión idiota. Quedé tan próxima que casi rocé los labios que tanto me besaron, volví a notar el olor del cuerpo que trastocó mis sentidos, turbador y tóxico. Despacio, aproximé mi boca a su oído, donde tantas palabras volqué en las noches de amor arrebatado.

Mi voz, como entonces, sonó susurrante.

—Olvídate de que existo. No quiero volver a verte.

48

El equipaje estaba listo, el taxi en la puerta y mis nervios a punto de saltar por los aires. Me había alterado el encuentro con Ramiro, su descaro presente y el hecho de haberme obligado a retornar a un pasado ingrato y doloroso. Con su visita, además, había provocado que retrasara el momento de acudir junto a mi hijo, acortando más aún el escaso tiempo que tenía para verlo.

Estaba saliendo del Club de Prensa cuando la siempre seria señora Cortés surgió a mi espalda con paso acelerado y me pidió que aguardara un instante; disimulé mi irritación a duras penas. Pensé en advertirle que, durante mi ausencia, negaran la entrada a cualquiera que dijese ser mi amigo o conocido o pariente o lo que fuese; la osadía de los sinvergüenzas admitía formatos muy variables. Pero ella se me adelantó; tenía algo que decirme y darme.

—El señor que ha venido a verla, señora Nash, dejó un mensaje.

Lo saqué del sobre que me tendió, desdoblé el papel con precipitación.

Me olvidé de preguntarte cómo se encuentran tus padres.
De tu madre sé que dejó el barrio hace tiempo. ¿Sigue viviendo don Gonzalo Alvarado en su gran piso del barrio de Salamanca?
Para contactar conmigo:
Román Altares, hotel Buen Retiro, habitación 417.

Una ráfaga de ira me recorrió entera con la virulencia de un latigazo. Había vuelto Ramiro a mi calle, había preguntado por nosotras a unos y otros. Por fortuna mi madre, juiciosa siempre y con cautela extremada durante los días de guerra, cuando logró marchar a Tetuán no facilitó su paradero. Que ya no vivíamos allí desde hacía un montón de años debieron de decirle los vecinos de la Redondilla. Nadie allí tenía más datos, por suerte.

Al respecto de mi padre, la cosa era distinta. Nunca llegó Ramiro a estar en su casa porque por aquel entonces Gonzalo Alvarado y yo apenas teníamos trato. Pero sí conocía la existencia del señor distinguido cuya paternidad había permanecido callada tanto tiempo. Estaba al tanto también de su opulento piso en el barrio de Salamanca, de su patrimonio y —cómo no— de la herencia que me había entregado inesperadamente, cuando la guerra estaba a punto de estallar y él creyó que iban a matarlo. No recordé, sin embargo, los detalles exactos que en su día compartí con Ramiro. ¿Le aclaré alguna vez que la calle de mi padre era Hermosilla? ¿Le dije que su número era el ocho? ¿Le describí qué aspecto tenía Gonzalo Alvarado, lo reconocería si lo viese? Todas esas preguntas incómodas me persiguieron mientras me dirigía a su encuentro.

Las escasas horas que pasé con los míos volaron en un soplo, el tiempo justo para almorzar con Víctor sentado en mis rodillas y un breve rato de juego sobre la alfombra. Volvimos después a intentar engañarlo para que no notara que me iba, pero esta vez no salió bien el truco. Ni el gato de la portera ni nuestras mil zarandajas surtieron efecto. Harto ya de mis constantes ausencias, su intuición infantil le avisó de que pretendía jugársela de nuevo. Y, para frenarme, sacó sus armas: un descomunal berrinche en el último momento.

El taxi para llevarme al aeropuerto me esperaba abajo a las cuatro en punto, pero me negué a irme dejando así a mi hijo. Entretanto, el reloj avanzaba a las cuatro y cinco, y diez, y cuarto, y veinte. A las cuatro y veinticinco Víctor pareció calmarse y se quedó dormido en el sofá; me dispuse entonces a salir al pasillo con los zapatos en la mano, andando de puntillas. Pero la recia tarima de roble crujió antes de alcanzar yo la puerta del salón y él, mosqueado y en guardia, abrió los ojos. Al no verme a su lado, retornó el llanto: un llanto sentido que me atravesó el alma. Conteniendo la angustia, no tuve más remedio que seguir adelante. Sabía que quedaba al cuidado de Phillippa y de Miguela, bajo el ala de mi padre. Aun así, mientras recorría el pasillo con su desconsuelo clavado en los oídos, mientras agarraba mi equipaje y bajaba en el ascensor y salía a la calle y me metía apresurada en el taxi, en mi cabeza resonaban un puñado de palabras ingratas. Traidora. Desertora. Egoísta. Mala madre.

Iba con retraso, con muchísimo retraso. Para empeorar las cosas, encontramos atascada la carretera hacia el aeropuerto. Ingenua de mí, no conté con que el fin de la estancia de Eva Perón en la capital volvería a sacar a la calle a miles de vecinos. Avanzábamos a paso de caracol, el taxista no paraba de tocar el claxon y soltar exabruptos. Nerviosa, yo insistía para que intentara abrirse paso.

—¡Acelere, por favor! ¡Adelante a esa camioneta!

Iba a llegar tarde. Iba a perder el vuelo. Ante el comité organizador, ante la Oficina de Información Diplomática y ante mis compañeros, quedaría como una informal, una profesional indolente y perezosa.

—¡Métase por la derecha! ¡Por la izquierda ahora!

Los actos principales estaban previstos en Granada para esa misma noche; con aquellos viejos trenes españoles y aquellas masacradas vías férreas, si me quedaba en tierra no iba a ser capaz de llegar a Andalucía hasta el día siguiente. Me moriría de vergüenza al informar a Londres que, por tardona, había perdido una de las etapas del viaje.

—¡Intente avanzar, se lo ruego!

—¡Que no se puede ir más deprisa, coño! —gritó agrio el taxista—. ¿Es que no lo ve, mujer? ¿No se da cuenta de que no hay forma?

Busqué en mi bolso, saqué algo. Le di un toque sobre el hombro con las yemas de los dedos, acto seguido agité un billete de cien pesetas.

—Suyas son si llegamos a tiempo.

Con un brusco volantazo, se salió de la carretera. Atravesando trozos de campo, socavones, trechos de baldío y áridas parcelas, muerta de calor pero con las ventanillas subidas para que no entraran polvo caliente, pedazos de paja resecos y la tolvanera, llegamos a Barajas dando tumbos cuando los aviones ya tenían encendidos los motores.

La banda había acabado los himnos de rigor, en las tribunas se revolvía el público distinguido. En los alrededores, igual que el día de la llegada, se amontonaban invitados y espontáneos bajo el inclemente sol de la tarde, ansiosos todos por largarse en cuanto el aparato de la primera dama alzara el vuelo.

Entré a la terminal a la carrera, con mi maletín en la mano y mis pasos claveteando el terrazo; detrás, el taxista antipático arrastraba mi equipaje a cambio de otros cinco duros extra. Diego Tovar soltó un rugido de alivio al verme. Junto a él, fuera de los aviones, tan sólo quedaban tres o cuatro hombres; el resto de la comitiva y acompañantes ocupaban ya sus lugares con los cinturones de seguridad puestos, más de uno susurrando padrenuestros por temor al vuelo.

—¡Vamos, vamos, vamos! —exclamó apresurado, arrancándole al taxista de las manos mi maleta.

Avanzamos unos metros hombro con hombro, rumbo al segundo avión a grandes zancadas. Hasta que nos interrumpió un grito entre el rugido de los motores.

—¡Livia!

Nos volvimos ambos. Era Alberto Dodero quien me llamaba: como organizador y factótum, andaba repartiendo las últimas órdenes al personal de la embajada que quedaba en tierra. Alzó entonces el brazo en un gesto imperioso, reclamándome. Diego Tovar frunció el ceño, yo dudé unos instantes.

—¡Venga conmigo, venga a nuestro avión, hay sitio de sobra!

Busqué los ojos de Diego; sin necesidad de palabras, ambos acordamos que no podía negarme.

Subí junto al naviero la escalerilla y entramos al aparato; un mecánico blindó de inmediato la puerta a mi espalda, ya estábamos todos dentro. Dodero dio órdenes a una azafata para que me acomodase y a Juan Duarte para que informara a doña Eva de mi presencia. Estaba ella sentada en un asiento delantero de ventanilla, junto a la señora Lagomarsino, su sufrida acompañante. Llevaba un vestido estampado de manga corta bastante sobrio y discreto. En la cabeza, sin embargo, había echado los restos con otro de los peinados de don Julio, coronado con un indescriptible tocado con más flores que un vergel. Tanto el peinador como las modistas iban en el segundo avión, por suerte; así no habría necesidad de provocar disimulos ni fingimientos.

La primera dama contemplaba la despedida a través del cristal cuando se le acercó su hermano y se inclinó para hablarle.

—Es una periodista de confianza.

Eso o algo similar debió de decirle, no llegué a oír las palabras exactas. Las de ella, tras mirarme de arriba abajo, resonaron en alto.

—Sé quién es; viene siguiendo el viaje desde el principio, ¿qué creés, que soy ciega?

Él se desplazó a un lado, protocolariamente serio con su bigote y su terno de chaqueta cruzada; yo me adelanté unos pasos.

—Buenas tardes, señora —dije respetuosa.

—Llevás un lindo conjunto —fue su réplica—. También me fijé en los que usaste otros días, hermosos todos. ¿Te los hicieron acá, en España?

—En Londres, señora. Un modista inglés.

—Ah, mirá vos... —exclamó con gesto de sorpresa—. Lilliancita... —dijo entonces dirigiéndose a su acompañante. —Lilliancita, usted que tiene buena letra, ¿tomaría nota del nombre del modista de la señora reportera? Recuérdeme que lo veamos cuando vayamos a Londres.

Desde los asientos cercanos se volvieron varias cabezas suspicaces, atentas. Los edecanes militares. El embajador argentino, Pedro Radío. Los ministros españoles de Justicia y Agricultura con sus esposas. El propio Dodero. Hasta Juancito, a quien todo eso solía importarle un bledo.

—¡Cuando vayamos a Londres dije, sí, no me miren con esas caras! ¡Cuando vayamos a Londres a ver al rey, si es que nos envían la invitación oficial! ¡Y si no, los mando yo a todos a la mierda!

Logré sentarme cuando el avión ya se deslizaba por la pista. Mientras me abrochaba el cinturón, a través de la ventanilla vi cómo la masa aplaudía y agitaba entusiasta centenares, miles de pañuelos. Ajena a las euforias de la despedida, apoyé la nuca contra el reposacabezas y cerré los ojos mientras la aeronave alzaba el vuelo. Me fui serenando poco a poco a medida que volábamos en dirección al sur, atravesando un cielo impoluto sobre campos resecos tras años de atroz sequía; pertinaz sequía, decía la oficialidad del Régimen. Por fin pude empezar a poner mis recuerdos recientes en orden y la memoria me devolvió el encuentro con Tom Burns en Embassy y la nostalgia de Marcus, el llanto de mi hijo y mi congoja por dejarlo, la angustia al temer que no iba a llegar a tiempo, el trote aventurado del taxi entre socavones y pedruscos. Todo eso había quedado ya atrás, por suerte. Confiaba en que Víctor, con su buen carácter, hubiera recuperado las ganas de seguir jugando, riendo por todo y tirando de la cola al gato; imaginé que el taxista andaba por ahí contando que una tarada le había dado la extravagante cantidad de veinticinco duros por llevarla al aeropuerto. Clavado dentro de mí, no obstante, seguía sintiendo la picazón de algo profundamente desagradable. Algo con nombre y apellido, una especie de astilla punzante.

Me habría resultado muy fácil solventar allí mismo el problema, facilísimo. Dada la simpatía que el magnate argentino parecía tenerme, en ese mismo instante podría haberme levantado y acercado a su sitio para charlar con él. En cuestión de minutos podría lograr sin duda lo que Ramiro me había pedido, una cita privada para exponerle sabía Dios qué asunto; pidiéndoselo yo, seguro que Dodero incluso le daría un trato preferente. Pero me negaba en redondo. Ramiro no merecía que yo le hiciera ese favor. Él, que fue conmigo tan cruel, no merecía que yo ahora moviese ni un solo dedo.

Aterrizamos en la base aérea de Armilla en torno a las siete y media, todavía estaba el sol relativamente alto. Al bajar la escalerilla, nos llenamos los pulmones del aire puro de la cercana Sierra Nevada. Nada hacía presagiar la noche bronca que aguardaba por delante.

49

Arrancó otro carrusel de aplausos en masa y vítores, revista a las tropas, gentíos, salvas y cañonazos. A fin de no defraudar para los actos nocturnos, la esposa del general Perón se cambió en su suite del hotel Alhambra Palace antes de la cena y volvió a ponerse otro de sus suntuosos atuendos. Con el objetivo de no repetir el error de la noche anterior, y más en una ciudad tan vinculada a la propia reina, esta vez no se olvidó de la Gran Cruz de Isabel la Católica. Para pasmo de todos los presentes, llegó además al ayuntamiento luciendo sobre los hombros un abrigo de lomos de visón de Alaska.

La cena en el Salón de Plenos arrancó con el ya habitual retraso por la demora de la invitada. Y una vez dio inicio, resultó larguísima entre himnos, discursos, viandas y centenares de comensales. Hacía un calor de muerte en aquel comedor improvisado: una ciudad de tamaño medio como Granada carecía en esos días de grandes estancias públicas para tan magnos eventos. Las señoras sacaron sus clásicos abanicos mientras los señores se refrescaban disimuladamente con los menús impresos. Apenas entraba aire por los balcones abiertos, tan sólo el griterío de la muchedumbre desde la plaza del Carmen. Servían ya el postre cuando a distancia de mi sitio vi que Eva Perón, acalorada como todos, se desprendía de la capelina superpuesta a su vestido de lamé dorado. Para ello, hubo de quitarse también el broche con la Gran Cruz que iba sobre ambas prendas; noté que intentó ponérselo de nuevo sin conseguirlo, quiso que Lillian Lagomarsino la ayudara, pero el ministro de Justicia la tenía secuestrada unos metros más allá con su cháchara. Al fin, no tuvo más remedio que recurrir a su hermano Juancito, el único que andaba cerca. Tras un rápido cruce de palabras y un pase de mano en mano, él se hizo cargo de la insignia.

Sobre la una y media de la mañana nos trasladaron a la Alhambra, maravillosa e iluminada. Arrancó un recorrido con sucesivos estadios: en el patio de Lindaraja un pianista interpretó la serenata *Granada* del maestro Albéniz, en el patio de los Leones un cuarteto de cuerda nos deleitó con otro concierto exquisito. Por todas partes se respiraba magia, historia y penetrante aroma a arrayán, el ambiente ideal para irnos agotados a la cama con los sentidos colmados de belleza. Pero no, qué va. Aún faltaba el último gran homenaje: en los jardines del Partal todo estaba previsto para una zambra gitana. Empezamos a ocupar resignados los asientos, disimulando para que no se nos notara el cansancio. Acomodada ya y fingiendo los bostezos, contemplé a Dodero y Juan Duarte hablando en un flanco con unos tipos desconocidos, junto a los cipreses. El naviero, con un grueso habano entre los dedos, comprobó varias veces desde lejos que la primera dama estaba sentada con los honores correspondientes. El hermano dio varias chupadas a un cigarrillo, indiferente al hechizo del lugar, mirando primero la hora y después la nada. Los otros, flacos y ajenos, no supe quiénes eran. Se atenuaron acto seguido las luces, un maestro de ceremonias subió al estrado mientras entre los espectadores circulaban chisteos pidiendo silencio. Se hizo la oscuridad por fin mientras sonaban los primeros acordes de guitarra. A los argentinos no volví a verlos.

Arrancó el espectáculo bajo las estrellas, danza flamenca con eco andalusí ejecutada por bailaoras con largas faldas de volantes y camisas blancas anudadas bajo el pecho, mujeres de melenas oscuras que desplegaron descalzas su arte legendario como si flotaran. Hubo cante, palmas y rasgueo de cuerdas, después llegó el turno del ballet del Liceo de Barcelona, que andaba por la ciudad celebrando las fiestas del Corpus. Pasaban las tres de la mañana cuando concluyó la ovación final y abandonamos los jardines en pos de las autoridades y la invitada.

El vestíbulo del Alhambra Palace nos recibió espléndido entre las lámparas tenues prendidas en la madrugada. Estaban acostumbrados a recibir a turistas y visitantes de altura, pero nunca antes a una invitada como ésta. Para realzar el empaque del establecimiento, las familias más distinguidas de Granada habían cedido temporalmente al hotel muebles y blasones, tapices, bronces, óleos y porcelanas. Me dirigía al ascensor junto a un par de periodistas cuando Diego Tovar me requirió con una vaga excusa. Volcado él en su trabajo y yo en el mío, no habíamos vuelto a estar cercanos desde que nos separamos en la pista de Barajas, cuando Dodero me hizo cambiar de avión.

—¿Me acompañarías a tomar un whisky en la terraza? Creo que nos lo hemos ganado.

Estaba tan exhausta que me faltaron las fuerzas para negarme. Tomando él mi silencio por un sí, me arrastró hacia aquella especie de hermoso mirador decorado con azulejos morunos, volado sobre la ciudad, la vega y el cielo. Éramos los últimos clientes, nos sirvió un camarero somnoliento. Saboreamos el primer trago en silencio, volví a recordar su beso en el coche frente a la fachada del Club de Prensa. Había sido la noche previa, pero tenía la sensación de que, entre aquel momento y el presente, habían transcurrido semanas enteras.

Se suponía que todos los artistas y figurantes del elenco estaban por fin acostados: los principales y los secundarios, la Señora y su abnegada asistente, los edecanes militares y las modistas, los reporteros, el cura, el peluquero, el médico. Todos durmiendo el sueño de los justos. O eso creíamos.

Hubo entre nosotros más mutismo que charla, a ninguno incomodaba la quietud del otro. Era consciente, no obstante, de que alguna evidente atracción sentía Diego por mí. Yo por él, no sabría decirlo.

—Verás, Livia...

Algo rompió de repente el sosiego de la noche y frenó sus palabras en seco: se oyó un pequeño alboroto en el interior, frases entrecruzadas, voces altas. Se asomó entonces el camarero a la terraza, cohibido, y dejó paso a dos tipos con traje de calle, un tanto desfondados ya a esas horas.

Se identificaron como miembros del Cuerpo General de Policía. El más bajo, inspector Gallardo dijo, se dirigió a Diego: de hombre a hombre, por supuesto.

—¿Tiene usted algo que ver con unos señores argentinos que responden a los nombres de...?

Miró al subalterno y éste a su vez leyó en su libreta.

—Juan Gualte y Alberto Durero.

—Juan Duarte y Alberto Dodero —corrigió Diego poniéndose en pie alarmado—. ¿De qué se trata?

Él carecía de autoridad para responder por ellos: su misión no era custodiar la seguridad de los invitados, sino tan sólo capitanear a la prensa extranjera. Pero intuyó problemas y saltaron todas sus alarmas diplomáticas. Algo nada aconsejable estaba ocurriendo. Y no había nadie más a quien acudir a esas horas sin generar tensiones. Y convenía actuar con cautela.

—Se han metido en un lío en una cueva del Sacromonte —aclaró el policía, incómodo—. Los señores acudieron a una fiesta gitana y acabaron en bronca violenta. Tenemos a tres detenidos locales, una prostituta gitana y sus dos hermanos, gente de baja estofa. Entre los tres robaron sus posesiones al señor Juan Gualte o Duarte o como sea, pero están ya recuperadas, no hay problema con eso. Los supuestos amigos que llevaron a los argentinos hasta allí han volado pero, por discreción, a los interfectos hemos preferido no moverlos. Uno de ellos está seriamente embriagado, ambos van sin identificación formal y se niegan a dar el nombre de alguien que responda por ellos; exigen tan sólo ser puestos en libertad por su cercana relación con la señora de Perón. No podemos sin embargo acceder hasta que confirmemos ese extremo.

El inspector tragó saliva, una nuez gruesa como un puño se le movió arriba y abajo dentro de la garganta. Le despuntaba ya la barba, debía de llevar el día entero organizando el operativo para que nada se les fuera de las manos durante la egregia visita.

Y ahora, dos tarambanas en plena juerga nocturna estaban a punto de buscarle un problema serio.

—Si fuera usted tan amable de acompañarnos para reconocerlos y hacerse cargo —rogó entonces a Diego—, le quedaríamos agradecidos.

—De inmediato.

Dio el último trago a la copa a la vez que se metía la pitillera en el bolsillo. Se dirigió entonces a mí.

—Si me disculpas, Livia...

Me levanté yo también.

—Voy contigo.

Iba a negarse, insistí.

—Son dos, igual puedo echarte una mano.

No le dejé que dijera sí o no, lo agarré simplemente del brazo.

Bajamos a la ciudad y avanzamos paralelos al río en plena madrugada, los cuatro metidos en un Lancia desvencijado. Los policías iban delante con sus modestos trajes de paisano, Diego Tovar y yo detrás, él de exquisito smoking y yo envuelta en tenues capas de organza. Empezamos luego a ascender otra vez; las cuestas aparecían ante nosotros entre pitas y chumberas, estrechas, retorcidas, pedregosas sin asfalto, con múltiples socavones y recodos. El viejo motor del coche logró subir renqueando a duras penas, nosotros dentro dábamos bandazos a izquierda y derecha, mi cuerpo y el de Diego chocando constantemente.

Todo lo que vi a través de la ventanilla fueron desniveles y desmontes, tapias medio derribadas, grutas y cuevas con mugrientas cortinas en lugar de puerta: eran ésas las viviendas de gitanos que fascinaban a los extranjeros en busca de tipismo, míseros hogares donde montones de infelices malvivían entre mugre, ignorancia, piojos y hambre. No logré encontrarle al sitio el menor atractivo, pero sin duda componía el Sacromonte un arrabal exótico y pintoresco para los forasteros con ganas de oír y ver flamenco puro, o de correrse una juerga con prostitutas de carnes morenas.

Se detuvo el inspector frente a una de esas cuevas, algo más adecentada que las anteriores. El frontal estaba enjalbegado y tenía a ambos lados geranios rojos plantados en latas de conserva; en los alrededores había al menos quince o veinte vecinos curiosos a pesar de la hora, entre ellos unos cuantos niños harapientos. Unos metros más allá vi aparcado otro coche, supuse que sería de los otros policías que custodiaban a Juancito y a Dodero. Salimos los cuatro del Lancia; se dispusieron ellos a entrar, yo opté por quedarme al margen. De momento, susurré a Diego, espero. Desconocía en qué estado iban a encontrarse los argentinos, intuí que sería prudente aguardar unos instantes al menos.

Desde el exterior oí la voz de Dodero al reconocer a Diego Tovar, sus protestas aguardentosas exigiendo ser sacados de allí enseguida. Se me acercaron entretanto dos niñas descalzas con pelo enmarañado y las caras llenas de churretes; tendrían ocho o nueve años y a nadie parecía importar que anduvieran por allí despiertas. Me contemplaron con pasmo y risas nerviosas, sin duda les parecí una presencia estrambótica con mi vestido largo, mis finas sandalias y mi maquillaje.

—¿Es verdad que los de ahí dentro son amigos de la Perona esa?

Tuvieron que repetirme tres veces la pregunta hasta que las entendí; cuando lo logré, casi solté una carcajada. Hasta aquel arrabal no llegaba la luz, ni la alfabetización ni el agua corriente, pero sí la noticia de que una tal Eva Duarte de Perón andaba de visita por Granada, aunque aquellas criaturas no supieran quién era semejante señora ni cómo en verdad se llamaba.

Volví a escuchar al naviero algo más calmado, a Diego en tono serio y al inspector, pero no a Juan Duarte. Intentaba asomarme con disimulo a través de la cortina cuando noté un tirón en la falda. Por ahí, por ahí, dijeron las chiquillas. Me señalaban con sus uñas sucias un hueco contiguo, otra especie de puerta. Se llevaron luego el dedo índice al ojo y tiraron hacia abajo, las entendí de inmediato. Si entraba en ese sitio, podría ver lo que ocurría dentro. Sin pensarlo dos veces, les hice caso.

50

La estancia oscura a la que entramos tenía el techo bajo y una abertura en la pared del fondo que comunicaba con la pieza principal. Con las niñas pegadas a mis piernas, las tres en silencio absoluto, me asomé a través de ella de refilón, sin que los del otro lado me viesen. Diego Tovar, los dos policías que nos llevaron más los otros dos que custodiaban a los argentinos permanecían de pie. Dodero, con la pajarita del smoking desanudada y el rostro encendido, estaba sentado en una silla de enea mientras Juancito dormía su curda encima de un poyete; me fijé en que no llevaba puestos ni los zapatos ni la chaqueta. Parecían estar debatiendo qué hacer con él, si esperar a que se entonara o llevárselo de vuelta al hotel a pesar de su estado.

En el centro, a la luz de un farol de queroseno, en perfecto orden de revista sobre la madera burda de una mesa, distinguí sus zapatos de charol, un reloj, un encendedor de oro, un par de gemelos, un fajo de billetes y el anillo con rubí que el secretario privado del presidente Perón llevaba siempre: la constancia de que le habían birlado todo aquello primero y lo habían recuperado posteriormente. Algo me chirrió entonces. Algo, por omisión, no era correcto. Casi sin proponérmelo, la memoria me dio una vuelta de campana y me trasladó a unas horas antes, hasta la cena en el caluroso Salón de Plenos del ayuntamiento. Allí había visto a Juan Duarte meterse un objeto en el bolsillo, un objeto que le entregó su hermana Eva cuando ella misma no fue capaz de prendérselo en el lamé del vestido. Eso exactamente era lo que faltaba encima de aquella mesa.

Oí rasgar un fósforo a mi espalda, volví con brusquedad la cabeza. Sentada en un saliente de la pared, en una especie de banco, una vieja enlutada estaba encendiendo un candil de aceite. La luz temblorosa hizo danzar sombras anaranjadas sobre las paredes de la cueva, sentí un escalofrío cuando vi su rostro adusto lleno de pliegues. Buenas noches, logré decir. Qué menos, si me había colado allí sin permiso. Las chiquillas, asustadas de pronto, salieron disparadas como balas. Allí quedé yo, sola con ella.

Mis ojos se acostumbraron rápido a los claroscuros; observé que la estancia era algo más grande de lo que había calculado, con unas cuantas mesas bajas y banquetas, supuse que se trataba de un modesto local donde atendían a clientes. Vi garrafones de vino sobre el suelo terrero, una especie de estante con botellas sin etiquetar y unos cuantos vasos sucios. Hasta ahí, todo en orden: los avíos precisos para un negocio paupérrimo.

La anciana mantenía la vista fija en mí mientras yo seguía paseando la mirada entre las sombras para rehuirla. Aun así, al tenerla apenas a tres metros de distancia, no pude evitar que sus hechuras me saltaran a la vista. Seria, corpulenta, con la espalda recta y un moño tirante, la mano sobre la empuñadura de un bastón y aspecto de matriarca. De súbito sospeché que quizá era la dueña de ese tinglado: quizá la progenitora de los tres hermanos —la fulana y los otros dos— que habían acabado en el calabozo tras desplumar a Juancito. Intuitivamente deduje que, si en verdad se trataba de ella, tal vez algo supiese.

Me armé de valor ficticio, para que mi voz simulara firmeza.

—Hay algo que falta en las pertenencias del señor —dije alzando el pulgar sobre mi hombro, señalando a la estancia vecina—. Están el reloj, el mechero, los gemelos, la sortija, los zapatos y el dinero. Pero había una cosa más.

No alteró ella el gesto, ni mostró ningún indicio de si sabía o no a qué me estaba refiriendo.

—Falta algo que él llevaba en el bolsillo derecho de la chaqueta.

Siguió mirándome, sin parpadear, prevenida y cautelosa. Caí

en la cuenta de que quizá no era tan vieja: tan sólo una mujer madura maltratada por las miserias de una vida perra.

—Y con ese algo que el señor guardaba en el bolsillo —añadí en tono severo—, nadie va a poder hacer negocio.

Yo me mantenía en pie, exquisitamente vestida de noche; ella, enlutada de arriba abajo, seguía inmóvil en su parco asiento. Si mi estampa le causó alguna extrañeza, no lo demostró. Debía de estar habituada a que por ese mísero local pasara todo tipo de gente.

—Eso —insistí— no tiene ningún valor en la calle porque...

—Sus buenos cuartos vale, ¿o se cree usted que yo no me entero?

Un ramalazo nervioso me recorrió la piel cuando la oí entrar al trapo, tenía el acento cerrado y el tono áspero como el esparto seco. Para darle réplica, a mí me costó un mundo sacar la voz de la garganta.

—Pero es un regalo con muy serias implicaciones políticas. Un regalo de Franco a doña Eva Perón, la visitante. Ha salido en todos los periódicos; por esa razón, si usted pretende venderlo, no va a encontrar quien lo compre. —Hice una pausa, después añadí con timbre sombrío—: A quien se lo pillen encima, le caerá un buen paquete.

Mantuvo el silencio, como si estuviera masticando mis palabras. En la estancia contigua sonaron otra vez las voces de los hombres, parecían ahora querer devolver al mundo de los vivos a Juan Duarte. De inmediato fui consciente de que tenía que darme prisa, avanzar antes de que ellos se moviesen.

—De cinco años y un día de cárcel no baja —añadí contundente—. O lo mismo la mandan al paredón, ya sabe usted que el Caudillo no se anda con chiquitas. Por aquí, por Granada, liquidaron los suyos a unos cuantos, ¿o es que ya no se acuerda usted de la guerra y lo que vino luego?

Desconocía yo cómo había transcurrido nuestra Guerra Civil en Granada, pero supuse que todo había sido igual de cruento y atroz que en el resto de España, y por eso lancé el órdago. Algún efecto parecí causarle, porque en sus labios resecos plantó una mueca de desagrado: ella sí sabía que el Sacromonte, por su compleja fisonomía, se convirtió en su momento en refugio de guerrilleros y perseguidos. Para darles caza, se dieron a menudo traiciones, chivatazos, tiros y enfrentamientos. Corrió la sangre a chorros, hubo presos y muertos.

—Yo puedo encargarme de que la pieza vuelva a su sitio. Y puedo hacerlo discretamente.

Sólo obtuve otra callada por respuesta. Pero no una negativa. Ni un rechazo.

—Todo quedaría entre usted y yo, se lo garantizo. —Sin moverme, señalé otra vez a mi espalda con el pulgar—. En caso contrario, los cuatro policías de la otra habitación, Gallardo y sus hombres, volverán y no se darán por vencidos hasta que lo encuentren. Y el asunto está bien feo, y ellos muy nerviosos por la que puede venirles encima. Mezclar política y robo en esta España de Franco, ya sabe usted, no es buena cosa.

Oímos a Juancito soltar una frase pastosa al otro lado de la pared. Déjenme en paz, pelotudos, o algo así fue lo que dijo. Yo continué presionando con descaro, se me acababa el tiempo.

—No diré ni una palabra a nadie —aseguré enérgica. Volví la cabeza y señalé con la barbilla el otro cuarto, seguían las voces—. Ninguno de ellos sabe que estoy aquí, de hecho. Creen que sigo fuera esperando. Fingiré que encontré esa cosa casualmente, en la calle o donde sea, eso corre de mi cuenta. Para usted no habrá consecuencias.

Las protestas del hermano de Eva Perón elevaban cada vez más el tono, se negaba a que lo moviesen. Por qué carajo no me dejan acá, gallegos de mierda, hijos de remilputa. Haciendo oídos sordos a los improperios del argentino, yo seguí a lo mío, firme.

—Decídase, señora. Hay prisa.

A la luz del candil vi entonces que su boca se preparaba para la réplica.

—¿Y qué me va usted a dar a cambio?

Sonó como un crujido, severa, exigente. Noté en el corazón un vuelco; la ajada matriarca tenía bien claras las cosas.

—¿Cuánto quiere?

—A ver qué tiene.

Abrí mi pequeño bolso de pedrería, llevaba dentro varios billetes. Ni documentación ni acreditación de ningún tipo. Tan sólo ese salvoconducto monetario. Me había servido con el taxista, supuse que aquí tendría el mismo efecto.

Oí que en la otra estancia estaban ya levantando a Juancito como si fuera un fardo: él mentaba ahora la reconcha de la madre de los policías que intentaban cargarlo. Tenía que ser rápida, era cuestión de un minuto. Saqué doscientas pesetas, me acerqué y las dejé a su lado en el banco; ella dijo no con la cabeza. Añadí un tercer billete mientras a mis oídos seguían llegando las quejas del hermano; la vieja volvió a negarse. Puse entonces encima un cuarto y un quinto billete. Aparté un pañuelo limpio y mi barra de rouge, y di la vuelta al bolso abierto, para que comprobase que quedaba vacío por completo.

—Eso —farfulló apuntando a la barra de carmín con su dedo retorcido como un sarmiento.

Del otro lado bramó la voz recia de Dodero abroncando a su amigo, la de Diego intentando poner orden. La vieja señaló entonces el pañuelo, acto seguido el bolso: eso y eso. Asentí, suyo era todo; tenía que acabar con ese trueque cuanto antes. Hice entonces un gesto elocuente extendiendo hacia ella la palma de mi mano y doblando hacia mí los cuatro dedos. Ya tiene lo que quería —pretendía decirle—; ahora, deprisa, deme lo que me debe.

Sin levantarse, apoyó el bastón en la bancada e inclinó el torso hacia delante, hasta que su mano llegó al remate de las sayas negras que casi rozaban el suelo. Por allí la metió, haciéndola luego subir pantorrillas y muslos arriba, removiendo capas de tela sucia y oscura hasta llegar a la entrepierna. Hurgó unos instantes en sus partes pudendas mientras yo contenía un gesto de asco, logró por fin encontrar lo que buscaba; la mano entonces deshizo el camino hasta ver la luz de nuevo. La tendió hacia mí, lentamente. Sacada de lo más profundo de sus inmundas intimidades, la Gran Cruz de Isabel la Católica refulgía sobre su palma repleta de rayas negras, a la luz de la lámpara de aceite.

Las voces masculinas se alzaron más aún, ya estaban listos para sacar a Juancito a la calle a fin de meterlo en uno de los coches. Conteniendo las náuseas, agarré rauda la condecoración con las puntas de dos dedos; quise entonces recuperar mi pañuelo para limpiarla, pero la anciana fue más rápida que yo y, antes de que pudiera hacerme con él, lo agarró al vuelo. Con esa única baza higiénica perdida, incapaz de contener mi infinita repugnancia, me alcé la falda, agarré el forro, me lo llevé a la boca y rasgué un pedazo con los dientes. En él envolví la cruz honorífica mientras la gitana mascullaba un par de frases que no logré descifrar. Seguro que se estaba acordando de mis muertos.

Deslicé el pequeño paquete por mi escote hasta alcanzar el tirante del sostén, lo dejé sujeto con su seda elástica. Me escupí finalmente en las manos y restregué una con otra para intentar limpiarlas con mi propia saliva. Con una última mirada a la anciana, comprobé que ya había guardado, a saber dónde, todas mis pertenencias.

A cambio de quinientas pesetas, un bolso de fantasía, un pañuelo y una barra de carmín, había logrado recuperar la distinción con la que el Generalísimo obsequió a Eva Perón en el Palacio Real.

Apagó el candil, la penumbra invadió la cueva.

Yo descorrí de un tirón la cortina y salí a la noche.

51

Nadie bajó a desayunar a su hora a la mañana siguiente. Los organizadores granadinos, los periodistas locales, las autoridades con los nervios de punta y centenares de curiosos aguardaban repartidos por el vestíbulo y las cercanías del hotel, presuponiendo que se trataba de otro retraso de la primera dama; ya les habían alertado desde Madrid de que sus demoras eran constantes. El embajador Radío se vio obligado a asumir la responsabilidad: cerca de las once salió del ascensor, se dirigió al centro del lobby con gesto de circunstancias y lanzó su comunicado: por indisposición de la señora de Perón, quedan por el momento cancelados todos los actos. Les rogamos disculpen las molestias. Anunciaremos si se producen cambios.

Cierto era que Eva Perón sufría algunos malestares con relativa frecuencia: comía poco y se desgastaba mucho, se le solían hinchar los tobillos, su palidez resultaba a veces exagerada y su médico no paraba de aconsejarle que descansase. Aquella mañana, no obstante, su salud no fue más que una mera excusa. No la aquejaba ningún padecimiento físico, su única indisposición venía provocada por su hermano. Y no era la primera, ya se acumulaban unas cuantas.

La llegada de Juan Duarte al Alhambra Palace casi dc amanecida generó cierto eco, a pesar de realizarse con discreción extrema. Lo trasladaron en el coche del inspector Gallardo, con Diego Tovar y Alberto Dodero a sus flancos. Curiosa estampa la que componía el trío dentro del Lancia: el fino diplomático, el secretario personal del general Perón y el potentado armador pasado también de vueltas, estrujados en el asiento trasero de un vulgar auto como tres delincuentes. A mí me condujeron en el segundo vehículo los otros policías; para evitarle el bochorno, me aseguré de que Dodero no se percatara de mi presencia en ningún momento. Me apeé frente a la entrada principal, pero a Juancito lo metieron dentro del hotel por una puerta de servicio de las cocinas, tal si fuera un reparto de carne llegada del matadero. Aun así, a una distancia considerable de ellos, oí los coletazos de sus gritos ebrios por los pasillos, voceando dislates sobre Isabel la Católica y la chorra de Rosario la gitana.

Con brevísimas horas de sueño turbio en el cuerpo, nada más levantarme pasadas las nueve vi que habían introducido un sobre por debajo de mi puerta. Lo rasgué con impaciencia: Diego Tovar me anunciaba que lo reclamaba el ministro y emprendía de inmediato el regreso a Madrid por carretera. No añadía más, no se pillaba los dedos; entre líneas intuí que la noticia del suceso del Sacromonte quizá había reptado hasta la capital y provocado una seria preocupación entre las altas instancias. Y él, como testigo preferente, habría de dar cuenta.

Con la nota manuscrita aún en la mano, abrí de par en par las hojas de mi hermoso balcón volcado al bosque de la Alhambra. Absorbí con ansia el aire limpio, después me senté a los pies de la cama. La imprevista marcha de Diego me había descuadrado por completo. Contaba con él, lo necesitaba. Como director de la Oficina de Información Diplomática, como hábil profesional sobrado de aplomo, él habría sabido cómo actuar. Ahora, con su ausencia, todo quedaba a mi suerte.

Lancé la nota sobre las sábanas, me dirigí al cuarto de baño. El lavabo seguía lleno de agua, pero ya se había disuelto la espesa espuma de jabón que quedó en la superficie: la que logré hacer frotando la pastilla entre las manos antes de acostarme. Sobre el fondo de porcelana blanca, estrambótica y ajena, reposaba la Gran Cruz de Isabel la Católica; al recordar una vez más de dónde había salido, se me escapó una arcada. Introduje la mano despacio y con cierta grima, arranqué el tapón y esperé a que se vaciara. Abrí después el grifo, dejé que el agua fresca de Sierra Nevada saltara a chorros sobre el oro macizo de la insignia, sobre las perlas de las puntas, los pequeños brillantes y rubíes, la inscripción Plus Ultra y el esmalte de las columnas de Hércules. Bordeaban el centro del emblema una corona de laurel y una leyenda: A la lealtad acrisolada por Isabel la Católica. No pude evitar una mueca de sarcasmo; menos mal que la pobre reina llevaba siglos enterrada y no podía ser testigo de la escasa lealtad con que su memoria pasaba de mano en mano. Volví luego a frotarla furiosa con la pastilla de Heno de Pravia, para arrancarle cualquier resto que pudiera quedar de las oscuras intimidades de la anciana; después la envolví en una toalla. Con la condecoración oculta entre pliegues de felpa, me senté encima de la tapa del retrete. No tenía ni idea de cómo debía proceder. No era capaz de pensar en nada.

Apenas quedaban comensales y ya estaban empezando a recoger las mesas cuando entré en el comedor vestida y maquillada como la resolutiva reportera cuyo papel interpretaba. Creí percibir la nuca y la espalda de Alberto Dodero en una esquina discreta. No era seguramente un buen momento para ofrecerle mi compañía, sin duda preferiría rumiar a solas la resaca y la autocrítica por su responsabilidad mal ejercida. A todos los efectos, él era el mandamás de la comitiva: el general Perón le había encomendado encargarse de todo atendiendo a su lealtad política, su madurez, su savoir faire mundano y —por supuesto— su fortuna. Como réplica a tal confianza, el naviero estaba obligado a garantizar la impecable corrección del grupo argentino al completo, y a comportarse él mismo sin tacha.

Bon vivant y amante del esparcimiento licencioso, sin embargo, había acabado tolerando en exceso el desparpajo de Juan Duarte, le había reído las gracias y lo había acompañado en muchas de sus farras. Hasta que la noche previa la cosa se salió de madre. El incidente del Sacromonte en sí no acabó teniendo mayores consecuencias: se suponía que recuperaron todo lo que la prostituta y sus hermanos afanaron a Juancito y, antes de que clareara el día, habían logrado sacarlo de aquella cueva inmunda, trasladarlo al hotel y meterlo en la cama. Para contrariedad del naviero seguramente, no fue ése el final feliz de la película. En las horas siguientes, la policía de Granada informó del incidente a sus superiores en Madrid, y éstos a su vez trasladaron los hechos al ministro de Asuntos Exteriores, y el propio ministro Martín Artajo reclamó la vuelta inmediata de Diego Tovar para que le pusiera en persona al tanto de lo ocurrido paso a paso. No era la primera salida de pata de banco del hermano de Eva Duarte, ya en la capital se había sabido de algunos otros trances con prostitutas, golfos, alcohol y sustancias polvorientas de por medio. Y Juancito, el garbanzo negro dentro de la comitiva, inquietaba enormemente.

Todo eso lo debía de haber reflexionado Dodero esa misma mañana, mientras masticaba los dos optalidones que le dieron para combatir el dolor de cabeza tras los excesos: la gloriosa marcha del tour de Evita estaba a punto de emborronarse en gran parte debido a su propia permisividad con el orate del hermano. Y lo peor, con todo, no era eso sino algo mucho más serio que el naviero pudo empezar a intuir al regresar al hotel, y que confirmaría al levantarse. Algo que podría potenciar un severo conflicto, un agrio desencuentro con el propio Franco en las últimas etapas del viaje. Y el gil de Juancito, pensó posiblemente, tenía la culpa. A su cuarto habría acudido el magnate con la mosca detrás de la oreja: después de sacudirlo para que despertase y después de rebuscar a cuatro manos en todos los bolsillos del traje arrugado, de la ilustre insignia no había ni rastro.

Atravesé el comedor mientras pensaba en todo eso; iba dispuesta a hacer partícipe al armador del destino de esa Gran Cruz que echaban en falta, iba a liberarlo de gran parte de su angustia y a devolver el sosiego a su alma atribulada. Me acerqué con las palabras medidas y mi mejor sonrisa mañanera, pero ésta acabó tornándose en una mueca: al rodear la mesa y ver a su ocupante cara a cara, me di cuenta de que me había equivocado. Aquel individuo no era el magnate argentino, sino un señor de mostacho importante terminando su desayuno en solitario.

Abordé al maître, me informó de que el señor Dodero había tomado tan sólo un café doble temprano.

Me acerqué entonces rauda a la recepción del hotel.

—Se marchó hace más de una hora.

—¿Solo?

El empleado vaciló unos instantes, hasta que por fin asintió.

—Sí, señorita. El señor iba solo.

—¿Y tiene usted idea de adónde se dirigía?

Volvió a titubear, me fijé en que tenía cara de buena persona: un honesto padre de familia con cuatro o cinco criaturas a las que comprar zapatos y cuadernos escolares en esos tiempos en que los salarios eran pura miseria. Menos mal que los ingleses, tan pragmáticos, me habían entregado un buen fajo de billetes antes de volar a España. Otro más de cien resbaló con discreción sobre la madera del mostrador, oculto bajo la palma de mi mano.

—Al aeropuerto lo llevó el coche del hotel —anunció mientras el billete desaparecía dentro de su bolsillo.

—¿Con o sin equipaje?

Tan honrado era el recepcionista que me facilitó la respuesta sin pedirme siquiera propina.

—El señor Dodero llevaba consigo una maleta de buen tamaño.

Empecé a ponerme nerviosa, muy nerviosa. Diego Tovar se había ido. Alberto Dodero se había ido. Y allí quedaba yo, sola en Granada sin saber en quién confiar, con la puñetera Gran Cruz oculta en mi cuarto, metida entre los algodones con los que por las noches me retiraba el maquillaje.

Recorrí el vestíbulo con la mirada intranquila. A pesar de la imprevista cancelación de los actos, continuaba el movimiento: periodistas, autoridades, curiosos que no osaban marcharse por si cambiaban las tornas. Más allá del mostrador de recepción, distinguí una puerta. CENTRALITA, leí en un discreto cartel. No me lo pensé dos veces: sin llamar, entré y volví a cerrar a mi espalda. Las dos encargadas me identificaron de inmediato como parte del grupo que acompañaba a la esposa de Perón y me acogieron con suma cortesía, conteniendo el regocijo al tener cara a cara a una de las figurantes del espectáculo.

Superaban ambas los cuarenta, debían de llevar trabajando en el hotel media vida. De inmediato anticipé que no parecían susceptibles de dejarse seducir por veinte duros, ni siquiera por mil pesetas. Utilicé por eso una milonga distinta, una improvisación que armé sobre la marcha y en la que me hice pasar por la esposa difusamente extranjera de don Alberto Dodero, el encargado del bienestar de doña María Eva. Me sacaba él varias décadas, pero ellas igual que yo sabían que el mundo está lleno de amorosas parejas disímiles en edad, más aún cuando a la parte femenina no le falta hermosura y la facción masculina acumula poder, celebridad o dinero.

Impostando malamente un acento argentino, me hice la boba glamurosa, me culpé por haberme quedado dormida hasta tarde y lamenté no haber podido hablar con mi marido antes de que él saliera rumbo al aeropuerto. Las enredé, en definitiva, con charlatanería vacua y logré al final mi objetivo: que me anotaran en un papelito todas las llamadas cursadas esa misma mañana desde y a la habitación del naviero. Para mi satisfacción, no se limitaron las telefonistas a facilitarme tan sólo los números: con caligrafía puntiaguda, una de ellas dejó escrito que dos de las comunicaciones fueron con el aeropuerto de Granada y las restantes con Madrid. La embajada de Argentina fue el destino de una. El hotel Palace, el de otra. Y tres, tres llamadas exactamente, conectaron al armador con un establecimiento de nombre Cejalvo.

Intenté poner la memoria en movimiento. Cejalvo, Cejalvo..., repetí para mí. Pero el nombre no me evocaba nada. Como si me leyera la mente, la telefonista más morena se brindó a ayudarme.

—Es un taller de joyería, platería y condecoraciones, señora Dodero; así figura en la guía telefónica de Madrid. Quizá su esposo —añadió con gesto de pícara complicidad— tiene en mente hacerle un regalo.

Reímos las tres a coro, ellas simpáticas en verdad, yo hecha una cínica absoluta mientras ataba cabos en mi cabeza. ¿Para qué iba a contactar el armador con un taller semejante, si no era en busca de un repuesto? Por eso seguramente había decidido volver a Madrid, para encargarse él mismo del asunto. Sin intermediarios. Con discreción extrema.

Me despedí de las amables telefonistas jurándoles mi agradecimiento eterno, sin dejarles entrever mi incertidumbre. En mis manos estaba frenar la huida hacia delante del armador, ahora tenía plena constancia de ello. Y además, mantener la insignia en mi poder suponía un riesgo. Decidir cómo quitármela de encima era el paso siguiente.

Volví a mi habitación; intentando pensar, me senté en el borde de la cama aún deshecha. A tenor de su llamada al taller encargado de hacer condecoraciones, ni Dodero ni nadie parecía dispuesto a denunciar la pérdida a las autoridades: el descuido era demasiado embarazoso, la negligencia demasiado vergonzante como para confesarla oficialmente. Pero nunca se sabe, quizá alguien podría irse de la lengua. Quizá la policía, en algún momento, volviera a tantear al clan gitano del Sacromonte. Quizá la vieja hablara y me señalase con su dedo costroso. En cualquier caso, saber que aquello seguía en mi neceser me perturbaba.

Barajadas todas las opciones, me quedaba una única salida para que la Gran Cruz retornara al lugar que le correspondía: hacérsela llegar yo misma a la primera dama. El problema, el gran problema, era la forma. Una posibilidad, pensé, sería entregarla con discreción a las modistas Asunta y Juanita, o a don Julio el peluquero: me conocían, podría hablar con ellos sin subterfugios, aclarar la situación, dejar la insignia a su recaudo y que ellos procedieran. Pero supondría comprometerlos en demasía, concluí: los enfrentaría a un compromiso arriesgado, podrían dudar de ellos, no creer su versión, incriminarlos incluso. Otra alternativa, medité, sería entregarla a la policía: ir en persona a la comisaría, preguntar por el inspector Gallardo, contarle la verdad tal como fue. En ese caso, no obstante, la potencial perjudicada podría ser yo misma si al cabo desconfiaban de mí y el asunto se volvía en mi contra. Casi pude anticipar los titulares: Corresponsal de la BBC de Londres encarcelada por grave hurto. No, aquello tampoco era plausible. De ninguna manera.

Harta de pergeñar y descartar, entré en el cuarto de baño, alcé la tapa de mi elegante neceser y me abrí camino entre produites de beauté, un tarro de cold cream y pinzas para el pelo, hasta alcanzar el paquete de algodón al fondo. Escarbé entre la masa blanca y blanda, saqué la Gran Cruz. Ni siquiera me paré a mirarla, tan sólo la apreté en un puño. Vamos a ello, me dije. Sin más, me dirigí a la puerta.

La suite de Madame Perón se encontraba en la primera planta del hotel, en su zona más noble. Avancé hacia ella con paso calmado, intentando amortiguar el ruido de mis pisadas. El pasillo estaba fresco y oscuro a pesar del día espléndido, no me crucé con nadie. Mi convencimiento era firme, iba dispuesta a finiquitar la historia, a entregar de una vez por todas la insignia a su propietaria en propia mano. Que la había encontrado dando un paseo por la Alhambra, diría simplemente. Era una explicación tan facilona que sonaba absurda casi. Pero la verdadera resultaba recargada en exceso, tendría que conformarse con ésa.

Me quedaban escasos metros para llegar cuando empecé a oír la voz femenina, cada vez más alta y furiosa. Acababa de terminar Eva Perón, sin yo saberlo, una conferencia telefónica con el muy católico ministro Alberto Martín Artajo. Sin esperar a que Diego Tovar llegara a Madrid, lo que le narraron desde la policía de Granada, más lo que él ya conocía de veladas anteriores, fue suficiente para que el encargado de los Asuntos Exteriores de la patria se armara de valor y ordenara una llamada al Alhambra Palace.

—Me sume en la más profunda desazón, señora...

Así, o con palabras parecidas, arrancaría su parlamento el canciller español tras tragarse el sapo. La gente se estaba enterando, la prensa se estaba enterando, corrían rumores que podrían llegar a oídos de Su Excelencia. Como fuese, de inmediato, había que frenar al hermano calavera y censurar su inadmisible comportamiento.

Tras cortar la comunicación, María Eva Duarte de Perón abroncaba al secretario privado de su marido mientras yo me acercaba a su puerta. No era ahora la cholita frente al hermano con el que compartió infancia pobre en Junín: se trataba de una mujer poderosa amonestando tonante a un díscolo subalterno. Y no era por la pérdida de la Gran Cruz, intuí: de eso, de momento, ella no era consciente.

Estaba yo ya parada frente a la doble puerta de roble, a punto de llamar con los nudillos, cuando la escuché soltar una catarata de rabiosos improperios a la criolla, arrebatados, furiosos, a cuenta de la afición de Juancito por los quilombos, los burdeles y las parrandas. Él entretanto, acobardado seguramente, ni osó abrir la boca.

Parecía que la cosa se calmaba, empecé a alzar el brazo, titubeé unos instantes. Estaba casi rozando la madera cuando un grito me hizo desistir.

—¡Una puta más, me oís, y te volvés a la Argentina de inmediato!

Con la Gran Cruz aún apretada en la mano, decidí darme la vuelta y emprendí acelerada el regreso a mi cuarto.

52

Si el Alhambra Palace de Granada evocaba el pasado nazarí de Andalucía, el hotel Alfonso XIII de Sevilla era una espectacular fantasía neomudéjar, un tanto artificiosa pero igual de espléndida. Madame Perón y sus acompañantes más íntimos fueron trasladados casi en volandas a los alojamientos reales; el resto esperamos pacientes a que nos fueran asignadas nuestras habitaciones.

—Sea bienvenida, señora Nash —escuché cuando me tocó el turno—. ¿Tendría la amabilidad de mostrarme su pasaporte?

Se lo tendí al recepcionista junto con un rictus a modo de sonrisa; todavía hube de aguardar hasta que rellenaron mis datos en la ficha correspondiente. Eran casi las nueve de la noche, acabábamos de llegar en avión desde Granada, esperé paciente a que el empleado me entregara mi llave enganchada a un pesado llavero de forja. Y algo más, para mi sorpresa.

—Ha llegado un telegrama para usted desde Madrid hace unas horas.

Casi se lo arranqué de entre los dedos; me desplacé a un lateral mientras rasgaba con impaciencia el papel azul plegado y sellado. Víctor, ése era mi miedo.

PRECIOSO TU BEBÉ.
BIEN DE SALUD TU PADRE.
DULCE LA INGLESA NIÑERA.
TODOS ANSIAMOS TU VUELTA.
RECIBE CARIÑOS.
R. A.

Lo arrugué hasta dejarlo hecho un gurruño, estuve a punto de bramar un chorro de improperios: Hijo de mala madre, desgraciado, sinvergüenza. Logré contenerme a duras penas, abandoné la recepción sin rumbo y acabé en un hermoso patio central cuya belleza ni me molesté en apreciar; agobiada, me dejé caer sobre el mimbre de uno de los sillones.

Las iniciales R y A que cerraban el mensaje lo mismo podían corresponder a Román Altares, como ahora se hacía llamar, que al Ramiro Arribas de siempre: el caso era que ahí estaba él para recordarme que seguía expectante. Mis dudas se habían disipado, mis temores eran ciertos: sí, él conocía la dirección exacta de mi padre. Más aún, sin duda se había presentado allí. Había logrado enterarse de que había un hijo mío en el mundo, sabía que contaba con una nanny. ¿Logró verlos o quizá se lo soltó la portera, inocente? ¿Había subido al piso y llamado al timbre con cualquier excusa, o los había visto tan sólo salir mientras esperaba paciente frente a la puerta? Las preguntas rebotaban furiosas en mi cabeza.

Ni siquiera subí a mi habitación: deshice el camino al vestíbulo y pedí una llamada con Madrid. Entré en una de las cabinas de madera, aguardé inquieta a que sonara el teléfono: Su conferencia está lista. Le paso, señora. Contuve el aliento hasta que al otro lado del hilo sonó la voz de Miguela. Todo en orden —dijo—. No, ninguna novedad en la casa. Sí, el niño bien, contento. Sí, Phillippa también perfectamente. No, por allí no había acudido ningún extraño. Dando un paseo andaba ahora mismo la nanny con el niño, mi padre en la Gran Peña, no tardarían en estar todos de vuelta para la cena.

Por fin me dirigí a mi habitación, algo aliviada pero aún nerviosa. Confirmé la hora, en teoría tendría que estar lista en veinte minutos, aunque si contaba con los retrasos habituales de Madame Perón tal vez yo también pudiera postergar mi salida un poco. Dudé unos instantes, decidí por último no abrir todavía el equipaje y me desplomé sobre la cama como un peso muerto.

El traslado se realizó en calesas tiradas por caballos enjaezados que parecían bailar sobre los adoquines de las calles sevillanas; en la principal iba la primera dama acompañada por el alcalde. Para no faltar a la norma, fue aplaudida con fervor por la masa callejera y piropeada con gritos desgarrados; los olé tu gracia y olé tu madre sonaban por todas las esquinas mientras los buques anclados en el puerto hacían sonar sus sirenas. A lo largo del trayecto hacia la plaza Nueva, desde los balcones y las azoteas lanzaron miles de claveles, montones de pétalos de rosa desde las aceras; hasta dieron suelta a cinco mil palomas que volaron rápidamente en desbandada. Arrancaba así un nuevo acto de la fabulosa opereta hispanoargentina, con todos los participantes vestidos una vez más de gala, aunque sin Dodero presente y con Juancito taciturno, sentado en su coche más tieso que una vela.

Tras la recepción en el Salón Colón del ayuntamiento, nos abrieron paso con dificultad por las calles aún repletas de fogosos testigos. La siguiente etapa nos trasladó a trompicones al Pabellón Mudéjar, en uno de los extremos del parque de María Luisa; allí fue servida otra cena copiosa hasta la náusea. A su término salimos a la plaza de América, a reventar de gente; todo estaba previsto para una gran verbena en la que varios cuadros flamencos y más de trescientas parejas bailaron infinitas sevillanas a la luz de miles de farolillos hasta las tantas.

Tardé en conciliar el sueño; acostada ya, aún me retumbaban en la cabeza las palmas y los taconeos, el rasgueo de guitarras, los olés y los arsas y los ecos de aquel recibimiento ostentoso, desbordado, desmadrado, ofensivo para la pobre España en general y en particular para aquella Sevilla repleta de gente hambrienta. Tenía la sensación de que acababa de caer dormida cuando me despertaron los timbrazos del teléfono. Me incorporé de un salto y arranqué de un tirón el auricular de su horquilla. Víctor, algo pasa con Víctor, fue lo primero que pensé de nuevo.

—Dígame —exigí con desgarro.

Por respuesta escuché una risa masculina.

—Tranquila, Sira, tranquila; no te asustes, mujer, no pasa nada...

Ramiro Arribas me hablaba a través de los hilos con tono supuestamente amistoso. Me faltaron las fuerzas para pedirle explicaciones, para insultarlo, para suplicarle que me olvidara.

—Quería confirmar tan sólo que recibiste ayer mi telegrama.

Sentada en la cama, asentí con la cabeza y los ojos cerrados, ajena a la obviedad de que él no podía verme.

—¿Sí? —insistió—. ¿Lo recibiste, Sira?

Tragué saliva, respiré hondo.

—Lo recibí, Ramiro. Y no me gustó saber que has estado rondando a mi familia.

—No no no —replicó cordial, alegre casi—. Pasaba simplemente por Hermosilla y recordé que por allí residía tu padre.

—Déjalos en paz. Habla conmigo tan sólo. A ellos, ni te acerques.

—De acuerdo, tranquila, de acuerdo... —dijo conciliador—. Te pregunto entonces, ¿cómo van las gestiones con nuestro amigo Dodero?

—No van de ninguna forma. Él no está aquí, en Sevilla. No tengo manera de hablarle.

—No me mientas, cariño. Sé que el naviero también participa en el viaje, lo acabo de ver en las fotografías de *El Ideal* de Granada, junto a Evita, en la Alhambra.

Aquel cariño se me clavó en el alma como un punzón oxidado. Me sacudí rápido la sensación; no era momento de bregar con emociones, sino de mantener la cabeza fría y el temple sereno.

—Estuvo en Granada, cierto, pero no tuve oportunidad de comentarle nada. Ahora se encuentra en Madrid, ha regresado. Puedes confirmarlo, pregunta por él en el Palace.

Se tomó unos segundos, como si reflexionase. Cuando por fin volví a escuchar su voz, sonó más contundente y menos simpática.

—Verás, Sira, este asunto que tengo entre manos necesita una solución urgente. No te estoy pidiendo nada del otro mundo, nada comprometedor para ti, tan sólo un pequeño favor.

Volvió a callar, como si estuviese eligiendo sus palabras. Yo entretanto, con la vista concentrada en mis pies descalzos sobre la alfombra, no dije nada.

—Necesito esa reunión con él, las cosas se me están complicando con mis socios y es muy importante, repito, muy importante que él escuche mi proyecto antes de abandonar España. Si no lo logro antes de que parta para Italia, se me cerrará esa puerta y ya no tendré más oportunidades.

No. No. No. Me lo repetí a mí misma con firmes sacudidas de cabeza despeinada. No, no podía dejarme arrastrar por ese canalla; por mi propia dignidad, no debía ayudarlo.

—Te costaría muy poco —insistió—, seguro que...

—Tengo que dejarte, Ramiro; me esperan para trabajar, yo también necesito ganarme la vida, ¿sabes?

—Pero tú...

—Dodero no está en Sevilla, te estoy siendo sincera. Busca otra manera de llegar a él, conmigo no puedes contar para eso.

Colgué con un golpe seco y después me cubrí el rostro con las palmas de las manos, como si ansiara blindarme del presente. Y en parte lo logré: me distancié del ahora, cierto, pero la memoria traicionera me trasladó en volandas a otro tiempo. En oleadas bravías, por mi mente pasaron una vez más estampas, sentimientos y sensaciones. La forma en que Ramiro me sedujo con su atractivo viril y su carisma; la manera en que logró, con hábil sutileza, que yo me desprendiera de mi mundo. La vida disoluta que llevamos en Madrid y Tánger, sus ambiciones y sus mentiras, los castillos que construyó en el aire para luego, sin aviso, pegarles fuego y lanzarme al olvido.

Eché de menos con ansia tener cerca a alguien en quien confiar, una mano tendida para evitar que me asomara al abismo. Alguien con quien compartir mis miedos y mis dudas, mi incertidumbre, mi desasosiego. Añoré a Marcus y su sobria lucidez; a Fran Nash y su capacidad para resistir embates. Añoré a Rosalinda Fox con su desparpajo, y a Nick Soutter por su solidez, incluso a Diego Tovar, con su diplomacia eficiente. Pero no, en esa Sevilla que aguardaba el reinicio del grotesco carnaval que habían preparado para la esposa del presidente argentino, en esa mañana calurosa y en ese hotel formidable, tan sólo estaba yo en camisón, confusa, angustiada e inmensamente sola.

Así seguía, fustigándome con la amargura de los recuerdos y las ausencias, cuando volvió a sonar el teléfono.

—Dime una cosa, Sira; tan sólo una cosa, cielo. ¿Dónde crees tú que disfrutarían más la nanny y tu niño conmigo, paseando por El Retiro o en las barcas del estanque?

Colgué sin miramiento por segunda vez, me puse en pie casi de un salto. Hasta ahí habíamos llegado, ya tenía suficiente. A puñados fui metiendo tubos, barras y botes en el neceser mientras me cepillaba los dientes; bajo una ducha fugaz tomé las primeras decisiones. Volver a Madrid, me repetí mientras descolgaba la ropa del armario a tirones. Frenar al desgraciado de Ramiro, insistí mientras llenaba la maleta con prendas amontonadas. Dar con la forma de librarme de él, concluí mientras alzaba los brazos para recogerme apresurada el pelo. Pedí una llamada a la habitación de uno de los corresponsales mientras me ponía los zapatos; lo avisé de que me había surgido un compromiso ineludible y abandonaba de momento el viaje.

El lobby estaba abarrotado de autoridades con uniforme, fotógrafos y cronistas, señores de brillantina y traje impecable, hermosas sevillanas luciendo sus mantillas, todos a la espera de unirse a la comitiva de la primera dama. El día se anticipaba intenso: salve solemne en la catedral, visita a la Macarena para ser nombrada camarera mayor, otra salve en San Gil frente a la Esperanza, visita a la finca Torre Pavadel y a la Fábrica de Tabacos para ser aclamada por los campesinos y las cigarreras. Y más palmas, y más gritos, y más olés, y más cenas...

Seguida por un botones, me abrí paso casi a codazos entre el enjambre; al salir no vi ningún taxi en las inmediaciones, la zona de entrada estaba tomada entera por lustrosos autos oficiales. Tras las tapias del recinto, percibí que se acumulaba ya el gentío bullicioso. Volví la cabeza a derecha e izquierda, necesitaba irme de inmediato.

—¿Y uno de ésos, señora?

El joven que me ayudaba señaló un lateral del jardín, percibí allí una pequeña caravana de coches de punto. Otro crujiente billete obró el milagro: en cuestión de segundos el enjuto cochero se ajustó la gorra, chasqueó la lengua y tiró de las riendas del caballo. Con un traqueteo rítmico, me llevó hasta la estación de la plaza de Armas.

53

Bajé del tren en Atocha pasada la medianoche. Atrás dejaba zarandeos, sacudidas y carbonilla, calor sofocante y olor a sudor. Eso, y tiempo, tiempo prolongado también para pensar, definir objetivos y trazar las líneas que deberían seguir mis pasos. Tan pronto como descendimos los viajeros al andén, acudieron como moscas los mozos de equipaje; entre ellos elegí a un tipo entrado en años de aspecto bonachón.

—¿Conoce usted alguna casa de huéspedes cercana? —pregunté mientras él acoplaba a su carretilla mi equipaje.

—Cómo no, señora. La llevo ahora mismo.

El edificio se encontraba hacia el arranque del paseo de las Delicias; en el segundo derecha nos recibió una mujer entrada en los cincuenta, llevaba bigudíes enganchados al pelo entrecano y una bata de flores desvaídas encima del camisón. Sobre sus pechos desparramados percibí un escapulario de la Virgen del Carmen, la seguí mientras arrastraba las alpargatas por un largo pasillo sin apenas luz, en silencio ambas. Quizá en su día aquel piso tuvo un cierto empaque, tal vez en su momento lo habitó una familia burguesa de bien: los techos eran altos, la fachada decente más que de sobra. Ahora la vivienda se mostraba tabicada y deslucida, reconvertida en una de tantas pensiones populacheras próximas a la estación, cobijos a los que acudían manadas de desventurados desde todos los rincones de España en ilusa busca de un futuro. Abrió la patrona una puerta al fondo, giró la clavija y una bombilla iluminó el cuarto con luz mustia.

—Tres duros la noche por ser usted.

El dormitorio era modesto, con dos pequeñas camas que ni siquiera eran gemelas, palanganero a los pies y un par de sillas de palo a ambos lados del balcón. En cuanto me quedé sola, lo primero que hice fue abrirlo de par en par.

El Alfonso XIII de Sevilla, el Alhambra Palace, el Club de Prensa de Pinar 5: de haber tenido vida propia, todos aquellos alojamientos en los que dormí las noches previas se habrían carcajeado al verme ahora en ese hospedaje de a quince pesetas; hasta la pensión de Candelaria en La Luneta de Tetuán tenía más relumbre. Mi cuerpo pedía a gritos un buen baño; hube de conformarme sin embargo con el cubo de agua para llenar la palangana de loza desportillada que la tal señora Eusebia me llevó. Estaba a punto de cerrar la puerta tras musitar unas parcas buenas noches cuando la sorprendió mi voz.

—Tres duros más le doy si me pone sábanas limpias.

Tardó un suspiro en volver con ellas, rehízo una de las camas con manos diestras. Tras propinar unos cuantos manotazos a la borra de la almohada para que cogiera forma, volvió a marcharse con el hato de ropa sucia entre los brazos.

Estaba amaneciendo cuando me despertó el ajetreo que subía desde la calle. Cuando logré que mi mente se ubicara, me asomé al balcón y contemplé una larga ristra de carros tirados por caballos percherones, traqueteando sonoros los cascos y las ruedas sobre los adoquines; diez, doce, quince carros que avanzaban uno tras otro con ritmo regular. Todos llevaban un cargamento idéntico que me costó distinguir, lo logré aguzando la mirada. El Águila, leí en los carteles laterales: montones de barriles de cerveza era lo que transportaban desde una fábrica cercana, listos para ser repartidos de buena mañana por los bares, tascas y tabernas de todo Madrid.

No volví a la cama, me quedé en pie viendo cómo la vida de barrio empezaba a circular tempranera por aquella vía que bajaba casi hasta la orilla del Manzanares: hombres de camisa blanca con el pelo humedecido que salían camino de sus trabajos, verduleros llegados desde las huertas de Villaverde, la vaquería de enfrente recibiendo a los clientes, la ocarina melodiosa de un afilador de cuchillos.

—¿Teléfono tendría usted, por casualidad, señora?

Eso fue lo primero que requerí a la patrona, tras lanzarle los buenos días desde la puerta de la cocina. Lucía ella los mismos bigudíes, el mismo camisón y la misma bata de la noche previa; sobre esas prendas se había colocado un mandil repleto de manchas. Yo ya me había vestido discretamente tras asearme en el cuarto de baño común. Reacia a dejarla sola entre las paredes de aquella pensión barata, prendida con firmeza a la cinturilla de mi falda por la parte interna y en contacto con mi propia carne, llevaba la Gran Cruz de Isabel la Católica: la insignia que casi todos creían en poder de Eva Perón.

Siguió ella trajinando con sus cacharros frente a la pila, no se giró siquiera para responder:

—Teléfono en el bar de abajo. ¿El café lo quiere con leche o sin leche?

No había ningún otro huésped en la cocina, pero sí sus rastros: un costroso cenicero de chapa con varias colillas sin filtro, un par de tazones de loza sucios, un trapo a cuadros hecho un gurruño. De verme allí, mi suegra se habría partido de risa.

Estuve tentada a rechazar el ofrecimiento: a saber qué tipo de brebaje estaba dispuesta a servirme aquella mujer, simple achicoria tostada con toda seguridad, mezclada con leche aguada y sin apenas azúcar. No me negué, sin embargo. Cuando sobre la mesa puso un tazón de sucedáneo de café y un pedazo de pan churruscado en la hornilla, fui consciente de mi hambre acumulada y me dejé de melindres.

No intercambiamos palabra hasta que, al terminar, pregunté:

—¿Y sabría usted decirme dónde puedo comprar ropa de luto?

La excusa que di a continuación fue el fallecimiento de un pariente cercano y mi obligación de asistir al entierro. Por esa razón había llegado tan a deshora la noche previa. Tras mi embuste ocultaba una intención distinta: había decidido transmutarme en la medida de lo posible para intentar pasar desapercibida.

—Suba usted un buen tramo por la calle Atocha, a mano derecha encontrará un comercio de confecciones. La Gloria se llama.

A pesar de que bajé al bar temprano, realizar las llamadas precisas me llevó un tiempo eterno; hube de preguntar, errar y repetir tentativas, ceder mi puesto a una vecina para que telefoneara a su pueblo a fin de saber de su suegra agonizante, a un vecino que necesitaba arreglar un asunto de lindes y parcelas. Hasta que en la angostura del fondo del local, frente a una pared costrosa sobre la que los parroquianos anotaban a lápiz o a punta de navaja recados, nombres y números, logré cumplir con mis trámites uno por uno.

Lo primero que hice fue contactar con Hermosilla; respiré tranquila una vez que mi padre me aseguró que Víctor estaba en orden. A través de la Oficina de Información Diplomática confirmé después que Diego Tovar permanecía aún en Madrid, lo cual me resultaba un arma de doble filo. Por un lado, corría el riesgo quizá remoto pero nunca imposible de encontrarme con él. Por otro, y éste era el flanco favorable, alejado de Sevilla como estaba, ignoraba que yo, la cumplida reportera de la BBC, había dejado súbitamente de cubrir el viaje de la primera dama. Mi tercera llamada fue para constatar que el magnate Dodero se encontraba instalado de nuevo en su suite del Palace, y la siguiente para confirmar que Ramiro se mantenía registrado como huésped en el hotel Buen Retiro bajo el nombre tramposo de Román Altares.

En Confecciones La Gloria me aprovisioné del equipo completo para la perfecta viuda de la nueva España; toda la ropa de luto que no usé cuando murió Marcus, allí la obtuve. Una falda negra a media pantorrilla, en cuya cinturilla volví a prender la Gran Cruz. Una modosa blusa negra cerrada al cuello, medias negras bien tupidas y un pañuelo del mismo color para cubrir la cabeza. Me permitieron cambiarme en la trastienda, la excusa del entierro del pariente volvió a surtir efecto. Retorné a la calle reconvertida en una de tantas esposas a las que la guerra arrebató los maridos, dejándoles por delante un duelo de años y un porvenir incierto. Al fin y al cabo, no distaba yo tanto de ellas: también perdí al hombre de mi vida a causa de un sangriento conflicto.

Tomé un taxi hasta la esquina de Hermosilla con Serrano, a breve distancia de la casa de mi padre. Me entretuve observando las flores de una vendedora callejera que gritaba su mercancía sentada sobre un cubo puesto del revés. Tengo nardos olorosos, claveles reventones, azaleas para la señora, me las quitan de las manos, guapa, oiga. En realidad, sus flores me interesaban poco, pero aproveché esos instantes para mirar con disimulo a mi alrededor. Hacia las doce me había dicho mi padre que solía salir a diario Phillippa con Víctor; eran menos diez, tenía que encontrar un sitio desde el que observarlos.

Una mercería cercana fue la solución: se encontraba justo en diagonal y tenía un pequeño escaparate abarrotado de cenefas, botones, cintas de raso y bobinas. Tras él podría verlos sin ser vista, el sitio era perfecto. Al empujar la puerta encontré el comercio vacío de clientela; el propietario, tras el mostrador, resultó ser un tipo alto de pelo canoso y ensortijado que me recibió sin requerimientos. Me demoré un rato fingiendo examinar con cuidado extremo unos cuantos rollos de pasamanería colgados de una barra mientras, en realidad, volcaba mi atención a través del cristal hacia la acera de enfrente.

El corazón me dio un vuelco al verlos salir, ahí estaba mi niño. Tuve que hacer un esfuerzo infinito para no correr hacia él. Iba sentado en su cochecito, el pelo del color del de su padre oculto bajo una gorra blanca para protegerlo del sol. Apenas logré verle la cara, pero sí sus manos golpeando con brío las bolas de colores que colgaban de un elástico; me reconfortó al menos comprobar que derrochaba su jubilosa energía de siempre. Empujando el coche infantil iba Phillippa, la nanny trasplantada desde Londres hasta aquel caluroso Madrid. Llevaba puesto un vestido floreado que yo no le conocía y, en vez de su habitual recogido, se había dejado la melena pajiza suelta hasta la altura de los hombros, un estilo que jamás antes le había visto. Mis sospechas se incrementaron, lamenté en lo más profundo no poder acercarme y advertirla abiertamente, alzar a Víctor en brazos y estrujarlo contra mi cuerpo, decirle mi amor, comérmelo a besos y hacerle reír, llevármelo. Pero no, no debía, no podía. Me bastaron unos instantes para confirmar que no le faltaba razón a mi suspicacia.

Apenas habían empezado a avanzar ambos acera abajo, cuando lo divisé de espaldas cruzando la calle. Salía de un bar cercano con un periódico doblado bajo el brazo, estaba sin duda a la espera. Llevaba una chaqueta en tono claro, pantalón de piqué y el impecable porte de siempre; en la mano izquierda, un pequeño ramo de flores, seguro que compradas a la misma vendedora que yo había visto unos minutos antes. Se les puso a la altura en unas cuantas zancadas, ella se detuvo al verlo y a mí se me llenó la boca de bilis.

Ahí estaba el depredador de Ramiro requebrando a la infeliz de Phillippa, admirando con hipocresía los esfuerzos de ella por mejorar su anodina prestancia, con el pelo recién lavado y su soso vestidito de domingo. Hijo de puta. Hijo de la gran puta. Hube de agarrarme al soporte del escaparate cuando le vi doblar el espinazo; sentí la furia subirme desde las tripas cuando acercó su mano a la mejilla de mi hijo para hacerle una caricia, alguna réplica graciosa debió de ofrecer Víctor porque ambos soltaron una carcajada: la de Phillippa sincera, la de Ramiro sin duda falsa.

Toda la angustia del mundo me cayó encima cuando los contemplé al ponerse en marcha; de espaldas podrían parecer incluso una familia feliz: el papá guapo y maduro, la joven mamá feúcha pero amorosa, paseando con orgullo al retoño precioso de los dos. En la garganta se me atoró un grumo asqueroso de amargura, me mordí los labios para contener el llanto. Hijo de la grandísima puta.

Pero no, no iba a seguirlos. Estaba convencida de que Víctor no corría ningún riesgo, irían tan sólo a dar un paseo, quizá a sentarse en una terraza a tomar el aperitivo: lo que Ramiro pretendía era ganarse a Phillippa para chantajearme con el miedo, acobardarme, forzarme a actuar a su favor. Por eso, precisamente, yo debía mostrarme firme, no ceder. Cuando los perdí de vista, abandoné la tienda tras comprar al mercero paciente un puñado de imperdibles, por hacer gasto en señal de gratitud, nada más. Ni siquiera aguardé a que me diera el cambio; ajustándome el pañuelo a la cabeza, salí.

Alcé entonces la vista hasta el edificio distinguido que alojaba la casa de mi padre, contuve la tentación de subir y llamar a la puerta. Su temple y su experiencia me habrían ayudado a arrojar algo de luz a la imprudente situación en la que me encontraba, quizá incluso habría intentado convencerme para abandonar la insensatez que crecía en mi cabeza. Pero no, ya no iba a echarme atrás. Ahora, tras la escena que acababa de presenciar, ya no me cabía la menor duda de que tenía que sacar a Ramiro Arribas de mi vida. Por sus insidiosas maquinaciones de hoy y por el dolor que me causó en el ayer; por lo que me robó, por el hijo que perdí y por Víctor, incluso por la simplona de Phillippa, cándidamente ajena a las maniobras de su supuesto galán. Ataviada como la simple viuda que en el fondo era, superé el impulso de acudir a ver a Gonzalo Alvarado y me dispuse a avanzar.

Ir al hotel Buen Retiro fue mi siguiente paso. Creía no conocerlo, pero averigüé que se ubicaba en la calle Alfonso XI. El alma se me cayó a los pies cuando lo tuve enfrente. Aquel establecimiento de arquitectura racionalista resultó ser el Gaylord's rebautizado, un lugar que albergaba para mí muchos recuerdos.

Tras mi regreso de Tetuán años atrás, supe que durante la Guerra Civil el edificio se había convertido en el cuartel general de los rusos. Allí instalaron su Estado Mayor; allí se alojaron espías, agentes soviéticos y militares; incluso Hemingway, el célebre novelista, lo usó como escenario en una de sus novelas. Se decía con sorna que Franco le tenía una honda tirria y que, a la mínima ocasión que se presentara, aplaudiría que lo demolieran a fin de borrar la huella de aquellos rojos infames. De momento, no obstante, el hotel seguía operando, rozando en distinción a los clásicos Palace y Ritz pero con un toque añadido de mundana modernidad. Durante la guerra mundial fue uno de los favoritos de estadounidenses y británicos; Marcus solía frecuentar su bar de decoración cubista y su embajada organizaba en sus salones numerosos actos a los que yo nunca asistí por mi obligada cercanía a los alemanes.

Con todo, había logrado disfrutarlo brevemente, y aún mantenía incrustado en mi memoria aquel fin de semana que él y yo logramos pasar juntos en una suite de la última planta tras nuestro inesperado rencuentro en Lisboa, entrando con discreción por separado a horas distintas para gozar de dos días íntegros, recuperando el tiempo perdido, reconciliando anhelos del alma y pulsiones del cuerpo sin salir más que a la terraza con vistas a la Puerta de Alcalá. Sería el primero de nuestros muchos encuentros clandestinos, cómo olvidarlo. Quien ahora se alojaba allí, sin embargo, era el rastrero de Ramiro Arribas haciéndose pasar por solvente empresario argentino; mi Marcus, en cambio, ya no habitaba este mundo, y yo, ataviada con el luto que no vestí para su duelo, fui incapaz de contener la lágrima rebelde que se me escurrió hasta la boca y me dejó en la punta de la lengua un raro sabor a sal.

Me esforcé por tragarme la melancolía y, resguardada tras un oportuno kiosco de prensa, me dediqué a contemplar la entrada del hotel y los clientes que por allí pululaban, la fila de taxis, los mozos uniformados como brigadas que cargaban maletas y enseres. Aún no sabía cómo iba a hacerlo pero por esa misma puerta, más pronto que tarde, debería yo acceder para llegar hasta la habitación 417.

54

Regresé a la casa de huéspedes, la patrona me ofreció sentarme a almorzar. Mi intención era decir no, gracias, pero la boca me jugó una trastada y acepté. Ocupaban la mesa un ferroviario con carbonilla en las uñas, un opositor a la Telefónica y la señora Eusebia, nadie más. Supuse que el resto de los residentes comerían fuera, por su cuenta. O ni comerían, quizá. Unos cuantos fogonazos de la pensión de Tetuán me asaltaron de nuevo: el viejo maestro, las hermanas cacatúas, el bobo de Paquito con su despótica madre, compartiendo entre todos en el patio un puchero, una fuente de sardinas o una sandía, con Candelaria en medio sirviendo uno a uno los platos y actuando como árbitro en las agrias contiendas verbales, apagando fuegos con su empuje arrollador.

El ambiente era aquí bien distinto al de mi primer hogar marroquí, infinitamente más impersonal y zonzo. Tampoco era un buen cocido el que me sirvió la dueña de la casa, apenas tenía sustancia, poco más que un puñado de garbanzos hervidos con unos cuantos fideos, un pequeño pedazo de patata y unas rodajas de zanahoria. Ni chorizo ni morcilla ni tocino o carne de gallina: ese guiso insulso y parco en ingredientes era lo que casi a diario se comía en la mayoría de las casas de Madrid. Como acompañamiento, unas hojas de lechuga con un escueto chorro de burdo aceite de prensa y un pellizco de sal. Así se alimentaba la España de posguerra en verano e invierno, lo mismo daba; tanto los vencidos como muchos afines al bando ganador, para casi nadie había nada más. Rememoré entonces con desagrado los banquetes ofrecidos por las autoridades a Eva Perón, aquel desparrame de suculencias y exquisiteces, insultante para millones de cuerpos a los que les crujían las tripas al acostarse, infelices que engañaban el hambre con buches de agua, mondas de patata, picaresca desgarradora y la esperanza de que algún día quizá todo fuera a mejor. Por enésima vez me pregunté si, para lograr el trigo argentino, en verdad era necesario un derroche tan vergonzoso. Y por enésima vez volví a admirar la digna resistencia de los ingleses.

Me encerré en cuanto pude en mi cuarto, me quité de encima las tristes vestimentas negras, oculté de momento la Gran Cruz debajo de la almohada y saqué de la maleta el más discreto de mis trajes. Esa tarde no necesitaría camuflarme, iba a un barrio corriente donde no existía el riesgo de que me reconociera nadie. Lo sacudí y lo dejé colgado en una percha de alambre, confiando en que las arrugas se le deshicieran solas; no quería pedir la plancha a la patrona, no quería ver a nadie. Me tumbé en combinación sobre las sábanas limpias. Contemplando las humedades del techo, me dediqué a pensar.

Eran cerca de las siete cuando alcancé mi destino en el noventa y pico de la calle Santa Engracia, muy próximo ya a la glorieta de Cuatro Caminos: él mismo me había dicho en su momento que vivía allí. No eran tiempos de muchas mudanzas, supuse que mantenía el mismo domicilio. Cruzando los dedos para que así fuese, me senté en un banco de la calle, a la espera.

Pero dieron las siete y media, y no llegó. A las ocho tampoco. Ni a las ocho y media, ni a las nueve, ni a las nueve y media. Harta, frustrada, estaba a punto de marcharme cuando en torno a las diez menos cuarto, con la noche casi encima, lo vi aparecer. Caminaba desde la boca del metro, flaco, con los hombros caídos y la corbata floja, los andares sin brío de quien no tiene urgencia por regresar. Volví a comprobar que había perdido pelo y ganado dureza en los rasgos. A diferencia de Ramiro, de mí misma incluso, el devenir del tiempo no había sido generoso con él.

Pasó a mi lado sin verme, llevaba la cabeza gacha y las manos en los bolsillos, pensando en sus cosas iría. O preocupado, o agotado tras la larga jornada.

—Ignacio.

El nombre sonó a su espalda, pero no me oyó; tras tantas horas sola y callada, apenas me salió la voz de la garganta. Carraspeé para alzarla, le toqué un hombro a la vez.

—Ignacio —repetí.

Se volvió raudo, amenazante casi. Alcé las manos, como para mostrar mi inocencia.

—Soy Sira. Soy yo.

Borró de inmediato la fiereza del rostro, pero no dijo nada. Ni se movió.

—Quiero comentarte algo que quizá tenga relación con tus responsabilidades. Lamento acudir aquí sin aviso. Seré breve, te robaré sólo unos minutos.

—No tengo prisa.

Señaló con la barbilla la fachada del edificio próximo.

—Mi familia está en el pueblo de mis suegros, pasan allí el verano. Subamos a mi casa.

No esperaba esa invitación, habría preferido no adentrarme en su territorio privado, quizá dar un paseo por aquel barrio popular igual que hicimos tantas veces por el nuestro, o compartir una horchata sentados en cualquier terraza, rodeados de bulliciosos seres anónimos. Pero tenía razón Ignacio, como siempre. Aquélla no era una mera visita de cortesía; alejados de la calle podría ponerle al tanto con mayor prudencia.

El piso estaba en penumbra, apenas entramos al salón él procedió con la centenaria rutina de los pueblos meridionales para combatir la canícula. Durante las horas en las que el sol azotaba sin clemencia, se bajaban persianas, se corrían cortinas y se cerraban a cal y canto las ventanas, los balcones y las puertas. Con la caída de la tarde, todo se volvía a abrir. Disciplinado y riguroso, con movimientos eficientes, Ignacio repetía esa secuencia mientras yo, con disimulo, examinaba su vivienda de empaque mediano, ni humilde en exceso ni en absoluto opulenta: el hogar correspondiente a un funcionario de sueldo magro y cabeza cabal. Podría ser su casa o la de su vecino o la de cualquiera: nada había en ella que le confiriera una personalidad propia.

—Me temo que sólo puedo ofrecerte un vaso de agua del grifo.

Recordé entonces que nunca le gustó beber, jamás fumó tampoco.

—No quiero nada, gracias.

—Siéntate al menos.

Me acomodé en el borde de una butaca; él lo hizo frente a mí, en una silla que retiró de la mesa de comedor. Pausado, se arremangó la camisa, echó hacia delante la espalda y plantó los codos sobre las rodillas.

—Tú dirás.

Me gustaría haber dedicado unos preliminares a charlar brevemente acerca de nuestras vidas. Que él me hablara de sus hijos, por ejemplo; que yo le anunciara que también era madre de una criatura. En realidad, los niños respectivos nos resultaban indiferentes a ambos: ni a mí me interesaba que a los suyos se les dieran bien las matemáticas o el dibujo, ni a él le importaba lo más mínimo que Víctor tuviera ya ocho dientes. Pero al menos eso nos habría ayudado a romper el hielo y a dotar al momento de una falsa sensación de normalidad: dos viejos amigos que se rencontraban y compartían novedades, sin más.

No era ése el caso, estaba claro, y tampoco había razón alguna para fingir. Ignacio y yo no éramos amigos; nuestros pasos llevaban rumbos separados desde hacía más de una década: justo desde que yo lo abandoné para vivir mi turbulento amor con Ramiro. Tuvimos un breve rencuentro después, a mi vuelta de Marruecos, cuando él me siguió de incógnito por las calles de Madrid hasta lograr colarse en mi taller de Núñez de Balboa. Aquella noche de tormenta supe que él trabajaba para la Dirección General de Seguridad del Ministerio de Gobernación; en uso de las atribuciones de su cargo, me exigió que le mostrara mi documentación, inspeccionó mi casa de arriba abajo y me acribilló a preguntas punzantes. Tras meterme un miedo atroz en los huesos, hubo también esa madrugada tiempo para otras cosas. Para ponernos al día de nuestros años previos con mediana sinceridad, para que me confesara el amargo escepticismo con el que acometía sus obligaciones dentro de un régimen político con el que no comulgaba. Para que me abriera con crudeza los ojos a la dolorosa realidad de mi barrio y su gente cuando resultaron derrotados en la guerra.

Jamás imaginé que volveríamos a encontrarnos cara a cara, y sin embargo ahí estábamos de nuevo, juntos en su sala de estar.

—Supongo que te extrañaría verme en la puerta del Ritz, entre los asistentes al ágape de Eva Perón.

Alzó los hombros, sin decir ni sí ni no; cada cual en su propia cabeza rememoró ese instante, cuando él me sostuvo entre la bulla. Casi me pareció sentir de nuevo su mano firme en mi cintura para evitarme caer.

—Llevo un par de años en el extranjero, ahora he vuelto a España para cubrir su visita en calidad de reportera para la BBC.

—Ya lo sé.

Naturalmente que lo sabía. Cómo no.

—Pero te hacía en Andalucía estos días —añadió.

—Llegué anoche desde Sevilla. Se trata de un viaje rápido y reservado, nadie sabe que estoy en Madrid.

Ni se inmutó. Observé su rostro afilado y pálido, las ojeras oscuras, las entradas en un pelo que empezaba a clarear. Lo mejor era ir al grano, decidí; no hacerle perder el tiempo, ni perderlo yo.

—La condecoración que Franco otorgó a la primera dama, la Gran Cruz de Isabel la Católica ha sido sustraída. Eso es lo que vengo a decirte.

—Lo sé también.

Disimulé como pude mi extrañeza.

—Nadie de la delegación argentina ha denunciado nada —aclaró—. Pero tenemos constancia de que el armador Dodero está intentando conseguir un duplicado de la insignia; hemos sido informados desde la casa Cejalvo, ellos son quienes se encargan de hacer todas las condecoraciones oficiales. Han intuido que esta petición es una irregularidad y han preferido ponernos al tanto. Por eso creemos que la insignia anda extraviada, aunque no podemos consultar a nadie de la comitiva argentina abiertamente. Tenemos orden expresa de no importunarlos.

El desconcierto de mi rostro debió de ser elocuente. Echó entonces él el torso hacia delante un poco más, como si con ello quisiera incrementar su confianza.

—Se nos escapan pocas cosas, Sira. O eso intentamos.

—¿Y va Dodero a conseguir una pieza idéntica antes de que acabe el viaje?

—Los hemos autorizado y en ello andan. Se trata de un trabajo de orfebrería complejo y laborioso, requiere un tiempo considerable. Nos consta que están trabajando a contrarreloj; aun así, todavía no parece seguro que vayan a lograrlo.

—Pero será imprescindible que la señora de Perón la luzca en su último acto antes de abandonar España, ¿no?

—Eso creo.

—Y el hecho de no llevarla resultaría una afrenta directa a Franco, una inadmisible muestra de desconsideración, ¿verdad?

Asintió con la barbilla, serio, mientras se aflojaba más aún el nudo de la corbata hasta deshacerlo del todo; se abrió después el cuello de la camisa. A pesar de sus esfuerzos por mantener la casa fresca, seguía haciendo calor.

—Somos conscientes de todo eso.

—¿Y no os preocupa?

—Mucho.

—¿Y tenéis alguna alternativa?

Se demoró enrollando la larga pieza de tela entre sus manos antes de responder:

—Para ser sincero, ninguna de momento.

Guardamos silencio, pensando ambos. A través del balcón llegaba el ruido de los escasos vehículos que atravesaban la calle, un feo reloj de cuco colgado sobre el sofá sonaba cansino. Fue él quien retomó la palabra, dando un brusco quiebro.

—Nunca dejarás de sorprenderme, Sira. Apareces, desapareces, te reconviertes, me desconciertas. Ahora vuelves como supuesta reportera, codeándote con jerarcas e implicada en turbiedades. Lo último que supe de ti fue que trabajabas para clientas nazis; luego volaste cuando cayó Alemania, me he preguntado muchas veces por tu paradero.

—Cumplía con mi obligación cosiendo para aquellas señoras —dije escuetamente—. Por razones que ahora no vienen al caso, eso era lo que estaba comprometida a hacer.

—Por entonces andabas además con un agente inglés.

Me desagradó el tono frívolo pero, por ser Ignacio quien era, lo excusé.

—No andaba simplemente con él —aclaré midiendo mis palabras—. Manteníamos una relación seria y sincera, pero oculta debido a las circunstancias. Ese agente inglés terminó siendo mi marido; en breve hará un año que murió. Ahora soy su viuda, tengo un hijo suyo e intento seguir con mi vida.

—Disculpa —musitó en tono seco.

En sus tres sílabas percibí sinceridad.

—Mejor volver al presente, vamos a centrarnos. Lo que he venido a decirte es que creo que sé dónde vais a poder encontrar la Gran Cruz. La auténtica.

Enderezó la postura con una mueca de incredulidad.

—Pero quiero algo a cambio —adelanté.

Me puse en pie, di unos pasos. Aquel salón carecía de todo atractivo, pero me conmovió por su mera simpleza. Con su revistero y su costurero y su almanaque, con sus láminas mediocres de bodegones y tempestades marinas salpicando las paredes y sus pañitos de ganchillo sobre los respaldos de los sillones. Así habría sido mi hogar, a buen seguro, si el curso de nuestras vidas no lo hubiera desviado el mismo cretino del que ahora yo pretendía deshacerme. De seguir husmeando por el piso habría encontrado sin duda un armario con luna en la alcoba, un canario en su jaula y, en la cocina, una maceta de perejil y un delantal colgado detrás de la puerta: las cosas cotidianas de la gente.

Plantada en el centro del salón, embutida en mi Digby Morton, grotescamente ajena mi estampa a esa casa y ese barrio, planteé mi exigencia.

—Es imprescindible que la persona en cuya posesión halléis la insignia entre en la cárcel durante un tiempo.

—Así será, por supuesto, si damos con quien la robó.

Negué con la cabeza.

—No. La persona a quien requisaréis la condecoración no es la misma que se hizo con ella, pero eso a ti y a los tuyos deberá resultaros indiferente. Aunque él tenga coartadas, aunque aboguen por su inocencia, es vital que pase un tiempo preso.

—Eso quizá deba decidirlo un juez.

Solté una risa sardónica.

—No digas tonterías, Ignacio. Vosotros mismos metéis y sacáis de calabozos y penales a quien os da la gana: en esta oscura España así funcionan las cosas. Además, el asunto es vergonzante para todos los implicados, humillante y comprometido tanto para la parte argentina como para la española. Por el beneficio de ambos países, tú y yo sabemos que nada, jamás, saldrá de forma oficial a la luz. Será como si la Gran Cruz nunca se hubiera separado del escote de la primera dama.

Hice chasquear los dedos friccionando el corazón y el pulgar: el gesto de un prestidigitador a punto de hacer un truco.

—Visto y no visto. Como si no hubiera pasado nada.

Me contempló pensativo, calibrando mi propuesta, preguntándose quizá qué demonios hacía metida en semejante berenjenal la aprendiz de costurera de la que se enamoró en el parque de la Bombilla. La hija de la señora Dolores, la chavala de la calle de la Redondilla a la que él se empeñó en regalar una máquina de escribir cuando aún era un joven ingenuo y candoroso.

—Prométeme un mes de encierro para el implicado —concluí tajante— y te daré todos los datos.

Cambió de postura, cruzó las piernas.

—Podría garantizarte eso ahora mismo.

—Podrías, pero yo no estoy en disposición de compartir contigo nada aún, necesito unos días.

—Quedan escasas jornadas para la cena de gala en Barcelona, la despedida oficial. Acudirá el Caudillo, como es natural —advirtió—. Se tratará del colofón de la visita y será la última ocasión para que doña Eva pueda lucir en público la Gran Cruz.

Comprobé que llevaba, al igual que yo, la agenda del viaje en la cabeza.

—La tendrás para entonces.

—¿Seguro?

Tragué saliva. No, no estaba segura ni muchísimo menos. Las ideas fluían en mi cerebro aún difusas, conformando un plan temerario con montones de papeletas para resultar desastroso. Pero poco sentido tendría que ni siquiera yo misma confiara en mí.

—Cuenta con ella —ratifiqué—. Pero debes permitir que me mueva tranquila, por favor. No me sigas, ni ordenes que nadie lo haga. No intentes averiguar nada por tu cuenta, no tantees a nadie por ningún sitio. Tan sólo, déjame hacer.

Me acompañó hasta la puerta, cómo iba a imaginar él que yo llevaba conmigo la codiciada insignia prendida a mi ropa interior. Lo más sencillo, lo más sensato por mi parte habría sido entregársela y explicarle qué ocurrió con Juancito en la cueva del Sacromonte. Pero no lo hice, y le dejé tan sólo con lo que sabía de antemano: que la Gran Cruz se le había perdido a doña Eva en algún momento y ante ello Dodero optó por una huida hacia delante; en vez de llorar sobre la leche derramada, demandó que le hicieran un cántaro nuevo. En vez de intentar dar con la insignia de difícil paradero, decidió sustituirla por otra.

Vomitar todo aquello, en definitiva, habría sido lo más conveniente: así podría quitarme de en medio y olvidarme del incómodo asunto para siempre. Pero algunas palabras nuevas habían entrado en mi vocabulario en los últimos días, y fue Ramiro quien me las inyectó con sus exigencias y sus ruindades y sus bajezas presentes, y con las tristes memorias del pasado que desenterró. Y ahora, esas palabras no paraban de rondarme, hasta convertirse en un objetivo prioritario para mí. Justicia. Venganza. Revancha. Desquite. Él mismo, afanosamente, había despertado en mí el rencor.

Del taquillón castellano del recibidor Ignacio sacó una tarjeta.

—Aquí tienes mis números de teléfono, el de la Dirección General y el particular. Llámame en cuanto estimes que podemos proceder.

Lo miré por última vez en la penumbra, no había encendido la luz. Ahí dejaba a mi Ignacio, el que estuvo a punto de ser mi compañero de vida y padre de mis hijos, el hombre al que hice sufrir tanto.

Empecé a bajar la escalera.

—Cuídate, Sira —oí a mi espalda.

Quizá sonó como una mera cortesía de despedida, pero yo era consciente de que su advertencia surgió sincera. A pesar de su frialdad y su cortante desapego, los sentimientos de Ignacio permanecían inquebrantables. Y a pesar de no quererlo yo como él me seguía queriendo, hube de contener las ansias de retroceder, abrazarlo y rogarle que nunca me olvidara. Era él, únicamente, lo que me ataba a la esencia de la muchacha que un día fui, y que acabé perdiendo en el camino.

Para Ramiro signifiqué un capricho arrebatado que pronto quedó caduco, para Marcus el final de un viaje, quizá para Nick Soutter un contrapunto, mientras que para Diego Tovar tal vez estaba surgiendo como una luminosa extravagancia en medio de un mundo gris. Entre todos esos hombres que en algún momento sintieron algo por mí, el que ahora cerraba la puerta era, sin sombra de duda, el que más me había amado. Y el que seguía haciéndolo, a pesar de lo mal que le pagué.

Resistí las ganas de volver a su lado, sin embargo. De haberle pedido que me estrechara en sus brazos para darme aliento, su réplica habría sido un no rotundo.

55

—Parece que la nanny tiene un pretendiente.

De sobra lo sabía y, aun así, cuando mi padre me lo confirmó a la mañana siguiente por teléfono, sentí como si en pleno estómago me hubieran propinado un puñetazo.

—¿Lo habéis llegado a ver?

—No, pero Miguela sospechaba algo, dice que últimamente ella sale y entra más a menudo, más arreglada y sonriente. Y hoy nos ha pedido la tarde libre.

Contuve la respiración unos instantes.

—Para ir a una piscina, al parecer —continuó Gonzalo—. A la piscina Stella, acaban de inaugurarla en la calle Arturo Soria. Debe de tratarse de un muchacho con buen trabajo o con ciertos posibles porque, según tengo entendido, es un sitio distinguido y moderno. Quizá se trate del hijo de una familia de la zona, un chico que quiere practicar su inglés o...

—Está bien —musité tragándome la desazón—. Está bien, dale el permiso. Es más, que no sea sólo la tarde, vamos a concederle el día entero. Que hoy no saque al niño, que Víctor se quede en casa contigo y con Miguela.

—Perfecto, como tú quieras.

—Dile a Phillippa de mi parte que es una orden mía, que se tome un día completo de descanso. Pero, por favor, no le menciones al... —Me frené antes de decir la palabra que se me asomó a la punta de la lengua—. Comportaos como si no sospechaseis nada.

Colgué el auricular en la sucia pared del fondo de Casa Prudencio, encajonada entre jaulas de botellas de sifón y garrafas de vino de Valdepeñas. Quedé tranquila al saber que Ramiro no iba a acercarse a Víctor, pero su cortejo a la inocente Phillippa me escocía como vinagre en una herida abierta. Por ella misma, por el daño que su fraudulento admirador pudiera generar en sus sentimientos. Y, sobre todo, porque aquella chica era mi empleada, mi responsabilidad, una extranjera a mi cargo. Aun así, necesitaba que ella mantuviera a Ramiro distraído a fin de ganar yo tiempo.

La siguiente comunicación supuso otro soplo de alivio.

—El señor Tovar salió de madrugada en un auto oficial con rumbo a Santiago de Compostela.

Desde la Oficina de Información Diplomática me confirmaban que Diego estaba ya en movimiento para reincorporarse a la breve visita a Galicia. Ya vería cómo me las arreglaba para justificarme. De momento y para mi tranquilidad, con su ausencia tachaba de mi lista otro obstáculo.

Hube de ceder el turno a un vecino medio sordo para que telefoneara a un pariente, después al propio dueño del bar para reclamar un pedido de sabía Dios qué cosa. Cuando recuperé mi puesto junto a la pared mugrienta, me comuniqué con el Palace.

—Muy buenos días, Alberto, soy Livia Nash, de la BBC de Londres. Llamo desde Sevilla, confío en que aún me recuerde.

—Pero me ofende, querida, ¿cómo olvidarla?

Simuló la galantería por pura educación; con toda probabilidad, a esas horas tempranas y en sus circunstancias, el maduro armador tendría pocas ganas de flirteos.

—Me he dado cuenta de que ha abandonado el séquito de la señora de Perón y me preguntaba simplemente si todo está en orden y si...

—Ningún problema, linda, todo marcha bárbaro. —Su voz sonó enfática en exceso, quizá cayó de pronto en la cuenta de que yo, aun siendo mujer y atractiva, trabajaba para la prensa—. Tuve tan sólo que regresar de improviso a Madrid para atender un asunto de mis negocios —añadió—. Nada importante.

—Confío entonces en que nos veamos de nuevo. Antes de que prosiga el Rainbow Tour por Europa, necesitaría contar con sus valoraciones finales sobre la estancia de Madame Perón en España. Para mi reportaje, ya sabe.

—Cómo no, Livia; me incorporaré tan pronto como me sea posible. No creo que llegue a hacerlo para la visita a Galicia, pero estaré en Barcelona... —Me pareció que sonaba dubitativo—. En Barcelona, en breve, sin falta.

Dejé que pasaran unos segundos, como si estuviera valorando su tono.

—Disculpe si parezco entrometida, Alberto; quizá se trate de estas perversas líneas telefónicas españolas que son un verdadero desastre, pero su voz suena un poco...

—Será por el calor, no es bueno para mi tensión —zanjó sin dejarme terminar—. En la Argentina estamos ahora mismo en pleno invierno, resulta duro el contraste.

Mi crítica a las infraestructuras patrias, en cualquier caso, pareció generar en él un cierto brote de confianza porque procedió a quejarse abiertamente.

—Este calor diabólico, y estos hoteles sin aire acondicionado... —masculló con deje antipático.

Sonreí, ante mí se presentaba un resquicio inesperado por el que colarme. Al fin y al cabo, él desconocía cuál era mi verdadera identidad, así que dejé fluir a borbotones mi supuesta extranjería.

—Bueno, casi todo es bastante penoso en este país. Las infraestructuras, los equipamientos, las instalaciones...

—Todo todo... —replicó enfático y cómplice—. Se están esforzando las autoridades, no lo dudo, pero hasta encontrar un buen hielo y un buen whisky para un trago on the rocks cuesta trabajo.

Me sentí un punto traidora. Este país acaba de sufrir una guerra cruenta y el vuestro es rico, os sale el grano y la carne por las orejas, ¿qué esperabas, Dodero, que esto fuera Nueva York, o Montecarlo o el paraíso? Me contuve mientras una idea súbita tomaba forma en mi mente. Si Ramiro pensaba llevar a Phillippa a la piscina Stella, quizá yo podría empujar otra puerta.

—De todas maneras, si no está demasiado ocupado, hay algunos sitios en los alrededores de Madrid que hacen el calor bastante más llevadero.

—No se preocupe, Livia, no creo que sea...

—¿Ha tenido ocasión de conocer Villa Romana, por ejemplo? Hay una piscina fantástica; una pileta, como dicen ustedes. Hermosos jardines, zonas de sombra fresca y cómodas tumbonas, ambiente elegante, excelente servicio de bar y... y chicas monísimas —concluí con una carcajada tan cantarina como hipócrita.

—Parece tentador —dijo. Y no sonó embustero.

Alcé un puño al aire, como si mi equipo hubiera marcado un tanto. Volví a la carga.

—¿Por qué no abandona Madrid por un día y se relaja? Se olvidará de las altas temperaturas, le parecerá que está en otro universo.

Enfaticé mis palabras con tono cadencioso. Lo exageraba todo, desde luego: sólo había estado allí una vez, con Diego Tovar, y además fue de noche, la misma en que Ramiro reapareció entre acordes de tango.

—Cuando después regrese a su hotel, caída la tarde...

El naviero soltó una breve carcajada, recuperando el optimismo de otras veces.

—Me convenció, querida. ¿Cómo dice que se llama el sitio? ¿Villa Romana? Había previsto pasarme por..., en fin, pasarme a ver cómo marchaba un asunto delicado que tengo entre manos, pero capaz que hoy no voy a solucionar nada, supongo que mejor posponerlo. Es más, creo que voy a irme a ese edén de inmediato, antes de que me frenen los termómetros.

Abandoné Casa Prudencio con el ánimo en alto, me dirigí a la pensión de nuevo y subí precipitada la escalera. Si nada se torcía, todos los hombres que podían entorpecer mis planes iban a dejar limpio el tablero. Llegaba la hora de ocuparme de mí misma.

Cuando llegué a la cocina para despedirme de la patrona, ella estaba tendiendo la ropa, volcado medio cuerpo hacia el patio de luces a través de la ventana. Se volvió al oír mi voz, sostenía entre las manos unos enormes calzoncillos mojados y con los dientes mordía un par de pinzas de madera. Al verme, un gesto de asombro se le dibujó en el rostro maltratado por los años y las penas. Me había puesto uno de mis trajes más sobrios, me había maquillado con pulcritud y peinado con un moño severo, lucía un escueto tocado en la nuca. Tras repasarme incrédula de arriba abajo, se fijó en mi maleta y frunció el entrecejo.

—Me marcho ya.

Sobre la mesa dejé otro de mis billetes de cien pesetas.

—Me parece que no voy a tener cambio —dijo mientras abandonaba los gayumbos sobre un taburete y se tanteaba los bolsillos del delantal.

—No hace falta, así está bien.

La dejé sin ganas de volver al tendedero, reconcomiéndose, preguntándose por enésima vez qué demonios hacía una mujer como yo en su pensión miserable.

El taxista se llevó dos dedos a su gorra de plato cuando le di instrucciones.

—¡Espere!

Acababa de arrancar cuando lo obligué a dar un frenazo.

—Aguarde —ordené bajando precipitada—. Será sólo un instante.

Me había fijado en la pequeña óptica vecina a Casa Prudencio. Entré al local estrecho, miré atenta las gafas expuestas.

—Ésas, por favor.

El óptico de bata blanca sonó extrañado.

—Son de caballero, señorita.

—Las quiero para mi novio; enséñemelas, por favor.

Se encogió de hombros y las sacó de su sitio, busqué un espejo con ellas en la mano hasta dar con uno colgado en la pared, me las probé. Tenían la montura negra, cuadrada y grande; las lentes estaban sucias, llenas de huellas dactilares y polvo acumulado, a saber cuánto tiempo llevaban sin que las tocara nadie.

—Creo son de dos dioptrías, tendría que venir él a graduarse, podría pasarse...

No le dejé terminar.

—Así están perfectas. Me las quedo, gracias.

A mi vuelta, el taxista había encendido un apestoso cigarrillo de picadura, había un olor infernal dentro del viejo taxi de gasógeno.

—Oiga, amigo —dije con mis nuevas lentes aún en la mano—. ¿Usted no podría conseguirme un coche un poco más lustroso que éste? Será un servicio corto, pagaré lo que sea necesario.

Me miró por el retrovisor, tenía las cejas espesas y la piel grasienta llena de poros negros.

—Mi cuñado, lo mismo... ¿Cuánto está usted dispuesta a soltar?

La cifra mágica salió rauda de mi boca. Veinte duros, como casi siempre. Se rascó él la mandíbula mal afeitada, pensando.

—¿Veinte duros para él y otros veinte para mi menda?

—Si no me hace esperar, de acuerdo.

Arrancó con un acelerón; al cuñado lo encontramos muy cerca, en las cocheras del Ministerio de Agricultura. Me quedé sentada dentro del taxi, limpiando las lentes costrosas con un pañuelo mientras él salía. Intercambiaron los hermanos políticos unas cuantas frases que no llegué a oír, las enfatizaron con un montón de aspavientos. Por fin retornó mi hábil negociante.

—Arreando, guapa —dijo a través de la ventanilla bajada—. Pero el coche tiene que estar de vuelta antes de las tres en punto.

56

El chófer salió a abrirme la portezuela al llegar al número cinco de la estrecha calle de la Cruz, a un tiro de piedra de la Puerta del Sol, en pleno centro. Tomarse la libertad de llevarme en aquel Hipano-Suiza de propiedad oficial era un riesgo, desde luego. Pero el señor subsecretario tenía previsto un almuerzo en el propio ministerio y no iba a necesitarlo hasta más tarde, y con mi sobresueldo seguro que el subalterno taponaría algún agujero en sus parcas finanzas.

Tan pronto como descendí, me puse mis gafas nuevas y alcé la vista hacia el cartel de la fachada. Leí borroso Cejalvo. Joyería. Platería. Heráldica. Especialistas en condecoraciones. Tragué saliva. Vamos allá, musité. Los altos tacones de mis zapatos repiquetearon contundentes sobre el suelo, era la única clienta en ese momento.

Tres pares de ojos masculinos se volcaron hacia mí. Uno de ellos, el mayor y de más rango, salió a recibirme desde detrás del mostrador. Habían visto mi regio automóvil a través del cristal del escaparate; desconocían quién era yo pero, a tenor de coche, el postín estaba garantizado.

—Permítame presentarme, soy la responsable de
de la embajada de la República Argentina en Españ
con timbre serio—. Deseo ver al señor director
asunto urgente.

Me contempló unos segundos, como
bras. El acento me salió redondo: pur
narle porque el empleado asintió co

se dirigió presto al fondo del establecimiento. Llamó con los nudillos a una puerta, entró cuando lo autorizaron y regresó en breve.

—El señor Cejalvo la atenderá de inmediato, señora.

El despacho no era ni grande ni lujoso; el director y propietario del negocio me recibió con cortesía un tanto atónito mientras yo simulaba el porte de una eficiente profesional, con la espalda recta, el pelo recogido en el tocado de la nuca y mis gafas severas. Ni carraspeé ni dudé al arrancar; actué como si estuviera acostumbrada a esos trances, con seguridad, convincente.

—El doctor don Pedro Radío, nuestro embajador, se encuentra acompañando a la primera dama en su viaje por España; yo me encargo estos días de cubrir las eventualidades que surgen en la embajada. Quiero que sepa, no obstante, que hablo en su nombre y que él permanece informado en todo momento.

En otra coyuntura, no habría que ser demasiado ducho en el funcionamiento de una misión diplomática como para haber cuestionado mi cometido. Pero en aquella España aislada del mundo y enfebrecida por la visita de Eva Perón, las autoridades argentinas eran vistas como ángeles benefactores caídos del cielo, amparadas por el Régimen con mimo y complacencia. Incuestionables, irrebatibles. Del todo intocables.

—Nos acaba de llegar a través de la Dirección General de Seguridad del Ministerio de Gobernación —proseguí rescatando al vuelo la entidad de Ignacio— la noticia de que ha estado visitando este negocio un supuesto ciudadano argentino, alguien que pretende conseguir una réplica de la Gran Cruz de Isabel la tólica que el Caudillo concedió a doña Eva.

eguí imitando el acento que tantas veces había oído a lo lar- los últimos días.

calidad de representantes de la República Argentina, en la obligación de comunicarle oficialmente que Podero, uruguayo de nacimiento por más señas, no lguno oficialmente autorizado para realizar ges- inculadas con los regalos oficiales recibidos por nuestra primera dama, tampoco para solicitar duplicados, reproducciones o copias cuya última finalidad desconocemos. Y menos aún —incidí metiendo el dedo en la llaga— cuando éstos han sido ofrecidos por el propio Generalísimo don Francisco Franco.

A mí misma me impactó mi insolente desparpajo, aunque no mentía del todo. En verdad, el naviero no ostentaba cargo público alguno: se trataba tan sólo de un empresario reconocido, cuya colaboración organizativa y financiera no lo autorizaba a inmiscuirse en cuestiones diplomáticas. Proseguí hablando sin alterar el tono ni la postura, el joyero me escuchaba atento, con las yemas de sus diez dedos plantadas encima de la mesa.

—Le rogamos en consecuencia, señor, que ordene frenar de inmediato la ejecución de la nueva insignia de la Gran Cruz en sus talleres.

Cejalvo movió la barbilla, arriba y abajo, entendiendo.

—Con el fin de evitar tiranteces indeseables, y dado que el señor Dodero es un caballero de edad y bastante cercano al entorno que pretende agasajar a doña Eva, nuestro consejo es que no le ofrezcan una negativa drástica.

El joyero marcó un gesto interrogativo alzando las cejas.

—Quítenselo de encima con discreción —sugerí—. Detengan el trabajo que les encargó pero, cuando él insista, no se lo hagan saber y denle excusas. Hablen de retrasos, eventualidades inoportunas, supuestos imprevistos... Él mismo dejará de molestarlos pronto, no tendrá más remedio que marcharse en breve de Madrid. Nos consta que pretende seguir el periplo de la señora de Perón primero hasta Barcelona y después hasta Roma, donde será recibida por el Santo Padre en el Vaticano, no sé si está usted al tanto.

Volvió a asentir, ahora más enfático. Pío XII iba a recibir a doña María Eva y España entera lo sabía: cómo no iba a haberse enterado el dueño de ese selecto negocio.

Me acompañó hasta la misma puerta de la calle, mi coche parado había bloqueado el paso a un carro y otro par de automóviles, pero nadie osó protestar; quién iba a atreverse a plantar cara a un vehículo oficial en aquella España de ordeno y mando. Desde la puerta de su negocio, vio cómo el chófer me ayudaba obsequioso a subir al asiento trasero.

Aun resultando satisfactoria, mi farsante interpretación me dejó un agrio sabor de boca. No me agradaba engañar con semejante descaro, no me sentía bien trampeando con un honesto empresario y abortando los planes que tanto preocupaban a Dodero. Pero eran exigencias del guión, males necesarios en la persecución de mi objetivo: quitar a Ramiro de en medio.

—Al hotel Buen Retiro, por favor —fue mi siguiente orden al conductor del ministerio—. Una vez lleguemos, saque mi equipaje y acompáñeme al interior. En cuanto lo deje en recepción, puede irse.

Por el camino me arranqué el sobrio tocado oscuro que llevaba en la nuca y me coloqué un vistoso turbante de terciopelo que extraje del bolso. Mis gafas de sol ocuparon el puesto de las lentes de cegata.

El lobby del antiguo hotel Gaylord's estaba casi vacío a la hora del almuerzo. Desde el comedor al fondo, sin embargo, salía el eco de conversaciones, cubiertos y platos. Tan sólo encontré a un recepcionista tras el mostrador, un hombre joven de pecho chupado.

El trámite resultó de simpleza cristalina. A las españolas bien casadas no les estaba permitido abrir una cuenta bancaria, obtener su propio pasaporte o realizar cualquier formalidad sin la autorización del esposo; trabajar fuera de casa era impropio, y registrarse sola en un hotel, un inadmisible atrevimiento. Pero yo, con mi pasaporte británico, mi chófer postizo, mis gafazas y mi turbante, era una extranjera patanegra. Y las extranjeras como yo teníamos carta blanca.

—Mi marido avión aterrizar mañana —chapurreé en un español irrisorio a la vez que recogía la llave. Para que no pensase que era una descarriada.

Me tragué la melancolía mientras entraba en el ascensor

acompañada por un botones a cargo de mi equipaje. Aquel mismo aparato me llevó unos años atrás a mi encuentro con Marcus en un fin de semana iniciático que marcaría nuestra corta y desgraciada historia como pareja. Ahora, sin embargo, no me dirigía a ninguna suite con terraza ni me esperaba ningún hombre enamorado. Ahora, haciéndome pasar por una extravagante ciudadana de otras tierras, me movía un propósito infinitamente más ingrato.

El número de la habitación que me asignaron era el 514, me pareció funcional y cómoda, en consonancia con la arquitectura racionalista del edificio. Paciente, para que me enterara bien, el recepcionista me había informado de que, con excepción de las habitaciones de las esquinas y las suites de la última planta, todas las demás eran idénticas. Tan pronto como se marchó el botones con su propina, me puse en marcha.

Lo primero fue cambiarme. Con precipitación, me deshice de tacones, turbante y tailleur, me puse zapatos bajos y las anodinas prendas de luto que compré en la calle Atocha: ni rastro quedó de la elegante inglesa. Al comprobar mi nuevo aspecto frente al espejo, el miedo me soltó una dentellada. ¿Y si todo salía mal? ¿Y si todo, por mi propia temeridad, por mi propia insensatez, se me volvía en contra? La Oficina de Información Diplomática, la BBC de Londres, el propio Secret Service: a todos defraudaría, ante todos quedaría como un ser indigno, nadie daría por mí la cara.

Intenté sacarme aquellos pajarracos negros de la cabeza. Céntrate, por Dios, me ordené a mí misma entre dientes. En los días en que había colaborado con los británicos mientras los nazis pululaban por Madrid, fui instruida en algunas estrategias rudimentarias para conseguir ver sin que me vieran y meterme donde nadie me llamaba. Una de esas destrezas fue abrir cerraduras con una simple horquilla de pelo; por si mi antigua pericia se había evaporado, probé en mi propia puerta. Solté un suspiro de alivio al ver que aún era capaz de hacerlo sin esfuerzo.

No me crucé con nadie ni en mi pasillo ni al descender una

planta. Tan pronto como puse un pie en el cuarto piso, provenientes del ramal izquierdo oí voces, voces de hombre que esperaban el ascensor, o eso supuse sin verlos. Inmóvil junto a una columna, aguardé hasta que oí cómo se cerraban las puertas mecánicas y retornaba el silencio.

Tenía más o menos ubicada la habitación, el plano de la planta era idéntico. Avancé con pasos cautos, la respiración contenida, sin dar opción a que el pánico me clavara de nuevo los colmillos. 409, 411, 413, 415. Al llegar a la 417 llamé brevemente; tal como esperaba, no obtuve respuesta. Mano al bolsillo, horquilla, pomo, puerta. En cuestión de segundos estaba en el interior. Sólo entonces empecé a recuperar el resuello.

Insegura, entre la semipenumbra provocada por las cortinas corridas, me adentré unos pasos hasta comprobar que la distribución de los muebles era pareja a la de la mía. Me acerqué al escritorio, tiré de la cadenita de la luz de mesa. Vi una agenda con tapas oscuras y la abrí rozándola tan sólo con las yemas de los dedos; reconocí la letra pequeña y pulcra de Ramiro en los nombres, las direcciones y los números. Ninguno de los que leí por encima me resultó familiar, tampoco las calles: Posadas, Tucumán, Belgrano, Ayacucho. Miré con curiosidad en la S y en la Q, confirmé que Sira Quiroga no aparecía por ningún sitio. Había también una pluma Waterman, folletos promocionales de motores y máquinas, supuse que correspondían a la empresa en la que supuestamente él participaba. Encontré además algunas facturas de salas de fiesta y bares madrileños —Pasapoga, Le Cock, Molinero, Pidoux— y unas cuantas tarjetas de visita con su nuevo nombre: Román Altares, Riobamba, 952, Buenos Aires. Sin saber por qué, me guardé una.

Mi plan era actuar con la mayor rapidez y eficiencia: elegir el lugar óptimo, cumplir con mi cometido y marcharme de inmediato. Pero no logré actuar así, era como si los pies se me hubieran vuelto de plomo y mis manos se negaran a obedecerme. Me dirigí despacio hacia la cabecera de la cama; no era lector Ramiro cuando estuvimos juntos y la ausencia de libros indicaba que seguía sin serlo. En la mesilla de noche, junto al despertador y un bote de grageas sin etiqueta, hallé tan sólo unas cuantas publicaciones informativas. Entre ellas, con sendas páginas marcadas por el doblez de las esquinas, había un par de ejemplares de la revista argentina *El Hogar*. Las ojeé con curiosidad, en ambos casos encontré reportajes en cuyas fotografías aparecía Eva Perón junto a Alberto Dodero.

Abrí luego el armario de par en par: hallé tres trajes de tejido excelente, varias chaquetas sport, más de media docenas de camisas. Descolgué la percha de una que parecía usada, me la acerqué a la cara. Un olor que tenía olvidado desde hacía años me llenó la pituitaria, un aroma a hombre tan tentador como inquietante.

—Déjate de idioteces —me reproché a mí misma—. Deja ya de mirar y revolver; por lo que más quieras, Sira, date prisa y encuentra un sitio.

Deshice mis pasos hasta el escritorio y tiré de la cadenita de la lámpara para dejar de nuevo la estancia en penumbra; me adentré entonces en el cuarto de baño, prendí el interruptor y se encendieron los dos focos laterales del espejo. Me resistí a mirar mi rostro, no habría soportado verme. Sobre un estante, encontré un elegante estuche de aseo. Lo agarré con delicadeza, acaricié el cuero color caramelo con las yemas de los dedos, suave cuero argentino de suprema calidad, seguro. Lo deposité sobre la tapa del retrete, deshice sus cierres y quedó desplegado en dos mitades, como un libro abierto. Dentro, repartidos en orden y sujetos por bandas del mismo cuero, hallé pequeñas botellas con tapón de plata para la eau de cologne y la loción, jabonera, un calzador, gamuzas para el calzado, cepillo de ropa. Vanidoso como era Ramiro, e irrisorios los precios españoles, a diario sin duda se hacía abrillantar los zapatos por un limpiabotas y afeitar en una barbería buena. Estaban por eso casi todos los útiles guardados y faltaban tan sólo en su sitio dentro del estuche el cepillo de dientes, el dentífrico y un peine, lo imprescindible.

La idea me surgió súbita: igual que en Granada oculté la insignia en mi propio neceser, tal vez el suyo podría resultar otro buen escondite. Volví a levantarlo abierto para calibrarlo, sosteniéndolo sobre las palmas de las dos manos.

—Perfecto —susurré.

El vidrio de los botes estriados, sus tapones metálicos y el resto del contenido hacían que el peso no fuese liviano, sino contundente; apenas se notaría la añadidura de un objeto nuevo. Palpé el fondo de uno de los lados, hasta dar con el más apropiado de los sitios. Ahí, ahí, debajo justo de las gamuzas. Saqué entonces del bolsillo el pequeño costurero que me acompañaba desde hacía años, de él extraje mis minúsculas tijeras. Con las puntas apenas, por un lateral, hice saltar los puntos.

Desprendí la Gran Cruz de Isabel la Católica del tirante del sostén donde la llevaba sujeta, el mismo cobijo del primer día, cuando me la entregó la vieja en el Sacromonte. Sin detenerme siquiera a mirarla, la introduje por el descosido recién hecho y, con mis hábiles dedos de modista, la deslicé hasta el centro y la clavé sobre el fondo. Tan pronto como comprobé que quedaba en el sitio correcto, saqué la mano y procedí a rehacer los puntos con una aguja que ya llevaba enhebrada. Mediante una costura imperceptible, quedó cerrada la abertura.

—Perfecto —murmuré de nuevo.

Repasé el interior y el exterior del estuche con ojo meticuloso, no se percibía nada raro. Lo sostuve de nuevo, tanteando el cuero casi sedoso; tampoco se notaba apenas el peso agregado.

Me disponía a devolverlo a su sitio cuando un ruido distante quebró el silencio. Se me erizó la piel, noté una oleada de terror recorriéndome por dentro. No era una suposición, no eran mis miedos jugándome una broma siniestra. Se trataba de un chasquido tenue pero inconfundible: el que hace una llave cuando gira dentro de su cerradura. Deposité con sigilo el estuche sobre el estante mientras con la otra mano apagaba el interruptor y cerraba desde dentro la puerta.

El corazón empezó a bombearme con furia. Alguien estaba entrando.

57

No pude verlos, pero las voces atravesaron nítidas la madera. Idiota, imbécil de mí, había dado por hecho que pasarían la jornada en aquella piscina Stella, refrescándose en su agua azul, tumbados cara al cielo en sendas hamacas. No conté con los imprevistos, ingenuamente.

—Ya estamos, verás cómo te sentís mejor ahora, no sun here, no sun in this room, ¿me entiendes?

Él mezclaba el español de dos continentes con palabras sueltas del inglés, ella replicó con apenas un murmullo.

—Acá —indicó Ramiro—. Here, on the bed, tumbate.

Crujió el somier y Phillippa, tan británicamente correcta siempre, pronunció un muchas gracias con inmensa flojera. Tendida ella, oí cómo él se movía por la habitación, el tintineo de la llave al caer sobre una superficie, los goznes de una puerta del armario, de nuevo el cierre. Entretanto, yo permanecía a oscuras con el corazón a punto de saltarme de la boca, sentada, acurrucada detrás de la cortina, oculta dentro de la bañera.

Mi suposición inmediata fue que Phillippa no se encontraba bien. Tendrían la culpa sin duda un sol en exceso agresivo para su piel sajona, un golpe de calor en las horas más cruentas; quizá él le hizo beber algo de alcohol, vermut en el aperitivo o sangría en el almuerzo, a saber. Y ella no estaba acostumbrada a probar ni una gota. Ramiro, responsable de la chica aun a disgusto, no tuvo más remedio que resguardarla en su cuarto del hotel, hasta que se le pasara el malestar; a saber con qué mañas logró meterla sin estar registrada en los libros de la recepción. Entre mareos y vahídos, la nanny sospecharía sin duda que lo más conveniente sería volver a Hermosilla, pero él habría tomado las riendas y quizá a la pobre chica le faltó energía para insistir, o quizá se moría de vergüenza.

A mis conjeturas seguía dando vueltas cuando Ramiro empujó con ímpetu la puerta del cuarto de baño. De un manotazo encendió la luz, yo encajé entonces la cabeza entre mis rodillas, queriendo desintegrarme, descomponerme entera. Oí cómo abría un grifo y el agua salía de la cañería a trompicones, oí cómo se frotaba las manos, llenó luego un vaso, intuí después que estaba mojando algo, tal vez una toalla o un pañuelo. Volvió a la habitación dejando la puerta del aseo abierta y la luz encendida; debió de darle de beber a Phillippa, ponerle después el tejido en la frente, ella volvió a musitar un thank you sin apenas fuerzas.

Transcurrió un espacio de tiempo que se me hizo infinito. Él le preguntaba a ella cómo se encontraba de tanto en tanto, sin entusiasmo y sin fingir afecto alguno, noté en su voz un fastidio creciente. En algún momento agarró el teléfono, pidió a la centralita un número de habitación dentro del mismo hotel, pero no obtuvo respuesta. Pidió luego otro, pasó lo mismo, devolvió el auricular a la horquilla sin delicadeza, con un ruido seco. Estaba claramente contrariado, nada debía de estar saliendo como él pensaba, los demonios se le removían por dentro.

Pasó otro rato que se me antojó igual de eterno; él se había tumbado en la cama gemela, lo oí moverse inquieto como si le costara trabajo encontrar una postura cómoda, lo oí ojear una de sus revistas pasando las hojas ruidoso, lanzarla a suelo. Yo seguía entretanto dentro de la bañera, con los brazos alrededor de las piernas dobladas, la espalda arqueada, inmóvil en la posición de un feto; no pude evitar una sacudida cuando sonó el teléfono. Ramiro lo alzó con ansia, casi con violencia.

Capté la conversación a retazos, su impostado acento porteño hizo que se me escaparan detalles, incluso fragmentos. Pero me quedé con lo sustancial. Y lo sustancial era una ristra de embustes con relación a su supuesto futuro encuentro con Dodero.

Que ya estaba todo casi listo, a punto de cerrar la reunión decisiva, pendiente tan sólo de concretar el momento. Que las previsiones eran soberbias, prometedoras al máximo; el viejo armador iba a aceptar comprarles, sin el menor género de dudas, todo lo que ellos se disponían a ofrecerle: repuestos y piezas para los hidroaviones, y suministros diversos. Que no se preocupara el otro en absoluto, insistió, porque toda la cuantiosa plata que ya había adelantado, una suculenta cantidad al parecer, tendría su retorno duplicada, multiplicada por tres, por cuatro, por cinco incluso.

—En Chicote nos vemos a las diez, dale, perfecto.

Colgó y resopló, soltó un exabrupto. Y después, incapaz de hacer más, impotente y harto con Phillippa al lado ya más serena, se fue dejando arrastrar él mismo por el sueño.

Había doscientos sesenta y ocho azulejos en el alicatado de los tres laterales de la bañera, los conté uno a uno varias veces: eran brillantes, perfectamente simétricos en su cuadratura, con un tono entre azulado y verdoso. Sobre un estante descansaban una pastilla de jabón y una esponja; la cortina que impedía que se salieran los chorros de la ducha estaba confeccionada en tejido color vainilla, los pespuntes a máquina. En todo eso me fijé con concentración extrema para intentar mantener engañado al miedo.

Cuando creí tener la certeza de que Ramiro se había quedado dormido, empecé a levantarme despacio, con sigilo, atenta. Al descorrer unos palmos la cortina, vigilé con la vista alzada para que las argollas metálicas que la sostenían no chocaran entre sí, ni se deslizaran sobre la barra haciendo ruido. Subiéndome la falda, saqué de la bañera primero una pierna y luego la otra, apoyé tan sólo las puntas de los pies en el suelo. Me palpé los muslos para confirmar que llevaba en los bolsillos el costurero y las llaves de mi habitación. Bajé por último el interruptor de la luz con toda la lentitud posible para que no sonara apenas; anticipé que la oscuridad jugaría a mi favor si tenía la desventura de que él se despertase.

Me adentré en la habitación despacio, con pasos cautos me acerqué a la cama de Phillippa, al pasar junto a los pies vi sus zapatos y el bolso en el suelo. Descarté los primeros pero me agaché a recoger el segundo y me lo colgué del hombro. Al alcanzar la cabecera me incliné hacia ella, preparé mis manos. Conté hasta tres para moverlas de forma simultánea: con una le cubrí firmemente la boca a fin de que no gritase, con la otra le agarré un brazo y tiré para alzarla.

—Soy yo, Mrs Bonnard —susurré en su oído antes de que ella lograra reaccionar—. Tenemos que salir de aquí ahora mismo; for God's sake, no digas nada.

A pesar del susto, en una ráfaga de súbita lucidez pareció reconocerme. Logré que se pusiera en pie, tambaleante y floja.

—Nos vamos, Phillippa, ¿me entiendes? —insistí en voz apenas audible, aún la mantenía sujeta y con la boca tapada.

Dijo sí con la cabeza, enfática.

—Good girl, let's go —musité a breves centímetros de su oreja.

Le dejé libre finalmente la boca, la sostuve por los hombros y la impulsé a avanzar. Un paso, otro paso, otro más, otro. En siete estábamos en la puerta, en nueve habíamos salido al pasillo; no cerré del todo para evitar el ruido. Atrás dejábamos un par de sandalias, a Ramiro dormido y la Gran Cruz de Isabel la Católica oculta en su neceser dentro del cuarto de baño.

La llevé deprisa a mi habitación, la sumergí en agua templada, pareció ir recuperándose. La consolé cuando lloró y me pidió disculpas compungida; mencionó el calor y el sol y el red wine y unos combinados dulces cuyo contenido alcohólico ella ignoraba. La tranquilicé, la obligué a callar, le dije que todo estaba bien, la acosté de nuevo. En torno a las once de la noche, hice dos llamadas. Una a recepción, para confirmar que Ramiro ya había salido. Otra a mi padre, para que viniera en un taxi a recoger a la nanny resacosa, churruscada y descalza.

En el comedor de tu hotel, en media hora.

Un botones le llevó esa nota mía a Ramiro a la mañana siguiente. A cambio de un par de duros, el chaval me prometió que no dejaría de llamar a la puerta de la habitación 417 hasta que se la entregase en mano a su ocupante. Eran casi las diez, y para entonces yo ya había dejado hechas unas cuantas cosas. La más fácil fue confirmar que Phillippa había pasado una noche decente, que ya estaba levantada y a cargo de Víctor, con la piel enrojecida y dolorida, pero en orden.

Bastante más incómodo fue hablar con Diego Tovar. Por indicación de su oficina, lo localicé en Vigo. Tras una breve visita a Santiago, la etapa gallega del viaje seguía echando humo; sólo el recuento de compromisos y actividades resultaba mareante. Madame Perón y su séquito habían dormido en el pazo de Castrelos, el resto de la comitiva en el hotel Universal. Para justificar mi ausencia, hube de echar mano a unas cuantas fabulaciones.

—¿Cuándo crees que podrás reincorporarte? —lo oí entre interferencias.

Su interés se me antojó sincero. Por el reportaje para la BBC, seguro. Quizá también un poco por mí misma.

—Intentaré estar lo antes posible en Barcelona.

—Contacta con mi oficina y pide lo que necesites. Billetes, un coche, cualquier cosa.

Imposible que intuyera que yo estaba a punto de reunirme con el indeseable que me había arrastrado por el barro en otro tiempo, pero su voz sonó como si lo supiese.

—Cuídate, Livia. —Hizo una pausa antes de añadir—: Se te echa de menos.

Rebobinaba en mi cabeza la conversación con Diego Tovar, lamentando tener que mentirle a él también, cuando en el comedor entró Ramiro. Lo esperaba yo en un lateral discreto frente a una taza de té, me vio de inmediato. Traía una de las camisas y una de las chaquetas claras que le vi en el armario; llevaba el pelo mojado y pulcramente peinado, recién salido de la misma ducha donde la tarde anterior yo misma había pasado unas horas de espanto.

—Antes incluso de darte los buenos días, Sira, quiero pedirte disculpas...

Se inclinó hacia mí, como si pretendiera enfatizar su justificación y su saludo con un único beso en la mejilla, a la manera argentina supuse que sería. Eché la espalda hacia atrás rechazándolo. Se sentó enfrente, siguió con sus mentiras.

—Sólo pretendía que la chica se distrajera un poco pero en un despiste se me fue, la busqué por todas partes pero no hubo forma...

—Déjalo estar —zanjé.

Me miró fingiendo desconcierto.

—¿De verdad, no te importa saber cómo fue que...?

Un camarero de chaquetilla blanca se acercó a la mesa; intentó entregarle una carta de desayunos que él rechazó, casi se la clavó en los riñones al devolvérsela sin miramiento. Tenía claro lo que iba a tomar, Ramiro siempre tenía claro todo. Pidió de corrido huevos con tocino poco hecho, panecillos con mantequilla, macedonia de frutas, café negro en taza grande, jugo de naranja tamaño doble. Cuando volvimos a quedar solos, cerré los ojos y aspiré por la nariz. Los abrí a la vez que expulsaba el aire por la boca despacio, como si me estuviera armando de paciencia.

—Estoy cansada de ti, Ramiro, de tus presiones y tus intimidaciones y tus exigencias.

—Te equivocas, cariño. La inglesita es sosa pero linda, de verdad me gusta, en serio.

—Y tras intoxicar a la pobre chica con bebidas alcohólicas y casi provocarle quemaduras de segundo grado, ¿qué vendrá luego?, ¿adónde querrás llevar a mi padre?, ¿qué plan se te ocurrirá para mi hijo si no accedo a tus deseos?

—Por Dios, Sira...

—Te conozco, Ramiro. Han pasado más de diez años, pero sigues siendo el mismo. Nada te frena cuando tu voluntad tiene claro su objetivo, para ti no existen los impedimentos.

—No quiero que pienses eso de mí, no...

Planté las palmas de las manos sobre la mesa, me incliné hacia él, sobria y seria.

—Tú ganas.

Alzó una ceja, una tan sólo, como si fuera un galán de cine. Recién levantado, seguía atractivo el muy rastrero.

—No quiero que vuelvas a molestar a los míos, no quiero más problemas, no me fío de ti ni un pelo. Me rindo. Me duele confesarlo porque no te lo mereces, pero tiro la toalla. Tendrás tu reunión con Dodero.

Me miró calibrando mi decisión imprevista. Quizá la satisfacción le corría por las venas, pero se contuvo y no mostró ese júbilo abiertamente. Era un golfo de los pies a la cabeza, pero no un loco arrebatado, sabía lo que convenía en cada instante.

—Te lo agradezco, Sira. De corazón, te lo agradezco.

Para ratificar sus palabras, se llevó la mano derecha al pecho. Fingía bien, parecía hasta honesto en sus reacciones. Pero hice caso omiso y me concentré en terminar mi té con aparente indiferencia.

—Lo único que queda por concretar —dije al separarme la taza de los labios— es el momento. Intentaré que sea lo antes posible, así dejarás de incordiarme y yo podré olvidar este desagradable asunto.

Dejé la taza sobre el plato, me dispuse a levantarme. Caballeroso, me imitó y se acercó a retirarme la silla. Amagó luego con dar un paso, lo rechacé tajante.

—No es preciso que me acompañes, disfruta tu desayuno.

Ya le había dado la espalda cuando añadí, sin mirarlo:

—Te informaré de lo que acuerde con el naviero.

58

Los actores de la Compañía del Teatro Nacional cumplían con creces. La obra, la decoración y los efectos escénicos resultaban magníficos: *El sueño de una noche de verano,* de Shakespeare. Pero siendo como eran casi las cuatro de la madrugada, el público, por mucho que se esforzaba, no conseguía reprimir el cierre involuntario de ojos, las cabezadas y los bostezos.

Estábamos en Barcelona, en los jardines de Montjuic, en torno a un gran auditorio montado bajo las estrellas. Algún insensato había tenido la idea de programar la representación dramática para pasada la medianoche, a las doce y media en teoría, pero los retrasos se acumulaban como siempre y pasaban ya las tres de la mañana cuando ocupamos nuestros asientos. Por fin había retornado yo a mis obligaciones y parecía concentrada en acumular estampas para mi futuro reportaje. Aquella fachada, no obstante, era sólo una verdad a medias: si alguien se me hubiera podido meter dentro de la cabeza, habría percibido que mi cerebro trabajaba como en dos dimensiones. Una de ellas estaba ocupando una de las butacas preferentes previstas para los corresponsales extranjeros. La otra mitad de mis neuronas, en cambio, trotaba a centenares de kilómetros.

Un par de días atrás, salí de mi encuentro con Ramiro en el antiguo Gaylord's convencida de que todo estaba ya listo: la Gran Cruz escondida en su neceser, él apaciguado gracias a la promesa de una reunión e Ignacio aguardando mi aviso para poder detenerlo. El desenlace sería tan inminente como yo quisiera; una vez atrapado el ciudadano argentino Román Altares como presunto usurpador de la insignia de la primera dama, lo demás rodaría de forma automática. Cierto que él no había cometido ningún robo en este caso, pero sí lo hizo en otro tiempo. Y ahora me había coaccionado suciamente, y se había portado como un miserable con Phillippa, y a saber hasta dónde habría sido capaz de llegar de no haberlo frenado. La pena que le cayera, por una cosa o por otra, estaría de sobra justificada.

Al contrario de lo previsible, sin embargo, no sentí la menor satisfacción tras dejarlo solo frente a su suculento desayuno. Incómoda, pedí a un taxista que me llevara a Hermosilla. Estaba nerviosa, cansada: Granada y su noche turbia, Sevilla y el desconcierto, la vuelta a Madrid en tren, la pensión pobretona de Atocha, mis idas y venidas, las constantes llamadas telefónicas, las entradas y salidas al Gaylord's, mis mentiras, mis ocultaciones, mis maquinaciones y fingimientos. Necesitaba un descanso, un poco de calma y aire fresco antes del paso siguiente. Un descanso físico, pero no sólo. Necesitaba, por encima de todo, dar a mi pobre alma una tregua.

Víctor me recibió gozoso. Se me echó a los brazos, rió a carcajadas, me pellizcó la cara, me tiró del pelo. Tan sólo habíamos pasado unos días separados, pero tuve la impresión de que había crecido. Aún no se había soltado a andar del todo, pero sí lo hacía sujeto: agarrado a mi meñique, recorrimos arriba y abajo la tarima del larguísimo pasillo de casa de mi padre media docena de veces. Le di luego de comer un plato de arroz con pollo, se quedó sentado en mi regazo mientras yo terminaba mi almuerzo, nos tumbamos después juntos en el sofá a dormir la siesta en el salón en penumbra; no estaba ese mediodía mi padre, tenía una comida en la Gran Peña. Empecé a cantarle *Estaba el señor don Gato* con voz queda, tardó apenas un par de estrofas en caer, recostado sobre mi cuerpo. Instantes después, quedé adormecida bajo su peso.

Creí estar soñando cuando un bisbiseo insistente empezó rondarme la cabeza. Señora, señora, señora... Noté un zarandeo, abrí los ojos confusa y me topé con el rostro ajado de Miguela a dos palmos de mi cara.

—Señora —susurró una vez más, para no despertar a Víctor—. La llaman por teléfono. Dicen que es urgente.

Me escurrí del sofá para contestar en la mesa de despacho de mi padre.

—Casi te sale bien la jugada, chica. Casi me lo termino creyendo.

Estaba de pie, descalza. Tragué saliva, era Ramiro.

—No me gusta dar las cosas por resueltas sin apretar antes todas las clavijas, Sira. Quizá no recordabas eso de mí, o quizá es algo que he aprendido a hacer después, con el tiempo. Así que, para asegurarme de que tu promesa iba en firme, me he pasado por el Palace, donde tú misma me dijiste que se alojaba Dodero. De hecho, te estoy llamando desde aquí mismo.

Se oía un mullido ronroneo de fondo; igual podría decir la verdad que estar mintiendo.

—Ahí debe de estar el naviero —dije—. Ayer hablé con él.

—Estaba. Estaba, pasado del verbo estar.

—¿Cómo que estaba?

—Estaba porque ya no está. Se ha ido.

—Se ha ido, ¿adónde?

—Dímelo tú.

Tardé unos instantes en acoplar piezas, despojándome aún de las telarañas del sueño. Si el magnate argentino había dado ya por finalizada la etapa madrileña, lo lógico sería avanzar hacia la siguiente.

—Supongo que su destino será entonces Barcelona, para ir preparando la llegada de...

No me dejó terminar.

—¿Cómo de segura estás de eso?

—Casi completamente.

—¿Y tú irás también?

Podría haberle contestado que eso no era asunto suyo, pero preferí mantener a raya mi insolencia.

—Por supuesto, tengo que seguir cubriendo el viaje.

—Bien, consígueme entonces la reunión con él en Barcelona.

Toda la sosegada cortesía que había mostrado por la mañana parecía haberse desvanecido. El tono de Ramiro era ahora exigente y despegado, frío como un cuchillo clavado en hielo. De forma premonitoria supe que aquello no se debía a un mero cambio de humor. Su manera de hablar anticipaba sapos negros.

—Y déjame aviso en la recepción de mi hotel, pero no te molestes en preguntar por mí. Ya estoy fuera. Yo también me he ido.

Me dejé caer en el butacón de cuero de mi padre con el pesado auricular pegado a la oreja. Dios mío. Dios mío. Dios mío. Ramiro se había marchado del hotel Buen Retiro. Y con él se habría llevado su equipaje, como era normal. Y en su equipaje iría su neceser, con la Gran Cruz dentro. Y yo no sabía dónde se alojaba ahora, y él no parecía tener intención de decírmelo.

—Estoy perdiendo la paciencia, Sira —continuó implacable—. Y lo peor es que lo preveía, intuía que pretenderías librarte de mí con tus falsas promesas y tus enfados, tan dolida, tan herida por mi comportamiento. Me has hecho recordar que siempre fuiste así, sentida, sensible hasta agotarme; por eso me harté de ti y te dejé, seguramente.

Me recosté sobre el respaldo, cerré los ojos.

—No sé al cien por cien en qué te has convertido —prosiguió sin darse un respiro—. Me falta información acerca de tu pasado; si te digo la verdad, desde que me fui de Tánger he estado demasiado ocupado como para interesarme por ti lo más mínimo. He tenido negocios, mujeres, levantadas y caídas, vacas flacas y etapas soberbias; no me ha sobrado el tiempo. Y he tenido, además, amigos. Y uno de ellos, fíjate qué casualidad, resulta que desde hace unos meses anda por Londres. Y resulta que me debía un favor y acaba de compensarme con algo que me inquieta.

Seguía hablando serio, del tirón.

—Nadie te conoce en la BBC, Livia Nash, o Sira Quiroga o como prefieras decir que te llamas. Nadie ha escuchado jamás el nombre que usas ahora, ni tampoco el que tenías antes. El amigo del que te hablo es argentino y está bien relacionado; el círculo de los latinoamericanos y españoles, según me acaba de comentar, no es demasiado extenso. Todo el mundo conoce a todo el mundo o tienen referencia unos de otros, más aún cuando se trata de alguien que se supone que trabaja en la radio. Pero lo curioso es que de ti no ha oído nadie nada. Jamás, nunca.

Ni me molesté en darle réplica. Las excusas y tapaderas que usaba con otros a él no iban a servirle, esas patrañas para Ramiro eran papel mojado. El caso era que él sabía ahora lo que nadie en España debería saber. Y con eso me tenía férreamente agarrada.

—Bien, por concretar —añadió contundente—. Barcelona. Dodero. Necesito avances concretos. Y no me sirve que me ofrezcas un sitio y una hora, y te quites de en medio; no me fío. Quiero que tú asistas a la reunión, que vengas conmigo, empujes a mi favor y te las arregles para que el naviero acepte mis propuestas.

Sabía que yo lo escuchaba, lo mismo que sabía que no iba a contestarle. Hizo una última pausa, sonaron de fondo tenues notas de piano, igual no mentía al decir que estaba en el Palace.

—Tú verás cómo te las arreglas, Sira; todavía se me despistan tus artes con esas gentes, no sé si logras ganártelos haciéndote la ingenua o encendiéndolos entre las sábanas. En cualquier caso, eso a mí ni me va ni me viene; lo que yo necesito lo sabes ya de sobra. O colaboras conmigo, o veré la forma de poner en conocimiento de quien corresponda que la supuesta reportera de la BBC a la que tratan con tanta deferencia, esa que se pasea con jerarcas y anda metiendo las narices en todo, no es más que una farsante.

Dos días más tarde, mi memoria recordaba aquella conversación telefónica por enésima vez mientras yo contemplaba el escenario del parque de Montjuic repleto de personajes salidos de la pluma de Shakespeare. No había vuelto a tener noticias de Ramiro desde aquella llamada; no sabía si seguía en Madrid o estaba ya en Barcelona como yo, a la espera de su cita con el armador. Cuando sonaron los aplausos tras la función y los espectadores nos pusimos en pie, dos incógnitas me seguían machando el pensamiento. Una: dónde estaba Ramiro y, con él, la Gran Cruz. Otra: dónde demonios se había metido Alberto Dodero.

Confiaba en encontrar al naviero allí, asistiendo a los primeros actos de aquellas últimas jornadas. Pero no, no apareció. Sí escoltaban a la primera dama esa noche el hermano zascandil, la acompañante, el embajador a cuyas órdenes fingí yo trabajar delante del joyero, y otros tantos fieles. Pero no, Dodero no se dejó ver en esos primeros actos en la Ciudad Condal en los que, para gozo de la concurrencia, Evita lució otra vez un excesivo peinado de vedette y vestido de tisú blanco, joyas en cascada y una estola de armiño que casi rozaba el suelo. No llevaba a la vista la insignia que le impuso el Caudillo; otra cosa sería la cena de despedida con Franco como anfitrión. Entonces, ese último día, sí acarrearía problemas que no apareciera con ella.

Nos alojaron en el hotel Majestic, en el paseo de Gracia: calidad y lujo para los periodistas extranjeros, como siempre. Apenas quedábamos tres o cuatro de los que arrancamos juntos en aquella primera reunión en Pinar 5, pero a la etapa barcelonesa, como trampolín del salto a Europa, se habían sumado otros tantos. Un pinturero cronista de *Il Giornale d'Italia*, un señor delgadito de la agencia francesa Havas, un reportero de Pathé News y tres o cuatro más de cuya filiación me despreocupé: mis problemas eran otros.

Me desperté temprano a pesar del trasnoche, lo primero que hice fue preguntar en recepción si había dejado alguien un mensaje a mi nombre.

—No, nadie, señora Nash.

—¿Y el señor Alberto Dodero? ¿Se ha registrado por casualidad en las últimas horas un señor argentino con el nombre de Alberto Dodero?

—No, señora Nash. Tampoco.

A los pocos minutos de colgar, sonó de nuevo el teléfono. Respondí ansiosa, quizá el empleado había cometido un error y resultaba que sí había algo para mí. O que sí había llegado el naviero.

—¿Livia? Buenos días, soy Diego Tovar. Te llamo para informarte de que queda cancelado el programa de esta mañana, se intentarán reajustar las actividades más adelante. La Señora acabó exhausta, mejor que descanse; la tarde y la noche vienen hoy también cargadas.

No supe si fue él consciente de mi alivio al darle las gracias. A tomar viento la visita a la Feria de Muestras, los aplausos, los himnos, las carreras. Iba a despedirme cuando me interrumpió.

—Es un lujo en este viaje contar con un poco de tiempo libre. ¿Conoces Barcelona? ¿Aceptas un paseo y te la enseño?

Titubeé. Era la primera vez que pisaba la ciudad, y la idea de una mañana de descanso sonaba tentadora. Pero no, no debía distraerme. Aunque tampoco me convenía rechazarlo, sobre todo después de mi espantada en los días previos. Indecisa, sugerí una contraoferta.

—¿Te parece mejor que almorcemos? Me gustaría aprovechar este respiro inesperado para adelantar algo de trabajo.

Si yo hubiera sido una reportera auténtica, así lo habría hecho. Como no era más que una tramposa, me volqué en mis otros asuntos. Bajé al gran hall, busqué la centralita. Recordaba que en el Alhambra Palace las telefonistas me trataron con mimo exquisito, confiaba en que ahora también pudieran hacerlo. En consonancia con la magnitud del hotel y el pulso de la ciudad, en vez de dos empleadas a cargo de las líneas, allí encontré a cinco.

Tardaron más en entrar al trapo, no se mostraron en un principio tan dóciles y solícitas como las granadinas. Por unos instantes, incluso temí que tuvieran el colmillo retorcido en exceso: Barcelona era una gran ciudad donde pasaba de todo y el Majestic, un hotel que atendía no sólo a turistas relajados sino también a viajeros de pelajes diversos, cargados de asuntos y problemas. No, allí no iba a servir hacerme pasar por la encantadora y atolondrada joven esposa de un millonario maduro. Simulando de nuevo acento porteño, adopté un papel distinto, no me quedó otra. Con temple serio, severo casi, mencioné la Oficina de Información Diplomática, la República Argentina, a Madame Perón y su apretado programa de actividades; casi metí en el saco al lucero del alba, aunque sin llegar a identificarme yo misma con una etiqueta precisa. En cualquier caso, al final me tomaron por alguien con cierto cargo ejecutivo y logré mi empeño.

—¿Qué es entonces lo que necesita exactamente, señora?

—Localizar con la mayor brevedad a don Alberto Dodero. Empiecen por favor por el Palacio de Pedralbes y continúen por todos los hoteles de la ciudad de cinco estrellas, añadan incluso los de cuatro. Les ruego discreción máxima. Por favor contacten conmigo en mi habitación en cuanto...

Mi oído izquierdo captó algo al vuelo, callé en seco. Sentada frente a sus clavijas en la última posición, una de las más jóvenes acababa de soltar una frase magnética.

—Le paso con el señor Duarte de inmediato.

Di un par de pasos hacia ella y redoblé mis aires de autoridad, hasta alcé el índice para enfatizar mis palabras. No sabía quién lo llamaba ni para qué, pero estaba dispuesta a enterarme.

—Si don Juan no contesta, por favor siga insistiendo.

Accedió, obediente. Hasta que logró sacar a Juancito del sueño, de la bañera o sabría Dios de dónde.

—Señor Duarte, muy buenos días. Es una conferencia internacional. Le paso con el embajador de la República Argentina en Londres.

Imposible saber de dónde saqué la desvergüenza o los arrestos, pero tan pronto como arrancó la conversación, ya estaba yo con los auriculares de la chica puestos en mis orejas.

59

Me enteré de todo, evidentemente. Incluso anoté algunos datos a lápiz en la libreta que la telefonista me acercó cuando se la requerí, trazando en el aire un garabato.

No había vuelto a tener noticias acerca del viaje de Madame Perón a Londres desde que las modistas me pusieron al tanto de los atuendos previstos, y desde que la Señora misma mencionó la ansiada invitación a bordo del avión rumbo a Granada. En algunas ocasiones, los pinchazos de culpa se me clavaban como alfileres en la conciencia: ante la falta de información, quizá debería haber sido yo más incisiva, abrir otras vías para enterarme de cómo iban las cosas. Pero los últimos días habían sido tan convulsos y precipitados que no había habido forma.

—Antes de nada, espero que me permita saludarlo de manera anticipada por su santo.

A pesar de las deficiencias de las líneas telefónicas, intuí una voz madura y juiciosa.

—Toda la misión destacada en Londres le deseamos que disfrute mañana de un feliz día, señor, igual que se lo transmitiremos a nuestro presidente.

Estábamos, en efecto, a 23 de junio, víspera de San Juan, el día que celebrarían su onomástica Juan Domingo Perón y el propio Juan Duarte. Era por eso que el embajador Ricardo Labougle le estaba cumplimentando por adelantado.

—Hemos decidido comunicarnos con usted —continuó— a fin de ponerlo en antecedentes con el ruego de que adelante algunos datos a la Señora.

Era listo el embajador, listo y precavido. Lo que estaba a punto de transmitir no serían, seguro, noticias gratas. Y en previsión del estallido colérico de Evita, prefirió usar un intermediario como parapeto.

—Si al final decide sumar al Reino Unido en su gira —añadió el diplomático—, el Gobierno británico insiste en recibirla con la etiqueta que corresponde a la esposa del presidente de un país amigo. Pero la visita, parece casi seguro, no tendría el pretendido carácter oficial en modo alguno.

La voz de Juancito sonó con tono de disgusto.

—¿Y eso qué significa, Labougle? ¿Que los reyes por fin no van a invitarla?

—Me temo que así es, señor. El Gobierno de su majestad cree conveniente que ni el rey, ni la reina ni el primer ministro emitan una invitación con carácter oficial en ningún caso. Si la Señora mantiene el deseo de venir, proponen que sea recibida tan sólo con la cortesía habitual con que se agasajaría a una distinguida visitante extranjera. Se le diseñaría un programa de visitas, pero con un perfil discreto, casi privado. La esposa del señor Attlee, el primer ministro, podría no obstante ofrecerle tomar el té...

—¿En dónde? ¿En el Palacio de Buckingham?

—Lamento informarle, señor, de que tal opción resultaría imposible. Buckingham Palace es la residencia oficial de los monarcas; allí únicamente reciben los propios reyes, y tienen previsto instalarse en breve en su castillo de Balmoral, en Escocia, para pasar el verano. Ni siquiera estarán en Londres en las fechas propuestas por la Señora.

Un ruido seco me retumbó en el tímpano: lo provocó Juan Duarte al chasquear la lengua contra el paladar, con desagrado.

—¿Que los reyes van a irse de veraneo cuando llegue mi hermana, eso dice? Pero ¿es que los ingleses no se han enterado de cómo la están recibiendo acá en España, como si fuera una princesa?

—Justo por eso, señor. Con todos mis respetos para su anfitrión el general Franco, en Londres no tienen ningún interés en hacer nada que los asemeje a los comportamientos de su Régimen.

Me fascinó la actitud paciente del embajador, la templada cortesía con que una autoridad de su rango trataba al plebeyo de Juancito, que había sido propulsado por una mera patada familiar hasta lo más alto de la pirámide. Aun así, el embajador prefería contender con él antes de hacerlo con ella: un ciento de réplicas de Juan Duarte antes que encararse a la furia de la Señora.

—¿Me lo dice en serio, doctor? ¿Cómo le explico yo ahora a la señora Eva que no la quieren recibir como se merece? ¿Usted se imagina la que se puede armar acá? No me haga eso, embajador; dígame que todavía hay modo de convencerlos de que la reciban el rey y la reina... O por lo menos, el Gobierno en pleno. Insístales con las negociaciones para comprarles aviones y buques, que se les pueden ir al traste; apúrelos con el acuerdo de las carnes que quieren renovar... ¿o qué se creen esos tipos?

Subía el tono, encendido. Su interlocutor, entretanto mantenía un silencio estoico.

—¡Casi la mitad de toda la carne que esos muertos de hambre comieron durante la guerra se la enviamos nosotros! ¿Se olvidaron acaso? De verdad, doctor, hay que hacerles saber a esos turros con quién están tratando. O acá se arma la gorda, y si se arma, la vamos a sufrir todos...

En la línea sonaban pitidos e interferencias, las telefonistas seguían trajinando con sus clavijas y sus mensajes mientras yo me mantenía absorta, la respiración contenida, los auriculares puestos.

—Respetando sus posiciones, señor Duarte, me veo en la obligación de rogarle que traslade a la Señora la necesidad de hacer pública una decisión definitiva a la mayor brevedad posible. La prensa británica no cesa de publicar conjeturas, y nuestra credibilidad como nación está sufriendo un serio menoscabo. Si me permite una sugerencia, tanto el canciller Bramuglia como yo mismo, incluso el propio presidente, consideramos que para nuestras relaciones bilaterales resultaría preferible este tipo de visita privada, antes que la posibilidad de que no se diera ninguna.

Juancito guardó unos instantes de silencio, pareció que reflexionaba.

—La esposa del primer ministro Attlee, Lady Violet —prosiguió el otro—, es una dama madura y magnífica. Ha supuesto siempre un gran apoyo para su esposo, al igual que doña Eva hace con el presidente; durante la gran guerra fue enfermera y desarrolló una gran labor para la Cruz Roja y...

Juan Duarte lo cortó con tono un punto amenazante.

—Me parece que no nos entendemos, señor embajador. ¿De verdad cree que la señora doña María Eva Duarte de Perón, esposa y enviada especial y personal del excelentísimo señor presidente de la nación argentina, se va a conformar con que en Londres la reciba nada más que una vieja gorda, para ir de paseo y tomar el té con masitas?

El embajador no cejó, heroico.

—Permítame aclararle, señor...

Pero el exrepresentante de Jabones Guereño devenido secretario presidencial ya había tenido bastante.

—Ni una palabra más. Le daré la información a la Señora porque usted me lo pide; pero sepa de antemano que le conviene insistir ante los ingleses. O la reciben como corresponde, con los máximos honores y tirando la casa por la ventana como acá en España, o no vamos. Queda en sus manos, doctor Labougle, usted verá lo que hace...

La comunicación quedó bruscamente cortada, me arranqué los auriculares y se los tendí a la joven musitando unas sobrias gracias. Interesante saber cómo respiraban ambas partes al respecto de la cuestión londinense, interesantísimo. Delante de las telefonistas, con todo, no mostré signo alguno del impacto.

—¿Alguna novedad al respecto del señor Dodero?

—Nada aún, señora. Acabamos de confirmar que no está

alojado en el Palacio de Pedralbes, ni tampoco en el hotel Ritz de la avenida de José Antonio. Seguimos intentando, la avisaremos.

Me escurrí a la calle discretamente, en una panadería vecina me indicaron dónde estaba el locutorio más cercano. Mientras las ágiles telefonistas continuaban con la búsqueda del magnate por los hoteles de abolengo, yo me propuse dar con Ramiro en otro tipo de alojamientos, convencida de que él no iba a acudir a alguno de renombre si pretendía pasar desapercibido. Encerrada en mi cubil, sentada en un taburete con la guía telefónica sobre los muslos, tardé poco en tirar la toalla: aquello era una tarea imposible. Barcelona ofrecía centenares de hospedajes de categorías medianas: hoteles, hostales, residencias, fondas, pensiones. Dar con él habría sido tan difícil como encontrar una de mis agujas perdida en un inmenso pajar, y el tiempo corría en mi contra. Y, en cualquier caso, ya hallaría él la forma de dar conmigo, como siempre.

Volví al Majestic, asomé la cabeza a la centralita. Nada. Ni sombra de Dodero por ningún sitio, me confirmaron. Aún llevaba la conversación de Juan Duarte en la cabeza cuando sopesé la idea de preguntarle a él mismo acerca del armador, su compañero de farra. Intenté pensar con qué absurda excusa podría acercarme a él cuando empecé a oír a mi espalda una actividad inusitada.

Como si los astros se hubieran alineado, al girarme vi que el hombre que tenía en mi mente atravesaba con paso decidido el lobby encaminándose directo hacia la salida con su traje de sarga blanco y zapatos con remache color crema; con su bigotito, sus chorros de brillantina y su pitillo entre los dedos. No mostraba, percibí, la despreocupación de otras veces: tuve la impresión de que apretaba los labios y cargaba en su paso un apuro distinto. Quizá era por la llamada del embajador. Quizá porque faltaba tan sólo un día para la despedida y seguía sin resolverse el asunto de lo que él mismo había perdido en Granada.

Lo rodeaba gente de la embajada y el consulado, plumillas

locales, corresponsales y fotógrafos, alguna autoridad y no pocos curiosos, todos como un pequeño enjambre con paso acelerado camino de la puerta.

Diego Tovar se despegó del grupo al verme.

—Te he estado llamando a tu habitación, no contestabas.

Fruncí el ceño, desorientada de pronto.

—Cambio de planes, se reanudan las actividades antes de tiempo, orden imprevista de la Señora. Salimos ahora mismo, acaban de avisarnos. —Bajó la voz, se acercó unos centímetros—. Preferiría cien veces almorzar contigo, pero el deber nos llama. —Me rozó el codo—. ¿Vamos?

Ni siquiera tuve oportunidad de subir a mi cuarto a cambiarme, a coger mi cuaderno o a borrarme el chasco de la cara. En apenas un minuto me encontré compartiendo el asiento trasero de un auto con dos supuestos colegas extranjeros recién sumados al circo.

La masa popular, incansable, inasequible a los retrasos, los arañazos del sol o las amenazas de cancelaciones, aguardaba en los alrededores del Palacio Nacional de Montjuic desde primera hora de la mañana. Frente a la grandiosa fachada clasicista, varias decenas de mástiles hacían ondear enormes banderas de las dos naciones. Alcalde, gobernadores, presidente de la Diputación y una interminable recua de dignísimos cargos —varones todos, por supuesto— esperaban a la primera dama.

Llegó ella acompañada del ministro de Trabajo; lucía pamela del tamaño de un parasol y vestido con amplio escote. Del auto posterior descendieron doña Carmen Polo y el titular de la cartera de Industria.

La ovación que Eva Perón recibió al entrar al imponente Salón de Actos fue ensordecedora. El público se arracimaba en las filas de asientos, pasillos y escalones, se amontonaba contra las paredes ocupando cualquier hueco posible; hacía un calor de muerte, pero todos ansiaban oírla, verla, tenerla cerca. Antes de comenzar el evento, un coro de bronceados marineros argentinos entonó el himno de su patria lejana. Un susurro entusiasta corrió entre el público: su barco estaba atracado en el puerto, había llegado dos días atrás cargado de trigo hasta los topes.

Se sucedieron los discursos, tomó finalmente la palabra doña Eva. Más allá de llegar a los presentes, sus palabras iban a ser retransmitidas por Radio Nacional, por ello habló dirigiéndose a la nación entera.

«Dejo parte de mi corazón en España. Lo dejo para vosotros, obreros madrileños, cigarreras sevillanas, agricultores, pescadores, trabajadores de Cataluña, del país todo. Lo dejo a vosotros. Este puente de hermandad inaugurado con mi paso por esta tierra de trabajo no quedará interrumpido. Que sepan todos los obreros de España que, mientras en nuestros trigales haya una espiga, esa espiga será repartida con ellos en una solidaria expresión de cristiandad, de paz y de justicia social.»

El aplauso fue atronador; mientras aún sonaba, rememoré a la hermosa Mery de Foxá y sus palabras premonitorias. Todos los que abarrotábamos aquel auditorio nos iríamos del mundo sin apenas dejar huella. La mujer que voceaba vibrante desde el estrado, sin embargo, aquella veinteañera peroxigenada que decía y hacía lo que le brotaba del alma, acabaría dejando en la historia un sonoro eco.

60

Silbaban los cohetes y repiqueteaban las tracas de petardos; las ráfagas de bengalas soltaban al cielo regueros de luz brillante. En los cruces de las calles habían encendido hogueras, por todas partes manaba música, jolgorio, borbotones de gente. Noche de San Juan, la nit de Sant Joan, noche de verbenas.

Aun azotados por las carencias, la represión y las restricciones; aun manteniendo los de uno y otro bando la cercana guerra en mente, cada barrio, cada colectivo, se las arreglaba para celebrarla con optimismo desbordado. Los vecinos salían a ver danzar las llamas, niños y muchachos saltaban las fogatas sin miedo y las parejas se estrechaban al son de las orquestas a menudo callejeras. Barcelona entera celebraba el solsticio de verano y se adentraba en la noche convertida en una inmensa fiesta.

El Real Club de Tenis convocaba el más distinguido de los eventos. Aristocracia y alta burguesía se concentraban en aquel amplio recinto de la calle Ganduxer: elegantes ciudadanos de pro que habían vivido acogotados durante la contienda en la Barcelona roja y, a su término, abrazaron entusiastas el Régimen vencedor, fueron fervorosos germanófilos en la guerra mundial, y ahora no soltaban una palabra en catalán ni para jurar en vano.

La orquesta tocaba animada cuando entramos, cientos de parejas bailaban sobre la enorme pista en que habían sido transformadas las canchas. Hileras de farolillos y bombillas de colores alumbraban el recinto; por todas partes se veían colgadas guirnaldas y cadenetas de papel, serpentinas, banderolas. Los asistentes de más autoridad o renombre cenaban y contemplaban la escena en los palcos centrales. A uno de ellos nos condujeron: se encontraba relativamente cercano al presidencial, aún vacío a esa hora. El grupo lo componíamos unos cuantos reporteros internacionales al mando de Diego Tovar, como siempre. Él, de smoking con chaqueta blanca, explicaba en inglés a un recién sumado cronista del *Daily Telegraph* lo que para Barcelona y muchos pueblos de la costa mediterránea significaba esa noche.

Amagué con sentarme en la esquina más apartada del palco pero Diego, hábil y atento a pesar de seguir en charla con el británico, logró acercarme a un sitio más preferente. Los camareros del Ritz que servían el evento nos ofrecieron combinados y champaña Perelada, delicados aperitivos, coca de San Juan, refrescos con hielo. Evité hablar con nadie mientras daba pequeños sorbos a mi copa; reconcentrada en mis preocupaciones, fingía contemplar el bullicio de la fiesta. Nos rodeaban smokings de buen corte y vestidos femeninos con telas divinas de Santa Eulalia, hermosas creaciones de prestigiosas firmas catalanas, de Asunción Bastida y Pedro Rodríguez, Pertegaz y El Dique Flotante. Los jóvenes y menos jóvenes charlaban despreocupados bajo las pérgolas, reían en corros, giraban al son de la orquesta bajo las estrellas. Qué felices seremos los dos, y qué dulces los besos serán..., cantaba frente al micrófono Jorge Sepúlveda. Los corresponsales recién aterrizados fruncían el ceño preguntándose qué demonios significaba aquel esplendor, si una muestra auténtica de la realidad española o un mero islote de bienestar dentro del gran océano plomizo de la posguerra. Repartidos por todo el recinto, los altavoces seguían derramando la voz untuosa del cantante. Pasaremos la noche en la luna, viviendo en mi casita de papel...

Algo se alteró al cabo de un rato, los rostros y los cuerpos empezaron a virar en dirección a la entrada, hubo carreras y nervios, las parejas de baile ralentizaron el ritmo, la música decayó hasta silenciarse mientras las palmas se multiplicaban, convirtiéndose en cerrados aplausos. Con estruendo y colorido, un relampagueo de fuegos artificiales salpicó la noche. Ya estaban allí las ilustres invitadas: al Real Club de Tenis acababan de llegar la esposa del Caudillo y la primera dama.

Dodero, fue lo primero que pensé. A pesar de mi fe escasa, incluso rogué al cielo. Por Dios bendito, que venga con ella. Pero no, no apareció. Con ojos ansiosos busqué entre el pelotón de siempre y no hallé sombra del armador. Acompañadas por el conde de Godó, el ministro de Exteriores y otros tantos, las dignatarias pasaron por delante de nuestro palco rumbo al suyo, más amplio y en alto, decorado con tapices, banderas y profusión de flores. El azul oscuro del traje de doña Carmen contrastaba con el exagerado despliegue de encajes y paillettes de Eva Duarte; sobre los hombros, como ya era habitual, ambas portaban suntuosas pieles. Tampoco en Barcelona había tenido nadie el valor de decirle a la argentina que los visones y los armiños se llevaban a patadas con aquella noche corta y jaranera junto al Mediterráneo. Peor aún: no sólo nadie osó ponerla al tanto de su desatino sino que, además, al levantarse para cumplimentarla, al igual que en Madrid comprobé que eran numerosas las señoras que habían rescatado sus propias prendas de piel del fondo de los armarios de invierno, les habían sacudido las bolas de naftalina y la imitaban.

Tras ellas vi pasar a Lillian Lagomarsino, la eterna acompañante. A diferencia de las imponentes piezas de peletería que las esposas de los próceres gastaban, ella llevaba tan sólo una chaquetilla de cibelina, corta y sin mangas. Me quedé observándola mientras alrededor seguían tronando los cohetes, las ovaciones, los vítores: me admiraba su papel secundario en aquel despiporrante sainete, su actitud contenida siempre tres pasos por detrás, reservada, discreta.

La seguía contemplando mientras se alejaba de espaldas cuando percibí algo extraño en su vestido de guipur, algo como caído o suelto. Agucé la vista, distinguí lo que ocurría: sin ella ser consciente, fruto de un pisotón, de un tirón entre la bulla o de un inoportuno enganche, una sección de la falda se le había desprendido desde la parte posterior de la cadera y amenazaba con dejar al aire la ropa interior o una parcela indecorosa del cuerpo. Mi reacción fue automática: los aplausos proseguían cuando deposité mi copa sobre la mesa y abandoné mi sitio.

Logré pararla justo antes de que subiera al palco, a la zaga como siempre de la protagonista. Se giró, al identificarme sonrió sin despegar los labios. Tendría más o menos mi edad, las cejas pobladas, la nariz grande; no era hermosa, pero emanaba algo grato.

—Hay un problema con su falda —le susurré al oído—. Algo se le ha descosido y lo arrastra. Si me permite, creo que puedo ayudarla.

Nunca habíamos cruzado ni una palabra, pero llevábamos muchas horas de trote juntas, y eso debió de generarle cierta confianza. Nos retiramos con sigilo hasta alcanzar un banco de piedra en un lateral, cerca de una tapia. Por deformación profesional o por mera prevención, llevaba una vez más en el bolso mi pequeño estuche de costura. Dentro, lo justo para salir del paso.

Ella permaneció de pie, yo me senté en el banco, a su espalda. Logré dar con el desperfecto bajo la luz amarillenta de una farola; la tranquilicé asegurándole que podría arreglarlo.

—Qué fortuna que, además de periodista, tenga usted manos de costurera.

Reímos las dos, ella sincera y yo frívola. No se imaginaba cuánta verdad había dentro de su broma.

—Aunque no es de extrañar —dijo girando el cuello hacia atrás—, con el buen gusto que muestra para vestirse.

Musité unas gracias apenas audibles, concentrada como estaba en mi tarea.

—Con la Señora lo hemos comentado más de una vez, ya vio cómo alabó su conjunto en el avión de Granada. Yo le insisto cuanto puedo, con respeto claro, para que ella se siga fijando en usted y sus prendas, incluso en su manera de peinarse, sin exceso, o con el rodete bien bajo. Creo que un estilo como el suyo, de mujer profesional elegante, le iría muy bien a ella. Incluso el propio don Alberto se lo mencionó alguna vez...

Paré en seco el pespunte. Don Alberto, había dicho. Don Alberto Dodero. Intenté que mi tono sonara liviano, como quien no quiere la cosa.

—Hace días que no sé de él, por cierto. Me ha extrañado que no esté en Barcelona.

—Oh, sí, claro que está.

Daba ya las últimas puntadas al desgarrón, los dedos que sostenían la aguja se me quedaron en el aire. Quise frenar mis palabras, pero se me fueron solas.

—¿Y dónde se encuentra, que no hay forma de verlo?

—Descansando en su barco, el mercante que llegó hace un par de días con uno de los primeros cargamentos de trigo. ¿Vio a los marineros que cantaron hoy el himno en el Palacio Nacional? Son la tripulación, no forman un coro muy profesional pero fue lindo escucharlos, ¿no le parece?

Las preguntas se me amontonaban en la boca: me obligué a contenerme. Tranquila, Sira. Despacio. Esta señora es pura discreción, no tenses demasiado la cuerda. Por fortuna, seguía pegada a su espalda y no podía verme.

—Lindísimo, sí. Pero dígame, Lillian, ¿se encuentra don Alberto bien, está todo en orden?

—Bueno, él ya está grande y tiene algún achaque, y además carga con la responsabilidad de que todo resulte correcto en este viaje. Imagino que las exigencias excesivas y el calor le jugaron una mala pasada porque el otro día en Madrid, estando en una piscina, sufrió un pequeño síncope.

Virgen Santísima. Dodero había sufrido un síncope en la piscina a la que yo misma lo había enviado. El sol diabólico y las altas temperaturas, sumadas probablemente al alcohol y la edad, le habían gastado la misma trastada que a Phillippa, sólo que el magnate argentino superaba los sesenta y la nanny apenas rondaba los veinte.

Di un par de tirones a la tela del vestido, para que ella creyera que seguía trabajando. Casi estaba listo, pero me interesaba retenerla unos instantes.

—¿Y está ya recuperado del todo, o aún...?

—Está bien, está bien —dijo con suavidad porteña—. El médico que viaja con nosotros lo acompañó desde Madrid hasta Barcelona; prefería retirarse con discreción a su barco y reponerse allí, en el camarote del capitán, rodeado por su gente. Los hoteles, ya sabe, son un poco indiscretos.

Seguíamos en el banco apartado, bajo la luz tenue y los árboles, rodeadas de macetones de hortensias. La orquesta y el cantante habían retomado sus melodías. Tiré una vez más de la tela, musité:

—Esto ya está listo.

Me levanté, me puse a su altura, ella sonrió y me dio con calidez las gracias.

La que estaba agradecida era yo, inmensamente agradecida. Cómo iba a imaginar el enorme favor que acababa de hacerme Lillian Lagomarsino de Guardo, cultivada niña bien de Palermo Chico, formada en Le Cordon Bleu y esposa del presidente de la Cámara de Diputados, repudiada por los de su propia clase social al abrazar la pareja el peronismo. Madre de familia, acompañante de Madame Perón a la fuerza en aquel agitado viaje a Europa, conocedora de las intimidades de la Señora como nadie, cómplice de sus miedos nocturnos, testigo y ocasional víctima de sus excesos, recelos y desconfianzas, masajista de sus tobillos hinchados y escritora de las cartas que Evita copiaba y enviaba al presidente: así era aquella hada buena que, sin saberlo, arrojó un rayo de luz a mi oscuridad esa noche. Nunca llegó a ser amiga verdadera de Eva Perón, tan sólo una compañía estoica que como tantos otros, junto a su marido, tardaría poco en caer rodando por el abrupto despeñadero de los políticos que dejan de ser útiles. Noble como era Lillian, sin embargo, se mantuvo fiel siempre al tiempo compartido con Evita y así lo dejaría escrito en sus memorias con el transcurrir de las décadas.

La acompañé a su palco, justo en ese momento empezaban a ponerse las invitadas en pie. La visita al Club de Tenis había sido brevísima, un regalo fugaz pero elocuente, para que quedara constancia de la gratitud del Régimen a todas aquellas insignes familias catalanas fieles al bando nacional a toda costa.

—Traslade mis saludos a don Alberto si tiene ocasión —dije a modo de despedida.

Seguramente seguiríamos cubriendo la visita de esa noche, pero iríamos cada una por un lado, sin opción a seguir hablando. Me tendió una mano rápida, se ponían ya todos de nuevo en marcha. Turno de otra gran verbena en el Pueblo Español, más popular y menos exquisita, pero ineludible.

—Lo haré, por supuesto. Mañana precisamente ha organizado un almuerzo en honor de la Señora en su buque, el *Hornero.*

Volví a mi palco intentando contener la euforia. Dodero estaba localizado y en condiciones. En su barco, en el puerto. Todo podría enderezarse si jugaba bien mis cartas; habría de ser cauta y hábil. De momento, ya estaba la principal pieza en su sitio y podría empezar el juego.

Me sorprendió ver que el grupo seguía disfrutando de la noche sin levantarse para seguir a la comitiva.

—¿No nos vamos? —pregunté con sorpresa.

Diego Tovar negó con la cabeza.

—Fin de las actividades por hoy. —Señaló a los nuevos corresponsales alzando una ceja irónico. Charlaban entre ellos distendidos, se les habían unido un par de periodistas de *La Vanguardia*—. Prefieren quedarse.

La sangre me bullía. Dodero ha aparecido, me seguía repitiendo a mí misma. Todo, por fin, iba a llegar a término. Me acerqué a Diego, estaba guapo con su chaqueta de smoking. Acerqué mi mano a su mano, le quité con delicadeza el vaso de whisky de entre los dedos.

—¿Bailamos?

Si mi descaro lo sorprendió, no lo mostró en absoluto. No, no resultaba común que una mujer propusiera bailar a un hombre, pero él lo asumió complacido. Al fin y al cabo, yo era supuestamente una extranjera, una extravagancia en ese entorno de ilustres apellidos catalanes con palco en el Liceo, pisos señoriales en el Ensanche, mansiones en Pedralbes, Sarriá o San Gervasio, negocios prósperos y sus buenos duros guardados en el banco. Una rara avis, eso era yo en medio de la selecta verbena que marcaba el inicio del verano, la huida de todas esas familias a sus casas en las playas, los bronceados, los helados, la indolencia.

Las parejas se deslizaban al ritmo acompasado de un bolero sobre la pista repleta. Mi cuerpo se acopló con el de Diego, empezamos a fluir. Por encima de las estrofas de letra empalagosa, de las maracas y los acordes de guitarra, seguían los cohetes, el chisporroteo de lós fuegos artificiales, luces y bengalas fugaces recorriendo el cielo. Me habría gustado hacerle cómplice de mi alegría momentánea, compartir con él el desahogo que sentía al haber localizado por fin al naviero. Abrazarlo incluso, susurrarle al oído que ya quedaba menos para apaciguar mis miedos; al fin y al cabo, aun sin serle nunca del todo sincera, en ese tiempo incierto que vivíamos, el hombre con el que bailaba era lo más parecido que tenía a un amigo. Quizá algo intuyó, porque su cercanía se hizo más estrecha.

Terminó el bolero, empezaron a sonar los acordes del siguiente.

—Si me permiten...

La voz nos detuvo en seco.

—¿Sería una osadía excesiva por mi parte pedirle que me conceda a la señorita para esta pieza?

Como si una ráfaga rebelde se hubiera desprendido de los fuegos de artificio y hubiera caído sobre mi piel, quemándome viva. Así me sentí. Abrasada, herida, conteniendo las ganas de lanzar un grito a la noche cuando Diego Tovar, con su diplomática cortesía, me soltó de sus manos y me cedió a Ramiro Arribas.

61

—Pide a tu gente que actúe con prudencia. Es listo y es osado. Y, a la vez, prevenido, calculador, cauto. Cuando logres saber dónde se aloja, buscad su neceser y arrancad el fondo del lateral izquierdo; encontraréis la Gran Cruz en el fondo.

Ignacio, en su piso de Madrid, tomaba nota de todo lo que yo le iba diciendo desde el otro extremo del hilo telefónico. Había regresado a mi habitación del Majestic tras dejar la verbena de forma un tanto precipitada, todavía me machacaban el alma las últimas estampas de la noche. La desfachatez de Ramiro para colarse en el Club de Tenis, su insolencia al pedir a Diego Tovar que le permitiera bailar conmigo, la extrañeza de mi piel al volver a sentir la suya tan próxima, su desvergüenza para, a modo de despedida delante de todo el mundo y apenas a unos metros del propio Diego, dejarme un susurro en el oído y, en los labios, un beso.

—Adelanta esta descripción a quien vaya a encargarse. Cuarenta y dos años, aspecto mundano, alto, buen porte. Imagino que vestirá chaqueta y pantalón claros, corbata también porque se supone que irá a una reunión importante. Tiene el pelo lacio y oscuro, abundante, peinado con raya al lado, algunas canas.

—¿Acento español o argentino?

—Usa ambos, según le conviene.

—Correcto todo. Y para terminar, dame el nombre. O los nombres, si es que usa más de una identidad como parece.

Tragué saliva.

—Uno es Román Altares; ése debe de ser el que ha usado en

Buenos Aires en los últimos tiempos y el que probablemente consta en el pasaporte con el que entró y se mueve por España.

—Román Altares, de acuerdo. ¿Y el otro?

—El otro...

Volví a intentar tragar, pero noté la garganta cerrada como si se me hubiera atorado un puñado de flema.

—El otro es Ramiro Arribas.

Once años después de mi abandono, la mera mención a aquel hombre provocó en Ignacio un silencio espeso. Sopesé añadir algo, quizá una aclaración, un argumento, tal vez una disculpa por encararlo de nuevo con el tipo que le trastocó la vida: aquel atractivo gerente de la casa Hispano Olivetti en quien él depositó su ingenua confianza. El mismo que con una mano le vendió una máquina de escribir y con la otra, traidor, me arrancó de su lado.

Pero no me dio opción Ignacio. Asumido el dato, retomó el tono neutro y dijo simplemente:

—Anotado queda.

—Perfecto. Ha quedado en llamarme a las once de la mañana para que le dé instrucciones. Intentaré por todos los medios concertar la supuesta entrevista con Dodero para las doce, doce y media máximo, porque más tarde tendrán el almuerzo con la señora de Perón en el barco.

—Bien.

—Te dejaré antes una notificación con los detalles en la centralita del hotel. Pregunta por un mensaje a tu nombre, irá de parte de...

—De Livia Nash, descuida.

A través de la ventana entreabierta llegó el estallido solitario de una lejana ristra de petardos, el estertor de alguna verbena. Antes de acostarme, preparé lo necesario para primerísima hora de la mañana, ropa sobria y discreta.

Tengo que hablar con Diego, me repetí por enésima vez en mi duermevela. Explicarle quién era Ramiro, justificar su invasión y su descaro. O quizá no, quizá mejor permanecer callada.

Estrictamente, no me unía a Diego Tovar ningún vínculo firme más allá de mi supuesto trabajo, no tenía obligación de darle explicaciones. Pero su actitud hacia mí superaba el mero trato cortés con una periodista a su cargo. Y yo no le había frenado esa cercanía afectiva, confusa como estaba con mis propios sentimientos.

Empezaba débilmente a amanecer cuando sonó el despertador; me levanté y me aseé, me vestí sin hacer ruido. Nadie había que pudiera oírme, estaba sola, pero ya llevaba dentro de los huesos la cautela. Un taxista solitario aguardaba en la puerta del Majestic, a la espera de algún viajero madrugador rumbo a una de las estaciones de ferrocarril, quizá al aeropuerto del Prat. O al puerto, como yo misma.

—¿A usted le suena que haya atracado estos días un buque argentino cargado de cereal?

—Ya lo creo que sí, señora —replicó el taxista con acento del sur, uno de tantos emigrantes que desde el fin de la guerra empezaban a llegar en oleadas a la próspera Cataluña—. Junto a la Estación Marítima, dos mil toneladas de trigo dicen que trae; el trigo de la Perona.

Sonreí con un rictus. La Perona había dicho, como las chiquillas del Sacromonte. Así debía de llamar el pueblo llano a la señora de Perón, la que según contaban se paseaba por España dadivosa a manos llenas.

—Pues lléveme hasta allí, se lo ruego.

Descendimos por el hermoso paseo de Gracia. Para confirmar que nadie nos seguía, miré varias veces a través de la luna trasera. Recorrimos las Ramblas, lo observé todo con voracidad, atenta. Tras años de contienda y crudeza de posguerra, aquella parte antigua de la ciudad se mostraba sucia, deslucida y exhausta. Por únicas presencias hallamos algún barrendero, algún repartidor de prensa con su cargamento a la espalda, unos cuantos desgraciados que recogían colillas del suelo. Alcanzamos el Portal de la Paz, vi un gigantesco monumento con Cristóbal Colón en bronce señalando el mar. Nos adentramos en el puerto, carreteó el hombre hasta alcanzar el punto más conveniente para que me apease.

—Pues uno de esos mostrencos será el que busca.

Tan sólo encontramos dos buques atracados de costado. Sí había embarcaciones menores en los muelles cercanos, viejos veleros, costrosos barcos de pesca, barcas de paseo, lanchas mensajeras. Pero pocas mercancías y pocos viajeros se movían esos días por los mares. Las dos guerras recientes, la civil y la mundial, habían acabado con muchos de los grandes barcos, la carencia de medios y materiales obligaba a reparar poco y construir aún menos: no corrían buenos tiempos para la industria naviera. Aunque había excepciones, claro. Excepciones que florecían en países que no habían sufrido las sangrías bélicas; Argentina era el mejor ejemplo. Y, en consecuencia, había asimismo compañías de navegación que hacían crecer sus flotas comprando remanentes de guerra para reconvertirlos en barcos de emigrantes y carga, implantando nuevas líneas, aumentando servicios, operaciones, clientes, réditos. Aquel *Hornero* era un símbolo del buen hacer de la empresa de Dodero: un saldo de la gran guerra, uno de los numerosos buques clase Victory producidos a destajo en los Estados Unidos para remplazar a los hundidos por los submarinos nazis. Tras la victoria habían entrado a formar parte de la reserva naval del país; ahora, a cambio de unos miles de dólares, en éste ya no ondeaban las barras y estrellas, sino la bandera argentina.

—¿Me esperaría usted un rato, a cambio de veinte duros?

—A mandar, señorita, para eso estamos.

Caminé por la amplia explanada del muelle sin que nadie me importunara. Se alzaba el día con una tenue bruma plateada, cielo y mar parecían juntarse como dos láminas. Alejados, caña al hombro, vi a algunos pescadores tempraneros: sin apenas movimiento de buques, los peces se movían a sus anchas por las aguas del puerto. Entre chillidos alocados de gaviotas, confirmé que el primero de los dos enormes barcos no era el mío: las letras sobre el enorme casco negro me resultaron ininteligibles, supuse que serían nórdicas. Continué, pisé algún charco, esquivé algún pez muerto, mondas de naranja, los trozos puntiagudos de cristal de una botella rota. No sabía nada de barcos, no distinguía el babor del estribor ni la proa de la popa. Sí tenía meridianamente claro, en cambio, lo que iba buscando. Y cuando lo encontré, me hice oír a gritos.

Llamar la atención del joven marinero resultó fácil; que el capitán recién levantado me invitara a subir a bordo, un poco más complejo.

—Necesito ver a don Alberto Dodero, es urgente.

No imposté nada; aquel marino barrigón, canoso y curtido no tenía pinta de tragarse patrañas, ni mucho menos aceptar esos billetes que yo repartía entre mis míseros compatriotas como si fueran las cartas de la baraja.

—Soy reportera de la BBC —dije con serenidad—. Le convendrá verme, puedo ayudarlo en la resolución de un problema.

No fumaba en pipa ese capitán, como se suponía que debería hacerlo según el estereotipo. De buena mañana, lo que llevaba entre los dedos era un grueso habano, ya a medias. Se lo acercó a la boca y achinó los ojos calibrándome mientras aspiraba una chupada profunda.

El naviero me recibió en un camarote que en nada se parecía a las suites de los hoteles en los que solía alojarse. Pero era un refugio discreto, alejado del ruido ensordecedor de todo lo que rodeaba a la visita. Estaba aún en pijama y batín de seda, con el pelo encanecido del pecho asomándole por el triángulo del escote. No le dio tiempo a afeitarse, aunque en mi honor se había peinado y cepillado los dientes. A pesar de esos esfuerzos, y aunque habían abierto un ojo de buey para orear el espacio, el sitio olía a tabaco revenido, a secreciones de hombre entrado en años y a enjuague de mentol mezclado con fragancia.

—Entiendo que mi visita le resulte desconcertante, pero hemos de hablar de la Gran Cruz.

—No, por Dios, Livia, todo lo contrario —dijo ofreciéndome asiento—. Cualquier cosa que pueda decirme al respecto...

Se detuvo cuando vio que yo volvía la cabeza hacia el capitán. Permanecía de pie junto la puerta del que hasta un par de días antes era su propio camarote, con las piernas separadas, con su puro en la boca y los brazos de piel morena y velluda cruzados sobre el vientre. Dodero asintió, y con ese breve gesto entendí que me autorizaba a hablar con confianza, el otro estaba al tanto.

Sinteticé la historia a mi antojo, mencioné información que se suponía obtenida a través de colegas periodistas y otros contactos, retorcí lo que me convino y callé lo que consideré oportuno. Él me escuchó con las cejas fruncidas, sin interrupciones. Debí de sonar convincente porque cuando acabé no pidió explicaciones adicionales. O quizá simplemente no le interesó pedirlas. Lo perentorio para él era recuperar la insignia; el resto se la traía al pairo.

—Procedamos, pues —decidió firme. Para ratificarlo, se sacudió una palmada en el muslo, sobre la seda granate de la bata.

—¿Dónde desea que concertemos la reunión?

Volvieron a mirarse los dos hombres; el capitán hizo una seña escueta.

—Invítele a que venga acá.

—Si me envía al hotel un auto, yo misma puedo traerlo.

—Cuente con ello, querida.

En cuanto volví al Majestic, dejé el recado en centralita para Ignacio: Reunión prevista para las doce del mediodía, buque *Hornero*, puerto de Barcelona. A las once en punto, según habíamos convenido la noche anterior, entró como una flecha la llamada de Ramiro.

—¿Todo listo?

—En cuarenta minutos te recojo, dime el sitio.

—¿Adónde iremos?

—Lo sabrás en su momento.

Dispuesta con anticipación en el lobby, vi cómo el suntuoso Cadillac del armador estacionaba frente al hotel. Acto seguido, me puse en pie y me dirigí a la puerta. Simulé naturalidad al reconocer al chófer: bajo la gorra de plato gris, dentro de un uniforme que marcaba su silueta voluminosa, no estaba aquel Armando que me llevó otras veces, sino el capitán del barco. Dodero había decidido no dejar ningún cabo suelto.

—Paramos en la plaza de Cataluña, por favor.

Recogimos a Ramiro en la terraza del café Zurich, un establecimiento visible a los cuatro vientos; imposible saber si él mismo se alojaba cerca o lejos. Mantuvimos el silencio a lo largo del trayecto, yo adusta, fría, con los músculos tensos y la mirada al frente. En algún momento deslizó la mano izquierda hacia mí, recorriendo el cuero del asiento. Intentó acariciar mi meñique con su meñique, conciliador; apenas noté el contacto, retiré el brazo brusca. Al adentrarnos en la zona portuaria, de soslayo vi que se le dibujaba en el rostro una mueca de desconcierto, pero no abrió la boca.

Nos detuvimos a escasa distancia del casco imponente.

—Don Alberto nos recibirá a bordo —aclaré al fin.

Frunció el ceño, aquello no le hizo la menor gracia.

—Es un barco de su propiedad, él es quien ha decidido que éste sea el lugar del encuentro.

El capitán abrió cortés mi portezuela, Ramiro salió por el lado contrario. Encontramos el muelle vacío; llamativamente vacío para ser el primer mediodía del verano luminoso. Tan sólo, en la distancia, se percibían un par de pescadores: a lo suyo, de espaldas. Una ráfaga de sudor me recorrió el cuerpo. ¿Y si no viniera nadie? ¿Y si Ignacio no hubiera montado ningún operativo? ¿Y si se hubiese echado atrás al saber que el sujeto implicado era el propio Ramiro?

—Acompáñenme —ordenó el supuesto chófer.

Un miembro uniformado de la tripulación emergió entonces del barco y descendió por la escala.

—Documentación, por favor —dijo al llegar abajo.

Como si aquellas palabras fueran el santo y seña, todo se precipitó a partir de ese preciso instante. El capitán agarró a Ramiro por la espalda retorciéndole un brazo, los pacíficos pescadores se transmutaron de pronto en ágiles agentes. Se oyó el motor de un coche a nuestras espaldas, las llantas derrapando, un frenazo, voces bruscas, gritos, órdenes frenéticas.

Todo ocurrió rapidísimo, como en fogonazos. Ramiro ignoraba la razón última que provocaba su detención. Culpable de tantas otras cosas, sin embargo, intuyó que de ningún modo le convenía que lo agarrasen. Estaba en forma, era ágil y resbaladizo, no le resultó demasiado difícil escapar del agarre del capitán, más voluminoso pero menos diestro.

Alguien me aferró por los hombros con brusquedad.

—Vamos, entre rápido.

El coche que acababa de llegar tenía las puertas abiertas. Miré desconcertada al desconocido; intentaba empujarme al asiento trasero sin miramientos. Ante mi resistencia, me puso una mano sobre la cabeza y con la otra me obligó a inclinarme, en tres segundos estaba dentro. Arrancó con un acelerón, entre el estrépito del exterior le oí decir:

—Hay que sacarla de aquí, orden de Montes.

Montes era Ignacio, Ignacio Montes. El mismo que en ese preciso momento, a más de seiscientos kilómetros de su Madrid, corría en pos de Ramiro con una pistola en la mano.

62

La tarde encerrada en mi habitación fue desesperante. No me arriesgué a volver al puerto, no sabía cómo acabó todo, desconocía si habían detenido a Ramiro, si habían encontrado la insignia en su equipaje, qué pasó luego. En torno a las cinco, simulando una vez más la voz de una argentina mandona, pedí en centralita una llamada con el Palacio de Pedralbes. Para mi sorpresa, no pusieron inconveniente alguno cuando pregunté por la señora Lagomarsino.

—Sí, don Alberto se encuentra ya perfecto, querida —respondió Lillian con su tono amable cuando fingí seguir preocupada por la salud del armador—. Sí, sí, almorzamos con él en su buque —añadió—. Recién regresamos, lo vimos recuperado del todo, de buenísimo humor incluso.

Colgué el teléfono y me desplomé sobre la cama, entre aliviada y sobrecogida. Que Dodero estuviera contento era una evidencia de que todo había salido bien. Me habría gustado no obstante poder confirmar los términos con Ignacio, pero él no dio señales, y yo no tenía la menor idea de dónde buscarlo.

Las horas hasta la cena de despedida se me hicieron eternas. Por fin, a las diez y media, atravesamos la plaza de San Jaime abarrotada para ser acogidos en el Palacio Provincial con pompa y fanfarria. Apenas hubo retraso esa última noche, quizá Eva Perón quería despedirse de España sin dejar mal sabor de boca. Pero el ceremonial resultó una vez más pomposo y desmesurado, extenuante, muertos de calor todos, yo nerviosa. Tras cumplir con el protocolo de saludos, maceros, ujieres ataviados a la federica y un larguísimo desfile de invitados, por fin anunciaron con solemnidad la entrada de Franco y su huésped en el precioso Patio de los Naranjos, iluminado con reflectores y centenares de candelabros de plata. Contuve la respiración mientras estiraba el cuello para verlos desde mi sitio. Ya estaban ahí, ya entraban.

Él, ufano y panzudo, vestía uniforme de capitán general con la Cruz Laureada de San Fernando. Ella iba de satén celeste con coiffure imperio; una larga capa de visón blanco le cubría hombros y espalda. Al adelantarse un par de pasos más, distinguí que atravesaba su cuerpo con una banda rayada; hincada en ella, a la altura del pecho, la Gran Cruz de Isabel la Católica brillaba reluciente.

Aplacados mis temores, acepté ya en la mesa que me rellenaran varias veces las copas de vino, charlé animosa con mis supuestos compañeros de oficio y, a pesar de que la sombra negra de la detención de Ramiro aún me aleteaba en el cerebro, logré mantenerla a raya más o menos. La insignia estaba de nuevo en poder de su propietaria, las piezas encajaban y a él lo había quitado de en medio.

A diferencia de otras veces, Diego Tovar no se sentó cerca de mí, sino en el otro extremo. Aun alejado, advertí que departía con un par de periodistas, profesional y atento. La cena resultó distendida, una orquestina nos deleitó con tangos, valses y música de Falla y Granados; el carillón del palacio hizo sonar los himnos nacionales y una popular canción de cuna catalana. Vacié mis platos con apetito, el caviar Malossol con blinis, el foie-gras de Estrasburgo, el pollo de Alp y sus champiñones frescos, mi estómago por fin pareció abrirse después de varios días contraído. Sirvieron el postre y café, pero no hubo tiempo para sobremesa: anfitrión e invitada no tardaron en ponerse en pie. Comenzaba el festival en la plaza de San Jaime, los esperaban para que saludasen desde el grandioso balcón principal a la masa.

Los invitados empezaron a salir tras ellos, el patio se fue despejando. Sobre las mesas quedaban servilletas arrugadas y adornos florales descompuestos, migas de pan, la vajilla manchada con restos de fresones y helado de nata.

Frené a Diego cuando se dirigía a la salida con el grupo desmenuzado, le bloqueé prácticamente el paso.

—Quería preguntarte si crees necesario que me quede también a la despedida de mañana en el aeropuerto.

Me sonrió antes de contestar, simulando la simpatía de siempre. En sus ojos percibí, sin embargo, que su actitud no era sincera.

—No hace falta, puedes irte tranquila si quieres —aseguró—. No habrá nada nuevo. Alboroto, protocolo... Ya sabes, lo de siempre. —Volvió a sonreír, falso igualmente—. En fin, si me disculpas, Livia, tengo que atender a...

—Espera. —Por si mi voz no fuera bastante, lo agarré por la muñeca—. Dame unos minutos.

Lo reconduje a nuestra mesa junto a una de las columnas que sostenían la lonja, los camareros alrededor empezaban a recoger restos, platos, cubiertos. Pedí a uno de ellos un par de copas limpias, miré al trasluz varias botellas de champaña nacional hasta dar con una que no estuviera vacía.

—Por una organización perfecta y un trato inigualable —dije proponiendo un brindis—. Gracias de corazón por tus esfuerzos, Diego.

Se apagaron de pronto los reflectores que iluminaban el hermoso patio renacentista, los camareros soltaron al aire exclamaciones de queja. Quedamos alumbrados tan sólo por las velas, ya casi derretidas. Acerqué mi copa a la suya, él la chocó sin demasiado convencimiento.

—Y me gustaría además pedirte disculpas.

—No tienes por qué...

—No tengo por qué —le corté—, pero quiero hacerlo.

Dimos un trago ambos, el champaña estaba caliente, plano, pésimo.

—El hombre que me apartó de ti anoche, el que me acabó besando en el Club de Tenis, no es nadie en mi vida, nadie absolutamente. Lo fue en el pasado, significó mucho para mí durante un tiempo. Hoy, en cambio, sólo me genera desprecio.

Hizo él resbalar el índice por el borde de la copa, dos, tres vueltas, sin dejar de mirarme, atractivo y sereno casi entre tinieblas. Con su habitual elegancia, para evitar incomodidades prefirió cambiar de palo.

—¿Cuándo vuelves a Londres?

—Lo antes posible.

—¿Pasarás allí el verano?

Negué despacio con la cabeza.

—Me iré a Marruecos, allí vive mi madre. —Hice una pausa, dudé un momento—. Aún no conoce a mi hijo.

Alzó una ceja, entre sorprendido e incrédulo.

—Se llama Víctor, va a cumplir un año la semana que viene, está ahora mismo en Madrid al cuidado de mi padre. —Apuré mi copa, la dejé sobre la mesa lentamente—. Nació el mismo día en que murió mi marido.

No dijo lo siento, no dijo nada. Me siguió mirando tan sólo.

—Y puesta a sincerarme del todo, tampoco es Livia Nash mi nombre auténtico.

Movió la cabeza a un lado y otro, despacio, con gesto entre resignado y sardónico.

—¿Tendremos de todas formas el reportaje de la BBC?

—Eso seguro. Pero no seré complaciente.

Dio también el último trago a su copa.

—No esperaba menos de ti.

Me guiñó uno de sus ojos claros, cómplice.

Los camareros seguían con su faena prácticamente a oscuras, se oía el entrechocar de los platos al ser apilados, el tintineo metálico de los tenedores y las cucharas, alguna risa queda, alguna orden.

Quizá habríamos hecho una buena pareja Diego Tovar y yo de habernos conocido en otras circunstancias. Su atractivo era innegable, con su delgadez exquisita, su rostro armonioso y su don de gentes. Diplomático de raza, ocupaba además un puesto cotizado y sus maneras denotaban buena cuna: todo un partidazo habría sido para la hija de la Dolores, la costurera madre soltera de la calle de la Redondilla. O quizá, sin llegar a emparejarnos formalmente, podríamos habernos permitido disfrutar de aquella última noche. Nuestro trabajo llegaba a su fin, misión cumplida. Eva Perón se marchaba y por qué no celebrarlo juntos, en mi hotel por ejemplo, en mi cama, nuestros cuerpos desnudos gozando sin prisas ni compromisos hasta que se alzara la mañana. Pero no, no era posible, y yo me había equivocado al no frenar su interés en mí desde el principio. Me gustaba Diego, y yo le gustaba a él, pero la herida de Marcus aún seguía fresca; todavía no estaba lista.

Arrastró sus dedos largos sobre el mantel, acercándolos a los míos, hasta llegar casi a rozarlos.

—Disculpe, ¿es usted el señor Tovar?

El camarero surgió con paso arrebatado entre las sombras.

—Lo están buscando, lo esperan en la galería, dicen que haga el favor de apurarse, ha habido un incidente.

Retiró Diego la mano despacio, se puso en pie sin disimular una absoluta desgana. Anticipaba el cariz del incidente: un periodista no encontraría el coche para volver al hotel, o habría bebido más de la cuenta o le habrían robado la cartera en medio de la bulla. En cualquier otro momento, se habría encargado de resolver el entuerto algún subalterno. Tratándose del viaje de la primera dama, él era la única alternativa.

Se abrochó la chaqueta del smoking, se inclinó hacia mí.

—¿Nos volveremos a ver? —me preguntó al oído.

Pretendía dejarme un leve beso de despedida en la mejilla, pero yo me giré hasta rozar sus labios con mi boca. Después, con voz queda, dije tan sólo:

—No creo. Pero ha sido bueno conocerte.

63

Me costó un triunfo llegar hasta la espalda del palacio donde aguardaban los autos, el gentío era inmenso. En la plaza de San Jaime, sobre una enorme tarima central, quedaban los coros y danzas de la Sección Femenina de un montón de localidades catalanas, deleitando a las autoridades y a los miles de asistentes.

Entré al Majestic agotada, ansiosa por quitarme los zapatos, arrancarme el vestido de noche y el maquillaje. Fin de mi estancia en Barcelona y casi en España, fin del desatino disparatado de la Gran Cruz, de lo que quizá pudo llegar a haber sido y no fue con Diego.

La habitación estaba a oscuras, iba a acercar la mano al interruptor de la pared cuando la lámpara del escritorio se encendió, inundando la estancia con luz tenue.

—Por Dios, Ignacio... —susurré sobrecogida.

—Lamento haberte asustado —dijo poniéndose en pie—. No sabía a qué hora ibas a volver y he preferido esperarte dentro.

No era la primera vez que invadía mi espacio sin permiso ni aviso previo, ya lo hizo en el taller de Núñez de Balboa después de mi regreso desde Marruecos. Aquella vez me generó inquietud y miedo; ahora no. Ahora, aun exhausta como estaba, después del susto inicial, me complació encontrarlo allí.

La sinceridad me salió a borbotones.

—Te agradezco de corazón...

—Siéntate, Sira. Tenemos que hablar.

Su voz sonó inquietante, una especie de arcada me acudió a

la boca. El champaña templado, el exceso de cena, todo amenazó con hacer desde mi estómago el camino de vuelta.

Despacio, me acomodé en una butaca esquinera.

—Las cosas no han resultado como esperábamos.

—Pero Madame..., la señora de Perón llevaba esta noche la Gran Cruz puesta.

—Ese extremo sí, todo correcto. La recuperamos en un hostal barato del Barrio Chino. Dentro del neceser, tal como advertiste.

—¿Entonces?

—El problema es él.

—¿Ramiro?

—Ése.

Se había vuelto a sentar en la silla del escritorio, ladeado para verme. La luz quedaba a su espalda, recortando su silueta. El rostro se le perdía entre las sombras.

—Nos ha sido imposible detenerlo. El arresto habría tenido lugar en un buque bajo bandera argentina; a efectos legales, podría considerarse que es territorio de soberanía nacional de esa república. Y, como comprenderás, no está la cosa para escándalos internacionales en estos momentos.

Con los labios apretados, incapaz de articular palabra, rememoré la imagen de Ramiro liberándose con fuerza del capitán, empujando al otro, abalanzándose a la pasarela para subir a bordo; recordé a Ignacio, recién llegado, precipitándose tras él con un arma en la mano mientras a mí pretendían sacarme del escenario. ¿Era consciente Ramiro de lo que hacía, o había sido un simple impulso? ¿Intuía que si lo agarraban en tierra quedaría a disposición de las autoridades españolas? ¿Prefirió lanzarse en brazos de su generoso país de acogida, a caso hecho?

—Está, eso sí, oficiosamente retenido en el *Hornero*. Y tienen previsto zarpar dentro de unos días hacia Buenos Aires, se lo llevarán con ellos. Pero nadie va a presentar cargos formales contra él, y se han negado en rotundo a amañar nada para que quede en nuestras manos. Recuperada la Gran Cruz, Dodero da por zanjado el asunto. Ése era su único interés; el proceso por el que ésta llegó a poder de tu amigo no le importa en absoluto. No tiene intención de hacer averiguaciones, probablemente porque si se tirara del hilo con seriedad acabaría implicado Juan Duarte, o tan sólo porque no desea que nadie sepa que la insignia ha andado descontrolada durante un tiempo. Muerto el perro se acabó la rabia, eso piensa. Lo único que hemos conseguido es que nos garanticen que lo sacan de España, y santas pascuas.

La puerta del cuarto de baño estaba abierta, el ruido del agua borboteando dentro de la cisterna fue lo único que oí mientras mi cerebro asumía sus palabras.

Ignacio se levantó de la silla, se acercó hasta mí.

—Hice todo lo que pude, Sira.

Su tono había cambiado, sonaba ahora menos formal, más humano.

—Pero nadie está dispuesto a que un incidente de este tipo enturbie lo más mínimo el viaje de la huésped de Franco. Ni mis superiores, ni los argentinos. Nadie.

Me puse en pie despacio, quedé a su altura. Incapaz de contenerme, me dejé caer contra su pecho; él no tuvo más remedio que abrazarme. Me resultó extraño su calor, no reconocí el olor de su cuerpo de hombre olvidado, ni la forma de la espalda en la que posé mis manos. Pero me reconfortó sentirlo cerca. Así nos mantuvimos, juntos como antes, en la semipenumbra un rato eterno.

Eva Perón y yo abandonamos Barcelona el mismo día. Ella llegó al aeropuerto escoltada por motoristas y acompañada por el Caudillo y su esposa, dirigentes, tropas y gentío a miles; desde la puerta abierta del Douglas DC-4 de la FAMA, tocada con un sombrero florido como un huerto, se despidió sonriente de la madre patria agitando con brío la mano. Yo, casi a la vez, me dirigí a la estación para coger el expreso con destino a Madrid.

Ninguno de los hombres con los que algo tuve que ver en esos días me acompañaba.

Se llevaba Evita una impresión agridulce de España: la conmovieron los trabajadores, pero sus expectativas sobre el Generalísimo se le desinflaron como un globo al que se le escapa el aire. Le afligieron asimismo las miserias de la cruda posguerra; por mucho ringorrango y mucho despliegue de lujos con que la mimaron, las penurias del pueblo asomaban por todas las esquinas y ella tenía el ojo entrenado para detectarlas. Huérfanos con hambre en el rostro, hijos de vencidos, mendigos andrajosos de mano tendida, viudas enlutadas vendiendo picadura y cigarrillos sueltos. Lisiados, silenciados, represaliados, menesterosos de todas raleas que necesariamente asomaron la cara. Todo aquello le dolió, sin duda. A pesar de eso, no dejó atrás ni uno de los arcones cargados hasta los topes con los centenares de suntuosos presentes con que acá y allá la obsequiaron, de joyas a alfombras, trajes regionales, bordados, tapices, vajillas, obras de arte. Aún quedaba algo en ella de la niña pueblerina y pobre que fue, y recibir regalos le entusiasmaba.

Todas las autoridades respiraron aliviadas al ver su avión levantar el vuelo. La habían aclamado, magnificado, glorificado hasta tal extremo que el exceso de adulación se les volvió en contra, y la señora de Perón, desafiante y sardónica, se les acabó tornando una pesadilla inaguantable. Ya nadie tendría que soportar sus retrasos, plantones y cambios de planes, tampoco oirían sus soflamas populistas, esas ardientes reivindicaciones de los valores y derechos de la clase obrera que, lejos de sonar cercanas a los predicamentos nacionalcatólicos y anticomunistas del Régimen, parecían propias de los rojos que habían perdido la guerra.

El pueblo por su parte también la idolatró, pero no tanto por lo que propagó sobre las bondades de su Argentina y el peronismo: los descamisados y el justicialismo a los españoles de a pie les sonaban a música de otro planeta. De Eva Perón entusiasmó su exotismo, su estética lujosa, una novedad imprevista en aquella

España pobre, pacata y gris, una especie de colorido espectáculo andante, con sus sombrerazos, sus peinados excesivos y sus despampanantes pieles al borde del verano. Era joven, espontánea, luminosa como una artista de cine, un soplo de aire fresco que como vino se fue. Un entretenimiento pasajero, un fugaz destello entre las sombras.

En la prensa internacional se publicó insistentemente que España había gastado más de un millón de dólares para tributarle aquel descomunal agasajo, con un despliegue a todas luces excesivo para las famélicas arcas del Estado. A los de dentro, no obstante, a pesar de la dolorosa sangría les cuadraron las cuentas. A raíz de la visita, se lograrían más de quinientos millones de dólares en créditos y se establecería un gran convoy permanente desde el Río de la Plata hasta media docena de puertos españoles que duraría hasta 1950; a lo largo de los años siguientes, un sinfín de barcos cruzarían el Atlántico con cargamentos de trigo, maíz y centeno, carne y cueros, huevos y estrellitas de pasta. Una ayuda decisiva, en cualquier caso, para esa España aislada y hambrienta. Como recuerdo concreto de la visita a la Ciudad Condal, quedó asimismo establecido un humilde barrio de barracas que mantendría el nombre de La Perona durante décadas.

Su siguiente destino era Roma; allí, lejos de concederle Pío XII en el Vaticano un marquesado pontificio como ella ansiaba, le regalaría un simple rosario de plata. Tampoco en el resto de Italia iba a encontrar el trato previsto: se verían obligados a cancelarle visitas y habría revueltas callejeras en su contra, incluso le lanzarían tomates al auto que la llevaba. No perdonaban los italianos la cercanía de Perón con Mussolini y repudiaban la visita de su esposa. Aquel perfil bajo sería más o menos la tónica del resto de la Gira Arco Iris; la desmesura de España no hallaría réplica.

Pero eso transcurriría en las jornadas posteriores; aquel mismo día, a la misma hora prácticamente, mientras su avión cruzaba el Mediterráneo rumbo al aeropuerto de Ciampino y mientras se suponía que Ramiro aguardaba la vuelta a Buenos Aires a bordo del mercante *Hornero*, un tren me acercaba a la ciudad en la que en otro tiempo estuvo mi casa.

A ella la recibirían con pompa y ceremonia las autoridades; a él, quizá nadie.

A mí me aguardaban mi padre y mi hijo; juntos volaríamos a Londres la noche siguiente.

CUARTA PARTE

—

MARRUECOS

64

El Londres que encontré a mi retorno era el mismo y distinto en paralelo. Mantenía sus estrecheces, pero los rostros y las calles se me antojaron menos apagados, como si la amarga posguerra fuese algo más llevadera bajo la luz del verano.

Nos alojamos en The Dorchester, el mismo sitio donde me lanzaron las redes para aquella colaboración clandestina de la que ahora regresaba. En ese exclusivo hotel se reinició mi contacto con los servicios secretos y allí decidí que terminara, como si cerrase un círculo. La excusa de que mi padre viajaba con nosotros, además, resultó perfecta para no tener que volver a The Boltons. Aun así, Olivia apenas se demoró en venir a vernos, vestida con uno de sus atuendos entre majestuosos y ajados, la trenza sobre el hombro, pisando firme. Como era habitual en ella, no desplegó efusiones, pero tampoco me quedó duda de cuantísimo le alegraba ver de nuevo a Víctor. Incluso a mí me trató con un afecto relativo, preferí no cuestionarme cuánto había en él de sincero. A quien impresionó de verdad, no obstante, fue a mi padre: no acostumbraba a ver Gonzalo Alvarado en su pobre Madrid a ese tipo de señoras.

Mi idea era permanecer en Inglaterra el tiempo justo para presentar mi informe final, grabar la intervención de la BBC sobre el viaje de Eva Perón y volar de nuevo. No anticipaba que las cosas, aunque se movieran más o menos por esas coordenadas, acabarían afrontando otros quiebros.

Almorzamos ese mediodía en el grill del hotel, los tres compartiendo mantel por primera vez mientras Phillippa cruzaba a

Víctor a Hyde Park para que viera las ardillas. Mi suegra, sin el menor empacho, comió con hambres de jornalero; incluso me pareció que un panecillo blanco y apetitoso que yo no había tocado desaparecía de pronto de la mesa, seguramente se lo guardó rauda en el bolso o lo ocultó con su túnica, en la anchura de las mangas o entre los pliegues. Los dejé tomando café, aceptando ella encadenados los cigarrillos americanos del estraperlo patrio que mi padre le ofrecía, esforzándose ambos por mantener viva una charla algo compleja, habida cuenta de que el inglés de él era sólo mediano y el español de Olivia, nulo. Entretanto, yo me reuní con Kavannagh en uno de los suntuosos salones, The Promenade. El veterano agente del servicio secreto había recibido los resultados de mi trabajo la noche anterior; apenas aterricé, los entregué discretamente a un anónimo individuo antes de abandonar el aeropuerto.

—Le agradecemos su gran labor, señora Bonnard. Hemos leído con sumo detalle su informe y obtenido una impresión meridiana de cómo se han desarrollado los acontecimientos.

Ignoraba él la parte oscura del periplo: al asunto de la Gran Cruz no se me ocurrió dedicarle ni una línea. En cualquier caso, y para no contradecirlo, recibí sus comentarios con fingida complacencia. Venía solo esta vez Kavannagh, sin el rubio subalterno de las veces anteriores. Distinguido y pulcro como siempre, con un impecable traje, sus lentes de fina montura de oro y las púas del peine marcadas sobre las sienes grises.

—El gabinete aún está considerando los términos del posible viaje de Madame Perón a Londres, pero no le quepa duda de que los datos que usted aporta serán tenidos en consideración a la hora de alumbrar la postura definitiva.

No, no veía yo a los muy rectos ingleses batallando con el temperamento volcánico de Evita, ni organizándole recepciones multitudinarias o plagándola de caprichos tan costosos y absurdos como habían hecho en España. Aun así, para que sin censuras ni filtros les quedara constancia de cómo se desplegó todo, ahí estaban mis treinta y nueve folios informativos repletos de detalles sobre el desarrollo del viaje, sobre la primera dama y sus comportamientos, reacciones y acompañantes. A cambio, iba a recibir una respetable suma que me serviría para pagar la factura de aquel hotel de lujo y para sobrevivir con comodidad unos cuantos meses en algún otro hospedaje menos boyante y todavía incierto. Una cosa por la otra, fin del acuerdo. A partir de esa tarde, acababa mi vinculación con Kavannagh y los suyos. Y en cuanto volcara en los micrófonos de la BBC mi charla, me olvidaría de aquel capítulo peronista para siempre.

Terminó él su copa de brandy y la dejó sobre la mesa, se puso en pie.

—Permítame decirle, mi estimada amiga, que ha resultado muy grato trabajar con usted.

Le tendí la mano, repliqué cualquier cortesía vacua. Aquel elegante servidor de su majestad y las ocupaciones que desempeñaba ya no eran de mi incumbencia.

—Espero que disfrute del verano inglés.

—No tengo intención de quedarme, pero se lo agradezco.

—En ese caso, mis mejores deseos, allá donde vaya.

—A Marruecos —dije. Y, de inmediato, en su rostro percibí una reacción afilada.

—Ah —replicó. Sobrio, parco.

Retiré mi mano de su mano a la vez que él preguntaba:

—Por un casual..., ¿a Tánger?

—Sólo de paso.

Punto final. No iba a dar más explicaciones, el siguiente paso de mi vida era asunto mío, exclusivamente. No necesitó Kavannagh más señales para entenderlo.

—Le reitero de todos modos mis mejores deseos, señora Bonnard.

Lo vi dirigirse a la salida con el sombrero agarrado por la corona, me quedé contemplando su espalda. En ese preciso momento entraba Phillippa con Víctor en el cochecito; se cruzaron ignorándose el uno al otro. El rencuentro con mi niño sirvió para sacarme al agente de la cabeza de inmediato.

Esa misma tarde hablé por teléfono con George Camacho, el director del Servicio Latinoamericano. Me emplazó a realizar mis grabaciones cuanto antes, ahora que la visita de Eva Perón seguía transcurriendo por Italia y los medios aún recogían sus incidencias.

—Sería conveniente que nos reuniéramos, ¿le parece si almorzamos mañana?

Hice una contrapropuesta: pasarme yo misma a verlo. Prefería reservar la hora de comer para mi padre, disfrutar en lo posible de su breve estancia en Londres. Le fascinaba la ciudad desde que la visitó un par de veces hacía años, en su tránsito a Mánchester al encuentro con un proveedor de maquinaria, cuando él estaba en activo y aún funcionaba con brío Alvarado e Hijos, la fundición madrileña que le fue requisada al empezar la guerra y que nunca reabrió a su término. Era además un fervoroso admirador del Imperio, de Churchill, la revolución industrial y Chesterton; de los sastres de Savile Row y los sombreros de Lock & Co., los trenes puntuales y el agua de colonia Atkinsons. Por eso, en teoría, le propuse que me acompañara en mi fugaz regreso. No le desvelé que en mi invitación había, además, una razón subyacente: sacarlo de Madrid. Pura previsión, por si acaso algo se torcía en el buque argentino de Dodero antes de abandonar Barcelona. O por si, insospechadamente, Ramiro lograba desembarcar del mercante en cualquier otro puerto y acudía en mi busca a Madrid, a fin de exigirme cuentas. Para que no se viera Gonzalo Alvarado en la tesitura de tener que hacer frente a aquel malnacido si algo se descuadraba, preferí quitarlo de en medio.

A Miguela la mandamos unos días a su pueblo de Badajoz y en la casa de Hermosilla cerramos las contraventanas de los balcones y dimos tres vueltas a la llave de la puerta principal; a la portera la avisó él mismo de que se marchaba para una temporada larga. Después de Londres, el resto del verano lo pasaría en un pequeño hotel de Fuenterrabía, como era su costumbre: huyendo del calor mesetario, asomado al Cantábrico. Quizá mis cautelas eran excesivas y Ramiro jamás iba a volver a mi vida. Pero, conociéndolo como lo conocía, más me valía no bajar la guardia.

Retorné a Broadcasting House a la mañana siguiente; lucía un tenue sol y la gente en movimiento parecía más volátil, las mujeres vestían de colores, circulaban montones de bicicletas y en algunas esquinas había puestos de flores. Aunque pervivían los solares arrasados, socavones y numerosos destrozos, en varios sitios vi a albañiles trabajando y a pintores encaramados a los andamios repartiendo brochazos sobre las fachadas.

De aquella misma sede salí yo meses atrás cargando con mi radio, turbada por la reacción de la mujer de Nick Soutter y allí acudí de nuevo unos días después, otra vez a su encuentro. En su última carta, Nick me había puesto al tanto de que su trabajo en Palestina llegaba a su término; aún desconocía su siguiente destino, pero estaba en ello. De Fran Nash acababa también de tener noticias: todo en Jerusalén, según contaban ambos, avanzaba hacia el abismo, la violencia era cada vez más dolorosa y extrema. La memoria me devolvió a Marcus y el atentado del King David como una puñalada traicionera; para blindarme del dolor, me aferré al recuerdo vivo de mis amigos. Qué lejos quedaban ahora, en la distancia física y casi en el pensamiento. Nos habíamos separado hacía tan sólo medio año, y a menudo tenía la impresión de que habían transcurrido décadas.

—Magnífico todo lo que nos propone para su intervención en los micrófonos, querida Sira.

Las palabras de Camacho sonaban sinceras, no percibí doblez alguno.

—¡Apasionante! Ojalá hubiera podido acompañarla, chica; menuda experiencia.

Ángel Ara, mi entrañable compatriota, había acudido también a la reunión y se sumó al elogio; me alegró enormemente verlo.

—Hemos estado reflexionando, y creemos que podemos organizar cuatro piezas, según las etapas que cubrió en el viaje de doña Eva —prosiguió el director colombiano—. Resultaría interesante para la audiencia intercalar la información propia de las visitas con pinceladas de cada ciudad, algún retazo de historia, de geografía, idiosincrasia, arte...

Continuamos charlando, valorando alternativas hasta ponernos de acuerdo.

—Arrancaremos mañana entonces —concluyó Ara.

—Y para que afronte con buen ánimo esta nueva aventura radiofónica, tenemos además una sorpresa.

Tomó entonces Camacho un grueso paquete de sobres abiertos, adelantó el cuerpo y me los ofreció por encima de su mesa.

—Son para usted —dijo con su cadencia suave—. Vienen de México, Venezuela, de mi amada Colombia, del Uruguay y de la Argentina...

Los recibí extendiendo el brazo, incrédula. Ara no logró contenerse.

—Sus primeros admiradores del otro lado del charco.

Fruncí el ceño.

—Son reacciones de los oyentes al respecto de sus charlas sobre Palestina que emitimos hace unas semanas; es normal que escriban, lo hacen siempre —aclaró Camacho—. En este caso, son positivas al cien por cien, puede sentirse orgullosa. Y cuando empiezan a arribar con tanta fuerza, no hay duda de que lo seguirán haciendo.

Ojeé los sobres, los pasé uno a uno rápido, de una mano a otra. Todos distintos entre sí, variables las caligrafías, los sellos y matasellos, las calidades y los tonos del papel, los colores de la tinta.

—Recibiremos bastantes más de esos mismos países; las de Chile y el Perú se demoran un poco, más adelante vendrán las de Bolivia, Ecuador...

Dejé de oírlo. No sabía qué decían con exactitud aquellas misivas, lo único que me importaba era que se trataba de respuestas apreciativas a mi trabajo, la señal de que mis esfuerzos habían tenido un significado.

Abandoné el despacho con el bolso repleto de cartas y una extraña satisfacción corriéndome por las venas. Me crucé con multitud de gente por los pasillos, hombres y mujeres que avanzaban decididos, con urgencia la mayoría, con un rumbo y un propósito, a hacer algo concreto con sus vidas. Súbitamente, fantaseé con ser uno de ellos: profesionales implicados en un trabajo que ocupaba porciones de su tiempo, sus inquietudes, su pensamiento. Gente válida, útil, comprometida con sus tareas, como yo misma en ese instante. Preferí no recordar que, tan pronto como concluyera mis siguientes grabaciones, aquella funcionalidad mía se convertiría en humo.

Me extrañó encontrar a Kavannagh sentado en el lobby al volver al hotel. Solo, igual que el día anterior, tomando un aperitivo tempranero. Sostenía un pitillo entre los dedos, las piernas cruzadas dejaban al aire un par de tobillos flacos, envueltos en calcetines de punto de seda. Podría haber pasado por un cliente cualquiera del exclusivo The Dorchester, un señor maduro y atildado como tantos otros. Sólo que sus ojos permanecían demasiado atentos a la puerta. Al verme entrar, un gesto minúsculo se le contrajo en las comisuras de la boca.

Mis pasos repiquetearon rítmicos, iba apresurada, la reunión en la BBC se había demorado más de lo previsto. Había quedado con mi padre para almorzar, temía llegar tarde. Simpson's in the Strand era el sitio que él mismo había escogido, teníamos una reserva hecha, me esperaba allí con Olivia, que a todo se nos pegaba como una lapa. Intenté por eso evitar al agente y pasé de largo fingiendo no advertir su presencia.

—¿Señora Bonnard?

No coló, claro. Y no tuve más remedio que pararme.

—Señor Kavannagh —musité con desgana—. Disculpe, no le había visto.

Ni yo me esforcé en disimular mi mentira, ni él en corregirme.

—¿Me permite que le robe unos instantes?

—Creía que mi trabajo con ustedes había concluido.

—Tiene razón.

—¿Entonces?

—Se trata de algo distinto.

—Verá, no me interesa ahora mismo...

—Cinco minutos. Se lo prometo.

Nos instalamos en una esquina discreta, alejados del trasiego de visitantes y clientes.

—¿Desea tomar algo?

—No, gracias.

Me tendió abierta su pitillera de plata.

—¿Un cigarrillo?

—No, gracias.

Encendió el suyo, aspiró.

—Insisto, señor Kavannagh, tengo un poco de prisa.

—Lo imaginé al verla entrar —dijo expulsando volutas rizadas de humo—. Intentaré ser breve, disculpe.

—Se lo agradecería.

—Hay alguien interesado en conocerla.

Alcé una ceja.

—Verá, a veces recibimos consultas de ciertas personas o entidades ajenas a nuestro quehacer digamos oficial. Buscan cierto asesoramiento, a menudo un contacto: facilitar un lugar, un nombre, un dato...

No tenía la menor idea de lo que hablaba, estaba siendo oscuro en exceso. Carraspeé para que cayera en la cuenta.

—Perdóneme, voy al grano. Digamos, por ser breve, que un amigo me ha pedido para otro amigo una referencia.

Tratándose de Kavannagh y sus quehaceres, supuse que la palabra amigo tenía una doble cara.

—Y en esa cadena de amigos —añadió—, el último eslabón es un cliente privado.

Deslizó su mano al bolsillo, sacó algo que me tendió. Una tarjeta.

—Se trata en este caso de una solvente compañía aseguradora, nada que ver con nuestras funciones. Necesitan con extrema urgencia una colaboración. Por más señas, en Tánger.

65

Hicimos las grabaciones sobre el viaje de Evita casi del tirón; con la ayuda eficiente de Ángel Ara, todo resultó fluido. Trabajamos largas horas, eso sí. Y tardamos tres días, tres jornadas casi enteras en las que sólo logré ver a los míos al caer la tarde, poco antes de que Víctor se acostara, el tiempo justo para cenar con Olivia y mi padre, asistir con él a un concierto en el Royal Albert Hall o charlar un rato acerca de sus paseos por Londres, sus visitas a museos, parques y monumentos.

A lo largo de todo este tiempo, la tarjeta de Kavannagh permaneció sobre el escritorio de mi cuarto. Impresos, un nombre comercial, un nombre personal y una dirección en la City. En el reverso, anotado a mano con tinta de estilográfica, un número de teléfono.

Con la despedida de Eva Perón en Barcelona, concluimos el trabajo frente a los micrófonos: allí quedó mi voz, grabada en los surcos de tres discos de pizarra. Mi siguiente paso fue regresar a Broadcasting House para despedirme de George Camacho. Intercambiamos las cortesías de rigor, nos lanzamos recíprocamente nuestros mejores deseos.

—Y permítame por último recordarle la remuneración por su...

Lo interrumpí.

—Considere que ya he sido pagada.

Se negó a aceptar mi negativa, insistió.

—Hablo en serio, George. Hágase a la idea de que lo que

he recibido por mi quehacer en España incluye también mi participación con ustedes; al fin y al cabo, el contenido es el mismo. Utilice ese dinero para contratar a algún otro de mis compatriotas, me consta que necesitan más que yo estos trabajos.

Con su gentileza colombiana, me acompañó hasta el final del pasillo. Sólo cuando entré en el ascensor y se cerraron las puertas, desapareció de mi vista su rostro afable y carnoso, cara de buena gente.

Esa mañana de julio el ascensor estaba prácticamente vacío. Por eso, de inmediato, advertí una presencia que quizá en otra ocasión me habría pasado desapercibida, amontonada entre otros cuerpos. El pelo le había crecido, las puntas onduladas de la melena le descansaban ahora sobre los hombros. Se mantenía estilizada dentro de un vestido de muselina con cinturón granate, calzaba sandalias de tacón blancas con las uñas de los pies pintadas en un tono intenso. Entre los brazos portaba unas carpetas, pero no llevaba bolso; supuse por eso que su destino no era la calle, sino cualquier otra dependencia del edificio. Una vez dentro del ascensor, sólo pude contemplarla de refilón, las dos mirábamos hacia la puerta, cercanos nuestros costados, mientras el aparato descendía despacio. Ambas manteníamos una fingida actitud impasible; supuse que las dos masticábamos el mismo desconcierto.

Allí estaba otra vez Cora Soutter, la esposa o exesposa de Nick: aún desconocía con exactitud la situación oficial de su desafortunado matrimonio. Ella sabía quién era yo, yo sabía quién era ella; en su momento mantuvimos un encuentro cara a cara tan revelador como desconcertante. Esta vez, sin embargo, nos ignoramos con mutuo descaro y no cruzamos ni media palabra.

No tuvo más remedio que observarme, sin embargo, cuando salí en la planta baja: ella permaneció dentro mientras yo me encaminaba hacia la salida y las puertas empezaban a cerrarse a mi espalda. Me esforcé para que mis andares parecieran impasibles; mi aparente aplomo, por supuesto, era puro disimulo. No había podido evitar que la cercanía de aquella mujer me trastornara. Por lo que la unió con Nick, por el pasado compartido que yo desconocía y por los sentimientos de él hacia mí que ella me reveló de forma descarnada en su momento. Apretando el paso, respiré con alivio al tener la certeza de que las puertas se habían cerrado del todo detrás de mí y ella ya no podía verme. Entremezclado con el desahogo, sentí en la boca un leve sabor amargo. Lo generó sin duda una cierta envidia al ser consciente de que yo me iba y ella se quedaba.

Atrás dejé a Cora Soutter, con sus carpetas y sus obligaciones, bajando quizá a un estudio del sótano para recibir o repartir órdenes, o dirigiéndose a un despacho para participar en una reunión o negociar cualquier asunto. Para hacer, en breve, algo útil. En paralelo a eso, yo acababa de despedirme del director del Servicio Latinoamericano y me encaminaba a ningún sitio. A soportar a mi suegra, a charlar de naderías con mi padre, a aplaudir una y otra vez las gracias de mi hijo. Y después, una vez en Marruecos, a rencontrarme con mi madre y a dejarme arrastrar por el manso transcurrir de los días. Uno tras otro, tras otro, tras otro, vacuos y lentos.

Me esperaban Olivia y Gonzalo enzarzados en su charla confusa, frente a sendas copas de sherry. Ni se percataron cuando entré en el amplio comedor, pero yo sí los vi a ellos. En ese mismo instante, mientras mis pasos avanzaban hacia su mesa, mi padre decía algo inclinándose ligeramente y Olivia, al escucharlo, soltaba una sonora carcajada. Aún iba dando vueltas a mi adiós a la BBC y al encontronazo con Cora Soutter; quizá por eso, por mera distracción, no se me dispararon las alertas.

Ambos pidieron cordero galés, yo tan sólo unos espárragos con mayonesa. A dos voces, cada uno en su propia lengua, me fueron poniendo al tanto de sus destinos de esa mañana, Saint James's Park y la National Gallery; para la noche habían previsto una obra de teatro en el London Palladium y una cena en algún otro sitio.

—¿Cómo se llama, Sira, ese restaurante español del que me hablaste?

—Martínez.

—Martínez, exacto. Creo que a Olivia le gustaría conocerlo.

A duras penas contuve una risa sarcástica. ¿A Olivia le agradaría comer comida española? Mucho me extrañaba. En todos los meses que había compartido techo con ella, jamás mostró interés alguno por lo nuestro: en ningún momento me preguntó por mi país, mi familia, mi lengua, y, por supuesto, tampoco acerca de la gastronomía de aquella patria que ella consideraba ajena al mundo civilizado, medio salvaje.

Para mi sorpresa, sin embargo, mi suegra recibió el nombre del establecimiento con un arrebato entusiasta.

—¡Sí, sí, Martines, Martines!

Incluso dio un par de palmas. Y Gonzalo le rió la gracia.

Absorbí una bocanada de aire. No me apetecía lo más mínimo ir a ningún restaurante español; acababa de volver de España donde, mientras al pueblo le crujían las tripas con la hambruna, a la comitiva de Eva Perón nos habían cebado con una exageración obscena. Pero me plegué, qué remedio. Quería que mi padre disfrutara y, si mostrar esa cortesía hacia Olivia era su deseo, yo no iba a negarme.

—De acuerdo. Haré una reserva.

—No es necesario que vengas con nosotros si estás ocupada.

—Ya he terminado.

—Quizá prefieras quedarte entonces con el niño.

—Ya veremos. No creas que nos quedan muchos días de estancia.

Un camarero se acercó empujando el carro de los postres. Pidieron ambos suntuosas coupes dame blanche, yo tan sólo frutas de temporada.

—Bueno, respecto a eso... —añadió mi padre una vez servidos—. Respecto a marcharnos de Londres, no creo que haya ninguna prisa.

Acababa de pinchar con el tenedor una pequeña fresa, no llegué a llevármela a la boca.

—Sí, sí la hay. Esta misma tarde, de hecho, voy a comprar los pasajes. Nosotros encontraremos sin problema un barco vía Gibraltar, y un amigo español de la BBC me dijo ayer precisamente que salen varios ferries semanales desde Plymouth hasta Santander; después, desde allí, te será sencillo llegar hasta Fuenterrabía.

Al hablar de un amigo, me refería a Ara. Residente veterano en Inglaterra, aunque las usara poco, conocía todas las formas posibles de enlazar con España. Pero apenas me hizo demasiado caso mi padre, concentrado, al igual que Olivia, en su copa de helado con nata y chocolate fundido, una insospechada delicia para sus estómagos sufridores de dos posguerras igual de agrias.

—Verás, hija, es que Olivia y yo hemos pensado...

Fruncí el ceño. ¿Hemos? ¿Hemos pensado, decía? ¿Había oído bien? ¿Ellos? ¿Olivia y mi padre habían pensado algo a mis espaldas?

Fue ella quien tomó entonces la palabra.

—Yo invitar Gonzalo to stay in London —anunció firme en un español pésimo. Para rubricar su frase, se dedicó a rebañar la copa de helado. El tintineo de la cucharilla contra el cristal se me quedó clavado en los oídos.

Ninguno de los tres dijo una palabra en el camino de vuelta. Sólo cuando salimos nosotros dos del taxi, antes de entrar en el hotel, mientras ella continuaba rumbo a The Boltons, planté cara a mi padre, sin poder contenerme.

—¿Te importaría explicarme qué demonios estáis tramando entre tú y mi suegra?

—Es una mujer asombrosa, Sira.

—Asombrosa, ésa es exactamente la palabra, no has podido encontrar mejor etiqueta. Y ahora dime, ¿qué pretendes hacer con tu amiga asombrosa?

Su respuesta fue escueta.

—Vamos dentro.

Me puso una mano en el codo y amagó con dar un paso hacia el interior, lo frené antes.

—Aquí, ahora mismo, Gonzalo. Dime por favor qué me he perdido, qué es lo que pasa.

Estábamos debajo de la gran marquesina de la entrada, nos miró de reojo el doorman. Mi padre se tomó unos segundos para pensar lo que iba a decirme, su mirada vagó antes por el otro lado de la calle, sobre las copas de los árboles del parque. Hasta que se volvió hacia mí de nuevo y me clavó los ojos.

—¿Sabes desde cuándo no me hace reír una mujer, Sira?

No lo sabía ni me importaba. Y tampoco tenía humor en ese momento para jugar a las adivinanzas.

—Igual no exagero si te digo que la última fue tu madre.

Aun así, no pude resistirme a hacer cuentas. Mi madre, por Dios bendito. De eso hacía más de treinta años.

—Olivia es magnífica —prosiguió—. Es..., es... diferente, única.

Lo corté de inmediato.

—Escúchame, Gonzalo... —Jamás lo llamaba papá, ni padre, ni usaba con él ningún otro apelativo afectuoso—. Escúchame bien. Ella es la madre de Marcus, la abuela de Víctor, sois..., sois casi familia.

—No sigas por ahí, Sira. Por ese camino, tus argumentos hacen agua. Ni siquiera nosotros constamos oficialmente como padre e hija en ningún sitio. A efectos formales, no me une a Olivia ningún vínculo.

Tenía razón. Tenía toda la razón, mi juicio parecía haberse atrofiado. Necesitaba razonamientos sólidos, solventes, pero estaba tan rabiosa que no lograba encontrarlos. Por eso hube de recurrir a mis verdades más descarnadas.

—Es egoísta, intrusiva, manipuladora y mentirosa.

De su garganta brotó una carcajada.

—Es tu suegra, nada más.

—Es una hipócrita. Y no puede soportarme.

—Simplemente la descolocas. No sabe cómo actuar contigo. La superas, le resultas inasumible, extraña.

Daba igual en cualquier caso; la relación que manteníamos Olivia y yo era en exclusiva cosa nuestra. Lo que me preocupaba ahora era el vínculo con mi padre. La absurdidad que estaban tramando entre ambos.

—Bien, perfecto. Retiro lo dicho; la complicada soy yo, y Lady Olivia Bonnard es un ser encantador, una persona manejable y fácil. Ahora, dime, ¿qué vas a hacer con ella?

Se encogió de hombros.

—¿Sinceramente? No lo sé. Lo único que tengo claro es que, de momento, no quiero irme a ningún otro sitio. No quiero separarme de su lado.

—Pero, pero, pero...

Tenía la garganta seca, se me atoraban las palabras. Un regio automóvil paró cerca, descendió una pareja de clientes, un joven botones corrió a hacerse cargo de sus paquetes. Se dirigieron al interior hablando entre ellos en voz bastante más alta que la de los ingleses; ella, rubia y airosa, soltó una carcajada. Americanos ricos que volvían de hacer sus compras en Bond Street, el hotel estaba repleto de ellos.

—Han sido muchas las horas que hemos pasado juntos estos días —prosiguió Gonzalo—, mientras tú hacías tus grabaciones y asistías a tus reuniones y seguías con tu vida. Y nos hemos entendido.

Iba a recordarle que su inglés era mediocre y Olivia, incapaz de enlazar tres palabras seguidas en nuestra lengua. Pero él se me adelantó.

—A ciertas edades, no hace falta hablar demasiado.

En el lobby del hotel debían de estar empezando a servir el té; seguían parando autos particulares y taxis a nuestro lado, escupiendo clientes que entraban casi rozándonos, no nos habíamos movido del sitio. Ahí seguíamos, yo plantada frente a Gonzalo Alvarado: el ingeniero que ya no ingeniaba, el maduro madrileño lector del *ABC*, hombre de rutinas fijas y austero en excesos y aspavientos. Y ahí estaba él, sincerándose frente a su hija natural bajo la marquesina de The Dorchester, en el exclusivo Mayfair, en aquel Londres ajeno al que yo misma lo había arrastrado sin prever las consecuencias.

—Por Dios, padre... —musité. Era la primera vez que lo llamaba así, la primera en mi vida—. No me irás a decir que te has enamorado de Olivia.

66

Las oficinas de Brax Insurance Ltd estaban en un imponente edificio de la City. En King William Street, por ser precisa, muy cerca del monumento levantado en conmemoración del gran incendio que asoló la ciudad siglos antes.

No encontré por allí vendedores de flores en las esquinas, ni chicas con sandalias y vestidos veraniegos. Los hombres eran mayoría, circunspectos, enfundados en oscuros trajes de tres piezas, tan sombríos como los del invierno. Caminaban deprisa con sus zapatos brillantes, siempre negros según la estricta regla de no brown in town: el desatino de llevarlos marrones convertiría a cualquier varón de la zona financiera en un pobre diablo. A las mujeres, escasas, las supuse secretarias con rumbo a algún recado; vestían asimismo austeras, contagiadas por sus superiores y el entorno. Con mi sombrero de sinamay, guantes claros y un tailleur liviano, me sentí de pronto como si, en vez de bajar de un taxi, hubiera descendido de otra galaxia.

Se había ofrecido el tal Gregory Sacks para acudir a verme en persona al lugar de mi elección, pero preferí una vez más ser yo quien se moviera: confiaba en que la distancia física me aliviase la desazón que me corroía por dentro. Mi padre y Olivia juntos, por los clavos de Cristo. No se me iba de la cabeza. De hecho, la conmoción que me causó saberlo fue en gran medida lo que me empujó a dar el paso: una especie de huida hacia delante para alejarme de aquella realidad tan incómoda. Por esa razón la tarde previa, después del anuncio, mientras Gonzalo se preparaba con ilusión de cadete para llevar a mi suegra a cenar a Martínez, yo hice una llamada telefónica desde mi cuarto.

La conversación fue breve y neutra; no tenía la menor idea del tipo de hombre que iba a encontrarme cara a cara a la mañana siguiente. Quien me recibió resultó ser un varón alto y esquelético, con terno sobrio, corbata sobria y rostro sobrio de piel casi transparente, en torno a los cincuenta. Contenido en sus modos, tremendamente serio. En su despacho, como una extensión de sí mismo, no parecían tener cabida la liviandad o la frescura: lo evitaban las paredes paneladas en madera, las cortinas espesas y una alfombra oriental. Un escritorio presidía el despacho; tras él, un sillón Chesterfield giratorio y delante dos butacas. Me ofreció una de ellas, me senté obediente.

—Hemos sido debidamente informados de su eficiencia operativa, su extremada discreción y su solvencia.

¿Hasta dónde habría llegado Kavannagh al exponer mis credenciales a ese individuo? ¿Hasta el Rainbow Tour de Evita, tan sólo? ¿Hasta mis funciones en Madrid en favor de los ingleses durante la guerra? ¿Hasta Rosalinda, Beigbeder y el lejano encuentro con Hillgarth en la American Legation? Ni yo pregunté ni él me dio pistas.

—En consecuencia, creemos que puede ser usted la persona adecuada para abordar ciertos cometidos al respecto de un asunto delicado en extremo que tenemos entre manos. Sin abrumarla con detalles internos, sí puedo adelantarle que se trata de algo vinculado a una póliza de seguro muy concreta; una póliza que altera nuestros esquemas tradicionales, tanto en lo que respecta a la naturaleza de la pieza a asegurar como al entorno en el que va a moverse.

Volví a asentir, aunque no tenía la más remota idea de hacia dónde se dirigía el tal Sacks con su parlamento.

—Permítame antes de nada ponerla en antecedentes. Habrá oído hablar de la familia Romanov, supongo.

Los rusos, sí. Aunque mis años de escuela fueron escasos, hasta ahí sí llegaban mis conocimientos. Pero ¿qué demonios teníamos que ver con los zares de Rusia aquel circunspecto inglés y yo misma?

—A ellos hemos de remontarnos para proporcionarle una panorámica completa del asunto. Verá, tras el estallido de la Revolución bolchevique, una gran cantidad de las magníficas joyas que la dinastía había atesorado a lo largo de más de trescientos años se las quedó el nuevo Estado, otras se vendieron en el mercado negro dentro del propio país y hubo asimismo piezas que se desvanecieron sin dejar rastro; todo hace suponer que ciertas manos codiciosas pudieron desmontarlas para darles salida de forma fraccionada, casi piedra a piedra.

Mi barbilla se movió despacio, arriba y abajo, en señal de que no perdía el hilo.

—Al margen de todo eso —continuó—, existe además otro número significativo de joyas que sí salieron de Rusia y a las que se les ha podido seguir el rastro. Una vez atravesaron las fronteras, gran parte fueron vendidas o subastadas, y quedaron en manos a veces de compradores anónimos y en ocasiones de personalidades públicas: millonarios, celebridades o incluso miembros de otras casas reales. De hecho, algunas de ellas, son propiedad ahora mismo de nuestra propia realeza.

La impavidez de mi rostro hizo que Sacks estirara la comisura izquierda de la boca.

—No crea que estoy al tanto de las intimidades de la dinastía zarista, señora Bonnard; todo esto que le estoy contando lo he aprendido muy recientemente, por pura necesidad ante el asunto que nos convoca.

Volví a asentir por cuarta, quinta o sexta vez, ya había perdido la cuenta.

—Y así llegamos a nuestro objetivo. Entre esas joyas que lograron salvarse y hacer el tránsito hacia Occidente, se encuentran las de la viuda del gran duque Vladímir Alexándrovich, tío del zar Nicolás II. Formaban los duques en San Petersburgo, al parecer, una de las parejas más significativas de la corte; cuando las circunstancias se les pusieron difíciles, ella pudo huir a Crimea llevándose sólo algunas alhajas de diario. El resto, lo verdaderamente valioso, lo dejó escondido en un compartimento secreto en el palacio de Vladímir. Al final, la gran duquesa logró escapar hasta Venecia; fue la última Romanov que abandonó territorio ruso.

Hizo una pausa y cambió de tono. Suena a novela, ¿verdad?, eso dijo. Me encogí de hombros, no tenía respuesta. Prosiguió entonces el soliloquio.

—Y mientras tanto, un anticuario británico experto en arte y conocido de la familia real, un tal Albert Spotford, al parecer logró adentrarse en el palacio vestido como un simple trabajador, recuperó las joyas clandestinamente y, metidas en un par de grandes bolsones de cuero, logró traerlas hasta Londres, donde residían en el exilio los hijos de la gran duquesa. Unos años después, tras la muerte de ella, la familia repartió la herencia y cada uno hizo lo que se le antojó con su parte; algunas piezas quedaron en la familia y otras, las más valiosas, se acabaron vendiendo. La mítica tiara Vladímir, por ejemplo, es propiedad ahora mismo de la reina Mary. Y el soberbio juego de esmeraldas que la duquesa había recibido como regalo de bodas de su suegro, el zar Alejandro II, pasó a manos del joyero Pierre Cartier por una cantidad no revelada en su momento, pero con seguridad altísima.

Sobre la mesa de su escritorio tenía Sacks una carpeta de piel granate, la abrió con delicadeza. Sacó una fotografía del tamaño de una cuartilla, me la tendió.

—Así estaban montadas originalmente las legendarias esmeraldas de la gran duquesa Maria Pavlovna cuando salieron de Rusia. Se dice incluso que en el pasado pudieron pertenecer a Catalina la Grande.

El blanco y negro de la imagen no me impidió percibir que se trataba de algo bello y suntuoso como yo no había visto nunca. Un gran broche con una enorme esmeralda hexagonal y un collar con un buen número de piedras.

—Para quitarles ese aire un tanto imperial y ajustarlas a la moda del momento Cartier, al comprarlas, las rehízo en este collar largo estilo art déco. Lo llaman sautoir; hasta ahora yo desconocía ese nombre, disculpe mi ignorancia.

Su mano me acercó una segunda fotografía a través del escritorio. Las mismas piedras, en efecto, formaban ahora una composición del todo distinta: un precioso collar largo estilo años veinte, con la gran esmeralda en su parte más baja y el resto, según tamaño, en orden descendente.

—Esta creación fue adquirida por la excéntrica millonaria de Chicago Edith Rockefeller McCormick; se estima que pagó por ella casi medio millón de dólares. Lo de excéntrica no es una valoración mía, entiéndame, por favor. No soy persona dada a emitir juicios de valor con frivolidad; si le comento el detalle es porque hay constancia clínica de que la señora afirmaba ser una reencarnación del faraón Tutankamón.

No supe si echarme a reír o salir corriendo. Todo lo que estaba entrando por mis oídos era tan insólito, tan extravagante y tan ajeno a mí que tuve de pronto la sensación de estar dentro de una opereta. Compartimentos secretos que ocultaban tesoros, anticuarios disfrazados que se los llevaban por la cara y americanas tronadas que creían haber sido faraones egipcios. Más aquel señor tan alto y tan serio, de rostro como de cera, contándome todo aquello dentro de un asfixiante despacho londinense en el que apenas entraba luz a pesar de encontrarnos en una espléndida mañana de julio. ¿Qué haces tú ahí, muchacha?, me habría reprochado mi madre. Deja de escuchar sandeces, vete ahora mismo en busca de tu hijo, separa a tu padre del alacrán de tu suegra y vuelve a casa. A casa, eso me habría ordenado Dolores, la modista de la calle de la Redondilla, tan recta y tan pragmática siempre. A casa. Como si yo supiera dónde estaba eso.

Ajeno a mis pensamientos, Sacks prosiguió con su relato.

—Para concluir la secuencia y enlazar con el presente, las esmeraldas fueron recompradas por Cartier tras el divorcio de la susodicha propietaria. Y se dice que regresaron a Europa desmontadas del collar y enviadas de una manera digamos poco ortodoxa. ¿Sabe cómo?

Alcé las cejas. No, no tenía ni idea de qué nuevo dislate estaba a punto de soltar por su boca.

—Al parecer, fueron escondidas dentro de cargamentos de té, en las bodegas de dos barcos mercantes. En uno de ellos vino la gema principal, y el resto en el otro. Cuentan que la fortuna de la dueña empezaba a flaquear y pretendía evitar problemas aduaneros, seguros e impuestos. Así las cosas, y readquiridas las esmeraldas por la joyería, éstas han vuelto a ser vendidas. La composición la integran ahora tan sólo siete piedras. Las han redimensionado con forma octogonal y el estilista de la casa Cartier, un tal... —Tomó una tarjeta de la mesa, leyó en voz alta—. Un tal Lucien Lachassagne ha creado una pieza del todo distinta. Por decisión de la nueva compradora, ahora forman una tiara convertible asimismo en gargantilla, vea...

A mis manos llegó una tercera imagen.

—No puede apreciarse bien por la falta de color, pero el engarce es oro amarillo, no platino como anteriormente. Al parecer, el diseño está inspirado en el arte hindú, en las coronas de las dinastías...

—¿Señor Sacks?

Levantó los ojos hacia mí, sorprendido.

—¿Le importaría aclararme de una vez para qué me quiere en este asunto?

—Disculpe. Disculpe —musitó—. Me estoy yendo demasiado por las ramas. Centrémonos, sí. A pesar de mi prolija introducción, creo que le ha quedado claro que yo no soy un experto en joyas, sino en seguros. No entiendo de pureza ni de belleza, ni de cortes o tallados, ni siquiera de quilates. Mi preocupación son tan sólo los números: cuánto puedo arriesgar para que algo compense en el negocio. Y puesto que se nos ha ofrecido la posibilidad de asegurar estas esmeraldas, lo que en Brax Insurance estamos sopesando son los límites de la cobertura. Y para eso, necesitamos trabajar con potenciales previsiones.

—Y yo, ¿qué tendría que ver en eso?

—Hemos sido informados de que el próximo destino de las esmeraldas, al menos durante un tiempo, será Tánger. Su propietaria acaba de adquirir allí un palacio, y es su intención lucirlas en la inauguración del mismo. Y ese detalle es lo que nos desconcierta y nos preocupa. Por eso, antes de comprometernos, debemos hacer una exhaustiva valoración del riesgo.

—¿Podría ser más explícito?

Carraspeó, dispuesto a ir al grano.

—Necesitamos un análisis pormenorizado del palacio de Sidi Hosni, su entorno y particularidades. Necesitamos saber quién va a moverse en ese círculo, desde el personal de servicio hasta los posibles visitantes ocasionales de la residencia. Resultaría de nuestro interés asimismo conocer el cariz de la fiesta que se pretende celebrar y otra multitud de detalles que hemos de considerar en la evaluación de los límites de nuestra póliza.

Por fin. Así que eso era, por fin iba entendiendo. Aquí ya no había intereses oficiales ni cuestiones capaces de generar desencuentros entre países. Se trataba ahora de un mero asunto financiero.

—Y lo que ustedes pretenden es... ¿que sea yo quien me encargue de realizar un informe al respecto?

—Así es. Que usted misma acceda a ese entorno y nos ponga al tanto de forma pormenorizada. Después, en función de las particularidades y la potencial vulnerabilidad del lugar, tomaremos nuestras decisiones. Siempre y cuando usted, como compensación por su trabajo, estime correcta la suma de dos mil quinientas libras.

Tragué saliva con disimulo. Aquello era una brutalidad de dinero.

—Permítame que le hable con sinceridad, señora Bonnard. A Brax Insurance le interesa mucho, muchísimo esta clienta. Aunque neoyorquina por nacimiento, sus intereses y propiedades son cada vez más numerosos en Gran Bretaña y el continente europeo. Y a pesar de que su aseguradora hasta ahora ha sido de igual modo neoyorquina, nosotros confiamos en ir poco a poco absorbiendo la cobertura de ese patrimonio, desarrollando para ella un portfolio mucho más amplio. Para establecer, no obstante, las bases de nuestra relación de la manera más óptima, en este primer acercamiento a través de la tiara de esmeraldas, queremos andar con pies de plomo. Verá...

Lo corté. Me daba igual su empresa y sus procedimientos. Necesitaba saber otra cosa.

—Y ¿tienen previsto para mí algún tipo concreto de..., digamos, de pretexto o tapadera o subterfugio con el que acercarme al objetivo propuesto?

Cuando me transmuté en una supuesta modista marroquí primero, y cuando me convertí en una falsa periodista de la BBC después, me dieron esa tarea hecha: alguien decidió de antemano bajo qué cobertura habría de protegerme. El sector de las aseguradoras, sin embargo, resultó ser bastante menos imaginativo.

—Eso lo dejaríamos a su entera elección; anticipamos que usted, por sí misma, hallará la mejor manera.

Empecé a sentir un calor espeso, estuve tentada a acercarme a las ventanas, descorrer de un tirón los cortinones y abrirlas. Pero no me moví de la butaca.

—Falta un último detalle —dije en cambio—. No ha mencionado el nombre de la actual dueña de las esmeraldas y el palacio tangerino.

—Cierto. Entiendo que no reside usted de forma permanente en Gran Bretaña, pero quizá le resulten familiares los almacenes Woolworths.

—Los conozco, sí.

En uno de esos locales había comprado meses atrás unas cuantas cosas para Víctor.

—En tal caso, le resultará sencillo hacer conexiones. Hablamos de Barbara Hutton, la heredera de ese imperio.

67

Tánger empezó a desplegarse ante mis ojos blanca y compacta, recortada contra el cielo luminoso como un montón de pequeños cubos amontonados. A pesar de los esfuerzos por resistirme, no pude evitar rememorar otra llegada semejante. Once años y unos cuantos meses habían transcurrido desde que Ramiro y yo cruzamos el Estrecho con ese mismo rumbo, cuando yo era una joven sometida e incauta. Ahora no viajaba ningún hombre a mi lado, sino que llevaba a mi cargo a un niño, a una niñera y un equipaje voluminoso. Y heridas en el alma. Y una tarea concreta.

Me emocionó identificar a la figura que nos saludaba desde el muelle, agitando los brazos con aspavientos. Vestido de lino tostado, con una pajarita de fantasía y gafas nuevas, allí estaba Félix Aranda, mi vecino en los viejos tiempos del taller en Sidi Mandri. No habíamos perdido el contacto a lo largo de los años, sabía que él se había mudado de Tetuán a Tánger tras morir su madre, que trabajaba en algún tipo de oficina e intentaba, cuando la inspiración y la vida se lo permitían, hacer sus pinitos en el mundo del arte. Le había enviado yo un cablegrama desde Londres anunciando nuestra llegada.

—¡Pero qué alegría verte otra vez, emperatriz del remedo!

No logré contener una carcajada; así me llamaba él en aquellos días del ayer, cuando intentaba enseñarme modos, datos y apaños a fin de engañar a mis clientas, haciéndome pasar por la modista cosmopolita y glamurosa que evidentemente yo no era.

Repartió Félix abrazos, lanzó piropos y elogios, gritó a los mozos en árabe para que se encargaran de nuestros bultos. Una hora después, tomábamos juntos un ginfizz en la terraza del hotel Cecil. Curioso como siempre fue, no dejó de disparar preguntas.

—¿Y nuestra querida Mrs Fox? ¿Qué sabes de Rosalinda?

—Intenté dar con ella, pero no hubo forma.

—Voló la pichona...

—Exacto, aunque no tengo ni idea de adónde.

—Y de nuestro añorado altísimo comisario, ¿hay noticias? Jamás lo nombran ya en los periódicos.

—No sé nada de Beigbeder tampoco.

Bebimos un sorbo de limón y ginebra, mantuvimos luego el silencio, como si estuviéramos concentrados en la playa a nuestros pies o en la línea de costa española al otro lado del Estrecho. Las mentes de ambos, sin embargo, habían retornado a los días en que mi amiga y su amante eran la pareja más controvertida del Protectorado: la inglesa joven y desinhibida y el maduro militar franquista, poderoso, intrigante y un tanto excéntrico. Acariciaron la gloria y, una vez allí, plantaron cara al establishment franquista y cayeron a los infiernos. Él terminó convertido en un juguete roto; ella quizá logró enderezar su suerte.

—Y lo de Marcus, querida...

Estaba Félix al tanto de todo; por eso quizá no terminó la frase, tan sólo alzó su copa como si hiciera un brindis por mi marido muerto. Lo imité intentando que tras las gafas de sol no se me escapara una lágrima.

—Bueno, dejémonos de melancolías y vayamos a lo práctico. Cuéntame entonces, ¿vienes tan sólo de vacaciones como una lady en toda regla o tienes intención de quedarte?

Me recompuse los pliegues de algodón blanco del vestido, mientras organizaba las palabras.

—Vengo, entre otras cosas, a ofrecerte algo parecido a una colaboración.

Me miró socarrón. Habíamos permanecido en contacto a lo largo de los años, sí, pero de forma somera. Jamás le mencioné mi compromiso con los británicos, ni la verdad tras los supuestos afanes periodísticos de Marcus. Listo como era, sin embargo, seguramente sospechaba bastantes más cosas de las que yo le había contado.

—¿Y qué pretendes de mí? ¿Que haga pespuntes y dobladillos? ¿O que te dibuje bocetos como aquel traje de tenis? ¿Te acuerdas?

—Que te conviertas en una especie de asistente, eso es lo que te ofrezco.

El eco de la carcajada resonó por la terraza, hacia nosotros se volvieron varias cabezas. Era el Cecil un hotel de esencia decimonónica un tanto decadente, volcado al mar, lleno de turistas sobre todo británicos, quizá un poco añosos y trasnochados pero sin duda distinguidos; de esos que se negaban a alterar sus costumbres de todos los veranos.

—¡Chsss, calla, Félix! Escúchame atento. Estoy aquí para realizar un trabajo. Para mi tarea necesito ayuda, refuerzos, conexiones. Y me gustaría que tú pudieras echarme una mano.

—Una mano, otra mano, un pie, otro pie... Lo que haga falta, mi reina.

—Perfecto. Y ahora, respóndeme: ¿cómo de bien conoces el Tánger actual, más allá de tu propio entorno?

—¿Mi entorno? ¿Qué entorno? Desde que murió mi madre y volé de Tetuán, soy un verso suelto, querida. Nada me ata a nada. Voy, vengo, me muevo...

—Wonderful, my dear. Quedas contratado, vayamos entonces por partes. Lo primero que necesito es que me ayudes a buscar una casa mientras yo me voy unos días a Tetuán a ver a mi madre.

Atónito, abrió tanto la boca que casi le vi la campanilla.

—¿De verdad piensas comprarte...?

—Comprar no, loco. Alquilar simplemente. Una casa para unos meses; no sé cuánto tiempo nos quedaremos, pero prefiero ser precavida. Una casa con jardín, por el niño. Amueblada, amplia, cómoda, hermosa.

—Bueno, deja que investigue y te cuento. Aunque dicen que

los precios están subiendo una barbaridad, te lo advierto. Desde que se largaron los españolitos y acabó la guerra mundial, empezó la risa y esto va camino de convertirse en Montecarlo.

Volví a escuchar entonces una de sus peculiares lecciones, como hacía en las noches tetuaníes cuando cruzaba el descansillo que separaba nuestras viviendas y se instalaba en mi salón, después de dejar a su madre durmiendo la curda, ahíta de anís del Mono. Yo seguía entonces cosiendo mis encargos mientras él, infatigable, me hablaba alborotado de cine americano o grandes personajes literarios, de cotilleos de nuestros vecinos, celebridades, actualidad mundana, frivolidades y truculencias propias y ajenas.

—Agarrándose a la letra pequeña del Estatuto de Tánger como ciudad internacional, tan pronto arrancó la guerra europea, Franco mandó para acá a nuestras aguerridas tropas españolas durante una temporada, y a sus amigos nazis los dejó que camparan a sus anchas. Todo, de pronto, se españolizó con las normativas franquistas, hasta se reguló el uso de lenguas que no fueran el árabe o el castellano. Se prohibió el juego y dieron boleto al despiporre nocturno que aquí era marca de la casa; llegaron estrecheces que nunca se habían visto y el ambiente se volvió mucho más apagado y más rancio, ¿entiendes lo que te digo? Puritito ibérico, válgame Dios y brazo en alto.

No era ésa, desde luego, la panorámica que yo contemplaba ahora desde mi sillón de mimbre. La playa estaba llena de gente luciendo luminosos trajes de baño; tumbonas y sombrillas de colores punteaban la arena. Las terrazas y los balnearios se veían repletos de clientes y numerosos autos modernos recorrían la avenida de España, entre las palmeras.

—Poco antes de que terminase, por fortuna —prosiguió Félix—, el Caudillo se dio cuenta de que los aliados igual acababan ganando y ordenó a sus tropas que dejaran de dar la lata. Se devolvieron entonces los privilegios y las competencias del Estatuto de Zona Internacional, y entre eso y el fin de la contienda, esto está que bulle, ya ves; todo el mundo dice que vivimos en el mejor Tánger de la historia, divino, próspero, maravilloso. Se ha llenado esto de bancos, de agencias import-export, de locales nuevos... Con Europa desolada y muerta de hambre ahí al lado, nosotros somos un punto cercano y cotizado en el mapa. Fíjate tú que hasta cuentan que una americana multimillonaria se ha comprado aquí un palacio que te caes de culo.

—¿No me digas? —musité. Preferí no entrar todavía en detalles—. Bien, ahora tenemos que ponernos en marcha, Félix. Ya hablaremos tú y yo de millonarias y palacios; de momento, vamos a organizarnos...

Media hora más tarde, partíamos hacia Tetuán Víctor, Phillippa y yo en un taxi. Llevábamos sólo un par de maletas, el resto se había quedado en la consigna del Cecil: más maletas, un baúl, mi radio y algunos paquetes con las últimas compras que hice en Londres. Aunque ahora hubiera en Tánger hoteles más modernos y mundanos, ese establecimiento de opulencia caduca me serviría a la perfección como punto de arranque.

Con un nudo en la garganta, recorrí de nuevo aquella carretera Tánger–Tetuán en la que cada curva me traía un recuerdo. El viaje espantoso en el autobús de La Valenciana, cuando se malogró mi primer embarazo. Las idas y venidas en el descapotable de Rosalinda para negociar primero la deuda que Ramiro dejó a mi nombre en el Continental, para suplicar después la intervención del cónsul británico a fin de que nos ayudara a que mi madre pudiera dejar Madrid y llegar hasta Marruecos. Los días de asueto, las excursiones con Marcus.

Me recompuse al ver la ciudad al fondo; me pasé un pañuelo debajo de los ojos, por si la máscara de pestañas mezclada con la emoción me hubiera dejado una marca traicionera.

—Mohamed Torres, 17 —ordené al taxista.

Mi madre nos esperaba en el balcón. Había llamado yo por teléfono a Casa Ros, la tienda cercana; dejé un recado anunciando que llegaríamos en torno a las ocho, pero ella probablemente llevaba en guardia desde la hora de la siesta. Todas las lágrimas que logré retener frente a Félix en la terraza del Cecil y a lo largo del camino se me desbordaron ahora, al tenerla enfrente. Mi madre, ahí estaba, vestida de malva sin sombra de afeites. La entereza hecha persona, la voz de mi conciencia. Dignidad con nombre propio, la que me trajo al mundo sola y me crió con sacrificio hasta que yo, su criatura, decidí apartarme de su lado para seguir a un cretino. Mi madre, Dolores, tan estoica siempre, se deshacía ahora en cucamonas con mi hijo mientras permanecía aferrada a mi brazo, clavándome las uñas casi. Como si temiera que fuese a escapar de nuevo.

El piso era sencillo y relimpio; los muebles austeros, con mesa camilla, cocina económica y visillos de muselina. Su marido, Sebastián, resultó un hombre sereno y silencioso, viudo, recién jubilado como empleado de Correos, granadino de origen pero residente en el Protectorado desde la pacificación, allá por el año veintitantos.

Salimos a pasear con Víctor, calle Generalísimo arriba, calle Generalísimo abajo; hasta la plaza de España primero, luego vuelta atrás hasta la plaza Primo, saludando a gente ellos, orgullosa mi madre al mostrar su nieto a los conocidos que le salían al paso mientras yo me rencontraba con rincones de mi ayer, chispazos de nostalgia agazapados. Tetuán estaba abarrotada a la caída de la tarde, hermosa y cálida con sus fachadas blancas y sus pinceladas verdes y esa luz tan única. Parejas, familias, grupos de amigos, algunos militares de Infantería, de Artillería, de Aviación, de Regulares: todos recorrían sin prisa las calles o se sentaban en las terrazas de los bares y cafés a tomar un granizado de limón o una cerveza, un helado en La Glacial o simples cucuruchos de pipas y frutos secos recién tostados. Entreverados con ellos, los moros con sus chilabas, las moras con sus jaiques. Terminamos comiendo los célebres pinchitos en un cafetín cerca de la Alta Comisaría. Hube de hacer un hondo esfuerzo para que la melancolía no se me atragantara entre los bocados.

Habría resultado bastante más cómodo quedarnos en el hotel Nacional o en el Dersa, pero no quise rechazar los esfuerzos de mi madre. Una vecina le había prestado una cuna para Víctor, ya la tenía preparada con sábanas impolutas, recién planchadas. A mí me correspondió una estrecha cama en la misma habitación y a Phillippa, una especie de diván desplegado en el cuarto interior donde estaban las máquinas de coser, la de Dolores y la que fuera mía, limpias y silenciosas, detenidas en el tiempo. En un momento en que nadie pudo verme, mientras el alboroto seguía en el otro extremo del pasillo, volví a pasar la mano por ellas, despacio.

El día había sido largo, yo estaba exhausta. Aun así, saqué fuerzas y me quedé charlando con mi madre cuando todos se durmieron, el balcón del comedor abierto a la noche de par en par, el cielo lleno de estrellas frente a nosotras, la silueta imponente del Gorgues al fondo.

—¿Y tu padre, qué es de él? ¿Lo has visto últimamente?

Para mi contrariedad, Gonzalo se había quedado en Londres. En The Boltons, por más señas; instalado en el mismo dormitorio que yo ocupé durante meses. Cuando me informó de su decisión, no di crédito. Pero ¿cómo? Tú, tú, tú... —tartamudeé—. ¿Cómo vas tú a meterte en casa de..., de..., de...? Como un simple invitado, Sira, insistió él. Olivia me lo ha propuesto, y creo que es una buena idea. Más cómodo y económico que un hotel, y así nos haremos compañía el uno al otro.

En nuestra pacata España, aquella situación habría sido inadmisible: hembra y varón no santificados por el vínculo del matrimonio jamás deberían compartir el mismo techo. Y menos todavía tratándose de ciudadanos de bien, maduros, conservadores y formales burgueses. Incluso en Londres, menos rancia que Madrid, el apaño también resultaba un desatino. ¿Y no piensas ir a Fuenterrabía?, pregunté intentando atraerlo con un reclamo apetitoso. Ya veremos más adelante, dijo tan sólo. Opté por no seguir insistiendo, tampoco le avancé nada sobre los entresijos del testamento de Marcus. De quererlo yo, podría haber hecho saltar por los aires aquel desvarío ejerciendo mis derechos legales sobre la propiedad de la vivienda. Dominic Hodson lo dejó todo bien atado antes de volver a Nairobi, todos los trámites formales realizados. Pero ni abrí la boca a ese respecto ni moví un dedo: me limité a cenar con ellos como despedida, en el comedor de tantas otras veces. Yo misma llevé el vino y las viandas que compré en una nueva visita a Fortnum & Mason y las bajé a la cocina a escondidas, para que después Gertrude las sirviese en la mesa. Preferí no ser yo quien desencantara a mi padre en nuestra última noche juntos, confiaba en que la realidad se encargase de hacerlo.

En cualquier caso, en aquel rencuentro con mi madre, Gonzalo Alvarado y Olivia Bonnard quedaban muy lejos.

—Se encuentra bien —respondí tan sólo; para qué dar más explicaciones—. Cumpliendo años como todos, pero en orden.

Estábamos aún desayunando a la mañana siguiente cuando llamaron a la puerta, abrió Sebastián.

—¿Dónde están las manos más hacendosas del África entera, la mejor modista del mundo? ¿Y dónde está ese niño, que me lo voy a comer enterito a besos?

Quien gritaba sin recato mientras taconeaba a lo largo el pasillo no podía ser otra más que Candelaria: la deslenguada, descarada y entrañable matutera.

—¡Muerta de ganas por venir me quedé anoche, hasta a la peluquería había ido! Pero no quise yo meterme entre la familia, para no ser desconsiderada. Ahora, que esta mañana, de la que he abierto el ojo, para mí que me he dicho: ya está bien de esperas.

Acabó su parlamento justo en el momento de asomarse a la puerta del comedor, por fin la tuve enfrente. Más vieja, más oronda, con los labios pintados en mi honor y el bolso sin lustre apretado en la sobaquera; entre las manos traía un paquetón de churros. Genio y figura, mi vieja patrona, siempre tremenda. Ya sólo le quedaban acantonadas en su pensión de La Luneta, como restos del naufragio, las dos hermanas resecas de mis viejos tiempos.

—El resto de los huéspedes —confesó tras abrazarme— o se han marchado o se han muerto. Y nuevos, poquitos llegan.

Pasamos el día juntas, mi madre y ella peleándose por empujar el cochecito de Víctor por las calles; mi hijo un tanto apabullado hasta que ganó poco a poco confianza y entonces les desplegó todas sus gracias y ellas se las rieron henchidas de orgullo, colgándoles casi la baba. Al final de la tarde llegó la hora de abandonar Tetuán. Ocho, diez, doce veces tuve que repetirle a mi madre que no podíamos quedarnos más, pero que no se preocupase; que no sufriera, que a lo largo del verano nos seguiríamos viendo constantemente. No acabó muy convencida y le costó trabajo disimularlo.

Arrancaba ya el taxi cuando Candelaria dio un par de palmetazos sobre el techo y me gritó a través de la ventanilla abierta.

—Búscame tú por Tánger un marido o un trabajo o lo que te se ocurra, ¿eh, Sirita? Que una está muy necesitada, y a mí todito me vale, prenda.

68

Descarté la primera casa que fui a ver con Félix. Estaba en el Monte Viejo, era propiedad de la esposa de un funcionario holandés que, al enviudar, prefirió retornar a su tierra. La mantenía preparada, no obstante, por si alguna vez se le ocurría volver, cuando la lluvia se le tornara insoportable y añorase los cielos luminosos del Estrecho. Sin duda era una buena casa, grande y con extensión de terreno alrededor, pero la descarté por su situación, alejada en exceso: no me agradaba la idea de que Víctor se quedara allí solo con Phillippa mientras yo me movía por Tánger.

La segunda fue una villa en el Marshan, propiedad de una próspera familia judía, al final del paseo del Doctor Cenarro. Divina, rodeada de un jardín con buganvillas y palmeras, me la habría quedado en el acto de no haber estado vacía, a la espera de algún arrendatario que llegara con sus propios muebles. La tercera opción, por suerte, fue la definitiva. En una zona de nuevas construcciones, muy cerca del Hospital Italiano y de un club que yo desconocía hasta entonces. Recién inaugurado, me dijeron; lo frecuentan mucho los americanos, hay montones ahora por aquí, desde el fin de la guerra. Me bastó ver la piscina de aquel club vecino, el Parque Brooks, para confirmar que sería el lugar ideal para mi hijo y Phillippa durante mis ausencias. Agua, sombra, gente alrededor, servicio de restaurante. Esa misma tarde, dejamos el decadente hotel Cecil y nos instalamos.

Nos sobraba casa por todas partes en aquella preciosa villa

de ventanas altas, molduras en los techos y frescas baldosas con patrones geométricos en las habitaciones. La construcción era reciente y los muebles escasos, pero de inmediato nos encontramos a gusto. Para alegría de Víctor, dos gatos que campaban por el jardín se convirtieron también en residentes. Mientras yo acomodaba ropa y enseres en los armarios, Félix, ardoroso en su papel de asistente, reaparecía cada dos por tres con las adquisiciones más insospechadas, lo mismo un par de hamacas para el porche que avituallamiento para los primeros días o unos hermosos faroles para el pie de la escalera. Estaba yo terminando de ordenar los últimos cajones cuando llegó con sus conquistas humanas: dos jóvenes moras con sus pañolones blancos atados a las cabezas.

—Tu nuevo cuerpo de casa, querida.

Preferí no protestar y decirle que con las manos de una de ellas sería suficiente. Ambas se quedaron a mi servicio, igual que la dulce Jamila en los días de Tetuán, igual que nuestra querida Sharifa, que tanto hizo por nosotros cuando nos mudamos al Austrian Hospice en la Ciudad Vieja. Retornando a mis quehaceres, intenté librarme de las añoranzas.

Un par de horas más tarde di por concluidas las tareas domésticas.

—Salgamos a cenar —propuso Félix.

No tenía yo ganas, casi ni fuerzas; habría comido cualquier cosa, una raja de sandía, un tomate aliñado, y me habría quedado encantada charlando con mi viejo amigo bajo las estrellas en una de las hamacas que él mismo había traído, despreocupada, sin gota de maquillaje y con la melena suelta. Era consciente, no obstante, de que me convenía empezar a moverme. Acababa de cerrar primero el capítulo de la nostalgia y después el de la intendencia. Fin de ambos. Hora de abrir el siguiente.

Me vestí, me pinté y peiné con esmero: primera noche social de una nueva etapa, había que hacer el esfuerzo y dejarme llevar por Félix. Eligió él la terraza de Le Parade, otro local nuevo; supuse que se trataba de uno de sus sitios favoritos. Me garantizó que era, en esos días, lo más de lo más entre el beau monde tangerino.

Resultó estar ubicado Le Parade en una villa de la calle Fez reconvertida en restaurante, con jardín de tapias blancas, vegetación frondosa y una veintena de pequeñas mesas alumbradas con velas. Un pianista amenizaba el ambiente, los camareros marroquíes con fez rojo se movían ágiles con sus bandejas. La clientela era variada, a juzgar por las lenguas y los atuendos. Francés, inglés con acento británico o americano, algo de español aunque no mucho, algún ramalazo de italiano. El patrón de la propia ciudad, en pequeña escala.

No saludó a nadie Félix, sin embargo. Y nadie parecía conocerlo tampoco. Me extrañó: por lo que comentaba en sus cartas, por el desparpajo con que me recibió y por cómo hablaba de unos y otros, yo había presupuesto que estaba bien conectado en la ciudad, que le sobraban amigos y vínculos. Por eso me sorprendió que pasase tan desapercibido entre aquella colorida parroquia. Aun así, fingí concentrarme en mi menú, a la espera de cómo se desarrollaba la cena.

Decidí en cuestión de segundos, tomaría simplemente un lenguado. Él en cambio se demoró un rato, extasiado ante la carta, leyendo los nombres de los platos con sumo detenimiento, como si los paladeara, dudando y corrigiéndose hasta optar por tournedo Rossini. Silabeó luego la palabra champagne y, una vez acabó, colocó las manos encima del mantel y se dedicó a observar fascinado el entorno y el paisanaje.

—Ooooh, mira... —susurró—. Ese de la chaqueta amarilla, el del pañuelo de seda al cuello, es el gran David Herbert, un inglés algo así como el líder de la colonia de los anglosaxons. Y aquélla, la del turbante, debe de ser...

—Félix...

No me dejó intervenir.

—Y mira, mira..., el rubio alto guapísimo que va hacia el piano, para mí que es uno de los dueños de este sitio, Jay Has-no-sé-qué se llama.

—Félix...

Ni caso.

—Y aquéllos, los de la mesa del fondo, detrás de la fuente —dijo casi sin voz, derretido de gozo—, ésos son los escritores neoyorquinos; han llegado hace poco, son por lo visto muy modernos y liberados, viven en un hotelito del Monte, seguro que escribiendo maravillas...

—Félix, ¿quieres escucharme?

—Disculpa, cielo. Es que estoy tan tan tan...

—Óyeme. Pero tú a toda esta gente, ¿no la conoces personalmente?

—¿Yo? Ya quisiera. Sé quiénes son, pero ellos andan por sus propios circuitos.

—Y tú, ¿entonces?

Mi vida había dado tantas volteretas en los últimos años que, de alguna manera irracional, asumí que ambos, Félix y yo, habíamos hecho acrobacias similares en asuntos mundanos. Yo le hablaba en mis cartas de mis idas y venidas por Madrid, Jerusalén y Londres, de eventos, grandes hoteles, gente dispar y extraños especímenes; la parte más vistosa de las cosas le narraba, la espuma que tapaba lo ingrato. En respuesta, por sus cartas supe yo de su mudanza e imaginé asimismo que aquel traslado implicó un salto vital drástico: el abandono de la existencia sumisa que vivió con su madre para incorporarse a la sociedad tangerina más cosmopolita y sofisticada. Ahora, sin embargo, la realidad estaba trastocando mis presuposiciones. Con la actitud de Félix en aquel jardín, caía en la cuenta de que su desplazamiento había sido tan sólo físico, un mero salto geográfico. Esas gentes que nos rodeaban en Le Parade, aquellos extranjeros con su je ne sais quoi hedonista y aquellos profesionales expatriados, frívolos unos, formales otros, variablemente adinerados y similarmente desenvueltos, nada tenían que ver con mi antiguo vecino. Nada de nada.

—¿Félix?

Me disgustaba amargarle el plato y el momento. Pero necesitaba enterarme.

—Oficina de Abastecimientos, negociado de Estadísticas, de nueve a dos y de cuatro a siete. Y en mi tiempo libre, como te dije, intento pintar, aunque he de reconocer que no avanzo demasiado. Ah, y tres tardes a la semana voy al cine.

Ahí estaba, abierta en canal, la vida de mi vecino. Se libró de la tirana de su madre, huyó de Tetuán en busca del mito de una ciudad mágica y al cabo se encontró solo entre extraños, enganchado a un trabajo igual de tedioso que el anterior, e incapaz de acceder a esos círculos de artistas extravagantes que tanto admiraba.

—Así que, con toda esta gente, tú no te relacionas... —musité. Como si necesitara convencerme de aquella verdad que alteraba de manera radical mis previsiones.

—Mira, Sirita —añadió dejando de lado por un momento su efervescencia—. Eso del legendario Tánger internacional, a la vez existe y a la vez es un mito. Diversidad de orígenes hay mucha, eso es cierto; por mi trabajo tengo todos los datos en la cabeza, ¿te los recito?

No necesitaba los números, pero me servirían para hacerme una idea de la estampa.

—Ahí van: de los cien mil habitantes que en la actualidad tiene la ciudad, árabes marroquíes propiamente dichos hay casi setenta mil, y hebreos marroquíes unos ocho mil. Entre los cristianos, los españoles nos llevamos la palma, en torno a los quince mil censados sin contar irregulares: somos los extranjeros más abundantes con diferencia y los que marcan en cierta forma la vida de la ciudad, fíjate tú que hasta se habla de construir una plaza de toros. Después vienen los franceses que, como son tan auténticos ellos y tienen su propio Protectorado ahí abajo, parece que suman más pero se quedan en tres mil como mucho. Italianos e ingleses van luego; los siguen los portugueses, y ya belgas, holandeses, y un goteo del resto del planeta.

Deslizó entonces la mirada sobre el ambiente.

—Y aquí convivimos todos, en armonía, pero a la vez cada cual por su lado. Al final, la ciudad está dividida por líneas invisibles. Líneas no urbanas, sino de nacionalidad, de religión, de clase... Y aunque algunos las cruzan, la mayoría se mueve dentro de sus límites. Franceses con franceses, ingleses con ingleses, hebreos con hebreos... Incluso la colonia española, tan numerosa, tiene también sus partes definidas. La guerra dejó una huella bien honda entre los dos bandos; por otro lado, nada tienen que ver los cargos de la Administración o los empresarios o los profesionales de copete, qué sé yo, los médicos del hospital o el director del Banco de Bilbao o del Español de Crédito, con los montones de andaluces exiliados o emigrados que trabajan como albañiles o como camareros y viven en casas humildes o en pequeños patios llenos de geranios y ropa al viento.

Empezaba a entender. Más o menos.

—En fin, querida, en mitad de este batiburrillo, unos y otros se tratan con deferencia y, en el día a día, cruzan constantemente sus caminos, por supuesto. Hay niños españoles en el Lycée Regnault y en el Liceo Italiano, lo mismo que en el Colegio Español hay niños hebreos y árabes. Hay también familias de distintas nacionalidades que conviven como buenos vecinos en pisos del mismo edificio, hay incluso matrimonios mixtos. Pero al final del día, cada oveja con su pareja, ¿me entiendes? Cada cual lee su propia prensa, acude a su propia iglesia, ve en el cine las películas en su lengua y ventila sus asuntos al modo de su patria.

Una buena panorámica acababa de exponerme; hasta ahí todo correcto. Había, no obstante, algo que empecé a intuir desde que entramos a Le Parade. Y necesitaba que él me lo corroborara.

—O sea, ¿tú nunca acudes a las fiestas que organiza, qué sé yo, el inglés ese de la chaqueta color yema de huevo...?

—¿David Herbert, invitarme a mí a una fiesta? —Ahora sí

que estuvo a punto de atragantarse con un amago de carcajada—. Claro que no, loca. Ni él ni nadie de esos círculos.

La risotada que él contuvo sonó acto seguido colectiva en una mesa cercana; nos quedamos mirando sin disimulo.

—Los gritones esos son americanos, ya te he contado esta mañana en el Parque Brooks que, desde que los aliados ganaron la guerra, campan por aquí a montones. Todavía no los tenemos contabilizados con detalle en mi negociado, pero suman ya un buen número. Creo que tienen alguna instalación militar cerca, y varias emisoras nuevas de radio, y empiezan a abrir algunos negocios...

Lo interrumpí sin miramientos.

—O sea, Félix, por concretar. Lo que conoces de toda esta fauna internacional más allá de las cantidades es simplemente porque los observas y porque te gusta estar al tanto de lo que se mueve y...

—Y porque, en lo más profundo de mí, habita un gran cotilla, ya me conoces. Pero sí, querida; lamentándolo mucho, ahí acaba mi vínculo.

Me metí en la boca el tenedor, para que la decepción se mitigase con el sabor del pescado. En mis planes ilusos, yo había imaginado que Félix iba a resultarme útil para insertarme en los círculos en los que presuponía que llevaría a cabo mi nueva misión en Tánger. Colgada de su brazo, pretendería hacerme pasar por una difusa viajera sin pasado ni ataduras, moverme con el descaro y la falsedad de costumbre, soltando frases livianas, esparciendo evocaciones equívocas y mencionando escenarios agarrados por los pelos. Ahora, sin embargo, ese proyecto se me desinflaba como el soufflé glacé que acababan de servir en la mesa de al lado.

Contemplé a mi amigo mientras pedía su postre al camarero en un francés artificioso, de alumno aplicado, ufano en cualquier caso ante esa ocasión ajena a su día a día de aburrido oficinista a cargo de estadillos e informes, carpetas y papel secante. Y mientras lo contemplaba, me pregunté en qué momento se le quebraron las alas, cómo fue que no logró arrancar el vuelo que tanto ansiaba. Todas sus ilusiones, los sueños de vivir una vida alternativa, el genio artístico que yo le supuse cuando dibujaba esbozos para mis prendas parecían haber quedado en humo. Su madre estaba muerta y enterrada; él era libre en teoría, pero seguía amarrado a un trabajo mustio y a lo que leía en la prensa o los libros, lo que escuchaba en la radio o en charlas ajenas y lo que le pasaba por delante de sus ojos pero a distancia siempre. Sin implicarse nunca de forma personal. Un mero espectador, un simple voyeur de mundos ajenos.

—Esperabas más de mí, ¿verdad? —dijo mientras atacaba su crème brûlée sin mirarme a los ojos, como si me leyera el pensamiento.

Le mentí, por pura inercia.

—No sé a qué te refieres.

Alzó la vista entonces, se pasó despacio la servilleta por los labios.

—Sí lo sabes.

Las voces del resto de los comensales arroparon nuestro silencio. El pianista arrancó un tema animado, dos o tres parejas salieron a bailar, un fotógrafo disparó su cámara.

—Yo era el listo cuando nos conocimos, ¿te acuerdas? El versado, el informado, el culto. El que tenía ideales, ambiciones y las cosas bien claras. Tú por entonces, en cambio, eras sólo una criatura suspendida en el aire, frágil, vulnerable, sin visión del mundo ni perspectivas. Yo ansiaba librarme de mi madre, tú ansiabas reunirte con la tuya. Y ahora, míranos. La muy zorra de Encarna lleva tres años criando malvas en el cementerio civil de Tetuán, y yo sigo acogotado por su sombra. Y tú, en cambio, sacaste valor para no sólo reunirte con Dolores, sino también para separarte luego de ella sin desgarro y seguir tu propio camino. Y ahora aquí estás, de vuelta, convertida en una mujer formidable que tiene un propósito, bulle por dentro y hace volver cabezas.

Más parejas se sumaron a la pequeña pista, el tono del ambiente iba cambiando. Carcajadas, voces altas en varias lenguas, descorche de botellas y música vibrante.

Alargué mi mano hacia la de mi amigo, la apreté con fuerza.

—Me sigues haciendo falta, Félix. Cuento contigo. Te necesito a mi lado.

69

Buscar Sidi Hosni fue mi siguiente objetivo. Salí temprano a la mañana siguiente, antes de que Víctor se despertara y la casa se llenase de movimiento. El cielo presagiaba otro día luminoso cuando abandoné mi nuevo barrio, parte de la antigua gran hacienda de un ciudadano inglés que se iba vendiendo a pedazos para que la ciudad moderna prosiguiera su despliegue. En paralelo a la tapia del cementerio musulmán, la larga Sidi Bouarrakia me llevó hasta el Zoco de Afuera. Pasé delante del bar Las Palomas y de la Mendoubia, al atravesar la gran Bab el Fhas vi a los comerciantes marroquíes trajinando en sus bakalitos, colocando sartenes y plumeros, matamoscas, cacerolas y barreños, preparando el género para los clientes que irían llegando a lo largo de la jornada.

Enfilé desde allí la avenida de Italia, con sus edificios de hermosos balcones curvos, apreté el paso al cruzarme con el cine Capitol, luego el Alcázar. Preferí que mi memoria no se detuviera en ellos: allí había estado con Ramiro varias veces en esos días desocupados y veleidosos en los que yo vivía cegada por su amor mientras en el hotel Continental, a mi espalda, se iba nutriendo una factura de la que al cabo hube de hacerme cargo. Sacudiéndome de encima los recuerdos ingratos, emprendí con brío la subida a la casbah. Llevaba sandalias sin tacón, pantalón claro y un carré de seda cubriéndome el pelo; ocultaba los ojos tras mis gafas de sol, podría haber pasado por una turista cualquiera. Sólo que por allí no había turistas; ni a aquella hora ni casi a ninguna. Éstos se quedaban en los balnearios de la playa y en las piscinas de los hoteles; como mucho alcanzaban a ver las grutas de Hércules o se sentaban en la terraza de algún café del Zoco Chico a fin de disfrutar de lo pintoresco de la ciudad por una tarde. A adentrarse en la vieja alcazaba, en la zona alta de la medina, tan sólo se atrevían los aventureros y los excéntricos.

Por eso me extrañó tanto saber que ése, precisamente, era el entorno elegido por la millonaria Barbara Hutton para comprar un palacio. El vendedor, según me informó el lánguido Sacks en su despacho de la aseguradora, fue un tal Maxwell Blake, diplomático estadounidense, decano del cuerpo consular en Tánger. Tras décadas de servicio en Marruecos, con la jubilación le llegó el momento de volver a casa; a Kansas City, of all places. Antes, a lo largo de las décadas y los distintos propietarios, mediante el desembolso tanto de dinero como de paciencia, y con la suma sucesiva de hasta siete viviendas, la casa se había expandido, uniendo unas construcciones con otras hasta formar un lugar tan laberíntico como hermoso. Entre sus dueños originales estuvo el propio Sidi Hosni, santo musulmán que daba nombre al lugar y cuyos restos se decía que descansaban debajo de la edificación. Otro célebre propietario fue el legendario periodista de *The Times* Walter Harris, que acabó construyéndose una villa en la zona de Malabata, más allá de los arenales. Así, pasando de unos a otros y sufriendo transformaciones, acabó el palacio en manos de Barbara Hutton.

Todos los materiales a la vista eran originales; artesanos locales habían trabajado con manos hábiles y tradición legendaria la escayola, el barro, la forja y la madera. O eso constaba, al menos, en el informe de dos páginas que Sacks me entregó. La transacción se llevó a cabo por la cantidad de cien mil dólares americanos y el mobiliario original iba incluido en el precio. Punto final. Hasta ahí llegaban los datos que me aportaron. El resto tendría que averiguarlo por mi cuenta.

Intenté preguntar por el sitio a una mujer musulmana envuelta en su jaique, pero siguió su camino sin hacerme caso. Paré después a unos niños. ¿Sidi Hosni?, les dije. Se encogieron de hombros, rieron y me pidieron un duro. Continué subiendo, sorteando callejas, socavones, mondas de melón y patata, hoyos, mugre y gatos, preguntándome por qué demencial razón se le había ocurrido comprar allí una casa a una de las mujeres más ricas del planeta. De haber venido conmigo el precavido Gregory Sacks, de Brax Insurance Ltd, se habría muerto del susto. Fue un viejo de chilaba roñosa quien acabó señalando mi objetivo. Alzando una ruda muleta de palo, con la puntera me marcó el rumbo: hacia arriba y a la derecha. Tras dejar diez pesetas sobre su mano áspera, me dirigí a mi destino.

En lugar de celadores, guardianes o vigilantes, encontré un par de sacos de tierra junto a la cancela abierta. Sin nadie a quien preguntar, me adentré con andar cauto por un amplio pasillo descubierto. No había nadie tampoco en el primer patio que encontré; tan sólo una imponente puerta de madera con clavos bruñidos, entornada. En la cercanía percibí indicios de que alguien debería estar allí trabajando: una azada, una burda carretilla, tijeras de podar medio oxidadas. Un poco más allá, macetas y macetones, esquejes y plantas listas para hundir sus raíces en la tierra. Sin pretenderlo, recordé de pronto a Olivia trabajando en el jardín de The Boltons, lanzando órdenes a su par de torpes ayudantes. De haber estado mi autoritaria suegra a cargo de esa faena, no se le habrían escapado los jardineros. Lejos de detenerme, lo que la ausencia de humanidad logró fue darme alas. Sin encomendarme a nadie, en tres pasos, cuatro pasos, cinco pasos, estaba dentro.

Lo primero que encontré en el zaguán fueron unos grandes paquetones llenos de etiquetas extranjeras. Me incliné para ver de dónde provenían, encontré el emblema y la dirección de una tienda de decoración en Sloane Street, Knightsbridge, London. Dos o tres de ellos estaban aún cerrados, otros abiertos; de uno sobresalían grandes pedazos de telas. No logré resistirme, los tomé entre los dedos y los acaricié entre las yemas con delicadeza. El mero tacto me sirvió para distinguir magníficos terciopelos destinados a vestir ventanas, arcadas, balcones.

Las suelas de mis sandalias me permitieron moverme con sigilo por aquel laberinto de estancias y patios, terrazas y tramos imprevistos de escaleras. Ahora entendía cómo se habían ido incorporando las siete casas originales: con fluida armonía, pero sin forzar un orden. Y aun así, el palacio desprendía paz y belleza. Había algunos muebles y a la vez abundantes huecos que intuí recién vaciados, a la espera de que ocuparan esos espacios otras piezas al gusto de la nueva propietaria. Había alfombras enrolladas, cuadros y espejos descolgados, cosas fuera de sitio. Salones y dormitorios se sucedían inesperados, desplegando artesonados de madera labrada, zócalos llenos de volutas, rejas de forja.

Sin seguir un orden concreto, acabé asomándome a un bello patio; imaginé que era el principal de la casa. En el centro, una enorme higuera proporcionaba sombra a lo que intuí que era un comedor de verano. Otra escalera me condujo a la zona de la antecocina, la cocina, la despensa, el lavadero; subiendo más tramos anárquicos, terminé en la azotea abierta al cielo, una suerte de sucesión de terrazas comunicadas desde las que se contemplaba la medina entera con sus tejados llenos de ropa tendida, algunos tramos de la ciudad moderna y la grandiosidad del mar al fondo. Chillaron las gaviotas, la brisa del Atlántico me acarició la cara.

No era un palacio monumental Sidi Hosni. No era ostentoso ni excesivo ni grandilocuente. Pero ahora podía entender por qué razón había enamorado a la millonaria neoyorquina. Tenía magia y encanto, alma, personalidad propia.

El ruido metálico de las herramientas me sacó del embeleso. Alguien abajo, un jardinero seguramente, había empezado a trabajar, hora de quitarme de en medio. Mi objetivo era salir con discreción de aquel sitio; deslizándome sin ruido, empecé a descender escaleras y desandar tramos, perdiéndome varias veces. Hasta que logré llegar al zaguán principal y suspiré con alivio: casi lo había logrado, encontré allí otra vez los paquetones de telas medio abiertos. En cuestión de segundos estaría en el primer patio; en medio minuto, en la calle, casbah abajo.

Había dado un par de pasos, de puntillas hacia la puerta, cuando me paralizó una especie de murmullo, algo así como un ronroneo de fastidio. Tardé sólo segundos en identificarlo: salía de la boca de una mujer que en ese preciso instante emergió desde detrás de uno de los grandes bultos. Estaba agachada, por eso no la había visto. Ahora quedaba a apenas tres metros de mí, imposible quitarme de en medio.

—Mon dieu, ¡qué susto! —dijo llevándose la mano al pecho. Era delgadísima, tenía los pómulos altos, el cuello largo y la piel transparente. En la nariz sostenía unas gafas diminutas y sobre la frente le caía una especie de flequillo lleno de canas, el resto del pelo lo llevaba recogido en un rodete.

—Yo... —titubeé—. Disculpe, no pretendía...

—Aaah... —exclamó entonces aliviada—. ¡Es usted la costurera!

No dije ni sí ni no. Tan abrumada quedé que fui incapaz de articular palabra. ¿Quién era esa madura extranjera? ¿Por qué sabía quién era yo? ¿De qué me conocía si no nos habíamos visto nunca?

—¡Por fin ha llegado! —Su voz era seca, fuerte el acento. Con cuidado para no tropezar, empezó a moverse entre los paquetes—. Soy Ira Belline, housekeeper, encargada de la casa. Estuve esperándola ayer, Toni dijo que vendría por la tarde.

Abriéndose paso entre los bultos, logró salir a la parte vacía del zaguán, donde yo me había quedado inmóvil. Llevaba un pequeño cuaderno en una mano y un portaminas en la otra. Hizo una pausa, me contempló de arriba abajo, frunció el ceño.

—No la imaginaba así, pensé que sería una mujer de...

Lanzó una mano al aire, con un gesto difuso que venía a decir da igual.

—En fin, lo importante es que ya está aquí. Déjeme que le explique...

Pasó los siguientes minutos explicándose, en efecto. En el exclusivo establecimiento de Londres donde un afamado decorador de interiores había encargado cortinas para toda la casa, se habían equivocado con las medidas; una confusión absurda entre centímetros, pulgadas, pies y yardas. Conclusión: las habían hecho largas en exceso y había que cortarlas y recomponerlas. En una tarjeta llevaba anotadas las nuevas proporciones, me la tendió.

—¿Cuándo cree que podrá tenerlas listas?

En ese preciso instante debería haberla sacado de su equívoco. No, no es a mí a quien esperaba, disculpe, señora. En el pasado sí fui modista, ahora ya no. Ahora soy simplemente una intrusa que se pasea por el palacio sin permiso ni vergüenza; alguien a quien han encargado sopesar las particularidades de este lugar y las gentes que se mueven por él, sin que los implicados se enteren.

Lo que dije, sin embargo, fue algo muy distinto.

—¿Para cuándo las necesita?

—Lo antes posible, naturalmente. Pero es mucho trabajo, necesitará ayuda. La princesa llegará en dos semanas y aún quedan montones de cosas por hacer; si pudiéramos librarnos de esto antes de que empezaran con...

La interrumpí.

—Deme un par de días.

En el rostro dibujó una mueca entre la incredulidad y el desconcierto.

—¿En serio?

—Absolutamente. Sólo necesito que lleven los paquetes a mi casa.

—C'est merveilleux...

Tan desahogada quedó que se le escapó el francés sin darse cuenta.

—Vivo en la zona del Parque Brooks, hay un gran pino en la entrada de mi villa, dele esa instrucción a quien vaya a encargarse del porte.

Todavía no se le había borrado el gesto cuando me dirigí a la puerta y salí al patio; vi a un jardinero revolviendo tierra en los macetones, un marroquí tan viejo como sus herramientas. Lo ayudaban un par de muchachos; otros cargaban bultos desde la calle, la vida en Sidi Hosni había empezado a moverse.

A mi espalda oí entonces un carraspeo.

—Excusez-moi, madame...

Me di la vuelta, Ira Belline me había seguido. La miré desde detrás de mis grandes gafas.

—¿Y su nombre es...?

Le tendí la mano: lánguida, farsante, con una ligereza casi plumosa. Ya estaba allí la que no era yo, con una nueva identidad agarrada al vuelo.

—Arish Bonnard, encantada. Soy couturière, recién llegada de Buenos Aires, aunque ya viví aquí en Tánger años atrás durante un tiempo. Me dedico a la alta costura y no suelo hacer este tipo de trabajos de índole decorativa, como es obvio. Considérelo un favor especial, por tratarse de...

Iba a decir Barbara Hutton, el nombre que me llevaba resonando desde hacía días en el cerebro. Pero rescaté súbitamente la forma en que ella misma la había nombrado sólo un minuto antes.

—... por tratarse de la princesa.

El contraste al volver a pisar la medina fue violento. Ruidos y gritos, olores, moscas, gentes: como si la parte vieja de la ciudad se hubiese despertado con furia durante el tiempo que yo había estado dentro del palacio. Empecé a descender entre hombres y mujeres vestidos con chilabas, ropones y jaiques, niños descalzos, viejos con harapos. Había algunos puestos y tenderetes, vendedores ambulantes, alfombras colgadas en las ventanas, jaulas, charcos, mendigos en cuclillas cubiertos por capuchones, con las manos costrosas extendidas. Vida, vida desparramada, auténtica y propia, ajena a la suntuosidad cosmopolita de la interzona.

Algo más adelante, sin embargo, percibí una presencia distinta. Una cristiana madura vestida de oscuro y entrada en carnes subía acalorada la cuesta, extraña entre el gentío. Traía un gesto de abatimiento plantado en el rostro; aun estando a unos metros de distancia, noté su alivio al verme.

—Perdóneme usted, señorita, ¿habla español? Estoy buscando una casa que se llama Sidihoni o algo así.

La tasé rápido. Una costurera andaluza, desarraigada de su pueblo por las durezas de la vida y trasplantada a Tánger como tantos otros, dispuesta a ganarse unos francos, unas libras o unas pesetas trabajando en cualquier cosa que se le pusiera por delante.

—¿Es usted la costurera?, ¿la manda Toni?

—Sí, señorita, para servirla. Ayer estuve por aquí también, dando más vueltas que una peonza, pero no encontré el sitio.

Así fue como entró en mi vida Maruja Peña.

70

Colocamos las máquinas de coser en una de las habitaciones de la planta baja, una estancia sin apenas muebles y con dos altas ventanas en esquina para que entrara la luz y el aire: por delante quedaban largas horas de trabajo.

—Con los calores del verano, ya ve usted, señorita, apenas hay faena.

Aquel asueto indeseado para las costureras a mí me cuadró perfecto. Maruja, una vecina suya y una sobrina instalaron allí su campamento tan pronto como llegaron las telas.

Los paquetones aparecieron amontonados en un carro, intenté no reír ante el contraste: los suntuosos terciopelos comprados a precio de oro molido por un avezado interiorista en Londres llegaban a mi casa gracias al esfuerzo de dos jóvenes marroquíes y un par de burros. A cargo de la operación venía un tal Paco, que resultó ser el marido de la tal Toni. Paco, Toni e Ira Belline: ya tenía tres datos para mi informe, tres presencias vinculadas al palacio en cuyas atribuciones aún debería profundizar para hacerme una idea de su papel específico en el puzzle de Sidi Hosni.

Arrancaron a trabajar las mujeres con entrega; no eran grandes modistas, les faltaba refinamiento pero, bien dirigidas, funcionaban sin el menor problema. Me puse con ellas en un principio, marqué el camino, di pautas. Aunque la tarea no era complicada, había que hacerla con tino y delicadeza. En ningún momento, sin embargo, les desvelé el tejemaneje por el que yo misma me había hecho con el encargo; mi intención era pagarles bien, más que si hubieran hecho la labor por su cuenta, sin haber ejercido yo de intermediaria en la sombra. Y para mí se abría así la puerta del palacio de la alcazaba y sus gentes. Todos ganábamos, nadie perdía. Y volver a tener entre las manos aquellos preciosos tejidos, estar de nuevo rodeada de telas, agujas, tijeras e hilos me generó una especie de emoción momentánea, como un grato rencuentro con la mujer que fui algún día.

—Pero ¿qué locura es ésta? —preguntó Félix desde la puerta del taller improvisado. Tuvo que gritar para hacerse oír por encima del ruido de las máquinas.

Eran casi las seis de la tarde, dejé a mis nuevas operarias terminando el trabajo y pedí a Daniya, una de las chicas moras, que nos preparara un té con hierbabuena. A la espera, nos sentamos en el porche.

—O sea que para esto querías tener una casa grande; no para unas vacaciones sino para montar otro taller, ahora está claro el asunto.

Ni asentí ni le contradije, él prosiguió entusiasta.

—Chica, pero esas telas divinas, ¿de dónde salen? Contigo no las traías, en tu equipaje no cabía todo eso. Y tiempo para comprarlas tampoco te ha sobrado, que yo sepa.

Desde que llegué andaba dando vueltas a cómo plantear la situación a Félix: no tenía claro aún hasta dónde debería ser sincera y hasta dónde me convenía mantener cerrada la boca. A través del quiebro inesperado que tomó mi rumbo esa misma mañana, ahora tenía una excusa para que mi mentira fuese un poco menos mentirosa.

—Lo que me ha traído a Tánger, Félix, es el encargo de unos trabajos para Barbara Hutton.

—¿Barbara Hutton? —preguntó con desconcierto exagerado—. ¿La millonaria americana? ¿La heredera que dicen que se ha comprado aquí un palacio?

Sonreí con cara de buena persona mientras, por dentro, la mala conciencia me daba una patada.

—Exacto.

Soltó él tres palmadas sonoras y una gran carcajada. Víctor, que jugaba con retales sentado en el suelo a mis pies, lo imitó con grandes risas. Por alguna razón incomprensible, Félix, que tenía nula empatía con el mundo infantil, a mi hijo le hacía una enorme gracia.

—¡Sabía que algo inconfesable te traías entre manos, sinvergüenza! Y me he estado mordiendo la lengua, sin preguntarte, esperando a que te decidieras a contármelo tú misma.

—Va a instalarse aquí dentro de unas semanas y yo voy a ayudar con los... asuntos... textiles, digamos.

Daniya llegó con el té en una bandeja bruñida. Lo sirvió en pequeños vasos con un borboteo de agua hirviendo, olía a gloria.

—Oye oye oye, ¿y ya has podido ver el sitio por dentro?, ¿me dejarás que vaya contigo, me...?

Lo interrumpí.

—Ya veremos. Antes, te necesito para otra cosa.

Bárbara Hutton, nacida en Nueva York en 1911; treinta y seis años cumpliría en noviembre. Nieta de un acaudalado comerciante, huérfana de madre desde la infancia y sin demasiado interés el padre por encargarse de ella personalmente. Presentada en sociedad en 1930 con una lujosa fiesta; residente en Europa desde los veintiuno. Contrae su primer matrimonio a esa edad y se divorcia al poco. Contrae su segundo matrimonio dos años más tarde, se instala en Londres, nace su hijo y vuelve a divorciarse en 1937. Al estallar la guerra en Europa, retorna a los Estados Unidos. En 1942 contrae su tercer matrimonio con el actor Cary Grant, de quien se divorcia en 1945.

Eso era todo lo que yo sabía de la dueña de las esmeraldas, según fui informada por la aseguradora. Los datos asépticos y las fechas, eso constaba únicamente en los informes que me entregaron. Adentrarme en la que iba a ser su casa, sin embargo, me había removido la curiosidad. Quería ahondar en ella, indagar, acercarme de alguna forma. Pero carecía de tiempo y de recursos para hacerlo.

—¿Puedes tomarte unos días de vacaciones, Félix?

—Todos los que quieras, reina. En verano hay poco que hacer, nos pasamos el día en la oficina mano sobre mano, cazando moscas.

—Perfecto, porque necesito encargarte una tarea.

Sabía que le iba a fascinar mi plan, por lo que él mismo tenía de fisgón y chismoso. Averiguar todos los datos posibles sobre Barbara Hutton, de eso se trataba. Recomponer su vida para mí en la medida de lo posible. El alborozo de mi vecino hizo reír de nuevo a Víctor, hasta que casi se le saltaron las lágrimas.

—Tendrás que buscar sobre todo en prensa inglesa y americana, imagino que te dejarán verla en los consulados.

—Yo encontraré la forma, me pongo de inmediato.

Respetando el compromiso, dos días más tarde realicé mi desembarco en Sidi Hosni con el trabajo terminado. Incluso logré que del transporte se encargara un yerno de Maruja, en un carromato capaz de desplazarse entre las callejuelas de la medina y la casbah. Tardé en decidir qué ponerme para ese segundo encuentro con Ira Belline; me habría gustado algo distinto, exótico, a tono con el sitio y con la identidad fraudulenta que acababa de sacarme de la manga. Mi vestuario londinense, sin embargo, no me dio opción: sus líneas limpias y sus texturas neutras no admitían la menor extravagancia.

De nada me habría servido el esfuerzo en cualquier caso, porque mi objetivo no estaba allí en ese momento. La madura housekeeper, o persona de confianza o lo que fuese aquella extranjera entrada en años, no se encontraba en Sidi Hosni la tarde en que llegaron las cortinas rematadas, planchadas, dobladas y envueltas en papel manila con cordeles de seda granate. Sí encontré al jardinero y a sus ayudantes, y oí ruidos y voces en el interior. Pero esta vez yo no me moví del zaguán, preferí ser cauta.

Unas horas después, de vuelta en casa, Víctor se negaba a cenar, apretaba los labios y sacudía enérgico la cabeza. Lo habíamos intentado Phillippa y yo, pero nos toreó a ambas; al final, pedí a la niñera que me dejara sola con él, para que no se desconcentrara más de la cuenta. No parecía agradarle el puré que le había hecho alguna de las nuevas empleadas, y yo no había tenido tiempo de volcarme en asuntos domésticos para proporcionarle algo más apetitoso. Centrada en mi nuevo quehacer, ni siquiera había dado órdenes acerca de qué comprar o cómo cocinarlo, ni cómo llevar mínimamente el ritmo de la casa. Sentada frente a mi hijo en la cocina, volví a la carga con una nueva cucharada haciéndole el avión, los cinco lobitos y otras tantas tonterías que de nada sirvieron. Insistí, se siguió negando. Volví a insistir, no hubo manera; terco era mi niño cuando se empeñaba. Y yo estaba exhausta; para cumplir con mi palabra y respetar los tiempos, finalmente hube de sumarme al equipo de costureras, y había pasado el día entero dando puntadas. Respiré hondo, me aventuré de nuevo. Harto de mi obstinación, Víctor terminó dando un manotazo a la cuchara. Sólo entonces abrió la boca, para echarse a reír cuando vio el lamparón de puré que acababa de estampar sobre mi blusa clara. A la altura de mi pecho izquierdo, concretamente.

Justo en ese momento sonó el timbre. Intentando limpiarme con un paño húmedo, salí a la puerta. Supuse que sería Félix, quizá una de las chicas que habría olvidado algo. A quien jamás habría anticipado que encontraría allí era a Ira Belline.

—Yo quiero agradecer muchísimo su gran trabajo.

Y para que quedara constancia, se llevó una mano al corazón y se dio dos leves palmadas. Después sonrió mientras yo la invitaba a pasar por mera cortesía, en ningún momento se me ocurrió que fuese a aceptar. Pero sí, lo hizo.

—Acabamos de instalarnos, estamos aún...

—C'est une jolie maison.

Llamé a Phillippa para que se ocupara de Víctor, me disculpé por mi blusa manchada. No me hacía la menor gracia que la persona de confianza de Barbara Hutton me viera de esa guisa, desarreglada, bregando con un niño en plena crisis de rebeldía.

—Y tendrá que perdonarme, pero me temo que no tengo nada que ofrecerle.

Aquello le resultó indiferente.

—¿Es aquí donde han cosido todas las piezas?

Por suerte, Maruja y sus compañeras aún no se habían llevado sus máquinas de coser; pesaban demasiado y acordamos que mandarían a alguien a buscarlas al día siguiente. Había quedado, eso sí, todo recogido. Piezas sobrantes, retales, carretes, bobinas: todo en perfecto orden, como un minúsculo ejército de enseres. Le pedí por eso a Ida que me acompañara, le mostré la habitación en esquina. Las ventanas seguían abiertas de par en par, anochecía fuera y la estancia en semipenumbra, con los techos altos y las máquinas paradas, exudaba una rara belleza.

—Ha sido nuestro primer encargo en Tánger —dije tan sólo.

—No me cabe duda de que llegarán más en breve.

Intenté no dejarme arrastrar por la corriente.

—No, no tengo previsto...

Ahí dejé colgada la frase, ella tampoco pidió que la continuara. Remprendimos el camino hacia al salón, estábamos a punto de entrar cuando cambié de idea y le propuse salir al porche. La temperatura era una delicia, olía a galán de noche, a jazmín, a las rosas blancas de los arriates y a mar al fondo. Antes de que la invitara a sentarse, ella se dejó caer sobre una de las hamacas.

—Imagino que organizar Sidi Hosni está siendo complejo.

Hablé con cautela mientras prendía una cerilla para encender los faroles que había traído Félix. Las llamas brotaron en las velas con luz hermosa.

—Ni se imagina —reconoció en voz queda.

Un grupo animado pasó por delante de la verja del jardín, chicos, chicas, hablaban en italiano. Se dirigían sin duda al cercano Parque Brooks, había baile por la noche.

—¿Sabe? Siempre me tuve por una eficaz organizadora, he trabajado en muchos sitios, he sido socia de negocios en París, en Cannes, en Marrakech...

—Pero usted no es francesa, ¿verdad?

—No de origen; en realidad, nací en Rusia, pero llegué joven a Francia. Cuando la Revolución... En fin, ya sabe.

Sabía, sí. Por culpa de unas piedras que también salieron del país en aquellos tiempos turbios, estaba yo ahora en Tánger precisamente.

—Pero esto está superando mis límites —añadió casi en un murmullo—. Se suponía que iba a tratarse de algo de menor envergadura, un simple acondicionamiento temporal hasta que la princesa, una vez instalada, tomara decisiones.

—Y la cosa se ha acabado complicando...

Suspiró hondo, volvimos a oír ruido desde la calle, esta vez un taconeo acompasado con pisadas planas. La noche había caído del todo, imaginé que sería una pareja. Quizá tendría que haberme levantado a encender una luz, pero no lo hice. Nos iluminaban tan sólo los faroles, permanecimos entre las sombras.

—Todo se va multiplicando por dos, por tres, por cuatro, por cinco... —prosiguió en un recuento quedo, como si hablara para sí misma—. Hay constantes cambios de idea y de criterio, lo que ayer servía mañana ya no sirve. Más el agravante de la distancia: los encargos, los pedidos, las instrucciones; todo va y viene mediante cables y líneas de teléfono, cartas, paquetes. Las órdenes se cruzan con las contraórdenes, desde Londres no se tiene conciencia de que aquí se funciona a otro ritmo.

Ansié tener una botella de algo: de vino, de champagne, un simple refresco. Cualquier cosa que ofrecer a Ira Belline para hacerla sentir a gusto; para que siguiera hablando y mis oídos se llenaran de detalles acerca de Sidi Hosni y su dueña.

—Debe de ser una persona muy especial Madame Hutton.

—No le quepa duda, chérie.

—Y debe de estar enormemente ilusionada con su palacio.

—Évidemment. Aunque a muchos no les cabe en la cabeza; no entienden por qué se ha encaprichado de esta forma con una residencia sin duda hermosa pero tan tan compleja. —Soltó entonces una carcajada breve, seca—. ¡Ni siquiera saben cómo van a hacer pasar su automóvil por esas callejuelas!

Volví a recordar los alrededores, los socavones, los charcos, la población humilde, las basuras dispersas. Era, en efecto, un antojo un tanto extemporáneo habitar aquella casa.

—En fin, mon amie; no quiero robarle más tiempo, vayamos a lo importante.

Enderecé la espalda. ¿Lo importante? ¿Qué era lo importante? Pensé que había venido a agradecerme el trabajo, quizá a pagarme; un mero trámite en cualquier caso.

—Creo recordar que me dijo el otro día que ya había vivido en Tánger con anterioridad, así que supongo que conocerá bien la esencia de este mundo.

Sin entender a qué se refería, musité tan sólo:

—Más o menos.

—Verá, a la lista de requerimientos de la princesa se acaba de sumar uno nuevo: desea un vestuario acorde con el sitio. No un vestuario cualquiera, naturellement, sino algo con alma y calidad, no sé si me explico.

Se explicaba malamente, pero algo intuí entre sus palabras.

—Había previsto ir estos días a Marrakech —prosiguió—, conozco allí a alguien que confecciona ese tipo de prendas, un modisto francés exquisito aunque un tanto extravagante. Pero me veo tan tan saturada ahora mismo que me va a resultar imposible realizar ese viaje.

La dejé seguir sin interrumpirla, con la mirada fija en las llamas.

—Me preguntaba por eso si usted, Madame Bonnard, con su estilo y el equipo tan eficaz con el que cuenta, podría quizá preparar para la princesa una línea de prendas de inspiración marroquí para el verano.

Aún no había terminado yo de digerir la propuesta cuando Ira Belline suspiró con fuerza.

—Sé que se trata de una excentricidad más y le ruego que disculpe mi atrevimiento al proponérselo, pero ella se ha empeñado en tener esas prendas listas para su llegada. La nueva adquisición inmobiliaria ha desarrollado en la señora Hutton un hondo fervor por lo tradicional y auténtico. Parece incluso que pretende traer consigo valiosas joyas con un cierto aroma de exotismo, algo que, entre usted y yo, confieso que me deja perpleja; ya conoce los alrededores del palacio. En fin, confío al menos en que esas piezas vengan con un buen seguro. En caso contrario, que Dios nos coja confesados, como dicen sus compatriotas.

71

Tenía las manos hacendosas de Maruja Peña y sus compañeras del patio Pinto. Tenía mi criterio y mi bagaje como modista. Y tenía un objetivo que conseguir. Sumando esos tres factores, estaba muy cerca de obtener el ansiado acceso a Sidi Hosni y su mundo. Necesitaba, sin embargo, una cuarta pieza.

Tejido, tela, género. Eso era lo que me faltaba: material para trabajar. Ahí, precisamente, empezó el problema; no lo encontré por ningún sitio, a pesar de mis esfuerzos pateando Tánger. Un día entero dediqué a recorrer, una a una, las pequeñas tiendas de los artesanos de la medina donde la población marroquí hacía sus compras, pero todo lo que hallé fueron tejidos demasiado comunes o toscos en exceso, turgentes y sin caída, carentes de finura. Acudí al día siguiente a los comercios de la zona moderna, destinados a la clientela internacional. Casi todos eran propiedad de judíos, la piel se me erizó al distinguir aquí y allá algún cartel escrito en hebreo o símbolos que me evocaron Jerusalén.

Me costó, pero lo logré: no, no era justo por mi parte asociar a aquellos dignos comerciantes con los terroristas que acabaron con la vida de Marcus en el King David. Exigiéndome no tender puentes siniestros, fui asimismo entrando en una tienda tras otra en el Boulevard Pasteur, en la calle Velázquez, en la calle Murillo y la del Estatuto, en la Rue Jeanne d'Arc, en la Rue Delacroix y en cualquier esquina donde me dieron referencia de que algo quizá encontrara. Pero nada hallé tampoco: todo en estos establecimientos eran rollos de tejidos al corte para confecciones a la europea, sobrias lanas y algodones comunes, cretonas, gabardinas y franelas para trajes de señora y caballero, ropa infantil, uniformes. Nada encontré, en definitiva, que me sirviera para la línea de sofisticados caftanes que me había propuesto crear a fin de satisfacer las exigencias de Madame Hutton, la princesa sin principado, la extravagante heredera.

Alguien me habló de un anciano anticuario en el barrio de la Fuente Nueva, pero sólo di con una puerta cerrada las veces que fui hasta aquel rincón de la medina. Alguien me dijo también que en Fez había un viejo comerciante de antiguas telas persas pero, por mil razones distintas, ese viaje se escapaba de mi alcance. Volví a casa frustrada y muerta de calor pasadas las dos de la tarde, el levante azotaba con furia las azoteas y las fachadas, fastidiando el día de playa. Nada más abrir la puerta oí gritos y el llanto de Víctor en la cocina; me acerqué con paso precipitado para encontrar un panorama desastroso. Todo andaba manga por hombro: mi hijo estaba sentado en su silla alta, enfadado porque se empeñaban en darle de comer otra papilla que, de nuevo, no le gustaba. Phillippa y una de las muchachas árabes discutían sin entenderse; la otra, de espaldas, acariciaba a uno de los gatos encaramado al poyete mientras el otro animal, sin que nadie lo atendiera, lamía un plato.

—Pero ¿qué es esto?

Mi grito dio paso a un brusco silencio. Hasta Víctor dejó de llorar de pronto, mientras los gatos se escurrían hacia el patio trasero con sigilo culpable. En cuestión de segundos, sin embargo, se reinició el alboroto: los gritos de las chicas moras al unísono en dariya, las quejas lacrimógenas en inglés de una Phillippa acobardada, el berrinche sin palabras de mi hijo. Con el niño en brazos y apoyado en mi cadera, intenté mediar entre las tres jóvenes, pero no hubo forma: cómo poner de acuerdo a dos muchachas de extrarradio tangerino con una flemática súbdita del Imperio a cuenta de un puré de verduras. Harta, incapaz de hacerlas entenderse, pedí a las unas que recogieran la cocina y se fueran a sus casas, y a la otra que se quitara de en medio e hiciese lo que le diera la gana. Le di entonces a Víctor un plátano, subimos al piso de arriba para cambiarnos. Media hora más tarde estábamos los dos en un taxi camino de Tetuán, esta vez no hubo ocasión a lo largo de la carretera para melancolías ni añoranzas: bastante tenía con mis problemas presentes. La desesperanza por no encontrar las telas que necesitaba para mi trabajo; la frustración por no ser capaz de poner orden ni en mi propia casa. Indignada, enfadada con todos y conmigo misma, así hice el trayecto. Ni siquiera había conseguido que Víctor, dormido ahora con el traqueteo del coche, se terminase de comer el maldito plátano.

Mi madre volvió a recibirnos con los brazos abiertos, logró que su nieto merendara con glotonería y, contagiada por su aplomo, yo misma me fui serenando. Callé mis preocupaciones, no obstante; prefería que ella no me viera frágil. Salimos de nuevo a pasear mientras Sebastián se quedaba en casa leyendo el *Diario de África* y escuchando radio Dersa; recorrimos las calles de siempre, bajamos hasta el parque.

—¿Te parece si pasamos de vuelta por La Luneta y saludamos a Candelaria?

Asentí de inmediato, cómo iba a negarme. Accedimos por el extremo sur de la calle, el opuesto a la plaza de España: de fuera hacia dentro, deshaciendo el mismo camino que yo recorrí aquella noche temeraria en la que anduve cargada de pistolas bajo las estrellas, envuelta en un jaique. Jamás conté una palabra de ese episodio a mi madre, pero se me volvió a poner la carne de gallina al recordar aquella madrugada. El peso de los hierros pegados a mi piel a lo largo del camino hacia la estación, el terror mordiéndome las tripas cuando el retén militar me paró unos instantes. El trayecto de regreso, sucia y descalza, cuando el día empezaba a despuntar, cargada de billetes pero incapaz de sentir ni una pizca de satisfacción; la sospecha pavorosa al intuir lo que pudo haber sido del hombre que desató el cargamento de mi cuerpo.

Andando sin prisa, cruzándonos con moros y españoles, vendedores de bollos calentitos y cucuruchos de garbanzos tostados, pasamos por el teatro Nacional, el Monumental Cinema, el café Oriente, el bar Levante y el callejón de Intendencia; por delante de establecimientos que ya conocía y otros de apertura más reciente. Una especie de latigazo me recorrió las tripas al llegar a mi vieja pensión, hacia la mitad de la calle. Allí me vi otra vez, flaca, quebradiza, aferrada a mi pequeña maleta, aterrorizada ante la autoridad del inspector Vázquez.

La puerta estaba abierta; entramos al zaguán, sombrío y fresco. ¡Candelaria!, gritó mi madre. Nadie acudió a nosotras, aunque por mi memoria empezaron a trotar los residentes de entonces como si el ayer hubiese retornado de repente. El maestro don Anselmo con sus toses cargadas de flemas, el bobo de Paquito y su despótica madre, la tierna Jamila con un capazo de acelgas. ¡Candelaria!, volví a oír. Víctor protestó a su manera, no pareció gustarle el sitio. Yo, en cambio, no logré resistirme a avanzar de nuevo sobre las baldosas de aquel otro tiempo.

La encontramos en el patio a la espalda de la cocina, majando ingredientes en un lebrillo para un gazpacho. Sentada en una decrépita silla de enea, sola en ese espacio antes siempre tan lleno de presencias, con un mandil raído y alpargatas, el pelo falto de tinte y un tono apagado en la mirada. Alrededor, apenas percibí restos del verdor de entonces: vacíos estaban los tiestos antes frondosos, tan sólo asomaban unos geranios mortecinos plantados de cualquier forma en latas de conserva. Ni siquiera quedaba vida en las jaulas de los canarios.

—¡Pero qué sorpresa más grande, Virgen del amor hermoso!

En su voz mezcló la alegría genuina con cierta incomodidad mal contenida. No le hacía gracia que las viéramos, a ella y a su casa, en semejante estado de decadencia. Aun así, hizo de tripas corazón y nos invitó a sentarnos. Con el faldón del delantal limpió la mesa mugrienta. A Víctor le dio un chusco de pan que él aceptó encantado; mi madre y yo aceptamos un par de vasos de agua fresca del botijo.

Se dejó entonces caer a plomo, la madera de la silla crujió

bajo su peso mientras ella se daba en los muslos un par de recios palmetazos.

—Pues ya veis cómo está por aquí la cosa. Bien requetejodida; para qué vamos a engañarnos.

Intentamos aligerar su pesimismo sin demasiado convencimiento: no había manera de hacernos las ciegas ante la realidad evidente.

—Los huéspedes de ahora se van todos derechitos para las pensiones nuevas en pisos del ensanche, con sus balcones a la calle y su agua caliente y los cuartos sin goteras ni humedades. Pero eso es sólo una parte de mi mal fario; al menos, sin ellos, no me paso el día entero bregando como una percherona, que los huesos los tengo yo ya para pocos trotes. No, a los huéspedes no los echo en falta. Lo más puñetero para mí, lo que me tiene seca y revenida, es la otra parte del negocio.

Sus trapicheos, supuse. El comprar y vender bajo cuerda, los tejemanejes y los cambalaches. También en eso debía de andar de capa caída, a juzgar por el entorno.

Agarró de nuevo Candelaria la mano del almirez, concentró la mirada en los tomates partidos y los pedazos de pepino, echó un chorro de aceite y empezó a trabajarlos con fuerza; con saña casi. Sin alzar los ojos, añadió:

—La culpa de este contradiós es de los indios.

Fruncí las cejas. ¿Los indios? ¿De qué indios y de qué culpa hablaba la matutera? Apenas hube de esperar para encontrar respuestas, las explicaciones le manaron de corrido.

—Ya tenían por aquí algún que otro bazar antes, pero es que ahora, desde que acabó la guerra mundial, en nadita se han hecho los amos del cotarro. Las plumas estilográficas con las que yo antes trajinaba, las medias de fantasía, los relojes y los perfumes: eso que nos traíamos nosotras antes de Gibraltar escondido entre las sayas para revenderlo, aquí lo tienen ahora ellos, ahí, bien colocadito todo, bien a la vista en sus escaparates. Con lo que hemos corrido mis comadres y yo arriba y abajo para sacar unos míseros cuartos; con la de fatiguitas que hemos pasado para que la policía no nos trincase... ¿O es que ya no te acuerdas tú, Sirita, del comisario don Claudio y cómo me llevaba por la calle de la amargura, el muy cabronazo?

Recordé al comisario Vázquez con un punto de nostalgia. Y también caí en la existencia de algún bazar, pero nada de envergadura. Mi antigua patrona, entretanto, seguía con su brioso juego de muñeca machacando hortalizas para el futuro gazpacho.

—Hasta aparatos de radio venden ahora, aquí mismo están todos, en La Luneta. Y barnices para las uñas y cremas de esas de Pond's para la cara y máquinas de retratar y jabones Lux de los americanos. De todito tienen los desgraciados esos.

—¿Y qué hace aquí esa gente? —quiso saber mi madre. Su curiosidad era sincera, poco entendía ella también de la geografía y los devenires del mundo.

—Que hay problemas en la India, dicen, con esas puñetas del Imperio británico. Eso cuentan los que saben, que yo no entiendo ni papa.

Fue otra vez mi madre, cauta, quien me preguntó entonces.

—Tú que has vivido con su gente, hija, algo sabrás del Imperio ese.

Se hablaba de ello en las calles de Londres y en la prensa, en las cartas de Fran Nash y de Nick Soutter. El grandioso, poderoso, majestuoso Imperio británico hacía agua y se confirmaba el principio de su fin más pronto que tarde. Las revueltas a favor de la independencia en la India eran constantes; las negociaciones, arduas. Quizá por esa razón algunos se estaban adelantando y, en previsión de días turbios, optaban por marcharse. Aun así, yo seguía sin vincular Tetuán con el Raj británico.

Candelaria, cada vez más brusca en su faena de pulverizar tomates, pimientos y ajos, me lo aclaró de inmediato.

—A Gibraltar llegan, ése es en principio su destino. Y allí se quedan algunos, y otros se vienen para acá o para Ceuta, o se van para las Canarias según dicen. A dar por saco un rato.

Clavó entonces la maza del almirez en el fondo del lebrillo con tal rabia que acabó partiendo el barro del fondo. La masa chorreante se le escurrió por el mandil y las piernas, al suelo cayeron los pedazos de loza sucia y ella gritó una blasfemia que hizo a mi hijo soltar una carcajada.

Nos levantamos para ayudarla; mi madre le echó una mano con el delantal pringoso, yo me agaché a recoger los trozos del lebrillo hecho añicos. Víctor, entretanto, parecía disfrutar aquel show espontáneo.

—¿Tú de qué te ríes, niño? —preguntó entonces la matutera poniendo los brazos en jarras—. ¿Es que, porque tú seas también medio inglesito, no quieres que yo me meta con esa gente?

Como si la entendiera, desde su sitio en el suelo, Víctor le lanzó a los pies una piedra y le regaló otra risotada; las tres lo imitamos. Ni pizca de gracia tenía el asunto, pero la reacción infantil nos proporcionó una excusa para apartar a Candelaria de su desazón. Al menos, por un rato.

La esperamos mientras se lavaba y se cambiaba de ropa; salimos a la calle de nuevo y, como deferencia, la dejamos empujar el cochecito a lo largo de La Luneta. Unos metros más adelante, estiró el brazo y señaló con el índice tieso.

—Ahí, justo ahí, empiezan los bazares.

En nuestro paseo anterior no habíamos llegado mi madre y yo a ese tramo de la calle, el que iba desde la pensión hasta la plaza de España. El más comercial y el más transitado.

—Míralos, niña, uno detrás de otro han abierto sus locales; cuéntalos, lo mismo hay hasta seis o siete. De todo venden, fíjate tú qué hermosura de escaparates. Cristalerías, porcelanas, corbatas de caballero, medias finas, relojes suizos, trajes de baño de los Jantzen esos. Bueno, y no sabes qué telas tienen: sedas, brocados, hilos de oro... Para volverte majareta; de nada les falta, prenda.

Controlé las ganas de entrar de inmediato en uno de esos establecimientos; preferí esperar para no soliviantar más aún a la matutera. Dormimos aquella noche en casa de mi madre; me desperté cuando el muecín llamó a la primera oración, de amanecida. Antes de que los bazares descorrieran sus rejas, ya estaba yo de vuelta en La Luneta.

No le faltaba razón a Candelaria, algunas de las telas indias que me mostraron eran espléndidas. Mezclados con las mercancías más variopintas, encontré algodones suntuosos de Jaipur, sedas hechas con delicadeza por los legendarios tejedores de Benarés, piezas de tejido trabajadas con las diestras manos de hilanderos, tintoreros y bordadores siguiendo técnicas centenarias. Todos esos detalles me los proporcionaron los propietarios de los bazares, amables comerciantes alejados de los demonios con tridente que circulaban por el raciocinio rabioso de Candelaria.

No compré nada, sin embargo. Preferí reservarme. Y fue precisamente porque uno de ellos me dio otra pauta en su español extraño.

—Todas estas telas, bien. Pero si usted, señorita, querer comprar más mejores, usted deber ir a Gibraltar. Al almacén de mi familia, en Main Street. Desde allí distribuir. Allí encontrar maravillas.

72

Félix llegó justo antes de la cena, cuando la ensalada estaba ya lista y lo que habría de convertirse en una rotunda tortilla de patatas desparramaba su aroma por todas las estancias. La mesa, puesta en el porche, lucía un mantel recién planchado; incluso había una vela en el centro y un pequeño jarrón con tres rosas blancas cortadas de un parterre.

—¿Y este milagro, chica? ¿Has hecho que vengan a servirte desde el hotel Valentina, o es que te ha tocado un ángel de la guarda en la tómbola?

—Este milagro tiene nombre. Acércate a la cocina, anda.

El aullido de asombro retumbó entre las paredes. Acababa de encontrar mi amigo a la matutera sartén en mano, ella era la causante del cambio de rumbo en los quehaceres domésticos. La idea, como casi todas las cosas sensatas de mi vida, provino de mi madre. ¿Y si te la llevas a Tánger para que te eche una mano, hija? Yo me iría contigo si pudiera, a cuidarte al niño y poner orden en tu casa, pero con Sebastián ya sabes tú... A Candelaria, en cambio, le harías un buen favor. La tendrías ocupada, que falta le hace. Le pagarías lo que acordaseis; la pobre mujer, ya has visto, anda sin una perra. Y tú contarías con alguien de confianza.

Ese mismo mediodía se vino conmigo, exultante. A las viejas resecas, sus únicas huéspedes, las dejó a su avío en La Luneta; total, ya eran más parte de la pensión que los propios muebles. A lo largo del camino, habló imparable sobre la faja americana que pensaba comprarse en Monoprix y los tocinos de cielo que anticipaba saborear en La Española; llevaba consigo una costrosa maleta de cartón, a saber cuántos tumbos habría dado con ella, esquivando curvas y baches a lo largo de una vida entera. Tan pronto llegamos a Tánger, se puso en marcha. Soltó alabanzas a gritos al ver aquella casa nueva en la que el agua salía a chorros de los grifos, sobraban las bombillas y había incluso un refrigerador para mantener la comida fresca. Eligió una habitación del fondo y colgó en el armario sus escasas pertenencias: ropa sin lustre ni empaque, incluso alguna prenda de las que yo misma le cosí hacía más de una década, cuando aún no habíamos abierto el taller en el ensanche tetuaní y las vecinas eran mis únicas clientas.

Una vez ubicada, el paso siguiente fue asumir su papel de encargada de la casa: lo mismo que la diligente Ira Belline en Sidi Hosni, pero a otra escala. Repartió órdenes en árabe a las chicas, les estableció un horario y les impuso tareas concretas a partir de la mañana siguiente; incluso, sin chapurrear más de tres palabras en inglés, metió asimismo en vereda a la tierna Phillippa, siempre apocada y corta de impulsos. Concluidos los mandatos y advertencias, se amarró un mandil a la cintura, se plantó delante del fogón y en veinte minutos cocinó para Víctor un pequeño guiso que él apuró hasta relamerse. De ahí saltó a la cena de los mayores, simple y auténtica: ya les habría gustado en el Martínez de Londres ser capaces de servir una tortilla tan jugosa como aquélla. Justo estaba dándole la vuelta con maña, cuando mi antiguo vecino se asomó al que a partir de entonces sería el nuevo reino de la matutera.

Complacida, escuché los saludos a distancia: los gritos, las risas de ambos ante el rencuentro. La llegada de Candelaria me quitaba sin duda un peso de encima. Me aliviaba de responsabilidades y me garantizaba orden y gobierno bajo el techo del que habría de ser mi hogar, al menos durante un tiempo.

—Y ahora, queridas, si nos permiten, he de hablar sobre cuestiones de trabajo con la señora de la casa —anunció Félix.

Habíamos terminado de cenar en el jardín, los tres más Phillippa, asombrada la inglesita de que la invitásemos a unirse al grupo de viejos amigos: las manos a la cabeza se habría echado mi suegra de haber sido testigo de semejantes confianzas con el servicio.

Candelaria empezó a recoger la mesa.

—En un cuarto de hora dejo yo la cocina como los chorros del oro y cinco minutos después me meto entre las sábanas y me quedo más tiesa que la mojama.

La niñera, con menos explicaciones y más discreción, se quitó igualmente de en medio. Félix se sacó entonces unos cuantos folios doblados del bolsillo interior de la chaqueta.

—Bueno bueno bueno, querida. No te imaginas todo lo que he aprendido acerca de tu heredera.

Moviéndose por acá y por allá, consultando publicaciones en el consulado británico y la legación americana, indagando sabe Dios por qué otras entidades y recovecos, mi amigo traía un montón de notas escritas con su letra minuciosa de cumplido oficinista.

—Mañana, si quieres, te lo paso todo a máquina, pero ahora te lo cuento sólo por encima, d'accord?

Le pirraba a Félix insertar palabras en francés de vez en cuando; pequeños guiños a un cosmopolitismo que él apenas rozaba.

—De acuerdo, arranca.

—Bien, empecemos por el origen de la familia; por el abuelo. Franklin Winfield Woolworth, se llamaba. ¿Y a que no sabes a qué se dedicaba el buen hombre?

—A ganar dinero.

—Antes, quiero decir. Antes de montar su emporio.

—Ni idea.

—Pues era hijo de un humilde granjero y empezó a trabajar como aprendiz de dependiente en una tienda de pueblo, ni sueldo le daban siquiera. Allí vio que los pedazos de tela y otras mercancías que no parecían tener mucha aceptación entre la clientela acababan encima de una mesa, ofreciéndose a un precio único de cinco centavos. Y como era espabilado, aquello le dio una idea y decidió abrir su propio negocio vendiendo justo eso: cosas de escaso valor a un precio fijo. Treinta años después de la primera aventura, la modesta cadena de tiendas que llegó a montar en un principio se había convertido en los modernos almacenes Woolworths y poseía más de quinientos. Y gracias a ellos, dinero suficiente como para construir el edificio más alto del Nueva York del momento.

Seguíamos en el jardín, ya solos. Mi amigo había llevado esa noche una botella de vino francés, la estábamos terminando mientras a distancia sonaba la música del Parque Brooks, otra noche de orquesta y baile.

—Saltamos entonces a la siguiente generación —dijo acercando sus notas a la luz de la vela—. Tres hijas tuvo el señor tras casarse con su novia de toda la vida: Helena con hache, Edna sin hache y Jessie. Y de estas tres, la que nos interesa es la segunda. Alguna fotografía he visto y no es que fuera un primor precisamente, pero un fortunón como el suyo siempre ayuda a convertir a las feas en guapas, así que acabó casándose con un apuesto fulano que tampoco andaba mal de dinero y que, como era de esperar, la coronó desde el principio con sus correspondientes cuernos. Vivía por entonces el matrimonio a todo trapo en un suntuoso apartamento del hotel Plaza y tenían una niñita de seis años. Y una noche en que papaíto estaría con una de sus amantes y las niñeras e institutrices a saber dónde, la niñita echó en falta a su mamá y debió de recorrer los salones gritando mami, mami, mami...

—Félix, por favor —lo corté—. Déjate de tonterías y vamos al grano.

—Pardonne-moi, chérie; es que todo es así como tan dramático que no he podido resistirme.

—¿Qué pasó entonces?

—Que mamá se había tomado un tubazo de pastillas y se había quedado pajarito dentro de la bañera.

—¿Muerta, quieres decir? ¿Y allí la encontró la niña?

—La dulce Barbarita fue quien la halló, exacto; la misma que lucirá tus creaciones en breve. Huérfana de mamá quedó, con un padre que no le hacía ni puñetero caso y que, por previsoras medidas legales, tampoco podía meter mano a la fortuna que su legítima dejaba. Poco tardaron en irse también al cielo los abuelos, dejando más de mil almacenes operativos y montones de millones de dólares. Y la nena quedó sola y requeteforrada, repartiendo a partir de entonces su vida entre internados y casas de parientes.

Mis palabras sonaron como una reflexión en medio de la noche.

—Una infancia dura, seguro, a pesar del dinero.

—Bueno, ya sabes tú que las penas con pan son menos. Si a mí me hubieran dado a elegir, habría cambiado sin pensármelo a la zorra de mi madre por alguno de esos milloncejos.

—No seas bruto y sigue, venga.

Apuró su copa de vino, volvió a los apuntes.

—A los dieciocho la presentaron en sociedad en Nueva York, en una fiesta que por lo visto costó sesenta mil dólares; mañana en cuanto me levante me acerco a los cambistas de la calle de los Siaghin a ver cómo cotiza el dólar y te lo traduzco a pesetas. Pero muchísimo debió de ser porque aquello dicen que resultó un auténtico escándalo. Era el año 30, imagínate, plena Gran Depresión después del crash del 29, la gente arruinada, los negocios cerrándose, el personal sin trabajo y pasándolas canutas... Y mientras tanto, aquellos ricachones echaban la casa por la ventana, con sus botellazas de champagne y sus abrigazos de pieles y sus cochazos en el Ritz-Carlton, con Maurice Chevalier vestido de Santa Claus repartiendo suntuosos regalos navideños entre los invitados como quien reparte cacahuetes. Total, la prensa se les echó encima y los pusieron tan a caer de un burro que decidieron quitar a la chica de en medio mandándola a Europa. Y entonces vinieron los grandes cambios.

—¿En quién? ¿En ella?

—En su cuerpo más bien: de recia a consumida pasó, porque la chica hasta entonces era algo entradita en carnes y a partir de ahí, sin embargo, se convirtió en un palo de escoba. Y luego está el salto de simple y llana rica a supuesta princesa.

—Así la llama Ira Belline: princesa por aquí, princesa por allá. Pero ¿qué hizo? No me digas que compró un título.

—No, boba. Lo que se compró más bien fue un marido. Espérate, por aquí tengo el nombre...

Empezó a sonar un bolero desde el Parque Brooks, la noche limpia traía enteras las estrofas. Mujer, si puedes tú con Dios hablar...

—Aquí, aquí está. Un tal Alexis Mdivani resultó el afortunado. Ella tenía veintiún años, él veintiocho. Lo del linaje principesco es al parecer dudoso; por lo que he leído, se trataba de una familia de cierto abolengo que abandonó Georgia para instalarse en París cuando la invasión rusa, sabe Dios de dónde sacaron la nobleza. En cualquier caso, eso da lo mismo: el matrimonio duró sólo un par de años. Nuestra Barbara se quitó de encima al pollo con un acuerdo que le costó unos cuantos millones, pero no soltó el título. Fraudulento o no, aún lo sigue llevando.

—Bien, primer matrimonio kaput. Pasa al segundo.

—Ese mismo año volvió a casarse con un conde danés de apellido impronunciable, cambió de nacionalidad, se construyó una mansión en Londres, tuvo a su hijo Lance y se le acumularon los problemas. Al parecer, el nuevo marido era un tipo asqueroso que le dio una vida de perros; ella siguió con su anorexia y otros trastornos, y empezó a pegarle fuerte a la botella y a las pastillas hasta acabar en un sanatorio. Y aprovechando la situación, él intentó incapacitarla para administrar la fortuna por su cuenta.

No supe qué decir, la voz del cantante llenó mi silencio. Y tú, quién sabe por dónde andarás...

—En fin —prosiguió—, la cosa acabó en otro divorcio escandaloso que dio su buena carnaza a la prensa. Y él, desde luego, no se fue con las manos vacías. Escucha, te leo lo que se llevó el gachó, a ver dónde lo tengo...

—Da igual, Félix. No me interesa eso; venga, pasamos al siguiente.

—Para eso tenemos que saltar a California. Allá se fue ella en el 39, cuando empezó la guerra en Europa. Y fue entonces cuando pasó por el altar con Cary Grant. Tremendo bombazo el que soltaron en mitad de la guerra. La estrella de Hollywood y la mujer más rica del mundo, divorciados ambos, formaban de pronto pareja. Por lo visto se conocieron durante una campaña de propaganda para recaudar fondos y vender bonos a favor de los aliados; a ojos del público se convirtieron casi en héroes.

—Pero tampoco cuajó la cosa.

—Tampoco; se separaron tres años después. Ella, por lo visto, seguía bastante inestable de la azotea desde el esposo anterior y él no debe de tener un carácter así como suave, precisamente. Pero al menos fue un tipo elegante y no le exigió ni un dólar en el acuerdo de divorcio. Aunque ella, como el dinero le seguía saliendo por las orejas, decidió compensarlo.

—Muy generosa...

—Exacto. Ése, en concreto, es uno de los adjetivos que más se repite en todo lo que he leído. Parece que es generosa hasta rozar a veces lo absurdo: regala de todo a manos llenas, como si quisiera comprar afectos. The poor little rich girl, la llama desde su infancia la prensa.

—Resumiendo entonces, Félix...

—Resumiendo: tu futura clienta es, como acabo de decir, dadivosa hasta el exceso, y también depresiva crónica, caprichosa, inestable y voluble, medianamente alcohólica, adicta a sustancias varias y obsesiva con su aspecto físico hasta la anorexia. Ahora le ha dado por comprar un palacio en Tánger como mañana puede ser un cortijo en Sevilla, un pedazo dc la Gran Muralla china o un fuerte comanche. Lo que está claro es que lo que quiere lo consigue. Así que, chata, ya puedes ir afilando las tijeras.

73

—Quizá podríamos empezar con media docena de modelos de día y digamos un par de noche, ¿le parece?

Mi intención era volver a Sidi Hosni, para que Ira Belline me diese indicaciones precisas antes de ir a Gibraltar en busca de telas. Y, de paso, para seguir identificando las complejidades del palacio y su entorno a fin de centrarme en lo que de verdad era mi cometido en Tánger. Pero se me adelantó ella, y a primera hora de la mañana siguiente llegó a mi puerta un joven marroquí con un mensaje de la housekeeper rusa. Me citaba en el salón de té de Madame Porte; allí acudí a la hora prevista.

Ocho creaciones me propuso realizar de golpe. Ocho modelos para Barbara Hutton en menos de dos semanas. A punto estuve de soltar una carcajada y preguntarle ¿está usted loca? La labor sería titánica, inabarcable casi. Aun así, me acerqué la taza a los labios y no rechacé el encargo. Ya encontraría la manera.

Estábamos sentadas bajo un gran espejo, frente a una pequeña mesa redonda con mantel color vainilla. Alrededor, apenas había clientes: en una tarde del verano tangerino, la playa o las siestas resultaban más apetecibles que merendar un éclair de chocolate en aquel célebre local en la calle del Estatuto, aún no se habían mudado a la más moderna calle Goya. Pero Ira Belline, como Candelaria, era infatigable a pesar de los años que acumulaba. Por encima mencionó algunas de las tareas que la ocupaban en ese momento, desde conseguir alfombras bereberes acordes con las medidas de las estancias hasta lidiar con pintores, herreros y albañiles. No me preguntó dónde tenía previsto conseguir las telas para mi trabajo, ni yo le di explicaciones: bastante carga llevaba ella sobre su espalda estrecha como para aumentarla con mis problemas.

Las instrucciones que me facilitó se sostenían básicamente en tres puntales: calidad, charme y confianza en mi criterio. Una vez quedó todo pactado, pidió la cuenta y abrió el bolso para pagar; al ver su contenido lanzó un suspiro de hartazgo.

—Desde que se ha corrido la voz de que la princesa está a punto de instalarse en Tánger, no paran de llegar a Sidi Hosni todo tipo de peticiones y propuestas; gente que lo mismo se ofrece para trabajar que suplica un préstamo o plantea venderle una parcela, hacerla madrina de un recién nacido o endosarle un rebaño de cabras; no se imagina el disparate de reclamos. Généralement, ni me molesto en contestar, pero me temo que hay algunas cuestiones que no conviene pasar por alto. Como esta que llegó hace unos días, por ejemplo.

Sacó con dos dedos una cartulina color crema, impresa. La dejó sobre el mantel, no tuve más remedio que leerla. La Asociación Internacional de la Prensa tiene el honor de invitar a la señora Barbara Hutton o representante a su Gala Estival, a celebrar en las instalaciones de la Emsallah Garden. Hora, diez treinta. Fecha, esa misma noche.

—No me apetece asistir en absoluto —confesó dejando caer los párpados—. Pero me temo que no tengo más remedio. Desde París me han llegado claras instrucciones de estar a bien con los medios locales; al parecer, a la princesa le inquietan esas cosas.

Recordé las explicaciones de Félix la noche previa. Mencionó que la prensa norteamericana se le había lanzado a la yugular por los descomunales excesos de su puesta de largo, después dieron buena cuenta de sus bodas y divorcios; dijo también que la habían halagado por su generoso apoyo a las tropas durante la guerra. Sí, quizá Ira Belline tenía razón. Quizá a la célebre socialité, a pesar de ponerse el mundo por montera cuando le daba la gana, le preocupaba la imagen que se proyectaba de ella. Claro que ahora no hablábamos de *The New York Times* ni de periódicos de peso similar, sino de meras publicaciones locales en una esquina del mapa africano.

—En fin —concluyó la rusa recogiendo el cambio—. Intentaré sacar fuerzas.

—Quizá no resulte aburrido —dije. Tan sólo pretendía aliviarla: mis tiempos como falsa reportera habían terminado antes de dejar Londres.

Cerró el monedero con un clic, me miró a los ojos.

—¿No le apetecería asistir conmigo, chérie? Al fin y al cabo, las dos estamos ahora vinculadas a la princesa.

No tenía el menor interés, ciertamente. Pero me faltó rapidez para inventar una excusa, y esos segundos de silencio ella los interpretó como un sí a medias.

—No sé si conoce el sitio: es un hermoso jardín al aire libre, y seguro que sirven una cena apetitosa. Al menos, nos relajaremos un rato.

Aquel recinto de la Emsallah Garden resultó ser otro de los nuevos establecimientos de recreo surgidos de la guerra mundial. Y estaba, por suerte, relativamente cerca de mi casa, del consulado, el Hospital y el Colegio Español, de la plaza del Obispo Betanzos.

El ambiente era como de verbena elegante, con sus farolillos y sus bombillas, y a la vez con un amplio despliegue de mesas y camareros, distinción veraniega en los atuendos y una orquesta que tocaba una pieza melódica justo en el momento en que nosotras atravesamos el amplio arco vegetal de la entrada. Aunque la mayoría de los periodistas eran hombres, esa noche los acompañaban sus esposas, novias o amigas: no éramos Ira Belline y yo las únicas presencias femeninas aunque sí, quizá, las más diferentes. La rusa madura se había desprovisto de sus atuendos de diario y llevaba un traje de noche algo pasado de moda pero suntuoso en extremo. Yo, por mi parte, opté por el más vistoso de mis modelos ingleses, con hombros desnudos y espalda al aire. Ni siquiera había llegado a estrenarlo durante el tour de Eva Perón: lo encontré algo descarado para nuestra modosa España. Ahora, sin embargo, se me antojó perfecto para la noche tangerina a orillas del Atlántico. Al fin y al cabo nadie me conocía y por primera vez en mucho tiempo imaginé, ingenua de mí, que no tendría necesidad de soltar mentiras ni fingir artificios.

Me equivoqué, sin embargo. Tan pronto se supo que acudíamos en representación de Barbara Hutton, todo el mundo mostró un franco interés por conocernos. To make a long story short, como decían los ingleses, a ojos de aquella gente acabé súbitamente transmutada en alguien muy cercano a aquella célebre heredera que había tenido la disparatada idea de comprarse una casa en la alcazaba.

Por deformación quizá, aunque mi función esa noche careciese de contenido, activé una vez más mis facultades y fui registrando uno a uno los nombres de los medios y entidades que se nos acercaron. Me interrogaron los finísimos encargados de *La Dépêche marocaine*, el periódico francés. El locuaz americano que dirigía la *Tangier Gazette* no paró de acribillarme a preguntas mientras me miraba con descaro el escote, y los reporteros del semanario *Cosmópolis* me preguntaron si eran ciertos los rumores de que la opulenta americana pensaba dar una fiesta con centenares de invitados llegados de todo el planeta. Me saludó el veterano Alberto España, decano de los cronistas tangerinos, y los padres franciscanos que publicaban la revista *Mauritania* me consultaron con sumo respeto si doña Bárbara tendría a bien compadecerse de los más desventurados de ese lado del Estrecho haciendo algún generoso donativo a su causa. Charlé también con gente de las ondas; no tenía la menor idea de que hubiese tanto despliegue radiofónico en Tánger.

Los acentos y tonos de todos ellos eran variables; las preguntas, en cambio, básicamente las mismas: cuándo llegaría la princesa, cómo marchaban los preparativos, cuánto tiempo pensaba quedarse, qué tenía previsto hacer en Tánger, si estaría dispuesta a conceder una entrevista, si era cierto que había logrado comprar el palacio doblando la oferta que había hecho al anterior propietario el mismísimo Franco. El interés por la heredera del emporio Woolworths era mayor del que yo había supuesto y a todas luces parecía genuino, quizá porque todo el mundo presagiaba que su presencia podría resultar un potente imán capaz de atraer mayor prestigio, renombre y riqueza a la ciudad ya de por sí bastante próspera.

Seguíamos de pie, aún estábamos en el aperitivo, entre copas de vino, canapés y croquetas. Sin apenas darme cuenta, en algún momento Ira Belline y yo acabamos separadas en grupos distintos. Unos instantes después, se me presentó la plana mayor del diario *España*; charlé unos minutos con su director, Gregorio Corrochano, y con un simpático periodista, Jaime Menéndez, al que apodaban el Chato. A ninguno de ellos confesé que en el año 38, en plena Guerra Civil, estuve presente como invitada de Beigbeder en la inauguración de ese mismo periódico; fue precisamente el alto comisario quien inyectó dinero oficial a chorros para que su amigo Corrochano pusiese la publicación en marcha, una eficaz arma propagandística a favor del franquismo. Beigbeder, sin embargo, ya no andaba por Marruecos y, aunque su director era el mismo, el diario había evolucionado hacia un enfoque más internacional y aperturista: sin apenas censura, con una visión de las cosas más veraz y la manga ideológica algo más ancha. Tanto que sus ejemplares se esperaban como agua de mayo en la Península.

—Si no hay temporal en el Estrecho —me informó con orgullo el Chato—, hacia mediodía ya puede comprarse en Cádiz, Sevilla y Málaga, y a media tarde llega a los kioscos de Madrid, donde se los quitan de las manos.

Un fotógrafo del diario se acercó entonces para plasmar una imagen de grupo; Ira Belline seguía departiendo en un corrillo distinto y yo era la única mujer del mío en ese momento. Unos y otros se empeñaron en que ocupase un lugar preferente, quizá para que quedara testimonio de la presencia real de una conexión con Barbara Hutton, o quizá porque mi vestido y mi porte contribuirían a aliviar el exceso de corbatas. Atención, atención, una, dos y... tres. Saltó el flash, listo.

Y así continué un rato con un refresco en la mano, atendiendo los reclamos sin pillarme los dedos. En ningún momento se me ocurrió mencionar a nadie mis charlas en la BBC: desprovista de mi disfraz de reportera, me limité a esquivar preguntas comprometidas, a inventar respuestas tibias y a ejercer de florero rodeada por profesionales respetables y funcionarios de las potencias protectoras, empresarios y empleados de categoría, tanto hebreos como cristianos, apenas árabes. Lo único que dije acerca de mí fue que no, no vivía en Sidi Hosni, sino en una villa junto al Parque Brooks. De los que no hallé ni sombra por allí fue de los veleidosos extranjeros con foulards coloridos y chaquetas amarillas que cenaban en Le Parade y que tanto fascinaban a Félix. Tal como él mismo me aclaró, seguro que habitaban mundos aparte.

—Ésos deben de ser los nuevos de Gibraltar —dijo alguien—. Llegan ahora.

Las cabezas se giraron hacia las espaldas de tres hombres, algo me resultó vagamente familiar en el del centro. Quizá los andares, quizá la nuca, los hombros, el cuello. Pero no me detuve a tender puentes entre lo que mis ojos veían y los depósitos de la memoria: la mera mención de Gibraltar me devolvió de pronto a mis obligaciones más urgentes.

—Disculpen, señores, quizá puedan ayudarme. ¿Cuál es la forma más sencilla de llegar hasta la Roca?

Había supuesto que lo más rápido y lógico sería ir en barco. Al fin y al cabo, la distancia marítima era escasa: cruzar el Estrecho y listo.

—Están los ferrys de la Bland Line —apuntó alguien—. Pero los ingleses han establecido hace poco un vuelo diario. Debe de ser que desde el fin de la guerra les sobran los aviones.

A la risa compartida siguió el aviso para que ocupáramos nuestros lugares en las mesas.

—Je suis exténuée —me susurró Ira Belline cuando los invitados empezaron a moverse hacia sus sitios.

No hubo necesidad de dar más razones. Tras un puñado de etéreas disculpas, emprendimos juntas el camino hacia la salida, envueltas en la noche y dejando atrás asuntos que retornarían a su debido tiempo.

Sin yo saberlo aún, de aquellas tres espaldas masculinas, una la conocía de sobra.

Y sin intuirlo tampoco, dentro de la cámara del fotógrafo del diario *España* quedaba una imagen que me acabaría trayendo siniestras consecuencias.

74

Félix iba en el asiento a mi lado, agarré su mano y la estrujé con fuerza. Un carro tirado por un burro cruzaba por mitad de la pista de aterrizaje a la vez que el pequeño avión, en perpendicular, estaba a punto de tomar tierra. Los que no parecieron inmutarse fueron el viejo de boina y alpargatas que guiaba el tiro, ni el piloto al mando de nuestro vuelo. Aquella estampa debía de ser la tónica habitual en Gibraltar: viandantes, animales, autos y bicicletas, matuteras y aeronaves, contrabandistas y carretones se movían en distintas direcciones sobre aquel istmo arenoso de soberanía confusa que separaba la gran mole del Peñón del resto de la Península. Cada cual a lo suyo, a su albedrío y su ritmo. Británicos residentes y españoles de ida y vuelta que se desplazaban a diario a trabajar para ellos o a hacerse con bienes dispares para después revenderlos. Seguían siendo tiempos de cruda posguerra y el sur de la Península sufría serias estrecheces.

Dos razones me llevaron a pedir a Félix que me acompañase. En primer lugar, para que me echara una mano en las gestiones: mi intención era comprar las telas y llevarlas conmigo en el vuelo de vuelta esa misma tarde; me urgía empezar a trabajar, los atuendos de Madame Hutton no admitían más demora. Y para que me ayudase con pedidos y paquetes, necesitaba a alguien de confianza. Ésa fue la explicación que le di, y él aceptó eufórico; era la primera vez que subía a un avión, la primera vez en su vida que ponía un pie fuera de África. De español, en realidad, tenía tan sólo mi amigo la educación y el pasaporte; su esencia, por lo demás, era netamente colonial, desgajada de la madre patria, como un criollo al margen de las geografías de sus ancestros.

Lo que no le mencioné fue la segunda de las razones por las que precisaba de su compañía, preferí guardármela para mí y no confesarle el dolor que anticipaba. Hasta Gibraltar había ido yo con Marcus en coche desde Madrid para casarnos de la forma más parca y discreta. Sin flores ni iglesia ni invitados, ni anillos siquiera, en aquel mismo Peñón rubricamos Marcus y yo un proyecto de familia, un plan de futuro. Ahora él estaba muerto y yo había dado la enésima vuelta de campana para adoptar otra nueva identidad, falsa y difusa.

Por fortuna, el contraste entre el día invernal y plomizo de nuestra boda y la mañana veraniega en que descendimos del avión de la BOAC resultó tan drástico que la melancolía decidió ser simpática conmigo y me dio una tregua. En mi anterior visita encontré el Peñón férreamente militarizado, el comercio cerrado a cal y canto, la población evacuada a Irlanda del Norte, a Jamaica, a Madeira. Ahora, más de dos años después de la rendición de Alemania, aunque seguían viéndose abundantes marinos de la Royal Navy, los residentes civiles estaban de vuelta, repatriados, y las calles se desplegaban llenas de vida cotidiana y movimiento. Numerosas Union Jack ondeaban con la brisa: los pubs, cafés y tiendas estaban abiertos, circulaban repartidores y vendedores callejeros de helados, por todas partes se veían anuncios y carteles.

El taxi nos dejó en Main Street, delante justo del establecimiento que figuraba en la tarjeta que me habían entregado en La Luneta. DIALDAS & SONS. DEALERS IN WHOSALE & RETAIL, con casa madre en Hyderabad, India, y branches repartidas por todo lo ancho del globo: Hong Kong, Canton, Port Said, Bombay, Sierra Leona, Tenerife, Panamá, Casablanca. Y Tetuán, desde donde me mandaban, naturalmente.

El escaparate era amplio; de docenas de perchas y ganchos colgaban tapices, mantones, alfombras, prendas. Entramos Félix y yo, olía a incienso. Nos condujeron a un almacén interior; un atento encargado hindú de piel cobriza, pelo negrísimo y grandes dientes blancos empezó a mostrarnos género acorde con mis exigencias. Y, en efecto, los ojos se me abrieron admirados ante la belleza y calidad de lo que me puso delante. Viscosas hiladas, sedas exquisitas en tonos tanto vivos como serenos. Hilos y filamentos de fantasía, bobinas con las tonalidades de una amplia paleta, cintas, botones, bordados, brocados, abalorios. Todo un paraíso para una modista que llevaba tiempo sin coser y a la que, por un quiebro de la suerte, le habían encargado un caprichoso guardarropa de aroma moruno. Nada de aquello tenía esencia marroquí, venía del otro extremo del mundo, pero ya daría yo con la forma de que lo pareciese.

Dudé antes de decidirme: la variedad era prolija y debía seleccionar con tino. El encargado, paciente ante lo que intuía una buena operación mercantil, se retiró a la parte delantera de la tienda dejándome sola, para que me tomara mi tiempo. Félix por su parte, aburrido, decidió asimismo marcharse a la calle: no estaba dispuesto a desperdiciar su gran día entre aquellas paredes. Allí quedé yo, en aquel almacén escaso de iluminación, saliendo y entrando con las piezas en la mano para verlas a la luz del sol, vacilando, debatiendo conmigo misma. Y fue justo en una de esas salidas, con la parte frontal del bazar abarrotada de clientela, cuando percibí algo que me generó otro cierto déjà vu: igual que me pasó la noche previa, en la Emsallah Garden, con una espalda. Quizá fuese ahora un rostro, un gesto, un olor incierto, unas palabras sueltas. Algo, en mitad de aquel barullo, me resultó de pronto próximo, como una leve caricia en el alma cuando una anda entre tinieblas.

Acabé dejando un buen montón de libras esterlinas encima del mostrador mientras los empleados empezaban a envolver con manos hábiles mis paquetes; acordamos que ellos mismos los llevarían hasta el aeropuerto. Hora del almuerzo, la tienda estaba vacía, ya no quedaban clientes; tan sólo nosotros y la radio puesta. Era un noticiario lo que estaban emitiendo, la inminente independencia y partición de la India, Pakistán, Lord Mountbatten y

Nehru: ésa parecía ser la actualidad del momento. Los empleados detuvieron el quehacer unos instantes, se estaban refiriendo a su país de origen, les interesaban esas noticias. A mí, en paralelo, rodeada de mercaderías insólitas, algo se me encogió dentro. Y entonces, de forma súbita, fui consciente. No era el mensaje, sino la propia voz que las ondas desprendían lo que me trasladaba a otros momentos y me arrastraba al vuelo a otras tierras. Hablando con aplomo sobre la agonía del Imperio británico, quien sonaba era Nick Soutter.

¿Emisora? Station? ¿Qué emisora? ¿Qué station? Las preguntas salieron atropelladas de mi boca, los hombres tardaron unos instantes en entenderme.

—Aaah... —dijo al final el encargado con su sonrisa pacífica de enormes dientes—. GB. Gibraltar Radio.

Lo que no supieron fue aclararme dónde exactamente se encontraba el sitio del que procedían las emisiones. En ésas estábamos, intentando entre ellos ponerse de acuerdo, cuando Félix regresó con una botella de whisky escocés y dos cartones de Craven A, sus rutilantes compras.

—Pero ¿es que no vas a terminar nunca, cielo? Me estoy muriendo de hambre y he echado el ojo a un restaurante con el nombre de El Sombrero, pásmate, que tiene una pinta fantástica.

Sin contestarle todavía, me despedí precipitada de los cordiales indios.

—Ve a comer tú solo —le dije una vez fuera—. Aún tengo algo que hacer.

—¿Algo que hacer a estas horas? Pero si no queda un alma en la calle, chica; esta gente será todo lo British y todo lo súbdita de su majestad que tú quieras, pero las horas de la calor se las trajinan a la sombra, lo mismo que sus vecinos de La Línea.

Conseguí quitármelo de encima; mi siguiente decisión fue preguntar a uno de los bobbies locales, idénticos a los londinenses.

—Wellington Front, madam.

El taxista ignoraba que en aquella antigua fortificación militar hubieran instalado la sede de una emisora, por eso dio unos cuantos tumbos antes de dejarme en lo que parecía el acceso. No vi a nadie al entrar, con nadie me crucé una vez avancé hasta encontrar un pasillo sombrío y silencioso, en contraste feroz con la luminosidad de la bahía de Algeciras. Nada se parecían aquellas instalaciones a las espléndidas del PBS en Jerusalén, mucho menos aún a Broadcasting House o Bush House en Londres. A mi paso, entre paredes de roca bruta, hallé tan sólo una indicación señalando el camino hacia un estudio. Sin estar segura de nada, seguí la flecha.

Lo vi al fin a través del panel de cristal y por unos segundos no di crédito. El pelo revuelto, la corbata floja, las mangas de la camisa subidas hasta el codo dejando al aire sus manos grandes, sus muñecas morenas, el Orator de siempre con correa de cuero y aquellos hombros recios que me sostuvieron tantas veces en mi desconsuelo. Los mismos —ahora caía en la cuenta— que la noche anterior había percibido de espaldas en la cena de los periodistas tangerinos. Cuando él llegaba y yo me iba, y nos cruzamos sin vernos.

Frente a mí, separado tan sólo por un cristal y unos metros, estaba el hombre que fue mi amigo y mi consuelo en Palestina, el cuerpo grande con el que choqué accidentalmente al entrar en Barclays Bank mi primera mañana en Tierra Santa, los pies sobre los que vomité cuando aún no había confirmado mi embarazo. El profesional que confió en mi inexperiencia cuando le propuse colaborar en su radio, el marido de alguien que intentó hundirme en Londres a cuenta de unos celos ya sin sentido.

Estaba sentado frente al micrófono, pero no hablaba; el noticiario había terminado hacía un rato. Seguía sin embargo concentrado en sus papeles, ausente y serio, la mirada baja. Entre los dedos sostenía un cigarrillo casi consumido; estaba a punto de llevárselo a la boca para darle una última calada cuando toqué con los nudillos en la cristalera. Alzó la cabeza, frunció el entrecejo. No me distinguió en un principio: el pasillo estaba a oscuras, él tenía la luz eléctrica de aquel austero estudio encendida y el contraluz le impidió verme. Pero de alguna forma, poco a poco, pareció ir reconociendo mi silueta. Sin molestarse en mirar lo que hacía, aplastó el pitillo en el cenicero repleto de ceniza y colillas, brusco en sus movimientos como tantas otras veces. Empezó entonces a ponerse en pie. Despacio. Incrédulo.

75

Tampoco estaba lejos de mi casa el paseo del Doctor Cenarro; las indicaciones para llegar hasta allí me las dio un chavalillo mellado de pantalón corto y acento andaluz con el que me crucé en el Boulevard de Alejandría. Siguiendo la dirección de su dedo tieso, hacia allí me dirigí, en busca de Maruja Peña.

Tenía las ideas más o menos claras al respecto de las prendas a confeccionar, pero aún necesitaba detalles. Para conseguirlos, había hecho un nuevo encargo a Félix en el trayecto de vuelta a Tánger: que se documentara sobre vestimenta tradicional marroquí para eventos suntuosos, igual que en otro tiempo hizo en Tetuán, cuando una exigente clienta alemana me encargó un traje de tenis y yo aún no sabía en qué consistía ni el juego ni el atuendo. Una vez sumara aquella información a mis intuiciones, podría adaptar las futuras prendas a la esquelética silueta de mi nueva clienta, usando las telas indias y dándoles a la vez un vuelo sofisticado y propio. Acerca de todo eso debería ir yo reflexionando esa mañana mientras me dirigía en busca de mis futuras operarias. Pero no, no lo hacía. Todo lo que me cabía en la cabeza era mi rencuentro con Nick Soutter.

En aquel pasillo sombrío, nuestro primer mutuo impulso fue abrazarnos. Conmovida hasta los tuétanos, con mi rostro hundido en su pecho y mis brazos alrededor de su espalda, no logré contener el llanto. Por la Jerusalén devastada que dejamos atrás, por Marcus y por mi niño que nació sin padre. Por lo que Nick supuso durante mi duelo y por cuánto había añorado su apoyo desde que me marché de Palestina y de su lado.

Nos pusimos luego al día, extrañados aún por el azar, asombrados frente a la pequeñez de los pliegues en los que puede llegar a doblarse el mundo. Todo tenía su lógica y una razón de ser, sin embargo. PBS, la radio pública de Palestina en la que Nick había volcado durante los últimos años sus esfuerzos, había sido también víctima del conflicto cada vez más devastador entre judíos, árabes y británicos. Apenas existía ya como la sólida entidad que en su día fue y, en consecuencia, apenas quedaba espacio para un profesional como él, vinculado a ese Mandato colonial que estaba a punto de saltar por los aires. Así las cosas, sopesó otros posibles destinos, pero las perspectivas eran igualmente desalentadoras por todo el Imperio: a nadie le quedaba ya la duda de que el poderío británico estaba llegando a su término.

La sensatez y los intestinos le pidieron entonces retornar a Occidente.

—Pero Londres —dijo—, con el divorcio en marcha, preferí descartarlo de momento.

Surgió entonces la posibilidad de empezar a montar una radio civil en Gibraltar aprovechando antiguas instalaciones militares, algo vinculado a la BBC y a la vez independiente. Sólo hacía unas semanas que había asumido el cargo.

—Se trata de un proyecto pequeño en magnitud y escaso de recursos, simplemente noticias tres veces al día. Pero me lo tomo como una etapa de transición, ya veremos lo que me depara el tiempo.

Sentados frente a frente en aquel insípido estudio, seguimos hablando de mí, de él, de Víctor, de sus hijos, de nuestra común amiga Fran Nash, que se negaba a abandonar su apartamento en el Austrian Hospice de la Ciudad Vieja mientras cubría el conflicto como cotizada reportera free-lance cada vez para más periódicos. Me puso al día de la tensión insoportable en Palestina, acerca de la violencia creciente y los posicionamientos cada vez más extremos, acerca del American Colony y Bertha Vester, de Katy Antonius y otras gentes de entonces. Yo, a cambio, le relaté mis andanzas por Londres y el viaje siguiendo los pasos de Eva Perón por España, le puse al tanto de mi imprevisto contrato con la aseguradora londinense y mi nueva función en Marruecos. Incapaz de contenerme, le confesé asimismo mis desencuentros con su esposa. Frente a los micrófonos apagados, sin haber almorzado ninguno de los dos y sin noción de la velocidad a la que transcurrían las horas, así proseguimos hasta que caí en la cuenta de que estaba a punto de perder el avión que habría de devolverme al otro lado del Estrecho.

—Vamos, tengo el auto en la puerta.

Salimos precipitados del Wellington Front, condujo rápido hasta el cercano aeropuerto. Desde la distancia, al acercarnos percibí a Félix moviéndose nervioso frente a la terminal, rodeado de uno de los dependientes hindúes y montones de paquetes, el pelo y los faldones de la chaqueta arrebatados por el viento. Se preguntaba seguramente dónde demonios me había metido, faltaban veinte minutos para que nuestro vuelo despegase.

No hubo más abrazos entre Nick y yo pero, justo antes de abrir mi portezuela, nuestras manos se cruzaron entre los asientos. Fue sólo un instante, mis dedos flacos enredados con sus dedos recios.

—¿Querrás que vaya a verte a Tánger?

La respuesta se me quedó atorada en la garganta, hubo de conformarse con un leve movimiento afirmativo.

Aterrizamos al anochecer, Víctor estaba ya dormido cuando llegué a casa. Me moría de hambre, y Candelaria, portentosa en sus nuevas funciones, me tenía lista la cena y puesta la mesa en el porche. Antes de sentarme, no obstante, subí a ver a mi hijo y en voz bajita, susurrándole casi al oído, le conté que nuestro amigo Nick estaba de nuevo cerca.

Dando vueltas a todo aquello, intentando no confundir sensaciones con sentimientos, subí a la mañana siguiente aquella cuesta del Doctor Cenarro que a su término culminaba en el Marshan, o el Marchán, como decían mis compatriotas. Caminando por una de sus aceras, pasé frente a los talleres del diario *España*; no sabía que estuvieran situados allí, ni preveía aún lo que iba a depararme el hecho de haberme dejado retratar en la Emsallah Garden por su fotógrafo. Reconocí asimismo una casa que me resultó vagamente familiar, recordé entonces haber estado en ella con Rosalinda mucho tiempo atrás, encargando unos tocados a una tal Mariquita la Sombrerera, una creadora algo singular cuyo tímido hijo Antoñito, sentado en el suelo a sus pies, hacía caligrafías y contemplaba a las clientas con ojos redondos y cortos de vista; no sospechábamos entonces que de adulto acabaría narrando la futura decadencia de la ciudad en una novela.

Continué avanzando; eran numerosas las villas burguesas con jardín delantero en aquel largo paseo, pero lo que yo buscaba era otro tipo de vivienda. Tras volver a preguntar a un par de chicas, logré dar con el lugar donde vivía Maruja, el patio Pinto.

Eran comunes los patios de vecinos en aquel Tánger rumboso, testimonios de que no todo era abundancia. Aquel mismo patio Pinto, el patio del Inglés en la calle San Francisco, el patio Marché, el patio Benchimol, el patio Eugenio... Así solían llamarse en honor al propietario que, por un puñado de pesetas al mes o unos duros hassani, proporcionaba a familias a menudo numerosas unos cuantos metros de modesta vivienda. En ellos residían, pared con pared, los menos tocados por la fortuna: cristianos, hebreos y árabes a los que el pujante bienestar de la ciudad dejaba de lado sin misericordia; gente que nada tenía que ver con los boyantes negocios de import-export, la banca esplendorosa y los apaños libres de impuestos. Accedí a una explanada de suelo de tierra con una gran palmera central, había ropa tendida de los alambres y unos cuantos pollos sueltos, pregunté por Maruja a unos chiquillos.

La costurera accedió a mi propuesta, cómo no; a duras penas logró disimular el alivio que sintió al oír lo que le ofrecía pagarle.

—Pero será a destajo, Maruja. Nos esperan semanas complejas.

—A mandar, señorita. Ahora mismo recluto yo a mi vecina la Luisa, a mi sobrina la Higinia, a mi cuñada la Pruden, a mi comadre la Paca y a mi paisana la Pepa. Seis seremos, como pide usted, dispuestas a lo que haga falta.

—Cada una con su máquina —insistí.

—Este mismo mediodía nos las lleva para su casa mi yerno y esta misma tarde empezamos la faena.

Me encaminé después a Sidi Hosni, a confirmarle a Ira Belline que todo avanzaba. Encontré la casbah igual que en mi visita anterior, llena de un tipo de humanidad que chocaba de manera brutal con lo que se presuponía el entorno de una mansión palaciega. Accedí a la residencia, di con la housekeeper en uno de los salones encaramada a una escalera de obra junto a un par de electricistas, intentando colgar del techo un enorme farol moruno. Tras saludarla, aproveché su incómodo quehacer para dejarme resbalar por la casa: más allá de mis funciones como couturière, no debía olvidarme de mi otro encargo. Saqué entonces el pequeño cuaderno que siempre llevaba conmigo y el biro que compré en Jerusalén; a mi recuerdo, por enésima vez en el día, volvió Nick Soutter.

Estancia tras estancia, empecé a tomar nota rápida de accesos y cerramientos, número de ventanas, balcones, miradores y puertas; hacia dónde volcaban, con qué otras habitaciones o patios comunicaban, cómo de fácil o complejo sería para un intruso entrar sin ser visto y volver a escabullirse limpiamente. Para mi contrariedad, hube de parar pronto, cuando sólo había logrado recorrer una parte de la residencia: Ira Belline requería mi opinión para colgar un tapiz persa en el comedor principal, dudaba entre la pared izquierda o la derecha. Intenté escaparme de nuevo, apenas tuve tiempo para inspeccionar otra sala antes de que me requiriera para una nueva consulta. Llegó así el mediodía, corre que te pillo, hora de volver a casa.

A las tres teníamos todas las máquinas de coser en sus sitios correspondientes y las seis mujeres listas para recibir órdenes.

A las tres y media envié a las sirvientas marroquíes a su casa y a Víctor con Phillippa a la piscina del Parque Brooks con orden de que volvieran en torno a las siete. Necesitábamos serenidad sin distracciones, comenzaba el trabajo. Formé dos equipos de tres costureras: Maruja, Higinia y Paca; Luisa, Prudencia y Pepa. Cada grupo se encargaría de confeccionar un caftán diferente comenzando por los de día; ya iríamos progresando. Félix, entre otros hallazgos, me había conseguido una revista del Protectorado Francés con algunas fotografías de princesas marroquíes en los escasísimos actos oficiales en que podían ser vistas. Lalla Abla bint Tahar, segunda esposa de Mohamed V, sus hijas mayores Lalla Aisha y Lalla Malika, su hermana Lalla Hania bint Tahar. Parecían sus vestimentas recargadas y pesadas en exceso, pero eran una buena referencia con la que marcar las pautas.

Se nos unió la matutera como mi diestra asistente; la estancia se llenó de ruido de pedales, chasqueo de tijeras, telas que crujían y un vocabulario que llevaba mucho tiempo sin oír y me reconcilió con otros tiempos. Voló la tarde, tan concentrada, tan ensimismada estaba en mi quehacer que ni me di cuenta.

—Nos vamos a ir yendo ya, señorita —anunció Maruja tras rematar los últimos pespuntes—. Que la familia andará pronto pidiendo la cena.

Candelaria encendió la luz del techo, casi había anochecido.

Alcé la mirada, detuve la aguja en el aire. Y en ese instante, justo, algo me estalló dentro. Una especie de macabra premonición, como un latigazo de pavor en las entrañas.

Me puse en pie casi de un salto, la seda en la que estaba trabajando resbaló hasta el suelo. Abrí la puerta de un tirón, salí llamándolos. Me asomé al salón grande y al pequeño, al comedor, a la cocina. Subí de dos en dos los escalones hasta llegar a los dormitorios del piso superior, volví a bajar precipitada repitiendo sus nombres a gritos. Entré en el cuarto de la matutera, salí como un rayo al porche y al jardín, recorrí la parcela en una carrera hasta el patio trasero.

Nada. No estaban en ningún sitio.

Eran más de las nueve, prácticamente de noche.

Y Phillippa y Víctor no habían vuelto.

76

Intentando ocultar la preocupación, despedí apresurada a las costureras; mejor que no notaran mi angustia. Tan pronto emprendieron el camino de vuelta a sus patios y sus faenas domésticas, yo salí disparada hacia el Parque Brooks, donde se suponía que habían ido a pasar la tarde la niñera y mi hijo. Candelaria quiso acompañarme, le grité que se quedara en casa, a la espera, por si acaso.

Están allí seguro, me repetí ilusa. Se habrán despistado o quedado dormidos o entretenido con cualquier cosa; no pasa nada, voy a encontrarlos en un minuto. Entré como una bala, ni saludé al portero. Estaban ya encendidas las farolas en el interior del recinto al aire libre; el césped y el jardín se veían vacíos de toallas y cuerpos, algunas mesas de la terraza ocupadas por norteamericanos de cena tempranera. Me deslicé junto a la escultura de la sirena que marcaba el acceso, un camarero de bigotón y fez rojo se me acercó con amabilidad; me lo quité de encima casi con un empujón y me precipité a la zona de la piscina. La superficie brillaba como una lámina de acero oscuro, el enorme trampolín de cemento proyectaba una sombra inquietante. Bañistas no quedaba ni uno; sólo encontré a un par de jóvenes marroquíes terminando de colocar las tumbonas, emplazándolas para el día siguiente. Les pregunté nerviosa: niñera, niño... Por respuesta, simplemente se encogieron de hombros.

Encontré desierta la zona de juegos infantiles, el tobogán sin cuerpos que resbalaran, los columpios parados, suspendidos de sus cadenas. Entré a las casetas de los vestuarios, señoras, caballeros. Chillé llamándolos y di portazos; nada. Salí de nuevo, recorrí sin aliento el perímetro entero, en paralelo a las tapias decoradas con modernos murales. Zigzagueé a zancadas por la zona interior de la cafetería y el comedor, pregunté a un empleado tras otro. Nada. Regresé a casa con el corazón a punto de salirme por la boca; había llegado Félix entretanto, me esperaban Candelaria y él junto a la verja, los rostros demudados. Nada tampoco.

Volví a pedir a la matutera que se quedase haciendo guardia, mi amigo y yo nos volcamos en las calles cercanas. Quizá se han equivocado de camino, balbuceé a sabiendas de que aquello era imposible: apenas cien metros separaban uno y otro punto, ésa fue una de las razones por las que me quedé con la casa. Aun así, ambos salimos corriendo, yo peiné el camino hasta el Hospital Italiano, Félix llegó hasta la calle Inglaterra. Nada.

Dejamos a Candelaria santiguándose como una autómata; no era mujer de fe profunda, pero sí dada a invocar a lo más alto cuando la adversidad enseñaba los dientes. Nos lanzamos a la plaza del Obispo Betanzos en busca de un taxi. Resultó ser malagueño el conductor: asumió mi congoja como propia y se afanó en recorrer las zonas más próximas con apremio, incumpliendo límites de velocidad y normas de tráfico. Sin dar con ellos, continuamos hasta la plaza de Francia, recorrimos el Boulevard Pasteur con las cabezas prácticamente sacadas por las ventanillas, intentando distinguir las dos presencias entre los montones de paseantes. Nada. Prolongamos la búsqueda por el Boulevard Anteo, volvimos en sentido contrario, bajamos y subimos de nuevo. Vino luego la calle Estatuto, el Zoco Grande, el asomo a la medina. Nada.

Regresamos a casa, yo incapaz de contener el llanto. De Félix provino la idea siguiente.

—Hay que acudir a la Sûreté.

No sabía de qué hablaba.

—La Policía Internacional —aclaró—. Tienen las dependencias cerca, en un pasaje al final de la calle América del Sur, junto al Zoco de Afuera. Yo me encargo.

Me estremeció oír la palabra policía, pero quizá fuese lo más sensato. Algo les había ocurrido a mi hijo y a Phillippa, aquello no era un simple extravío. De la inocencia de la niñera no me cabía sombra de duda: adónde iba a ir un ser tan tímido y retraído como ella, por su propia voluntad y en aquella ciudad extraña. Así las cosas, por doloroso que me resultase el mero pensamiento, la situación era clara: alguien se los había llevado.

En cuanto partió Félix en busca de esa ayuda, Candelaria me pidió permiso para acercarse a la cercana iglesia de San Francisco; el fervoroso arrebato religioso parecía habérsele metido en los tuétanos. Me quedé sola en el jardín a oscuras, sentada sobre uno de los escalones de piedra. Como todas las noches, empezó a sonar la música del Parque Brooks, desde donde ellos deberían haber regresado, donde quizá nunca estuvieron. Cerré los ojos, me tapé los oídos con las palmas de las manos. Las notas y las letras de los boleros me arrancaron arcadas.

Tardó media hora en regresar mi amigo con alguien que se presentó como el sargento Renard, bastante joven, inexpresivo y flaco. Hablaba un español mediocre con recio acento francés.

—Es belga —me aclaró Félix en voz baja por la espalda.

Le relaté los hechos con detalle riguroso, el tipo tomó nota sin alterar el semblante. No me interrumpió ni una vez, tampoco mostró el menor signo de empatía. Después vinieron sus preguntas, una tras otra, con precisión de funcionario metódico.

—¿El padre del niño?

—No vive.

—¿Alguna otra persona que ejerza la figura paterna?

—Ninguna.

Hablaba en tono neutro, sin brío: como si me preguntase si prefería té o café, un billete de primera o de segunda.

—¿Existe alguna razón personal contra usted que pudiera justificar un secuestro?

Me sentí como si alguien me hubiera clavado un cuchillo carnicero.

—No, que yo sepa.

Terminó el interrogatorio, se levantó y guardó su libreta de tapas oscuras en un bolsillo de la chaqueta. Aún no había salido ni una sola palabra compasiva de su boca.

—Nos pondremos a ello mañana a primera hora, la iremos informando —dijo a modo de supuesta despedida.

Salté como un gato al que patean con desprecio.

—¿Cómo que se pondrán a ello mañana? —pregunté en un grito—. ¿No piensan hacer nada esta noche?

—Intentaremos alguna indagación, pero resultará complejo. Sólo tenemos tres hombres de guardia.

Chillé, protesté, exigí, lo acabé agarrando por las solapas. Entre Candelaria y Félix tuvieron que separarme. El frío agente se alejó unos pasos, lanzó su parco bonne nuit y se marchó dejando la puerta abierta.

—¿Y ahora?

Mi voz sonó entre sollozos. Intenté serenarme y reflexionar con frialdad, pero los pensamientos no me llevaron a ningún sitio. Echarme a la calle otra vez era todo lo que se me ocurría, patear las aceras, los paseos y las cuestas, los bulevares, las plazas: hasta que me sangraran los pies, hasta que se me saltaran las uñas. Bajar hasta la playa, subir a la alcazaba, al Monte Viejo, recorrer todas las esquinas y rincones, caminar hasta caer exhausta.

Candelaria atajó mi desvarío con su sabiduría primaria.

—Se encuentren donde se encuentren y los tenga quien los tenga, a esta hora la criaturita estará dormida seguro. Dar tumbos por ahí no tiene sentido ninguno, muchacha; no vas a encontrarlos por mucho que le des a la pata.

—No tendríamos que haber acudido a la policía, Félix, sino al consulado —dije convencida—. Los dos, el niño y Phillippa, son súbditos británicos, seguro que allí pueden...

—No veo cómo ahora mismo, reina. —Miró el reloj—. Es casi la una; a estas horas no van ni a cogernos el teléfono.

Recuperé el sosiego unos instantes para valorar los recursos que ante mí tenía; resultó frustrante no encontrar ninguno que de verdad valiera la pena. De nada me servirían en Marruecos mis contactos con los servicios de inteligencia; tampoco mi encargo para la aseguradora. No, por la vía de mi nacionalidad oficial preveía unos progresos escasos. Y por la española, menos aún: puestos a carecer de nexos, ni siquiera mantenía el pasaporte de mi patria.

Contaba con Ignacio en Madrid, aunque entre poca y ninguna relevancia tenían ya las instituciones oficiales españolas en Tánger. Otro gallo cantaría de haber ocurrido aquello cuando Beigbeder estaba al mando del Protectorado, pero de la fugaz gloria del antiguo alto comisario ya no quedaba rastro. Aunque..., pensé de pronto. Aunque. En mi visita a Madrid, entre las nuevas autoridades, creía haber dejado al menos a un amigo: Diego Tovar, director de la Oficina de Información Diplomática. Quizá, pensé con un soplo de esperanza. Quizá si lo llamara él podría interceder para que algo se moviera con urgencia entre la diplomacia de Tánger. Diego Tovar y la legación española, Diego Tovar y el cónsul de España. Tragué saliva. A ellos habría de dirigirme en cuanto el sol se alzase.

—Oye, lo mismo... —musitó Félix.

Desplacé mi atención de un asunto a otro con rapidez de látigo.

—Lo mismo ¿qué?

—Lo mismo pueden intervenir las altas instancias, como en el incidente Perdicaris.

—¿Quién es ése?

—Un individuo que protagonizó algo que parece novelesco pero fue veraz, y que ocurrió aquí mismo, en Tánger. Los hombres de El Raisuli, un jerife de Yebala, secuestraron a ese empresario norteamericano y al hijo de su mujer e intervino hasta el presidente Theodore Roosevelt.

—¿Y los soltaron?

—Juraría que sí.

—¿Y eso cuándo fue? —pregunté ansiosa.

Tardó un par de segundos en responderme, su tono sonó apagado.

—Creo que a principios de siglo.

Lo que más a mano encontré fue una de las sandalias que acababa de quitarme. Se la lancé con furia, le di en la cabeza.

Más allá de hacerme compañía, más allá de acudir Félix a la inútil policía y Candelaria a la parroquia para elevar al Altísimo sus súplicas, intuía que de poco iban a servirme mis viejos amigos. Aún no anticipaba cuánto habría de equivocarme.

No quise subir al piso de arriba en ningún momento: me derrumbaría más aún al ver la cuna de Víctor vacía, el pijama doblado, su rabbit de peluche y el borrego lanoso al que faltaba una oreja. Nos quedamos los tres en el salón, callados, consternados, aterrados frente a la incertidumbre. Candelaria hizo café y preparó bocadillos de fiambre y mantequilla, yo bebí un par de tazas pero no probé bocado. A eso de las tres, ella empezó a dar cabezadas, le insistí para que se acostase pero se negó en redondo. Acabó roncando en la butaca, con los muslos separados, el cuello torcido y la boca medio abierta. Los ojos, sin cerrar del todo, se le habían quedado en blanco. Félix aguantó un poco más, esforzándose por hilvanar conversaciones a fin de mantenerme entretenida. Pero yo no quería hablar, no quería nada. Antes de las cuatro, el sueño también se lo llevó por delante. Sucumbió con la cabeza recostada sobre el respaldo del sofá y las gafas ladeadas: una lente en la mejilla, otra encima de la ceja.

Pasaban de las cinco cuando deshice con esfuerzo el ovillo en que me había acurrucado, me dolía la espalda. Le robé a mi vecino su paquete de Craven A y la carterita de cerillas. Dejando a los dos dormidos, salí al jardín en busca de aire. Había bajado la temperatura, como siempre en la madrugada; hacía un fresco húmedo y atlántico. Tan sólo se oían sonidos de la naturaleza en aquel paraje recientemente urbanizado, cercano al antiguo Zoco de los Bueyes, a pedazos de campo y cañaverales.

La ausencia de mi hijo se me clavaba en el alma con saña hiriente. Dónde estaría, quién se lo habría llevado, por qué razón no lo había protegido Phillippa. Intenté no masacrarme, dejar sólo que pasaran las horas hasta poder ir al consulado. Encendí un pitillo sin ganas, aspiré el humo. Estaba soltándolo cuando oí unos pasos en la acera exterior. Pasos lentos que hacían crujir levemente la gravilla, como si alguien plantara sobre el suelo las suelas de los zapatos con suma cautela. En la calle, fuera de mi vista. Cerca, al otro lado de la tapia.

Oí un paso más, otro paso, un tercero. Quienquiera que fuese se acercaba sin duda a la verja del jardín.

En cuestión de segundos, distinguí una silueta.

77

—Hijo de perra.

Las palabras me salieron como una flema viscosa. Arrojé el cigarrillo al suelo y me lancé frenética hacia la cancela, preguntando por mi niño, maldiciéndole, exigiéndole que me lo devolviera.

—Sssh. Un grito más y desaparezco.

Sonó áspero, bajé la voz al instante.

—¿Dónde lo tienes, dónde te lo has llevado, cómo está, cómo se encuentra? ¿Ha comido, se ha dormido? ¿Y Phillippa, qué has hecho con ella?

Las preguntas me manaban incontenibles, en borbotones rabiosos. Frente a mí tenía a Ramiro, despedazando mi vida de nuevo. Ramiro Arribas, él era quien se había llevado a Víctor y a su nanny: los conocía de sobra, a saber con qué mañas logró engañar esta vez a la incauta de la inglesa.

Ignoraba por qué estaba en Tánger, cómo había dado conmigo: ni lo sabía ni me importaba en ese momento. Yo seguía dentro del jardín, aferrada a los barrotes de hierro de la verja de acceso. Él entretanto permanecía en la calle, aunque a mi alcance prácticamente. Estiré un brazo intentando agarrarlo, pretendía sacudirlo para que me respondiera. Ágil, dio un paso atrás e impidió que lo rozase. Nos iluminaban con luz floja dos faroles colgados a ambos lados de la puerta.

—Pensabas que no ibas a verme más, ¿verdad? Pensabas que me habías quitado de en medio con tu sucia jugarreta.

—Devuélveme a mi hijo —supliqué—. Devuélveme al niño, devuélveme...

—¡Calla!

Hice un esfuerzo para serenarme, me mordí literalmente la lengua.

—Muy hábil resultó tu estrategia, Sirita, vas aprendiendo. La Gran Cruz en mi neceser, tus amaños con Dodero... Jamás habría imaginado que te transformarías en una mujer de recursos, con lo inocente que eras cuando te traje por primera vez a Tánger. Che, y cómo ha cambiado la ciudad, por cierto.

Su silbido de supuesta admiración rasgó la madrugada.

—No he tenido tiempo de ver mucho, sólo de paso, pero los nuevos hoteles de la playa, los balnearios, esos bancos en el boulevard, las tiendas modernas... Tantos autos y turistas, unos en busca de sol, otros de satisfacción barata para sus cuerpos. Y todas estas nuevas zonas urbanizadas; seguro que esto está ahora repleto de oportunidades para buenos negocios. Mucho más optimista el panorama que cuando tú y yo pretendíamos conseguir aquella licencia de las academias Pitman, ¿te acuerdas?

Hablaba ahora con tono fingidamente aséptico, como si fuera un simple viajero. No me atreví a seguir preguntando por Víctor: sospeché que no me convenía contrariarlo.

—Una pena que no pueda quedarme para tantear cómo se mueven ahora las cosas pero, ya sabes, me esperan asuntos en Buenos Aires. En realidad, metiéndome en el mercante de tu amigo el naviero igual me habrías hecho un favor: así me ahorraría el pasaje.

Se oyó un gallo en la distancia, a pesar de que aún era de noche. El canto le sirvió de aviso para abreviar su plática.

—Bien, no perdamos más tiempo. Diez mil dólares. Eso es lo que quiero por devolverte a los dos. Y los necesito ya, de inmediato.

Lo mismo podría haberme pedido diez millones que diez céntimos: mi cabeza era incapaz de hacer cuentas.

—Dime dónde está mi hijo, dime cómo...

—¡Deja de preguntar por el puto niño!

Me mordí los labios clavándome los dientes en la carne interior hasta casi hacerme sangre. Él prosiguió, autoritario con sus exigencias.

—No voy a decirte nada, prefiero que se te retuerzan las tripas. Diez mil dólares, repito: quédate con esa cifra en la cabeza. Y los necesito de inmediato, después de que caiga el día, en cuanto llegue la noche. Aquí mismo, a esta esquina vendré a recogerlos.

Señaló a un lado con un golpe de mandíbula, distinguí la presencia oscura de un coche.

—Diez mil dólares en billetes de curso legal, billetes de banco —insistió—. En papel, contantes y sonantes. Una parte puede ser en libras esterlinas, y acepto también una cantidad en francos franceses. Francos marroquíes y pesetas españolas, en cambio, ni se te ocurra. No se cotizan en ningún sitio, y yo no tengo intención de volver por estas tierras.

Mi cabeza era incapaz de aquilatar los números, pero de sobra sabía que esa cantidad estaba fuera de mi alcance.

—Yo no creo... —titubeé.

Cerré un segundo los ojos, intentando aclararme. Ese preciso momento fue el que él aprovechó para escurrir la mano entre los barrotes. Sin que yo lograra reaccionar, me agarró el cuello y apretó con fuerza.

—Escúchame bien —farfulló acercándome hacia él como si fuera una muñeca de trapo. El rostro se me quedó encajado entre dos barras de hierro—. Tengo razones de sobra para acabar contigo, zorra. Para machacarle el cráneo a tu mierda de niño y follarme a la inglesita hasta reventarla.

No podía respirar, me faltaba el aire; habría podido asfixiarme de haberlo querido. Pero ni me moví, ni me defendí ni hice esfuerzo alguno por desprenderme de sus dedos como ganchos. Simplemente bajé la mirada, negándome a la exigencia de sus ojos.

—Aunque quizá no me convenga ensuciarme las manos.

Me soltó de pronto, propinándome a la vez un empujón. Di unos torpes pasos hacia atrás, trastabillé sobre el suelo del jardín, sin equilibrio. Después me doblé por la mitad, la melena caída sobre el rostro mientras de mi boca salían trallazos de saliva y toses.

Ajeno a mí, desde fuera, él prosiguió sin alterarse.

—Quizá lo mejor, si me fallas, sería meterlos en el auto que alquilé al llegar este mediodía y emprender camino a algún sitio impreciso. A lo largo de la carretera, seguro que encontraría una desviación que me llevara a tierra de nadie. Y allí, en cualquier campo reseco sin rastro de vida próxima, se me quedarían olvidados la niñera boba y el tierno infante. Sin comida, sin agua, sin una triste sombra bajo la que cobijarse del sol. Los dos solitos dejados de la mano de Dios, a la espera de nada.

Hizo una pausa, como si estuviera calculando una operación matemática.

—¿Cuánto tiempo tardarían en apagarse, Sira? ¿Dos, tres días? ¿Quién crees que caería el primero, la nanny o tu muñeco?

Conseguí enderezarme, me escocían los ojos, notaba aún la opresión dentro de la garganta. Él sonrió cínico.

—Disculpa si te he molestado, linda; me he puesto un poco nervioso. Bien, vamos a ir concluyendo. No tardará en amanecer y prefiero quitarme de en medio cuanto antes.

Asentí. Mejor ponernos de acuerdo, sí. Y mejor hacerlo antes de que Candelaria o Félix se despertaran, o de que en la calle empezase a haber movimiento. Solos los dos, sin intervención de nadie.

Tosí por última vez, me pasé el antebrazo desnudo por la cara para limpiarme babas, lágrimas y mocos.

—No soy rencoroso, Sira, vaya eso por delante. Yo te la jugué en su día, cuando te dejé abandonada. Y tú me la has devuelto ahora, vendiéndome a las autoridades. Lo uno por lo otro, estamos en tablas. Pero te negaste a tenderme una mano cuando te supliqué ayuda con Dodero, y eso cerró el paso a una buena operación y me hizo perder una suma muy importante. Y ahora, por esa plata que no gané y que necesito con urgencia, tú vas a compensarme.

Unos perros ladraron en la distancia, se oyó un motor y el traqueteo de un furgón, quizá un carromato madrugador de reparto de leche y huevos. Amanecería en breve, la vida empezaba a ponerse en marcha.

—No me costó demasiado desembarcar del *Hornero*, ¿sabes? —dijo acelerando el ritmo—. Una vez se marchó Evita de España, a los marinos argentinos yo ya no les importaba. Así que, gracias a una serie de carambolas que pusieron la suerte de mi lado, el barco partió sin mí finalmente.

—Y acudiste a buscarme, supongo.

Mi voz sonó rara, casi como un graznido.

—Por supuesto. En el primer expreso Barcelona–Madrid, sin perder tiempo. Pero tú, chica lista y previsora, ya habías tomado medidas y en Hermosilla de ti y de tu familia no quedaba rastro. Menos mal que tu padre tiene una portera bastante inútil; gracias a su estupidez, logré darme un garbeo por el gran piso. Tan fácil me resultó acceder que volví y me quedé unas cuantas noches dentro; me vino bien para ahorrarme un hotel, y así tuve tiempo de hacer algún que otro cambalache. Si Gonzalo Alvarado pretendiese recuperar algunos de sus óleos, por si fueran un recuerdo de familia o les tuviera aprecio, dile que los vendí en el Rastro. Los relojes, las plumas y unos cuantos pares de gemelos me los quedo de recuerdo. Muy poca cosa más hallé, en cualquier caso, para el empaque que tiene la casa.

No me molesté en preguntarle cómo dio conmigo, él mismo se ofreció a contármelo.

—En vista de que no regresabas a Madrid, te confieso que decidí tirar la toalla y emprender regreso; casi a punto estuviste de conseguir una nueva victoria. En una agencia de viajes de la Gran Vía me informaron de un buque de la compañía Ybarra que haría una breve escala en Cádiz en su tránsito hacia Buenos Aires, así que hacia allá me dirigí en tren, a esperarlo. Pero se retrasó la salida, y en Cádiz hube de quedarme unos días, en una pensión inmunda cercana al puerto. Harto de todo estaba ya, hastiado de España y masticando mi rabia hacia ti, cuando al cuarto día tras mi llegada, mientras tomaba un café para matar el tiempo y ojeaba aburrido la prensa, me encontré con esto.

Se sacó algo del bolsillo interior de la chaqueta, desdobló una hoja de periódico y me la tendió. De no haber sido el trance tan siniestro, habría soltado una carcajada.

La fotografía ocupaba media página. Ocho hombres y yo en el centro: una de las estampas que ilustraban la crónica de la velada de la Asociación Internacional de la Prensa. Todo un contraste mi vestido claro de cintura estrecha, mi escote y mis hombros desnudos, con los formales varones que me parapetaban. A pie de fotografía, una nota elocuente.

> La directiva del diario *España*, con la señora Arish Bonnard, colaboradora de doña Barbara Hutton, quien acaba de instalar su residencia veraniega en una villa próxima al Parque Brooks a fin de preparar la llegada a la Zona Internacional de la millonaria norteamericana.

En lo que se suponía un mero apunte informativo, más pistas acerca de mí misma no podrían haber dado.

Paquetones del *España* de Tánger cruzaban el Estrecho a diario, ya me lo explicó con detalle el Chato. Una vez en la Península, los lectores los compraban con voracidad, incluso cuando, tras travesías movidas, los ejemplares llegaban mojados. Así, sencillamente, fue como terminé frente a los ojos de Ramiro en un café gaditano.

Lo que en principio no era más que un inocente testimonio gráfico había acabado por volverse en mi contra, con furia sanguinaria.

78

A Candelaria se le quemó el pan en la hornilla.

—¡Mira cómo me ha alterado la sangre ese hijo de mala madre, que hasta las manos me tiemblan!

Empezaba a alzarse la mañana, se había despertado al oírme entrar desde el jardín. Y con sus preguntas a grito limpio, de paso despertó a Félix, derrengado en el sofá todavía. Les conté la visita de Ramiro en tres brochazos; al acabar, para que no me derrumbara otra vez, ella se empeñó en prepararnos el desayuno.

—¿Tú crees que será capaz de hacerles algo? —murmuró mi amigo tan pronto como la matutera volvió a ponerse cara al fogón.

La voz me salió ronca, aún notaba su mano en la garganta.

—No lo sé, Félix. Anda desesperado por el dinero, debe de estar de deudas hasta las cejas. Y está también cargado de rencor hacia mí. De rencor y de resentimiento.

Apenas di un par de pequeños bocados a las tostadas de pan con aceite y azúcar. Incapaz de comer más, me froté los ojos y anuncié:

—Debo empezar a moverme.

Ni al consulado británico ni al consulado español. Ni a Ignacio, ni a Diego Tovar ni al apático policía belga. A ninguno de ellos iba a acudir en busca de ayuda. Sólo con Ramiro habría de tratar, entre él y yo quedaba el asunto: un desequilibrado tour de force, dado que yo estaba dispuesta a rendirme desde el principio. En su visita a España le gané por la mano, ahora perdería sin pelear siquiera. Iba a plegarme a sus exigencias, intentaría obtener el dinero buscando si fuera necesario hasta debajo de las piedras: cualquier cosa por recobrar a mi hijo y a su niñera. No necesitaban ser diez mil dólares exactos; conocía demasiado bien a Ramiro, en afanes y ambiciones siempre solía tirar por lo alto. Intuía que con una cantidad aproximada se daría por contento. El problema era conseguirla.

—Candelaria, ¿cómo quedó anoche el taller?

Se echó ella las manos a la cabeza maldiciendo su olvido. Escoba en mano, marchó presta a barrer los hilachos, recortes y retales esparcidos por el suelo. La seguí, recogí mi cuaderno, el de las anotaciones y las medidas. Ahora no corresponderían a largos de manga y anchos de espalda los números que apuntase, serían cifras de otro tipo.

—Cuando lleguen Maruja y sus mujeres —la advertí—, ni una palabra. Encárgate de ellas, que continúen según las instrucciones de ayer. Que se pongan a trabajar como si nada.

Me atreví por fin a subir al piso de arriba, entré al dormitorio despacio y pasé los dedos por la barandilla de la cuna. Las lágrimas me volvieron a los ojos, punzantes y dolorosas. El saber que ya no me enfrentaba a lo desconocido sino a un oponente con nombre y rostro, no obstante, había aliviado mínimamente mi carga.

Sentada a los pies de la cama, empecé a hacer cuentas rápidas, una detrás de otra. Tenía el dinero conjunto de Marcus y mío que traje de Jerusalén, las cantidades del testamento que Dominic ingresó a mi nombre y lo que había cobrado por mi trabajo como supuesta reportera de la BBC siguiendo a Eva Perón en sus vaivenes; mi problema era que todo estaba en Inglaterra. Además, la aseguradora tan sólo me había entregado un adelanto a cuenta, aún faltaba por cobrar el grueso del montante si al fin culminaba mi trabajo. Y por otro lado, estaba Ira Belline y lo que me debería pagar por las creaciones destinadas a Barbara Hutton. Lo complicado seguía siendo que nada estaba en mi mano.

Pasé a una página nueva, anoté una palabra: préstamos. El primero en quien pensé fue en mi padre, pero de inmediato fui consciente de que, tras el fin de su fundición y el paso de la guerra, poco patrimonio poseía más allá de su casa. Incluso Ramiro se había dado cuenta de que poco de valor quedaba en ella. Era, además, una propiedad a heredar por sus hijos legítimos, ni siquiera a una parte de ella tendría yo en principio derecho. Acto seguido, mi siguiente pensamiento fue para su adorada Olivia, mi suegra. Les había escrito a ambos al llegar a Tánger, a la dirección de The Boltons; aún no había recibido respuesta.

Al rememorar la imagen del caserón londinense, algo se me revolvió dentro. Ahí, quizá, podría estar mi salvación. Legalmente, según estableció Marcus y según me confirmó su amigo Dominic, la casa era nuestra, de Víctor y mía. Jamás echaría de ella a mi suegra, pero a ella misma se le ocurrió en su día la alternativa de venderla. Quizá ahora pudiera usarla como garantía para un crédito.

Con la cabeza llena de números, me di una ducha; envuelta en una toalla, me desenredé el pelo mojado frente al espejo. En la imagen que me devolvió encontré un rostro abatido, ojeras oscuras y unas feas marcas de dedos de hombre alrededor del cuello. Me recogí la melena en un chignon, me vestí con un sobrio vestido gris y me anudé un pañuelo de seda a la garganta para esconder aquel testimonio siniestro.

Al bajar la escalera oí el ruido de las máquinas de coser: ya estaban allí mis nuevas empleadas, cumplidoras, tempraneras. Candelaria trasteaba por la cocina, Félix me esperaba en el salón. Se había peinado malamente, recompuesto la corbata y remetido la camisa arrugada por la cinturilla. A pesar de la buena voluntad, los estragos de la noche se le notaban a la legua.

—Necesito una lista de bancos en Tánger.

—¿Para qué, cielo?

En vez de la explicación que me requería, insistí en mi demanda.

—Empieza por los más grandes.

—Mmm... Está el Banco del Estado de Marruecos en su caserón del Zoco Chico, está el Banco de España, el Exterior, el de Bilbao...

Volví a recordar las órdenes de Ramiro: ni una peseta.

—Marroquíes y españoles, no. Dime los ingleses.

—Pues tienen el Bank of British West Africa, y algún otro.

—¿Alguna sucursal de Barclays Bank?

—No, que yo sepa. Pero sí me suena haberlo visto en Gibraltar, el otro día.

El otro día en Gibraltar, eso dijo. Y los ecos del Peñón me retornaron a la cabeza. En mi precipitado transcurrir del tiempo, casi tuve la sensación de que nuestra visita había sido hacía semanas, meses, años, siglos. Volví a recordar a Nick Soutter; de haberlos tenido, habría dado otros diez mil dólares por contar con su cercanía en mi amargo trance.

Ajeno a mis reflexiones, Félix proseguía con su recuento.

—Y luego están los franceses, con le Banque de France y le Banque de l'Algérie et de la Tunisie, y lo menos dos o tres más, ya sabes tú cómo son los gabachos de pintureros. Y están además los hebreos, con dos casas grandes y serias, la Banca Salvador Hassan y la Banca Pariente, que acaba de mudarse a un local de campanillas en la calle Estatuto.

Apenas le hice caso, seguía sumida en mis pensamientos.

—Y además, del fin de la guerra a acá, han abierto tropecientas oficinas bancarias más aunque no sé si fiarme, que hay mucho espabilado con muy poca vergüenza. Por todas las esquinas te encuentras un cartel, no hay más que fijarse en las fachadas en el boulevard y las calles cercanas. El banco Tangéro-Suisse, el South Continental Bank...

—Félix... —dije entonces, a la vez que abría el bolso y rebuscaba dentro.

—Deben de ver Tánger como una bicoca y aquí han venido de asentarse listillos de medio mundo; nadie controla los movimientos, no hay impuestos ni leyes, tampoco entidades regulatorias...

—Félix —repetí—. ¿Puedes hacerme un favor?

Cortó de súbito la verborrea; en su afán por resultarme útil, andaba algo pasado de vueltas.

—Uno no, perdón —corregí—. Mejor dos, dos favores.

—A tus pies por entero, hermosa.

—El primero: ve antes de nada a retirar la denuncia de ayer. Di que ya han aparecido, que todo fue un malentendido; lo que se te ocurra. Pero quítate a la policía de en medio.

El estupor le quedó plasmado en la cara, pero no le di opción a cuestionar mis razones. Antes de que reaccionase, le tendí la tarjeta de Nick, la que me entregó en la radio.

—Y después, en cuanto acabes, acércate a algún sitio donde haya teléfono, llama a este número de Gibraltar y pregunta por este nombre.

Se levantó las gafas de gran miope hasta la frente, se acercó la tarjeta a menos de un palmo de los ojos.

—Nicholas Soutter —pronunció despacio.

—Háblale en francés si quieres, dile que llamas de mi parte. Que por favor venga a Tánger, que es urgente. Que..., que se trata de...

Las seis letras del nombre se me quedaron atoradas en la garganta.

—... que se trata de Víctor.

Salí con un portazo, camino a la incertidumbre. Sobre Tánger se alzaba una mañana espléndida, de cielo despejado y leve brisa de poniente; todas mis gestiones, sin embargo, resultaron sombrías y lóbregas como una noche de tremebundo invierno. Ni en el primero, ni en el segundo ni en el tercero de los bancos en los que entré logré nada en absoluto. Tramitar mi dinero desde Londres llevaría un tiempo considerable, según me informaron; si quería un préstamo, necesitaba avalistas, patrimonio o sustento. Eso de que era propietaria de una mansión en el Royal Borough of Kensington and Chelsea debió de sonarles a milonga, y el hecho de mencionar la cantidad de diez mil dólares en billetes hizo sonreír con condescendencia a más de uno.

Seguramente tenía razón Félix, y Tánger era todo un paraíso para mover riquezas: un mercado libre y sin restricciones donde resultaba posible especular con divisas, traficar con oro y usar un simple garabato para abrir y cerrar sociedades y empresas. Se podían canjear cheques de cualquier rincón del mundo, blanquear dinero del contrabando y realizar operaciones financieras sin control ni miramientos. Pero a mí, una mujer sola, desconocida y con gesto de desesperada urgencia, nadie parecía dispuesto a dar duros a cuatro pesetas.

Frustrada con las negativas de las entidades británicas, mi siguiente opción fue uno de los bancos judíos que Félix mencionó, el de la familia Pariente. Ni me detuve a recordar siquiera por un segundo el atentado contra el King David mientras clavaba mis sandalias sobre el mármol de la espléndida oficina a la que acababan de mudarse. Sin perder un segundo, intenté explicarme frente a uno de los empleados al otro lado del mostrador de caoba: pedí hablar con el director, con el subdirector, con alguien al mando. Pero era verano y era temprano y, una vez más, nadie parecía tener prisa ni obligaciones en aquella ciudad en que el vive y deja vivir era la norma. Defraudada de nuevo, me dirigí a la salida conteniendo las ganas de suplicar, de gritar, de maldecir contra el mundo. Estaba a punto de abandonar el local cuando una presencia imprevista empujó con brío la puerta, hacia dentro.

—¡Por fin, chata! ¡Una hora llevamos buscándote!

Mi voz alta al ver a Félix hizo volver cabezas.

—¿Qué ha pasado? ¿Ha vuelto Ramiro? ¿Ha traído a Víctor? ¿Hay noticias?

—Nada nuevo, cálmate. Pero ha llegado alguien que quizá pueda echarnos un cable.

Debí de quedarme medio aturdida, la noche sin dormir y la mañana desoladora me estaban empezando a pasar factura. Félix me obligó a caminar tirando de mí y empujándome por la espalda.

—Venga, vamos, te está esperando fuera.

El sombrero le hacía sombra en el rostro; aun así, lo reconocí al instante cuando se llevó un par de dedos al filo del ala. Quien aguardaba mi salida de la Banca Pariente era el comisario Vázquez, el hombre que confió en mí cuando no tenía razones, el que me vigiló y me ató en corto con una mano mientras con la otra me permitía alzar el vuelo.

Acababa de acudir desde Tetuán al reclamo de Candelaria. Lo primero que hizo tras saludarme fue mandar a Félix de vuelta a casa.

—Alguien debe estar allí, atento al exterior, por si percibe algo chocante. Controle por favor el perímetro de la vivienda, salga a la calle a intervalos irregulares y quédese con cualquier detalle que le resulte anómalo.

Tan pronto se marchó mi amigo a cumplir su orden, don Claudio se sinceró abiertamente.

—En realidad, de eso podría haberse encargado la matutera, pero prefiero quedarme con usted a solas.

Me ofreció su brazo, nos dispusimos a cruzar a la otra acera.

—Vamos a El Minzah, está ahí enfrente. Tiene cara, señorita, de necesitar un café con urgencia.

79

—Ni un céntimo.

A punto estuve de atragantarme con la omelette que el comisario se empeñó en pedirme, preocupado por mi rostro macilento. Estábamos sentados en el patio central del hotel, no quedaban más comensales que nosotros mientras los camareros recogían las últimas mesas de los desayunos. Los clientes habían vuelto a sus habitaciones, y de allí tardarían poco en salir de nuevo hacia la playa, o a comprar souvenirs y alfombras, o a hacer excursiones. Tiempo de asueto y distensión, en definitiva, para los huéspedes del distinguido El Minzah, mientras a mí me devoraba la ansiedad por dentro.

—Olvídese de conseguir ese dinero. Esto hay que intentar arreglarlo de otra forma.

—Me niego a que intervenga la policía —insistí—. Ya se lo he dicho. Conozco a ese miserable, sé que es mejor...

—Bien, nos olvidamos entonces de la Policía Internacional si lo prefiere.

—Entonces usted debe apartarse también, comisario; no puede interferir. Aconséjeme, oriénteme, pero deje...

—Yo no tengo por qué quitarme de en medio, Sira. Oficialmente no sigo en activo, hace un par de meses que pasé a la reserva.

Debía de superar los sesenta pero no lo encontré en absoluto envejecido. Algo más canoso, con los ojos un poco más cerrados y quizá algo menos de peso, pero inmutable en su elegancia calmosa dentro de un traje claro de lino.

Candelaria lo había llamado la noche anterior: me mintió cuando dijo que iba a rezar a la iglesia. En realidad, hizo de tripas corazón y salió en busca de un teléfono para localizar a su antiguo adversario, el veterano servidor del orden público que tantas veces abortó sus trapicheos y tantas amarguras le hizo pasar con su diligencia férrea. Logró dar con don Claudio en Tetuán tras varios intentos; le contó veloz mi asunto, no tenía él la menor idea de que yo hubiera vuelto a Marruecos. Para sorpresa de la matutera, lejos de ofrecer una ayuda volátil desde la distancia a través de hilos y cables, se ofreció a ir a Tánger. Y ahí estábamos los dos ahora, frente a frente.

—No creo que arreglar un asunto así por cuenta propia sea lo más conveniente, pero podemos hacerlo a título privado si se empeña.

—No sabe cuánto se lo agradezco.

Más de una década había pasado desde que acudió a detenerme a la estación de La Valenciana, cuando el embrión del hijo de Ramiro que perdí empezaba a resbalar por mis piernas, disuelto en coágulos y chorros de sangre. Él mismo, Claudio Vázquez, en su propio coche, fue quien me llevó al hospital y quien después me sacó de allí cuando logré recuperarme; quien me puso al recaudo de Candelaria en la pensión de La Luneta y estuvo atento con ojo sagaz a todos mis movimientos.

—Sin intención de inmiscuirme en su vida privada más de la cuenta, hay ciertas cosas que necesito saber —dijo entonces—. Para empezar, quién es el padre del niño.

—¿Recuerda a aquel supuesto periodista inglés que llegó a Tetuán para hacer una entrevista a Beigbeder?

—Logan se llamaba, ¿no?

Él también fue testigo de la estancia de Marcus en Marruecos. Lo que ignoraba era que nuestros caminos volvieron a cruzarse.

—Su verdadero nombre era Mark Bonnard y, como imagino que ya sospechaba usted por entonces, no era un reportero sino un agente al servicio de la inteligencia británica.

Pinché el último trozo de tortilla. Se había quedado fría, pero me estaba cayendo bien en el estómago, insuflándome algo de fuerza. Antes de llevarme el tenedor a la boca añadí:

—Tras unas cuantas idas y venidas que ahora no vienen al caso, acabamos casándonos. Es el padre de mi hijo. Murió hace un año en Jerusalén, el mismo día en que nació el niño.

Sospeché que eran muchas las preguntas que acumulaba acerca de mi devenir, pero contuvo su curiosidad y prefirió no importunarme. Concentrado, dio un sorbo a su taza y, con un gesto elocuente, espantó a un camarero que pretendía retirarme el plato.

—Bien, vamos entonces a centrarnos en el presente y a recapitular, que me quede todo bien claro. Veamos, el individuo que ahora nos ocupa es el mismo que, cuando yo la conocí, acababa de abandonarla llevándose todos sus bienes y dejándola con una cuenta pendiente en el hotel Continental, ¿exacto?

—Exacto.

—Y hace cuestión de un mes volvieron a coincidir por casualidad en Madrid, y él le pidió que usted intercediera ante un supuesto amigo argentino en un negocio, ¿exacto?

—Exacto.

—Y usted se negó, y él comenzó a acosar a la niñera de su hijo, ¿exacto?

—Exacto.

—Y usted, asustada ante la posibilidad de que la cosa pudiera ir a más, se tomó la justicia por su mano y logró que lo detuvieran por un acto delictivo que, en realidad, no había cometido.

Titubeé. Dicho así, parecía que yo fuese una cruel vengadora y Ramiro un pobre diablo que había acabado cargando con una culpa ajena.

—Más o menos, pero...

Alzó la mano para impedirme seguir.

—No hace falta que se justifique. Imagino qué grado de tensión debió de generarle para empujarla a hacer lo que hizo.

Agradecida por su comprensión, intenté sonreír con un punto de alivio. El desahogo, sin embargo, me duró apenas segundos.

—Como también me hago cargo de la inquina hacia usted que debe de guardar el tipo.

El patio se había quedado por fin vacío, todas las mesas recogidas excepto la nuestra. Los primeros bañistas empezaban a atravesarlo rumbo a la piscina.

—Imagino que hay mil detalles más que ya me contará en otro momento; vamos a revisar ahora lo que ocurrió esta madrugada.

Repetí la historia que le había sintetizado en un breve puñado de frases mientras caminábamos por la acera, antes de entrar en El Minzah. Ahora lo hice con menos precipitación y más orden.

—¿Y dice que la agarró del cuello?

Me llevé discretamente una mano al carré de seda y lo bajé hasta la clavícula para que él mismo pudiera ver las marcas. Una nimiedad debía de resultarle eso en comparación con los navajazos y palizas que habría visto en sus largos años de carrera. Aun así, por el rictus de sus labios interpreté que aquello no le hacía la menor gracia.

—Cuénteme ahora, ¿qué sabe de la situación de él en Tánger?

—Tan sólo que no había vuelto por aquí en todo este tiempo. Desde que..., que...

—Desde que la abandonó sin un duro y la dejó cargada con sus trampas y sus deudas, entiendo. Suponemos entonces que no tendrá por aquí contactos ni amigos. Y, mucho menos, cómplices.

Eso mismo creía yo, en efecto.

—Y actúa con prisa además —añadí—. Él mismo me dijo que llegó al mediodía. Desde Algeciras, supongo. Todo lo está haciendo de una forma precipitada, sobre la marcha, a la carrera.

—Él mismo le dijo además que había alquilado un automóvil, ¿no? ¿Pudo verlo? ¿Color, marca, modelo?

Me encogí de hombros.

—No sabría decirle. Estaba en la esquina, a distancia, sin luz apenas.

Mantuvimos unos instantes el silencio, preocupado cada cual por una cara distinta de la misma moneda. Él, por los modos de operar de un tipo sin escrúpulos que actuaba a golpe de puro instinto. Yo, por dónde y en qué estado estarían mi hijo y Phillippa.

—En cuanto al aspecto que mostraba anoche, ¿qué puede decirme? ¿Hubo algo que le llamara la atención en particular?

Moví la cabeza a izquierda y derecha. Nada tampoco. Incluso a esas horas de la madrugada, incluso después de haber cruzado de un continente a otro para llevarse a dos inocentes a la fuerza, Ramiro apareció correctamente vestido, el pelo en su sitio, con el porte y la apostura de siempre.

—Aunque...

—¿Qué?

—Déjeme que piense. Algo hubo. Algo fugaz que me chirrió en algún momento...

Cerré los ojos, intenté concentrarme. Algo hubo, sí. En el instante en que me agarró el cuello, cuando pretendía que lo mirara yo bajé los ojos, me negué de forma instintiva a seguirle el juego. Algo hubo entonces, en mitad de mi ahogamiento, que me resultó singular, fuera de sitio. Qué era, por Dios, qué era...

Apreté los puños en un gesto inconsciente, como si las uñas clavadas en las palmas pudieran ayudarme a pensar con más agudeza. Hasta que, casi con nitidez, la estampa se me recompuso en la memoria.

—Tenía barro —dije—. Barro en los zapatos.

Frunció el comisario el ceño, intentando interpretarme.

—Tenía los zapatos sucios y él suele llevarlos relucientes.

80

Continuamos en El Minzah hasta que a las mesas del patio empezaron a llegar los primeros turistas distendidos, dispuestos a refrescarse a base de cerveza, combinados coloridos y modernas Coca-Colas en vasos llenos de hielo. Decidimos entonces volver al cuartel general, a mi casa. Y no nos fuimos de vacío, sino cargando unos cuantos periódicos.

Fue iniciativa mía pedirlos.

—Un momento —advertí al comisario apretándole el brazo.

Ya sostenía el portero la puerta abierta. Con su tarbush rojo, su chaleco dorado y zaragüelles de terciopelo, agarraba solícito la barra de bronce para permitirnos la salida a la calle Estatuto. Pero algo vi que detonó en mí un chispazo antes de abandonar el hotel: la presencia de un cliente en la recepción, ensimismado en la lectura del *España*, el diario que inocentemente puso a Ramiro al tanto de mis andanzas.

—Abuse un poco de su antigua autoridad, ande —le susurré casi al oído.

Alzó una ceja, sin entenderme.

—Pida en el mostrador que le den la prensa de los últimos días. De ahí parte toda la información que ese indeseable tiene sobre mí y sobre el Tánger actual, quizá valdría la pena echar un vistazo.

Encontramos todo en orden al regreso, aunque sin noticias y con las ausencias evidentes. Las costureras, acabada la faena de la mañana, acababan de irse a almorzar a sus patios, a servir a sus familias los pucheros que dejaron hechos de amanecida; Candelaria, previsora, estaba preparando también algo para nosotros. Pero nadie parecía tener hambre y optamos por sentarnos en el salón Félix, el comisario y yo formando un triángulo. La matutera, con un ojo en el fogón y otro en nosotros, se quedó en pie bajo el dintel de la puerta, lista para andar yendo y viniendo. Aunque quizá atender la lumbre sólo era una excusa y no se sentó porque la figura de don Claudio le seguía generando un receloso respeto.

—Bien, señorita, vamos a intentar pensar con claridad, sin dejarnos llevar por las emociones.

Quizá porque tenía la sensibilidad a flor de piel, me enternecía que me siguiera llamando señorita. Con sus sólidas maneras de proceder, señorita fue el tratamiento que el comisario me dio cuando era una joven acobardada y sin un céntimo, y señorita seguía siendo para él una década después, a pesar de mi maternidad, mi viudez, mis tumbos pasados y mi infortunio presente.

—Ha sido un acierto traernos estos ejemplares. Si el tal Arribas desembarcó ayer en Tánger y de inmediato se dirigió hacia acá, una fuente fiable de información local a la que ha podido tener acceso es, como usted bien ha pensado, la prensa.

—Derechito a llevárselos vino, el muy hijo de mala madre, así arda en las candelas del infierno... —rumió trapo en mano Candelaria.

El comisario la contradijo.

—No necesariamente, matutera. Me inclino a pensar que llegó hasta aquí sin una idea fija; a explorar cuál podría ser la mejor de sus opciones, simplemente. Y se encontró de pronto con una bicoca: la niñera y el niño solos, en plena calle.

—Era... Fue... —Mi voz sonó como un balbuceo—. A esa hora nunca salen, se quedan en casa durmiendo la siesta. Pero ayer... Ayer... El taller... Había mucho trabajo... No tendría que...

Alzó una mano, parándome.

—Por favor, no se culpe; nada va a conseguir con eso más que herirse a sí misma. De no haber sido como fue, él habría encontrado otra manera de coaccionarla. Sólo que eso le resultó sencillo: puesto que ya los había abordado en Madrid, usó más o menos la misma estrategia. No se martirice con lo que ocurrió ayer, nuestro objetivo ahora es intentar averiguar dónde los retiene.

Abrí el periódico del día anterior, empecé a pasar páginas. La cuestión de Indonesia, la tensión en Palestina, los violentos ataques de los guerrilleros griegos en Tracia. Bajada alarmante en la bolsa de Londres, la búsqueda de una torturadora de la Gestapo en tierras francesas.

Don Claudio prosiguió, al mando igual que tantas otras veces.

—Bien, vamos a centrarnos en los alojamientos; eso es lo primero que necesitó para pasar la noche.

La publicidad de hoteles serpenteaba entre las noticias de actualidad internacional y las crónicas, los deportes y las informaciones sobre Marruecos.

—No es ningún imbécil Ramiro —advertí—. No creo que se le haya ocurrido llevarlos a ningún sitio reconocido, a la vista de todo el mundo.

—Al Continental no habrá vuelto seguro —anticipó él—. Resultaría demasiado imprudente.

—Aquí anuncian el Rif, ése tan nuevo y moderno de la playa.

—No no no... —cortó tajante—. Vamos a ver, no necesitamos leer los anuncios uno detrás de otro, hemos de proceder con cierto método. Dijo usted que llevaba los zapatos con barro, ¿verdad? Empecemos por descartar entonces los hoteles que se encuentren en sitios más urbanos, en vías públicas donde resulte más difícil ensuciarse.

—Villa de France, El Minzah, Rif, Cecil y Villa Valentina quedan entonces descartados —atajó Félix—. Además, son distinguidos en exceso y están demasiado a la vista.

—Perfecto —confirmó el comisario—. Sigamos.

El instinto observador de mi amigo le sirvió para avanzar con firmeza.

—Tampoco nos sirven los del Zoco Chico. Ni el Bristol, ni el Fuentes ni ningún otro. Sería además como meterse en una ratonera, ni siquiera se puede entrar allí en coche.

Continué recorriendo las hojas del diario con la mirada. Ni hoteles de ciudad, ni hoteles de playa, ni hoteles en la medina: las tres localizaciones quedaban rechazadas, la horquilla se iba cerrando. Quizá nos equivocábamos y aquello del barro no nos llevaría a ningún sitio, pero íbamos a la desesperada, no podíamos perder tiempo.

Hasta que mis ojos se detuvieron en un pequeño anuncio, en una esquina de página par. Un anuncio barato, por su tamaño y situación, que no pronosticaba grandes lujos.

—Félix, ¿te suena El Fahrar?

—Claro, reina. En el Monte Viejo. Pero no es un hotel, sino un sitio así como para pasar temporadas. Está bastante apartado y...

No le dejó terminar la voz cortante del comisario.

—¿Ha estado allí alguna vez?

Se tomó mi vecino un par de segundos antes de contestar, una pausa mínima tras la que intuí que escondía algo culposo.

—Una vez sólo, hace meses. Cuando... cuando se instaló allí ese escritor americano. —Bajó levemente el tono—. Bowles, el que toca el piano. Estaba con un grupo la otra noche en Le Parade, ¿te acuerdas?

Cada cual era muy libre de tener sus debilidades, y las de mi amigo eran los extranjeros un tanto extravagantes o tan sólo distintos, aunque se limitase a contemplarlos a distancia. Esta vez, sin embargo, su fetichismo estaba a punto de traernos réditos.

—Tranquilidad —leí volviendo al anuncio—. Vistas al Estrecho y los dos mares. Precios económicos. Largas y cortas estancias.

—Tienen como una especie de bungalows esparcidos por el jardín y...

La voz incisiva de don Claudio surgió de nuevo afilada.

—¿Qué tipo de jardín?

—Grande, verde. Con mimosas, y eucaliptos, y...

—¿Y algún sitio como con..., con..., con... plantas que necesiten agua, donde pueda haber barro?

—Bien sûr. Los propietarios son ingleses, ya saben cómo les gustan los floripondios a esas gentes. Tienen una rosaleda maravillosa.

De haber sido por mí, habría salido hacia allá de inmediato. El comisario, sagaz siempre, se dio cuenta.

—No se arrebate, señorita —me advirtió severo—. En primer lugar, se trata de una posibilidad, no una certeza. Y en cualquier caso, hemos de ir con pies de plomo, medir tiempos y actuar con la mente fría. Déjeme pensar en la mejor manera de proceder. Y para ello, si no le importa...

Se puso en pie, agarró el sombrero.

—Pero ¿no se va a quedar usted a comer, señor mío? —La voz sobresaltada de Candelaria volvió a sonar a medio camino entre nosotros y las cazuelas—. Mire que he hecho un guiso de calamares para chuparse los dedos.

Para una vez que tenía la matutera la oportunidad de congraciarse con el hombre que tantas fatigas le hizo pasar, el plan se le acabó torciendo.

—No, no me quedo. Voy a localizar a un amigo, un viejo compañero.

Se dirigió entonces a mí frontalmente, para que tomara buena nota de lo que iba a decirme.

—El hombre al que pretendo ver ha sido también policía aunque, al igual que yo, no está ya en servicio activo. Pero necesito hablar con él antes de actuar, para planificar los siguientes pasos. La cuestión es delicada, me interesa hacerle algunas consultas, tal vez contar con su ayuda incluso.

Asentí como una estudiante aplicada que entiende una lección compleja. Él se volvió entonces, dispuesto a irse; quise ponerme en pie para acompañarlo.

—No se mueva, no hace falta.

Obedecí retorciéndome los dedos.

—Coma algo —sugirió—, serénese. Intente dormir un rato.

Del fondo del estómago me salió una risa amarga.

—Cómo quiere que duerma, comisario, por Dios bendito...

—Relájese al menos. Todo va a arreglarse, confíe en mí. Pero déjeme antes que valore la mejor manera de proceder. La que, con menos riesgo, puede darnos unos resultados óptimos. Y ármese de paciencia porque, decida lo que decida con mi colega, en ningún caso actuaremos hasta la noche.

Antes de ponerse el sombrero, volvió a clavarnos a Candelaria y a mí una mirada rotunda: como la del ayer, cuando me depositó en la pensión de La Luneta. No me fío ni un pelo de ninguna de las dos, así que voy a tenerlas vigiladas de cerca, dijo aquella mañana de agosto del 36, recién empezada la guerra.

Su advertencia de ahora no fue la misma, pero se pareció mucho.

—Ojo y cautela, mujeres. Por la cuenta que nos trae, no perdamos la cabeza.

81

No puedes perder la cabeza. Decidida a no fallar a don Claudio, me repetí la frase a mí misma seis o siete veces. No puedes perder la cabeza, no puedes perder la cabeza, no puedes perder la cabeza...

Mandé a Félix a su casa, a que se aseara, se cambiase de ropa y recuperase energía para las horas venideras. Pasé luego por el improvisado taller unos minutos, habían vuelto las modistas a su quehacer a la hora de la siesta. Por suerte, el trabajo que había repartido en la primera jornada era laborioso, así que volcadas seguían en los primeros caftanes de Barbara Hutton, sin necesidad de más órdenes. Sí pedí a Candelaria, en cualquier caso, que se quedase con ellas. Por si surgía algún escollo, para hacer conmigo de puente. Y en menor medida también para poder estar sola, sin distracciones y al margen.

Me llevé conmigo algo de costura, con la ilusa esperanza de que me ayudara a mantener la mente absorta. Pero dejé tela, tijera y carrete sobre una mesa auxiliar, sin prestarles atención siquiera. Mejor, decidí, hacer caso al comisario. Cerré las contraventanas del salón, dejando que se filtrara sólo la luz a rendijas. Me descalcé y me tumbé en el sofá, tiesa tal que una estaca, con las manos cruzadas sobre el abdomen y la mandíbula apretada, inmóvil como si fuese de palo, de piedra, un hueso. Relajarme, eso me había dicho el comisario que hiciera. No pensar en mi niño, en cómo estaría, en qué estado se encontraría, en cómo lo trataría el canalla de Ramiro y cómo llevaría él la lejanía y la ausencia. No puedes perder la cabeza, musité una vez más entre dientes, con los ojos cerrados. No puedes perder la cabeza.

Tan exhausta debía de estar, tan agotada física y anímicamente que, en contra de lo que preveía, por unos instantes mi cerebro se despegó de la realidad y se pobló de estampas borrosas. Hasta que algo me sacó con brusquedad del ensueño. Un motor sonaba, un motor cercano. Me incorporé con el susto clavado en el pecho. El motor de un coche, eso era. En la calle, en efecto. Un coche que acababa de detenerse junto a la cancela.

Salté como si en ello me fuese la vida, corrí al jardín descalza con el pelo revuelto y la falda medio subida. ¿Y si fuera Ramiro? ¿Y si se hubiese arrepentido y trajera consigo a Phillippa y a Víctor? Bajé precipitada los escalones del porche, recorrí furiosa el tramo hasta la verja a través de cuyos barrotes había hablado con él en la madrugada, la abrí de un golpe.

Un hombre se estaba bajando en ese instante de un taxi. Llevaba un bolsón de cuero en una mano, la chaqueta mil rayas arrugada, un cigarrillo entre los dientes. Y no, no era Ramiro, sino alguien a quien estreché con todas mis fuerzas. No dejes que se vaya el taxi, fue lo único coherente que logré decir. En inglés, por supuesto: Nick Soutter no habría podido entenderme de haber usado mi lengua.

Quiso saber, me preguntó impetuoso varias veces.

—Espera un instante —fue mi única respuesta.

Volví al interior, corriendo una vez más. Llegué hasta el sofá, me agaché en busca de mis zapatos, ya me los pondría en el coche. En mi precipitación, me llevé por delante la mesa auxiliar donde había dejado la costura; seda, hilos y tijeras cayeron al suelo. Sin una razón sensata, en un gesto maquinal, me guardé éstas en el bolsillo.

—Al Monte Viejo —ordené al taxista unos instantes después—. ¿Conoce un sitio que se llama El Fahrar?

Volvía a ser un compatriota quien iba al volante, otro andaluz de tantos como bregaban en esa tierra. Moreno, enjuto, con rostro afilado y ojos como el carbón que vendían junto al Zoco de Afuera.

—Idea tengo de por dónde cae, más o menos.

—Pues llévenos deprisa pero, al acercarse, vaya con cautela.

Lo había intentado con todas mis fuerzas: ante lo más sagrado lo juraría si alguien me lo pidiese. Me esforcé por someterme a las decisiones del comisario, por ser mansa y complaciente, sumisa incluso. Él sabría cómo proceder correctamente, lo guiaba una cabeza amueblada con fría lucidez y décadas de experiencia, yo no era más que una mujer atribulada a la que le habían robado a su hijo. Me había propuesto por eso cumplir sus órdenes, palabra de honor. Ser responsable, fiable, juiciosa, obediente. Pero no lo conseguí, a pesar de mi empeño. Al sentido del deber le hizo contrapeso mi instinto de madre. Y eso fue lo que, al cabo, terminó inclinando la balanza en el sentido opuesto.

Fuimos dejando atrás la zona urbana y subimos hacia el Monte Viejo, donde decenas de europeos habían establecido sus residencias, espléndidas en su mayoría, muchas con vistas sobre el Estrecho. Hasta que acabó la carretera de adoquines, y la ruta se tornó un camino sinuoso flanqueado por vegetación espesa. Entretanto, mientras dábamos tumbos entre los baches, expliqué la situación a Nick. A trompicones.

—¿Estás segura de lo que haces? —preguntó cuando acabé mi relato.

—Sí, si tú me ayudas.

Sobraron las palabras. Sentados ambos en el asiento de atrás, me pasó el brazo por la espalda y me atrajo hacia sí con nervio.

El coche siguió subiendo hasta virar en una desviación a la derecha. De súbito, se nos presentaron ante los ojos entradas a las parcelas de un par de villas. Pero no llegamos a ver esas construcciones: quedarían al fondo, parapetadas tras la espesura vegetal y los muros. Las dejamos atrás, continuamos a través de un sendero empedrado.

—Estamos llegando, señora —advirtió el taxista—. Usted me dirá qué hago ahora, ¿entro para dentro o me quedo fuera?

Aguarde, fue mi respuesta. Concreté entonces con Nick, frases rápidas y órdenes; él asintió a todo sin cuestionarme. El coche fue deteniéndose hasta quedar parado frente a una doble verja. Un modesto rótulo grabado sobre una placa de mármol anunciaba que estábamos en el sitio correcto. Sobre la tapia de la derecha colgaba una buganvilla; en la de izquierda, las palas y los higos de una chumbera crecida más de la cuenta.

Con las instrucciones claras, Nick agarró entonces su bolsón de viaje, empezó a abrir la portezuela.

—Just a moment —rogué de pronto.

A tirones casi, lo obligué a quitarse la chaqueta. Con ella entre las manos, lancé mis instrucciones al conductor.

—Usted y yo nos quedamos aquí. A la espera.

Conteniendo la respiración, contemplé a Nick mientras atravesaba la entrada y se alejaba de espaldas por la senda interior de la propiedad, el paso seguro y neutro. Cargándose el bolsón al hombro, como un simple viajero desubicado en busca de alojamiento: un inglés anónimo, otro más de los muchos que pululaban por la zona y para los que no suponía la menor incomodidad instalarse junto a compatriotas, en la fresca frondosidad del Monte Viejo.

Regresó casi media hora más tarde, deshaciendo el camino con el mismo paso supuestamente relajado y la apariencia de un huésped recién instalado que salía a estirar las piernas por los alrededores, sin prisa ni rumbo fijo. En cuanto estuvo fuera del recinto, sin embargo, se precipitó hacia el coche. Yo lo esperaba con la puerta abierta, el pavor reconcomiéndome.

—Están dentro.

Me llevé las manos a la boca para impedir que se me escurriera un grito.

—Están dentro y están bien, Víctor y la chica, ambos.

Me temblaba el cuerpo entero, Nick tuvo que abrazarme.

—Están bien, están bien, están bien... —me repitió al oído

mientras me pasaba una mano por la nuca, intentando sosegarme con sus caricias—. Los he visto a través de una ventana trasera. Están jugando tranquilos la nanny y él, sentados en el suelo. Hay juguetes, bloques de madera.

Todavía tenía las manos tapándome los labios, una sobre otra, obsesiva, como si temiera que a través de ellos se me escapase un chillido, un vómito, el último aliento. Mi hijo estaba bien, levantando construcciones como tantas veces: equilibrios inestables que él después solía derrumbar de un manotazo, partiéndose de risa ante el destrozo. Mi hijo estaba bien. Encerrado, retenido a la fuerza, aunque su mente infantil lo ignorara. Pero tranquilo e ileso.

—¿Y Ramiro? —logré preguntar con un hilo de voz.

—Se encuentra en el mismo bungalow, en la habitación contigua, la delantera. Entra y sale, no aguanta sin moverse. Se asoma al exterior, camina un poco sin alejarse y vuelve a entrar. Se le ve... Yo diría que incómodo, harto incluso.

Quería seguir preguntando, que me diera detalles de la situación, una panorámica completa.

—¿Has visto comida, agua, una cama o una cuna...?

—Escucha, Sira. Escucha.

—¿Entra aire, está limpio, hay animales o algún peligro cerca?

Prefirió no detenerse en esas minucias. Acostumbrado como estaba a comprimir las frases frente a los micrófonos con eficiencia, también aquí había apurado hasta el extremo el tiempo que estuvo dentro.

—Escúchame. He hablado con el propietario, es un norteamericano, un tal Buckingham; su mujer inglesa y sus hijos están ahora mismo en Brighton, hemos tenido esa suerte. Le he puesto al tanto de la situación, no sospechaba nada en absoluto. Verás, hay cuatro bungalows, construcciones modestas dispersas por el jardín. Ellos se encuentran en el último, el más cercano al acantilado, a distancia suficiente de la residencia principal. Dos de los otros bungalows están ocupados por unos escritores americanos, pero se han ido unos días al Atlas, según me ha dicho.

Por eso nadie ha oído ni voces ni lloros ni gritos, si es que los ha habido.

Gritos, lloros... Para que no me hirieran esas palabras, preferí empujar hacia delante.

—Y ese tal Buckingham, ¿está dispuesto a ayudarnos?

—Por supuesto. De entrada, se ha ofrecido a llamar a la policía.

Varias veces seguidas salió el no de mi garganta.

—Es lo más razonable, Sira.

—No, al menos hasta arrancar a Víctor de las manos de ese canalla. Hasta tenerlo conmigo.

Seguíamos en el interior del coche, en el asiento trasero. El conductor había salido, fumaba a su aire a cierta distancia mientras contemplaba el horizonte, apático ante nuestros afanes. Probablemente estaba vacunado contra las extravagancias de los clientes.

—¿Hay alguna manera de acceder al bungalow sin que nos vea? —insistí—. ¿Algún..., no sé, algún camino trasero?

—Ninguno. He visto tan sólo un pequeño sendero que baja al mar, estrecho y en pendiente.

—Déjame pensar, déjame pensar... —murmuré entre dientes—. Dices..., dices que Ramiro parece estar harto, no me extraña. Es un animal social, urbano, intenso, siempre en activo. Hacer de vigilante en una cabaña campestre debe de ser para él una tortura, lo corroe además la incertidumbre de cómo va a acabar este disparate.

Transcurrieron unos segundos devanándonos los sesos.

—¿Qué tal si le ofrezco un poco de distracción? —propuso Nick.

—En eso precisamente estaba pensando. Y mientras, yo...

—Tú no; cuento con Buckingham.

Mi queja fue casi un grito.

—¿Cómo que yo no?

—Mejor que te protejas de él; tú eres su objetivo en cualquier caso.

—Voy a entrar, Nick —dije tajante—. Tú ocúpate de mantenerlo al margen al menos unos momentos; actuaremos sobre la marcha.

—Sira, insisto. Vamos a dejar que Buckingham llame a la policía, todo será...

Llegados a ese extremo, y a pesar de mi negativa previa, seguramente tenía razón, quizá la policía fuera la mejor de las soluciones. Pero saber que mi hijo se encontraba tan próximo, tan a mi alcance, me había generado una especie de arrebato que no logré controlar.

—¿Cómo es físicamente Buckingham? ¿Enérgico, vigoroso?

—Menos envergadura que yo pero tiene buena voz, no le deben de faltar fuerzas.

Aun así. Ellos podían ser dos frente a uno, pero Ramiro era ágil y escurridizo como una culebra.

A través de la ventanilla vi acercarse al taxista; hasta las narices debía de estar ya el hombre de perder el tiempo. Nuestros ojos se cruzaron un instante, ignoraba qué vio él en los míos, pero yo interpreté en los suyos muchas cosas. Hambre acumulada, penares, miserias. El desarraigo como única salida, el destierro por arrimarse a una causa que prometía a los desventurados un poco de esperanza. Harto de bregar día y noche debía de estar, para llenar los platos de sus hijos de lentejas.

—Oiga, amigo.

—Dígame usted.

—¿Estaría dispuesto a echarnos una mano en un asunto, ahí dentro?

Señalé El Fahrar con la barbilla, después añadí:

—Cobrando, se entiende.

Se aproximó un par de pasos. Tenía las manos en los bolsillos, la duda en el entrecejo y una colilla rechupada a un lado de la boca.

—¿Qué es lo que quiere?

—Pararle los pies a un sinvergüenza.

—¿Le ha hecho a usted alguna faena, se ha portado malamente?

—Como un verdadero cochino.

—Pues por veinte duros, guapa, los ayudo yo a arrancarle hasta las muelas.

82

Todo transcurrió en el tiempo que dura un latigazo; un brusco soplo de aire que forma una tolvanera y, tal como vino, se calma.

El hartazgo de Ramiro jugó a nuestro favor. Haciéndose pasar por un cliente recién instalado, Nick, con su planta de tipo solitario y ajeno, lo persuadió con facilidad para tomar un trago; yo empecé a deslizarme hacia el bungalow en cuanto él se dio la vuelta. Con pasos cautos y un cuidado extremo al girar el picaporte, logré asomarme al interior. Hubo júbilo en el rostro de Víctor, incluso amagó con lanzarme una pieza de madera al verme con un dedo sobre los labios, rogándole que se mantuviera en silencio. Hubo asimismo temblor y pasmo en Phillippa cuando, por señas y sin mediar palabra, le indiqué que se movieran hacia mí con sigilo.

Pero Ramiro de imbécil tenía poco, y que aceptase un whisky a un desconocido inglés no significaba que fuera a desentenderse de su asunto. Por eso sucedió lo previsible cuando yo ya los tenía conmigo en la puerta, lista para dirigirme a la gran casa central con Phillippa a un costado y Víctor en brazos tapado con la chaqueta de Nick, apretado a mi pecho, simulando un juego, una especie de escondite, como el hide-and-seek con el que nos entretuvimos tantas otras veces.

En ese preciso instante, algo oyó o presintió la sagacidad de Ramiro. Se giró entonces suspicaz y nos acabó viendo; de su boca salió un grito animal al intuir la envolvente. Rápido como era de cuerpo y de cabeza, se abalanzó dispuesto a cortarnos de raíz la huida. Traía el rostro desencajado, apenas nos separaban unas decenas de metros. No me increpó ni soltó blasfemias, advertencias o amenazas: tan sólo pretendió embestirme, febril y violento, con la sola intención de volver a arrancarme a mi hijo. Fue entonces cuando mi mano libre, la que no sostenía al niño, tanteó un costado de la falda y se hundió en el fondo del bolsillo izquierdo.

—Un paso más y te las clavo.

Quizá lo frenó la seguridad de mi voz o quizá el brillo siniestro del sol sobre las tijeras: en cualquier caso, se detuvo en seco, alzando ambos brazos, rechazándome frontalmente. Y ese instante, justo, fue el que aprovecharon Nick y el taxista surgido entre los rosales para agarrarlo por la espalda, cuatro brazos con firmeza. Pero la vida había acostumbrado a Ramiro a zafarse con habilidad de problemas, tanto tangibles como inmateriales. Y esa misma destreza la usó por enésima para deshacerse de ambos hombres. Ellos recurrían a la fuerza bruta, él apostó por una agilidad resbalosa. Y los ganó por la mano, escabulléndose.

No tenía muchas alternativas, sin embargo. A ambos hombres se les unió el tal Buckingham, el dueño del sitio. Entre los tres le bloqueaban el camino hacia la salida. Y a mí optó por abandonarme como objetivo momentáneo, convencido de que, si me llevaba al límite, mi amago no sería en balde: por proteger a mi hijo, no dudaría en reventarle las tripas a tijeretazos. Así las cosas, su única vía de escape inmediata era el sendero que conducía al mar, una evasión hacia ningún sitio.

Se detuvo unos segundos, miró a unos y otros con los ojos inquietos y el pelo sobre la frente, como si tasara la envergadura del acorralamiento. Entretanto, sólo oíamos las chicharras y la brisa moviendo las hojas de los eucaliptos, algún sollozo ahogado de Phillippa a mi espalda y el mar contra las rocas. Hasta que, en mitad de ese silencio, mientras a un lado yo seguía apretando a Víctor contra mi cuerpo, y mientras los tres varones en el otro flanco le hacían ver lo inviable de su intento de escapar, en medio de esa quietud tensa, fue cuando empezamos a oír el ronroneo de los motores.

Unos instantes después, los vimos atravesar raudos la verja, frenaron haciendo crujir la gravilla. Del primer auto salió de un salto el policía belga de la noche previa y un compañero de edad similar, ambos con sendas pistolas; del segundo emergió el comisario Vázquez y el que debía de ser su viejo colega, un individuo calvo y recio.

—¡Quieto, Arribas!

O Buckingham los había llamado, o mi propia espantada había puesto a don Claudio alerta. El caso era que dos jóvenes agentes y dos policías retirados acababan de sumarse para apretar el cerco.

—¡No se mueva!

El sendero de la playa sí que era ahora la única solución para Ramiro, quizá desde allí pudiera encontrar bifurcaciones, ramales o desvíos que le facilitaran la escapada. Sin más opciones, hacia allá salió embalado; no contaba sin embargo con lo escabroso del terreno. El ruido de su caída nos llegó a los oídos en apenas segundos: a tenor de lo escarpado, podría haberse matado, haberse desnucado en su rodada, machacado el cráneo contra las piedras. No fue tanto, por suerte para él. Pero tampoco salió ileso, ni mucho menos.

Bajaron a recogerlo los agentes en activo: el belga insulso y su compañero resultaron ser a la larga tipos eficientes. Incapaz de caminar por sí mismo, lo subieron entre ambos agarrado por las axilas, sin miramientos a pesar de que debía de haberse fracturado al menos una pierna. Le sangraba un lado de la cara y, por la forma de doblar el tronco, parecía sentir un dolor agudo en el abdomen o las costillas. Su atildamiento de siempre, su ropa de calidad y el estilo mundano de sus prendas se habían convertido en jirones sucios y medio arrancados, sin opción siquiera a futuros remiendos. Abajo quedaba, vacía y medio escondida, la playa de Merkala; la que podría haber sido su salvación y no llegó a serlo.

Me negué a enfrentarme a sus ojos, no tuve la tentación de insultarlo o retarlo o decirle te he ganado la revancha, desgraciado.

Lo único que quería era que volviese a olvidarse de mí. Jamás imaginé que retornaría después de su primer abandono, pero el rencuentro había sido incluso más cruel que el primer golpe. Tan sólo ansiaba ahora, con mi hijo recuperado, librarme de ese canalla para siempre. Evité el cara a cara por eso; tampoco me buscó. Como siempre, su principal preocupación era él mismo.

Una vez comprobé a distancia cómo empezaban a arrastrarlo hacia uno de los coches, me llevé rápidamente a Víctor y a Phillippa hacia el interior de la casa. Nick no tardó en seguirnos, tras él venía el taxista, mientras el propietario finiquitaba con la policía el feo asunto que de forma imprevista había sacudido su pacífico alojamiento. Suerte grandiosa fue que ni su familia ni ninguno de sus huéspedes se encontraran allí en ese momento.

Seis meses hacía que Víctor no veía a Nick, desde que abandonamos Jerusalén rumbo a Londres. Y, aun así, quizá por esas conexiones de su pequeña memoria, pareció reconocerlo. O, al menos, recibió con simpatía la presencia de aquel hombre que tanto supuso en nuestros días más siniestros. Tan grato pareció resultarle que en cuestión de minutos pasó de mis brazos a los suyos con suma confianza, para tirarle de la corbata y subírsela hasta la oreja. El hecho de haber estado retenido por Ramiro no parecía haber marcado a mi hijo, y eso aplacó mi inquietud y me llenó de hondo alivio.

Me acerqué entonces a Nick por detrás, le puse la barbilla sobre el hombro. A la vez que deslizaba una mano en su bolsillo, le dije al oído:

—Te robo la cartera.

Saqué cinco billetes de una libra esterlina; en mi premura por llegar al Monte Viejo, ni siquiera me había parado a coger mi bolso o algo de dinero. Tan sólo llevé conmigo las tijeras de coser, que habían vuelto al bolsillo. No habría vacilado en clavarlas en el cuerpo del hombre que tanto amé, de haber llegado el momento.

A un cambio de 98 pesetas en el mercado libre tangerino, la cantidad que acabé pagando al taxista quintuplicaba lo que él mismo me había pedido. Achinó los ojos y casi se le cayó la colilla rechupada de la boca, pero no los rechazó: los dobló tan sólo y se los metió en el bolsillo de la camisa, junto al pecho.

Phillippa, entretanto, se había dejado caer en una butaca, al lado del piano de la familia y de una jaula con un loro silencioso. Tenía la mirada perdida en la nada, vacío de expresión el rostro: ni angustia ni desahogo, ni miedo o satisfacción, nada. Le agarré una mano, la presioné entre las mías.

—Siento infinitamente que hayas tenido que pasar por esto, my dear. Y te doy las gracias de corazón por haber cuidado a Víctor con tanta dedicación. Mañana, sin falta, sacaremos tu billete de vuelta.

Bajó y subió la barbilla. No tenía más familia que una tía en algún rincón de las West Midlands; nada apetecible la aguardaba en Inglaterra pero cualquier destino sería para ella, intuí, mejor que seguir junto a nosotros en Marruecos. Jamás imaginó que cuidar a un hijo único pudiera llegar a acarrearle tantas tribulaciones.

Solté su mano en el momento en que percibí la silueta del comisario Vázquez atravesando uno de los arcos que se abrían a la terraza, con el mar de fondo; en la tarde limpia podían verse hasta las dunas de Tarifa, al otro lado del Estrecho. A la vez que él entraba, oímos arrancar el motor del primero de los autos. Se llevaban a Ramiro los agentes de la Policía Internacional, lo alejaban por fin de su refugio y sus presas para trasladarlo primero al calabozo de la Sûreté, yo ignoraba dónde acabaría luego.

Me acerqué con pasos lentos hasta don Claudio.

—Lamento haberlo defraudado una vez más, comisario.

Años atrás me ordenó que buscara un trabajo decente en Tetuán como mera asalariada, y yo le contravine abriendo un negocio con dineros de oscura procedencia. Ahora me había exigido permanecer pasiva hasta recibir sus órdenes pero, apenas se dio la vuelta, lo desobedecí y me aventuré a solventar la situación a mi manera.

—Hace mucho que aprendió a cuidarse sola, señorita; debería haberme dado cuenta.

Las palabras sonaron sobrias y adustas, propias del cargo que ostentó tanto tiempo. En su semblante autoritario, sin embargo, creí intuir algo parecido al aprecio.

—Y en cuanto a ese indeseable —añadió—, no volverá a molestarla, quédese tranquila. —Se giró y señaló la terraza—. Se encargará mi amigo de barrerlo del mapa, todavía tiene influencia.

83

Candelaria no puso esa noche la mesa en el porche, sino en un rincón del jardín, alumbrada por uno de los faroles y al resguardo de la madreselva. Una mesa pequeña, con dos sillas únicamente.

Félix volvió a traer una botella de vino, pero se desvaneció con la excusa de asistir a la inauguración de algún nuevo local repleto de esos extranjeros que tanto lo seducían, a saber cómo logró que lo invitasen. La matutera, por su parte, anunció que le dolía hasta la rabadilla después de la larga jornada y la noche previa. Soñando con mi catre llevo desde hace horas, criatura, juró justo antes de quitarse de en medio. Previamente le había subido a Phillippa una bandeja con un vaso de leche y algo de fruta; se resistía a abandonar su cuarto la pobre niñera.

Terminaba de anochecer cuando llegó Nick, recién duchado, con ropa limpia, sin su bolsón de cuero. Había decidido instalarse en el propio El Fahrar para el fin de semana, en principio; aún no anticipábamos cuánto y cómo se acabaría prolongando su estancia. Lo esperaba yo con Víctor sentado sobre mis rodillas. Me negaba a separarme de él, como si necesitara rellenar la grieta de su breve ausencia.

Chirrió la cancela cuando entró, traía para mí unas cuantas flores que arrancó de alguna tapia por el camino y un rústico tambor para mi hijo que compró en un puesto callejero a algún rifeño. Sin que yo me levantase, sin saludos ni congratulaciones ni una palabra de por medio, se inclinó hacia mí tan sólo y por fin hizo lo que nunca osó en Jerusalén: en mi boca dejó un largo beso.

Fue aquella la primera de muchas noches, la primera de tantas cenas con olor a mar y jazmín bajo las estrellas, el preludio de un inevitable acercamiento entre nosotros.

Nos quedaba por delante el resto del verano, aún no nos preocupaba lo venidero.

EPÍLOGO

Para cuando Barbara Hutton aterrizó en Tánger a principios de agosto de aquel 1947, ya tenía sus hermosos caftanes en el vestidor, colgados de sus perchas. Sobre la mesa de Brax Insurance Ltd en la City londinense descansaba asimismo el detallado informe que yo misma les envié: veintitrés páginas mecanografiadas dando cuenta cabal de todas las fortalezas y vulnerabilidades, las debilidades y los riesgos potenciales de Sidi Hosni. En función de aquellos datos, se estableció la póliza que daba cobertura a las gemas de los Romanov; supe que alcanzaron un acuerdo aceptable porque, junto a una de mis creaciones en suntuosa seda india, la millonaria lució su tiara de esmeraldas en la fiesta de inauguración del palacio de la casbah. A ella acudimos Nick y yo juntos; gracias a Ira Belline, logré incluso una invitación para mi amigo Félix, a punto de derretirse de gozo.

Quedó instaurada así una tradición que se prolongaría a lo largo de los años sobre las azoteas con vistas al mar y a los tejados de Tánger, y que marcaría una época. Por allí circularían celebridades, aristócratas y personajes mundanos al son de orquestas locales, o venidas de Nueva York, o desde donde a la princesa se le antojase, qué más daba si todo era cuestión de pagar un precio. Con la misma caprichosa naturalidad, haría traer asimismo en avión privado desde París elementos decorativos, adornos florales, centenares de cajas de champagne y otras tentadoras suculencias. Los hoteles tangerinos se llenarían esos días de huéspedes procedentes de medio planeta, las facturas serían después enviadas a nombre de Ira Belline al palacio; la anfitriona siempre cubría generosamente los gastos de todos los desplazamientos. A menudo escuché después quejarse a la housekeeper del abuso desvergonzado que muchos hacían a cuenta de la dadivosidad de Madame Hutton, sumando caprichos y antojos personales a esos dispendios.

A lo largo de ese tiempo, en paralelo a un flujo variable de amigos, sirvientes y caraduras a los que lo mismo regalaba ostentosas joyas que retiraba el saludo, se sucedieron en la turbulenta vida de la rica heredera los matrimonios, los divorcios y amantes variopintos. Hasta siete maridos encadenó, y a casi todos los llevó a Sidi Hosni. El cuarto fue un príncipe ruso arruinado y el quinto el diplomático dominicano Porfirio Rubirosa, tan célebre por su simpático descaro como por sus atributos amatorios. Los remplazaron un tenista de élite y un noble francés de capa caída con supuestas propiedades en Indonesia; entre los que pasaron por su corazón o su cama sin llegar a firmar contratos, estuvieron un joven guitarrista errante, numerosos hombres anónimos a los que pagó por sus servicios e incluso el torero Ángel Teruel, al que persiguió por las plazas de media España cuando él era aún un veinteañero y ella superaba los sesenta.

Estaba por entonces tan prematuramente decrépita que apenas podía moverse y a menudo tenían que llevarla en brazos; el alcoholismo, el abuso de sustancias y el insomnio, la depresión y los desórdenes alimentarios la asomaron al suicidio varias veces. Fracasó en esos intentos de acabar voluntariamente consigo misma, pero el tiempo la hizo cada vez más vulnerable. Falleció a los sesenta y seis años, consumida y sola en un hotel de Beverly Hills. De la fortuna inmensa que heredó en su niñez, quedaban poco más de tres mil dólares. Para entonces hacía unos años que había muerto su hijo, por lo que acreedores, exesposos y supuestos herederos acudieron como buitres en busca de rapiña. Ni siquiera dejaron lo suficiente para que se cumpliera su última voluntad: ser enterrada en Tánger.

La ciudad a la que los restos de Barbara Hutton nunca llegaron a finales de los setenta no era ya por entonces la misma que ella había conocido, en cualquier caso. Mucho habría de cambiar el mundo en las siguientes décadas.

Ese mismo verano del 47 supuso el principio del fin del Imperio británico, la descomposición de la mayor épica de poderío universal que jamás vio la historia. Pero el vaivén de los tiempos, la emergencia de otras potencias, las aspiraciones de libertad y la propia conciencia interna, alteraron el rumbo de las cosas. La Gran Bretaña arruinada y exhausta que emergió tras la guerra mundial claudicó finalmente: el 15 de agosto de ese mismo año, mientras en Sidi Hosni se preparaban las velas, los aperitivos y las alfombras para su puesta de largo, la India, la joya del Imperio, obtuvo su independencia. Dos Estados emergieron a partir de entonces, India y Pakistán, con un inicio sangriento.

Otro tanto ocurriría en Palestina en los meses venideros; Nick y yo permanecimos atentos a las noticias con preocupación creciente. A finales de noviembre de ese mismo año, la Asamblea General de las Naciones Unidas adoptó la resolución en favor de la partición de Palestina en dos Estados, uno judío y otro árabe. Nacía así el Estado de Israel: como era previsible, los primeros recibieron la decisión con alborozo y los segundos la rechazaron en pleno. Y a Gran Bretaña, a la vez, le llegó el momento de quitarse de en medio, distanciándose del inicio de una guerra civil que asoló la zona con un terror cada vez más brutal y cruento. En la madrugada del 14 al 15 de mayo de 1948 expiraría el Mandato Británico sobre Palestina y tanto autoridades como fuerzas armadas abandonarían el territorio. El amargo conflicto árabe-israelí causaría muertos por decenas de miles y se prolongaría a lo largo de las décadas.

Entretanto, en aquel Tánger pleno, dorado y bullente tras el fin de la guerra mundial, nadie anticipaba aún el efecto contagio. Pero sí, una especie de ola expansiva se acabó extendiendo y la reciente descolonización iniciada ese mismo año por el Imperio británico generó réplicas en el resto del mundo. Para que terminara oficialmente el control extranjero sobre Marruecos tan sólo faltaban nueve años. Pero en aquellos días, ese horizonte aún no se contemplaba y en la próspera Zona Internacional seguían surgiendo oportunidades prometedoras, como si nunca fuese a llegar ese mañana indeseable.

En paralelo a los aconteceres históricos que llenaron la prensa, en nuestro entorno más próximo hubo también novedades perturbadoras. La primera sorpresa vino en barco desde Southampton y trajo a dos protagonistas, mi padre y mi suegra. Ni siquiera avisaron con anticipación: con los arrestos de unos insensatos jovenzuelos a pesar de sus edades, Olivia Bonnard y Gonzalo Alvarado decidieron plantarse en Tánger para darme una doble noticia. Primero me comunicaron que había surgido la oferta tentadora de un comprador para quedarse con la casa de The Boltons. Después me anunciaron su decisión de casarse.

Convencida de que de nada serviría mi opinión, silencié mis pareceres, me tragué las cautelas y me limité a asentarlos en el hotel Cecil, frente a la playa, y a organizarles después los trámites necesarios para formalizar su deseo. Discrepantes en religión, fue mi padre quien cedió caballeroso: acabaron dando el sí quiero en la iglesia anglicana de Saint Andrew's frente a un grupo escueto de invitados: Víctor, Nick y yo, Candelaria y Félix, el vicario, el cónsul británico y Buckingham, el dueño de El Fahrar, al piano. Ratificamos los votos con un almuerzo en la terraza del hotel Villa de France; ellos brindaron pletóricos y, aunque lo disimulé, yo lo hice con un convencimiento escaso. En principio, su idea era instalarse juntos en Madrid pero ese retorno se fue retrasando. Con el paso de los días, y extasiados con la grata vida del norte de África, incluso acabaron viendo casas en las que poder quedarse una larga temporada. Ninguno de los dos mostraba el menor interés por abandonar esa tierra templada donde no había cartillas de racionamiento, donde podían hablar en sus lenguas respectivas, leer la prensa de sus países y estar cerca del nieto que compartían ambos.

Para entonces, Nick se había convertido para mí en alguien fundamental, el compañero que aportó luz y complicidad a mi existencia. Sus idas y venidas de Gibraltar a Tánger eran constantes, un sinfín de cruces del Estrecho para pasar conmigo todo el tiempo que le permitía su trabajo. Con tesón y mano izquierda, insistiendo y negociando, logró que Cora, su exmujer, consintiera que sus hijos pasasen con él un par de semanas; conocimos así Víctor y yo a Paul y Ashton, y se tejieron entre nosotros hilos de verdadero afecto. Con los niños, divertidos y tostados por el sol, compartimos días de playa y excursiones al Bosque Diplomático, paseos al anochecer hasta la murallita del boulevard y cenas en el jardín a base de limonada con hierbabuena y los sabrosos pinchitos de la matutera. Fuimos también varias veces a Tetuán a ver a mi madre; a la piscina del Parque Brooks, en cambio, no volvimos nunca.

El fin de agosto trajo la marcha de los niños de Nick, de Barbara Hutton y de montones de veraneantes. Al otro lado del Atlántico, sin embargo, no se escucharon esos días adioses, sino una bienvenida. Tras más de dos meses de Gira Arco Iris, Eva Perón acababa de regresar a Argentina, donde fue recibida con euforia. Había recorrido España con éxito fulgurante; en el resto de los países —Italia, Francia, Mónaco, Portugal y Suiza—, la gloria fue más bien discreta. Y en Londres, nunca llegaron a recibirla los reyes a pesar de sus deseos fervientes. A ojos de la opinión pública de su país, sin embargo, el viaje europeo al completo resultó un rotundo éxito.

Nada se mencionó de las cancelaciones que se sucedieron fuera de la madre patria, ni de los rumores que corrieron a causa de algunos destinos del viaje. Incluso hubo lenguas insidiosas que difundieron el rumor de que pasó por Suiza para depositar millones en oscuras cuentas bancarias y que mantuvo en Montecarlo un romance con Aristóteles Onassis, gran amigo precisamente de Alberto Dodero, armadores ambos. Verdad o mentira, lo cierto fue que Evita retornó a su país reforzada en credibilidad e imagen. Lo que nadie sospechaba todavía era que el agotamiento que había sentido en algunas etapas del tour, el tono cerúleo de su piel y aquellos tobillos con tendencia a hincharse que la sufrida Lillian Lagomarsino masajeaba por las noches quizá fueran los tempranos indicios de algo tristemente grave.

A los pocos días de su llegada a Buenos Aires, la Cámara de Diputados completaría la sanción de la ley que estableció el sufragio universal y la igualdad de derechos políticos entre hombres y mujeres en la Argentina. Ella se había implicado con fervor en aquella causa; poco después dirigiría a la masa que abarrotaba la Plaza de Mayo un discurso que arrancaría con las palabras «Mujeres de mi patria...», y en el que habló de una larga historia de luchas, tropiezos y esperanzas, incomprensiones, negaciones y justicia. En las fotografías que le tomaron quedó constancia de que ya no llevaba aquellos peinados faranduleros con los que se paseó por España, ni los atuendos estridentes y barrocos que yo contemplé en sus actos públicos y en sus dependencias del Palacio de El Pardo. Tras el regreso de Europa, Evita había decidido adoptar un estilo que la descargaba de excesos y le confería un empaque más favorecedor y solvente dentro de una sobria elegancia. En los periódicos y revistas de esos días que acabé viendo, me pareció reconocer un aire a mis trajes de Digby Morton.

Escuchándola gritar con aquella pasión desgarrada frente a miles de ciudadanos, nadie habría podido anticipar que faltaban menos de cinco años para su muerte; no llegaría a cumplir los treinta y cuatro. Devorada por un cáncer de cuello de útero pero activa y encendida hasta el final, fue llorada por su pueblo en un monumental duelo que acabó con todas las flores del país y llenó Argentina de lágrimas, multitudinarias procesiones con antorchas, ceremoniosos honores y colas kilométricas para despedirla. Quedaría a partir de entonces convertida en un icono con defensores y detractores, capaz de levantar pasiones arrebatadas y odios furibundos a pesar del transcurrir del tiempo. Lo que ocurrió posteriormente con su cuerpo embalsamado sería argumento para otra novela.

Pero para que Evita muriera aún faltaban unos años, y mi preocupación esos días se mantenía en el presente. Y aquel presente trajo también nuevas perspectivas en el horizonte. Gracias a mi relativa cercanía con el universo de Barbara Hutton, al igual que había ocurrido con la fiesta de la Asociación de la Prensa, se sucedieron las invitaciones a eventos diversos; a veces las aceptaba y a veces las rechazaba, dependía del ánimo y el tipo de encuentro. Hasta que una noche de viernes, en una cena en una villa del Marshan a la que asistimos Nick y yo, alguien dejó una propuesta sobre la mesa: poner en marcha una nueva emisora de radio.

El fin de la contienda mundial había convertido el noroeste de África en uno de los grandes centros de comunicaciones del planeta, un puente de conexiones entre América y decenas de naciones en Europa. Usando antiguas infraestructuras militares o implantando nuevas construcciones, adelantos electrónicos y antenas, entre los transmisores y los receptores comenzaban a fluir mensajes e ideas, propaganda e intrigas. La poderosa RCA norteamericana acababa de instalar una estación repetidora en el cercano cerro del Charf; Radio Tánger Internacional y Pan American Radio difundían ya sus programas conviviendo con emisoras más modestas. Entre seriales, inocentes concursos, publicidad comercial y música en apariencia inocua, ya fuera en árabe o francés, inglés o español, el potencial de la radio para moldear opiniones seguía empujando.

Con aquella propuesta despedimos el verano.

Sin decir ni sí ni no, agarrados por la cintura regresamos caminando hasta mi casa. Nick tenía la experiencia, yo el dinero que llegaría tras la venta de la casa de The Boltons, a ninguno de los dos nos disgustaba la idea de emprender algo juntos. El mundo se preparaba para una guerra heladora y por él necesariamente habríamos de transitar unos y otros, entre costuras o entre las ondas.

NOTA DE LA AUTORA

Cuando *El tiempo entre costuras* vio la luz en junio de 2009, yo era una escritora desconocida y su protagonista —una costurera implicada en labores de espionaje— surgió entre las novedades editoriales como una rareza. La cálida acogida de los lectores hizo que la novela tuviese un devenir del todo imprevisto y, al hilo de su vuelo, brotaron preguntas recurrentes: ¿habrá una continuación?, ¿tendremos segunda parte?, ¿leeremos una secuela?

Nunca di por respuesta un no radical, pero sí tenía claro que en aquel momento Sira Quiroga y yo necesitábamos distanciarnos. Casi doce años más tarde, sin embargo, ha surgido el rencuentro y, al igual que en la novela anterior, he vuelto a servirme de numerosas fuentes documentales y he contado una vez más con el generoso respaldo de distintas personas.

Para esbozar una panorámica del ambiente y los sucesos acaecidos en Jerusalén durante los años finales de la administración británica, resultan de sumo interés los libros *Palestine between Politics and Terror 1945-47* (Golani, 2013), *One Palestine, Complete. Jews and Arabs under the British Mandate* (Segev, 2000), *Ploughing Sand. British Rule in Palestine, 1917-1948* (Shepherd, 2000) y *Mandate Days. British Lives in Palestine 1918-1948* (Sherman, 1997). El funcionamiento del Palestine Broadcasting Service se recoge en detalle en *This is Jerusalem Calling. State Radio in Mandate Palestine* (Stanton, 2014). En cuanto al atentado en el hotel King David, su reconstrucción minuciosa puede encontrarse en *By Blood and Fire. July 22, 1946. The Attack on Jerusalem's King David* (Clarke, 1981).

Esta etapa la sobrevuelan asimismo algunos de los libros del escritor Amos Oz, sobre todo las páginas dedicadas a su niñez dentro de *Una historia de amor y oscuridad* (2002), su conmovedora autobiografía. El período queda también reflejado en *Oh, Jerusalén*, de Dominic Lapierre y Larry Collins (1970). Aunque exceden los límites temporales de la propia acción de la novela, para entender el desenlace de la presencia británica en Palestina resultan esclarecedores los recuerdos y reflexiones de quienes ejercieron allí sus responsabilidades durante esos años. *The End of the British Mandate for Palestine, 1948. The Diary of Sir Henry Gurbey* (Golani, 2009) es uno de esos testimonios. Otra visión muy significativa es la de nuestro compatriota Pablo de Azcárate, diplomático y funcionario de Naciones Unidas que ocupó sucesivos puestos de la más alta relevancia en la zona. Una reedición de su *Misión en Palestina. Nacimiento del Estado de Israel* ha sido publicada recientemente (2019) en la colección La Valija Diplomática, de la editorial Cuadernos del Laberinto, con un excelente estudio preliminar y notas de Jorge Ramos. En un ámbito más personal, por ayudarme a dotar de coherencia a la terminología de la zona y el momento, quiero dejar constancia de mi agradecimiento a la periodista de *El País* Ángeles Espinosa, antigua compañera de colegio mayor y gran experta en el Cercano Oriente.

Fue Pablo de Azcárate testigo asimismo de las vicisitudes del exilio español en Londres en sus días como embajador de la República en Gran Bretaña, y tuvo sin duda contacto con muchos de los expatriados que se mencionan en estas páginas. Sobre ellos ha investigado Luis Monferrer Catalán (2007) en su completo estudio *Odisea en Albión. Los republicanos españoles exiliados en Gran Bretaña (1936-1977)*. Al respecto de la participación de algunos de ellos en la BBC hay también apuntes relevantes en los libros de Rafael Martínez Nadal *Antonio Torres, de la BBC a The Observer. Republicanos y monárquicos en el exilio. 1944-1956* (1996) y *José Castillejo, el hombre y su quehacer en La Voz de Londres. 1940-1945* (1998). En un tono más ligero, son múltiples los detalles que acerca de aquella colonia recoge Esteban Salazar Chapela en *Pe-*

rico en Londres, una crónica novelada del exilio publicada originalmente en Buenos Aires en 1947 y reeditada por la editorial Renacimiento en 2019, con una interesante introducción y notas de Francisca Montiel.

El nacimiento y alcance de los servicios exteriores de la BBC está documentado en trabajos como *Let Truth Be Told. 50 Years of BBC External Broadcasting* (Mansell, 1982) y *A Skyful of Freedom. 60 Years of the BBC World Service* (Walker, 1992). Una minuciosa reconstrucción de las legendarias emisiones en español se recoge dentro de la sección «Locutores y presentadores del Servicio Latinoamericano de la BBC de Londres. Lista histórica», en la web *La Galena del Sur*, del periodista uruguayo Horacio A. Nigro Geolkiewsky.

Con el fin de abrir sobre todos ellos el gran paraguas de la desoladora situación de Londres tras la Segunda Guerra Mundial, resulta enormemente informativo y evocador el trabajo de David Kynaston (2007) *Austerity Britain 1945-48. A World to Build.* A este respecto, por ayudarme a garantizar la coherencia del texto en su entorno y momento, dejo constancia de mi gratitud a la profesora Elizabeth Murphy, colega entrañable de mis tiempos académicos.

A caballo entre nuestros dos países, quiero expresar también mi agradecimiento a Jimmy Burns Marañón —autor de *Papá espía*—, que años atrás acogió *El tiempo entre costuras* en Londres y con quien me quedan encuentros pendientes. Sin su complicidad, Tom Burns —su padre— nunca habría desayunado con Sira en Embassy.

Para retrotraernos a esos años de la Segunda Guerra Mundial en España y reubicar en sus sitios exactos las propiedades e instituciones del Tercer Reich, resulta imprescindible el exhaustivo trabajo de Peter Besas *Nazis en Madrid* (2015).

El programa de Eva Perón en su visita a España puede seguirse en detalle gracias a las crónicas de diarios como *ABC* y *La Vanguardia*, y a los trabajos de varios autores argentinos. El itinerario de aquellas semanas lo recoge también de manera minuciosa Enrique F. Widmann-Miguel en *Eva Perón en España. Junio, 1947* (2014); se centra igualmente en el tour el libro *La enviada. El viaje de Eva Perón a Europa,* de Jorge Camarasa (1998), y son esclarecedoras las pinceladas de la propia Lillian Lagomarsino de Guardo en sus memorias *Y ahora... hablo yo* (1996). Desde una perspectiva más amplia, para ahondar en el personaje y su trayectoria, resultan relevantes títulos como *Evita,* de Marysa Navarro (1994), *Evita íntima. Los sueños, las alegrías, el sufrimiento de la mujer más poderosa del mundo,* de Vera Pichel (1993), *Santa Evita,* de Tomás Martínez Eloy (1995) y *La pasión según Eva,* de Abel Posse (1994). Entre las obras más actualizadas y documentadas destaca la de Felipe Pigna, *Evita. Jirones de su vida* (2012). Desde la perspectiva española, resulta esclarecedor el capítulo que le dedica en su libro *Así los he visto* José María de Areilza (1974), embajador de España en Argentina entre 1947 y 1950.

Con una mirada más personal, quiero expresar mi gratitud a Mercedes Güiraldes, editora senior de Planeta Argentina, por sus apreciaciones certeras y afectuosas. A la periodista Catalina de Elía —autora de *Maten a Duarte* (2020)—, por congraciarme con el hermano de la primera dama. A Diego Arguindeguy, por maravillarme con su sapiencia y por expandir sus alas eruditas sobre toda la novela. Y a mi querido Nacho Iraola, director editorial de Planeta en el Cono Sur, por tender el primer puente para que Sira cruzase el Atlántico y por tratarme siempre tal como Evita habría querido que la acogiesen en Buckingham Palace.

Adentrándonos ya en la cuarta y última parte, entre las múltiples publicaciones sobre Barbara Hutton, destaco las biografías *Million Dollar Baby. An Intimate Portrait of Barbara Hutton* (Van Rensselaer, 1979) y *Poor Little Rich Girl. The Life and Legend of Barbara Hutton* (Heymann, 1983), así como la cercana crónica *In Search of a Prince. My Life with Barbara Hutton,* escrita en 1988 por Mona Eldridge, quien fue su secretaria social y pasó junto a ella largas temporadas en Tánger.

Para recomponer esos días gloriosos, resultan magníficos

tanto los múltiples artículos de Domingo del Pino en distintos medios, como los libros de Leopoldo Ceballos *Historia de Tánger. Memoria de la ciudad internacional* (2009) y *Tánger, Tánger* (2015).

Igualmente valiosos son los recuerdos compartidos por unos cuantos tangerinos —de pura cepa o adoptados— que mantienen fresca la memoria del esplendor y ocaso de aquel micromundo. Hago por ello extensivo mi agradecimiento a Vicente Jorro, que vivió en la zona del Parque Brooks, compró cuadros de Sidi Hosni cuando se vació el palacio y me tiene siempre reservadas docenas de historias fascinantes. A Ramón Buenaventura, que aprendió a jugar al tenis en la Emsallah y que para el evento de la Asociación Internacional de la Prensa me prestó a su abuelo, el célebre periodista Alberto España —autor de *La pequeña historia de Tánger* (1954)—. A Manolo Cantera, que ocupó un bungalow en El Fahrar y podría escribir montones de crónicas sobre los que por allí pasaron. A Sonia García Soubriet, que dejó bellamente descrita la decadencia del sitio en su libro *El Jardín (Al Bustán)* (2007). A Chema Menéndez, que ha reconstruido en su obra *Diario España de Tánger* (2020) el devenir como periodista de su abuelo Jaime Menéndez, el Chato.

Enfocando hacia Tetuán, mi gratitud eterna a Ricardo Barceló por tantos paseos y por su cercanía siempre entrañable, y a mi tía Estrella Vinuesa, por seguir compartiendo conmigo las historias de un tiempo del que aún retiene el olor a sándalo de los bazares indios en La Luneta. En el capítulo triste de aquellos que ya no volverán a revivir estos escenarios que fueron los suyos, mi tributo a la memoria de Paco Trujillo y María Rosa Temboury, infatigables en su esfuerzo por mantener viva la presencia de los españoles en Marruecos a través de la Asociación La Medina. Y a la memoria de mi tío Enrique Vinuesa, que allí vivió su infancia y juventud, y de mi prima Elisa Álvarez Moreno, que creció entre nostalgias de ese Protectorado que transitaron primero nuestros abuelos, después nuestras madres y finalmente nosotras, agarradas de sus manos.

Nunca habría llegado esta novela a las librerías sin el desvelo como siempre de los magníficos equipos de Planeta; mi infinita gratitud por eso a todos sus miembros y, de manera significativa, por su cercanía y complicidad constante, a Belén López Celada, Isa Santos, Laura Franch, Ferran López Olmo y Sabrina Rinaldi, Marc Rocamora, Lolita Torelló y Silvia Axpe, y a Dolors Escoriza y su equipo. Y, de una manera muy especial, a Lola Gulias, que fue la primera en conocer a Sira, y a Raquel Gisbert, que se dejó seducir y que dejó un pellizco de su corazón en el Jerusalén de esta novela. A mi agente Antonia Kerrigan y sus formidables colaboradoras. A mi familia y a mis amigos, en todos sus dobleces y extensiones.

Gran parte de esta historia ha sido escrita durante la pandemia que en los últimos tiempos ha asolado al mundo. Con ella quiero honrar por último a todos aquellos cuyos ojos se cerraron —como dice el tango— mientras el mundo sigue andando y se encamina hacia una ansiada normalidad. A ellos, y a todos los lectores que han arropado *El tiempo entre costuras* a lo largo de los años, dedicamos Sira y yo este rencuentro.

Otros títulos de la autora en Booket: